कृष्ण कुंजी

Celebrating
30 Years of Publishing
in India

लेखक के बारे में

अश्विन सांघी का शुमार भारत के सबसे ज़्यादा बिकने वाले अंग्रेज़ी उपन्यासकारों में होता है। आपने भारत सीरीज़ में अनेक बैस्टसैलर (*रोज़ाबाल लाइन*, *चाणक्याज़ चैंट*, *कृष्ण की*, *सियालकोट सागा*, *कीपर्स ऑफ़ द कालचक्र*, *द वॉल्ट ऑफ़ विष्णु*) और जेम्स पैटरसन के साथ *न्यूयॉर्क टाइम्स* के दो बैस्टसैलिंग क्राइम थ्रिलर, *प्राइवेट इंडिया* (जो अमेरिका में *सिटी ऑफ़ फ़ायर* के नाम से बिका) और *प्राइवेट डेल्ही* (जो अमेरिका में *काउंट टु टैन* के नाम से बिका) लिखे हैं। आपने अन्य लेखकों के साथ सह-लेखन में 13 स्टैप्स सीरीज़ के तहत भाग्य, धन, अंकों, स्वास्थ्य और पालन-पोषण पर कई कथेतर किताबें भी लिखी हैं।

अश्विन को *फ़ोर्ब्स इंडिया* द्वारा अपने सेलेब्रिटी 100 में और *द न्यू इंडियन एक्सप्रेस* द्वारा अपनी कल्चर पॉवर लिस्ट में शामिल किया है। आप क्रॉसवर्ड पॉपुलर चॉइस अवार्ड 2012, आटा गलाटा पॉपुलर चॉइस अवार्ड 2018, डब्ल्यूबीआर आइकॉनिक अचीवर्स अवार्ड 2018, लिट-ओ-फ़ेस्ट लिट्रेचर लीजेंड अवार्ड 2018 और कलिंग पॉपुलर चॉयस अवार्ड 2012 के विजेता भी रहे हैं।

आपने कैथीड्रल एंड जॉन कॉनन स्कूल, मुंबई, और सेंट ज़ेवियर्स कॉलेज, मुंबई से शिक्षा प्राप्त की। आपने येल यूनिवर्सिटी से एमबीए में डिग्री हासिल की है। अश्विन मुंबई में अपनी पत्नी अनुष्का और पुत्र रघुवीर के साथ रहते हैं।

आप निम्न माध्यमों से अश्विन के साथ जुड़ सकते हैं:

- Website www.sanghi.in
- Twitter@ashwinsanghi
- Instagram@ashwin.sanghi
- Koo@ashwin.sanghi
- Clubhouse@ashwin.sanghi
- Facebook fb.com/ashwinsanghi
- YouTube youtube.com/ashwinsanghi
- LinkedIn linkedin.com/in/ashwinsanghi

नवेद अकबर अनुवाद से काफी लंबे अरसे से जुड़े हुए हैं। आपने *पैराडाइज़* (खुशवंत सिंह), *माई डेज़ इन प्रिजन* (इफ़्तिखार गीलानी), *सी ऑफ़ पॉपीज, रीवर ऑफ़ स्मोक, फ़्लड ऑफ़ फ़ायर* (अमिताभ घोष), *बियॉन्ड 2020* (ए.पी.जे. अब्दुल कलाम व वाई. एस. राजन), *ब्लैक बुक* (ओरहान पामुक), *एसेंट ऑफ़ मनी* (निएल फ़र्ग्यसन) *मास्क ऑफ़ अफ़्रीका, ए हाउस फ़ॉर मि. बिस्वास, बियॉन्ड बिलीफ़* (वी. एस. नायपॉल), अश्विन सांघी की *चाणक्या 'ज़ चैंट, द कृष्ण की* और द *रोज़ाबाल लाइन* का अनुवाद भी आपने ही किया है। आप स्वतंत्र रूप से अनुवाद कार्य से जुड़े हुए हैं।

आभार

मेरे लिए अनेक लोगों से प्राप्त सहायता, जानकारी, मार्गदर्शन, प्यार और समर्थन के बिना अपनी किताबों को लिख पाना असंभव रहा होता। यहां उन कुछ लोगों के नाम हैं जिनके बिना यह पुस्तक संभव नहीं हो पाती।

मेरे प्रकाशक हार्परकॉलिन्स पब्लिशर्स—विशेष रूप से, अनंत पद्मनाभन और उदयन मित्रा, जिन्होंने यह सुनिश्चित किया कि यह पुस्तक मेरे पाठकों तक जल्दी और कुशलतापूर्वक पहुंचे।

प्रीता मैत्रा, मेरी प्राथमिक संपादक, जो भारत सीरीज़ के संपादन में अपरिहार्य बनी हुई हैं; साथ ही कार्तिका वीके, दीप्ति तलवार, अशोक रजनी, अपर्णा गुप्ता, कार्तिक वेंकटेश और स्वाति दफ़्तुआर, जिनकी बारीक नज़र ने इस कहानी को अंतिम रूप दिया है।

रूपेश तलस्कर, मेरे प्रतिभाशाली इलस्ट्रेटर, जिन्होंने कहानी को पूरा करने के लिए नक़्शे और चित्रों को बहुत सावधानीपूर्वक बनाया, और सेमी हेटेनलो, जिन्होंने हमें एक अद्भुत तस्वीर देकर किताब को मुकुट पहना दिया।

बहुमुखी संगीतकार अमेया नाइक, जिन्होंने किताब के ट्रेलर में इस्तेमाल किया गया मार्मिक संगीत तैयार किया, और उत्कृष्ट वीडियो ट्रेलर और सोशल मीडिया सपोर्ट के लिए ट्विस्ट स्टूडियो

और ऑक्टोबज़ की टीम।

मेरे भाषण दौरों और इवेंट्स पर सलाह और जानकारियों के लिए स्पीकइन की दीपशिखा कुमार और निजंश वर्मा। साथ ही, सिनेमा, टेलीविज़न और ओटीटी के माध्यम से मेरी कहानियों को अधिक से अधिक दर्शकों तक पहुंचाने की दिशा में प्रयासों के लिए कलेक्टिव के आशू नायक और चिराग़ निहलानी।

मेरे माता-पिता, महेंद्र और मंजू सांघी, और मेरे भाई-बहन, विधि और वैभव, जिन्होंने हमेशा मुझे प्रेरित किया है कि मैं अपने सपनों को पूरा करूं। मेरी पत्नी अनुष्का और बेटा रघुवीर, जो मेरे लेखन के उद्यमों में मेरा सतत संबल रहे हैं। उनका बिना शर्त प्यार मेरे साथ नहीं होता, तो मेरी कोई भी पुस्तक वजूद में न आ पाती। मेरी छोटी राखी-बहन फ़राह, जिन्होंने मुझे सिखाया है कि जीवन में हर चीज़ की व्याख्या नहीं की जा सकती और कुछ चीज़ों को समझे बिना ही छोड़ देना चाहिए।

गौतम पद्मनाभन, मेरे मित्र, फ़िलॉसफ़र और गाइड, जिन्होंने प्रकाशन के क्षेत्र में मुझे मेरा पहला ब्रेक दिया और इस कहानी सहित मुझे कई कहानियों के लिए प्रोत्साहित किया है।

स्वर्गीय रामप्रसाद और स्वर्गीय रामगोपाल गुप्ता, मेरे नाना और उनके भाई, जिन्होंने मुझे अपनी कहानियों और किताबों से प्रेरित किया था। उनके आशीर्वाद कभी मेरे क़लम की स्याही को सूखने नहीं देते।

और अंत में लेकिन सबसे महत्वपूर्ण, माँ शक्ति, जिन्होंने मेरी कलम को धार दी। आपकी असीम अनुकंपा के लिए हार्दिक आभार।

भारत सीरीज़ की प्रशंसा में

रोज़ाबाल लाइन (2008)

"*रोज़ाबाल लाइन* में अश्विन सांघी ने डैन ब्राउन की शैली अपनाते हुए थ्रिलर के सारे मसाले मिलाए हैं—धर्मयुद्ध, एक्शन, एडवेंचर, रहस्य—और बड़ी दक्षता और सहजता से वे ऐसी कहानी बुनते हैं जो संस्कृतियों और महाद्वीपों, धर्मों और संप्रदायों से होकर निकलती है।"

—द *एशियन एज*

"अश्विन सांघी की *रोज़ाबाल लाइन* एक ज़बर्दस्त थ्रिलर है जो मजबूर कर देता है कि हम अपने इतिहासों, अपनी आस्थाओं को फिर से जांचें।"

—प्रीतिश नंदी

"अश्विन जब पाठक को विभिन्न दशकों में दुनिया की सैर पर ले जाते हैं तो धर्म, इतिहास और राजनीति के प्रति सांघी का रुझान स्पष्ट झलकता है। तुलनात्मक धर्म, ख़तरनाक रहस्यों और रोमांचकारी कथानक का मेल एक रहस्यपूर्ण उपन्यास रचता है।" —द *स्टेट्समैन*

"सांघी ने कामयाबी के फ़ॉर्मूले का सही इस्तेमाल किया है।"

—द *टाइम्स ऑफ़ इंडिया*

"सांघी धर्मशास्त्र की एक उत्तेजक, ज्ञानपूर्ण और दीप्तिमान दिशा की ओर संकेत करते हैं कि मेरी मैग्डेलीन के संप्रदाय की वास्तविक प्रेरणा भारतवर्ष की पावन त्रिदेवी-शक्ति है इस प्रकार कल्पनाशक्ति और षड्यंत्र रचने में वे डैन ब्राउन को भी पीछे छोड़ देते हैं।" —द *हिंदू*

चाणक्या'ज़ चैंट (2010)

"अश्विन सांघी का बेहद दिलचस्प उपन्यास *चाणक्या'ज़ चैंट* आत्मालापों और अंगूठे में थामे जनेऊ जैसे कसे हुए वर्णनों से भरा है। दो कहानियां गंगा और यमुना की तरह बहती जाती हैं... यह एक द्रुत टैक्नीकलर रोमांच है।"

—*हिंदुस्तान टाइम्स*

"मैं पूर्णतया रोमांचित हूं। एक आनंदपूर्ण रूप से दिलचस्प और बांधकर रखने वाली किताब। ऐतिहासिक रिसर्च अत्यंत प्रभावशाली..."

—शशि थरूर

"बांधकर रखने और तेज़ गति वाला यह उपन्यास वास्तव में डैन ब्राउन द्वारा स्थापित परंपरा का रोमांच है।"

—*पीपुल मैगज़ीन*

"राजनीतिक रूप से तैयार करना और षड्यंत्र अश्विन सांघी के ऐतिहासिक थ्रिलर के मूल में है। ख़ूनख़राबा, मुक़द्दमेबाज़ियां, विश्वासघात, हत्याएं, हत्या की कोशिशें और वो सब कुछ जो इसे रोमांचक बनाता है।"

—*सकाल टाइम्स*

"भारत में व्यापक प्रशंसा पाने वाली *चाणक्या'ज़ चैंट* एक राजनीतिक रोमांच है।"

—*बिज़नेस इंडिया*

कृष्ण की (2012)

"रसपूर्ण ऐतिहासिक रोमांचक या विचारपूर्ण विलक्षण गाथाएं केवल पश्चिमी जगत के लेखकों के दिमाग़ों से ही क्यों उपजें? अश्विन सांघी भी धागे अच्छी तरह बुनना जानते हैं, और हर मोड़ पर आपको भौचक्का छोड़ जाते हैं। आश्चर्य नहीं कि उनकी किताबें बैस्टसैलर होती हैं!"

—*हिंदुस्तान टाइम्स*

"कथानक आधुनिक संसार का है, लेकिन आप, ढेर सारे इतिहास और सस्पेंस भरी कहानी के साथ, बार-बार समय-यात्रा की उम्मीद कर सकते हैं।"

—*द टेलीग्राफ़*

"वैदिक युग की एक वैकल्पिक व्याख्या जिसका षड्यंत्र और रोमांच दोनों के शौक़ीन ख़ूब आनंद लेंगे।"

—*द हिंदू*

"मैंने अभी अश्विन सांघी की *कृष्ण की* पूरी की। ज़बर्दस्त कहानी और अविश्वसनीय रिसर्च। बेहद पसंद आई!" —अमीश त्रिपाठी

"सांघी ने वास्तविकता और कल्पना के बीच की रेखा को धुंधला दिया है और इतिहास और वैदिक युग को एक नया दृष्टिकोण प्रदान किया है।"

—*डीएनए*

सियालकोट सागा (2016)

"*सियालकोट सागा* समय और स्पेस के बीच बेतहाशा गति से दौड़ती हुई प्राचीन रहस्यों को खोलती और आधुनिक रहस्यों को दबा देती है।"

—द *हिंदू*

"किताब दशकों और शताब्दियों पर पसरी हुई है, और फिर आधुनिक भारत तक पहुंच जाती है। यह ऐतिहासिक और थ्रिलर दोनों प्रकार के पाठकों के लिए आनंदमय साबित होगी।" —*टाइम्स ऑफ़ इंडिया*

"कुछ किताबें दिलचस्पी पैदा करने में समय लेती हैं जबकि कुछ किताबें पहले ही पन्ने से आपको बांधकर रखती हैं। *सियालकोट सागा* ऐसी ही किताब है और आरंभ से ही आपको ख़ुद से जोड़ लेती है।"

—*हिंदुस्तान टाइम्स*

"इस किताब में कोई भी नीरस क्षण नहीं आता है। वास्तविकता तो यह है कि कहानी इतनी गति से आगे बढ़ती जाती है कि कई बार तो भौचक्का पाठक किताब को अलग रखकर सांस लेने को मजबूर हो जाता है।"

— द *फ़ाइनेंशियल एक्सप्रेस*

"सांघी ने एक शाहकार की रचना की है और हर पन्ना पलटने के साथ वे पाठकों की रुचि को बढ़ाते गए हैं।" —द *पॉयनियर*

कीपर्स ऑफ़ द कालचक्र (2018)

"आप किताब तब तक नहीं छोड़ सकते, जब तक ये पहेली पूरी तरह हल न हो जाए।" —द *फाइनेंसियल एक्सप्रेस*

"लेखक ने जबरदस्त मसाला दिया है... चटाकेदार, जो अतीत और वर्तमान को हिलाकर रख देता है... इसमें एक भी पल बोरियत का नहीं है।"

—*द संडे स्टैंडर्ड*

"अश्विन सांघी की नई थ्रिलर में विज्ञान और अध्यात्म का मिश्रण है।"

—*इंडिया टुडे*

"विस्तृत कैनवास में फैला यह उपन्यास मिथक, इतिहास और दंतकथा को बुनता है।"

—द *हिंदू*

"अश्विन सांघी का *कीपर्स ऑफ़ द कालचक्र* आपके हाथ में टिकटिक करता टाइम बम है। हर अध्याय में कोई नया ही सरप्राइज सर उठा लेता है।"

—*डेक्कन क्रॉनिकल*

"*कीपर्स ऑफ़ द कालचक्र* में सबकुछ है: राजनीतिक किरदार जो आपको वास्तविक नेताओं की याद दिलाते हैं, एक जटिल और उलझा हुआ प्लाट, जो आपको अंत तक बांधे रखता है।"

—*हिंदुस्तान टाइम्स ब्रंच*

द वॉल्ट ऑफ़ विष्णु (2020)

"पुराण और विज्ञान के इस रहस्य के साथ, अश्विन सांघी ने भारत सीरिज की छठी किताब दी है। अश्विन की बाकी किताबों की तरह द *वॉल्ट ऑफ़ विष्णु* भी आपको इतिहास, पुराण, भौतिक, युद्धकल्याण की तकनीक, एआई और जैव-रसायन की रोमांचक दुनिया में ले जाती है।"

—द *टाइम्स ऑफ़ इंडिया*

"द *वॉल्ट ऑफ़ विष्णु* भी अश्विन की चिरपरिचित शैली में इतिहास, पुराण और विज्ञान की रोमांचक राइड है।"

—द *हिंदू*

"एक रोचक और जिज्ञासापूर्ण थ्रिलर... लेखक की कहानी कहने की क्षमता और गहन रिसर्च की दाद देनी पड़ेगी।"—द *न्यू इंडियन एक्सप्रेस*

"सांघी की नई किताब में उनके पसंदीदा विषय, पुराण को इतिहास के साथ गूथकर एक जबरदस्त रोमांच प्रस्तुत किया गया है।"

—*हिंदुस्तान टाइम्स*

कृष्ण कुंजी

अश्विन सांघी

अनुवाद

नवेद अकबर

हार्पर
हिन्दी

प्रथम प्रकाशन 2013

हार्पर हिन्दी

(हार्परकॉलिंस पब्लिशर्स इंडिया) द्वारा प्रकाशित 2023

बिल्डिंग नं. 10, टावर A, 4th फ्लोर,

डीएलएफ साइबर सिटी, फेज II, गुरुग्राम 122002, भारत

www.harpercollins.co.in

P-ISBN: 9789356296114

E-ISBN: 9789356296121

कवर डिजाइन © : पारी ऐरिका

टाइपसेटिंग : निओ साफ्टवेयर कन्सलटैंट्स, प्रयागराज (इलाहाबाद)

मुद्रक: रेप्लिका प्रेस प्रा. लि, भारत

चेतावनी

इस पुस्तक में कहानी के भीतर की बारीकियां समझाने के लिए अनेक चित्रों का प्रयोग किया गया है। समयपूर्व पुस्तक के अंत की ओर के पन्ने पलटने से आप अनजाने में ऐसे चित्र देख सकते हैं जो आपके लिए कहानी को बिगाड़ सकते हैं। इसलिए हम ऐसा करने का सुझाव नहीं देंगे।

स्पष्टीकरण

यह पुस्तक काल्पनिक है और इसे इसी रूप में पढ़ना चाहिए। इसकी ऐतिहासिक शुद्धता के बारे में स्पष्ट या अस्पष्ट रूप से कोई दावा नहीं किया जा रहा है। इस पुस्तक में प्रयुक्त सारे नाम, पात्र, स्थान और घटनाएं लेखक की कल्पना का नतीजा हैं। ऐतिहासिक, धार्मिक या पौराणिक पात्र; ऐतिहासिक या पुरातन घटनाएं; या स्थानों के नाम मात्र काल्पनिक हैं। पुस्तक के अंत में आभार व संदर्भ खंड में ऐतिहासिक, पौराणिक या धार्मिक सामग्री को आरोपित करने का पूरा प्रयास किया गया है। जीवित या मृत वास्तविक लोगों, अतीत की घटनाओं या ऐतिहासिक स्थानों से किसी भी प्रकार की समानता मात्र संयोगवश हो सकता है। चित्र व नक़्शे केवल कहानी को समझने के उद्देश्य से और शुद्धता के किसी दावे के बिना दिए गए हैं।

महाभारत के युद्ध में राज्यों का नक़्शा

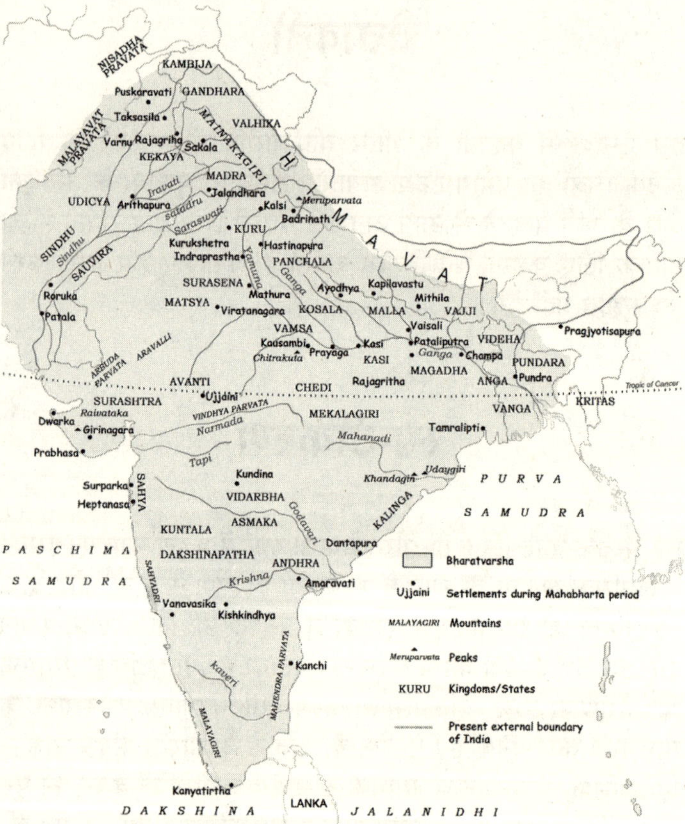

वास्तव में कौन जानता है, और कौन शपथ लेकर कह सकता है,
कि सृष्टि की उत्पत्ति कैसे, कब या कहां हुई!
देवता भी सृष्टि के बाद आए थे,
वास्तव में कौन जानता है, कौन सच में कह सकता है
कब और कैसे सृष्टि आरंभ हुई थी ?
क्या उसने इसे रचा था ? या उसने नहीं रचा था ?
केवल वह, वहां ऊपर, जानता है, संभवत:,
या संभवत: वह भी नहीं जानता।

—ऋग्वेद 10:129

1

मैं आरंभ से प्रारंभ करता हूं... अपने जन्म से भी पहले से। मेरे पूर्वजों में से एक थे राजा ययाति। अपनी पत्नी देवयानी, जो ऋषि शुक्राचार्य की पुत्री थीं, के प्रति निष्ठाहीन होने के लिए उन्हें ऋषि शुक्राचार्य ने शाप दे दिया था। शाप यह था कि ययाति समयपूर्व वृद्ध हो जाएंगे और इस प्रकार यौवन और पुरुषत्व के आनंद नहीं भोग सकेंगे। बाद में, शुक्राचार्य कुछ नर्म पड़े और उन्होंने शाप के प्रभाव को थोड़ा कम कर दिया: यदि ययाति के पुत्रों यदु और पुरु में से कोई भी इस शाप के प्रभाव को स्वीकार ले तो उन्हें क्षमा कर दिया जाएगा। ज्येष्ठ पुत्र यदु ने इंकार कर दिया लेकिन छोटे पुत्र पुरु ने इसे स्वयं पर लेना स्वीकार कर लिया। ययाति ने पुरस्कारस्वरूप यदु के स्थान पर पुरु को अपने बाद राजा बनने के लिए उत्तराधिकारी चुना। क्रुद्ध ययाति ने अपने बड़े बेटे के दंड को और भी बढ़ा दिया। "तुम या तुम्हारे वंशजों में से कोई भी कभी किसी सिंहासन पर नहीं बैठेगा!" उन्होंने क्रोधपूर्वक भविष्यवाणी की। अभागे यदु ने अपना घर छोड़ दिया और मथुरा में रहने

लगे जहां उनका वंश अत्यंत फला-फूला। यदु के वंशज यादव थे, जिनमें से एक मैं भी हूं। तबसे यादव राजा-निर्माता तो रहे हैं, लेकिन कभी राजा नहीं बने। पुरु आगे चलकर हस्तिनापुर राज्य के पितृ बने—जहां से कौरवों और पांडवों के परिवार जन्मे।

अनिल वार्ष्णेय नहीं जानता था कि उसके पास जीने के लिए बारह मिनट से भी कम समय बचा है। राजस्थान के हनुमानगढ़ जिले में उसके साधारण से घर पर इस समय कूलर की घरघराहट के अलावा मौत जैसी ख़ामोशी पसरी हुई थी। वार्ष्णेय को ख़ामोशी पसंद थी। इससे उसे अपने सामने बिखरे हुए विचित्र अक्षरों और चिह्नों में डूबने का अवसर मिलता था।

भारत के सबसे युवा भाषाविज्ञानी और प्रतीकविज्ञानी का काम इस समय चिंतन ही था, जो सिंधु घाटी सभ्यता के प्राचीन चित्रप्रतीकों की व्याख्या करके अचानक प्रसिद्ध हो गया था। पंद्रह से अधिक भाषाएं धाराप्रवाह बोलने वाले वार्ष्णेय की दस पुस्तकें प्रकाशित हो चुकी थीं जिनमें भारतीय भाषाओं का सबसे ज़्यादा प्रयुक्त बहुभाषीय शब्दकोश भी शामिल था। प्राचीन लेखन प्रणाली के लिए वार्ष्णेय वही था, जो बिल गेट्स ऑपरेटिंग सिस्टम्स के लिए है।

उसके रहने की जगह जैसे प्रचलन के मुताबिक बेतरतीब थी और वहां रहने वाली उत्कृष्ट प्रतिभा को प्रतिबिंबित करती थी। बेडरूम तो कभी-कभार ही इस्तेमाल में आता था क्योंकि वार्ष्णेय की ज़्यादातर ज़िंदगी पुरातात्विक स्थलों पर बीतती थी, विशेष रूप से कालीबंगा में, जोकि राजस्थान का सबसे अहम सिंधु घाटी स्थल था। उसके लीविंग रूम में एक डेस्क और डिजाइनदार कपड़े वाले एक ऐसे काउच के अलावा कोई फर्नीचर नहीं था जिसने कभी बेहतर दिन देखे होंगे। ख़ाली फ़र्श पर किताबों के ढेर, रिसर्च पेपर्स के बंडल और उसके अध्ययन से जुड़ी चीज़ें—मुद्राएं, मिट्टी के बर्तनों के टुकड़े, काग़ज़ों के मुट्ठे और चर्मपत्र—बिखरे हुए थे।

उसके सामने डेस्क पर शंख की बनी 20 गुणा 20 मिलीमीटर की एक छोटी सी आयताकार मुद्रा रखी थी। मुद्रा के पीछे एक चौकोर खूंटी थी। अजीब बात थी कि खूंटी में छल्ला डालने के लिए कोई छेद नहीं था, जैसा कि इस तरह की मुद्राओं में आमतौर से होता था। मुद्रा के सामने की ओर बैल, गैंडे और बकरी की छवियों से घड़ी की विपरीत दिशा में एक प्राचीन पशु का डिजाइन बना हुआ था। और शायद इस समय वार्ष्णेय का ध्यान इसी तस्वीर पर था।

उसकी डेस्क पर काग़ज़ बिखरे हुए थे जिन पर उसने चित्र बनाए हुए थे और कुछ-कुछ लिखा हुआ था। डेस्क के कोने पर एक नोटबुक कंप्यूटर खुला रखा था, जिसका स्क्रीनसेवर एक घंटे पहले चालू हो चुका था। मुद्रा और इसके आसपास के काग़ज़ात पर पास में रखे स्टील लैंप की सफ़ेद रोशनी पड़ रही थी। अपने आसपास की हर चीज़ से बेख़बर वार्ष्णेय एक कार्ल जाइस 20एक्स मैग्नीफाइंग ग्लास से मुद्रा के चित्रों का अध्ययन कर रहा था।

वार्ष्णेय का हुलिया किताबी कीड़े जैसा था: ढीले-ढाले कपड़े, बिखरे बाल और शर्ट की जेबों में बहुत से रॉट्रिंग आइसोग्राफ पेन। उसके चेहरे पर छोटे-छोटे मुंहासे भरे थे और उसे सफ़ाई की सख़्त ज़रूरत थी। लेकिन स्टाइल, शॉवर और अच्छे कपड़ों की उसकी दुनिया में कोई जगह नहीं थी। हालिया कालीबंगा स्थल सहित वार्ष्णेय ने विभिन्न सिंधु घाटी स्थलों पर कई साल बिताए थे, और उसने बड़ी मेहनत से तीस भारतीय भाषाओं के अपने शब्द-संग्रह से आठ हज़ार अर्थ-संबंधी समूहों का डाटाबेस तैयार किया था। हड़प्पा में 1921 की खुदाई के बाद से पहली बार, अब ऐसा लगने लगा था कि वार्ष्णेय ने ऐसी जगहों पर पाई गई पांच हज़ार से ज़्यादा मुद्राओं पर अंकित चित्रप्रतीकों की व्याख्या करने का तरीका खोज निकाला था।

वार्ष्णेय अपने आसपास से बेख़बर था और उसने फ़र्श पर पड़ती रोशनी की किरण पर ध्यान नहीं दिया, जबकि बड़ी महारत के साथ ताला तोड़े जाने के बाद मेन गेट खोला जा चुका था। दरवाज़ा धीरे से बंद होते समय रोशनी की किरण गायब होने पर भी उसका

ध्यान नहीं गया। सेरेमिक टाइलों वाले फर्श पर हल्के रबर के तलों वाले जूतों की धीमी आहट और अपनी गर्दन पर किसी अजनबी की सांस को भी वह महसूस नहीं कर पाया था। वो सिर्फ तभी चिल्लाया, जब कंप्यूटर स्क्रीन पर घुसपैठिए का चेहरा दिखा लेकिन तब तक बहुत देर हो चुकी थी। वार्ष्णेय के गले से कोई आवाज़ नहीं निकल सकी क्योंकि आगंतुक ने उसकी नाक और मुंह पर क्लोरोफ़ॉर्म से भीगा रूमाल कसकर रख दिया था।

घबराकर वार्ष्णेय ने संघर्ष करते हुए तेज़ी से हाथ चलाए। डेस्क पर रखा लैंप फ़र्श पर गिरकर टूट गया और अचानक उसका घर अंधकार में डूब गया। रूमाल की शिकंजे जैसी पकड़ उसके मुंह पर बनी रही और उसके दाएं हाथ को बेरहमी से पीछे की ओर मोड़ दिया गया। हाथ में हुए तेज दर्द से उसकी आंखों में आंसू आ गए और वह पल भर को जड़ हो गया। क्लोरोफ़ॉर्म जैसे-जैसे उसके सिस्टम में गया, वह बेहोश होने लगा। जल्दी ही, सब कुछ स्थिर, ख़ामोश सा हो गया।

घुसपैठिए ने रबर के दस्ताने पहने हाथों से बड़ी आसानी से बेहोश वार्ष्णेय को कुर्सी से उठाकर जमीन पर पीठ दीवार से लगाकर बैठाते हुए उसकी टांगों को सामने फैला दिया। उसने अपनी कमर की बेल्ट से बंधे बैग की ज़िप खोलकर डक्ट टेप निकाली और बड़ी सफाई से अपने शिकार के मुंह पर लपेट दी। फिर और टेप से शिकार के हाथों को उसकी कमर के पीछे बांधा। एकदम सधे हुए ढंग से, हमलावर ने अपनी कमर पर बंधे बैग से सैल्फ-इंकिंग रबर स्टैम्प निकाली। उसने स्टैम्प का रबर वाला सिरा वार्ष्णेय के माथे पर रखा। शिकार के माथे पर घेरे में बना एक छोटा सा सुर्ख पहिया छप गया।

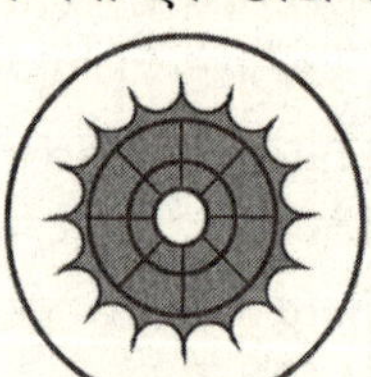

अभी जबकि वार्ष्णेय बेहोश ही था, हमलावर ने अपने शिकार की प्राचीन चीज़ों के संग्रह को अच्छी तरह खंगाला। उसने तीन जानवरों के सिर वाली उस मुद्रा के अलावा हर चीज़ को नज़रअंदाज़ कर दिया, जिसका हमले से पहले वार्ष्णेय अध्ययन कर रहा था। उसने प्लास्टिक का छोटा सा पैकेट निकाला, मोहर को उसमें रखा और उसे वापस बैग में रख लिया। बाकी तीन मोहरें कहां थीं?

ये जानते हुए कि ये मुद्रा चार मुद्राओं के सैट में से एक थी, उसने बाकी मुद्राओं और उनकी बेस प्लेट के लिए बारीकी से छानबीन की। हर कार्डबोर्ड का बारीकी से मुआयना किया गया, डेस्क की दराज़ें खोली गईं, यहां तक कि सोफ़े के कुशन तक फाड़ डाले गए। कुछ न मिलने पर हमलावर के मुंह से फुसफुसाहट निकली। "धत!"

अधूरी जीत से हताश होते हुए उसने अपने काम पर एक नज़र डाली और फिर अपनी बेल्ट के बैग से एक स्वान-मॉर्टन नश्तर निकाला जिस पर 'आरएम' खुदा था। वह वार्ष्णेय के बेहोश शरीर पर झुका और बड़ी होशियारी से वार्ष्णेय के बाएं पैर के तलुवे में नश्तर घुसाकर वहीं छोड़ दिया। नश्तर ने एक नस को काट दिया। ख़ून उबल पड़ा और बेहोशी की हालत में ही वार्ष्णेय मौत के लंबे और दर्दनाक सफ़र पर चल दिया।

हत्यारे ने अपनी बेल्ट के बैग से पेंटब्रश निकाला। उसे उसने धीरे से वार्ष्णेय के बाएं पैर के पास इकट्ठा हो गए ख़ून में डुबोया और किसी सुलेखक के भाव से वार्ष्णेय के सिर के ऊपर दीवार पर लिखने लगा:

म्लेच्छ-निवह-निधने कलयसि करवालम्
धूमकेतुमिव किमपि करालम्
केशव धृतकल्किशरीर जय जगदीश हरे।

2

अब मैं आपको थोड़ा सा अपने माता-पिता के बारे में बताता हूं। उग्रसेन मथुरा के एक प्रतापी मुखिया थे, किंतु उनका पुत्र कंस—जो मेरा मामा था—दुष्ट था। कंस को जिस एकमात्र व्यक्ति की चिंता थी, वो उसकी बहन और मेरी माता देवकी थीं। देवकी ने हाल ही में मेरे पिता वासुदेव से विवाह किया था, जो एक पड़ोसी राज्य के राजकुमार और यदु के एक वंशज शूरसेन के पुत्र थे। नवविवाहित मथुरा से जाने वाले थे और कंस अपनी बहन को जाते देखकर अत्यंत दुखी था। अचानक उसने सारथी बनने का निर्णय ले लिया ताकि वो अपनी बहन के साथ कुछ और समय बिता सके। अभी उन्होंने कुछ ही मील की यात्रा की होगी कि आकाश से एक गरजदार स्वर ने कंस का उपहास उड़ाया। "अरे मूर्ख! देवकी का आठवां पुत्र तेरा वध करेगा और तू उसके प्रस्थान पर मगरमच्छ के आंसू बहा रहा है?"

रवि मोहन सैनी ने क्लास पर एक नज़र डाली और लाइट डिम करने से पहले आखरी लाइन में बैठी अपनी डॉक्ट्रेट की स्टूडेंट प्रिया रतनानी को देखकर मुस्कुराया। प्रिया के अलावा बाकी उन्नीस छात्र प्राचीन भारतीय इतिहास की मास्टर डिग्री के थे। छात्र थोड़ा सा सहज हो गए। प्रेज़ेंटेशन का मतलब अक्सर ये होता था कि सैनी उनमें से किसी से मुश्किल सवाल नहीं पूछेगा।

पैंतालीस साल दो महीने का रवि मोहन सैनी नई दिल्ली के सेंट स्टीफन्स कॉलेज का स्टार था। वह यूनीवर्सिटी का सबसे दिलचस्प कोर्स, पौराणिक इतिहास, पढ़ाता था। ऑक्सफ़ोर्ड से बीए और यूनीवर्सिटी ऑफ़ मैम्फ़िस से पीएचडी की डिग्री के अलावा उसका

शांत स्वभाव और स्मार्ट लुक उसे लोकप्रिय प्रोफ़ेसरों में शुमार करता था। लगभग छह फ़ुट लंबे सैनी के पास देवताओं जैसा शारीरिक सौंदर्य था—सांवले नैन-नक़्श, गठे हुए अंग, कसी हुई मांसपेशियां, बेदाग़ रंग और लहराते बाल। वो शायद ही कभी अपने लुक पर ध्यान देता था लेकिन उसकी दो दिन की शेव सपनों में खोई उन लड़कियों की नज़रों में उसकी सैक्स अपील को और बढ़ा देती थी, जो उसके लेक्चरों के दौरान आगे की लाइन में बैठने को मरी रहती थीं। वह स्कूल के समय के अपने बेस्टफ्रेंड *किताबी कीड़े* अनिल वार्ष्णेय से एकदम अलग था। उनके टीचर हमेशा इस बात पर हैरान होते थे कि वो दोनों इतने क़रीबी दोस्त कैसे हो सकते हैं।

पहली पॉवरपॉइंट स्लाइड आई। बिना किसी शब्द के, इसमें बहुत से तारों के साथ बस रात का आसमान दिखाया गया था। “कन्फ्यूज्ड?” सैनी ने पूछा। “घबराओ मत। तुम एस्ट्रोनॉमी-101 में नहीं हो। तुम्हारे सामने बस शनि और रोहिणी का संयोजन है।”

इससे पहले कि कोई सवाल पूछा जाता, वो अपने रिमोट प्रेज़ेंटेशन पॉइंटर को क्लिक करके अगली स्लाइड पर बढ़ गया, जो पहली जितनी ही रहस्यमयी थी।

“ये ग्रहों का एक और विन्यास है—ज्येष्ठा में पहुंचने से पहले अविकसित मंगल,” प्रेज़ेंटेशन स्क्रीन से आती रोशनी में आश्चर्यचकित छात्रों के धुंधले से दिखते चेहरे के भावों से आनंद लेते हुए सैनी ने कहा।

अपने छात्रों को थोड़ा और उलझाने के लिए, वो जल्दी से तीसरी और अंतिम स्लाइड पर पहुंच गया। “कृत्तिका—या सैवन सिस्टर्स—के नज़दीक चंद्रग्रहण,” उसने बेपरवाही से घोषणा की और फिर प्रोजेक्टर को बंद करके क्लास में रोशनी कर दी। तो विराम क्षणिक रहा था।

“बहुत से लोग ऐसे हैं जो मानते हैं कि महाभारत मिथक है। वास्तव में, तुममें से भी कई इस महाकाव्य को एक वास्तविक ऐतिहासिक घटना नहीं, बल्कि युगों के अनुभव पर आधारित

कहानियों का संग्रह मानते होंगे। आज हम तुम्हारे विचार बदल देंगे," सैनी ने घोषणा की।

आख़री लाइन में बैठी प्रिया इससे उत्पन्न सामूहिक आश्चर्य पर खिलखिला दी। वो सैनी के निर्देशन में महाभारत की ऐतिहासिकता पर रिसर्च पूरा करने वाली थी और इस मैटर को पहले ही पढ़ चुकी थी।

सैनी ने अपनी बात जारी रखी। "महाभारत में कहा गया है कि इसके रचयिता महर्षि व्यास ने महायुद्ध से पहले सौ कौरव राजकुमारों के पिता धृतराष्ट्र से मिलकर उन्हें उन भयानक ग्रह-संबंधी अपशगुनों की चेतावनी दी थी, जो उन्होंने देखे थे। एक अपशगुन शनि और रोहिणी का संयोजन था; दूसरा था ज्येष्ठा में पहुंचने से पहले अविकसित मंगल, और तीसरा था कृत्तिका के पास चंद्रग्रहण। वही तीन संयोजन जो मैंने अभी आप लोगों को दिखाए," सैनी ने कहा। कमरे में ख़ामोशी थी और छात्र इस जानकारी को पचाने में लगे थे।

एक हाथ उठा देखकर वह रुका और उसने उस छात्र की ओर सिर हिलाया। "तो आपकी दिखाई ये स्लाइडें क्या हैं?" एक लड़के ने संशयपूर्ण भाव से पूछा। "प्राचीन रात के आसमान की नकल या उनके आधुनिक समरूपों की तस्वीरें?"

सैनी मुस्कुराया। "बहुत अच्छा सवाल है। तुमने जो तस्वीरें देखीं, ये एक ऐसे सॉफ़्टवेयर के प्रयोग से बनाए गए कंप्यूटर समरूप थे जो आसमान के चित्र तैयार करता है। ऐसा कुरुक्षेत्र—महायुद्ध का स्थल—से इतिहास के किसी भी वर्ष में किसी निश्चित दिन देखा गया होगा। इस विषय पर गहन शोध के लिए यूनीवर्सिटी ऑफ़ मैम्फ़िस के मेरे प्रोफ़ेसर नरहरि आचार का धन्यवाद करना चाहिए। प्रोफ़ेसर आचार ने ऐसे वर्षों की खोज की जिनमें शनि और रोहिणी का संयोजन हुआ होगा और उन्हें इतिहास में ऐसे एक सौ सैंतीस संयोजन मिले। फिर उन्होंने उन तारीखों की खोज की जब ज्येष्ठा तक पहुंचने से पहले मंगल अविकसित था। ऐसी सिर्फ़ सत्रह

परस्पर-व्याप्त तारीखें मिलीं। अंत में, उन्होंने उन तारीखों की खोज की जब कृत्तिका के नज़दीक चंद्रग्रहण हुआ हो और उन्हें सिर्फ़ एक ऐसी तारीख मिली जब ये तीनों नक्षत्रीय घटनाएं एक साथ हुई हों।"

सैनी रुक गया। उसे ऐसे क्षणों पर ब्रेक लेना अच्छा लगता था जब छात्र चाहते हों कि वो बोलता जाए। "प्रोफ़ेसर आचार द्वारा किए गए प्रयोग से स्पष्ट है कि महाभारत युद्ध 3067 ई.पू. में हुआ होगा—लगभग पांच हज़ार साल पहले," आख़िरकार सैनी ने कहा।

क्लास में हर कोई इतना हैरान था कि सवाल पूछने की स्थिति में ही नहीं था। एकमात्र शांत चेहरा प्रिया का था, जो ख़ामोशी से मुस्कुरा रही थी। वो जानती थी कि प्रोफ़ेसर की बात एकदम सटीक थी।

3

मैंने सुना है कि आकाशवाणी को सुनकर कंस बुरी तरह क्रुद्ध हो गया। देवकी के बाल पकड़कर, उसने उनका सिर काटने के लिए अपनी तलवार खींच ली, तो मेरे पिता वासुदेव उसके पैरों पर गिर पड़े। "यदि यह भविष्यवाणी सत्य है तो तुम्हें देवकी से डरने की आवश्यकता नहीं है। वास्तव में तुम्हारे जीवन के लिए संकट तो इसका आठवां पुत्र होगा। देवकी और मैं दोनों ही तुम्हारे बंदी बनने को तैयार हैं और मैं इसकी आठवीं संतान को स्वयं तुम्हारे पास पहुंचाऊंगा, कंस। कृपया देवकी को छोड़ दो। यह निर्दोष है," उन्होंने विनती की। इस बात से शांत होकर कंस ने अपने प्रहरियों को आदेश दिया कि वे मेरे माता-पिता को वापस मथुरा लेकर जाएं और उन्हें बंदीगृह में डाल दें। कहा जाता है कि मथुरा

पहुंचने पर कंस के क्रुद्ध पिता उग्रसेन दहाड़े, "यह क्या मूर्खता है, कंस? देवकी और वासुदेव को मुक्त कर दो, वे निर्दोष हैं। यदि तुमने मेरी अवज्ञा की, तो मैं तुम्हें बंदी बना लूंगा!" कंस राक्षसी ढंग से हंसा। "बंदीगृह में तो तुम जाओगे, बूढ़े। तुम्हारी उपयोगिता समाप्त हो चुकी है और तुम्हारी संपूर्ण सेना अब मेरे प्रति निष्ठावान है। प्रहरियो, मेरे अनुपयोगी पिता को बंदी बना लो!" कंस ने आदेश दिया। प्रहरियों ने वृद्ध और कृश राजा को पकड़ा और उन्हें कारागार में मेरे पिता और माता के पास ले गए।

"आप ग़लत थे, प्रोफ़ेसर! आचार के शोध के मुताबिक, महाभारत युद्ध के लिए दो संभावित वर्ष थे—3067 ई.पू. और 2183 ई.पू. — जो व्यवहार्य विकल्प हैं," सैनी के ऑफिस में दूध वाली मीठी चाय पीते हुए प्रिया ने कहा।

प्रिया चालीस से कुछ ही कम की थी और उसकी बढ़िया फिगर से स्पष्ट था कि वह काफी व्यायाम करती होगी, जो कभी-कभार दूध की मीठी चाय पीने के बावजूद बरकरार थी। एक मशहूर वकील की बेटी प्रिया ने अपने कैरियर के लिए कानून के बजाय इतिहास को चुनकर अपने पिता को निराश किया था। सेंट जेवियर्स कॉलेज, मुंबई में शिक्षा पाने के बाद वो इतिहास में एमए करने के लिए किंग्स कॉलेज, लंदन चली गई थी। भारत वापसी पर, उसने पढ़ाना शुरू कर दिया और फिर सैनी को खोज निकाला और उसे इस बात के लिए मनाया कि वह उसे अपनी शोध छात्र बना ले ताकि वो कृष्ण और महाभारत की घटनाओं की ऐतिहासिकता पर अपनी थीसिस को आकार दे सके। तेज़-तर्रार, ख़ूबसूरत, ऊर्जावान और जहीन प्रिया ठीक उसी तरह का भटकाव थी जो सैनी को *नहीं* चाहिए था।

सैनी का जीवन उसका काम था। कभी उसने भी किसी को

प्यार किया था। यूनीवर्सिटी ऑफ़ मैम्फ़िस के दिनों में उसने उससे शादी भी कर ली थी। लेकिन पांच साल बाद, जब उन्हें अहसास हुआ कि उनके संबंध से नयापन और ताजगी चली गई है, तो वो अलग हो गए। शादी ने इस सबको बर्बाद कर दिया था। तलाक जल्द और पीड़ारहित रहा लेकिन उसने सैनी को अपनी ज़िंदगी को पुनर्निर्मित करने और भारत वापस आ जाने के लिए मजबूर कर दिया।

"तुम ठीक कह रही हो, प्रिया," सैनी ने कहा, "लेकिन अगर इसे इस जानकारी के साथ जोड़कर देखो कि भीष्म पितामह की मृत्यु माघ के महीने में हुई थी—जो दक्षिणायन के बाद आता है—तो एकमात्र तारीख 3067 ई.पू. बचती है। ये महाभारत युद्ध के लिए एक अनूठी तारीख के रूप में सामने आती है।"

"लेकिन महाभारत युद्ध के लिए एक संभावित तारीख निश्चित करने से यह साबित नहीं होता कि ये युद्ध हुआ भी था," प्रिया ने जवाब दिया। उसकी आदत थी कि वह किसी बात की गहराई में जाने के लिए उसके उलट बोलती थी, चाहे वो उसके समर्थन में ही क्यों न हो।

सैनी चुनौती का सामने करने को तैयार था। "इसीलिए हमें ये देखने को कि क्या कोई और स्रोत इस तारीख की पुष्टि करता है, महाभारत से बाहर निकलना चाहिए। हम भारतीय स्रोतों पर भरोसा न करके यूनानी संदर्भों को देखें? चंद्रगुप्त मौर्य के दरबार में यूनानी राजदूत मैगस्थनीज़ ने कृष्ण के बारे में पहला लिखित संदर्भ दिया। उसके वर्णन में कृष्ण को हेरेक्लीज कहा गया है। यूनानियों ने बहुत से भारतीय देवी-देवताओं के नाम अपने देवी-देवताओं के नाम पर रख लिए थे और *हेरेक्लीज* नाम का यूनानी प्रयोग हरि शब्द से प्रभावित था, जोकि कृष्ण के लिए प्रयोग किया जाने वाला एक सामान्य शब्द था। तो मैगस्थनीज हमें हेरेक्लीज के बारे में क्या बताता है? वो लिखता है कि सॉरसेनोइ हेरेक्लीज का बहुत सम्मान करते थे। ये सॉरसेनोइ कौन हैं?"

"अगर मैं ग़लत नहीं हूं, तो सॉरसेनोइ वास्तव में शूरसेन थे—

वासुदेव के पिता शूरसेन के यादव वंशज। ख़ुद कृष्ण भी यादव थे," प्रिया ने कहा।

"बैक बेंचर को फुल मार्क्स," सैनी ने मज़ाक़ किया। वो आगे बोला, "मैगस्थनीज ने आगे उनके प्रमुख शहर मेथोरा का वर्णन किया है। कोई अंदाज़ा कि मेथोरा कहां था?"

"मथुरा!" प्रिया चिल्लाई।

"बिल्कुल सही!" सैनी ने कहा। "कृष्ण के बारे में यूनानियों ने दर्ज किया है कि वो सिकंदर और चंद्रगुप्त मौर्य से एक सौ अड़तीस पीढ़ी पहले रहे थे। हम चंद्रगुप्त के शासन के मध्यबिंदु को 307 ई.पू. मान सकते हैं। अब, अगर हर पीढ़ी के लिए बीस साल मान लें—जो प्राचीन भारतीय वंशों के लिए काफ़ी सही औसत है—तो कृष्ण 307 ई.पू. से 2,760 साल पहले रहे होंगे। हिसाब लगा लो! तुम्हें 3067 ई.पू. की तारीख मिलेगी, वही जो आचार के नक्षत्रीय गणित के हिसाब से आती है!"

प्रिया की आंखों में चमक आ गई। "आप तो भक्त को पूजा सिखा रहे हैं, प्रोफ़ेसर। मैं तो बस आपको आजमा रही थी," वो मुस्कुराते हुए बोली।

उसकी गंभीरता से पूरी तरह संतुष्ट न होते हुए, सैनी ने अपनी बात पर और बल दिया। "थोड़े आनंद के लिए ही सही, एक तीसरे स्रोत को भी देख लें?" उसने पूछा। "सूर्य सिद्धांत खगोल विज्ञान की एक प्राचीन कृति है जो सभी हिंदू और बौद्ध कैलेंडरों को आधार प्रदान करती है। ये ग्रंथ हमें बताता है कि 3102 ई.पू. में 18 फरवरी को ठीक आधी रात के समय, कलियुग का आरंभ हुआ। जैसा कि तुम जानती हो, भारतीय ग्रंथों में वर्णित युगों के चक्र के भाग के रूप में, कलियुग उन चार चरणों में से अंतिम चरण है जिनसे दुनिया गुज़रती है और जिसके अन्य तीन युग हैं सतयुग, त्रेतायुग और द्वापरयुग। हिंदुओं का विश्वास है कि कलियुग में मानव सभ्यता का आध्यात्मिक पतन होने लगता है क्योंकि लोग ईश्वर से दूर हो जाते हैं।"

"कलियुग का आरंभ हमें महाभारत के युद्ध की तारीख के बारे में कुछ कैसे बता सकता है?" प्रिया ने जवाब को आंशिक रूप से जानते हुए भी शरारत से पूछा।

सैनी ने अपने शब्द चुनने से पहले सवाल पर अच्छी तरह विचार किया। "हिंदू दर्शन के अनुसार, हमें ईश्वर से दूर करने वाली सबसे पहली घटना कृष्ण की मृत्यु थी। कृष्ण विष्णु के अवतार थे और उनका गुज़र जाना प्रतीकात्मक रूप से कलियुग का आरंभ था। अगर सूर्य सिद्धांत की मानें, तो महाभारत का युद्ध 2183 में नहीं, बल्कि 3067 के आसपास हुआ।"

सैनी के शब्दों को पचाते हुए प्रिया ने सिर हिलाया और पूछा, "आचार ने महाकाव्य के विभिन्न भागों के श्लोकों का विश्लेषण किया था। उनका एक निष्कर्ष ये था कि जब शनि रोहिणी पर होता है, तो ये बहुत बड़ा अपशगुन होता है। आपको इस पर विश्वास है?"

"समकालीन इतिहास में वो एकमात्र समय जानती हो जब शनि रोहिणी में था?" सैनी ने पूछा।

"नहीं। कब?"

"शनि आख़री बार रोहिणी में 11 सितंबर 2001 को आया था—वो तारीख जिसे अब हम 9/11 के रूप में याद करते हैं। अभी भी कोई शक है?" सैनी ने मंद सी मुस्कान के साथ पूछा।

"अगर महाभारत का युद्ध एक निश्चित समय और निश्चित जगह पर हुआ था, तो ऐसा क्यों है कि हम महाकाव्य के नायक कृष्ण के अस्तित्व के बारे में कोई साक्ष्य नहीं ढूंढ़ सके हैं?" प्रिया ने अपनी मीठी चाय को बेदिली से एक ओर करते हुए पूछा।

सैनी ने कंधे उचका दिए। "साक्ष्य न होने का अर्थ अस्तित्व का नहीं होना नहीं होता। 1610 में इस बात का साक्ष्य नहीं था कि सूरज सौर मंडल के केंद्र में है। पांच साल बाद, रोमन धर्माधिकरण ने ऐसा निरर्थक सिद्धांत रखने के लिए गैलीलियो पर मुकद्दमा चलाया। क्या इसका ये अर्थ हुआ कि सौर मंडल, जैसा कि आज हम इसे जानते हैं, अस्तित्व में नहीं था? किसी भी नए साक्ष्य की स्वीकृति में बस कुछ

सौ साल लगते हैं। ऐतिहासिक कृष्ण की तलाश में, हम ठीक उसी जगह हैं जहां 1610 में गैलीलियो था—एक बड़ी खोज की कगार पर जिसे दुनिया ने अभी तक स्वीकार नहीं किया है।"

सैनी रुका और फिर उसने आगे बढ़कर साज़िशी अंदाज़ से पूछा, "अगर मैं तुमसे कहूं कि गैलीलियो क्षण आ गया है तो?"

4

कंस की आत्म-पदोन्नति के बाद उसके आतंक का शासन प्रचंड हो गया। शक्तिशाली महर्षियों तक को नहीं छोड़ा गया। वे देवों के सामने जाकर गिर पड़े जो दौड़े-दौड़े वैकुंठ में मेरे घर पर मुझसे मिलने पहुंचे। "संसार को कंस के अत्याचार से बचाइए, भगवान विष्णु!" उन्होंने मेरे आगे विनती की। मैंने अपनी आंखें खोलीं और शांतिपूर्वक कहा "डरो मत! जब धर्म संकट में हो, तो मैं दमितों की रक्षा के लिए पृथ्वी पर अवतार लेता हूं। मैं शीघ्र ही देवकी के आठवें पुत्र के रूप में जन्म लूंगा और दुष्ट कंस का वध करूंगा।" संतुष्ट होकर देवों ने मेरा धन्यवाद किया और वापस अपने आवास पर चले गए और पृथ्वी पर मेरे आगमन की प्रतीक्षा करने लगे।

सफ़ेद बीएमडब्ल्यू एक्स3 तेज़ी से ओल्ड मुंबई-पुणे हाइवे पर दौड़ी जा रही थी। ड्राइविंग सीट पर एक पुरसुकून नौजवान था जिसे अपने काम को योजना के मुताबिक कर लेने का संतोष था। उसके पास वाली सीट पर जिप लगा बेल्ट बैग था जिसमें उसके काम के औज़ार थे। उसकी आंखें सामने सड़क पर चिपकी हुई थीं, लेकिन वे बेजान और रोबोट जैसी दिख रही थीं। वो सिर्फ़ पांच फ़ुट सात इंच लंबा

था लेकिन उसका ऊपरी बदन किसी बॉडीबिल्डर जैसा लगता था, जो जिम में उसकी मेहनत का नतीजा था। उसके बाल एकदम काले और सैनिकों के स्टाइल में कटे हुए थे।

तारक वकील की जयपुर से मुंबई की फ़्लाइट लेट हो गई थी और जब तक उसने एक्सटेंडेड-स्टे पार्किंग लॉट से अपनी कार निकाली, तब तक आधी रात से अधिक बीत चुकी थी। उस समय ट्रैफ़िक नहीं था। उसने म्यूजिक के लिए कार के ऑडियो सिस्टम का पॉवर बटन ऑन किया और एयर-कंडीशंड गाड़ी एक संस्कृत श्लोक में डूब गई। ये वही श्लोक था जो उसने अनिल वार्ष्णेय की दीवार पर पेंट किया था। "*म्लेच्छनिवहनिधने कलयसि करवालम्, धूमकेतुमिव किमपि करालम्, केशव धृतकल्किशरीर जय जगदीश हरे।*"

मुंबई और पुणे के बीच, वह एक प्राइवेट रोड पर मुड़ गया। बाहर लगे बोर्ड पर सिर्फ़ बिजनेस का नाम लिखा हुआ था—सम्भल स्टड फार्म। उसके पिता डॉ. वी वाई शर्मा ने साठ के दशक में पशु चिकित्सा प्रशिक्षण पूरा करने के बाद पांच घोड़ियों और एक घोड़े के साथ घोड़ों के प्रजनन का कारोबार शुरू किया था। बड़ा मुश्किल संघर्ष रहा था लेकिन आख़िरकार इससे लाभ मिला था। अब सम्भल देश के सर्वश्रेष्ठ डर्बी विजेता पैदा करता था और बॉम्बे स्टॉक एक्सचेंज पर अनुसूचित दो सौ सबसे बड़ी कंपनियों में से एक था।

तारक बल खाती सड़क पर बढ़ता रहा और घोड़े देखने की गैलरी, ऑटोमेटिड हॉर्स-वॉकर, एक्सरसाइज ट्रैक, पशु चिकित्सा क्लिनिक और अस्तबलों के पास से गुज़रता गया। सम्भल फार्म दो एकड़ से बढ़कर लगभग सौ एकड़ तक फैलकर भारत का सबसे बड़ा हॉर्स-ब्रीडिंग सेंटर बन चुका था। बीएमडब्ल्यू एक्स3 सड़क में हल्के से झुकाव से गुज़रती हुई विशाल कंट्री होम के ठीक बाहर अपनी पार्किंग में पहुंच गई।

उसने इंजन बंद किया, बेल्ट बैग को सीट से निकाला, गाड़ी से निकला और सीधा अपने सुइट को जाने वाले साइड गेट की

ओर चला गया। इस गेट के कारण वो मेन गेट का प्रयोग किए बिना, जिससे उसके माता-पिता आते-जाते थे, अपनी मर्ज़ी से आ-जा सकता था। उसकी मां इससे ख़ुश नहीं थीं लेकिन उसके पिता ने अपने बेटे की प्राइवेसी का पक्ष लिया था। "लड़के को अपनी तरह से रहने दो, सुमति। अगर अपने बच्चों से प्यार करती हो, तो तुम्हें चाहिए कि उन्हें अपने पंख फैलाने और उड़ने दो," डॉ. शर्मा ने अपनी पत्नी से कहा था।

"आपने उसकी छाती पर अजीब से टैटू देखे हैं?" चिंतित मां ने पूछा था। "वो काबू से बाहर होता जा रहा है। अब वो उस नाम—सम्पत शर्मा—का प्रयोग नहीं करता, जो हमने जन्म के समय उसे दिया था बल्कि एक अजीब से नाम तारक वकील का इस्तेमाल करता है। मुझे पता ही नहीं चलता है कि वो कब आता-जाता है। कभी-कभी तो मैं उसे हफ़्तों तक नहीं देख पाती, और आप कहते हैं कि मैं उसे पंख दूं?"

"शांत हो जाओ। वो अभी भी अपनी लॉ क्लास में सबसे ऊपर है, नहीं क्या? हमारा बेटा एक प्रतिभाशाली और असाधारण रूप से बुद्धिमान लड़का है। हमें उसके स्टाइल में अड़चन डालने के बारे में सावधान रहना चाहिए," डॉ. शर्मा ने अपनी पत्नी को सलाह दी थी।

तारक अपने कमरे में आया, बाथरूम में गया और गेट बंद कर लिया। अंडरवियर समेत अपने सारे कपड़े उतारकर उन्हें टाइलों वाली दीवार के अंदर बने फ्रंट-लोडिंग वॉशर-ड्रायर में डाल दिया। उसका ऊपरी धड़ टैटूज की भूलभुलैया बना हुआ था—उसकी मांसल छाती उन जटिल प्रतीकों से नीली पड़ चुकी थी जिन्हें अलग-अलग नहीं पहचाना जा सकता था। लेकिन विभिन्न छवियों के बीच, एक बड़ा सा चमचमाता सूरज था।

वो शॉवर क्यूबिकल में आया जहां उसने गर्म पानी की बौछार करते जेट और ढेर सारे एंटीसैप्टिक साबुन की मदद से पिछली रात के सारे निशानों को मिटा दिया।

कमर पर तौलिया बांधे, शॉवर से निकलकर, तारक सीधा एक

वॉक-इन अल्मारी में गया जहां एक इलेक्ट्रॉनिक तिजोरी थी। दस अंकों का नंबर दबाकर उसने तिजोरी खोली और लेदर की ब्राउन ट्रे को देखा जिसमें एक जैसे कई सर्जिकल नश्तर रखे थे—सभी पर 'आरएम' लिखा हुआ था। पिछले दिन वार्ष्णेय का ख़ून निकालने के लिए उसने इन्हीं में से एक का इस्तेमाल किया था। *चिंता की कोई बात नहीं है। भविष्य के लिए काफ़ी भंडार है।*

अपने बेल्ट बैग से उसने बहुत सावधानी से उस प्लास्टिक बैग को निकाला जिसमें वार्ष्णेय के घर से चुराई मुद्रा रखी थी। उसने बेल्ट और प्लास्टिक बैग को तिजोरी में अलग-अलग रखा और फिर उसे बंद कर दिया। मुद्रा को वह बाद में ध्यान से देखेगा।

तौलिया पहने हुए ही वह अपने सुइट के लिविंग एरिया में गया। एक कोने में चमचमाते स्टील का बड़ा सा आधुनिक पिंजरा रखा था जिसमें उसका इकलौता निवासी—उसका पालतू तोता शुक—मौजूद था।

"मॉर्निंग, शुक," उसने तोते से नर्मी से कहा। "गुड मॉर्निंग, मास्टर," तोते का कर्कश प्रशिक्षित जवाब मिला। उसके मास्टर ने ख़ुश होकर पिंजरे के अंदर पानी और दाना बदल दिया।

जीन्स और कॉटन की सफ़ेद टी शर्ट पहनकर, उसने अपने सुइट को लॉक किया और अस्तबलों की ओर जाने लगा। उसे उस गेट पर जाना था जिस पर 'डीडी' लिखा हुआ था। घोड़ों के फार्म पर बड़ा होने की वजह से उसे घोड़ों से प्यार था। जब वो सिर्फ़ पंद्रह साल का था, तब उसके पिता ने उसे डीडी दिया था। घोड़े को वरज़िश कराने, संवारने और खिलाने में वह घंटों बिता देता था। डीडी का बाप स्टड-फार्म का आठ बार चैंपियन बना था। चैंपियन ने दो सौ से ज़्यादा विजेता और एक हज़ार से ज़्यादा जीतें दी थीं, और घुड़दौड़ों में दसियों लाख की बाजियां हासिल की थीं।

"क्या हाल है, डीडी?" उसने घोड़े को प्यार से थपथपाते हुए पूछा। शुरू करने से पहले ये पक्का करते हुए कि रकाबें चमड़े से जोड़ दी गई हैं, उसने काठी को इस तरह रखा कि हरना घोड़े के

स्कंध के ऊपर रहे। दूसरी ओर जाकर, उसने कसन को बांधा और फिर डीडी के पेट के नीचे हाथ डालकर उसने उसे बस इतना भर कसा कि वो आरामदेह रहे। घोड़े को तैयार करने के बाद, वो तेज़ी से उस पर चढ़ा, उसने उसके अयाल को प्यार से सहलाया और कहा, "चल, डीडी!"

वो दौड़ते हुए चरागाह में पहुंचे, तो तारक ने अपनी जीन्स की पिछली जेब से अपना आईफ़ोन निकाला और एक स्पीड-डायल की दबाई। जवाब देने वाली महिला की रूखी आवाज़ ने बस इतना पूछा "हां?"

"नमस्कार, माताजी," तारक ने सम्मानपूर्वक कहा।

"नमस्कार। क्या पहला गिर गया?" रहस्यमयी आवाज़ ने पूछा।

"जी। वो मर गया," तारक ने जवाब दिया।

"बढ़िया। वो तुम्हारे पास हैं?" रूखी आवाज़ ने पूछा।

"सिर्फ़ एक। उसके पास चारों होनी चाहिए थीं—द्वारका, कालीबंगा, कुरुक्षेत्र और मथुरा की। बदकिस्मती से, मुझे घर में सिर्फ़ एक मुद्रा मिली," तारक ने थूक निगला। दूसरी ओर ख़ामोशी रही। तारक नर्वस था।

"घबराओ मत। वो भी हमारी होंगी। तुम्हें बेस प्लेट मिली?" आवाज़ ने पूछा।

"नहीं, वहां नहीं थी, माताजी," तारक ने घबराते हुए जवाब दिया।

"सब समय के साथ होगा," आवाज़ ने कहा। "प्रार्थना करो। मेरे साथ बोलो, "ॐ श्री पृथ्वी रक्षकाय नम:..."

"ॐ श्री पृथ्वी रक्षकाय नम:," तारक ने दोहराया।

"ॐ श्री मांगल्य दायकाय नम:," माताजी ने पाठ किया।

"ॐ श्री मांगल्य दायकाय नम:," तारक ने प्रतिध्वनि की।

"ॐ श्री मूलाधार चक्र पूजकाय नम:," माताजी ने उच्चारण

किया।

"ॐ श्री मूलाधार चक्र पूजकाय नमः," तारक ने तोते की तरह दोहराया।

सर्वशक्तिमान ईश्वर के पूरे एक सौ आठ नामों का उच्चारण होने तक फ़ोन पर बातचीत जारी रही।

5

मेरे माता-पिता, वासुदेव और देवकी, को सीलन भरी दीवारों वाली एक मलिन कालकोठरी में डाल दिया गया। यद्यपि कालकोठरी पूरी तरह सुदृढ़ थी, पर फिर भी कंस के आदेश पर उन्हें दीवार के साथ बेड़ियों से बांध दिया गया था। कुछ महीने पश्चात, मेरी मां ने अपने पहले पुत्र को जन्म दिया। कंस जानता था कि उसे पहले सात बच्चों से डरने की कोई आवश्यकता नहीं थी, लेकिन अनिष्टकारी नारद मुनि ने कंस के पास आकर उसे उलझा दिया। "कंस, आठवां बच्चा कौन सा हुआ?" उन्होंने अर्थपूर्ण ढंग से पूछा। "क्या यह गिनने की दिशा पर निर्भर नहीं करता? यदि उल्टा गिनें, तो आठवां भी पहला हो सकता है... या फिर पहला ही आठवां हो सकता है!" कंस तीव्रता से कारागार की कोठरी में पहुंचा, उसने नवजात शिशु को मेरी मां की गोद से लिया और मासूम शिशु को दीवार पर दे मारा। रक्त और चीथड़े बिखरकर मेरे माता-पिता पर जा पड़े और वे आतंकित और निराश से देखते रह गए।

रक्त और चीथड़े दीवार से लेकर फ़र्श तक बिखरे हुए थे। लेकिन

इंस्पेक्टर राधिका सिंह लाश को बिना किसी भाव के देख रही थी। उसने अपनी नौकरी के इतने बरसों में बहुत सी लाशें देखी थीं। उसकी आंखें मशीनी ढंग से ख़ून के ढेर में पड़े निर्जीव शरीर को घूर रही थीं। उसने लाश के सिर पर पहिये जैसा चिह्न और उसके ऊपर दीवार पर संस्कृत में लिखा श्लोक देखा। उसने 'आरएम' चिह्नित स्वान-मॉर्टन नश्तर देखा। सिंह की नज़र से कम ही चीज़ें चूकती थीं।

राधिका सिंह ने अपने कैरियर की शुरुआत मेयो कॉलेज में इतिहास, भूगोल और नागरिकशास्त्र की शिक्षिका के रूप में की थी। छोटे से शहर अजमेर में जन्मी राधिका का दिल तब टूट गया था, जब सीमा सुरक्षा बल में नियुक्त उसके कमांडेंट पति को जैशे-मोहम्मद के दो आतंकवादियों ने गोलियों से छन्नी कर डाला था। राधिका ने न सिर्फ़ साहसपूर्वक अपने पति की रक्षा करने की कोशिश की, बल्कि उसने एक हमलावर को चाकू भी मार दिया जिसके नतीजे में वो गिरफ़्तार हो गया था। सिर्फ़ तीस साल की उम्र में विधवा हो गई सिंह ज़िंदगी की दी गई चोटों के कारण ग़ुस्से में खौलने लगी। इत्तफाक से उसी समय देश का पहला सर्व-महिला पुलिस थाना—या एडब्ल्यूपीएस—खोलने का प्रयोग किया जा रहा था। अपनी बहादुरी के लिए भारतीय राष्ट्रपति द्वारा कीर्ति चक्र से सम्मानित सिंह मेयो में अपनी लेक्चरर की नौकरी छोड़कर भारतीय पुलिस सेवा में शामिल हो गई और ऐसा करने वाली सबसे पहली महिलाओं में से एक हो गई। जल्दी ही, सिंह ने ख़ुद को उस पंद्रह सदस्यीय टीम का भाग बना पाया जो महिलाओं के ख़िलाफ़ अपराधों को रोकने और हल करने में लगी हुई थी।

एक साल बाद, आईपीएस के विभिन्न विभागों की लगभग पचास महिलाओं के साथ सिंह कमांडो प्रशिक्षण लेने लगी। उनमें से तीस का चयन किया गया और उन्होंने बारह सप्ताह तक ज़बरदस्त प्रशिक्षण कोर्स किया। बुनियादी शारीरिक प्रशिक्षण, अग्निशमन और मार्शल आर्ट्स के अलावा, महिला कमांडो प्रशिक्षुओं को सड़क से हटकर ड्राइविंग, घुड़सवारी, रेत में दौड़ना, तैराकी, पैरासेलिंग,

निशस्त्र लड़ाई, दीवारें फलांगना, नौकायन और चट्टानों पर चढ़ना भी सिखाया गया। उन्हें एके-47 और लाइट मशीनगन चलाना भी सिखाया गया। प्रशिक्षण कार्यक्रम की अन्य चीज़ों में बम खोज व निपटान और हाइजैक और बंधक परिस्थितियों से निबटना शामिल था। काम पर वापस आने के तीन महीने बाद, सिंह ने पुरुष कमांडोज और पुलिसवालों को हराते हुए राज्य पुलिस निशानेबाजी चैंपियनशिप जीती थी।

शिकारी कुत्ते की तरह गंध को सूंघकर उसके स्रोत तक पहुंच जाने की योग्यता के कारण पुलिस बल की वरिष्ठ सदस्या सिंह को उसके साथी अक्सर 'स्निफ़र सिंह' कहते थे। वो न केवल बहुत मेधावी थी, बल्कि उसमें खच्चर जैसी दृढ़ता और बैल जैसी ताकत भी थी। जहां किसी ऑपरेशन के दौरान उससे आधी उम्र के नौजवान हार मान लेते थे, वहां वह कई-कई दिन तक धैर्यपूर्वक काम करती रहती थी।

तैंतालीस वर्षीय राधिका सिंह का शरीर एक राजपूत योद्धा जैसा और विश्लेषक मस्तिष्क तमिल इंजीनियर जैसा था। उसके मुख्य आहार बादाम, दूध और सिगरेट थे। किसी भी समय वह अपनी जेब में से मुट्ठी भर बादाम निकालती और उन्हें धीरे-धीरे कुछ सोचते हुए चबाने लगती। सिगरेट पीने की आदत ट्रेनिंग के दौरान लगी थी लेकिन उसे पूरा विश्वास था कि बादाम और दूध निकोटीन के प्रभाव को मिटाने के लिए काफ़ी हैं। उसे देखकर लगता भी था कि बादाम और दूध अपना काम पूरी ईमानदारी से कर रहे हैं। राधिका का शरीर एकदम सुडौल था, जिससे उसकी उम्र का पता नहीं लगता था। उसका रंग हाथीदांत के समान चिकना था।

सिंह की शादी घरवालों की पसंद से और काफ़ी जल्दबाजी में हुई थी लेकिन ज़्यादातर अरेंज्ड शादियों के विपरीत जहां प्यार वैकल्पिक होता है, उसे आख़िरकार अपने पति से प्यार हो गया था। उसकी मौत के दिन सिंह की दुनिया के लाखों नन्हे-नन्हे टुकड़े हो गए थे। उस दिन के बाद से उसने जीवनसाथी के रूप में अपने काम

को चुन लिया था। ऐसा लगता था जैसे उसके लिए अपराधियों की तलाश करना अपने दिवंगत पति को श्रद्धांजलि देने का तरीका था। उसके अलग-थलग व्यवहार के कारण उसके पुरुष साथी उसकी आलोचना करते थे लेकिन सिंह को कोई परवाह नहीं थी। उसकी इकलौती परवाह थी आक्रामक ढंग से अपराधियों की तलाश करना और उन्हें कानून के सामने पहुंचाना। उदासी या निराशा के क्षणों में, वो हरि का जाप करते हुए ध्यान करती थी। उदासीनता, अक्षमता और भ्रष्टाचार के लिए मशहूर राधिका सिंह को दिए गए केस विरले ही लंबे समय तक अनसुलझे रहते थे।

"मुझे लाश के सिर के फ़ोटो चाहिएं और इसके माथे पर इस निशान के फ़ोटो को ज़ूम कराना," वो अपने सब-इंस्पेक्टर राठौड़ पर ग़ुर्रायी। "लाश के ख़ून का सैंपल लो और इसके आसपास पड़े ख़ून का भी। ये भी देखो कि क्या दीवार पर श्लोक इसी ख़ून से लिखा गया है।"

राठौड़ ने बहुत ध्यान से उसके निर्देशों को लिखा और उन्हें अपने मातहतों तक पहुंचाया। "क्या हम जानते हैं कि मरने वाला कौन था?" सिंह ने पूछा।

"मैडम, यह कोई मि. अनिल वार्ष्णेय लगता है। इसकी पहचान उस नौकर ने की जो अपने काम पर रोज की तरह सुबह आठ बजे आया था," राठौड़ ने अपनी बॉस को जवाब दिया।

"क्या लाश को मेडिकल एग्जामिनर ने देख लिया है? मौत के समय का कुछ पता चला है?" सिंह ने पूछा।

"अभी नहीं, मैडम। वार्ष्णेय एक प्रतीकवादी था जो कालीबंगा की पुरातात्विक खुदाई में एक प्रोजेक्ट पर काम कर रहा था। नौकर के मुताबिक, वार्ष्णेय के पास रात के खाने पर कोई व्यक्ति आया था। नौकर से कहा गया था कि वह बर्तन धोने के बाद जा सकता है।"

"नौकर किस समय गया था?"

"रात को लगभग नौ बजे।"

"मेहमान तब तक जा चुका था?"

"मेहमान को रात को जयपुर होते हुए दिल्ली तक ड्राइव करना था लेकिन जब नौकर गया था तब तक वो वार्ष्णेय के साथ ही था।"

"नौकर की जांच-पड़ताल और उसकी हरकतों पर नजर रखो," सिंह ने अपनी जेब में माला के मोतियों को फेरते हुए बेध्यानी से कहा, जबकि उसका अचेतन मन हरि का नाम बोल रहा था। "सारे घर से फिंगरप्रिंट्स लो, ख़ासकर लाश के पैर के उस नश्तर से। और हां, मुझे पता करके बताओ कि दीवार पर लिखे श्लोक का अर्थ क्या है। इस बीच, पता करो कि ये मेहमान कौन था। लगता है कि वार्ष्णेय को ज़िंदा देखने वाला वो आख़री आदमी था। शायद वो कोई मनोरोगी हो। मैं उसे इतनी आसानी से जाने नहीं दूंगी।"

6

वर्ष बीतते गए और कारागार में मेरे माता-पिता के पांच और पुत्रों ने जन्म लिया। प्रत्येक शिशु के जन्म पर, कंस कालकोठरी में आता और तुरंत नवजात को मार डालता। देवकी मानसिक और शारीरिक रूप से चुक गईं। छह पुत्रों को एक के बाद एक मारे जाते देखना एक अंतहीन बुरे सपने जैसा था। इस बीच भगवान शेषनाग ने—जिन्होंने एक पूर्व युग में जब मैंने राम के रूप में जन्म लिया था, तो मेरे छोटे भाई लक्ष्मण के रूप में अवतार लिया था—देवकी के गर्भ में प्रवेश किया ताकि वे देवकी के सातवें शिशु मेरे बड़े भाई बलराम के रूप में जन्म ले सकें। दैवीय हस्तक्षेप द्वारा भ्रुण गोकुल में रह रही वासुदेव की पहली पत्नी रोहिणी के गर्भ में स्थानांतरित हो गया, और इसका निष्कर्ष देवकी के लिए प्रकट रूप

से सातवें शिशु का गर्भपात हुआ।

रवि मोहन क्लास में था और उस नोट को पढ़ रहा था जो कालीबंगा दौरे के दौरान उसके दोस्त वार्ष्णेय ने उसे दिया था। उसने कई बार पढ़ने की कोशिश की लेकिन फिर भी यह नहीं समझ पाया था कि उसका दोस्त क्या कहना चाह रहा था। *उफ़, वार्ष्णेय, तेरे अंदर के भाषाविज्ञानी ने सब कितना जटिल बना दिया है,* सैनी ने सोचा।

> *डीटेल रखनास! एडीस-ब्रेटा-वीअल्ब डीएनए। रैट्स एनिस्पाइटर। एक्सिस रेड नेरस एजार! सिटिह सैलिएक रोह सैलैक। एक्सएनआई डायलर, डायल, डेविल। पिट्टा पॉट फेलनॉक्स। स्ट्रैप लेमीना ऑन स्टैट्स। पीक स्लिपअप डेजर्ट्स। टब ट्रैम्स। ए किट सॉ स्लैरेम। अन वार्डर!*

वार्ष्णेय के अटपटे शब्दों से ऊबकर, रवि मोहन सैनी ने नोट को अपनी जेब में रखा और अपने छात्रों के साथ पिछले दिन के मैटर की समीक्षा करने लगा कि तभी क्लास में कुछ बिन बुलाए मेहमान आ गए। नई दिल्ली के सहयोगियों के साथ इंस्पेक्टर राधिका सिंह और सब-इंस्पेक्टर राठौड़ क्लास में आ गए।

"मि. रवि मोहन सैनी मैं आपको अनिल वार्ष्णेय की हत्या के संदेह में गिरफ़्तार कर रहा हूं," राठौड़ ने सपाट आवाज़ में कहा। "भारतीय संविधान की धारा बीस का अनुच्छेद तीन आपको स्वयं को दोषी ठहराए जाने के ख़िलाफ़ अधिकार देता है। आप चाहें तो कानूनी सलाहकार की भी मदद ले सकते हैं। लेकिन अभी प्लीज़ हमारे साथ चलिए।" आख़री वाक्य शिष्टतापूर्वक बोला गया था, लेकिन निवेदन नहीं बल्कि आदेश था।

भौंचक्के छात्र आपस में कानाफूसी करने लगे। नामुमकिन! सैनी परिष्कृत और सभ्य शिक्षाविद का उदाहरण था। किसी के लिए ये कल्पना करना भी अजीब था कि वो हत्या कर सकता है।

"हत्या? अनिल मर गया?" सैनी ने अविश्वास से पूछा। "मैं उससे दो दिन पहले ही तो मिला था। वो ज़िंदा था और ठीक था। ज़रूर कोई ग़लतफ़हमी हुई है!"

"कोई ग़लतफ़हमी नहीं है, मि. सैनी," इंस्पेक्टर राधिका सिंह ने शांत भाव से कहा। "अनिल वार्ष्णेय की लाश उनके घर में उस रात की सुबह पाई गई जब आपने उनके साथ डिनर किया था। उन्हें ज़िंदा देखने वाले आप आख़री आदमी थे, जिसका मतलब ये भी है कि आप हमारे प्रमुख संदिग्ध हैं। मेरे ख़्याल से बेहतर होगा कि हम ये बातचीत कस्टडी में करें।"

सैनी ने मूर्खभाव से सिर हिलाया, लगभग ऐसे जैसे उसकी समझ में कुछ नहीं आया हो। दोस्त के क़त्ल की ख़बर ही इतनी बुरी थी, और अब उस पर हत्या का आरोप लगाया जा रहा था, और तो और उसे भरी क्लास के सामने से जेल ले जाया जा रहा था। क्या हालात इससे बदतर हो सकते थे? हमेशा की तरह आख़री लाइन में बैठी प्रिया उठ खड़ी हुई। उसने राधिका सिंह के पास जाकर पूछा, "आपके पास इनकी गिरफ़्तारी का वारंट है?"

सिंह ने राठौड़ की ओर सिर हिलाया जिसने अपनी शर्ट की जेब से वारंट निकालकर सैनी की ओर बढ़ा दिया। सैनी इतना हक्का-बक्का था कि उसे पढ़ नहीं पाया और बिना कुछ सोचे प्रिया की ओर बढ़ा दिया जो पूरी सावधानी से उसे पढ़ने लगी।

"क्या प्रोफ़ेसर सैनी जमानत के लिए दरख़्वास्त दे सकते हैं?" उसने पूछा।

"हां, लेकिन चूंकि क़त्ल राजस्थान में हुआ है, इसलिए मि. सैनी को राजस्थान पुलिस गिरफ़्तार कर रही है, न कि दिल्ली पुलिस। मि. सैनी को हमारे साथ जयपुर चलना पड़ेगा, जहां इन्हें हिरासत में रखा जाएगा और सेंट्रल जेल में इनसे पूछताछ होगी। इनके वकील गिरफ़्तारी के 24 घंटे के अंदर चीफ़ जुडीशियल मजिस्ट्रेट के सामने जमानत की अर्जी दे सकते हैं," राठौड़ ने समझाया।

प्रिया ने सिर हिलाया। सैनी की ओर मुड़कर उसने कहा,

"घबराइए मत, प्रोफ़ेसर! जैसा कि आप जानते हैं, मेरे पिता, संजय रतनानी, बहुत बड़े क्रीमिनल लॉयर हैं। मैं उनसे आपका केस लड़ने को कहूंगी। मुझे यक़ीन है वह सब ठीक कर देंगे। लेकिन फिलहाल आपके पास इनके साथ जाने के अलावा कोई विकल्प नहीं है।"

"बाहर पुलिस की गाड़ी इंतज़ार कर रही है। हमें यक़ीन है कि आप भागेंगे नहीं और शिष्टतावश हम आपको हथकड़ी नहीं पहना रहे हैं," राठौड़ ने कहा और वह लीडिंग ऐकेडमिक से अब हत्या के मेन सस्पेक्ट बन चुके रवि मोहन सैनी को बाहर खड़ी पुलिसवैन तक ले जाने लगा। उसका अनंत बुरा सपना अब शुरू हो रहा था।

रवि का दिमाग़ अपने आसपास घट रही घटनाओं से परेशान था और वो कालीबंगा में वार्ष्णेय के साथ अपनी आख़री मुलाकात को याद करने की कोशिश कर रहा था।

7

अंतत: पृथ्वी पर मेरे आने का समय हो गया और मैं देवकी और वासुदेव के सामने उनकी कारागार की कोठरी में प्रकट हुआ। मुझे मेरे सर्वशक्तिमान स्वरूप में देखकर, देवकी और वासुदेव मेरे चरणों में गिर पड़े। मैंने उन्हें बताया कि अब उनके आठवें पुत्र के रूप में मेरे जन्म लेने का समय आ गया है। मैंने उन्हें यह भी बताया कि मैं उनके मस्तिष्क से अपनी भेंट भुला दूंगा ताकि वे माता-पिता बनने के सामान्य आनंद और कष्टों का अनुभव कर सकें। इस बीच, यशोदा—मेरे पिता के चचेरे भाई नंद की पत्नी—गोकुल में एक पुत्री को जन्म देने वाली थीं। जैसे ही देवकी ने मुझे जन्म दिया, एक वाणी ने मेरे पिता को शिशुओं को बदल देने का आदेश दिया।

उस दिन तापमान उन्चास डिग्री सेल्सियस जा पहुंचा था। कालीबंगा का पुरातात्विक स्थल फ्राइंग पैन बना हुआ था। पत्थर पर कच्चे अंडे को तोड़कर पकाया जा सकता था।

मीलों तक रेत के टीलों और कहीं-कहीं बबूल की कंटीली झाड़ियों से घिरी, दिल्ली-बीकानेर लाइन पर हनुमानगढ़ रेलवे स्टेशन से राजस्थान के सबसे बड़े प्रागैतिहासिक स्थल को जाने वाली सड़क गड्ढों से भरी पड़ी थी। महिंद्रा जाइलो को उन भागों पर चलने में दिक़्क़त हो रही थी जहां सड़क बिल्कुल ही ग़ायब थी।

गाड़ी के अंदर अनिल वार्ष्णेय के साथ रवि मोहन सैनी था—वार्ष्णेय का सबसे क़रीबी स्कूली दोस्त। दोनों आदमी गाड़ी में पीछे बैठे थे जबकि हैरान-परेशान ड्राइवर ख़तरनाक उतार-चढ़ावों से जूझ रहा था। वार्ष्णेय अपने दोस्त का मेज़बान था, जो एक सेमिनार में भाग लेने के लिए राजस्थान आया हुआ था। तंदूर जैसे तापमान के बावजूद उसे कालीबंगा चलने के लिए ललचाना बहुत मुश्किल साबित नहीं हुआ था।

"कोई भी समझदार इंसान इस बंजर रेगिस्तान के बीच में एक शहरी बस्ती क्यों स्थापित करना चाहेगा?" सैनी ने पूछा और उसके अंतिम कुछ शब्द गाड़ी के झटके में डूब गए।

वार्ष्णेय हंसने लगा। "अब समय आ गया है कि तुम अपने इतिहास को दोबारा लिखो, रवि! रिमोट अर्थ-सेसिंग सैटेलाइट से मिला सबूत एकदम ठोस है। पांच हज़ार साल पहले एक शक्तिशाली नदी—जिसे वेदों में आमतौर पर सरस्वती कहा गया है—इस बंजर रेगिस्तान से होती हुई अरब सागर में जाकर मिलती थी। अपने चारों तरफ़ तुम जो उजाड़पन देख रहे हो, यहां पांच हज़ार साल पहले प्रचुर हरियाली और चरागाहें हुआ करती थीं! कालीबंगा उसी महान सरस्वती सभ्यता का भाग था।"

"तो सरस्वती कोई काल्पनिक नदी नहीं थी, जैसा कि कुछ प्रख्यात इतिहासकारों का कहना है?" सैनी ने शरारत से पूछा, ये जानते हुए कि इस प्रश्न से वार्ष्णेय चिढ़ जाएगा।

"सरस्वती के काल्पनिक होने का विचार उतना ही हास्यास्पद है जितना कि आर्य आक्रमण का ये सिद्धांत कि सिंधु घाटी सभ्यता को मादक सोमरस के नशे में धुत पश्चिमी लोगों ने नष्ट किया था!" वार्ष्णेय ने बोतल से मिनरल वॉटर निकालकर अपने मुंह पर छींटे मारते हुए चिढ़कर कहा। गाड़ी की सीट पर संभलकर बैठते हुए, वार्ष्णेय अपने चमड़े के बैग में काग़ज़ों में कुछ तलाशने लगा। एक-दो मिनट बाद उसे आख़िरकार वो चीज़ मिल गई जिसे वो तलाश रहा था। उसने एक नक़्शा निकाला और उसे सैनी को दिखाने के लिए बड़े फूहड़पन से उसके आगे फैला दिया।

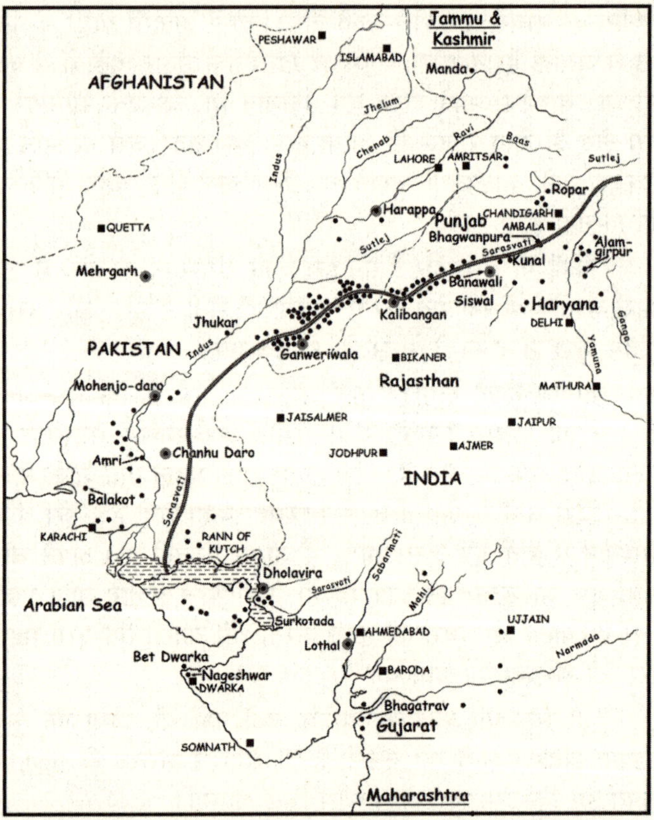

"ये देख रहे हो?" उसने नक़्शे पर दिखाते हुए कहा। "ये नक़्शा इसरो—इंडियन स्पेस रिसर्च ऑर्गेनाइजेशन—के सैटेलाइटों द्वारा ली गई तस्वीरों को जोड़कर बनाया गया है। पुरातात्विक उत्खनन और भौगोलिक खोजें इन तस्वीरों की पुष्टि करती हैं। सिंधु घाटी सभ्यता को इस नाम से सिर्फ़ इसलिए पुकारा जाता है कि सबसे पहले खोजे गए कुछ स्थल सिंधु के किनारे थे। अब ये तथ्य सिद्ध हो चुका है दो हज़ार छह सौ में से दो हज़ार से ज़्यादा स्थल वास्तव में कभी शक्तिशाली रही सरस्वती नदी के किनारे थे। तुम्हें नहीं लगता कि अब सिंधु घाटी सभ्यता का नाम बदलकर सरस्वती सभ्यता कर देना चाहिए?"

सैनी उस नक़्शे को देखने लगा जो वार्ष्णेय पकड़े हुए था। सरस्वती का सूख चुका तल स्पष्ट दिखाई दे रहा था। पांच हज़ार साल पहले, सरस्वती भारत की सबसे शक्तिशाली नदी रही होगी, जबकि यमुना और सतलज महज उपनदियां रही होंगी। भारतीय उपमहाद्वीप की विवर्तनिक हलचल के नतीजे में सरस्वती पश्चिम-उत्तरपश्चिम को पलायन कर गई। इसका प्रभाव ये हुआ कि इसकी दो उपनदियां, यमुना और सतलज, विपरीत दिशाओं में पलायन कर गईं और यमुना गंगा से जबकि सतलज सिंधु से जा मिली।

"मुझे विश्वास है कि तुम मुझे इस रेगिस्तान के बीच एक शहरी सभ्यता का नाम बदलने पर बातचीत करने के लिए नहीं लाए हो," सैनी ने कहा। "चलो, बोलो भी!"

वार्ष्णेय नर्वस सा हंसा। सैनी से कुछ छुपाने का कोई फ़ायदा नहीं था। उनके बचपन की दोस्ती का मतलब था कि सैनी उसे खुली किताब की तरह पढ़ सकता था। वार्ष्णेय ने नक़्शे को तह किया, उसे अपने थैले में वापस रखा और अपने बैग से गत्ते की एक छोटी सी डिब्बी निकाली। सैनी ने ढक्कन हटाया।

डिब्बी के अंदर ऊनी कपड़े के अस्तर का एक खोल था जिस पर 20 गुणा 20 मिमी आकार की एक आयताकार मुद्रा रखी थी। मुद्रा के पीछे पट्टी या धागे के लिए दिए जाने वाले छेद के बिना परंपरागत रूप से एक चौकोर खूंटी थी। सैनी ने सांस खींची और उसे देखकर उसका दिल धड़कने लगा।

8

श्रावण माह के शुक्ल पक्ष की आठवीं रात को शुभ रोहिणी नक्षत्र में मेरा जन्म हुआ। मेरे निर्देशानुसार, वासुदेव मुझे एक टोकरी में लेकर कारागार से बाहर निकल गए। इसे संभव बनाने के लिए, मैंने सुनिश्चित किया था कि सारे पहरेदार गहरी नींद में सोए रहें, और मेरे पिता की बेड़ियां स्वयं टूट जाएं। मैंने कारागार के द्वार को भी खोल दिया था, ताकि वे आसानी से वहां से निकल सकें। यह मूसलाधार वर्षा वाली रात थी, और मथुरा से गोकुल पहुंचने के लिए यमुना नदी को पार करना आवश्यक था, जोकि पूरे चढ़ाव पर थी। जब कोई नाव दिखाई न दी, तो मेरे पिता ने निर्णय लिया कि वे उस टोकरी को जिसमें मैं था, सिर पर रखकर उस

भयानक नदी को बिना किसी सहायता के पार करेंगे। जब यमुना को यह अनुभव हुआ कि टोकरी में मैं हूं, तो वह चमत्कारिक ढंग से उतर गई ताकि मेरे पिता आसानी से पार जा सकें।

"ये तुम्हें कहां मिली?" सैनी ने मुद्रा को हाथ में लेकर उत्साहित होते हुए पूछा।

"मेरे एक प्रिय दोस्त, डॉ. निखिल भोजराज, गुजरात के तट पर गहरे समुद्र में गोताखोरी अभियान चला रहे हैं। ये उनकी टीम को मिली थी और उन्होंने मुझे भेज दी। उन्हें लगा कि इन प्रतीकों के अर्थ का सही अंदाज़ा लगाने के लिए मैं सबसे उपयुक्त आदमी हूं," वार्ष्णेय ने बताया।

"प्रतीक? ये तो जानवरों जैसे दिखते हैं," सैनी ने कहा।

"बिल्कुल सही। ये बैल, यूनिकॉर्न और बकरी के डिजाइन हैं जिन्हें इस मुद्रा में सामने की ओर घड़ी चलने की विपरीत दिशा में बनाया गया है। तुम इसका महत्व समझ रहे हो ना?" वार्ष्णेय ने पूछा।

सैनी ने आश्चर्य से सिर हिलाया। "सिंधु घाटी सभ्यता—माफ़ करना, सरस्वती सभ्यता—की मुद्राओं पर सबसे सामान्य छवि यूनिकॉर्न की है। ये सिर्फ़ एक प्रतीकात्मक पशु है लेकिन इसका बहुत बड़ा महत्व है। महाभारत में एकश्रृंग—जिसका शाब्दिक अर्थ है एक सींग वाला—नाम के एक बहुत महत्वपूर्ण यूनिकॉर्न का उल्लेख है, जो विष्णु-कृष्ण के और उस वैदिक ज्ञान के एक प्रमुख प्रतीक के रूप में सामने आता है जोकि वो सिखाता था। यूनिकॉर्न भगवान विष्णु के शूकर अवतार, वराहावतार, से संबंधित है..." वो उत्साहपूर्वक बोलने लगा।

"हां, हां," वार्ष्णेय ने बेचैनी से बीच में टोका, "लेकिन तुम्हारे लिए इससे भी ज़्यादा महत्वपूर्ण एक संकेत है, दोस्त। *मुद्रयास: गच्छन्तु रजनो ये गन्तुमिप्सव: न च मुद्रा प्रवेशतव्यो द्वारपालस्य*

पश्यत:..." उसने संस्कृत में बोलना शुरू किया।

सैनी हंसने लगा। "बिल्कुल! अभी जो तुमने कहा, वो हरिवंश—महाभारत का एक परिशिष्ट—का अनुच्छेद है जिसमें एक संदर्भ है जो कहता है कि द्वारका के प्रत्येक नागरिक को पहचान के लिए एक तीन सिर वाली मुद्रा साथ लेकर चलना चाहिए। जो वाक्य तुमने अभी उद्धृत किया है, उसमें आगे है कि ये सुनिश्चित करना पहरेदारों का कर्तव्य है कि हर नागरिक मुद्रा को साथ लेकर चले और बिना मुद्रा वाले किसी भी व्यक्ति को प्रवेश न करने दिया जाए। लेकिन इस सबका कालीबंगा में तुम्हारी खुदाई से क्या संबंध?" सैनी ने पूछा।

"विभिन्न स्थलों पर इसी ख़ास डिज़ाइन वाली ऐसी ही मुद्राएं पाई गई हैं। बरसों से हमें ये बताया जाता रहा है कि कृष्ण एक मिथकीय व्यक्तित्व हैं, युगों से चली आ रही हमारी सामूहिक कल्पना का उत्पाद हैं। हमें ये भी बताया गया है कि सरस्वती के स्थल महाभारत से कई हज़ार साल पहले के हैं। ये कोरी बकवास है, मेरे दोस्त। सरस्वती सभ्यता पूर्व-वैदिक बस्ती नहीं थी। ये पृथ्वी पर सबसे महान वैदिक समुदाय था और इस महान सभ्यता के निवासियों ने ही वेद और उपनिषद लिखे थे। इसीलिए कालीबंगा और मोहनजोदड़ो इतने अहम हैं। हमने कालीबंगा में अग्निवेदियां खोजी हैं, जिसका मतलब है कि ये वाकई एक वैदिक बस्ती थी। मोहनजोदड़ो में हमें महा-स्नानागार मिला था जो आनुष्ठानिक स्नान के लिए इस्तेमाल होता था, और ये वैदिक उपासना की एक और बानगी था। हमें यौगिक समाधि दर्शाती मुद्राओं के अलावा सैकड़ों ऐसी मुद्राएं भी मिली हैं जिन पर स्वास्तिक अंकित है जो वैदिक मूल का प्रतीक है। सरस्वती जीवित नदी थी जिसके किनारे पर दुर्योधन और भीम ने महाभारत युद्ध का अपना आख़री द्वंद्व लड़ा था। तुम्हारे हाथ में कृष्ण के द्वारका साम्राज्य के लिए उनकी प्राचीन पासपोर्ट प्रणाली है जिसका वर्णन हरिवंश में किया गया है!" वार्ष्णेय ने कहा, जिसका चेहरा उत्साह से लालिमायुक्त हो रहा था।

"तो मैं तुम्हारी योजनाओं में कहां आता हूं?" उत्सुक और उत्साहित सैनी ने पूछा।

वार्ष्णेय ने सैनी को देखा। "तुम सिर्फ़ मेरे सबसे अच्छे दोस्त ही नहीं हो, रवि, तुम मेरे भाई जैसे हो। एक दिन तुम्हें अहसास होगा कि ये कथन अचानक उत्साह में कही गई बात नहीं है बल्कि तर्क पर आधारित है। मैं तुम्हारी आनुवांशिक संरचना को जानता हूं, मेरे दोस्त! अभी जो चीज़ मैंने तुम्हें दिखाई है, वो द्वारका के तट पर मिली एक मुद्रा है। ये मुद्रा निखिल भोजराज को वापस लौटा दी जाएगी जिन्होंने इसे खोजा था। मैं जो चीज़ तुम्हें सुरक्षित रखने के लिए देने वाला हूं वो ऐसी ही मुद्रा है जो मैंने कालीबंगा में खोजी थी। एक तीसरी मुद्रा कुरुक्षेत्र में खोजी गई थी, जो मैंने एक और दोस्त प्रोफ़ेसर राजाराम कुरकुड़े को दी है जिनकी रिसर्च लैबोरेटरी जोधपुर में हैं। मैं उनकी आधुनिकतम परमाणु रिसर्च के बारे में आज रात डिनर पर तुम्हें बताऊंगा," ड्राइवर को बात न सुनाई दे इसलिए वार्ष्णेय ने धीरे से बोला, जबकि वह तो गाड़ी को पलटने से बचाने की कोशिश में लगा हुआ था। "चौथी मुद्रा मथुरा में पाई गई थी और फिलहाल हमारे मित्र देवेंद्र छेदी के पास सुरक्षित है।"

"देवेंद्र छेदी—आनुवंशिकी विशेषज्ञ? वही जिसने स्कूल के प्रिंसिपल के वैस्टर्न कमोड में कोई ऐसी गड़बड़ कर दी थी कि प्रिंसिपल के उस पर बैठते ही विस्फोट हो गया था?" सैनी ने चौड़ी सी मुस्कान के साथ पूछा।

"बिल्कुल सही। वो अभी भी पक्का बदमाश है, लेकिन अब अपने वैज्ञानिक प्रयोगों से पैसा कमाता है!" वार्ष्णेय ने मज़ाक़ किया। "ये मुद्राएं चार मुद्राओं के एक सैट का भाग हैं।"

"तुम ये मुद्राएं भोजराज, कुरकुड़े, छेदी और मेरे पास क्यों छोड़ रहे हो?" सैनी ने वार्ष्णेय से ब्राउन पेपर के उस छोटे से पैकेट को लेते हुए कहा जिसमें कालीबंगा की मुद्रा थी।

वार्ष्णेय ने अपने मित्र की आंखों में देखा और फुसफुसाया, "क्योंकि सिर्फ़ तुम चार ही ऐसे लोग हो जिन पर मैं भरोसा कर

सकता हूं। मैं चारों मुद्राओं को एक जगह नहीं रख सकता। इन्हें एक साथ खो देने का जोखिम बहुत ज़्यादा है। संख्याओं में ज़्यादा सुरक्षा है। मेरा विश्वास है कि एक साथ ये चारों मुद्राएं कृष्ण की सबसे कीमती मिल्कियत की ओर हमें ले जाती हैं।"

वार्ष्णेय ने ज़रा रुककर एक गहरी सांस ली। "इन चारों मुद्राओं की एक बेस प्लेट भी है—सेरेमिक की प्लेट जो इन्हें एक साथ रखती है," वार्ष्णेय ने कहा। "वो प्लेट हाल ही में सदबी में नीलाम होने वाली थी और मैंने किसी तरह अपने नियोक्ता—वीएसकेबीसी हैरिटेज लिमिटेड—को उसके लिए बोली लगाने को मना लिया। हम उसे बहुत बड़ी राशि देकर ख़रीदने में सफल रहे।"

"वो कहां है?" सैनी ने पूछा।

"वो एक सेफ डिपॉजिट बॉक्स में है। वहां के मैनेजमेंट को हिदायत है कि अगर मुझे कुछ हो जाए तो वो तुमसे संपर्क करें और डिपॉजिट बॉक्स की सामग्री के बारे में तुम्हें बताएं," वार्ष्णेय ने कहा।

"कोई ख़ास चीज़ जो मुझे उस बेस प्लेट के बारे में जाननी चाहिए?" सैनी ने उत्सुकता से पूछा।

"बस इतना कि ये पीढ़ियों से एक के बाद दूसरी को दी जाती रही है, हालांकि मुद्राएं पुरातन काल में ही खो गई थीं," वार्ष्णेय ने जवाब दिया। "बेस प्लेट आख़िरकार राजा मान सिंह के पास पहुंची जो सोलहवीं सदी के बहुत बड़े कृष्ण भक्त थे। राजा मान सिंह ने प्लेट पर एक संस्कृत अभिलेख खुदवाया और उसे वृंदावन में अपने बनवाए एक कृष्ण मंदिर में स्थापित करवा दिया।"

सैनी ने सिर हिलाया।

"इस मोहर की अपनी जान से बढ़कर हिफाजत करना, रवि। मैं तुम्हें चारों मोहरों की तस्वीरें ईमेल कर रहा हूं। अगर मुझे कुछ हो जाए, तो इन चारों मोहरों और बेस प्लेट को एक साथ लाने की भरपूर कोशिश करना। ये चारों मिलकर कृष्ण कुंजी की रचना कर सकती हैं—ये भावी पीढ़ियों के लिए ऐतिहासिक कृष्ण की सचाई को खोल सकती हैं।"

फिर वार्ष्णेय ने सैनी को एक संदेश दिया। "ये ख़ासकर तुम्हारे लिए लिखा गया है। इसका इस्तेमाल तब करना जब ज़रूरत महसूस हो।" ड्राइवर की नज़रें ख़तरनाक सड़क पर ही लगी थीं। पीछे बैठे दोनों आदमियों ने ध्यान नहीं दिया कि ड्राइवर के पास एक महंगा मोबाइल फ़ोन है और फ़ोन में वॉयस रिकॉर्डर चालू है जो ब्लिंक कर रहा है।

9

जब मेरे पिता गोकुल पहुंचे, तो उन्होंने शीघ्रता से टोकरी के अंदर झांका और देखा कि मैं पूरी तरह सूखा हूं। मेरे पिता इस बात से अनजान थे कि उनके यमुना पार करने की पूरी अवधि के दौरान भगवान शेषनाग निरंतर हमारे पीछे रहे थे और मुझे घनघोर वर्षा से बचाने के लिए उन्होंने अपने रक्षक फन को मेरे ऊपर फैलाए रखा था। मेरे सीधे-सादे पिता को तो बस ऐसा लगा कि यह निरंतर चमत्कारों की रात है। वे तेज़ी से नंद के घर पहुंचे, मुझे यशोदा के बिस्तर पर लिटाया और यशोदा की पुत्री को उठा लिया। फिर वे सीधे मथुरा में कारागार पहुंचे और उन्होंने शिशु कन्या को देवकी के पास लिटा दिया। मैंने बेड़ियों को वापस उनकी कलाइयों पर बांध दिया; द्वारों को बंद कर दिया और फिर रोते हुए शिशु के स्वर से प्रहरियों को जगा दिया।

अनिल वार्ष्णेय और रवि मोहन सैनी को कालीबंगा ले जाने वाली महिंद्रा जाइलो का ड्राइवर घबराया हुआ सा अपनी मालकिन के सामने खड़ा था। महंगा मोबाइल फ़ोन उसके हाथ में था और उसने

रिकॉर्ड की गई बातचीत को पूरी आवाज़ से चला रखा था। बातचीत ख़त्म हुई, तो उसने फ़ोन बंद किया और झेंपते हुए उसे देखकर मुस्कुराया।

"तुमने अच्छा काम किया है," माताजी ने अपने पैरों को झुलाकर कार से बाहर निकालते और उस वीरान जंगल में खड़े होकर कहा जो उनके मिलने का स्थान था। उन्होंने अपने हाथ कमर पर रखे और कमर को तब तक पीछे की ओर मोड़ती रहीं जब तक वो सुपरिचित चट की आवाज़ नहीं आ गई। इस तरह अपने शरीर को तानने के बाद, उन्होंने ख़ुद को सीधा किया और हज़ार रुपए के कुरकुरे नोटों की एक गड्डी उसकी ओर उछाली। "मैं तुम्हारे प्रयास से प्रसन्न हुई।"

उनकी तारीफ से प्रोत्साहित होकर ड्राइवर की हिम्मत बढ़ी। "ये पूछने की मेरी औकात तो नहीं है, माताजी, लेकिन कृष्ण कुंजी आपके लिए इतनी अहम् क्यों है?"

माताजी मुस्कुराईं जबकि उनका दायां हाथ लगातार माला के एक सौ आठ मोतियों पर चलता रहा, जिनमें से हर मोती भगवान का नाम लेने का अवसर था। *ॐ श्री पृथ्वी रक्षकाय नमः,* पहले मोती को फेरते हुए उन्होंने मन ही मन उच्चारण किया। *वो जो पृथ्वी का रक्षक है।*

"तुम वाकई जानना चाहते हो?" उन्होंने पूछा। "कभी-कभी अधिक ज्ञान अभिशाप बन जाता है, पुत्र।" *ॐ श्री मांगल्य दायकाय नमः,* दूसरे मोती को फेरते हुए माताजी ने सोचा। *वो जो पवित्रता प्रदान करता है।*

ड्राइवर ने उनकी नज़रों से बचने के लिए अपनी निगाहें झुका लीं। "केवल तभी जब आप इसे उचित समझें, माताजी। मैं आपका विनम्र सेवक हूं और मैं बिना कोई सवाल किए आपकी आज्ञापालन करूंगा। बस मुझे उत्सकुता थी।"

माताजी अपने पांचवें मोती पर पहुंच चुकी थीं। *ॐ श्री कर्तुम् शक्ति धारणाय नमः। वो जिसके पास करने की शक्ति है।*

"तो सुनो," माताजी ने कहा। "कृष्ण विष्णु के आठवें अवतार थे—ऊर्जा के एक स्वरूप का प्रतीक जिसे हम विश कहेंगे। विश की ऊर्जा का ठीक विपरीत होता है शिव। विश रचना और रक्षा करता है, तो शिव नष्ट करता है।"

"तो इसका सरस्वती सभ्यता की उन मुद्राओं से क्या संबंध है जिनके बारे में मेरी कार की पिछली सीट पर बैठकर वार्ष्णेय और सैनी बात कर रहे थे?" माताजी के आज्ञाकारी कर्मी ने पूछा।

"अभी तक, अधिकतर इतिहासकारों ने माना है कि सरस्वती सभ्यता के निवासी शिवपूजक थे। तुम जानते हो कि शिव का प्रतीक कैसा दिखता है?" जवाब का इंतज़ार किए बिना, माताजी ने अपनी कार की अगली सीट पर पड़े गत्ते के फ़ोल्डर में से एक तस्वीर निकाल ली।

"ये देख रहे हो?" उन्होंने तस्वीर की ओर इशारा करके पूछा। "हम हिंदुओं को सिखाया जाता है कि ये प्रतीक शिवलिंग है। ये भगवान शिव का लिंगीय प्रतिनिधित्व है, सही?" उन्होंने आगे कहा।

कर्मी उलझन में पड़ गया। माताजी उसे हिंदुत्व का सबक क्यों याद करा रही थीं? उन्हें ख़ुश करने के लिए उसने जोर से हिलाया। "हां। बिल्कुल यही सिखाया गया है हमें," उसने कहा।

माताजी ने प्रशंसापूर्वक सिर हिलाया। "अच्छी बात है। अब हम शिवलिंग की विशेषताओं पर ध्यान देते हैं, ठीक है? ये दो भागों से बनता है। पहला है चमकदार पत्थर से बना एक बेलनाकार ढांचा। और दूसरा है उसे घेरे हुए कुंडली और खांचे जिनका अंत एक पनाले

पर होता है। शिव मंदिरों में बेलनाकार ढांचे के ऊपर पानी का एक बर्तन लटका रहता है जिससे नियमित अंतराल पर पानी टपकता रहता है। और फिर ये पानी पनाले के रास्ते निकल जाता है," माताजी ने सारे घटक तत्वों की तरफ़ इशारा करते हुए समझाया।

कर्तव्यपरायण ड्राइवर चित्र को देखता रहा, और हर गुज़रते क्षण के साथ उसकी उलझन बढ़ती ही गई। माताजी ने गत्ते के उसी फ़ोल्डर से एक और चित्र निकाला। "अब ये देखो," उन्होंने दूसरी तस्वीर को पहली के पास रखते हुए कहा। ये मुंबई के बाहरी इलाके में स्थित भाभा एटॉमिक रिसर्च सेंटर—बार्क—का हवाई दृश्य है। दोनों चित्रों में समानताएं देख रहे हो?"

कर्मी हैरान था। समानताएं एकदम स्पष्ट थीं! माताजी उसकी प्रतिक्रिया को देखकर हंसने लगीं। उन्होंने उसे दोनों चित्र पकड़ने दिए ताकि वो ध्यान से उन्हें देख सके। वो अपने पचासवें मोती तक पहुंच गई थीं। *ॐ श्री मुनिस्तुताय नम:—वो जिसकी ऋषि और मुनि प्रशंसा करते हैं।*

"हम अक्सर नज़र के सामने मौजूद चीज़ पर ध्यान देना भूल जाते हैं! बार्क के चित्र में तुम जो बेलनाकार ढांचा देख रहे हो वो प्रमुख परमाणु रिएक्टर है। ये शिवलिंग के बेलनाकार ढांचे के समान है," माताजी ने कहा। "शिवलिंग के बेलन की तरह, परमाणु रिएक्टर को ठंडा करने के लिए भी नियमित रूप से पानी की ज़रूरत होती है क्योंकि ऊर्जा पैदा करने की प्रक्रिया में ये गर्म हो जाता है। प्रमुख

रिएक्टर के चारों ओर कुंडली देख रहे हो? ये वो ढांचे हैं जिन्हें पानी निकालने के लिए बनाया गया है—ठीक लिंगम के चारों ओर की कुंडलियों की तरह!"

वो आगे बोलीं, "जरा सोचो। सिर्फ़ शिव मंदिरों में ही ऐसा होता है कि शिवलिंग से बहने वाले पानी को पवित्र जल के रूप में पिया नहीं जाता है। क्यों? शिवलिंग से निकलने वाले पानी को ठीक उसी कारण से नहीं पिया जाता है जिस कारण से परमाणु रिएक्टर से निकलने वाला पानी पीने योग्य नहीं होता है—ये विद्युतीय होता है। ज़्यादातर शिव मंदिर नदी या झील जैसे किसी जलस्रोत के निकट क्यों होते हैं? ऐसा इसलिए है कि शिवलिंगों को—आधुनिक रिएक्टरों की तरह—अपने सत्व को ठंडा रखने के लिए पानी की ज़रूरत होती है। क्या तुम जानते हो कि प्रदक्षिणा के दौरान किसी को भी शिवलिंग के पनाले को पार करने की अनुमति नहीं होती? लोगों को पनाले तक पहुंचते ही वापस होना होता है क्योंकि पनाला विकिरणित पानी का प्रतिनिधित्व करता है।"

"तो बार्क का डिजाइन शिवलिंग जैसा बनाया गया था?" चकित ड्राइवर ने पूछा।

"इसके विपरीत, पुत्र। मैं जो तुम्हें बताने की कोशिश कर रही हूं वो ये है कि शिवलिंग शिव नाम के किसी भगवान का प्रतिनिधि नहीं है। ये परम शक्ति का प्रतिनिधि एक प्राचीन प्रतीक है, एक ऐसी ऊर्जा जिसे हमारे पूर्वजों ने शिव कहा। ये ऊर्जा विश नामक एक और ऊर्जा के ठीक उलट थी। सरस्वती सभ्यता के लोग ऊर्जा के इन स्वरूपों को जानते थे। आधुनिक आदमी परमाणु शक्ति खोज लेने पर गर्व करता है। पर वो ये नहीं जानता कि वैदिक और महाभारत युग में समाज के पास इससे कहीं बड़ी शक्तियां उपलब्ध थीं!" माताजी ने कर्मी के थोड़ा नज़दीक आते हुए विजयी भाव से कहा, जबकि उनका दायां हाथ मशीनी ढंग से माला के मोती फेरता रहा। अब वो सौवें मोती पर थीं। *ॐ श्री मुक्त संचारकाय नमः। वो जो आजादी के साथ एक जगह से दूसरी जगह विचरण करता है।*

"और कृष्ण कुंजी हमें इस ऊर्जा तक ले जाती है?" कर्मी ने पूछा।

माताजी कर्मी के चेहरे से कुछ इंच दूरी पर अपना चेहरा लाकर खड़ी हो गईं। वो उनकी गर्म सांस को अपने चेहरे पर महसूस कर सकता था। उसकी आंखों में सीधे देखते हुए माताजी ने कहा, "कहा जाता है कि 1945 में एटम बम के पहले सफल परीक्षण को देखने के बाद, एटम बम के जनक ऑपेनहाइमर ने भगवद्गीता से उद्धरण पढ़े थे। उसके शब्द? *मैं बन गया मृत्यु, संसारों का विनाशक।* ऑपेनहाइमर ने ख़ासतौर से गीता को समझने के लिए संस्कृत सीखी थी। गीता का वो अनुच्छेद जो वही बात कहता है जो ऑपेनहाइमर उद्धृत कर रहा था, ये है: *मैं बन गया हूं समय संसार का अंत करने के लिए, जो सृष्टि का विनाश करने के लिए अपने मार्ग पर हूं।* एक प्राचीन परमाणु युग के चिह्न प्राचीन हिंदू ग्रंथों में हमारे सामने मौजूद हैं, पुत्र!" कहते हुए उन्होंने अपने बाएं हाथ का प्रयोग करते हुए अपनी आस्तीन में छिपा चाकू अपने कर्मी के पेट में धंसा दिया।

उसका शरीर लड़खड़ाकर जमीन पर गिरा, तो वो उसके पास झुककर उसके कान में फुसफुसाईं, "मैंने तुमसे पूछा था कि क्या तुम और जानना चाहते हो तो उसका एक कारण था। ज़रूरत से ज़्यादा ज्ञान हमेशा अभिशाप होता है, पुत्र।"

उन्होंने महसूस किया कि वो एक सौ आठवें—अंतिम—मोती पर पहुंच चुकी हैं। *ॐ श्री योग पूर्णत्व दायकाय नमः।* उन्होंने ख़ामोशी से ये शब्द बोले। *वो जो योग को पूर्णत्व प्रदान करता है।*

वो उसके पेट में चाकू को घुमाते और उसकी आतंकित आंखों में घूरते हुए तब तक कुछ बड़बड़ाती रहीं जब तक उसकी आख़री सांस निकल नहीं गई।

10

कंस को जैसे ही सूचित किया गया कि आठवां बच्चा उत्पन्न हो चुका है, वो तीव्रता से कारागार की ओर चल पड़ा। "प्रिय भैया, यह पुत्र नहीं है! यह एक बेचारी असहाय कन्या है। आकाशवाणी में पुत्र की बात कही गई थी, न कि पुत्री की। कृपया इसे मत मारिए, मैं आपसे विनती करती हूं!" कंस तुरंत समझ गया कि उसके साथ छल किया गया है। "मैं नहीं जानता कि तुम किस प्रकार मुझसे छल करने में सफल हुई हो, किंतु मैं फिर भी इसे मारूंगा—निश्चित होने के लिए!" उसने चिल्लाते हुए यशोदा की बेटी को पकड़ लिया। उसने उसे दीवार पर फेंका, तो वह चमत्कारिक रूप से मां शक्ति के रूप में हवा में उड़ गई और उसका उपहास करने लगी। "मूर्ख! तेरा वध करने वाला पहले ही जन्म ले चुका है और एक ऐसे घर में सुरक्षित पल रहा है जहां तू उसे कोई हानि नहीं पहुंचा सकेगा! मरने के लिए तैयार हो जा, दुष्ट!"

जयपुर की बदनाम सेंट्रल जेल 1855 में अंग्रेजों द्वारा बनवाई गई थी और शहर के घाट गेट नाम के घनी आबादी वाले स्थान पर स्थित थी। लेकिन सेंट्रल जेल सारे ग़लत कारणों से मशहूर थी।

एक सनसनीखेज मामले में, ठगों ने शहर के एक ज्वैलर से लाखों रुपए के जेवरात लूट लिए थे। सेंट्रल जेल में रखे गए बदमाशों को भागने में जूनियर वार्डन ने मदद की, जिसने न सिर्फ़ ये पक्का किया कि कोठरियां सुविधाजनक रूप से ख़ुली रहें बल्कि समझदारी दिखाते हुए भागने वाले अपराधियों के लिए एक टैक्सी के तैयार रहने का भी प्रबंध किया था। सेंट्रल जेल का सुनहरा नियम ये था कि जिनके पास सोना होगा, वही नियम बनाएंगे।

राजस्थान कारागार प्रणाली के आंकड़े दिखाते थे कि मेडिकल सेवाओं की कमी के कारण होने वाली कैदियों की मौतों की तादाद तेज़ी से बढ़ती जा रही थी। अस्वास्थ्यकर परिस्थितियों की वजह से हर चौथे दिन एक कैदी की मौत हो जाती थी। कैदियों को आमतौर पर एक ही कोठरी में भर दिया जाता, आठ कैदी एक ही कंबल को बांटते, और अक्सर स्वस्थ कैदियों को टीबी के मरीज़ों के साथ रहना पड़ता। शौचालय भरे रहते और कई कैदी ख़ुली नालियों में शौच करने पर मज़बूर होते।

गैंगों की आपसी दुश्मनी, कैदियों द्वारा आत्महत्या, जेल प्रशासन द्वारा बंदियों को यातनाएं देना और जबरन वसूली आम चीज़ें थीं। और इसी गंदगी और अपराध के दलदल में रवि मोहन सैनी को सूचीबद्ध करके और उसके फिंगरप्रिंट्स और फ़ोटो लेने के बाद रखा गया था।

वह एक बदबूदार कोठरी में बैठा उन पुलिसवालों के आने का इंतज़ार कर रहा था, जिन्होंने उसे गिरफ़्तार किया था। गर्म, सीलन भरी और गंदी कोठरी में बैठे हुए उसे अपनी पीठ पर पसीने की धार बहती महसूस हो रही थी, और वो घबराया हुआ सा सामने रखी मेज़ पर अपनी उंगलियां बजा रहा था। उसके पास उसका वकील संजय रतनानी—प्रिया का पिता—बैठा हुआ था। रतनानी ने पहले ही सैनी को इशारा दे दिया था कि वो पूरी पूछताछ के दौरान ख़ामोश रहेगा। "पूछताछ के कोई मायने नहीं हैं—हम कभी भी दावा कर सकते हैं कि ये ज़बरदस्ती लिखवाया गया था। यह जानना ज़्यादा जरूरी है कि राधिका सिंह के पास कौन-कौन से पत्ते हैं... मैं उसी को बात करने दूंगा!" उसने कहा।

कुछ ही पल में, कोठरी का दरवाज़ा खुला और इंस्पेक्टर राधिका सिंह एक फ़ाइल पकड़े हुए अंदर आई जिस पर सैनी का नाम लिखा हुआ था।

उसने उसके सामने बैठकर मेज़ पर फ़ाइल खोली। "आपके ख़िलाफ़ केस एकदम मज़बूत है," वह बोली। "आपके फिंगरप्रिंट्स

मेन गेट पर हैं। हमने दिल्ली में अपने सहयोगियों से आपके अपार्टमेंट की तलाशी करवाई और उन्हें प्राचीन मुद्रा मिल गई है।" उसने प्लास्टिक की उस थैली को मेज़ पर रखा जिसमें वार्ष्णेय ने सैनी को मुद्रा दी थी, और आगे बोली, "हम जानते हैं कि ये अनिल वार्ष्णेय की है क्योंकि ये उनके चित्रों के संग्रह की सूची में है और इस पर उनकी उंगलियों के निशान भी हैं। आपने इसे चुराया है!"

सैनी ने मुद्रा को देखा। ये कालीबंगा की वो मुद्रा थी जिसकी ज़िम्मेदारी वार्ष्णेय ने उसे दी थी और जो लगभग द्वारका वाली उस मुद्रा के समान थी, जो उसने कार में उसे दिखाई थी। सैनी ने घबराहट में थूक निगला। उसका गला सूख रहा था, लेकिन वो उस गिलास से पानी का घूंट नहीं लेना चाहता था जिसकी तली में लगभग आधा इंच मिट्टी थी। "अनिल मेरा दोस्त था। उसने मुझे कालीबंगा में उस शानदार काम को दिखाने के लिए बुलाया था जो वह कर रहा था। हां, मैं उसके घर गया था। मैंने उसके साथ डिनर भी किया था। ज़ाहिर है, आपको सारे घर में मेरे फिंगरप्रिंट्स तो मिलेंगे ही! लेकिन इसका ये मतलब नहीं है कि उसे मैंने मारा है!" उसने तर्क किया।

सिंह ने सैनी के चेहरे के भाव को इस तरह देखा जैसे उसे उम्मीद हो कि सैनी का अपराध उसकी आंखों में प्रतिबिंबित हो जाएगा। सैनी के चेहरे से जिस इकलौते भाव का पता लग रहा था, वो था अत्यंत बेचैनी—गर्मी, नमी और बदबू के कारण। सिंह ने नपे-तुले शब्दों में पूछा, "और मुद्रा? उसके बारे में क्या कहेंगे आप? ज़ाहिर है ये बहुत ही कीमती चीज़ होगी जो इसके लिए आप बचपन

के दोस्त को मारने को तैयार हो गए!"

"मैंने अनिल को नहीं मारा! उसने मुझे मुद्रा संभालकर रखने के लिए दी थी। उसने कहा कि वो तफ़्सील बाद में बताएगा। मैं आपको यक़ीन दिलाता हूं कि मैं जब अनिल के घर से चला था तो वो ज़िंदा और ठीकठाक था। जो अपराध मैंने किया ही नहीं उसमें मुझे फंसाने के बजाय, आप असली कातिल को पकड़ने पर ध्यान क्यों नहीं देतीं!" सैनी ने गुस्से से कहा।

सिंह ने अपनी फ़ाइल से एक तस्वीर निकाली। ये उस नश्तर का 6 गुणा 4 का एक चमकदार क्लोजअप था, जिससे अनिल वार्ष्णेय का ख़ून बहाया गया था। नश्तर के हत्थे पर 'आरएम' अक्षर लिखे साफ़ दिख रहे थे।

"तो शायद आप मुझे बताना चाहेंगे कि ये किसके नाम के आद्याक्षर हैं, प्रोफ़ेसर रवि मोहन?" राधिका सिंह फुफकारी। सैनी के चेहरे से ख़ून जैसे निचुड़ गया और उसे तेज़ उबकाई सी आने लगी।

सिंह जानती थी कि उसने बढ़त बना ली है। उसने जल्दी से एक और चित्र सैनी की ओर उछाला। ये ख़ून के ढेर में पड़ी अनिल वार्ष्णेय के बेजान शरीर की बड़ी स्पष्ट तस्वीर थी। उसके बाएं पैर में नश्तर धंसा हुआ था! उसके माथे पर पहिए जैसा चिह्न था, और उसके सिर के ऊपर दीवार पर ख़ून से श्लोक लिखा हुआ था।

सैनी आतंक से सिमट गया। ये पहला मौका था जब वो देख रहा था कि उसके दोस्त को किस क्रूरता से मारा गया था। गिलास की तलछट को नज़रअंदाज़ करते हुए उसने पानी का एक घूंट लिया और जैसे ही पानी से उठने वाली बदबू उसके नथुनों से टकराई, उसे अपने फ़ैसले पर अफ़सोस होने लगा। "सेंट्रल जेल में स्वागत है, प्रोफ़ेसर सैनी," राधिका सिंह ने उपहास किया। "यहां के कैदियों के लिए हमारे पास हमारा अपने ही स्पेशल ब्रांड का पानी है। इसे कहते हैं नाला नीर!"

सैनी के अंदर जो उबकाई घुमड़ रही थी, वो अचानक एक फव्वारे की तरह बाहर निकली और सिंह की वर्दी और फ़ाइल के

काग़ज़ात पर पड़ी। "हरामजादे!" अपनी फ़ाइल और काग़ज़ात को बचाने की कोशिश करती हुई वो चिल्लाई। "तूने ये जानबूझकर किया है!"

और तब राधिका सिंह को महसूस हुआ कि उसका मेन सस्पेक्ट सदमे, प्यास और थकावट की वजह से बेहोश हो गया है। लेकिन वह यह नहीं समझ पाई कि इसके बाद होने वाले सारे हंगामे में, सैनी के वकील ने अनुभवी पॉकेटमार की तेज़ी और होशियारी के साथ मुद्रा वाली प्लास्टिक की थैली अपनी जैकेट में डाल ली थी।

11

क्रोधित कंस ने अपने मंत्रियों को बुलाया। "ऐसा प्रतीत होता है कि मेरे साथ छल किया गया है और मेरा वह वधिक जीवित और सकुशल है जिसकी आकाशवाणी की गई थी। मुझे क्या करना चाहिए?" उसने पूछा। "महाराज, हमें सभी दिशाओं में सशस्त्र टुकड़ियां भेजनी चाहिएं। हमें दो महीने से कम आयु के सभी शिशुओं को मार डालना चाहिए। इससे इस समस्या का समाधान हो जाएगा और वो जोखिम कम हो जाएगा जो आपके सामने है," उनमें से एक ने सुझाव दिया। कंस मुस्कुराया। नरसंहार आरंभ हुआ और सारे राज्य में एक निर्मम अभियान में सहस्त्रों शिशुओं को उनकी मांओं की गोदों से छीन लिया गया या उनके पालनों में मौत के घाट उतार दिया गया, यह सामूहिक शिशु-हत्या चलती रही, शिशुओं के माता-पिता बुरी तरह रोते-बिलखते रहे। किंतु माता-पिता इस बात से अनभिज्ञ थे कि हत्या कर दिए गए बच्चे मात्र ऐसी आत्माएं थे जिन्हें अपने कार्मिक

ऋण चुकाने के लिए पृथ्वी पर बस कुछ ही दिन बिताने थे। सौभाग्य से, गोकुल के मनोरम क्षेत्र में, अपने पालक माता-पिता नंद और यशोदा की छत्रछाया में मैं सुरक्षित रहा।

"मायोकार्डियल इन्फार्कशन!" सैनी के दिल की धड़कन को तेज़ होता देख जेल का डॉक्टर चिल्लाया। "कोड ब्लू!"

दो नर्सें दौड़ती हुई आईं। एक ने जल्दी से ऑक्सीजन थेरेपी शुरू कर दी ताकि बाकी शरीर को ऑक्सीजन पहुंचाने के लिए दिल को कम से कम काम करना पड़े। दूसरी ने सैनी की धड़कन और ब्लडप्रेशर चैक करना शुरू किया और उसकी ईसीजी के लिए उसे इलेक्ट्रोकार्डियोग्राम यूनिट से जोड़ दिया।

"हमारे पास समय नहीं है!" जेल का डॉक्टर चिल्लाया। "हमें इन्हें फ़ौरन किसी हार्ट स्पेशलिट हॉस्पिटल ले जाना होगा। नर्स, तुरंत एंबुलैंस बुलाओ और फ़ोर्टिस एस्कॉर्ट्स को फ़ोन करो कि मैं इस मरीज़ के साथ पहुंच रहा हूं।"

सैनी के दिल के दौरे के बारे में कोड ब्लू जारी कर दिया गया था और प्रिया भागी-भागी उसके पास आ गई। उसने देखा कि डॉक्टर ने सीपीआर शुरू कर दिया था और उसके सहायक ने डीफिब्रिलेटर निकाल लिया था और जल्दी-जल्दी नर्स को निर्देश दे रहा था। "नर्स, यूनिट को 200 जूल पे चार्ज करो!"

"जी, डॉक्टर," उसने जवाब दिया और सहायक जैल पैड लगाने लगा, एक सैनी की ऊपरी छाती पर दाईं हसली के नीचे और दूसरा उसके बाएं निपल के नीचे। उसने पैडलों को मज़बूती से जैल पैडों पर लगाया, और पच्चीस पाउंड का दबाव बनाया। "सब ठीक है!" चिल्लाते हुए उसने पैडलों पर शॉक बटन दबाया। सैनी के शरीर ने बिजली के बहाव के साथ झटका खाया और डॉक्टर मॉनीटर को देखने लगे।

मॉनीटर पर बीप हुई तो मेडिकल स्टाफ़ से घिरे सैनी के पलंग

को इंतज़ार कर रही एंबुलैंस की ओर ले जाया जाने लगा, जबकि प्रिया और जेल का डॉक्टर उसके साथ-साथ दौड़ते रहे। प्रिया ने इंतज़ार किया कि इमरजेंसी स्टाफ़ उसे एंबुलैंस में चढ़ा दे और फिर वह डॉक्टर के साथ ही एंबुलैंस में चढ़ गई। साइरन चला दिए गए, एंबुलैंस की छत की लाल और नीली लाइटें जलने लगीं, और वो तेज़ी से अपनी मंज़िल की ओर चल पड़े।

जयपुर के बीचोबीच मालवीय नगर में स्थित छह एकड़ के विशाल प्लॉट पर बना फ़ोर्टिस एस्कॉर्ट्स राजस्थान का पहला सुपर-स्पेशलिटी हॉस्पिटल था। अगर कोई हॉस्पिटल के दक्षिण में जवाहरलाल नेहरू रोड पर चले और जवाहर सर्किल गार्डन से घूम जाए, तो वो फ़ोर्टिस एस्कॉर्ट्स से जयपुर एयरपोर्ट तक दस मिनट में पहुंच सकता था।

अचानक, जेल के डॉक्टर ने ड्राइवर को एंबुलैंस के पिछले भाग से अलग करने वाले स्क्रीन पर थपथपाया। एंबुलैंस के ड्राइवर ने ये सोचकर शीशे के स्क्रीन को हाथ से हटाया कि शायद डॉक्टर को कोई निर्देश देने होंगे। इससे पहले कि ड्राइवर देख पाता कि दस्तक किसने दी है, उसके चेहरे के निचले भाग पर एक घूंसा पड़ा। ये इतना तगड़ा अपरकट था कि उसका सिर तेज़ी से विंडस्क्रीन की ओर घूम गया। ड्राइवर का पैर ग़लती से एक्सीलरेटर पर पड़ गया और एंबुलैंस बेकाबू हो गई। एंबुलैंस लड़खड़ाकर आगे बढ़ी और एयरपोर्ट के बिल्कुल नज़दीक स्थित क्लार्क्स आमेर होटल के सर्विस गेट से जा टकराई।

"जल्दी! मेरे मुंह पर घूंसा मारो!" डॉक्टर चिल्लाकर प्रिया से बोला।

"क्यों?" पूछते ही प्रिया को अहसास हुआ कि निश्चित रूप से आगे होने वाली तफ़्तीश से बचने के लिए डॉक्टर को एक बीमा पॉलिसी चाहिए थी। ये समझते हुए कि खोने के लिए एक क्षण भी नहीं है, उसने तेज़ी से घूमकर अपने दाएं हाथ की मुट्ठी डॉक्टर के मुंह पर मारी और ख़ून निकाल दिया। वो तेज़ी से पीछे हटी तो उसने

डॉक्टर को कपड़ों से भरा एक प्लास्टिक बैग पकड़े देखा।

"भागकर होटल के अंदर जाओ और जल्दी से कमरा नंबर 322 में पहुंचो। बैग के अंदर काले चश्मे, नए कपड़े और तुम्हारे और रवि मोहन के नाम पर जारी दो फ़ोटो पहचानपत्र हैं। एक प्राइवेट टैक्सी—टोयोटा इनोवा—होटल के मेन गेट पर तुम्हारा इंतज़ार कर रही है। उसमें बैठ जाना। ड्राइवर तुम्हें टाइटन एविएशन के एक प्राइवेट चार्टर एयरक्राफ़्ट पर ले जाएगा। पाइलट तुमसे कोई सवाल नहीं पूछेगा," डॉक्टर ने हांफते हुए समझाया।

"लेकिन हम जा कहां रहे हैं?" सैनी ने कमज़ोरी के साथ पूछा।

"जामनगर—गुजरात," हांफते हुए डॉक्टर ने जवाब दिया। "वो द्वारका से सबसे क़रीबी एयरपोर्ट है।"

12

मेरे पालक माता-पिता—नंद और यशोदा—मेरे जन्म और नामकरण संस्कार गुप्त रूप से करने को मज़बूर थे। वे भयभीत थे कि कंस मुझे ढूंढ़ निकालेगा। पारिवारिक ज्योतिषी गर्गमुनि ने उन्हें बताया, "कृष्ण भगवान का अवतार हैं। चिंता मत कीजिए। ये कंस के दुष्कर्मों से आपकी और राज्य के सभी नागरिकों की रक्षा करेंगे। किंतु इनका पालन-पोषण सावधानी से करना, क्योंकि कंस के आदेश पर बहुत से असुर इन्हें मारने का प्रयास करेंगे।" लेकिन मेरे पालक माता-पिता नहीं जानते थे कि कंस के गुप्तचरों ने गर्गमुनि का पीछा किया था और कंस जान चुका था कि मैं कहां हूं।

क्लार्क्स आमेर होटल के कमरा नंबर 322 की तरफ़ दौड़ते हुए रवि मोहन सैनी अपने फ़रार होने से पहले की घटनाओं को याद करने की कोशिश कर रहा था।

वो एक भयानक सपना देख रहा था। सैनी को महसूस हो रहा था जैसे एक छोटा सा राक्षस उसके बाएं पैर में गहरी धंसी हुई एक स्ट्रॉ को चूस रहा था और सैनी के ख़ून के हर घूंट के साथ वह बड़ा होता जा रहा था जबकि सैनी छोटा। "मुझे छोड़ दो!" अपने हाथों को बुरी तरह पटकते हुए वो चिल्लाया, लेकिन राक्षस ने उसकी बांहों को जमीन से चिपका रखा था और उसकी कलाई की नसों में एक सूई घुसाने में व्यस्त था।

"नर्स! मरीज़ को दबाकर रखो, ये मचल रहा है," जब सैनी ने हाथ पटके और इससे वो बैंडेज उखड़ गई जिससे ग्लूकोज की ड्रिप को उसके हाथ में चिपकाया गया था, तो डॉक्टर चिल्लाया। एक मिनट बाद, सैनी पूरी तरह से जाग गया था और समझ गया था कि राक्षस महज उसकी कल्पना था, जो शायद इस वजह से वास्तविक महसूस हो रहा था कि उसने अपने बचपन के दोस्त के पैर से बहते ख़ून और उसके मरने की तस्वीरें देखी थीं।

धुंधलाई छवियां स्पष्ट हुईं, तो सैनी को पता चला कि वो जेल के अस्पताल में लोहे के फ्रेम के बेड पर लेटा है और कई लोगों—जेल का डॉक्टर, एक नर्स, जेल वार्डन, प्रिया और उसके पिता—से घिरा हुआ है।

प्रिया का पिता संजय रतनानी भारत का सबसे महंगा क्रिमिनल लॉयर था, हालांकि वह मज़ाक़ में कहता था कि पिछले साल उसकी आय महज उन्नीस सौ रुपए रही थी। यह आंकड़ा सही था, अलावा इसके कि यह वर्ष के प्रति मिनट का था, चाहे वो जागा हुआ हो या सोया, अदालत में हो या किसी पार्टी में, भारत में हो या विदेश में, नाश्ता कर रहा हो या ब्रश।

रतनानी ने नई दिल्ली बार एसोसिएशन के चेयरमैन समेत कई पदों पर काम किया था। हेकड़ रतनानी के अंदर का विद्रोही उसे वो

केस लेने को मजबूर करता था जो हारे हुए, मशहूर या विवादास्पद हों। रतनानी की परवरिश बेहद साधारण परिवार में हुई थी और अपनी लगन और दृढ़ता के कारण उसने तेरह साल की उम्र में मैट्रिक कर ली थी। सत्रह साल की कम उम्र में उसने एलएलबी कर ली थी। विश्वविद्यालय के नियमों के अनुसार, वकील के रूप में काम करने के लिए कम से कम उम्र इक्कीस साल थी लेकिन प्रशासन द्वारा पारित एक विशेष प्रस्ताव के कारण उसने अठारह की आयु में ही प्रैक्टिस शुरू कर दी। रतनानी का उसूल था कि अच्छा वकील कानून जानता है लेकिन महान वकील जज को जानता है।

"उसने तुम्हें फंसा दिया है, बेटे," रतनानी ने अपनी रूखी आवाज़ में कहा। "इंस्पेक्टर राधिका सिंह तुम्हारे पीछे पड़ चुकी है और मेरा यक़ीन करो, जब वो किसी के पीछे पड़ जाती है, तो आमतौर पर वह उसे खत्म करने में कामयाब रहती है। पुलिस फोर्स में उसे स्निफर सिंह कहा जाता है। तो क्यों न तुम मुझे असली कहानी सुना दो?"

"मेरा यक़ीन कीजिए मैंने अनिल को नहीं मारा," सैनी ने कमज़ोर आवाज़ में कहा। "मैं बस ग़लत समय पर ग़लत जगह पर था।"

"खुलकर बात करो, बेटे," रतनानी ने सलाह दी। "तुम दोस्तों के बीच हो," उन्होंने जेल वार्डन को आंख मारते हुए कहा, जिसने वरिष्ठ वकील को मुस्कुराकर देखा। जेल का डॉक्टर और अस्पताल की नर्स घेराबंद बेड को छोड़कर ख़ामोशी से चले गए और मरीज़ अपने वकील, अपनी छात्रा और वार्डन के साथ रह गया।

"वार्ष्णेय मेरा यार था। मैं उसके लिए अपनी जान दे सकता था। मैं बस इतना जानता हूं कि वो एक बड़ी ऐतिहासिक खोज के बिल्कुल नज़दीक था और वह परेशान था कि दुश्मन उसे उससे छीनने की कोशिश करेंगे। मुझे लगता है कि उसकी हत्या का संबंध उसकी रिसर्च से है," वाक्य के पूरा करने तक हांफ गए सैनी ने किसी तरह बात पूरी की।

"हमारी दिक़्क़त ये है कि अनिल वार्ष्णेय द्वारा तुम्हें दी गई मुद्रा तुम्हारी मिल्कियत में पाई गई है। मौका-ए-वारदात पर तुम्हारे फिंगरप्रिंट मिले हैं। मक़तूल के घर पर देखे गए तुम आख़री आदमी हो। और सबसे खराब चीज़ वो नश्तर, जिसपर तुम्हारे आद्याक्षर हैं। स्निफर सिंह के पास इतने सबूत हैं कि वो तुम्हें लंबे समय तक बिना जमानत के रख सकती है," रतनानी ने सावधानी से कहा।

"आपने चार मुद्राओं का बताया था," प्रिया बोली। "एक आपको दी गई थी—और पुलिस ने आपके घर से बरामद की थी। वार्ष्णेय ने बाकी तीन का क्या किया?"

"मेरे अलावा अनिल के तीन क़रीबी दोस्त और थे। पहला, डॉ. निखिल भोजराज एक खोजी कश्ती पर रहता है जो गुजरात के तट पर लगी हुई है। एक और दोस्त, राजाराम कुरकुड़े, एक परमाणु वैज्ञानिक है और जोधपुर में रहता है। और एक देवेंद्र छेदी है, जो चंडीगढ़ में जीव विज्ञान का शोधकर्ता है," सैनी फुसफुसाया। "मैं जानता हूं कि अनिल एक-एक मुद्रा हम चारों के पास छोड़ना चाहता था। शायद उसने भोजराज से बात भी कर ली थी।"

"मेरी बात ध्यान से सुनो, रवि," प्रिया के पिता ने कहा। "ये ज़रूरी है कि तुम भोजराज से मिलो और उससे कहो कि वो तुम्हारी बात की पुष्टि करे। उसकी गवाही तुम्हारे ख़िलाफ़ केस को नाटकीय रूप से बदल देगी।"

"लेकिन मैं तो हिरासत में हूं!" सैनी ने विरोध जताया।

"बहुत समय तक नहीं रहोगे," अनुभवी वकील ने समझाया। "गंदी तलछट वाले पानी का गिलास जिसकी वजह से तुम्हें उल्टी हुई? वो मेरे अच्छे दोस्त जेल वार्डन ने रखा था। उसमें इपिकैक की चाशनी मिलाई गई थी ताकि तुम्हें उबकाई आ सके। इस तरह हमें तुम्हें अस्पताल लाने का बहाना मिल गया। अब जबकि तुम यहां आ चुके हो, तो हम अपनी योजना के दूसरे भाग पर अमल करने को तैयार हैं।

"दूसरा भाग? वो क्या है?" उलझन में पड़े सैनी ने पूछा।

"आज तुम्हें हल्का सा दिल का दौरा पड़ेगा। एहतियातन जेल वार्डन तुम्हें एंबुलैंस से जयपुर में फ़ोर्टिस एस्कॉर्टस हॉस्पिटल पहुंचाने के काग़ज़ात पर दस्तखत करेगा," रतनानी ने समझाया और सैनी की आंखें अविश्वास से चौड़ी होती गईं।

"दिल का दौरा? मैं बिल्कुल फिट हूं, बस उस सड़ी हुई कोठरी में जो बदबूदार पानी पिया था उसी का साइडइफैक्ट है!" सैनी ने विरोध करते हुए कहा।

"शांत रहो, बेटे," वार्डन ने कहा, "तुम्हें असली दिल का दौरा नहीं पड़ेगा। हमें बस बाहर इंतज़ार कर रहे अस्पताल के सहयोगपूर्ण डॉक्टर से प्रमाणित कराना है कि तुम्हारी धड़कन तेज़ थी। लेकिन ये ज़रूरी है कि ड्रामा वास्तविकता के साथ खेला जाए और मेडिकल प्रिंटआउट इसे सही साबित करें। तुम्हें ले जाने के लिए इतना काफ़ी होगा।"

"लेकिन मैं निर्दोष हूं!" सैनी ने बहस की। "मेरी रिहाई के लिए हम ग़ैरकानूनी तरीके क्यों अपना रहे हैं?"

"मेरी बेटी तुम्हारी बहुत ज़्यादा इज़्ज़त करती है, प्रोफ़ेसर," रतनानी ने समझाया। "ये मुझे इसीलिए बीच में लाई है कि तुम अपनी बाकी ज़िंदगी लॉकअप में नहीं गुजारो। अब तुम मुझे मेरा काम शुरू करने दो ताकि मैं तुम्हारी खाल बचा सकूं?"

सैनी ने रतनानी को और फिर प्रिया को देखा। उसने प्रिया की आंखों में विनती देखी कि वो उसके पिता की बात को मान ले। उसने एक गहरी सांस ली। "अच्छी बात है, आप जो कहेंगे मैं वही करूंगा।"

अब सैनी से बात करते हुए रतनानी के चेहरे पर मुस्कुराहट थी। "तुमने वह कहावत तो सुनी होगी कि अच्छे वकील कानून जानते हैं लेकिन महान वकील जज को जानते हैं?"

सैनी ने हामी भरते हुए सिर हिलाया।

"लेकिन उन्होंने तुम्हें ये नहीं बताया होगा कि देश के बेहतरीन

वकील को जज को जानने की भी ज़रूरत नहीं है क्योंकि वो जेल वार्डन के साथ उठता-बैठता है!" वार्डन की पीठ पर मज़ाक़ में हाथ मारते हुए रतनानी ने ठहाका लगाया।

जेल का डॉक्टर पर्दे के बाहर ख़ामोशी से खड़ा बातचीत को सुन रहा था, जबकि उसके हाथ में एक छोटी सी सिरिंज अंदर मरीज़ पर इस्तेमाल होने के लिए तैयार थी। वो जानता था उसे क्या करना है।

जैसे ही कमरा ख़ाली हुआ, जेल का डॉक्टर अंदर पहुंच गया। सैनी ने सिर हिला दिया था और इस तरह शायद उसने एक बार फिर से दैत्यों को आने की दावत दी थी। डॉक्टर ने सिरिंज रोशनी के सामने की और उसके अंदर की दवाई को जांचा। प्लंजर को दबाकर वो कुछ बूंदें सूई की नोक पर लाया और फिर उसने सूई सैनी की जांघ में लगा दी। एपिनेफ्रीन आपातकालीन एलर्जी से निबटने के लिए इस्तेमाल की जाने वाली एक आम दवा थी। आमतौर पर एड्रेनैलिन के नाम से जानी जाने वाली ये दवा दिल की धड़कन को भी बढ़ाने की क्षमता रखती थी। ग़लत मात्रा में दी जाने पर ये घातक हो सकती थी। लेकिन ये एकदम सही मात्रा थी—जिससे दिल का दौरा पड़े बिना उसके सारे लक्षण लाए जा सकते थे।

13

"वो जीवित है। मुझे अनुभव तो हो रहा था और अब मैं निश्चित रूप से जान गया हूं," कंस ने राक्षसी पूतना से कहा। "जाओ उसे गोकुल में ढूंढ़ो और उसे सदा के लिए समाप्त कर डालो," उसने निर्देश दिया। राक्षसी पूतना ने एक सुंदर महिला का वेष धारण किया और मेरे पालक माता-पिता के घर पहुंच गई। उसने मेरी माता

यशोदा को बताया कि वो एक पवित्र ब्राह्मण की पत्नी है और मेरी आयु लंबी करने के लिए अपने स्तन से मुझे दूध पिलाना चाहती है। इस बात से पूर्णतया अनजान कि मुझे विषाक्त दूध पिलाया जाने वाला है, मेरी मासूम पालक मां ने मुझे पूतना की गोद में दे दिया। लेकिन मैं—विष्णु का अवतार—सब जानता हूं। मैंने पूतना को जोर से काटा और उसकी छाती से उसके प्राण निकाल लिए जिससे उसकी तुरंत मृत्यु हो गई। मरने पर वो वापस अपने वास्तविक राक्षसी रूप में आ गई जबकि मैं लापरवाही से उसकी गोद में खेलता रहा।

जामनगर को जाने वाले टर्बोप्रॉप एयरक्राफ़्ट में सैनी और प्रिया को ऐसा लग रहा था जैसे वो किसी गड्ढों भरी सड़क पर बैलगाड़ी में सफ़र कर रहे हों, हालांकि जयपुर से जामनगर का फासला चार सौ समुद्री मील से कुछ कम था।

बीचक्राफ़्ट किंग एयर सी90 चार सीट वाला एयरक्राफ़्ट था जो टेकऑफ़ करते हुए थरथराया, और इसके पीटी6ए-20ए इंजनों को चार हज़ार किलो वजन को उठाने के लिए संघर्ष करना पड़ा। पाइलट ने उनके पहचानपत्रों पर एक सरसरी निगाह डाली और अपने काम में लग गया।

"उम्मीद है भोजराज आपकी कहानी का समर्थन करने को तैयार हो जाएंगे। काश कि भोजराज से बात करने में वार्ष्णेय ने आपका नाम भी उन्हें बताया हो," प्रिया ने सैनी से कहा। अब एयरक्राफ़्ट उड़ने की ऊंचाई तक पहुंच चुका था।

"ऐसी कोई वजह नहीं लगती कि भोजराज मदद न करे। द्वारका के तट पर समुद्र के नीचे उसके पुरातात्विक अभियान यही साबित करने के लिए हैं कि महाभारत में वर्णित महान शहर वाकई था। उसका सिद्धांत है कि अगर द्वारका थी, तो कृष्ण भी रहे होंगे। कालीबंगा, कुरुक्षेत्र और मथुरा में वार्ष्णेय की समान मुद्राओं की

खोज इस सिद्धांत को एक क़दम आगे बढ़ाती है कि कृष्ण और उनकी प्रिय स्वर्ण नगरी एक विकसित आबादी, सरस्वती सभ्यता, का भाग रहे होंगे," सैनी ने कहा। उसके अंदर का प्रोफ़ेसर फिर से जाग गया था।

"लेकिन क्या आधुनिक द्वारका की हमारी आख़री मंज़िल ही कृष्ण द्वारा बनवाया गया मिथकीय शहर है?" प्रिया ने पूछा।

"अरे नहीं! आधुनिक द्वारका तो बस गुजरात में जामनगर जिले की एक नगरपालिका है। कृष्ण के शहर को उसके संस्कृत नाम द्वारवती—कई द्वारों वाला शहर—से जाना जाता था। संभव है कि पौराणिक शहर कहीं नज़दीक ही रहा हो लेकिन निश्चित रूप से आधुनिक द्वारका में नहीं दिखाई देता है, जो किसी भी दूसरे भारतीय शहर की तरह भीड़, प्रदूषण और ट्रैफ़िक से लड़ने में लगा है। स्थानीय लोगों का आम विश्वास है कि कृष्ण का शहर छह बार डूबा और हर बार दोबारा बना, इसलिए आधुनिक द्वारका मूल द्वारका का सातवां स्वरूप है," सैनी ने समझाया।

"लेकिन कृष्ण तो मथुरा में जन्मे थे—जोकि द्वारका के उत्तर-पूर्व में एक हज़ार किलोमीटर से भी ज़्यादा दूर स्थित एक शहर है। कृष्ण ने एक शहर बसाने के लिए ऐसी अविश्वसनीय दूरी क्यों तय की?" प्रिया ने सीट की जेब में मिले एक एयरलाइन रूट के नक़्शे में दोनों शहरों को दिखाते हुए कहा।

सैनी ने एक क्षण सोचा कि वो किस तरह अपना जवाब बोले। "देखो, जैसा कि तुम जानती हो, महाभारत में इस तथ्य का वर्णन है कि कृष्ण ने अपने मामा और मथुरा के दुष्ट शासक कंस को मारा था। फिर उन्होंने कंस के पिता उग्रसेन को मथुरा का प्रमुख नियुक्त किया। कृष्ण एक यादव थे और उनका वंश इतिहास का संभवत: सबसे पहला लोकतांत्रिक समाज था। वो अठारह जनजातियों का संघ थे और हर जनजाति का अपना एक मुखिया होता था—जैसे मथुरा में उग्रसेन—लेकिन वो सब मिलकर प्रमुख प्रशासक के रूप में अपना एक यादव नेता चुनते थे। कृष्ण अपने समय के निर्वाचित प्रशासक थे

और इस तरह मूल रूप से सभी अठारह वंशों के वास्तविक शासक थे—राजा की पदवी के बिना राजा," उसने कहा।

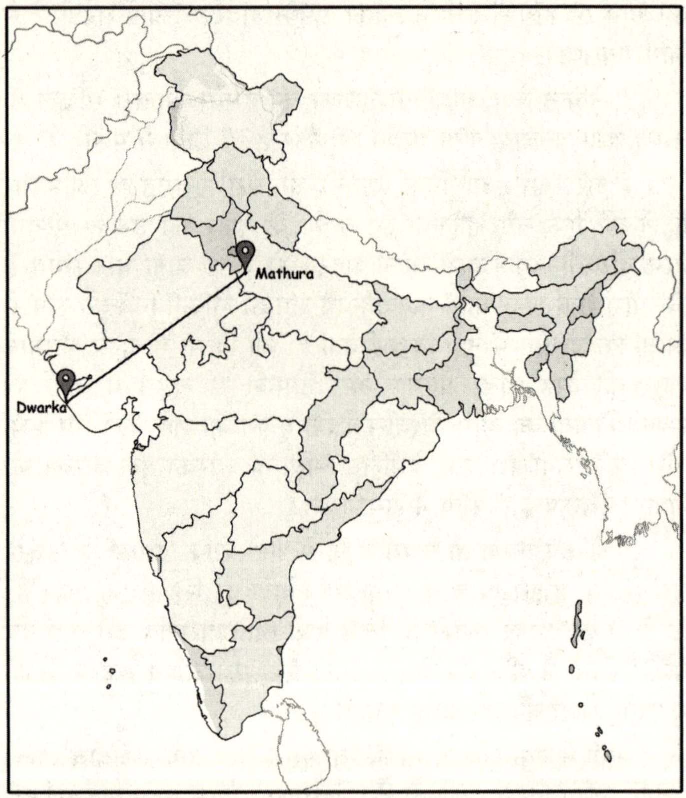

"बिल्कुल सही। लेकिन फिर भी हज़ार किलोमीटर दूर जाने की क्या ज़रूरत थी?" प्रिया ने पूछा।

"जरासंध—कंस का ससुर जो मगध का शक्तिशाली शासक था—ने कंस के वध का बदला लेने की कोशिश की और मथुरा पर अठारह बार आक्रमण किया। कृष्ण द्वारा लागू रक्षात्मक रणनीति के कारण वो इस पर कब्जा करने में नाकाम रहा, लेकिन आख़री बार कृष्ण ने महसूस किया कि अगर यादव जनजातियों को ज़रा

भी भौतिक प्रगति करनी है, तो उन्हें कूटनीतिक वापसी करनी होगी। मथुरा की रक्षा करने में उनकी जानें और भौतिक साधन पूरी तरह खर्च हुए जा रहे थे," सैनी ने कहा। "अपनी राजधानी को द्वारका ले जाना एक जानबूझकर लिया गया फ़ैसला था, जो मथुरा के दक्षिण-पश्चिम में हज़ार मील दूर थी और इस तरह जरासंध की पहुंच से बाहर थी। ये ऐसा फ़ैसला था जिसकी वजह से कृष्ण हमेशा के लिए रणछोड़दास कहलाए गए। आज भी, गुजरात में लोग कृष्ण को रणछोड़दास कहते हैं।"

प्रिया ने देखा कि सैनी बोलते हुए कुछ नोट्स भी लिख रहा है। उत्सुकतावश, उसने उस पीले नोटपैड की ओर देखा जिस पर सैनी लिख रहा था।

कृष्ण का प्रस्थान—रेवती—26 सितंबर, 3067 ई.पू.
कृष्ण का हस्तिनापुर में आगमन—भरणी—28 सितंबर, 3067 ई.पू.
सूर्य ग्रहण—ज्येष्ठ अमावस्या—14 अक्टूबर, 3067 ई.पू.
पूर्ण चंद्र ग्रहण—कृत्तिका—29 सितंबर, 3067 ई.पू.
महाभारत का आरंभ—शनि रोहिणी में, बृहस्पति रेवती में—22 नवंबर, 3067 ई.पू.
दक्षिणायन—13 जनवरी, 3066 ई.पू.
भीष्म की मृत्यु—माघ शुक्ल अष्टमी—17 जनवरी, 3066 ई.पू.
बलराम द्वारा सरस्वती की तीर्थयात्रा का आरंभ—पुष्य दिवस—1 नवंबर, 3067 ई.पू.
बलराम की तीर्थयात्रा से वापसी—श्रवण दिवस—12 दिसंबर, 3067 ई.पू.
घटोत्कच का वध—चंद्रोदय सवेरे 2 बजे—8 दिसंबर,

3067 ई. पू.

"आख़िर ये तारीखें हैं क्या?" प्रिया ने पूछा।

सैनी मुस्कुराया। ये ग्रहों की उस गणना से निकाली गई तारीखें हैं जो उस दिन मैं क्लास में बता रहा था। मैं डॉ. भोजराज को इन्हें देकर जानना चाहूंगा कि क्या उनकी पुरातात्विक खोजें इनसे मेल खाती हैं।

उनके नीचे पानी का एक विशाल फैलाव था। वो कच्छ की खाड़ी को पार कर रहे थे। कुछ देर बाद उन्होंने पानी में कुछ ज़्यादा ही आगे को निकला एक लंबा सा घाट देखा। पीए सिस्टम पर पाइलट की आवाज़ चटचटाई: "आप नीचे जो देख रहे हैं वो रिलायंस जामनगर मरीन टर्मिनल है। नौकाबंध तट से पंद्रह किलोमीटर दूर हैं। नौकाबंध कच्चे तेल के आयात और डीजल और गैसोलीन के निर्यात के लिए हैं। ठहरिए, अभी जब हम नीचे उतरना शुरू करेंगे तो आप दुनिया की सबसे बड़ी तेल रिफ़ाइनरी देखेंगे..."

पाइलट लगातार भिनभिनाता रहा जबकि विमान ने कच्छ की खाड़ी को पार कर, रिलायंस की विशाल रिफ़ाइनरी के ऊपर से गुज़रा और जामनगर एयरपोर्ट में उतरने लगा। उधर सूर्यास्त भी शुरू होने लगा था।

14

पूतना मर गई, तो कंस के सलाहकारों ने उसे एक और विकल्प सुझाया। मुझे मारने के लिए चक्रवात राक्षस तृणावर्त को गोकुल भेजा गया। मुझे आंगन में अकेले खेलता देखकर, तृणावर्त मुझे पृथ्वी से उठाकर बहुत ऊपर बादलों में पहुंच गया। अपने प्रिय बालक को एक

आंधी द्वारा ले जाए जाते देख, नंद और यशोदा मेरे पीछे भागे। एक संघर्ष आरंभ हुआ जिसमें मैं तृणावर्त की हवा निकालने में सफल रहा। अपनी सारी ऊर्जा से वंचित होकर, तृणावर्त मुझे वापस पृथ्वी पर, और मेरे पालक माता-पिता की प्रतीक्षारत बांहों में पहुंचाने को विवश हो गया।

डॉ. निखिल भोजराज का सहायक इंतज़ार कर रहा था। लगभग पैंतीस साल के इस तमिल आदमी ने जामनगर एयरपोर्ट पर प्रफुल्ल भाव से 'गुजरात में स्वागत है' कहकर उनका स्वागत किया। सैनी से उत्साहपूर्वक हाथ मिलाते हुए उसने कहा, "डॉ. भोजराज ने मुझसे कहा कि आपको द्वारका ले जाऊं जहां आप रात एक होटल में बिताएंगे। कल सवेरे, एक लांच आपको हमारी टीम की खोजी कश्ती पर ले जाएगी जो तट से नौ किलोमीटर दूर लंगर डाले हुए है।" उनकी कार सीधे द्वारका की ओर चल दी, जो जामनगर से कोई एक सौ सैंतीस किलोमीटर दूर था। कार में बैठते ही, प्रिया ने देखा कि सैनी अपने उत्साह को काबू में रखने की कोशिश कर रहा है। वो बार-बार अपने नोट्स देख रहा था और हाशियों में कुछ और टिप्पणियां भी लिख रहा था।

सैनी को यक़ीन था। उसके सारे प्रमाण महायुद्ध के पांच हज़ार साल पहले घटित होने की ओर इशारा कर रहे थे। उसे अंदर से ऐसा महसूस हो रहा था। हालांकि वो जेल तोड़कर भागने वाला आदमी था, लेकिन उसके अंदर का इतिहास का प्रोफ़ेसर उत्साहित था कि वो जल्दी ही डॉ. भोजराज से मिलेगा और वो प्राचीन चीज़ें देखेगा जो उन्होंने आधुनिक द्वारका शहर के तट पर खोजी थीं। जहां एक ओर वह प्रार्थना कर रहा था कि भोजराज का बयान इंस्पेक्टर राधिका सिंह से उसकी जान छुड़ा दे, वहीं दूसरी ओर वह उम्मीद कर रहा था कि भोजराज की खोजें महाभारत युद्ध और कृष्ण की ऐतिहासिकता के बारे में उसके अपने सिद्धांतों से मेल खा जाएंगी।

प्रिया ने कार की खिड़की से बाहर देखा तो उसे वही सामान्य अव्यवस्था दिखाई दी जो विकासशील भारतीय शहरों में आने वालों को दिखाई देती थी—गड्ढों भरी सड़कें, धुआं छोड़ते ट्रकों के साथ जगह की लड़ाई लड़ती बैलगाड़ियां, भिखारी, चाय के ढाबे, आवारा कुत्ते और असहाय पुलिसवाले जो शायद अपने आसपास की इस सारी अराजकता को नियंत्रित नहीं कर सकते थे।

प्रिया बोली, "मैंने सुना है कि कृष्ण ने द्वारका बनाने के लिए अपने समय के सबसे मशहूर आर्कीटेक्ट विश्वकर्मा से कहा था। मैं जो बाहर देख रही हूं, उससे लगता है कि विश्वकर्मा ने अच्छा काम नहीं किया!"

युवा तमिल मुस्कुराया। "ये बड़ा मजेदार विचार है, मैम। हां, ये सच है कि विश्वकर्मा ने द्वारका को पूर्व साम्राज्य कुशस्थली के डूबे हुए अवशेषों के ऊपर बनाया था। ऐसा करने के लिए जमीन के विशाल टुकड़े समुद्र से वापस हासिल किए गए थे। गुजरात में प्रकट हुआ बेहद सुंदर द्वारका शहर महलों, बाग़ों, झीलों, मंदिरों, मूर्तियों और अकल्पनीय वैभव का शहर था।"

"तो आपका विश्वास है कि कृष्ण की द्वारका वास्तव में थी?" सैनी ने पूछा।

"हां, बिल्कुल! कुछ समय पहले तक, ज़्यादातर इतिहासकार कृष्ण की पुरातन द्वारका को एक मिथकीय शहर मानते थे, लेकिन डॉ. भोजराज जैसे कई खोजियों के लिए द्वारका हमेशा से मौजूद रही है। डॉ. भोजराज अस्सी के दशक में पुरातत्ववेत्ता एस आर राव के खोजी दल का भाग थे जब उन्होंने पुरातन द्वारका की तलाश में गुजरात के तट पर गोताखोरी शुरू की थी। दल ने जल्दी ही पानी के नीचे पत्थर की दीवारें और अवशेषों की छह तहें खोज निकाली थीं—जो प्राचीन पुस्तकों में लिखे इस तथ्य का प्रमाण था कि द्वारका कई पूर्व शहरों के ऊपर बनाया गया था। उन्होंने एक प्राचीन बंदरगाह, पशु डिजाइन वाली मुद्राएं, विष्णु की मूर्तियां और पत्थर के विशाल त्रिकोणीय लंगर भी खोजे—जो द्वारका के समृद्ध

समुद्री व्यापार का प्रतीक थे," जोशीले सहायक ने बताया।

"ये खोजें किस जगह पर की गई थीं?" सैनी ने पूछा। उसका उत्साह लगातार बढ़ता जा रहा था। भोजराज के सहायक ने अपना आईपैड निकाला और स्क्रीन पर द्वारका का नक़्शा खोलकर कहा, "भारतीय पुरातत्व सर्वेक्षण विभाग और राष्ट्रीय समुद्र विज्ञान संस्थान ने शुरू में वर्तमान द्वारका शहर के नज़दीक ही समुद्रतल से पंद्रह-बीस मीटर नीचे एक डूबे हुए अवशेष की खोज की थी। उन्हें लगा था कि उन्होंने कृष्ण की द्वारका को खोज लिया है।"

"तो समस्या क्या थी?" सैनी ने पूछा।

"समस्या ये थी कि हमारी खोज की तारीखें आपकी तारीखों से मेल नहीं खाती थीं। हमारी टीम में विशेषज्ञ जलगत खोजी, प्रशिक्षित गोताखोर-फ़ोटोग्राफ़र और पुरातत्ववेत्ता थे। हमने भूभौतिकीय सर्वेक्षणों को ईको-साउंडरों, सब-बॉटम प्रोफ़ाइलरों, मड-पैनीट्रेटरों और जलगत मैटल डिटेक्टरों के साथ जोड़ा और बारह समुद्री पुरातात्विक अभियान चलाए। खोजी गई चीज़ों का समय सुनिश्चित करने के लिए उन्हें भौतिक अनुसंधान प्रयोगशाला भेजा गया। थर्मो-ल्युमिनेसेंस और कार्बन डेटिंग के प्रयोग से, हमें पता चला कि वो वस्तुएं लगभग तीन हज़ार सात सौ साल पुरानी हैं।"

"लेकिन ये नामुमकिन है! महाभारत के खगोलीय आंकड़े हमें बताते हैं कि युद्ध लगभग पांच हज़ार साल पहले हुआ होगा। यूनानी गणनाएं भी इसकी पुष्टि करती हैं!" सैनी ने कहा।

"बिल्कुल। इसीलिए आधुनिक द्वारका के नज़दीक मिला जलगत स्थान कृष्ण की द्वारका नहीं हो सकती क्योंकि वहां पाई गई चीज़ें लगभग तेरह सौ वर्ष बाद की हैं। लेकिन अब डॉ. भोजराज ने एक अविश्वसनीय रूप से सरल सिद्धांत दिया है जो वास्तविक द्वारका की निशानदेही कर सकता है," सहायक ने कहा।

"वो क्या?" सैनी ने पूछा।

"इसका संबंध जलवायु के बदलाव से है—इस मामले में हिमयुग की रचना और विनाश," सहायक ने अपने आईपैड पर

कुछ नए नक़्शे खोलकर सैनी का ध्यान उनकी ओर आकर्षित करते हुए कहा। इस पर भारतीय प्रायद्वीप की तटरेखा के दो रेखाचित्र थे। पहले में दिखाया गया था कि हज़ारों साल पहले भारतीय उपमहाद्वीप भूखंड कैसा रहा होगा, जबकि दूसरे में यही भूखंड वर्तमान समय में दिखाया गया था।

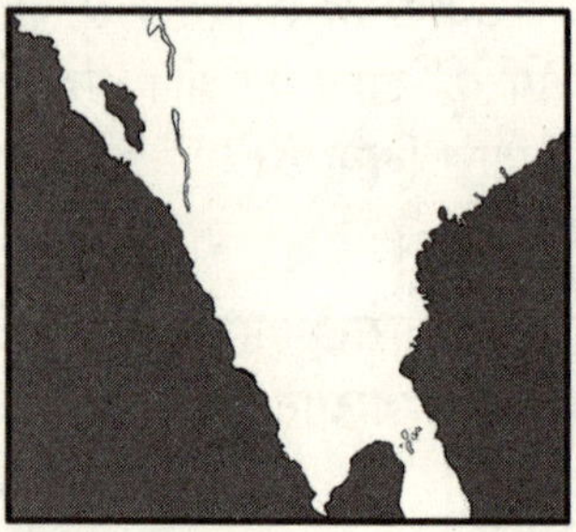

भारतीय प्रायद्वीप: 21,000 वर्ष पहले

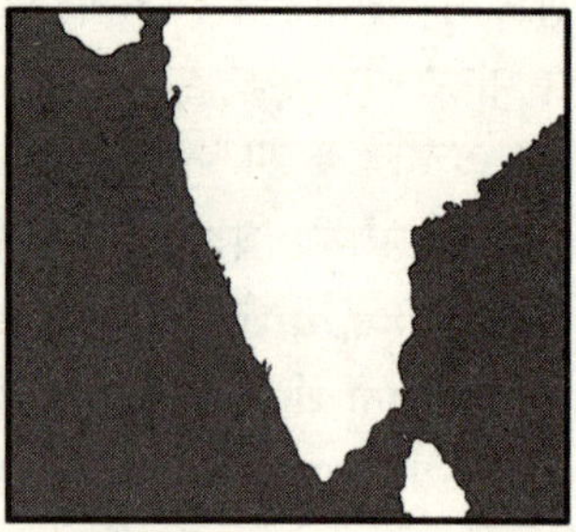

भारतीय प्रायद्वीप: वर्तमान समय में

"सोचिए कि एक हिमयुग के दौरान क्या होता है," भोजराज के सहायक ने बात आरंभ की। "पृथ्वी की सतह और वातावरण का तापमान काफ़ी गिर जाता है। इस गिरावट से हिमखंड का संचय होता है। हमारे इतिहास में सबसे हालिया हिमयुग लगभग एक लाख दस हज़ार साल पहले शुरू हुआ, बीस हज़ार साल पहले अपने चरम को पहुंचा, और लगभग दस हज़ार साल पहले ख़त्म हुआ। उसके बाद हिमखंड पिघलने लगे और विशाल मात्रा में पानी समुद्रों में छोड़ने लगे। ज़ाहिर है, समुद्रों का स्तर चढ़ने लगा। पिछले अठारह हज़ार साल में दुनिया की औसत समुद्र स्तर वृद्धि लगभग एक सौ तीस मीटर रही है। जिससे भारत के पश्चिमी तट पर लगभग साढ़े सात लाख मील जमीन समुद्र में समा गई!"

सैनी ने इस जानकारी को आत्मसात किया और हिचकिचाते हुए पूछा, "तो वास्तविक द्वारका वो डूबा हुआ शहर नहीं था जिसे आपने भारत के पश्चिमी तट पर खोजा था?"

युवा तमिल सहायक ने सैनी को दृढ़ भाव से देखा और

आत्मविश्वास के साथ जवाब दिया, "हां, सही है, बल्कि ये एक बाद के युग की द्वारका थी। कृष्ण के समय में भारत का तट समुद्र में कई मील अंदर तक था। अगर हम समुद्र के तल के साथ-साथ बाहर की ओर अपनी खोज जारी रखें तो हमें पुराने अवशेष मिल जाएंगे। द्वारका एक अबाध क्रम है—एक ऐसा शहर जो कुल मिलाकर सात बार बना। सबसे हालिया पुनर्निर्माण आधुनिक द्वारका शहर है लेकिन सबसे पुराना समुद्र में है, जहां बढ़ते समुद्र स्तरों ने इसे डुबो दिया है। हमने अनुमान लगाया है कि ये कच्छ की खाड़ी के समुद्रतल के साथ-साथ नौ किलोमीटर तक पच्चीस से चालीस मीटर की गहराई में स्थित है!"

15

भगवान शिव मुझे मेरे मानव स्वरूप में देखने को उत्सुक थे। उन्होंने एक साधु का वेश धारण किया और भिक्षा मांगने के लिए यशोदा के घर आए। मां यशोदा कुछ भोजन और धन लेकर बाहर उनके पास गईं, लेकिन उन्होंने उसे स्वीकार करने से मना कर दिया। वे बस मुझे देखना चाहते थे। हाल की घटनाओं के कारण मेरी सुरक्षा को लेकर चिंतित मेरी मां मुझे इस शर्त पर बाहर लाने को तैयार हुईं कि साधु उन्हें वचन दें कि वे केवल मुझे देखेंगे, स्पर्श नहीं करेंगे। साधु ने स्वीकृति दे दी। वे मुझे बाहर लाईं और मुझे देखकर साधु घुटनों के बल झुक गए। मुझे मेरे मानव स्वरूप में देखकर उनकी आंखों में आंसू आ गए। आख़िर, शिव और विश एक सिक्के के दो पहलू ही तो हैं।

"और आपके पास इस बात का क्या प्रमाण है कि पानी में डूबा शहर वही द्वारका है जिसका वर्णन महाभारत में किया गया है?" सैनी ने पूछा।

"हरिवंश को सरसरी नज़र से पढ़ने से हमें पता चलता है कि उस जमीन पर द्वारका को बनाने के लिए उसे समुद्र से वापस लिया गया था," भोजराज के सहायक ने कहा। "अगर आप चाहें तो मैं अपने आईपैड पर हरिवंश के उससे संबंधित उद्धरण दिखा सकता हूं।"

सैनी ने इस प्रस्ताव को स्वीकार कर लिया और सहायक ने एक पेज निकाला जिस पर मूल संस्कृत पाठ के साथ-साथ नीचे उसका अंग्रेजी अनुवाद भी था। मूलपाठ में वर्णन था कि द्वारका की किस तरह से कल्पना और उसका निर्माण किया गया था:

कल्पितेयम मया भूमि: पश्यध्वं देवसद्मवत नाम चस्य: कृतम पुर्या: ख्यातिं यदुपयास्यति। कृष्ण ने कहा: "मेरे द्वारा चुनी गई इस भूमि को देखो। ये लगभग स्वर्ग जैसी है। मैंने इस नगर के लिए एक नाम का भी निर्णय कर लिया है जिससे यह प्रसिद्ध होगी।"

इयम द्वारवती नामा पृथ्वीयम् निर्मिता मया भविष्यती पुरी रम्य शक्रस्येव अमरावती। "पृथ्वी पर मेरे द्वारा बनाया गया द्वारवती नामक यह नगर इंद्र की नगरी अमरावती की तरह भव्य होगा।"

तस्मिन्नेव तत: काले शिल्पाचार्यो महा-मति: विश्वकर्मा सुरश्रेष्ठ: कृष्णस्य प्रमुखे स्थित:। उसी क्षण, वास्तुकारों के गुरु विश्वकर्मा, जो महान बुद्धि वाले और देवों में सर्वश्रेष्ठ हैं, कृष्ण के सामने खड़े थे।

विश्वकर्मोवाच शक्रेण प्रेषित: क्षिप्रम् तव विष्णो धृतव्रत कि न्कर: समनुप्राप्त: शाधी माम किं करोमिते। विश्वकर्मा ने कहा, "हे विष्णु, वे जो दृढ़तापूर्वक कृतसंकल्प हैं! इंद्र द्वारा तत्काल भेजा गया मैं आपके सेवक के रूप में यहां आया हूं। मुझे बताइए, आप मुझसे क्या कराना चाहते हैं?"

तदियम् पु: प्रकाशार्थम निवेश्य मयी सुव्रत मतप्रभावनुरु पैश्च

गृहैश्चेयम्समंतत:। कृष्ण ने कहा, "अपना अविश्वसनीय कौशल दिखाते हुए मेरी भव्यता के अनुरूप एक नगर बनाएं जिसमें घर भी हों।"

मम स्थानमिदम् कार्यम् यथा वै त्रिदिवे तथा मर्त्य: पश्यन्तु मे लक्ष्मिम् पुर्या यदुकुलस्य च। "मेरे महल को ऐसा बनाएं जैसे यह स्वर्ग में हो। लोग मेरे नगर को यादवों की समृद्धि के केंद्र के रूप में देखें।"

सर्वमेततकरिश्यामि यत्तवयभिहितम् प्रभो पुरी त्वियम् जनस्यस्य न पर्याप्त भविष्यति। विश्वकर्मा ने कहा, "हे प्रभु, आपने जो भी इच्छा की है मैं उसे पूरा करूंगा किंतु आपने अपने लोगों के नगर के लिए जो स्थान चिह्नित किया है, वह अपर्याप्त होगा।"

यदिच्वेत्सागर: किंचिदुत्कृश्टुमपि तोयरत तत: स्वायतलक्षण्य पुरी स्यत्पुरुशोत्तम। "यदि समुद्रों के राजा थोड़ा स्थान दे दें, हे पुरुषोत्तम, तो नगर पर्याप्त बड़ा और सभी अच्छे चिह्नों के लिए उचित रहेगा।"

एवमुक्तस्तत: कृष्ण: प्रागेव कृतनिश्चय: सागरम् सरिताम् नाथमुवाच वदतम् वराह। जो कहा गया था उसे सुनकर, वक्ताओं में श्रेष्ठतम कृष्ण, जो पहले ही अपना मन बना चुके थे, ने समुद्र—नदियों के स्वामी—से बात की।

समुद्र दश च द्वे च योजनानी जलाशये प्रतिसम्ह्यतमात्मा यद्यस्ती मयी मान्यता। "हे समुद्र! यदि आप मेरा सम्मान करते हैं तो अपने भीतर से दस और दो योजन का क्षेत्र छोड़ दीजिए।"

अवकाशे त्वय दत्ते पुरियम् ममकं बलं पर्याप्तविषय रम्य समाग्रम विसहिष्यति। "आप जो क्षेत्र देंगे, उसके साथ यह नगर मेरी संपूर्ण सेना के लिए पर्याप्त बड़ा हो जाएगा।"

तत: कृष्णस्य वचनम् श्रुत्वा नदनदिपति: स मारुतेन योगेन उत्ससर्ज जलाशयं। कृष्ण के शब्दों को सुनकर, समुद्र ने, पवन की सहायता से, वह स्थान छोड़ दिया जिस पर अभी तक जल का आधिपत्य था।

सैनी उद्धरण के अंत तक पहुंचा और फिर उसने सहायक की ओर देखा जो मुस्कुरा रहा था। "प्राचीन लेखों में, विज्ञान को भी जादुई शब्दों में बयान किया जाता था। इंजीनियरिंग के एक जटिल काम—भूमि-पुनरुद्धार—को समुद्र से बारह योजन जमीन दे देने के लिए प्रार्थना करने जैसा वर्णन किया गया है," उसने कहा।

"मैं हरिवंश से परिचित हूं," सैनी ने कहा। "लेकिन ये उद्धरण ये कैसे साबित करता है कि जिस शहर की आप पानी के नीचे खोज कर रहे हैं, वो वही द्वारका है जिसका इसमें वर्णन किया गया है?"

"अभी तक हमने जितने भी ढांचे खोजे हैं, उनकी बुनियादें जमीन पर नहीं, बल्कि विशेष रूप से रखे गए बड़े-बड़े पत्थरों से बनी सतह पर हैं," सहायक ने कहा।

"तो? इससे क्या साबित होता है?" प्रिया ने पूछा।

"जहां तक मैं जानता हूं, भूमि-पुनरुद्धार का पारंपरिक तरीका विशाल संख्या में बड़े-बड़े पत्थरों को समुद्र में फेंकना है। पानी पीछे हटता है, तो आप इस तरह से बनी सतह पर निर्माण करने के लिए आजाद होते हैं। अब हमारे पास वैज्ञानिक प्रमाण है कि प्राचीन समय में भूमि-पुनरुद्धार किया गया था!" सहायक ने जोशीले भाव से कहा और सैनी हैरत से उसे देखता रह गया।

कुछ देर बाद, भोजराज के सहायक ने सैनी और प्रिया को इस वादे के साथ उनके होटल पर छोड़ दिया कि वो अगली सुबह उन्हें अन्वेषण पोत पर ले जाएगा। तीस मिनट बाद उसने देखा कि उसके मोबाइल फ़ोन पर एक एसएमएस आया था। उसमें बस इतना लिखा था, "कल योजना के अनुसार चलेंगे।"

16

पूतना और तृणावर्त के मृत्यु को प्राप्त होने के बाद, कंस के विकल्प चुक गए थे, फिर एक दिन उसने एक स्वर सुना जो किसी अदृश्य वक्ता का प्रतीत होता था। "तुम कौन हो?" कंस ने पूछा। "मैं शकटासुर हूं," स्वर ने उत्तर दिया। "मुझे अपने शारीरिक सौंदर्य पर बहुत गर्व था और फलस्वरूप मैं एक ईर्ष्यालु साधु द्वारा दिए गए शाप के कारण अदृश्य बन गया हूं, किंतु मैं आपकी सेवा कर सकता हूं, स्वामी।" तत्पश्चात शकटासुर गोकुल आया, और मुझे ढूंढ़ने पर उसने अत्यधिक बल से मेरी ओर एक गाड़ी धकेल दी। लापरवाही से मैंने उस गाड़ी को इतने बल से लात मारी कि वह हवा में उड़ गई और सहस्त्रों नन्हे-नन्हे टुकड़ों में बिखर गई।

एंबुलैंस के हादसे का शिकार होने की ख़बर घटना के पंद्रह मिनट के भीतर ही राठौड़ के पास पहुंच गई थी। जब उसका फ़ोन बजा तो वो पुलिस जिमखाने में स्क्वैश खेलने जा रहा था। अपने जूनियर की रिपोर्ट सुनने के बाद, उसने अपनी विचारश्रृंखला को व्यवस्थित करने के लिए फ़ुटपाथ के पास कार रोकी।

उसे लग रहा था कि जब वो ये जानकारी राधिका सिंह को देगा, तो ज़बरदस्त बवाल मचेगा। उसने गहरी सांस ली और अपने मोबाइल फ़ोन पर स्पीड डायल का बटन दबा दिया।

"हां, राठौड़?" सिंह ने दूसरी घंटी बजते ही फ़ोन उठाकर पूछा।

"बुरी ख़बर है। वो लोग सैनी को फ़ोर्टिस एस्कॉर्टस में शिफ़्ट कर रहे थे कि रास्ते में एंबुलैंस के ड्राइवर पर हमला हुआ। उसे ज़बरदस्त चोट आई है और अभी तक होश नहीं आया है। जेल

के डॉक्टर का दावा है कि सैनी और प्रिया ने उसे बेबस कर दिया था—ये साबित करने के लिए उसकी नाक से ख़ून बह रहा था और होंठ कट गया था," राठौड़ ने कहा।

"हादसा कहां हुआ था?" सिंह ने पूछा। उसकी आवाज़ में नाराजगी या चिढ़न का कोई संकेत नहीं था।

"क्लार्क्स आमेर होटल के पास," राठौड़ ने जवाब दिया।

"क्लार्क्स से एयरपोर्ट बस कुछ मिनट दूर है। जयपुर से जाने वाली सारी उड़ानों के उड़ान कार्यक्रम की जांच करो। होटल के जनरल मैनेजर से पूछताछ करो। फ़ौरन उस चूहे, जेल के डॉक्टर को मुझसे मिलने भेजो। इस घटना को कुछ ज़्यादा ही सुविधाजनक ढंग से अंजाम दिया गया है," अपनी निकोटिन की ख़ुराक के कश लेने के लिए छोटे-छोटे अंतराल लेते हुए सिंह ग़ुर्राई।

"मैं फ़ौरन इस पर लगता हूं," राठौड़ ने जवाब दिया।

"और राठौड़..." सिंह ने कहना शुरू किया।

"जी?"

"सैनी का नाम हमारी और सीबीआई की वेबसाइट पर भी वांटेड भगोड़े के रूप में शामिल कर दो। वो एक मशहूर प्रोफ़ेसर है—पीआर मशीनरी को चालू कर दो। कुछेक न्यूज चैनलों को भी ख़बर कर दो," सिंह ने कहा।

"मैं फ़ौरन ये कर दूंगा।"

"और एक आख़री बात, राठौड़..."

"जी?"

"संजय रतनानी की हर हरकत पर कड़ी नज़र रखो। उसके और उसकी बेटी प्रिया, दोनों के सैल फ़ोन को ट्रैक करो। सैनी के मोबाइल को ट्रैक करने का कोई फ़ायदा नहीं होगा क्योंकि वो अभी भी हवालात के सार्जेंट के पास है। इंक्वारी रूम में अन्य सबूतों के साथ रखी मोहर ग़ायब हो गई है। अपनी सहजबुद्धि से मैं जानती हूं कि इस सबके पीछे रतनानी है। वो कहां जाता है, किससे मिलता

है और क्या करता है? इस बात की हमारे पास पूरी डिटेल होनी चाहिए," सिंह ने अपनी सिगरेट की राख झाड़कर अपनी जपमाला की ओर हाथ बढ़ाते हुए कहा ताकि वो हरि नाम का जाप कर सके।

17

अब मैं अपनी वास्तविक प्रियतमा राधा के जन्म के बारे में संक्षेप में बताता हूं। प्रमुख वृषभानु यमुना में स्नान करके लौट रहे थे कि उन्होंने एक सरोवर देखा। उसके मध्य में एक अत्यंत सुंदर सुनहरा कमल था जिसमें एक सुंदर कन्या रखी हुई थी। एक आकाशवाणी ने उनसे कहा, "यह राधा है, जिसे विष्णु के आठवें अवतार की प्रियतमा बनना है। इसे घर ले जाएं, स्वामी।" वृषभानु और उनकी पत्नी राधा को पाकर अत्यंत प्रसन्न थे क्योंकि उनके कोई संतान नहीं थी। किंतु राधा ने शुरू के पांच साल आंखें नहीं खोलीं और उनके माता-पिता ने मान लिया कि वे दृष्टिहीन हैं। वस्तुत: वे तो मेरे आगमन की प्रतीक्षा कर रही थीं। जब मेरा जन्म हुआ तो वृषभानु ने मेरे पालक परिवार को भोजन पर अपने घर आमंत्रित किया। पांच वर्षीय राधा ने—जिन्होंने तब तक अपनी आंखें बंद रखी थीं—अपनी आंखें खोलीं और उनकी आंखों ने जो पहली छवि देखी, वह मेरा मुख था!

रविमोहन सैनी एक छोटी सी सीढ़ी से भोजराज के रिसर्च पोत *आर/वी राधा* की दाहिनी ओर चढ़ा। प्रिया ने, जो पहले ही चढ़ चुकी थी, मज़ाकिया शिष्टाचार में उसकी मदद करने के लिए हाथ बढ़ाया। उसने सौजन्यता से मना कर दिया।

डॉ. निखिल भोजराज का युवा तमिल सहायक अभी भी लांच पर ही था। "कृपया आप डॉ. भोजराज की लैब के लिए गलियारे में चलिए। वो आप ही का इंतज़ार कर रहे हैं। मैं लांच के मालिक का बिल चुकाकर अभी आपके पास पहुंचता हूं," उसने नाव की आउटबोर्ड मोटर के शोर में चीख़कर कहा। सैनी ने हां में सिर हिलाया और लैबोरेटरी की ओर बढ़ गया, प्रिया उससे कुछ क़दम पीछे थी। क़िस्मत से, डायरेक्शन के लिए लगाए गए साइनबोर्ड जहाज़ के सभी महत्वपूर्ण एरिया में थे। *राधा* को हुंडई हैवी इंडस्ट्रीज ने बनाया था, जो दुनिया का सबसे बड़ा पोतनिर्माता यार्ड था और साइनबोर्ड कोरियाई सिस्टम के अनुरूप थे।

"अजीब बात नहीं है कि इस जहाज़ पर कोई मैनेजमेंट नहीं दिख रहा?" सैनी ने पूछा। "मैंने तो सोचा था कि ये जहाज़ भोजराज की समुद्रतलीय खोजों का सेंटर है, तो यहां बहुत गहमा-गहमी होगी।"

"हो सकता है कि वो किसी तरह की टीम मीटिंग में हों," प्रिया ने कहा, वो भोजराज की लैबोरेटरी के दरवाज़े की ओर बढ़ रहे थे। सैनी दरवाज़े पर रुका और उसने दस्तक दी। किसी के ऑफिस में घुसने से पहले ऐसा करना शिष्टाचार था।

कोई जवाब नहीं मिला, तो सैनी ने सवालिया निगाह से प्रिया को देखा और एक बार फिर दस्तक दी। जब अंदर ख़ामोशी ही रही, तो सैनी ने दरवाज़े के हैंडल को पकड़ा, उसे नीचे घुमाया और आसानी से दरवाज़े को खोल दिया। जिस नजारे ने उसका स्वागत किया, उसे देखकर उसका दिल किया कि बिना किसी लाइफ़ जैकेट के जहाज़ से गहरे नीले पानी में कूद जाए। वो ऐसा कर भी देता, अगर उसे पता होता कि तमिल सहायक राधा पर हुए क़त्ल की जानकारी अधिकारियों को देने में लगा हुआ है।

"हे भगवान!" अपने डर और उबकाई पर काबू पाने की कोशिश करते हुए सैनी बुदबुदाया। वो पंजों के बल चलते हुए उस दीवार की ओर पहुंचा जिस पर ख़ून से संस्कृत का एक श्लोक लिखा हुआ था। श्लोक के ठीक नीचे डॉ. निखिल भोजराज का शिथिल

शरीर पड़ा हुआ था, उनकी टांगें उनके बदन से सही कोण पर थीं, और वो ख़ून के ढेर में पड़े थे, जो अब जमने लगा था। उनके बाएं पैर के तलवे में एक चाकू घुपा हुआ था जिस पर 'आरएम' आद्याक्षर खुदे थे। उनके माथे पर रबड़ की मोहर से कमल के फूल की छाप बनी थी। ये लगभग हर तरह से उस क़त्ल के फ़ोटोग्राफ़ से मेल खाता था, जो जयपुर में उसे इंस्पेक्टर राधिका सिंह ने दिखाया था। नहीं, लेकिन वार्ष्णेय के माथे पर बना चिह्न चक्र जैसा प्रतीक था, जबकि ये कमल की छवि था।

"क्या तुम्हें नब्ज देखना आता है?" सैनी ने पूछा।

"मुझे गर्दन की नब्ज देखना तो नहीं आता," प्रिया ने कहा। "मैं बस इनकी कलाई पर देख सकती हूं। आपको डक्ट टेप को काटना होगा।"

लैब के काउंटर पर पड़ी कैंची को देखकर सैनी ने उसे उठा लिया और जल्दी से टेप की परतों को काट दिया और इस तरह से पुलिस के लिए अहम सुबूतों के रूप में अपने फिंगरप्रिंट्स छोड़ दिए।

प्रिया झुकी और उसने भोजराज की बांह पकड़ी। उसने उनकी कलाई को टटोला और फिर उनके अंगूठे के नीचे उसे एक नस मिल गई। एक मिनट बाद, उसने सिर उठाकर सैनी को देखा जो उसके ऊपर खड़ा था और सिर हिलाया। "नब्ज नहीं है। ये मर चुके हैं। मैं मदद के लिए किसी को बुलाती हूं," प्रिया ने खड़े होकर लैबोरेटरी से बाहर जाते हुए कहा।

"कोई है?" सैनी को सुनाई देने के दायरे में उसने आवाज़ लगाई। कोई जवाब नहीं मिला। एकमात्र आवाज़ें पॉवर जेनरेटर की

एकसार घरघराहट और राधा के पेंदे से टकराती लहरों की थी। उसने यूटीलिटी रूम के गेट को खोलना चाहा लेकिन वो कसकर बंद था। उसने एक और दरवाज़े को खोलने की कोशिश की लेकिन वो स्टोर रूम में जाता था। अगला दरवाज़ा उसे कॉमन रूम में ले गया, जहां उसने देखा कि भोजराज की टीम के सात सदस्य मिलीजुली स्थितियों में बेहोश पड़े हैं—कुछ अपनी कुर्सियों पर बैठे थे और कुछ जमीन पर गिर चुके थे। उनमें से एक अपना नाश्ता करते-करते सो गया था और उसके चेहरे का दाहिना हिस्सा अंडों की भुरजी की प्लेट में रखा हुआ था।

वो सैनी के पास लौट आई जो दीवार पर लिखे श्लोक में डूबा प्रतीत हो रहा था। "तुम्हारे पास तुम्हारा मोबाइल फ़ोन है? मुझे कुछ तस्वीरें लेनी हैं," उसने कहा।

"क्या? हमें यहां से निकलना होगा। आपको फंसाया गया है! भोजराज की सारी टीम बेहोश है। अगर पुलिस यहां पहुंच गई तो यकीनन यह भी आपके मत्थे ही मढ़ा जाएगा!" उसने कहा।

"तुम्हारे पास मोबाइल फ़ोन है या नहीं?" सैनी ने बेसब्री से दोहराया, और उस श्लोक को घूरता रहा जो दीवार पर ख़ून से लिखा हुआ था। प्रिया ने बिना कुछ कहे अपनी जेब में से सैमसंग गैलेक्सी एक्सकवर निकाला और सैनी को थमा दिया जिसने लगभग रोबोट जैसा अंदाज़ अपना लिया था। उसने दीवार की ओर रुख करके श्लोक के कुछ फ़ोटो खींचे और उसे फ़ोन लौटा दिया।

"क्या आपका जासूसी का गेम खत्म हो गया?" वो तीखेपन से बोली। "मुझे नहीं लगता कि आप हालात की गंभीरता को समझ रहे हैं। भोजराज को उसी तरह से मारा गया है जैसे वार्ष्णेय को। दोनों ही घटनाओं में, आप मौका-ए-वारदात पर थे। टीम में से कोई भी होश में नहीं है जो इस सच की गवाही दे सके कि आप यहां इनके मारे जाने के बाद पहुंचे थे। यहां तक कि वह असिस्टेंट भी जो हमें जहाज़ पर लाया था, ग़ायब हो गया है, तो हमारे पास किनारे तक पहुंचने का कोई रास्ता नहीं है सिवाय इस विशाल जहाज़ को चलाकर किनारे ले

जाने के, जो हमारी काबिलियत के बाहर है।"

सैनी उसकी टिप्पणी से बेख़बर था। वह एक चांदी के ब्रेसलेट को देख रहा था जो फ़र्श पर पड़ा था। झुककर और क़रीब से देखने पर उसने देखा कि उस पर किसी का नाम लिखा है। प्रत्येक अक्षर को समझने के लिए उसने अपनी आंखें सिकोड़ीं। *तारक वकील।* क्या ये कातिल का नाम हो सकता है?

सैनी ख़्यालों में गुम सा लगा। उसने बड़ी सावधानी से ब्रेसलेट उठाया और अपनी पैंट की जेब में रख लिया। समाधि की सी हालत में उसने उन नक़्शों को देखना शुरू किया जो बज़ाहिर पहले भोजराज के ध्यान की वस्तु रहे थे। "अविश्वसनीय! हिंदू धर्मग्रंथ विश्व के सप्तद्वीपों से निर्मित होने की बात करते हैं लेकिन वो सभी सातों द्वीप ठीक यहां द्वारका में ही थे... द्वारका संसार था! ये तो युगांतरकारी खोज है!" वो कह उठा। फिर से बोलने से पहले वो एक पल रुका। "मैंने अभी जो फ़ोटो खींचे थे क्या तुम उन्हें ख़ुद को ईमेल कर सकती हो?" उसने प्रिया से पूछा।

"ज़रूर। डाटा नेटवर्क सही काम कर रहा लगता है," उसने जवाब दिया। उसने जल्दी से फ़ोटो संलग्न करके अपने निजी अकाउंट पर ईमेल कर दिए। "क्यों?" उसने फ़ोन को रखते हुए पूछा।

"क्योंकि जब हम समुद्र में कूदेंगे तो शायद फ़ोन काम लायक न रहे," सैनी ने कहा।

18

गोकुल में कोई मुझे कृष्ण नहीं बुलाता था। गांववाले मुझे प्यार से कन्हैया या कान्हा कहते थे। मेरे खेल-कुलेलें और नटखटपन निरंतर चर्चा का विषय रहते थे। माखन के लिए मेरी अतृप्य क्षुधा ने मुझे गांव में

'माखन चोर' का नाम दे दिया था। अपने सखाओं के संग मैं दबे पांव गोपियों के घरों में घुस जाता, माखन की मटकियां फोड़ता और जी भरकर माखन खाता। जब स्त्रियां यशोदा के पास शिकायतें लेकर आतीं, तो मैं भोला सा चेहरा बना लेता, थोड़े से आंसू बहाता और दावा करता कि मैं निर्दोष हूं। लगभग हमेशा ही यशोदा का हृदय पिघल जाता और वे मुझे डांट न पातीं। इसके बजाय वे मुझे गोद में उठा लेतीं और मेरे ऊपर ढेरों ममता उड़ेलने लगतीं।

राधा से कुछ ही दूर तैर रही मछली पकड़ने की छोटी सी नाव पर बैठे मछुआरे का उस दिन का काम लगभग ख़त्म हो गया था। उसकी नाव बेहद साधारण थी, लेकिन उस काम के लिए बिल्कुल सही थी जो इसके मालिक को इससे करवाना होता था—मछली पकड़ने का। नाव की ये ख़ास क़िस्म अनेक पछाड़ों के बाद भी डूब नहीं सकती थी। नाव छोटी थी, लेकिन नीचे स्वतंत्र रूप से लगे उत्प्लावन बल कक्षों के कारण समुद्र सुरक्षित रूप से नाव को डुबाए बिना डैक को धो डालता था। डैक के नीचे स्थित पॉल्युरेथेन से रोधित कंपार्टमेंट उसके रोजाना के शिकार को तेज़ धूप से बचाता था, और तट पर पहुंचने तक उसकी थोड़ी सी ताजगी को बनाए रखता था। किसी संकट की स्थिति में मछुआरा अपने शिकार को जाल में ही बंद रहने देता, उसे नाव से बांधता और हल्की नाव को तैरने के उपकरण के रूप में प्रयोग करता।

मछुआरे—इक़बाल पटेल—ने, जो नाव का मालिक था, सुबह-सवेरे अपने दिन की शुरुआत की थी और वो अपने हाथ लगे शिकार से ख़ुश था। तट की ओर बढ़ते हुए वो बॉलीवुड का एक गाना गुनगुना रहा था—कि तभी पानी से बाहर निकलती दो इंसानी खोपड़ियों और उनके पीछे उसकी नाव के किनारे को पकड़ते दो जोड़ी हाथों ने उसे उसके दिवास्वप्न से झकझोरकर बाहर निकाल दिया।

ख़ुद को ये विश्वास दिलाने के बाद कि वो दो सिर और चार हाथ किसी विरूपित समुद्री दैत्य के अंग नहीं हैं, इक़बाल ने अपना गला खंखारा और बोला। "तम्मे कौन छू?" उसने गुजराती में पूछा, वो बहुत नर्वस हो रहा था कि मदद मांगने वाले ये लोग पाकिस्तानी जासूस भी हो सकते हैं। सैनी और प्रिया दोनों ही उसकी मातृभाषा नहीं बोलते थे, इसलिए उन्होंने उसे हिंदी में समझाया कि समुद्र में कुछ दूर निकलने पर उनकी नाव में कोई तकनीकी खराबी आ गई थी, इसलिए उन्हें उसकी मदद चाहिए। संदेह से भरे इक़बाल ने अपनी छोटी सी नाव पर चढ़ने में उनकी मदद की। सैनी और प्रिया थकान से चूर बैठे थे, जबकि इक़बाल शक्की नज़रों से उन्हें तोल रहा था।

गुजरात के तट पर मछली पकड़ना हमेशा से जोखिम भरा काम रहा है। भारतीय और पाकिस्तानी नौसेनाओं के जहाज़ इस समुद्र में सक्रिय रहते थे और अंतर्राष्ट्रीय सीमा के पार निकल जाने पर विरोधी पक्षों द्वारा निर्दोष मछुआरों को गिरफ़्तार करना असामान्य नहीं था। इक़बाल कोली था—मछुआरा जनजाति का सदस्य। कोली शब्द का अर्थ मकड़ी या वैकल्पिक रूप से, ऐसा व्यक्ति था जो मकड़ी के जाले जैसा मछली पकड़ने का जाल बुन सके। अधिकांश कोली हिंदू थे लेकिन मुग़ल काल में अनेक ने इस्लाम धर्म अपना लिया था। धर्म परिवर्तन के बाद भी बहुतों ने अपने पुराने हिंदू उपनाम बरकरार रखे—इसीलिए इक़बाल के नाम में पटेल था।

इक़बाल और उसके बिन बुलाए मेहमानों के बीच एक असहज ख़ामोशी छाई हुई थी। उसके दिमाग़ में बेशुमार सवाल दौड़ रहे थे। ये दोनों कौन थे? इनकी नाव के साथ असल में क्या हुआ था? इनकी मदद करने के लिए क्या स्थानीय पुलिस उससे पूछताछ करेगी? ये हिंदुस्तानी थे या पाकिस्तानी? समुद्र में इतनी दूर ये लोग क्या कर रहे थे? क्या तट पर पहुंचने के बाद उसे इनकी रिपोर्ट करनी चाहिए?

ये देखकर कि उनका मेज़बान उनके जवाब से पूरी तरह से संतुष्ट नहीं है, सैनी सोचने लगा कि किस तरह इक़बाल को दोस्त

बनाया जाए। "तुम्हारा मोबाइल फ़ोन अभी भी तुम्हारी जींस की जेब में है?" उसने प्रिया से पूछा।

"हां," उसने जवाब दिया। "मगर मुझे ये नहीं पता कि ये काम कर रहा है या नहीं। शायद मुझसे कहा गया था कि ये मॉडल वाटरप्रूफ़ है—देखते हैं..."

"अगर ये काम कर रहा है, तो मैं चाहता हूं कि तुम इसे हमारे मेज़बान को भेंट कर दो," सैनी ने कहा।

"हमारे संपर्क का यही एक साधन है..." प्रिया ने कहना शुरू किया।

"जब हम शहर पहुंचें तो प्रीपेड सिम कार्ड के साथ एक और साधारण सा फ़ोन ख़रीद लेना। जीपीएस सैटेलाइटर और नेटवर्क प्रदाता शायद पुलिसवालों के निर्देश पर तुम्हारे फ़ोन को ट्रैक कर रहे होंगे। जो भी क़दम हम उठा रहे हैं, उस पर राधिका सिंह और राठौड़ की नज़र होगी—उन लोगों के अलावा जो हमें फंसाना चाहते हैं," सैनी ने चेतावनी दी।

प्रिया ने बात समझते हुए हामी भरी। उसने जल्दी से कुछ अक्षरों, नंबरों और कैरेक्टरों के अनुक्रम को अपने फ़ोन में पंच किया। "क्या कर रही हो?" सैनी ने पूछा।

"फैक्टरी रीसैट के लिए कोड पंच कर रही हूं। मैं नहीं चाहती कि मेरे पिछले मैसेज किसी के भी हाथ लगें। क्या मैं सिम कार्ड फेंक दूं और इसे सिर्फ़ फ़ोन दे दूं?" उसने पूछा।

"नहीं। इसे ये सिम कार्ड लगे-लगे ही दे दो," सैनी ने जोर देते हुए कहा।

"क्यों?" प्रिया ने पूछा।

"राधिका सिंह और राठौड़ को कुछ दिन हमें अरब सागर में ढूंढ़ने दो," सैनी ने ख़ुलकर मुस्कुराते हुए कहा, जबकि प्रिया ने शुक्रगुजार कोली मछुआरे को अपना फ़ोन तोहफे में दे दिया था, वो भी अब मुस्कुरा रहा था।

19

कभी-कभी मेरे बड़े भाई बलराम और मैं गौशाला में चले जाते और किसी बछड़े की पूंछ पकड़ लेते। नन्हा पशु हमें मिट्टी में घसीटता रहता और जल्दी ही हम मिट्टी में लथपथ हो जाते। ऐसी शरारतों के लिए यशोदा कभी भी हमारी पिटाई नहीं करती थीं। एक बार, जब मैंने न जाने कौन सी बार माखन चुराया तो यशोदा ने मुझे एक विशाल ऊखल से बांधने की कोशिश की। मैं अपनी शक्ति से रस्सी को छोटा करता रहा और इस प्रकार मैंने उनके लिए मुझे बांध पाना असंभव कर दिया। किंतु जब मैंने उनकी आंखों में असहाय भाव के आंसू भरे देखे तो मुझे पश्चाताप हुआ। उन पर दया करके मैंने रस्सी को लंबा होने दिया ताकि वे मुझे सफलतापूर्वक बांध सकें। फिर मैं अपनी पीठ पर बंधे ऊखल को लेकर चलने लगा। जब मैं दो अर्जुन वृक्षों के बीच से गुज़रा तो ऊखल दोनों तनों के बीच अटक गया, और दोनों सशक्त वृक्ष गिर पड़े—और यक्षों में परिवर्तित हो गए। इस प्रकार मैंने उन्हें नारदमुनि के इस शाप से मुक्त किया कि उन्हें अपने अहं के कारण सौ वर्षों तक वृक्ष के रूप में रहना होगा।

सेंट्रल ब्यूरो ऑफ़ इन्वेस्टीगेशन—या सीबीआई—के स्पेशल क्राइम डिवीजन से मिला संदेश सीधा-सरल था। गुजरात में एक क़त्ल हुआ था। क़त्ल का तरीका आश्चर्यजनक रूप से उस क़त्ल के समान ही था जिसकी जांच राजस्थान पुलिस कर रही थी। इस तथ्य को देखते हुए कि हत्यारा—या हत्यारे—राज्य की सीमा पार कर गए हो सकते हैं, इस जुर्म की तहकीकात अब केंद्रीय रूप से की जानी थी।

राधिका सिंह अपना अंतिम बादाम चबाते हुए दोबारा तसल्ली

से इस संदेश को पढ़ने लगी। यह अच्छा साइन नहीं था। कार्मिक मंत्रालय में कार्मिक और प्रशिक्षण विभाग द्वारा नियंत्रित सीबीआई आमतौर पर अपने सियासी आकाओं के तहत काम करती थी, जिससे अनसुलझे मामलों की बहुतायत, पक्षपात और भ्रष्टाचार के आरोप बढ़ते ही जा रहे थे। भले ही सीबीआई आधिकारिक तौर पर भारत की इंटरपोल इकाई थी, लेकिन पुलिसिंग की दुनिया में यह अनुकरणीय उदाहरण नहीं थी।

राधिका ने वो डिटेल पढ़ी जो भारतीय तटरक्षकों ने भेजी थी। भोजराज के रिसर्च पोत *राधा* को दमन के इंडियन कोस्टगार्ड एयर स्टेशन के *चेतक हैलीकॉप्टर* ने द्वारका की तटीय रेखा से तेरह समुद्री मील से ज़्यादा दूरी पर तैरते पाया था। उसे हल्के से तमिल उच्चारण वाले एक आदमी द्वारा गुमनाम सुराग़ दिए जाने के बाद वहां भेजा गया था। इस सुराग़ ने टेलीविजन बुलेटिनों की प्रतिक्रिया में पुलिस कंट्रोल रूम में प्राप्त एक कॉल की पुष्टि ही की थी। चॉपर ने गुजरात के तटीय क्षेत्र में गश्त कर रहे तटरक्षक दल के पोत *आईसीजीएस विश्वस्त* को आगाह किया था और रेडियो संपर्क नाकाम रहने पर *विश्वस्त* की सशस्त्र टीम *राधा* पर चढ़ गई।

बेहोश टीम को नौसेना के अस्पताल भेज दिया गया। इस तथ्य को ध्यान में रखते हुए कि जहाज़ एक नृशंस हत्या का स्थल होने के साथ-साथ भारत की समुद्री सीमा से बाहर था, तो कोस्टगार्ड ने गुजरात पुलिस की बजाय सीबीआई को सूचित किया। मामला सीबीआई के विशिष्ट निदेशकों में से एक सुनील गर्ग के ध्यान में लाया गया, जिसने दोनों अपराधों में सुस्पष्ट समानताएं देखीं।

राधिका चाहती थी कि ये केस पूरी तरह से उसके हाथ में रहे। गहरी सांस लेकर उसने अपना डेस्क फ़ोन उठाया और सुनील गर्ग को फ़ोन किया। उसे अपने पत्ते बहुत सावधानी से—वास्तव में बहुत ही ज़्यादा चालाकी से—चलने होंगे। सुनील गर्ग द्वारा फ़ोन उठाए जाने का इंतज़ार करते हुए राधिका मुस्कुराई, उसका ख़ाली हाथ जपमाला फेर रहा था। जब राधिका सिंह मुस्कुराती थी, जोकि बहुत

ही दुर्लभ घटना होती थी, तो आमतौर पर इसका मतलब होता था कि वो बाजी जीत चुकी है।

20

एक दिन मैं और मेरे ग्वाले मित्र खेल रहे थे कि तभी मेरे मित्र ऐसे स्थान के पास पहुंचे जिसे उन्होंने पहाड़ी गुफा समझा। किंतु गुफा वास्तव में राक्षस अघासुर का मुंह था—जोकि आठ योजन लंबा सांप था। जब मेरे मित्र दौड़ते हुए उसमें घुस गए तो मुझे बहुत चिंता हुई क्योंकि मैं जानता था कि वो गुफा नहीं है। उनके जीवन की रक्षा करने और अघासुर को सदैव के लिए समाप्त करने के लिए मैं उनके पीछे-पीछे अंदर गया। सर्प मुझे संपूर्ण निगल गया, किंतु जैसे ही मैं अघासुर के शरीर के अंदर पहुंचा, तो मैंने स्वयं को अथाह अनुपात में तब तक बढ़ने दिया जब तक कि सर्प राक्षस मृत्यु को प्राप्त नहीं हो गया।

रिसर्च पोत का नाम *आर/वी राधा* किसी ख़ास वजह से रखा गया था। जहाज़ के मुख्य वैज्ञानिक डॉ. निखिल भोजराज ने फ़ैसला किया था कि यही सही और उचित भी होगा कि कृष्ण के कल्पित नगर को ढूंढ़ने के लिए नियुक्त जहाज़ राधा हो! मगर वो एक जहाज़ से कहीं ज़्यादा था। वो तकनीकी रूप से एडवांस रिसर्च सेंटर था जो उच्च स्तर की सुरक्षा और आराम के साथ वैज्ञानिकों, ग़ोताखोरों, पुरातत्ववेत्ताओं, नाविकों, उनकी पनडुब्बियों और उनके उपकरणों को लाने-ले जाने में सक्षम था। उस पर टीम के सर्च ऑपरेशन के दौरान जमा की गई जानकारी को सुरक्षित करने और समझने के

लिए लेटेस्ट इलेक्ट्रॉनिक्स, विश्लेषणात्मक कंप्यूटर, और नौवहन एवं संचार तंत्र मौजूद थे। सत्तर फ़ुट लंबे, सतत्तर टन वजन के और सोलह समुद्री मील की तीव्र गति का दम भरने वाले पोत राधा को लगभग पूरी तरह से फाइबरग्लास से बनाया गया था। जहाज़ में आठ वैज्ञानिक और नाविक दल के दो लोग रहते थे।

राधा का डैक अच्छे से डिजाइन किया गया था। जहाज़ के पिछले हिस्से में काम करने की ख़ासी जगह है, जहाज़ चलाने के लिए एक स्टीयरिंग स्टेशन और पानी के लेवल पर एक डाइविंग प्लेटफ़ॉर्म था, जिससे गोताखोर और पनडुब्बियां समुद्र में सरलता से उतर सकें। हाइड्रॉलिक कनेक्शन, ए-फ्रेम, विंच और नाइट्रॉक्स मिक्स करने का स्टेशन—गैस का ऐसा मिक्स्चर जिसे टेक्निकल डाइविंग में इस्तेमाल किया जाता है—वैज्ञानिक रिसर्च प्रोजेक्ट को और भी आसान बनाता है। अक्षांश और देशांतर का आकलन करने के लिए, राधा के स्टैंडर्ड नेविगेशनल चार्ट डीजीपीएस या डिजिटल ज्योग्रैफ़िक पोज़ीशनिंग सिस्टम से युक्त थे।

राधा पर एक अच्छी-ख़ासी रिसर्च लैबोरेटरी भी थी। मेन लैबोरेटरी बड़ी और आम उद्देश्यों की लैब थी, जहां डैक से सीधे पहुंचा जा सकता था, जबकि बायो-एनालिटिकल लैब सेंसिटव मशीनों और तापमान नियंत्रण की वजह से बाक़ी क्षेत्र से अलग-थलग थी। और उसके भी अंदर एक वैट लैब थी जहां वैज्ञानिक समुद्री पानी के सैंपल इकट्ठा कर उनका विश्लेषण कर सकते थे।

राधा की लैबोरेटरी के अंदर निखिल भोजराज अपने मेहमानों—सैनी और प्रिया—का इंतज़ार करते हुए प्रिंटआउट्स देख रहा था। वो अपने आप ही मुस्कुरा दिया। ये इस जानकारी से उपजी संतुष्टि की मुस्कुराहट थी कि उसकी मंज़िल क़रीब है। लैबोरेटरी में उसके अलावा इंसानी गतिविधियां नहीं हो रही थीं। उसकी टीम के अधिकांश सदस्य कॉमन रूम में नाश्ता कर रहे थे। जहाज़ के एयरकंडीशनिंग सिस्टम की घरघराहट उसके दिमाग़ की गूंज को एक सुकून भरा आराम प्रदान कर रही थी। उसने अपने सामने कंप्यूटर-ओरिएंटेड

मैप देखा।

प्रिंटआउट आधुनिक द्वारका शहर के वर्तमानकालिक सैटेलाइट नक़्शे का ही था। अगर इस विशिष्ट प्रिंटआउट को देखा जाए तो ऐसा लगता था मानो बैट द्वारका द्वीप के अलावा अधिकांश द्वारका शहर मुख्य भूमि का ही हिस्सा हो। लेकिन जब लाइट डिटेक्शन एंड रेंजिंग—लाइडार तकनीक—से प्राप्त हाई-रिजॉल्यूशन भूखंडीय डाटा के माध्यम से क्षेत्र को देखा जाए तो ये स्पष्ट हो जाता था कि द्वारका मुख्य भूमि से जुड़ा एक एकल समरूप भूखंड होने के बजाय द्वीपों का समूह रहा होगा। ये एक नगर-राज्य रहा होगा जो उत्तर में शंखोधर और दक्षिण में ओखमढ़ी तक फैला हुआ होगा।

यह पत्थर के उन सैकड़ों लंगरों की बात को भी स्पष्ट करता है जो दल को प्राप्त हुए थे। ये स्पष्ट था कि द्वारका के लोग समुद्र-यात्री रहे होंगे और विशाल जहाज़ यहां लंगर डालते होंगे। द्वारका के शहर-राज्य का द्वीपीय लेआउट आधुनिक काल में ग़ायब हो चुका था किंतु प्राचीन लेआउट संस्कृत नाम द्वारवती—अनेक द्वारों वाला नगर—को सार्थक करता था। कृष्ण और उनके लोगों ने जब अपने शहर का नामकरण किया होगा तब वो घरों और महलों के द्वारों को नहीं गिन रहे होंगे। वो समुद्र की ओर ख़ुलने वाले अनेक स्थानों का संदर्भ दे रहे थे जहां से जहाज़ द्वारका में आ सकते थे!

महाभारत में संदर्भ है कि द्वारका की दीवारों पर पताकाएं लहराती हुई देखी जा सकती थीं। भोजराज ने तो चारदीवारी के साथ-साथ झंडा लगाने के काम आने वाले पत्थर से बने चबूतरे भी खोज निकाले थे। बेशक, उनका लकी पल तो वही था, जब उन्होंने बैल, यूनिकॉर्न और बकरी के तीन सिर वाली मुद्रा की खोज की थी। वह उसने गर्व के साथ वार्ष्णेय को दी थी।

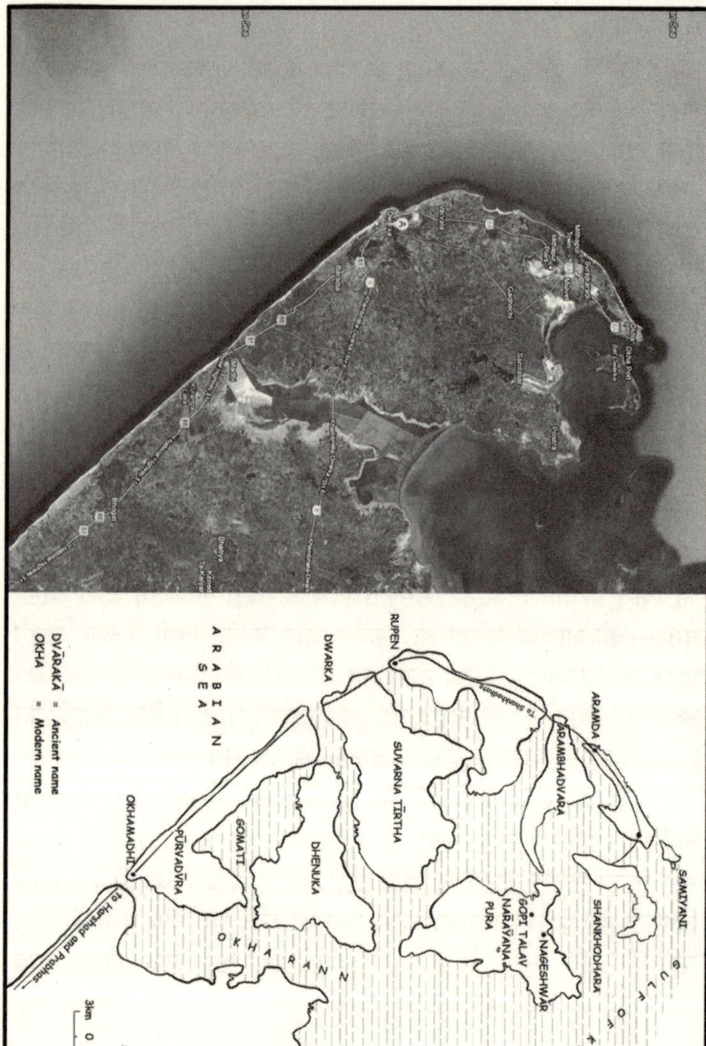
ARAMDA
SAMIYANI
G U L F O F K U T C H
SHANKHODHARA
ARAMBHADVARA
NAGESHWAR
GOPI TALAV
NARĀYANA PURA
RUPEN
DWARKA
SUVARNA TĪRTHA
A R A B I A N S E A
DHENUKA
GOMATI
PŪRVADVĪRA
OKHAMADHI
O K H A R A N N
PINDA TATAKA
N
Scale 1: 300 000
3km 0 12k
DVĀRAKĀ = Ancient name
OKHA = Modern name

उसके मेहमान बस किसी भी पल पहुंचने वाले थे। पिछली मुलाकात में अनिल वार्ष्णेय ने रवि मोहन सैनी का जिक्र किया था और भोजराज जानता था कि वार्ष्णेय और सैनी स्कूल के समय से दोस्त हैं। किसी महिला के फ़ोन से वह असमंजस में था। उसने अपना नाम प्रिया रतनानी बताया था और मिलने का समय मांगने के साथ-साथ जामनगर एयरपोर्ट से रिसीव करवाने का भी जिक्र किया था। ये शिक्षाविद् भी! हमेशा अपनी अकड़ में रहते हैं और अपने आप कुछ कर ही नहीं सकते।

उसने एक मोटरबोट के आने की आवाज़ सुनी। ये सैनी और प्रिया ही होंगे जिन्हें लाने के लिए उसका सहायक गया हुआ था। उसने खड़े होकर अपने शरीर को खींचा। कुछ ही फ़ुट की दूरी पर एक दीवार थी जिस पर लगे बयालीस इंच टीवी पर एनडीटीवी न्यूज लगा हुआ था, आवाज म्यूट थी। पल भर को स्क्रीन पर नजर पड़ने पर भोजराज को टैक्स्ट बॉक्स के पास लगी फ़ोटो दिखाई दी। फ़ोटो रवि मोहन सैनी का एक मग शॉट था, जिसे तब खींचा गया था जब वो जयपुर सेंट्रल जेल में पहुंचा था। भोजराज इस फ़ोटो वाले शख़्स को कभी नाम से नहीं पहचान पाते, अगर नीचे चल रहा टिकर न होता "हत्या के संदेही रवि मोहन सैनी जयपुर जेल से भाग गए हैं। अगर आपके पास कोई जानकारी हो तो 0141-2612589 पर संपर्क करें।" सैनी के फ़ोटो के पास ही एक नोट था जिस पर सैनी के बारे में जानकारी थी ताकि पब्लिक उसे पहचान सके:

> *नामः रवि मोहन सैनी। उर्फ़ः कोई नहीं। केस नंबरः 1883767। लिंगः पुरुष। राष्ट्रीयताः भारतीय। समुदायः पंजाबी। आयुः 45 वर्ष चार माह। लंबाईः 5'11"। वजनः 78 किलो। आंखेंः काली-भूरी। बालः काले। पहचान-चिह्नः दाहिने टखने पर काला बर्थमार्क। वारंट जारीः जयपुर मजिस्ट्रेट कार्यालय। वारंट नंबरः आर/जे/एस/1234176। आरोपः हत्या।*

जो आदमी उस सुबह उससे मिलना चाहता था, वो एक भगोड़ा है! भोजराज ने जल्दी से अपने नोटबुक पर गूगल खोला और "रवि मोहन सैनी" टाइप किया। पहली एंट्री थी नई दिल्ली के *हिंदुस्तान टाइम्स* की एक ख़बर। हेडलाइन थी कि रवि मोहन सैनी पर अनिल वार्ष्णेय की हत्या का आरोप लगाया गया है और वो जयपुर की सेंट्रल जेल तोड़कर भागा हुआ है। अनिल वार्ष्णेय मर गया!

21

यमुना में हर प्रकार का जीवन नष्ट होने लगा था क्योंकि कालिया नाम का एक दस फन वाला समुद्री नाग जल में अपना विष छोड़ रहा था। कालिया की दुष्टता को समाप्त करने के विचार से मैं यमुना में गिर गई कंदुक को निकालने के बहाने से उसमें कूद पड़ा। कालिया के साथ भीषण संघर्ष के बाद मैं जल की गहराइयों से कालिया के फन पर नृत्य करता बाहर निकला। "कृपया इन्हें जीवित छोड़ दें, प्रभु," कालिया की पत्नियों ने याचना की, और दैवीय सदाशयता के कृत्य में मैंने कालिया के प्राण नहीं लिए बल्कि उससे कहा कि तुरंत यमुना से चला जाए ताकि नदी का जीवन पुन: फल-फूल सके।

भोजराज पल भर के लिए जड़ रह गया। वह सुन्न था—डर और सदमे से लगभग लकवे की हालत में। उनका दोस्त वार्ष्णेय मर चुका था और उसके क़त्ल का ज़िम्मेदार आदमी ही उससे मिलने के लिए आ रहा था। इस मुलाकात का क्या उद्देश्य था? उसकी भी हत्या करना? कुछेक मिनट सोच में डूबे रहने के बाद वह फ़ोन की ओर

बढ़ा, जो लैब के गेट के पास टंगा था। उसने फ़ोन उठाया और स्क्रीन पर दिखाए जा रहे नंबर को डायल किया।

तीन घंटियों के भीतर ही राठौड़ की टीम ने फ़ोन उठा लिया था। "हैलो? क्या ये पुलिस कंट्रोल रूम है? हां? मेरा नाम निखिल भोजराज है और मुझसे अभी रवि मोहन सैनी मिलने आने वाला है..."

फटाक से दरवाज़ा ख़ुला और हथौड़े जैसी ताकत से एक घूंसा भोजराज के नाक और मुंह पर पड़ा। उसकी बात बीच में ही काट गई। वह फ़र्श पर पीछे की ओर गिरकर बेहोश हो गया। गोताखोर ने लैबोरेटरी में क़दम रखा, जल्दी से अपने पीछे दरवाज़ा बंद किया और तार पर झूलते रिसीवर को वापस टांग दिया। दूसरे सिरे पर उसने पुलिस ऑपरेटर को कहते सुना, "हैलो? सर, मेहरबानी करके हमें अपनी सही..."

वो एक स्कूबा सूट, तैरने के फिन्स और नकाब पहने हुए था। स्कूबा टैंकरा को उसने पीठ पर बांध रखा था और उसकी कमर पर वाटरप्रूफ़ रबर बैग बंधा था। तारक वकील ने अपना नकाब उतारा और अपने रबर बैग को खोला।

उसने बैग से एक डक्ट टेप निकाला, सुघड़ता से भोजराज के हाथों को उनके पीछे बांध दिया और क्लोरोफ़ॉर्म से भीगे कपड़े और डक्ट टेप से उनका मुंह बंद करने में लग गया। दरवाज़े से सबसे दूर की दीवार तक घसीटकर उसने भोजराज को इस तरह बिठा दिया कि उसकी टांगें लैब के फ़र्श पर फैली हों और पीठ दीवार के सहारे सीधी लगी हो।

उसने जल्दी से भोजराज के बाएं जूते को उतारा और पलक झपकते ही आद्याक्षर ख़ुदा एक और स्वैन-मॉर्टन नश्तर अपने शिकार के पांव में घोंप दिया। जब ख़ून बहने लगा तो उसने अपने पेंटब्रश को खून में डुबोया और सावधानी से भोजराज के सिर के पीछे श्लोक लिखने लगा।

म्लेच्छनिवहनिधने कलयसि करवालम्

धूमकेतुमिव किमपि करालम्
केशव धृतकल्किशरीर
जय जगदीश हरे।

तारक ने तेजी से कमर में बंधे बैग में हाथ डाला और एक छोटी सी रबर स्टैम्प निकालकर उसे भोजराज के माथे पर लगा दिया। वह स्टैम्प गोल घेरे में छोटे से कमल के लाल फूल की थी।

वो जानता था कि सैनी बस कुछ ही पल में वहां पहुंच जाएगा। हड़बड़ी में उसे पता नहीं लगा कि चांदी का ब्रेसलेट जो वो आमतौर पर अपनी दाहिनी कलाई पर पहनता था, उसके कमर के बैग से गिर गया था—जिसमें उसने इसे पानी के अंदर जाने से पहले रख दिया था—और अब वो फ़र्श पर पड़ा था, जंजीर सांप की कुंडली की तरह पड़ी थी।

पहली मुद्रा उसने वार्ष्णेय के घर खोज निकाली थी। दूसरी मुद्रा को पुलिस ने सैनी के घर से बरामद किया था। तीसरी और चौथी मुद्रा के लिए, जो अभी तक नहीं मिली थीं, उसने बारीकी से लैब की तलाशी ली। उसे बस प्रिंटआउट, चार्ट और नक़्शे ही मिले। तारक को उन सैकड़ों वस्तुओं में कोई दिलचस्पी नहीं थी, जिन्हें भोजराज की टीम ने द्वारका के तटीय समुद्र के भीतर से निकाला था। उसे बस वो दो विशिष्ट मुद्राएं चाहिए थीं जो अभी तक लापता थीं।

इस निष्कर्ष पर पहुंचकर कि मुद्राएं नाव पर नहीं हैं, वह दबे पांव लैब के दरवाज़े पर गया और दरवाज़े पर कान लगा दिए ताकि तय कर सके कि बाहर कोई है तो नहीं। संतुष्ट होकर उसने ताला खोलकर दरवाज़ा खोला और चुपचाप बाहर निकल गया। उसने एक गलियारा पार किया, खुले डैक पर पहुंचा और कॉमन रूम की दिशा में दाहिनी ओर मुड़ गया जहां सब नाश्ता कर रहे थे। उसने यूटिलिटी रूम ढूंढ़ने के लिए आसपास नज़र दौड़ाई। पिछले दिन देखी तकनीकी ड्रॉइंग्स के आधार पर उसने अंदाज़ा लगाया कि वह शायद कॉमन रूम के पास होगा। वो सही था। यूटिलिटी रूम ढूंढ़ने के बाद, जहां से सारे जहाज़ को पॉवर, एयरकंडीशनिंग और फिल्टर

किए गए पानी की सप्लाई होती थी, तारक अपनी पीठ पर बंधे दूसरे सिलेंडर को खोलने लगा।

तारक के स्कूबा डाइविंग उपकरण में उसकी पीठ पर बंधे दो सामान्य सिलेंडर थे। आम स्कूबा पोशाक में दोनों सिलेंडरों को जोड़ने के लिए सामान्यत: एक वाल्व होता है, जो ज़्यादा देर तक ग़ोताखोरी के लिए सांस लेने के लिए अधिक मात्रा में हवा प्रदान करता है। अजीब बात ये थी कि तारक की पोशाक में उसकी पीठ पर बंधा केवल एक सिलेंडर ही उसके सांस लेने के पाइप से जुड़ा हुआ था।

उसने जल्दी से बिना जुड़ा सिलेंडर अपनी पीठ से उतारा और उसे एयरकंडीशनिंग प्लांट के हवा को अंदर खींचने वाले वाल्व से जोड़ दिया। सिलेंडर में ट्राइमेथिल फैंटेनायलम भरी थी, जो बहुत ज़्यादा शक्तिशाली नशीली दवा थी, मॉर्फिन से भी कहीं ज़्यादा शक्तिशाली। साठ सैकंड के अंदर जहाज़ पर मौजूद सभी लोग गहरी नींद में सो जाने वाले थे।

फिर से डैक पर पहुंचकर, स्टारबोर्ड की तरफ़, तारक डीजल का धुआं छोड़ती एक लांच को—जो शायद सैनी और प्रिया को ला रही थी—राधा की तरफ़ बढ़ते हुए देख सकता था। वो नीचे झुक गया और जहाज़ के बाएं हिस्से की तरफ़ बढ़ने लगा। उसने अपना नकाब पहना और बचे हुए सिलेंडर के सांस लेने वाले पाइप का प्राथमिक माउथपीस अपने मुंह में लिया। ख़ुद को जहाज़ के किनारे पर पोजीशन करके अपना एक हाथ नकाब पर और दूसरा ग़ोताखोरी की ढीली पोशाक पर रखकर वो एक लंबा क़दम लेकर राधा से कूद गया। तारक वकील छह मिनट से भी कम समय के लिए जहाज़ पर रहा था।

मगर उसकी योजना दो दिन पहले ही शुरू हो गई थी। जिस समय सैनी और प्रिया की निजी चार्टर उड़ान जामनगर पर उतर रही थी, उसी समय कच्छ की खाड़ी में एक छोटा सा बिंदु देखा जा सकता था। ये एक नाव थी—एक छोटी मगर शक्तिशाली स्टिंगरे

225एसएक्स जिसने मुंबई के गेटवे ऑफ़ इंडिया से अपना सफ़र शुरू किया था और द्वारका की तटीय रेखा से कुछ सौ मीटर दूर तैर रही थी। नाव पर, घोर एकांत में एक एकाकी सवार था जो एक चाकू को चमकाते हुए अपना पसंदीदा श्लोक सुन रहा था।

दो घंटे बाद तारक वकील का आईफ़ोन बजने लगा। उसकी रिंगटोन उस मंत्र का तेज़ गायन था जिसे वो दीवारों पर लिखता था और अपनी कार में सुनता था। फ़ोन सुनने से पहले उसने श्लोक के पूरा बजने का इंतज़ार किया। किसी पवित्र मंत्र को बीच में काटने की इजाजत नहीं दी जा सकती थी। ये असम्मानजनक था।

"नमस्कार, माताजी," तारक ने धीमी आवाज़ में कहा।

"नमस्कार। सैनी द्वारका पहुंच गया है। उसका कल सुबह भोजराज से मिलने का कार्यक्रम है," रहस्यमय आवाज़ ने कहा। "एक मुद्रा तो वार्ष्णेय के घर से तुम्हें मिल गई थी जबकि दूसरी को पुलिस ने सैनी के घर से बरामद किया था। तीसरी और चौथी वार्ष्णेय के तीन दोस्तों—भोजराज, कुरकुड़े या छेदी—में से किसी के पास हो सकती हैं।"

"समझ गया। मेरे लिए क्या निर्देश हैं?" तारक ने पूछा।

"भोजराज के दल में तुम्हारा एक घुसपैठिया पहले से है। वो वही करेगा जैसा तुम कहोगे। उसे संदेश भेजो कि तुम योजना के मुताबिक आगे बढ़ रहे हो। वो तुम्हें खोजी जहाज़ की तकनीकी ड्रॉइंग भेज देगा।"

"आपका कहना मेरे लिए आदेश है," तारक ने उस किताब को नीचे रखते हुए कहा जिसे वो पढ़ रहा था। उसने अपनी स्टिंगरे 225एसएक्स का इंजन तेज़ किया। उसे अपनी स्कूबा पोशाक को तैयार करना था।

वो होमर की इलियड पढ़ रहा था। उसने उस जगह पर बुकमार्क लगाया जहां बुद्धिमान बुजुर्ग नैस्टर योद्धा डायोमेड से कह रहा था, "जीवन और मृत्यु इस तरह संतुलन में हैं मानो ये तलवार की धार पर हों। तो जाओ, क्योंकि तुम मुझसे छोटे हो..."

22

मेरे जीवन के लिए नित्य के संकटों से थककर, मेरे दत्तक पिता—नंद—ने तय किया कि उनके परिवार के लिए गोकुल से चले जाना ही सुरक्षित होगा। गांव के बड़े-बूढ़ों ने अपने प्रमुख से बहुत याचनाएं कीं, किंतु वे दृढ़ रहे। "यमुना का पूर्वी भाग कृष्ण के लिए असुरक्षित है। मैं अपने परिवार को वृंदावन ले जाऊंगा। अगर आप चाहें तो मेरे साथ चल सकते हैं," उन्होंने अपने लोगों से कहा। अगले दिन, नंद ने अपनी बैलगाड़ियों में सामान भरा और यशोदा, रोहिणी, बलराम और मुझे लेकर वृंदावन की ओर निकल पड़े। तत्पश्चात ही उनका ध्यान गया कि पूरा गोकुल धाम भी उनके साथ चल पड़ा है। प्रत्यक्षत: ग्रामवासी मेरे बिना रहने के विचार को सहन नहीं कर पाए थे! यह गहरी मित्रताओं का संसार था और मेरे निकटतम मित्र सुदामा थे जिन्होंने बाद में गुरुकुल में मेरे साथ शिक्षा पाई थी।

"हमें अपनी रणनीति पर फिर से सोचना होगा," सैनी ने कृतज्ञ भाव से गर्म चाय का घूंट भरते हुए कहा। वो पोरबंदर—महात्मा गांधी की जन्मभूमि—के एक बेकार से होटल के छोटे से कमरे में छिपे हुए थे। ये इत्तफाक की बात ही थी कि अंतत: पोरबंदर कृष्ण के बचपन के मित्र सुदामा का आवास भी बना था।

जहाज़ से सफलतापूर्वक कूदकर और कोली मछुआरे के साथ वापस द्वारका तक नाव की मुफ़्त यात्रा करने के बाद सैनी ने तय किया था कि उनके लिए द्वारका के उस होटल में वापस जाना बहुत जोखिम भरा था जहां उन्होंने पिछली रात बिताई थी। वास्तव में, कुछ ही समय की बात थी, और फिर देश की सारी पुलिस मनोरोगी

सीरियल किलर प्रोफ़ेसर की तलाश में लग जानी थी जिसकी मदद उसकी ग़ुलामों के समान आज्ञाकारी शोध छात्रा कर रही थी।

उन्होंने पोरबंदर की ओर जाते एक ट्रक में लिफ़्ट ली—जो द्वारका से लगभग नब्बे किलोमीटर दूर था। ट्रक पर चढ़ने से पहले, सैनी ने अच्छी तरह जानते हुए भी कि उनके प्रयोग को ट्रैक किया जा सकता है, द्वारका में पैसे निकालने के लिए अपने एटीएम कार्ड का इस्तेमाल करने की कोशिश की थी। मगर, उनके पास और कोई विकल्प भी नहीं था। अगले कुछ दिन जीवित रहने के लिए उन्हें पैसे चाहिए थे। बदक़िस्मती से अरब सागर ने एटीएम कार्ड के साथ-साथ उनके क्रेडिट कार्डों को भी बेकार कर दिया था।

सैनी उन दोनों के पास बचे भीगे हुए नोटों को गिन चुका था। मुश्किल से पांच हज़ार रुपए थे। "अहमदाबाद और बड़ौदा में मेरे पिता के वकील दोस्त हैं। मुझे यक़ीन है कि अगर मैं उनसे बात करूंगी तो वो किसी से पोरबंदर में हमें पैसे भिजवा सकते हैं," प्रिया ने सुझाव दिया। फिर वो एक कपड़े की दुकान में गए जहां से उन्होंने कुछ सूखे कपड़े और सादे जूते ख़रीदे। इसके बाद वो सबसे पास की दुकान में गए जहां से उन्होंने जयपुर के डॉक्टर द्वारा उपलब्ध करवाए गए नकली नामों से प्रीपेड सिम के साथ नोकिया का सबसे सस्ता मोबाइल फ़ोन ख़रीदा।

होटल वापस पहुंचकर, प्रिया ने संजय रतनानी को फ़ोन किया। "डैड? मुझे थोड़ी मदद चाहिए..." उसने कहना शुरू किया। नई दिल्ली के एक छोटे से कंट्रोल रूम में, एक कंप्यूटर टर्मिनल पर टिमटिमाते आइकन ने मॉनीटर कर रहे एजेंट को बता दिया था कि कोई सुनने लायक बातचीत हो रही है। संजय रतनानी अपने मोबाइल पर किसी प्रीपेड नंबर से, जो कि अज्ञात था, की गई कॉल को सुन रहा था। बातचीत को ख़ामोशी से कंप्यूटर की हार्डडिस्क पर रिकॉर्ड कर लिया गया जबकि स्थानों की खोज शुरू कर दी गई थी।

जब प्रिया अपने पिता से बात कर रही थी, तब सैनी ने चांदी का वो ब्रेसलेट निकाल लिया जिसे उसने क़त्ल के स्थान से उठाया

था और अपनी हथेली पर रखकर उसे देखने लगा। उसने हरेक अक्षर को ध्यान से देखा और ख़ुद को संतुष्ट किया। हां, ये तारक वकील नाम ही लिखा हुआ था। लेकिन तारक वकील कौन था? और अगर वो अनिल वार्ष्णेय और निखिल भोजराज दोनों का हत्यारा था, तो वो किस चीज़ के पीछे था। उसने बेध्यानी में इस नाम को एक काग़ज़ पर लिखा और अक्षरों को इधर-उधर करने लगा। शब्द पहेली खेलना एक पुरानी आदत थी जो उसने भाषाविज्ञानी वार्ष्णेय से पाई थी। जब सैनी ने फिर से व्यवस्थित किए गए अक्षरों को देखा तो उसका चेहरा डर से सफ़ेद पड़ गया।

ऊपर-नीचे किए जाने पर, तारक वकील के नाम के अक्षर अब एक ऐसा नाम बनाते थे जिससे भारत का हरेक धर्मशास्त्री परिचित था। कल्कि अवतार—विष्णु का दसवां अवतार।

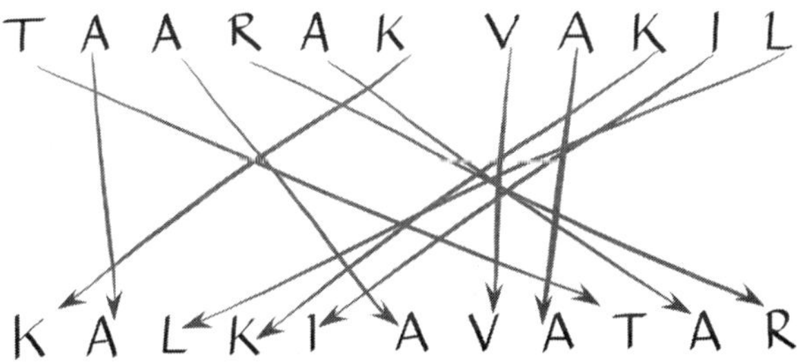

उसने प्रिया को संकेत किया कि अपने पिता से बातचीत को जल्दी ख़त्म करे। जब उसने फ़ोन रखा तो सैनी ने उसे शब्दों का खेल दिखाया। जैसे ही प्रिया ने इसे देखा, उसके चेहरे का रंग भी निचुड़ गया।

"लेकिन हमारे कातिल और कल्कि अवतार के बीच क्या संबंध है?" प्रिया ने पूछा।

"क्या ये स्पष्ट नहीं है? हमारा कातिल एक ऐसा शख़्स है जिसका विश्वास है कि वो कल्कि अवतार है! क़त्ल किसी तरह से इसी विश्वास से जुड़े हुए हैं!" सैनी ने ऐलान किया जबकि प्रिया ख़ामोशी से सोचती रही कि इन हालात को देखते हुए अगला

संभावित क़दम क्या होना चाहिए।

23

हर साल वृंदावन के निवासी भगवान इंद्र से वर्षा करने की प्रार्थना करते थे। वृंदावन में हमारे पहुंचने पर मैंने नंद को सुझाव दिया कि हमें इंद्र की प्रार्थना करने के स्थान पर गोवर्धन पर्वत की आराधना करनी चाहिए जिन्होंने हमें प्रकृति का प्राचुर्य प्रदान किया था। जैसे ही ग्रामवासियों ने गोवर्धन को प्रसन्न करने के लिए अनुष्ठान आरंभ किए, इंद्र ईर्ष्यालु हो गए और उन्होंने वृंदावन में घरों और पेड़ों को गिराने के लिए भीषण बवंडर भेज दिया। सब लोग संरक्षण के लिए मेरे पास आए। मैंने तुरंत गोवर्धन पर्वत को उठा लिया ताकि सब लोग उसके नीचे शरण पा सकें। समुचित रूप से तिरस्कृत इंद्र को अपनी त्रुटि का भान हुआ और उन्हें पश्चाताप हुआ।

"कल्कि अवतार तो विष्णु के दसवें अवतार होने हैं, है न?" प्रिया ने केतली से अपने गिलास में थोड़ी और चाय डालते हुए पूछा। पोरबंदर का होटल भले ही घटिया हो, लेकिन वो चाय अच्छी बनाते हैं।

"हां, हिंदू पुराणशास्त्रों के मुताबिक विष्णु के नौ पूर्व अवतार हो चुके थे। पहला, मत्स्य था। दूसरा कूर्म—कछुआ—था। तीसरा अवतार वराह था। चौथा, उन्होंने नरसिंह के रूप अवतार लिया। ये वो अवतार हैं जो सतयुग में हुए थे," सैनी ने समझाया।

"सतयुग चारों युगों में पहला था, है न?" प्रिया ने पूछा, हालांकि इस सामग्री से वो परिचित थी। ये ऐसे था मानो वो चाहती

हो कि सैनी इस सामग्री पर क़दम-दर-कदम चले।

"हां। चार चरण माने जाते हैं जिनसे भारतीय धर्मग्रंथों में बताए गए युगचक्र के अंग के रूप में संसार को गुज़रना होता है, तीन पूर्ववर्ती युग हैं सतयुग, त्रेतायुग और द्वापरयुग। वर्तमान में हम चौथे और अंतिम चरण कलियुग में हैं," सैनी ने अनुग्रहपूर्वक उसे याद दिलाया।

"तो, सतयुग के बाद विष्णु के कौन से अवतार आए?" प्रिया ने पूछा।

"सतयुग के बाद त्रेतायुग आया। इस सतयुग में विष्णु के पांचवें अवतार वामन अवतरित हुए थे। उनके बाद छठे अवतार परशुराम आए।"

"और प्रख्यात अवतार—राम और कृष्ण—कब अवतरित हुए थे?" प्रिया ने कोंचा।

"अयोध्या के राजा राम त्रेतायुग के दौरान सातवें अवतार के रूप में अवतरित हुए थे," सैनी ने सब्र के साथ कहना जारी रखा। "आठवें अवतार संसार के तीसरे चक्र द्वापरयुग के दौरान अवतरित हुए थे। विष्णु कृष्ण के रूप में संसार को धर्म की शिक्षा देने के लिए अवतरित हुए थे। विष्णु के नवें अवतार और कोई नहीं महान गौतम बुद्ध थे," सैनी ने बात समाप्त की।

"चौथे चरण, मानवता के अंधयुग, कलियुग के दौरान क्या होगा?" प्रिया ने पूछा।

"कलियुग, ये युग जिसमें हम जी रहे हैं, के अंत की ओर कल्कि—जिसका शाब्दिक अर्थ है दुष्टता का विनाशक—के अवतरित होने की अपेक्षा है। वो विष्णु का दसवां अवतार होंगे, और उन्हें बुराई को नष्ट करने और एक बार फिर से पृथ्वी को पवित्र करने के लिए भेजा जाएगा," सैनी ने इन शब्दों को कहते हुए अपनी रीढ़ में ठंडक को दौड़ते महसूस किया।

"कल्कि अवतार की पहचान कैसे होगी?" प्रिया ने पूछा।

"कल्कि पुराण के अनुसार, कल्कि अवतार सम्भल नाम के एक गांव में जन्म लेगा..." सैनी ने कहना शुरू किया।

मुंबई और पुणे के बीच, वो एक प्राइवेट रोड़ पर मुड़ गया। बाहर लगे बोर्ड पर सिर्फ़ बिजनेस का नाम लिखा हुआ था—सम्भल स्टड फार्म।

"कल्कि अवतार दिव्य अश्वारोही है। उसे अपने सफ़ेद घोड़े देवदत्त पर बैठा दर्शाया गया है..." सैनी ने कहना जारी रखा।

जब तारक पंद्रह साल का था तो उसके पिता ने उसे डीडी भेंट किया था। वो घोड़े को वरज़िश कराने, संवारने और खिलाने में घंटों बिताता था। डीडी—या देवदत्त।

"ऐसी भविष्यवाणी की गई है कि विष्णु कल्कि अवतार के रूप में जन्म लेंगे और विष्णुयश... और उनकी पत्नी सुमति के पुत्र होंगे।"

उसके पिता—डॉ. वी वाई शर्मा—ने घोड़ों के प्रजनन का कारोबार शुरू किया था... "लड़के को अपनी तरह से रहने दो, सुमति। अगर अपने बच्चों से प्यार करती हो, तो तुम्हें चाहिए कि उन्हें अपने पंख फैलाने और उड़ने दो," डॉ. शर्मा ने अपनी पत्नी से कहा था।

"कल्कि पुराण कहता है कि कल्कि अवतार ने भगवान शिव की कृपा प्राप्त की थी और कि भगवान शिव ने उसे एक तोता—शुक—भेंट किया था..."

"मॉर्निंग, शुक," उसने तोते से नर्मी से कहा। "गुड मॉर्निंग, मास्टर," तोते का कर्कश प्रशिक्षित जवाब मिला। उसके मास्टर ने ख़ुश होकर पिंजरे के अंदर पानी और दाना बदल दिया।

"...और एक चमचमाती तलवार—रत्न मरु..."

दस अंकों का क्रम दबाकर उसने तिजोरी खोली और लेदर की ब्राउन ट्रे को देखा जिसमें एक जैसे कई सर्जिकल नश्तर थे—सभी पर 'आरएम' लिखा हुआ था। रत्न मरु के लिए।

"कल्कि को सीने की प्लेट के बीच में सूरज के एक बड़े से प्रतीक वाला सुनहरा कवच पहने हुए दर्शाया जाता है..."

उसका ऊपरी धड़ टैटूज की भूलभुलैया बना हुआ था—उसकी मांसल छाती उन जटिल प्रतीकों से नीली पड़ चुकी थी जिन्हें अलग-अलग नहीं पहचाना जा सकता था। लेकिन विभिन्न छवियों के बीच, एक बड़ा सा चमचमाता सूरज था।

"श्रीमद्भागवतम् में कहा गया है अथ तेषम् भविष्यन्ति मनम्सि विशदनी वै, वासुदेवांगरागतिपुण्यगंधानिलस्पृशम्, पौर-जनपदानाम् वै हतेषु अखिल-दस्युषु। जिसका अनुवाद है, यह अनुच्छेद कहता है कि अपनी असाधारण दीप्ति को दर्शाते और तीव्र गति से चलते हुए वह लाखों की संख्या में उन बहरूपियों को मार डालेगा जो राजाओं के से परिधान पहनते हैं," सैनी ने बात समाप्त की।

उसने प्रिया को देखा। वो एकदम शांत थी। सैनी ने सोचा कि उसने उसे अचंभित करके ख़ामोश कर दिया है।

"क्या तुमने उन फ़ोटोग्राफ़ों का प्रिंटआउट लिया था जिन्हें मैंने जहाज़ पर तुमसे ख़ुद को ईमेल करने को कहा था?" सैनी ने पूछा।

प्रिया ने हामी भरी। "हां। होटल से कुछ ही दूरी पर एक इंटरनेट कैफे था और वहां से मैंने अपनी ईमेल चैक कर ली थी। ये रहे वो," उसने ए4 साइज के कुछ प्रिंटआउट कॉफी टेबल पर उसकी ओर बढ़ाते हुए कहा। सैनी ने प्रिंटआउट देखे। उसने भोजराज की लाश के पीछे दीवार पर लिखे श्लोक को ध्यान से देखा। ये प्राचीन संस्कृत का श्लोक था:

म्लेच्छनिवहनिधने कलयसि करवालम्
धूमकेतुमिव किमपि करालम्
केशव धृतकल्किशरीर
जय जगदीश हरे।

वो इसे पहले भी पढ़ चुका था। ये श्री दशावतारस्त्रोतम् का, वो अनुच्छेद जो विष्णु के दसों अवतारों का वर्णन करता है, दसवां

स्त्रोत था। अनुवाद किए जाने पर वो कुछ इस प्रकार था:

हे केशव! हे परमेश्वर! हे प्रभु हरि, जिसने कल्कि अवतार का रूप धारण किया है! आपकी जय हो! आप एक धूमकेतु के समान प्रतीत होते हैं और कलियुग के अंत में दुष्ट बर्बर जनों का विनाश करने के लिए एक भयानक तलवार धारण करते हैं!

"जब मैंने भोजराज की लाश को देखा था, तो मेरा ध्यान गया था कि हत्यारे ने उनके माथे पर एक प्रतीक छोड़ दिया था—कमल का, शायद। और अनिल वार्ष्णेय की लाश के उन फ़ोटो में जो इंस्पेक्टर राधिका सिंह ने मुझे दिखाए थे, शायद उसके माथे पर अंकित किया गया प्रतीक एक चक्र था। क्या तुम नहीं देख रहीं कि ये प्रतीक एक ही बात की ओर इशारा कर रहे हैं," सैनी ने अत्युक्ति भरे अंदाज़ में पूछा।

"कौन सी?" अभी भी शांत प्रिया ने पूछा।

सैनी अपनी कुर्सी से उठा और प्लास्टर उखड़ी दीवार की ओर बढ़ा जिस पर एक कैलेंडर लटका हुआ था। ये उस क़िस्म का कैलेंडर था जिन पर हिंदू देवी-देवताओं की तस्वीरें होती हैं और जिन्हें प्रत्येक दीवाली पर शहर का हरेक दुकानदार थोड़े से रुपयों में बड़ी तादाद में छपवाता है। उसने कैलेंडर के पन्ने पलटे जब तक कि वो उस महीने पर नहीं पहुंच गया जिसमें विष्णु की तस्वीर थी। "विष्णु की यह तस्वीर देखी है?" उसने तस्वीर की ओर संकेत करते हुए पूछा।

उसने विष्णु की चारों भुजाओं की ओर संकेत किया और फिर कहा, "विष्णु को हमेशा अपने चारों हाथों में चार प्रतीक लिए दर्शाया जाता है। उपनिषदों में विष्णु कहते हैं:

एक हाथ में, जो संयोगशील प्रवृत्ति का प्रतिनिधित्व करता है, मैं बाल सूर्य के समान चमकता चक्र धारण करता हूं, जो मस्तिष्क का प्रतीक है।

दूसरे हाथ में, जो मुक्ति की प्रवृत्ति का प्रतिनिधित्व करता है, मैं कमल धारण करता हूं, जो भ्रम की नैमित्तिक शक्ति का प्रतीक है जिससे ब्रह्मांड उत्पन्न होता है।

एक अन्य हाथ में, जो रचनात्मक प्रवृत्ति का प्रतिनिधित्व करता है, मैं शंख धारण करता हूं, जो पांच मूल तत्वों का प्रतीक है।

मेरे अंतिम हाथ में, जो वैयक्तिक अस्तित्व की धारणा का

प्रतिनिधित्व करता है, गदा है, जोकि आद्य ज्ञान का प्रतीक है।"

"यानी हत्यारा हत्या की हर जगह पर विष्णु के प्रतीक छोड़ रहा है?" प्रिया ने पूछा।

"दो हत्याएं और दो प्रतीक। हमें पता है कि विष्णु के चार प्रतीक हैं। इसका मतलब है कि अभी दो हत्याएं और होनी हैं," सैनी ने गंभीरता से कहा।

नीचे पोरबंदर के होटल की लॉबी में, गुजरात पुलिस का एक सब-इंस्पेक्टर रिसेप्शनिस्ट को सैनी और प्रिया के फ़ोटो दिखा रहा था। फ़ोटो राजस्थान में उसके सहयोगी—सब-इंस्पेक्टर राठौड़—ने टैपिंग और सैल फ़ोन बातचीत के स्थान की खोज के आधार पर भेजे थे।

24

एक दिन राधा और उनकी सखियां नदी में स्नान करने गई थीं। उन्होंने अपने वस्त्र उतारे, वस्त्रों को तट पर रखा और जल में क्रीड़ा करने लगीं। उनका ध्यान ही नहीं गया कि मैं उनके वस्त्र उठाकर दबे पांव एक पेड़ पर चढ़ गया हूं। जब गोपियां जल से बाहर निकलीं, तो उन्हें अपने वस्त्र कहीं नहीं मिले—जब तक कि उन्होंने मुझे ऊपर से अपना उपहास उड़ाते और उनसे यह कहते नहीं सुना कि उनकी वस्तुएं मेरे अधिकार में हैं। उन्होंने दुहाई दी और याचना की कि मैं उनके वस्त्र लौटा दूं किंतु मैंने स्त्रियों की एक न सुनी। मुझे अत्यधिक आनंद आ रहा था! अंतिम उपायस्वरूप राधा ने क्रोध में भरकर जल में डुबकी लगा दी। मैंने तुरंत गोपियों के वस्त्र फेंके और राधा के पीछे जल में कूद गया, किंतु मुझे पता चला कि

उनका क्रोध तो बनावटी था ताकि मैं गोपियों के वस्त्र लौटा दूं और जल में उनके पास पहुंच जाऊं।

"दो और हत्याएं? कौन मारे जाएंगे?" प्रिया ने पूछा।

"सोचो इस बारे में। अनिल वार्ष्णेय के पास एक मुद्रा थी—वही जिसे वो निखिल भोजराज को लौटाने की योजना बना रहा था। उसकी हत्या कर दी गई और मुद्रा चुरा ली गई। दूसरी मुद्रा मेरे पास थी और अगर मुझे गिरफ़्तार करके मेरे पास मौजूद मुद्रा को पुलिस ने सुबूत के रूप में जब्त न कर लिया होता, तो मैं भी मारा जाता। हत्यारे का ख़्याल था कि तीसरी मुद्रा निखिल भोजराज के पास है। वो भी मारा गया। मैं जानता हूं कि अनिल तीसरी और चौथी मुद्राओं को प्रोफ़ेसर राजाराम कुरकुड़े जिनकी जोधपुर में अपनी रिसर्च लैबोरेटरी हैं, और देवेंद्र छेदी—एक जीवन विज्ञान शोधकर्ता—को भेजने की योजना बना रहा था," सैनी ने कहा।

वो थोड़ा सा रुका। "इसका मतलब ये है कि हत्यारा जानता है कि चार मुद्राएं हैं और वो उन लोगों के पीछे पड़ने की योजना बना रहा है जिनके पास वो हैं," उसने कहा।

"लेकिन इन मुद्राओं में ऐसी क्या ख़ास बात है?" प्रिया ने पूछा। "इतना अहम क्या हो सकता है कि कोई चार-चार जानें लेने के बारे में सोचने लगे?"

"मेरा विश्वास है कि इसका जवाब द्वारका—या मुमकिन है सोमनाथ—में होगा," सैनी ने कहा।

"सोमनाथ?" प्रिया ने पूछा।

"महाभारत हमें जो बताती है, उसे एक बार फिर से देखते हैं, ठीक है? महाभारत के मुताबिक, कुरुक्षेत्र का युद्ध कौरवों के विनाश के साथ समाप्त हुआ था—धृतराष्ट्र और गांधारी के सभी सौ पुत्र मारे गए थे। कहा जाता है कि दुर्योधन के मृत्यु को प्राप्त होने से पहले वाली रात को कृष्ण गांधारी को सांत्वना देने गए थे। गांधारी अपने पुत्रों का शोक कर रही थीं और उसी दुख में उन्होंने सारे कौरव वंश

के विनाश का कारण बनने के लिए कृष्ण को शाप दे दिया था। उन्होंने भविष्यवाणी की थी कि छत्तीस साल बाद कृष्ण का अपना वंश अस्तित्व में नहीं रहेगा। कहानी के मुताबिक, छत्तीस साल बाद ज़बरदस्त बाढ़ आई और समुद्र के पानी ने द्वारका नगरी को लील लिया। कृष्ण अपने यादव समुदाय को लेकर नाव से क़रीब दो सौ किलोमीटर दूर एक ऊंचे स्थान—जिसे प्रभास पाटन कहा जाता है—पर चले गए। तुम्हें पता है कि प्रभास पाटन को आज किस नाम से जाना जाता है?"

प्रिया ने हामी भरी। "प्रभास सोमनाथ का प्राचीन नाम था," उसने उत्तर दिया।

"एकदम सही। जब कृष्ण का यादव वंश—हैहय, विदर्भ, चेदि, शतवत, अंधक, कुकुर, भोज, वृष्णि, शैन्य, दशरह, मधु, अर्बुद एवं अन्य—प्रभास की ऊंचाई पर पहुंच गया, तो वो जश्न मनाने में लग गए और नशे में धुत हो गए। इसने दंगा करवा दिया जिसमें उन्होंने एक-दूसरे को मार डाला। कृष्ण और उनके भाई बलराम को अपनी जान बचाकर प्रभास के जंगलों में भागना पड़ा। बलराम ने योग के माध्यम से अपने प्राण त्याग दिए, जबकि कृष्ण एक पेड़ के नीचे समाधि में बैठ गए। एक शिकारी—जरा—ने कृष्ण के बाएं पैर को हिलते हुए देखा, वो ग़लती से उसे हिरन का फड़फड़ाता कान समझ बैठा और उसने उस दिशा में तीर छोड़ दिया, और उन्हें घातक रूप से आहत कर दिया," सैनी ने समझाया।

वो ज़रा रुका। "तुम संबंध देख रही हो न?" उसने पूछा।

"आपका मतलब ये तथ्य कि दोनों क़त्ल मृतक के बाएं पैर में चाकू घोंपकर किए गए हैं, कृष्ण की मृत्यु का लगभग फिर से अभिनय करने जैसा है?" प्रिया ने पूछा।

"बिल्कुल!" सैनी ने कहा। "हत्यारा जिस भी चीज़ के पीछे है, वो शायद प्रभास पाटन—आधुनिक सोमनाथ—में है। लेकिन इससे पहले हम कुछ और करें, हमें इन बाकी दोनों वैज्ञानिकों से मिलना और उन्हें उन पर मंडरा रहे ख़तरे के बारे में आगाह करना होगा।

हमें चारों मुद्राओं को भी एक साथ लाने का कोई तरीका ढूंढ़ना होगा ताकि हम उन्हें समझ सकें।"

"कैसे? मेरे पास तो न प्रोफ़ेसर राजाराम कुरकुड़े से संपर्क करने की कोई जानकारी है, न देवेंद्र छेदी से," प्रिया ने कहा।

"विज्ञान के मामलों में तुम अपनी जानकारी को अपडेट नहीं रखती हो, डियर प्रिया," सैनी ने उपहास किया। "प्रोफ़ेसर राजाराम कुरकुड़े एक बड़ी खोज के सिलसिले में ख़बरों में रहे हैं।"

"कैसी खोज?" प्रिया ने चकराकर पूछा।

"प्रोफ़ेसर कुरकुड़े ने जोधपुर से पश्चिम में दस मील पर तीन वर्ग मील क्षेत्र से अधिक में रेडियोएक्टिव राख की परत को खोजा है," सैनी ने ख़ुलासा किया। "निवासियों में जन्मजात दोषों की अविश्वसनीय रूप से उच्च दर और उससे भी ज़्यादा कैंसर की दर ने शोध परियोजना को प्रेरित किया था। रेडिएशन स्तर इतने तीव्र थे कि स्थानीय प्रशासन और राज्य एवं केंद्र सरकारों ने उस क्षेत्र को पृथक करने का संयुक्त निर्णय लिया। बज़ाहिर कुरकुड़े की टीम ने एक प्राचीन शहर खोद निकाला था जहां उन्हें हज़ारों साल पहले—पांच हज़ार से बारह हज़ार साल पहले कहीं—एक परमाणु विस्फोट होने के पर्याप्त सुबूत मिले हैं।"

सैनी अपनी कुर्सी से उठा और कमरे में टहलने लगा। "हमें जोधपुर की ट्रेन पकड़नी होगी ताकि हम राजाराम कुरकुड़े से मिल सकें," वो कहने लगा।

सैनी और प्रिया दोनों सन्न रह गए, जब उनके कमरे का दरवाज़ा जोरदार आवाज़ के साथ खुला और हथियारबंद पुलिसवालों का एक दल तेज़ी से अंदर घुसा चला आया। उनका कमांडिंग ऑफिसर चीख़ा। "अपने हाथ अपने सिरों के ऊपर उठाओ ताकि मैं उन्हें देख सकूं। जैसा मैं कहता हूं वैसा करो, तो किसी को कुछ नहीं होगा!"

25

कंस ने पंद्रह वर्ष तक मुझे मारने के अपने प्रयास जारी रखे किंतु असफल रहा। अंततः, उसने अपने सेवक अक्रूर को मुझे धनुष यज्ञ में आमंत्रित करने के लिए भेजा—यह आयोजन शिव के महाधनुष की पूजा करने के लिए हो रहा था। अक्रूर मेरे निष्ठावान भक्तों में से था और गुप्त रूप से उसने कंस के दुष्ट इरादे मेरे पालक पिता को बता दिए। बलराम और मैं अक्रूर के रथ में बैठ गए किंतु गोपियों ने हमारा रास्ता रोक लिया, जो हमारे रथ को बढ़ने देने के लिए तैयार नहीं थीं। मैं उतरा और मैंने एक कोने में उदास खड़ी राधा को देखा। मैंने उनसे कहा, "चिंता न करो, राधा। मैं जल्दी ही लौटूंगा और तुम्हें अपनी रानी बनाऊंगा।" राधा ने मुझे देखा और आंखों में आंसू लिए मुस्कुराईं। "मैं जानती हूं कि ये संभव नहीं होगा, कान्हा," उन्होंने मुझसे कहा। "जब तुम एक ग्वाले की ज़िंदगी जी रहे थे तब बात अलग थी। मैं एक साधारण देहाती लड़की हूं और महल की चारदीवारी में मर जाऊंगी। किंतु मुझे दो वचन दो," उन्होंने कहा। "तुम कहकर तो देखो," मैंने उत्तर दिया। "तुम हमेशा मेरे हृदय में रहोगे," राधा ने कहा। "और दूसरा वचन क्या है?" मैंने पूछा। "लोगों को जानने देना कि तुम तक पहुंचने का मार्ग मुझसे होकर जाता है। हमारे नामों को अनंत काल तक एक साथ लिया जाए," उन्होंने कहा।

सैनी और प्रिया दोनों के हाथों में हथकड़ी थीं। उन्हें तिरस्कारपूर्वक पुलिस की एक नीली वैन में डाल दिया गया जो इंजन के चालू होते

ही थरथरा गई। दो पुलिसवाले एक लंबी बेंच पर दोनों भगोड़ों के सामने बैठे थे और बिल्कुल वैसी बैंच पर सैनी और प्रिया बैठे हुए थे।

कुछ मिनट बाद, वैन का दरवाज़ा एक बार फिर ख़ुला और सैनी के मुंह से बेसाख़्ता आह निकल गई। सब-इंस्पेक्टर राठौड़ के साथ इंस्पेक्टर राधिका सिंह वैन के अंदर आई। "बाहर निकलो!" राधिका ने ग़ुर्राकर उन दो कॉन्स्टेबिलों से कहा जो सैनी और प्रिया के सामने बैठे हुए थे। पान चबाते लाचार से पुलिसवाले ख़ुशी-ख़ुशी बाहर चले गए। राधिका सिंह के निर्मम अनुशासन की शोहरत उससे पहले पहुंच गई थी—गुजरात तक में। राधिका सिंह और राठौड़ वहां बैठ गए जहां कॉन्स्टेबिल बैठे हुए थे।

राधिका सिंह उल्लेखनीय रूप से तरोताजा लग रही थी, लेकिन राठौड़ की आंखें उस सारे तनाव की वजह से सूज रही थीं जिससे सैनी और प्रिया के भागने के बाद वो गुज़रा होगा। वैन के अंदर लगे 'नो स्मोकिंग' बोर्ड को नज़रअंदाज़ करके राधिका ने अपनी सिगरेट निकालीं, एक को अपने होंठों में दबाया और जला दिया। वो कतई जल्दी में नहीं थी। एक गहरा कश खींचने के बाद उसने कहना शुरू किया, जबकि वैन फूहड़पन से चली जा रही थी।

"अब तक तो तुम जान गए होंगे कि तुम लोग मेरे लिए कितने जरूरी हो। इंस्पेक्टर राधिका सिंह और सब-इंस्पेक्टर राठौड़ आमतौर पर भगोड़ों के साथ बेस तक वापस नहीं जाते, लेकिन तुम्हारे मामले में हम ये कर रहे हैं। दो हाई प्रोफ़ाइल हत्याओं के बाद, मैं तुम्हें फिर से खोने का जोखिम नहीं ले सकती," ख़टारा वैन के अंदर तीखे धुएं का गुबार छोड़ते हुए राधिका सिंह कहने लगी। मन ही मन हरि नाम का जाप करते हुए उसका दूसरा हाथ बेध्यानी में जपमाला को फेर रहा था।

सैनी जानता था कि कुछ भी कहकर इन हालात से बचने की कोशिश करना बेमानी है। राधिका सिंह अपना मन बना चुकी है कि वो मुजरिम है और वो ये देखने के लिए आमादा है कि उसे सूली पर चढ़वा दे। उसने अपना मुंह बंद रखा।

"खड़े हो जाओ दोनों," राधिका ने आदेश दिया। दोनों कैदियों ने आज्ञाकारिता से उसके निर्देशों का पालन किया। उसने जल्दी से प्रिया को थपथपाकर देखा जबकि राठौड़ ने सैनी के साथ ऐसा ही किया। "तुम दोनों के साथ मैं कोई ख़तरा नहीं ले सकती," फिर से बैठते हुए उसने कहा। सैनी ख़ामोश रहा। वो जानता था कि राधिका उसे उकसाने की कोशिश कर रही है।

"तुम्हारी जबान को क्या ताला लग गया है, प्रोफ़ेसर?" राधिका ने मज़ाक़ उड़ाते हुए पूछा। "तुम मूर्ख थे कि तुमने मेरे साथ जेल तोड़ने का स्टंट खेला, लेकिन उससे भी ज़्यादा मूर्खता ये थी कि निखिल भोजराज की नाव पर जाकर उसे मार डाला। तुम—अपनी इस ख़तरनाक छोकरी के साथ—अब एक नहीं, दो क़त्लों के लिए मेरे मेन सस्पेक्ट हो।"

धूल भरी और शोर मचाती पुलिस वैन पोरबंदर रेलवे स्टेशन की ओर बढ़ रही थी। अंदर गर्म और उमस भरा माहौल था, सैनी के माथे पर पसीना छलक आया था। उसका गला और होंठ सूख रहे थे। उसने घबराहट में ये सोचते हुए अपने होंठ दबाए कि इस मुसीबत से वह कैसे निकलेगा कि तभी एक तेज़ विस्फोट से अचानक उसके कान सुन्न हो गए।

उस अपरिष्कृत आईईडी से बचने के लिए जो उनके रास्ते में रखा हुआ था, पुलिस की वैन तेज़ी से दाहिनी ओर लहरा गई। अचानक लगे इस झटके के नतीजे में सैनी और प्रिया अपनी बेंच पर पीछे की ओर उछल गए जबकि राधिका सिंह और राठौड़ पर इसका बिल्कुल ही विपरीत प्रभाव हुआ। दोनों पुलिस अफ़सर आगे को पुलिस वैन के फ़र्श पर गिरे। वैन के ड्राइवर ने पूरी ताकत से ब्रेक लगाए थे जिससे वो पुरानी ख़टारा चीख़ते हुए रुक गई।

दोनों में से कोई भी पुलिसवाला उठ पाता, उससे पहले ही सैनी ने प्रिया को इशारा कर दिया कि ये करने या मरने का वक़्त है। राधिका सिंह ने ख़ुद को फ़र्श से उठाया लेकिन जब उसकी ठोड़ी सैनी के पैर से टकराई तो वो फिर से धड़ाम से गिर पड़ी। राठौड़ पर

भी प्रिया के सैंडल का भयंकर वार पड़ा। सैनी ने गंभीरता से प्रिया को देखा। समय निकला जा रहा था और उन्हें बस मिनट भर की मोहलत मिली थी।

ठीक तभी जब वो सोच रहे थे कि वैन का दरवाज़ा कैसे खोला जाए, क्योंकि उनके हाथों में हथकड़ी थी, उन्हें पीछे की ओर एक और हल्का धमाका सुनाई दिया। वैन के पिछले दरवाज़े के ताले को खोलने के लिए प्लास्टिक विस्फोटकों की मदद ली गई थी। दरवाज़ा ख़ुल गया और सैनी और प्रिया का स्वागत एक काले नकाबपोश कमांडो ने किया जिसके एक हाथ में सेमी-ऑटोमेटिक थी और दूसरे में मैटल-कटर। "जल्दी करो! वैन से बाहर निकलो! हमारे पास बहुत कम समय है—पुलिस की मदद जल्दी ही पहुंच जाएगी," उसने चिल्लाकर उनसे कहा और कटर की मदद से सफ़ाई से उनकी हथकड़ियां काट दीं। उसने अपनी बांह बढ़ाकर वैन से उतरने में प्रिया की मदद की और जब वो नीचे आ गई, तो जल्दी से उसके हाथ में एक लिफाफा पकड़ा दिया। "ये ले लें," उसने इसरार किया। फिर उसने उस मोटरसाइकिल की ओर इशारा किया जिससे वह आया था, सैनी को संकेत करते हुए कि वो उस पर बैठकर वहां से रफूचक्कर हो ले। वैन से बाहर निकलकर सैनी मोटरसाइकिल पर बैठा और उसने प्रिया को अपने पीछे बैठने का संकेत किया।

"इसी सड़क पर इसे फुल स्पीड से चलाते जाना। आगे एक छोटी सी ग्रॉसरी की दुकान है—उसका नाम है श्रीजी जनरल स्टोर। बाइक को वहीं छोड़ देना। वहां से रेलवे स्टेशन दो मिनट की दौड़ पर है। मैं पीछे-पीछे आ रहा हूं," पुलिस वैन के पीछे के दरवाज़े को जोर से बंद करके कुंडा लगाते हुए कमांडो ने तेज़ी से निर्देश दिए, राधिका सिंह और राठौड़ अभी तक अंदर ही थे। फिर वो भागकर वैन के सामने की ओर गया जहां उसने अपनी बंदूक ड्राइवर पर तान दी और उससे कहा कि अगर वो गाड़ी से बाहर नहीं निकला तो वो उसे मारने में हिचकेगा नहीं। भयभीत ड्राइवर सैकंडों में ही अपनी सीट छोड़ चुका था।

सैनी मोटरबाइक—150सीसी इंजन वाली यामाहा—पर सवार था। पीछे बैठी प्रिया के साथ वो एसवीपी रोड पर दौड़ पड़े, यह सड़क सीधे रेलवे स्टेशन को जाती थी, गायों और डीजल का धुआं छोड़ते ऑटोरिक्शाओं की भूलभुलैया से बचते हुए वो बहत्तर घंटे में दूसरी बार पुलिस से बचकर भाग रहे थे।

26

मथुरा में कंस ने हमारे रहने का प्रबंध उस महल में किया था जो अतिथि राजाओं और राजकुमारों के लिए नियत था। उसकी योजना हमें रात में ही मरवा देने की थी। उसके एक विश्वस्त ने इसके विपरीत सलाह दी। "दोनों बालकों का नगर में पहले ही नायकों की भांति स्वागत हुआ है। अगर राजकीय अतिथिगृह में वे मृत पाए गए तो आप पर दोषारोपण होगा, स्वामी। नहीं, इस कार्य को तो कुवल्यपीड को ही करने दें।" कुवल्यपीड विशालकाय गज था जिसे रात भर मादक द्रव्य दिए गए थे ताकि अगले दिन अपनी मादक स्थिति में वह मुझे कुचल डाले। जब हमारा रथ मार्ग से निकल रहा था, तो कुवल्यपीड मेरी ओर दौड़ता हुआ आया। मैं रथ से उतरा, गज की सूंड पकड़ी और उसे घुमाकर हवा में उछाल दिया। हाथी मृतावस्था में धरती पर कुछ दूर जाकर गिरा। "कृष्ण की जय हो," मार्ग पर खड़े लोग चिल्लाने लगे।

कुछ ही मिनट में उसे वो दुकान दिखाई दे गई—श्रीजी जनरल स्टोर। ये वास्तव में ट्रेन यार्ड के किनारे थी। सैनी और प्रिया ने जल्दी

से मोटरसाइकिल वहां छोड़ी और खुली पटरियों को फलांगते हुए प्लेटफ़ॉर्म पर पहुंच गए जहां बहुत चहल-पहल थी। चायवाले चाय की आवाज़ें लगा रहे थे जबकि छोटे बच्चे हैरान-परेशान लोगों को सस्ते प्लास्टिक खिलौने और समोसे बेच रहे थे, जो ये समझने की कोशिश कर रहे थे इस बढ़ती भीड़ से कैसे पार पाएं।

"हमें दिल्ली-साबली एक्सप्रेस ट्रेन पकड़नी है," सैनी ने तय किया। "जोधपुर मेन लाइन पर नहीं है। हमें फालना जाना होगा जहां से हम कार से जोधपुर जाएंगे। देखते हैं कि हमें आरक्षित बर्थ मिल सकती है या नहीं—ये सोलह घंटे का सफ़र है।" वो दौड़कर टिकट खिड़की पर पहुंचे और उन्होंने दिल्ली-साबली एक्सप्रेस के दो टिकट मांगे। सैकंड एसी में तो सीटें नहीं थीं लेकिन फर्स्ट एसी में स्लीपर बर्थ थीं। सैनी ने देखा कि अपने थोड़े से बचे पैसों से वह इतना किराया वहन नहीं कर सकता। प्रिया ने वो लिफाफा उसे थमा दिया जो काले नकाबपोश कमांडो ने उसे दिया था। अंदर झांकने पर सैनी ने पाया कि उसमें हज़ार के पच्चीस करारे नोट रखे थे।

"वो कहां है?" सैनी ने टिकट के पैसे देते हुए कहा। "मुझे कुछ पता नहीं है," प्रिया ने कहा। "उसने कहा था कि वो हमारे पीछे-पीछे आएगा लेकिन उसके नकाब की वजह से ऐसा कोई तरीका नहीं है कि हम उसे पहचान सकें।"

"कुछ आइडिया है कि वो कौन होगा?" सैनी ने रिजर्वेशन क्लर्क से टिकट लेकर उन्हें अपने पर्स में रखते हुए पूछा। "मुमकिन है हमारी मदद के लिए तुम्हारे पिता ने किसी को भेजा हो?"

"कहना नामुमकिन है," प्रिया ने कहा जो गहरी सोच में डूबी लग रही थी। वो प्लेटफ़ॉर्म की ओर बढ़ने लगे थे कि तभी उनका ध्यान गया कि खाकी वर्दीधारी पुलिसवालों के दल स्टेशन के विभिन्न हिस्सों पर मोर्चे संभाल रहे हैं—प्रवेशद्वार के पास, प्लेटफ़ॉर्म पर, टॉयलेट, बुकिंग काउंटरों और खोमचेवालों के पास। सैनी ने बस ठीक वक़्त पर अपने टिकट ख़रीद लिए थे।

"रेलवे स्टेशन पर निगरानी है। वो हमारी तलाश में हैं। हमें कुछ

सोचना होगा कि इससे कैसे निकलें। आओ, जल्दी करो—मुझे एक आइडिया आया है!" सैनी ने एक कपड़ों की दुकान—बदरुद्दीन अंसारी एंड संस—में घुसते हुए कहा। ये एक छोटी सी दस गुणा दस की जगह थी जिसे देखकर लगता था मानो बिना सोचे-समझे एक भी क़दम उठाया तो छत की ऊंचाई तक लगे कपड़ों के ढेर धड़धड़ाते हुए गिर जाएंगे। उन्होंने जल्दी से दो काले बुरके ख़रीद लिए। अस्सी के दशक में चल रहे भले से, पोपले मुंह वाले बुजुर्ग दुकानदार जिनकी लंबी लहराती हुई सफ़ेद दाढ़ी थी, भूरे काग़ज़ में बुरकों को लपेटने की कोशिश कर रहे थे लेकिन उनकी हर हरकत धीमी और मेहनत से भरी थी।

सैनी कसमसाया। उन्हें साली पैकिंग चाहिए ही नहीं थी, लेकिन दुकानदार से हड़बड़ी में लेने इस बात का शक होता कि दो पश्चिमी मानसिकता वाले पर्यटक जो गुजराती भी नहीं बोलते थे, अचानक बुरके ख़रीद रहे थे। इतने लंबे इंतज़ार के बाद जो अनंतकाल जैसा लगा था, दुकानदार ने सफ़ाई से लिपटा और डोरी से बंधा हुआ पैकेट उन्हें पकड़ा दिया। वो बाहर निकले और एक कचरे के डिब्बे की ओर बढ़ गए जो इकलौती ऐसी जगह लगती थी जहां कोई पुलिसवाला नहीं था। अपने बुरकों को खोलकर, उन्होंने जल्दी-जल्दी अपने कपड़ों के ऊपर पहन लिया, उनके बदले भेष ने उनके सिर और चेहरे छिपा लिए थे।

चाल में भरपूर आत्मविश्वास के साथ वो दिल्ली-साबली एक्सप्रेस के आने के इंतज़ार में प्लेटफ़ॉर्म की ओर बढ़ गए। प्लेटफ़ॉर्म के टीसी ने उनके टिकटों पर नज़र डाली और बिना किसी दिलचस्पी के आगे बढ़ा दिया। प्लेटफ़ॉर्म पर ड्यूटी पर तैनात कॉन्स्टेबिल इतिहास के एक शहरी प्रोफ़ेसर और उसके साथ एक जीन्सधारी शोध छात्रा को तलाश रहे थे। उन्होंने प्लेटफ़ॉर्म पर मौजूद दो बुरकाधारी औरतों को नज़रअंदाज़ कर दिया।

पोरबंदर की बाहरी सीमा पर, पुलिस वैन को एक गली में छोड़ दिया गया था, राधिका सिंह और राठौड़ अभी भी उसमें बंद थे। ताले

में दस मिनट का टाइम लगा एक छोटा सा प्लास्टिक विस्फोटक लगा हुआ था। ये अंदर बंद पुलिसवालों को आजाद करने से पहले उसे इतना समय दे देता कि वो बच निकले। काले नकाबधारी कमांडो ने अपना नकाब उतार दिया और किसी से लिफ़्ट लेने के लिए तेज़ी से मेन रोड की ओर बढ़ गया। एक ख़ुशमिजाज सरदार ट्रक ड्राइवर रुका और उसने उसे लिफ़्ट दे दी।

"मेरा नाम जसप्रीत सिंह है, पुत्तर। तुम्हारा क्या नाम है?" सरदार ने दोस्ताना अंदाज़ में पूछा।

"तारक," नौजवान ने जवाब दिया। "तारक वकील।"

27

जब मैं मदमस्त हाथियों से संघर्ष कर रहा था तो मेरे मामा कंस धनुष यज्ञ के आयोजन में व्यस्त थे। उनके सामने वो दिव्य धनुष रखा था जिसे परशुराम ने कंस के पूर्वजों को भेंट किया था। "हे सर्वशक्तिमान स्वामी, कृपया सुनिश्चित करें कि कल से पहले धनुष न टूटे। ऐसी भविष्यवाणी की गई है कि अगर धनुष यज्ञ से पहले किसी ने इस धनुष को तोड़ दिया तो उसे तोड़ने वाला धनुष के स्वामी—इस विषय में, आप—का विनाश करेगा," कंस के प्रधान पुरोहित ने याचना की। कंस ने एक अत्यधिक सुरक्षायुक्त कक्ष में एक चबूतरे पर धनुष को रखा था। जब बलराम और मैं अक्रूर के साथ मथुरा की वीथियों में विचरण कर रहे थे तो मैंने धनुष को देखने की इच्छा जताई। जब हम चबूतरे के पास पहुंचे तो मैंने रक्षक से पूछा कि क्या मैं धनुष को उठा सकता हूं। वह हंसने लगा। "इसे बस यहां तक लाने

में ही बीस जन लगे थे और तुम्हें लगता है कि तुम इसे उठा लोगे। अवश्य उठाओ," उसने उपहास किया। मैंने एक हाथ से धनुष को उठाया और उसके दो टुकड़े कर दिए। निश्शब्द, मैं शिव की प्रतिमा के पास गया और श्रद्धापूर्वक दोनों भाग उनके सामने रख दिए। शिव ने विश के प्रति अपना सम्मान प्रकट किया था, अब समय था कि विश शिव के प्रति सम्मान प्रकट करें।

जोधपुर में प्रोफ़ेसर राजाराम कुरकुड़े की लैबोरेटरी किसी काल्पनिक साइंस फिल्म की सैटिंग जैसी थी। एक कंक्रीट की बिल्डिंग को उनके रिसर्च के लिए एडवांस लैबोरेटरी में बदल दिया गया था। दस हज़ार वर्ग फ़ुट में बनी लैब एक मल्टी-बिल्डिंग रिसर्च एंक्लेव के अंदर स्थित थी। मूल संरचना को फिर से इस्तेमाल किया गया था, उसके फ़र्श, खंभों और छत को बरकरार रखा गया था, मगर चैनल ग्लास का एक नया बाहरी आवरण बनाया गया था, इमारत का रूपांतरण करने के लिए और अंदर भरपूर रोशनी के लिए मैटल पैनल और छेद वाले मैटल परदों का बड़ी चतुराई से इस्तेमाल किया गया था। स्काइलाइटों से आती चमकती धूप में क़तार दर क़तार लैबोरेटरी की मेज और उपकरण फैले हुए थे। कुरकुड़े की लैबोरेटरी के अंदर ही रेडियोएक्टिव जानकारी और रीडिंग्स के लिए एक वैब-आधारित डाटा वेयरहाउस भी था। उनके अध्ययनों से प्राप्त सारा डाटा स्वत: ही एक केंद्रीकृत डिपो में स्टोर हो जाता था।

अल्ट्रामॉडर्न आर्कीटेक्चर के विपरीत वो वस्तुएं थीं जो दीवारों पर, वेटिंग रूम में, कॉन्फ्रेंस रूम में और गलियारों में प्रदर्शित थीं। गूढ़ कला, आध्यात्मिक ज्यामितीय डिजाइन, प्राचीन कलाशिल्प और रहस्यमय आलेख सफ़ेद स्थान को घेरे हुए थे। कुरकुड़े न केवल परमाणु वैज्ञानिक, बल्कि इतिहासप्रेमी भी थे। मेसोपोटामिया और सिंधु घाटी के बारे में उन्हें उन अनेक इतिहासकारों से ज़्यादा जानकारी थी जो इन पर पेपर प्रकाशित करवाते थे।

कुरकुड़े एक पॉवरपाइंट प्रेज़ेंटेशन के माध्यम से अपनी खोजों को अपनी टीम के साथ साझा कर रहे थे। ये साप्ताहिक परंपरा थी कि बीते सात दिनों में जो कुछ भी खोजा या विश्लेषण किया गया था, उस पर संयुक्त चर्चा की जाती थी ताकि आने वाले हफ़्ते के लिए कार्यनीति बनाई जा सके।

टीम ने जोधपुर से दस मील पश्चिम में तीन वर्ग मील से ज़्यादा के क्षेत्र में रेडियोएक्टिव राख की परत ढूंढ़ी थी। जब स्थानीय प्रशासन ने उस क्षेत्र में जन्मजात दोषों और कैंसर की घटनाओं की बहुत ऊंची दर देखी तो कुरकुड़े को बुलाया गया। कुरकुड़े हैरान रह गया। उसके गाइगर काउंटर पर रेडिएशन का लेवल इतना ऊंचा दर्ज हुआ कि उसने सारे क्षेत्र को अलग-थलग करने की सिफारिश की।

पूर्व में एक अंग्रेज पुरातत्ववेत्ता, फ्रांसिस टेलर, के उस क्षेत्र में आगमन के बाद कुछ समीपवर्ती हिंदू मंदिरों में नक़्क़ाशी की खोज की थी। अनुवाद किए जाने पर वो नक़्क़ाशी एक प्रार्थना निकली जिसमें उस 'महाप्रकाश' से ख़ुद को बख़्श दिए जाने की कामना की गई थी जो शहर को नष्ट करने के लिए आ रहा था। निवासी झटपट इस नतीजे पर पहुंच गए कि रेडिएशन किसी प्राचीन परमाणु सामग्री का परिणाम है। मगर, कुरकुड़े तो वैज्ञानिक था। उसका काम था कि हड़बड़ी में और ग़लत धारणा पर आधारित निष्कर्षों को रोके।

"क्या हम वाकई किसी प्राचीन परमाणु विस्फोट को देख रहे हैं या ये महज किसी अन्य घटना से उत्पन्न रेडिएशन है?" टीम की बातचीत के दौरान कुरकुड़े ने पूछा। उसे इस प्रकार के सवाल पूछना पसंद था क्योंकि इससे हर व्यक्ति अपने अनुमान लगाने को मजबूर हो जाता था।

"सारे भारत से पर्याप्त सुबूत मिलते हैं जो ये इंगित करते हैं कि प्राचीन समय में परमाणु युद्ध हुआ हो सकता है," उनके डिप्टी, आईआईटी के एक युवा परमाणु भौतिकविज्ञानी ने कहा।

"कृपया विस्तार से बताइए," कुरकुड़े ने आईआईटी के व्यक्ति से कहा।

"सर, दो शोधकर्ताओं—डेविड डब्ल्यू डैवेनपोर्ट और एटॉर विंसेंटी—द्वारा प्रस्तुत एक वैज्ञानिक पेपर में विद्वानों के इस विश्वास को दर्ज किया गया है कि एक पुरातत्व स्थल जिसकी मोहनजोदड़ों में उन्होंने छानबीन की थी, प्राचीन काल में परमाणु विस्फोट में नष्ट हुआ था," आईआईटी वाले ने स्पष्ट किया। "हड़प्पा और मोहनजोदड़ो में खुदाई के दौरान जब पुरातत्ववेत्ता सड़क के स्तरों तक पहुंचे, तो अक्सर, उन्हें लेटी या बैठी हुई अवस्था में कंकाल मिले जो दर्शाते थे किसी घटना ने वहां की सभ्यता को पलक झपकते मिटा दिया था। लोगों का अंतिम संस्कार नहीं किया गया था और अक्सर ऐसा लगता था मानो वो अपने रोजाना की गतिविधियों में लगे होंगे। चालीस कंकाल ऐसी स्थितियों में पाए गए जो दर्शाती थीं कि उनकी मृत्यु अकस्मात हुई थी। ये कंकाल जिनकी बात हो रही है, हज़ारों साल पुराने थे और अब तक पाए गए सबसे ज़्यादा रेडियोएक्टिव अवशेषों में से थे—लगभग उनके बराबर जो हिरोशिमा-नागासाकी पर बचे थे। वास्तव में, रूसी शोधकर्ताओं को एक कंकाल मिला था जिसमें रेडियोएक्टिव स्तर सामान्य से पचास गुना अधिक था। हम इस संभावना को लेकर इतने शंकालु क्यों हैं कि हमारे पूर्वजों को परमाणु तकनीक उपलब्ध रही थी? क्या महाभारत इसके बारे में बात नहीं करती है? मैं रॉबर्ट ओपेनहाइमर द्वारा उद्धृत की गई लाइन का संदर्भ दे रहा हूं जिसे आप सब पढ़ चुके हैं।"

28

अगले दिन, कोई धनुष यज्ञ नहीं हुआ क्योंकि धनुष ही नहीं था! जब मैं कुश्ती के अखाड़े में पहुंचा, तो कंस मुझसे क्रुद्ध था। "तुम मेरे किस पहलवान से लड़ोगे?" उसने व्यग्रता से पूछा। "जिसे भी आप चुनें," मैंने जवाब

दिया। कंस ने एक-एक करके अपने सबसे भयानक पहलवानों को भेजा, किंतु मैंने सबको धूल चटा दी। अंततः, मथुरा के बस दो पहलवान बचे—चनुर और मुष्टिक। चनुर ने मुझ पर हमला किया और मुष्टिक ने बलराम पर। मैंने चनुर को उसी तरह चकमा दिया जैसे किसी पागल सांड को देता, और उसे बार-बार अपने ऊपर हमला करने देता, किंतु अंतिम पल में एक ओर झुक जाता, फिर जैसे ही मैंने अवसर पाया मैं अचानक चनुर पर टूट पड़ा, उसे गिराया और उस पर घूंसों की बौछार करने लगा, जब तक कि उसकी सांस नहीं रुक गई। दूसरी ओर, बलराम ने मुष्टिक को बांहों से पकड़कर उसके पीछे ले जाकर उन्हें तब तक मरोड़ा जब तक कि वे टूट नहीं गईं।

कुरकुड़े मुस्कुराया। उसे इस नौजवान का जुनून पसंद था। उसे थोड़ा और उकसाने के लिए कुरकुड़े ने एक शोशा छोड़ा। "हां, बेशक हमने इस ख़ास जगह पर रेडियोएक्टिविटी के असामान्य रूप से अधिक स्तर पाए हैं। लेकिन ऐसी रेडियोएक्टिविटी की वजह किसी प्राचीन परमाणु युद्ध की धारणा से पूरी तरह से भिन्न हो सकती है। आखिर, राजस्थान को भारतीय सरकार द्वारा परमाणु परीक्षण स्थल के रूप में प्रयोग किया गया है। ये ऐसा राज्य भी है जहां परमाणु शक्ति संस्थान है। और हम रेडियोएक्टिव प्रदूषण—जैसा नरोरा में देखा गया था—की संभावना को कैसे नज़रअंदाज़ कर सकते हैं?" कुरकुड़े ने पूछा

कुरकुड़े का आईआईटी का डिप्टी चुनौती लेने को तैयार था। उनकी टीम के एक सदस्य ने पास के शहर नरोरा में एक परियोजना के लिए दौरा किया था। जैसे ही वो कैंटीन में चाय पीने के लिए पहुंचा, उसके बैग में रखा गाइगर काउंटर बुरी तरह सक्रिय हो गया। और ज़्यादा अध्ययन करने पर पाया गया कि चाय बनाने के लिए जलाई गई लकड़ी से रेडियोएक्टिविटी फैल रही थी। इस मसले की

गहन जांच किए जाने पर ये राज खुला कि जलाने की लकड़ी मूल रूप से एक परमाणु पॉवर प्लांट के अंदर मचान के रूप में प्रयोग की गई थी। ये लकड़ी दूषित हो गई थी और इसे निम्न स्तर के अपशिष्ट के रूप में स्टोर कर दिया जाना चाहिए था, लेकिन इसके बाजय उसे एक ठेकेदार को बेच दिया गया जिसने पैसा कमाने के लिए इसे वापस कैंटीन को बेच दिया।

"ये सच कि एक जगह पर प्रदूषण था, दूसरे स्थान पर रेडिएशन स्तर में बहुत ज़्यादा बढ़ोतरी को स्पष्ट नहीं करता!" आईआईटी वाले आदमी ने तर्क दिया। "उत्तर भारत में अन्य शहर भी हैं जो बहुत भयंकर विस्फ़ोटों के संकेत दर्शाते हैं। ऐसा ही एक शहर—गंगा और राजमहल के पहाड़ों के बीच—ज़बरदस्त तापमान का शिकार हुआ था। प्राचीन शहर की विशाल दीवारें और बुनियादें आपस में जुड़ गई हैं—शीशे की तरह! स्पष्ट रूप से मोहनजोदड़ो या सिंधु घाटी के अन्य किसी शहर में ज्वालामुखी फटने के कोई चिह्न नहीं हैं। मिट्टी के बरतनों को पिघलाने या बुनियादों को जोड़ने के लिए ज़रूरी ज़बरदस्त ताप को केवल भयंकर परमाणु प्रतिक्रिया द्वारा ही समझाया जा सकता है।"

कुरकुड़े ने हामी भरी। वह इस निष्कर्ष से पूरी तरह सहमत था। प्राचीन परमाणु गतिविधि के सिद्धांत के अभाव में क्षेत्र में रेडिएशन स्तर के अविश्वसनीय रूप से अधिक होने की बात को समझा पाना यक़ीनन नामुमकिन था। राजस्थान में पश्चिमी वैज्ञानिकों को मिट्टी और हरे कांच की परतें मिली। यह सर्वज्ञात तथ्य था कि परमाणु विस्फोट का ज़बरदस्त तापमान आमतौर पर मिट्टी और रेत को पिघलाकर उन्हें कांच के रूप में सख़्त कर देता है। अमेरिकियों द्वारा नेवाडा रेगिस्तान में परमाणु परीक्षण किए जाने के बाद वहां भी इसी तरह के हरे कांच की परतें बन गई थीं।

कुरकुड़े एक बार फिर बोला। "बज़ाहिर, आधुनिक परमाणु बम के जनक—ओपेनहाइमर—से पहले परीक्षण विस्फोट के बाद पूछा गया था कि पृथ्वी पर पहला परमाणु बम फोड़ने के बाद उन्हें

कैसा लग रहा है। ओपेनहाइमर ने जवाब दिया था कि ये शायद पहला परमाणु बम नहीं था, बल्कि आधुनिक युग का पहला परमाणु बम था। क्या ओपेनहाइमर हमें कोई संकेत दे रहे थे कि परमाणु ऊर्जा की तकनीक पहले से विद्यमान रही हो सकती है? क्या हमें महाभारत को गंभीरता से लेना चाहिए या इसे एक पूर्वकालिक युग की वैज्ञानिक कथा के रूप में दरकिनार कर देना चाहिए?"

टीम के बड़ी उम्र के सदस्यों में से एक—वो इंजीनियर जिसने कैंटीन में जलाए जाने वाली लकड़ी में प्रदूषण खोजा था—ने संकेत किया कि वह कुछ कहना चाहता है। कुरकुड़े ने हामी भरी।

"कहा जाता है कि 1945 में बम के पहले सफल परीक्षण को देखने के बाद ओपेनहाइमर ने गीता को उद्धृत किया था। बज़ाहिर उन्होंने कहा था, 'मैं मौत, संसार का विनाशक बन गया हूं।' ये उल्लेखनीय रूप से गीता की एक पंक्ति के समान है जो असल में कहती है 'मैं संसार को समाप्त करने के लिए, ब्रह्मांड के विनाश के लिए अपने मार्ग पर चल रहा समय बन गया हूं।' लेकिन हम केवल एक ही पंक्ति पर फोकस न करें, सर। महाभारत का मौसुल पर्व एक भयानक अस्त्र के विनाश का वर्णन करता है। महाभारत में ही एक अनुच्छेद जिसका मैं संदर्भ दे रहा हूं, कहता है:

> *अज्ञात अस्त्र एक श्वेत प्रकाश है, मृत्यु का विनाशकारी संदेशवाहक, जिसने सबको राख में बदल दिया—ब्रह्मांड की संपूर्ण शक्ति से युक्त एक अकेला प्रक्षेपक। हज़ार सूरजों के समान दीप्तिमान धुएं और ज्वाला का उद्दीप्त प्रकाश पुंज अपनी पूरी भव्यता के साथ उठा, प्रचंड लहरों जैसे धुएं के बादलों के साथ एक लंबवत विस्फोट! अपने पहले विस्फोट के बाद उठते धुएं के बादल ने लगातार फैलते गोलाकार घेरे बना लिए जैसे कोई विशाल छाता ख़ुल रहा हो। शव इतनी बुरी तरह से जल गए थे कि पहचाने नहीं जा सकते थे। बाल और नाख़ून अलग हो गए थे, बिना किसी प्रत्यक्ष कारण के*

बरतन टूट गए, और चिड़ियां सफ़ेद पड़ गईं। बहुत ही कम समय में भोजन विषाक्त हो गया। प्रकाश मद्धम पड़ा और महीन राख में बदल गया।

अगर ये परमाणु विस्फोट का वर्णन नहीं है, तो मैं नहीं जानता कि ये क्या है!" उम्रदराज़ इंजीनियर ने कहा।

"कुरुक्षेत्र की खोजों के बारे में क्या दृष्टिकोण है?" कुरकुड़े ने पूछा।

"हम पूर्व सोवियत संघ के प्रोफ़ेसर ए ए गोर्बोव्स्की की खोजों को दरकिनार नहीं कर सकते," आईआईटी वाले व्यक्ति ने कहा। राजस्थान में रेडियोएक्टिविटी की खोज से कई साल पहले, इस पुरातत्ववेत्ता को कुरुक्षेत्र—कौरव-पांडवों के बीच हुए महायुद्ध का स्थल—के मैदानों में एक इंसानी खोपड़ी मिली थी। आधुनिक कुरुक्षेत्र नई दिल्ली के उत्तर में कुछ मील ही दूर है। गोर्बोव्स्की खोपड़ी को अपने साथ पूर्व सोवियत संघ की अपनी लैबोरेटरी ले गए और वहां उन्होंने उसकी कार्बन-डेटिंग की। उनकी जांच ने दर्शाया कि खोपड़ी किसी ऐसे इंसान की है जिसकी लगभग पांच हज़ार साल पहले मौत हुई थी। अविश्वसनीय रूप से, खोपड़ी रेडिएशन फैलाती रही थी!

"तो जब महाभारत में ब्रह्मास्त्र—उस युग में मानवजाति को ज्ञात सबसे ज़्यादा घातक हथियार—का जिक्र आता है, तो क्या वो परमाणु बम की बात हो रही होती है?" वरिष्ठ इंजीनियर ने पूछा।

कुरकुड़े ने इस सवाल पर सोचा और फिर कहा। "इससे भी ज़्यादा प्रासंगिक एक सवाल, मेरे प्रिय साथियों, ये है: जब महाभारत का युद्ध हो चुका था, तो उसके बाद क्या ब्रह्मास्त्र का अस्तित्व समाप्त हो गया था? या ये अभी भी कहीं मौजूद है, सामान्य नज़र से छिपा हुआ?"

29

यह देखकर कि उसके दोनों उत्कृष्ट पहलवान मारे गए हैं, कंस स्वयं अखाड़े में कूद पड़ा। मैंने शांत भाव से उससे कहा, "मैं विष्णु हूं। अगर तुम मेरी शरण में आ जाओ तो मैं तुम्हें क्षमा कर दूंगा।" किंतु क्रोध में उन्मत्त, अहंकारी कंस तर्क की बात देखने के लिए अनिच्छुक था। जब वह मेरी ओर दौड़ा, तो मैंने उसकी बांहें पकड़ लीं और उसे हवा में उछाल दिया। जैसे ही वह धरती पर गिरा, मैंने उसके अंगों को पकड़ लिया और क्रमवार रूप से उन्हें तोड़ने लगा। अंत में, मैंने उसकी गर्दन पकड़ी और उसे तब तक मरोड़ता रहा जब तक कि उसका सिर टूट नहीं गया। कंस मर गया था। अपने दुष्ट राजा से मुक्ति दिलाने के लिए बलराम और मेरी जय-जयकार करती आनंदित भीड़ की हर्षध्वनियों से अखाड़ा गूंज उठा।

दिल्ली-साबली एक्सप्रेस गुजरात और राजस्थान के पथरीले सीमावर्ती प्रदेशों से गुज़रती फालना की ओर बढ़ रही थी—वो स्टेशन जहां पर सैनी और प्रिया को जोधपुर जाने के लिए उतरना था। ख़ुशक़िस्मती से, उन्हें अपने लिए एक स्लीपर केबिन मिल गया था, जिससे वो उसे बंद करके अपने बुरके उतार पाए थे। उन्होंने अच्छी-ख़ासी तादाद में मिनरल वाटर, फल और बिस्कुट ख़रीद लिए थे ताकि उन्हें परेशान और ताकझांक करने वाले अटैंडेंट पर निर्भर न रहना पड़े।

"क्या आप वाकई मानते हैं कि प्राचीन काल में परमाणु विस्फोट करने लायक वैज्ञानिक शक्तियां थीं?" प्रिया ने सेब को काटते हुए पूछा।

सैनी ने पल भर के लिए इस सवाल पर सोचा और फिर जवाब

दिया, "ऊर्जा और पदार्थ के विषय में उनका ज्ञान हमारे ज्ञान से कहीं ज़्यादा था, प्रिया। एक साधारण सा उदाहरण लेते हैं, ठीक है? फिजिक्स के किसी भी छात्र को एक प्रयोग करना होता है जिसमें सफ़ेद रोशनी एक त्रिकोणीय प्रिज़्म से गुजारी जाती है।" उसने जल्दी से एक नैपकिन पर प्रिज़्म और सफ़ेद रोशनी पर उसके प्रभाव का स्कैच बनाया और प्रिया को दिखाया।

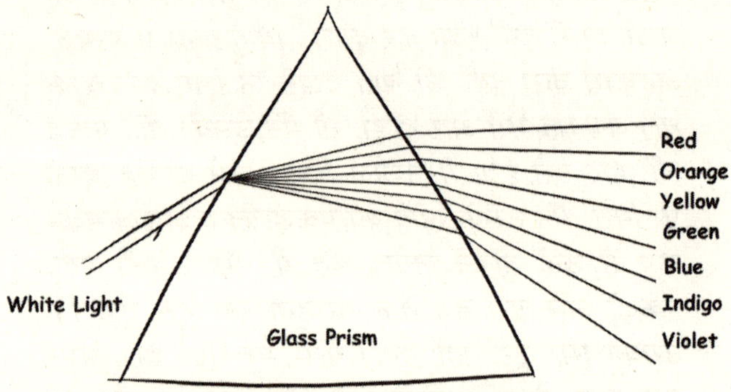

"आप कहना क्या चाहते हैं, प्रोफ़ेसर? ये प्रयोग तो मैंने भी अपने स्कूल के दिनों में किया है। इससे कुछ भी कैसे स्पष्ट होता है?" प्रिया ने बेसब्री से पूछा।

"प्राचीन काल के लोग न केवल ये जानते थे कि सफ़ेद रोशनी को सात संघटक रंगों में बांटा जा सकता है, बल्कि वो ये भी जानते थे कि सातों संघटक रंगों को लेकर और उन्हें संयुक्त करके चकाचौंध कर देने वाली सफ़ेद रोशनी भी पैदा की जा सकती है। लेकिन उनका ज्ञान इससे भी परे चला गया था और मुझे उम्मीद है कि जब ये अगली बात मैं तुम्हें समझा दूंगा तो शायद तुम्हें आश्वस्त कर पाऊंगा। इसलिए सब्र से सुनो," उसने कहा।

उम्मीद में भरकर प्रिया इंतज़ार करने लगी।

"तुम्हें याद है कि भारत के प्राचीन ऋषि मानते थे कि हमारे शरीर में पवित्र चक्र होते हैं?" सैनी ने पूछा।

प्रिया ने हामी भरी। "चक्रों की धारणा हिंदू ग्रंथों से निकलती है और हिंदुत्व की तांत्रिक और यौगिक परंपराओं में स्थान पाती है। ये नाम पहिए के लिए संस्कृत शब्द से लिया गया है," उसने आत्मविश्वास से जवाब दिया। "भारतीय योगियों का मानना था कि चक्र जीवित प्राणियों के सूक्ष्म शरीर में विद्यमान होते हैं। चक्र ऊर्जा का पिंड होते हैं—सूक्ष्म तत्व का घूर्णनशील भंवर जिन्हें ऊर्जाओं के संग्रहण और प्रसारण के लिए केंद्र बिंदु माना जाता है।" प्रिया ने अपना नैपकिन लिया और सैनी की जानकारी के लिए चक्रों के स्थान का रेखाचित्र बना दिया।

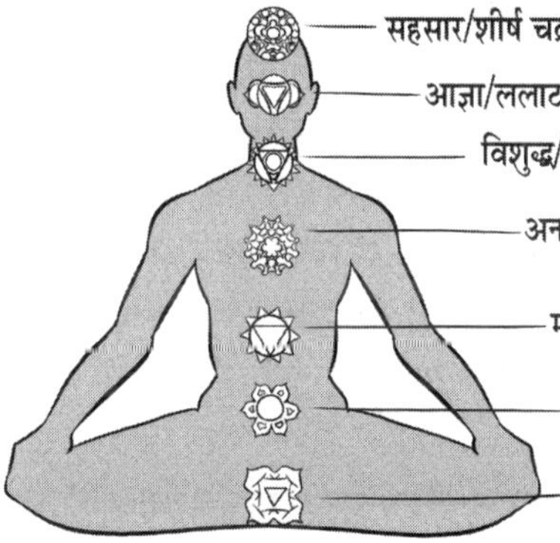

सैनी हंसा। "मुझे पता नहीं था कि चक्रों के बारे में तुम्हें इतना कुछ पता है," उसने हैरानी से कहा।

प्रिया मुस्कुराई। "स्कूल में मैंने कई साल ध्यान और योग सीखने में बिताए हैं। ये मेरे उस जीवन का अंग हैं जिसकी मैं आमतौर से चर्चा नहीं करती हूं," उसने बात को ख़त्म करते हुए कहा। कुछ पल के लिए एक असहज ख़ामोशी छाई रही।

सैनी ने अपना गला साफ़ किया और कहना शुरू किया। "अह! अर..., अगर तुम्हें ये पता है कि सात चक्र होते हैं तो ये भी पता होगा कि भारतीय शास्त्रीय संगीत में, जैसा कि उपनिषदों में कहा

गया है, सात स्वर होते हैं—स, रे, ग, म, प, ध, और नि। ये सातों सुर कुछ-कुछ पश्चिमी दो, रे, मि, फ, सोल, ल, और टि के समान हैं। ये मेरा अपना सिद्धांत है कि ये सातों सुर हमारे भीतर स्थित प्रत्येक चक्र से संबंधित होते हैं। जब स्वर की फ्रीक्वेंसी उस संबंधित चक्र की फ्रीक्वेंसी से मेल खाती है तो चक्र सक्रिय हो जाता है।"

"हां, ऐसा मुमकिन है। लेकिन हमें कभी स, रे, ग, म, प, ध, और नि के साथ ध्यान लगाना नहीं सिखाया गया। हमने तो हमेशा ॐ की ध्वनि के साथ ही ध्यान किया था," प्रिया ने कहा।

"इस बारे में सोचो, प्रिया," सैनी ने उत्साह के साथ कहा, "सात रंग मिलकर एक शाश्वत रोशनी—सफ़ेद रोशनी—बनाते हैं। अगर तुम स्वरों की सातों फ्रीक्वेंसीज को मिला दो तो क्या ध्वनि निकलेगी? शाश्वत ध्वनि! ध्यान लगाते समय तुमने इस पर ध्यान नहीं दिया था, लेकिन तुम्हारे इस शाश्वत ध्वनि का उच्चारण करने की वजह ही ये है कि इसमें सातों सुरों की फ्रीक्वेंसी निहित हैं जोकि सातों मुख्य चक्रों को सक्रिय करने के लिए आवश्यक हैं!"

"लेकिन इसका परमाणु ऊर्जा से क्या लेना-देना है?" प्रिया ने पूछा।

"सब कुछ! अब मॉडर्न वैज्ञानिकों का विश्वास है कि ऊर्जा के सात मोटे रूप होते हैं—यांत्रिक, तापीय, रासायनिक, प्रकाशीय, विद्युतीय, ध्वनिक, और आणविक। ये मेरा तर्कपूर्ण अनुमान है कि प्राचीनकाल के योगी इसे जानते थे। वो ये भी जानते थे कि इनमें से प्रत्येक को सात संघटक तत्वों में तोड़ा जा सकता है! ये समझना नामुमकिन है कि वो ये कैसे जानते थे, मगर वो जानते थे। यहां तक कि उनकी सबसे महत्वपूर्ण और महान नदी—सरस्वती—भी सप्तसिंधु का अंग थी। वैदिक ज्ञान सप्तर्षि से प्राप्त किया गया था। यहां तक कि द्वारका भी सप्तद्वीप का प्रतिमान थी। वैदिक कैलेंडर चंद्रमा के सात दिनों के चरण पर आधारित था!" सैनी ने कहा।

"मैं समझ गई, लेकिन अभी भी ये मुझे परमाणु वाले सवाल पर वापस लाता है," प्रिया ने दृढ़ता से कहा।

"प्रिया, प्राचीन काल के ऋषियों ने अगर ऊर्जा के विविध स्रोतों को एक ऊर्जा में संयुक्त करने का तरीका ढूंढ़ निकाला हो तो? सरस्वती के तट पर जिस साधना में वो रत होते थे, अगर वो बस ऊर्जा के अनेक रूपों पर ध्यान केंद्रित करके उन्हें एक ऊर्जा में बदलने की प्राचीन तकनीक रही हो तो?" सैनी ने पूछा।

प्रिया सोच में डूबी प्रतीत हुई। सैनी ने आगे कहा, "अगर कोई ओपेरा सिंगर वाइन का गिलास तोड़ सकता है, तो तुम यह क्यों नहीं मान सकती कि स्टोनहेंज या गीजा के महान पिरामिडों को बनाने के लिए ज़रूरी विशाल पत्थरों को ध्वनि ऊर्जा ने हिलाया हो? और अगर ये मुमकिन है कि प्राचीन भारतीय ऋषियों में विशाल वस्तुओं को हिलाने के लिए ध्वनि ऊर्जा का इस्तेमाल करने की क्षमता थी तो ये क्यों नामुमकिन है कि उनमें शक्तिशाली विस्फोटकों का निर्माण करने की क्षमता थी?"

सैनी ने अपने बालों में उंगलियां फेरीं और एक गहरी सांस ली। "हम ज्ञान के उस विशाल भंडार को भूल गए हैं जो वैदिक युग में मौजूद था," उसने आगे कहा। "मसलन, स्कूल में बच्चों को पढ़ाया जाता है कि सूरज पृथ्वी से नौ करोड़ तीस लाख मील दूर है और प्रकाश की गति एक लाख छियासी हज़ार मील प्रति सैकंड है। क्या तुम्हें ये जानकर हैरानी होगी कि चौदहवीं शताब्दी के एक भारतीय विद्वान सायण ऋग्वेद की एक ऋचा की अपनी व्याख्या में कहते हैं, 'पूरी श्रद्धा के साथ, मैं सूर्य को नमन करता हूं जो आधे निमिष में 2202 योजन की यात्रा करता है।' तुम्हारी जानकारी के लिए एक योजन लगभग नौ अमेरिकी मीलों के बराबर और एक निमिष एक सैकंड का 16/75वां भाग होता है। हिसाब लगा लो, प्रिया! सायण वही कह रहे हैं जो स्पष्ट है—कि सूर्य का प्रकाश प्रति सैकंड एक लाख छियासी हज़ार मील की यात्रा करता है!"

"और प्राचीन ऋषि किसी भी वैज्ञानिक उपकरण की ग़ैरमौजूदगी में ये जानते थे? कमाल है!" प्रिया बुदबुदाई।

30

कंस को मारने के तुरंत बाद, बलराम और मैं शीघ्रता से कारागार गए जहां हमारे माता-पिता—वासुदेव और देवकी—बंद थे। हमने उनके चरण-स्पर्श किए, उनके आशीर्वाद लिए और उन्हें मुक्त किया। फिर हम उस कोठरी में गए जिसमें वयोवृद्ध प्रमुख उग्रसेन को बंदी रखा गया था। हमें देखकर वे अत्यंत आनंदित हुए, और राज्य सभागार में उन्हें उनके उचित स्थान तक ले जाने से पहले हमने उनका भी आशीर्वाद लिया। अब मुझे एक यादव और क्षत्रिय के रूप में स्वीकृति मिली। मुझे प्रशिक्षण के लिए ऋषि संदीपनी के पास भेजा गया और फिर सत्तारूढ़ यादव सभा में सम्मिलित कर लिया गया जिसे कंस की मृत्यु के बाद पुनर्गठित किया गया था। दुर्भाग्य से, शिकार के दौरान एक अन्य यादव प्रसेनजित मारा गया था, और उसके पास से स्यमंतक नाम का एक अत्यंत प्रसिद्ध पत्थर लापता पाया गया। माखन चोर की मेरी ख्याति मुझसे पहले वहां पहुंच चुकी थी और अंततः मुझे ही इस चोरी के लिए दोषी ठहराया गया।

ट्रक एनएच 15 पर दौड़ता जा रहा था, ये हाईवे गुजरात को राजस्थान से जोड़ता था। ख़ुशमिजाज ट्रक डाइवर सरदार जसप्रीत सिंह ने लगातार बातचीत का क्रम जारी रखा, भले ही नौजवान ने बहुत कम योगदान दिया हो।

तारक वकील ने झाड़-झंखाड़ों से भरी अंतहीन जमीन के विशाल टुकड़ों से घिरी सड़क के नीरस हिस्सों में ख़ुद को बाहर देखते पाया। वो बस जल्दी से अबु रोड स्टेशन पहुंचना चाहता था—फालना से पहले वाला रेलवे जंक्शन। ट्रक के इंजन की लयात्मक घड़घड़ाहट

और बाहर के क्षेत्र की अंतहीन एकसारता ने उसे उनींदा कर दिया। उसके विचार उसके बचपन की ओर वापस चले गए। उसने ट्रक ड्राइवर को नज़रअंदाज़ कर दिया—जो तारक की प्रतिक्रियाहीनता की ओर से बेख़बर प्रतीत हो रहा था—और अपने मन को भटकने दिया।

"तुम सबने अपना होमवर्क असाइनमेंट पूरा कर लिया?" गणित के उनके अनुशासनप्रिय प्रोफ़ेसर ने पूछा था। "मैं जल्दी-जल्दी तुम्हारे नाम बोलूंगा, पक्का करना कि तुमने उसे सौंप दिया है।"

"सचिन मिश्रा," मि. कपूर ने पूछा।

"जी, सर। मैंने जमा कर दिया है।"

"उस्मान शेख?"

"जी सर, हो गया।"

"वेंकट अय्यर?

"जी, सर—जमा कर दिया।"

"सम्पत शर्मा?"

कक्षा में एक असहज सी ख़ामोशी छा गई।

"सम्पत शर्मा?" मि. कपूर ने दोहराया।

कक्षा के पीछे से एक कमज़ोर सी आवाज़ उभरी, "मैं यहां हूं, सर।"

"मैं हाजरी नहीं लगा रहा हूं। तुमने अपना होमवर्क असाइनमेंट जमा कर दिया है या नहीं?" मि. कपूर ने रुखाई से पूछा।

"नहीं, सर। मैंने कर तो लिया है, लेकिन शायद ग़लती से वो घर पर रह गया है," घबराए से दिखते बच्चे ने पूरी बात बताई।

"क्लासरूम के बाहर मेरा इंतज़ार करो," मि. कपूर ने सख़्ती से कहा। लड़का अपनी मेज़ से उठा, कक्षा से बाहर आया और आज्ञाकारितापूर्वक दरवाज़े के बाहर खड़ा हो गया। मि. कपूर होमवर्क के लिए नाम पुकारते रहे। काम पूरा होने के बाद, उन्होंने

एक भयानक सा दिखने वाला अठारह इंच का पैमाना उठाया जिसके दोनों सिरों पर पीतल लगी हुई थी जिससे वो आम पैमानों से मोटा हो गया था। कक्षा के बाहर वो अपने छात्र के सामने आए। "अपना बायां हाथ बाहर निकालो," उन्होंने कहा।

नन्हा सा लड़का अपना हाथ फैलाते हुए कांप गया और आगे मिलने वाले दर्द के डर से उसने अपनी आंखें बंद कर ली थीं। मि. कपूर ने बस अपना लक्ष्य पक्का करने के लिए लड़के की हथेली पर पैमाना बजाया और—सड़ाक! सम्पत दर्द से तड़प उठा, दर्द के मारे उसने सांस रोक ली थी। वो अपनी हथेली पर उभरते लाल निशान को देख सकता था।

"मेरा काम अभी ख़त्म नहीं हुआ है। आज जब मैं तुमसे निबटूंगा तो फिर कभी तुम अपना होमवर्क लाना नहीं भूलोगे," मि. कपूर ने इतनी जोर से कहा कि अंदर बैठी क्लास सुन ले। "फिर से अपना हाथ लाओ और उसे तब तक फैलाए रखना जब तक कि मैं तुमसे नीचे करने की न कहूं, समझ गए?"

सम्पत के गालों पर आंसू लुढ़क रहे थे, उसने अपने टीचर की ओर सिर हिलाकर हामी भरी और अपने बाएं हाथ को एक बार फिर फैला दिया। सड़ाक! सड़ाक! सड़ाक! आख़री वाला पीतल के किनारे से मारा गया था। लड़का दर्द से सुबकते हुए अपने ख़ून बहते हाथ को आराम पहुंचाने के लिए फ़र्श पर ढेर हो गया।

"उठ, बदमाश। पलट जा ताकि मैं तेरी जांघों के पीछे मार सकूं!" मि. कपूर ने आदेश दिया, रोते हुए असहाय बच्चे के दयनीय दृश्य का उन पर कुछ असर नहीं पड़ा था।

सम्पत ने ख़ुद को फ़र्श से उठाया, खड़ा हुआ और दीवार की ओर मुंह करके खड़ा हो गया। धीरे-धीरे सुबकते हुए उसने अपनी जांघों की मांसपेशियों को कस लिया था। कोड़े की सी तेज़ी से पहला वार उसकी जांघों पर पड़ा तो वो बिलबिला उठा।

"फ़ौरन इसे बंद करो," मि. कपूर के पीछे से आवाज़ आई। वो ये देखने के लिए घूमे कि जब वो अपने किसी छात्र को अनुशासित

कर रहे हैं तो किसकी इतनी हिम्मत कि उन्हें रोके। वो कुछ कह पाते, इससे पहले उनके चेहरे पर एक जोरदार झापड़ पड़ा।

"तुम इसे अनुशासन कहते हो? तुम और कुछ नहीं बल्कि एक कायर हो—एक दयनीय कमज़ोर छोटा आदमी जो शायद अपने बराबर के किसी आदमी से कभी झगड़ा नहीं करता होगा!" उसने उन पर थूका। वो एक नई ट्रेनी टीचर थी, जिसे स्कूल में आए बस एक हफ़्ता ही हुआ था। वो इतने अचंभित थे कि कुछ कह ही नहीं पाए। बीस साल के उनके टीचिंग कैरियर में, उनके साथ कभी भी ऐसा कुछ नहीं हुआ था। युवती ने प्रोफ़ेसर के हाथ का पैमाना पकड़ा और उनके कान में फुफकारी, "जानती हूं तुम्हारी वजह से मुझे इस नौकरी से निकाल दिया जाएगा। मुझे रत्ती भर भी परवाह नहीं है! लेकिन अगर मुझे पता चला कि तुमने इस लड़के के शरीर के बाल को भी छुआ है, तो यक़ीन मानो, मैं ख़ुद तुम्हें सबसे भयानक दर्द पहुंचाऊंगी। समझ गए?"

अब मि. कपूर की बारी थी कि उस गाल को पकड़कर जो झन्नाटेदार झापड़ से गहरे गुलाबी रंग का हो गया था, किसी कमज़ोर छोटे से स्कूली लड़के की तरह सिर हिला दें।

युवा—और ख़ूबसूरत—टीचर सम्पत की ओर झुकी और अपना रूमाल उसकी ओर बढ़ा दिया। "आंसू पोंछ लो," उसने नर्मी से कहा।

सम्पत ने कृतज्ञतापूर्वक रूमाल ले लिया और अपने आंसू पोंछे। वो उसे वापस उसकी ओर बढ़ाने वाला था कि तभी उसने सम्पत का हाथ पकड़ा और जल्दी से रूमाल से उसकी हथेली को पोंछ दिया। "इसे रख लो," वो बोली। "ये ख़ून को सोख लेगा। क्लीनिक में जाओ और घाव को साफ़ करवाकर पट्टी बंधवा लो। स्कूल के बाद मुझसे मिलना। मैं गेट के बाहर तुम्हारा इंतज़ार करूंगी।"

"शुक्रिया, मैम," सम्पत धीरे से बोला, घटनाओं के इस मोड़ से उसे राहत भी हुई थी और हैरानी भी।

"आगे से, तुम कभी किसी को अपने साथ बदतमीजी नहीं

करने दोगे। मैं एक ऐसा आदमी बनने में तुम्हारी मदद करूंगी—जिसकी सब इज़्ज़त करेंगे और उससे डरेंगे।"

"मुझे तो आपका नाम भी नहीं पता, मैम।"

"इससे फर्क नहीं पड़ता। मैं तुम्हारी मां जैसी हूं, जिसे तुम्हारी रक्षा करने के लिए यहां भेजा गया है। तुम मुझे माताजी कह सकते हो।"

31

एक यादव प्रमुख सत्राजित ने पूरे भक्तिभाव से सूर्यदेव की पूजा की। जब सूर्यदेव उनके सामने अवतरित हुए और उनसे कोई वर मांगने को कहा, तो सत्राजित ने उनसे अनमोल स्यमंतक मणि मांगी, जिसे सूर्यदेव ने उदारतापूर्वक उन्हें प्रदान कर दिया। सत्राजित ने इस मणि को अपने भाई प्रसेनजित को भेंट कर दिया। दुर्भाग्य से, प्रसेनजित पर एक सिंह ने आक्रमण कर दिया। प्रसेनजित को मारकर सिंह मणि लेकर भाग गया लेकिन भालुओं के राजा जाम्बवन ने उस पर आक्रमण कर दिया और मणि को ले गया। माखनचोर के रूप में मेरी ख्याति के कारण संदेह की सूई मेरी ओर घूम गई। मुझे अपनी निर्दोषता साबित करनी थी इसलिए मैं भालू की कंदरा को ढूंढ़ने और उस मणि को वापस लाने निकल पड़ा। सौभाग्य से मैं अपने प्रयास में सफल रहा।

दस मिनट तक, जब तक कि ताले पर लगा विस्फोटक फटा नहीं, पुलिस वैन बंद रही। उस समय तक, ट्रक को पुलिस गश्ती दल ने देख लिया था। थकी और चिड़चिड़ी इंस्पेक्टर राधिका सिंह सब-

इंस्पेक्टर राठौड़ के साथ उतरकर पुलिस जीप में बैठ गई। ख़ामोशी भयानक थी। एक शब्द भी नहीं बोला गया, उसने अपनी सिगरेट सुलगाई। एक गहरा कश लेने के बाद वो एक हाथ से अपनी जपमाला के मोतियों को फेरती रही जबकि उसका दूसरा हाथ जल्दी से सीबीआई के विशेष निदेशक सुनील गर्ग के नंबर को डायल करने लगा।

"हैलो? मैं राधिका सिंह हूं," उसने शांत और सहज आवाज़ में बोलते हुए कहा। "हमें एक छोटा सा झटका लगा है, लेकिन कुछ भी नामुमकिन नहीं है। हमारा सस्पेक्ट और उसकी सहायक फालना की ट्रेन पर हैं, जो इस मार्ग का अंतिम स्टेशन है। वो वहां उतरेंगे और शायद सड़क मार्ग से वहां से जोधपुर जाएंगे। क्या आप अपने दल से सादा कपड़ों में फालना स्टेशन पर निगरानी करवा सकते हैं? मैं जयपुर में अपने चीफ़ से बात करूंगी और जोधपुर में एक हथियारबंद दस्ता तैयार रखने का इंतजाम करने को कहूंगी। बात ये है कि हमारा सस्पेक्ट बहुत चालाक है और मुझे डर है कि अगर वो खाकी वर्दीधारी बहुत जवानों को देखेगा तो हमारे हाथ से फिसल सकता है।"

बातचीत छोटी सी थी और दो से भी कम मिनट चली थी। राठौड़ हैरान था कि राधिका सीबीआई के विशेष निदेशक को यह बताने में क्यों नाकाम रही थी कि सैनी और प्रिया के साथ एक और सहायक प्रतीत होता है जिसने बंदूक की नोक पर पुलिस वैन को बंधक बना लिया था, लेकिन अपनी गर्ममिजाज बॉस के फ़ैसलों पर अंदाज़ा लगाने की ग़लती वो कभी नहीं करता।

अपनी सिगरेट का एक और कश लेकर उसने अपने जीपीएस सक्षम स्मार्टफ़ोन को देखा। स्क्रीन पर उसने एक नक़्शा खींचा जो गुजरात और राजस्थान की रूपरेखा दिखा रहा था। एक टिमटिमाता नीला बिंदु दिखाई दे रहा था जो पोरबंदर से फालना की रेलवे लाइन पर बढ़ रहा था। सिग्नल एक छोटे से चिपकने वाले माइक्रोचिप से प्रसारित हो रहा था जिसे उसने प्रिया के कपड़ों की तह में कहीं लगा

दिया था।

"खड़े हो जाओ दोनों," राधिका ने आदेश दिया। दोनों कैदियों ने आज्ञाकारिता से उसके निर्देशों का पालन किया। उसने जल्दी से प्रिया को थपथपाकर देखा जबकि राठौड़ ने सैनी के साथ ऐसा ही किया। "तुम दोनों के साथ मैं कोई ख़तरा नहीं ले सकती," फिर से बैठते हुए उसने कहा, उसने चुपके से एक छोटा सा चिपकने वाला माइक्रोचिप—बच्चे के अंगूठे के नाख़ून के आकार का—प्रिया के कपड़ों में लगा दिया था।

वो उस नीले बिंदु को देखती रही जो दर्शा रहा था कि उसका शिकार वस्तुत: दिल्ली-साबली एक्सप्रेस पर है। उसने उसे पोरबंदर से वंसजलिया, भौंरा, लालपुर, जामनगर, हापा, राजकोट, वांकानेर, सुरेंद्रनगर, विरामगाम, और अहमदाबाद की ओर सफ़र करते देखा।

अब बस कुछ घंटों की ही बात थी। ट्रेन आगे साबरमती, महेसणा, पालनपुर और अबु रोड होते हुए फालना पहुंचेगी—वो परिवर्तन स्थान जहां सैनी और प्रिया को जोधपुर जाने के लिए उतरना होगा।

ट्रेन द्वारा कवर किए जाने वाले हर स्टेशन के साथ उसकी आशा और उत्साह का स्तर बढ़ता ही जा रहा था। आख़िरकार, फालना! सीबीआई से कोई अच्छी ख़बर मिलने की उम्मीद में उसने कसकर अपने फ़ोन को पकड़ लिया, लेकिन जल्दी ही उसका चेहरा ग़ुस्से से लाल हो गया। उसने देखा कि नीला बिंदु फालना पर रुक नहीं रहा है बल्कि बीवर और अजमेर होते हुए दिल्ली के रास्ते पर बढ़ रहा है। ऐसा कैसे हो सकता है? उन्होंने अपनी योजना क्यों बदल दी?

जबकि राधिका सिंह ग़ुस्से से बौखला रही थी, सैनी और प्रिया आराम से उस एयरकंडीशंड टाटा सफारी में बैठे थे जो उन्होंने फालना से पहले वाले जंक्शन अबु रोड से ली थी। अबु रोड से जोधपुर ढाई सौ किलोमीटर दूर था, लेकिन रेगिस्तानी सड़क के ख़ाली विस्तारों को देखते हुए सफ़र में चार घंट से भी कम लगने थे।

दिल्ली-साबली एक्सप्रेस में, छोटा सा माइक्रोचिप निकलकर ट्रेन की खिड़की और डिब्बे की दीवार के बीच की छोटी सी दरार में आराम से समा गया था। वो ऊपर आसमान में जीपीएस उपग्रहों को सिग्नल भेजता रहा।

32

मणि पाने के बाद, ये मेरा वैध अधिकार था कि मैं स्यमंतक को अपने ही पास रखता किंतु मैंने सौजन्यता से उसे सत्राजित को लौटा दिया। मुझे अनुचित ही दोषी ठहराने पर उन्हें खेद था और, प्रतिदानस्वरूप, उन्होंने स्यमंतक मणि सहित अपनी बेटी सत्यभामा का विवाह मेरे साथ करने का प्रस्ताव रखा। मैंने सत्यभामा का हाथ स्वीकार किया किंतु मणि लेने से मना कर दिया। कुछ समय बाद, मैं द्वारका से दूर यात्रा पर था जब सत्राजित को मारने का षड्यंत्र बनाया गया। शतधन्वा नाम के एक यादव ने सत्राजित को मार डाला, स्यमंतक को लिया और उसे अक्रूर के पास छोड़ दिया—वही व्यक्ति जिसने कंस के मंतव्य की चेतावनी देकर मेरी और बलराम की मदद की थी। जब मैंने ये सुना तो शतधन्वा को ढूंढ़ निकाला और उसे मार डाला। फिर मैंने अक्रूर को बुलाया और उसे स्वीकार करने पर विवश किया। अक्रूर ने मुझे षड्यंत्र का सत्य बताया। उसके स्वीकार करने के पुरस्कारस्वरूप मैंने एक शर्त पर उसे उस मणि का अभिरक्षक बने रहने की अनुमति प्रदान की। वह मणि सदैव मेरे नगर में ही रहनी थी।

सुबह 5:28 पर दिल्ली-साबली एक्सप्रेस अबु रोड स्टेशन पहुंची थी। सैनी और प्रिया फटाफट टैक्सी स्टेशन पर पहुंचे जहां से मोलभाव करके उन्हें एक सवारी मिल गई थी जो उन्हें जोधपुर ले जाती। एक युवा ड्राइवर ने उन्हें बीस प्रतिशत की रिआयत देने की पेशकश की और सौदा हथिया लिया।

सैनी ख़ामोश था। वो जानता था कि हालात उसके ख़िलाफ़ हैं। हां, वो तीन बार पुलिसवालों को चकमा देने में सफल रहे थे—जयपुर में, पोरबंदर में और फालना में, लेकिन इसने उसे उस मुसीबत से दूर नहीं किया था जिसमें वो पड़ गया था। प्रिया को इस सबमें घसीट लेने पर भी उसे अपराधबोध हो रहा था।

उसने टाटा सफारी की पिछली सीट पर सो रही प्रिया को देखा। सफ़र से उसके बाल बेतरतीब हो गए थे और आंखों के नीचे काले घेरे उभर आए थे—लेकिन चालीस के क़रीब की वो औरत अभी भी ख़ूबसूरत थी। बहुत साल बाद, सैनी ने ख़ुद को इस स्नेहशील इंसान की ओर खिंचते पाया जिसने अपनी क़िस्मत उसके साथ जोड़ दी थी हालांकि उसके लिए ऐसा करने की कोई वजह नहीं थी। अपने तलाक के बाद, पहली बार सैनी ने जिस्मानी और जज़्बाती निकटता के लिए हसरत महसूस की। उसने जबरन ख़ुद को दूसरी तरफ़ देखने और उस नोटपोड पर ध्यान केंद्रित करने के लिए मजबूर किया जो उसकी गोद में रखा था।

कैसे और क्यों कृष्ण ने मथुरा से द्वारका तक का हज़ार किलोमीटर से ज़्यादा का लंबा और बीहड़ सफ़र किया था? जवाब बिजली की चमक की तरह सैनी को कौंध गया। मथुरा यमुना नदी के तट पर बसी है—जो कभी शक्तिशाली रही सरस्वती की सहायक नदी है। अगर कृष्ण केवल यमुना के मार्ग पर उस बिंदु तक जाते जहां वो सरस्वती से मिलती थी और फिर उस बिंदु तक सरस्वती का अनुकरण करते जहां वो समुद्र में मिलती थी, तो वो कच्छ के रण में पहुंच जाते—जो काव्यात्मक रूप से द्वारका से एक पत्थर उछालने भर की दूरी पर था। मथुरा और द्वारका महज प्रचुर सरस्वती द्वारा

प्रदत्त एक नदी मार्ग के प्रारंभिक और अंतिम बिंदु थे!

धूल भरी रेगिस्तानी सड़क पर अपने चारों ओर देखते हुए सैनी के लिए ये विश्वास करना मुश्किल हो रहा था कि अधिकांश राजस्थान सरस्वती के बहते जल से सिंचित और पोषित उपजाऊ धरती रहा होगा। उसे रेगिस्तान के नीचे स्थित प्राचीन पानी की रेडियोकार्बन-डेटिंग परियोजना के बारे में वार्ष्णेय का बताना याद आया। वार्ष्णेय ने परमाणु भौतिकविज्ञानियों से उन स्थलों का दौरा करने का निवेदन किया था जहां वो राजस्थान में खुदाई कर रहा था। तब तक, भौतिकविज्ञानी आमतौर पर कार्बन-14 आइसोटोप के अध्ययन द्वारा कार्बन आधारित तत्वों—लकड़ी, वस्त्र और हड्डियों—की ही रेडियोकार्बन-डेटिंग किया करते थे। बदक़िस्मती से, जब बात प्राचीन जल के अध्ययन की आती थी तो ये प्रक्रिया कम उपयोगी ही रह जाती थी। वार्ष्णेय के निवेदन पर भाभा एटॉमिक रिसर्च सेंटर से आए दो वैज्ञानिकों ने राजस्थान के विभिन्न भागों के कुओं से नमूने लिए थे। उन्हें पुराधाराएं मिली थीं जिनमें पानी भूमिगत बह रहा था। उन्हें पता लगा कि ये भूजल स्थिर आइसोटोप तत्व और न्यूनतम ट्रिटियम तत्व से भरपूर है, जो नए प्राप्त जल की ग़ैरमौजूदगी को दर्शाता था। तारीखों का अनुमान लगाने पर उन्हें पता लगा कि 3200 ई.पू. के बाद से उनमें न के बराबर ताजा पानी आया है—ये कमोबेश वही समय था जब सरस्वती सूखने लगी थी। कृष्ण और महाभारत के आसपास का समय!

वो सौ किलोमीटर से ज़्यादा की गति से एनएच 14 पर यात्रा कर रहे थे। फिर उन्होंने एक हल्का सा बायां मोड़ लिया और एनएच 65 पर ड्राइव करने लगे। यह अंतिम टुकड़ा था जो उन्हें जोधपुर शहर ले जाने वाला था। सैनी और प्रिया ने तय किया था कि अपनी मुलाकात के बारे में राजाराम कुरकुड़े को सूचित न करना ही बेहतर होगा। कहीं उन्होंने पुलिस को ख़बर कर दी तो? नहीं, बिना बताए पहुंच जाना ही सुरक्षित होगा—भले ही ये थोड़ा सा अशिष्ट लगे।

उसने प्रिया को नींद से कुनमुनाते देखा। जब उसने अपनी

आंखें खोलीं तो सैनी को मुस्कुराते हुए देखते पाया। "गुड मॉर्निंग," सैनी ने उससे कहा, "हम लगभग पहुंच गए हैं। कुरकुड़े से मिलने की कोशिश करने से पहले तुम कुछ खाना चाहोगी?"

उसने हामी भरी। "मैं भूख से मरी जा रही हूं। मुझे एक फ़ोन भी करना है।"

"किसको?" सैनी ने पूछा।

"डैड को। अब तक तो वो मेरी फिक्र में घुले जा रहे होंगे," उसने जवाब दिया।

उन्होंने ड्राइवर को किसी साधारण से रेस्तरां पर रोकने को कहा, जैसे भारत के मेन हाइवे के किनारे हज़ारों हैं—और जल्दी से थोड़ा सा नाश्ता मंगवाया, जो आश्चर्यजनक रूप से अच्छा था—दही और अचार के साथ आलू के परांठे और ऊपर से मसाला चाय। फिर प्रिया ज़रा सा टहली और उसने अपना फ़ोन किया, जबकि सैनी ने रेस्तरां से लगी हुई दुकान से ख़रीदे सामान से अपना चेहरा धोने और ब्रश करने की कोशिश की।

तीस मिनट बाद उनकी कार कुरकुड़े की रिसर्च फैसिलिटी के गेट तक पहुंच गई थी। गेट पर ताला लगा था और ड्यूटी पर कोई सुरक्षाकर्मी नहीं था। मगर स्पीकरयुक्त एक इलेक्ट्रॉनिक पैनल ने उनसे अपनी पहचान बताने को कहा।

"मेरा नाम रवि मोहन सैनी है और मैं यहां प्रोफ़ेसर राजाराम कुरकुड़े से मिलने आया हूं," सैनी ने माइक्रोफ़ोन में कहा। उसने देखा एक अंतर्निर्मित कैमरे की लाइट जल-बुझ रही है, ये संकेत करते हुए कि दूसरे छोर पर बैठा व्यक्ति शायद छवि को स्कैन कर रहा है।

"क्या आपने अपॉइंटमेंट ली है?" आवाज़ ने पूछा।

"नहीं। कृपया उनसे कहें कि मुझे अनिल वार्ष्णेय ने उनसे मिलने को कहा था। उनसे कहें कि ये उस कलाकृति के बारे में है जो अनिल वार्ष्णेय उनके पास छोड़ गए हैं," सैनी ने इस लंबी-चौड़ी

सफ़ाई से असहज होते हुए कहा।

"बस एक क्षण, प्लीज़। मैं प्रोफ़ेसर से पता करता हूं," आवाज़ ने कहा। एक बीप ने दर्शाया कि दोनों सिरों की संचार प्रणाली को अस्थायी रूप से बंद कर दिया गया है।

कुछ देर में जो युगों बीतने सा लगा, एक और बीप हुई और आवाज़ वापस ऑनलाइन आई। "प्रोफ़ेसर आपसे मिलेंगे। गेट कुछ ही पल में ख़ुल जाएगा। कृपया सीधे रिसेप्शन ब्लॉक तक जाएं। प्रोफ़ेसर की सेक्रेटरी—मिस गोंसाल्वेज—वहां आपका इंतज़ार कर रही होंगी।"

बीप ने संकेत दिया कि आवाज़ सैनी से किसी स्वीकृति या शुक्रिया की अपेक्षा नहीं करती।

33

मैं वासुदेव का पुत्र था। वासुदेव की बहन कुंती थीं। कुंती का विवाह पांडु—हस्तिनापुर के राजा और पुरु के वंशज—से हुआ था। कुंती को ऋषि दुर्वासा से एक वरदान प्राप्त हुआ था कि वे जिस भी देवता से चाहेंगी, पांच संतानें प्राप्त करेंगी। उन्होंने शीघ्रता में वरदान की परीक्षा ली और सूर्यदेव ने उन्हें उनकी पहली संतान, कर्ण, प्रदान की। अविवाहित होने की लज्जा से कुंती ने शिशु कर्ण को एक टोकरी में रखकर नदी में बहा दिया। सौभाग्य से, एक रथवान को वह मिला और उसने उसका लालन-पालन किया। पांडु से विवाह के बाद कुंती ने वरदान के माध्यम से तीन और पुत्रों को जन्म दिया—धर्मराज से युधिष्ठिर! वायुदेव से भीम! और इंद्र से अर्जुन। कुंती ने शेष बचे वरदान को पांडु की

द्वितीय पत्नी माद्री को दे दिया जिन्होंने अश्विनी कुमारों से जुड़वां पुत्रों नकुल और सहदेव को जन्म दिया। कुंती और माद्री के पांचों मान्य पुत्र पांडव थे—मेरे फुफेरे भाई। पांडु की जल्दी ही मृत्यु हो गई और मेरी बुआ नेत्रहीन राजा धृतराष्ट्र—पांडु के भाई—के हस्तिनापुर महल में वापस चली गईं। धृतराष्ट्र और उनकी पत्नी गांधारी के सौ पुत्र थे जो कौरव कहलाते थे और जिनमें ज्येष्ठ दुर्योधन था। उसी महल में राजा के चाचा भीष्म रहते थे जिन्होंने सिंहासन त्याग दिया था और आजीवन ब्रह्मचर्य की प्रतिज्ञा ली थी ताकि उनके पिता शांतनु मछुआरे की बेटी सत्यवती से विवाह कर सकें, जिसका आग्रह था कि सिंहासन शांतनु और सत्यवती की संतानों का ही रहे।

गेट धीरे-धीरे खुला और उनकी गाड़ी नीम के पेड़ों के—राजस्थान की शुष्क जलवायु में यही क़िस्म उत्पन्न होती प्रतीत थी—घने कुंज से ढके लंबे ड्राइववे पर चल पड़ी। जब वो मेन रिसेप्शन ब्लॉक में पहुंचे तो एक नाटी, गदबदी सी औरत—मिस गोंसाल्वेज—ने उनका स्वागत किया। उसने ड्राइवर को समझाया कि वह किस तरह गेस्ट पार्किंग में पहुंच सकता है, फिर उसने सैनी और प्रिया को गले में पहनने के लिए दो पहचानपत्र दिए। "कृपया मेरे साथ आएं," उसने कहा और वो रिसर्च ब्लॉक की ओर बढ़ गए जहां कुरकुड़े का दफ़्तर था।

जब उन्हें कुरकुड़े के ख़ूब बड़े से दफ़्तर में ले जाया गया तो सैनी को अपने पेट में तनाव सा महसूस हुआ। क्या कुरकुड़े उन्हें हत्या के संदिग्धों के रूप में सीधे अधिकारियों के हवाले कर देंगे?

कुरकुड़े अपनी मेज़ से उठे, सैनी और प्रिया के पास तक आए और उन्होंने हाथ बढ़ा दिया। हैंडशेक दृढ़ और व्यावसायिक था—बहुत ज़्यादा मिलनसार नहीं। लैब का कलफ लगा सफ़ेद कोट

पहने कुरकुड़े पचास के आसपास के होंगे, उनके सिर के दोनों तरफ़ सफ़ेद बालों के दो बड़े से गुच्छे थे। उनके सिर के बीच का हिस्सा पूरी तरह गंजा था। नाक पर गांधी स्टाइल का चश्मा टिका था। उन्हें देखकर सैनी ने मन ही मन सोचा—सनकी जीनियस।

मिस गोंसाल्वेज ने दरवाज़ा बंद कर दिया और बाहर के दफ़्तर में वापस चली गई जबकि कुरकुड़े सैनी और प्रिया को अपने दफ़्तर के कोने में पड़े सोफ़े पर ले गए। "तो, मैं आपके लिए क्या कर सकता हूं, मि. सैनी?" कुरकुड़े ने पूछा। अगर उन्हें पता भी था कि सैनी हत्या के आरोप में संदिग्ध है, तो भी वो उसे न जताने का बहुत शानदार काम कर रहे थे।

"अपॉइंटमेंट के बिना हमसे मिलने का शुक्रिया, सर," सैनी ने बात शुरू की। "आपके और मेरे एक कॉमन फ्रेंड—अनिल वार्ष्णेय—हैं, जिनका कुछ दिन पहले क़त्ल हो गया था। कोई और आपको कुछ बताए, इससे पहले बेहतर होगा कि मैं ही आपको बता दूं कि राजस्थान पुलिस के मुताबिक, उनके क़त्ल के लिए मैं मेन सस्पेक्ट हूं।"

सैनी ने इन शब्दों को जज़्ब होने दिया। जल्दी ही वो समझ गया कि कुरकुड़े भावों या शब्दों के जरिए कुछ नहीं कहने वाले हैं, तो उसने आगे कहा। "सच तो ये है, मुझे अनिल वार्ष्णेय ने कालीबंगा में अपने पुरातात्विक खुदाई स्थल पर बुलाया था ताकि वो मुझे उन चार मुद्राओं में से एक दे सकें जो उनके पास थीं। उन्होंने मुझे बताया था कि वो एक मेरे पास, एक आपके पास और दो अन्य डॉ. निखिल भोजराज और देवेंद्र छेदी के पास छोड़ेंगे।"

कुरकुड़े ने हामी भरी। "हां, ये सच है। वार्ष्णेय ने उनमें से एक मुद्रा सुरक्षित रखने के लिए मुझे दी थी। वो अभी भी मेरी हिफाजत में है।"

"सर, मैंने अनिल को नहीं मारा था। वो मेरा सबसे अच्छा दोस्त था। हम साथ-साथ बड़े हुए थे! उसके क़त्ल के बाद, पुलिस ने मेरे घर की तलाशी ली और उसे वो मुद्रा मिल गई जो उसने मुझे

सुरक्षित रखने को दी थी। पुलिस ने मान लिया कि उसे चुराने के लिए ही मैंने उसे मारा है। ये प्रिया रतनानी हैं—मेरी शोध छात्रा। हम दोनों को ही जयपुर से भागना पड़ा। हम सबसे पहले द्वारका गए ताकि डॉ. निखिल भोजराज से मिल सकें। बदक़िस्मती से, हम उनसे बात कर पाते, इससे पहले ही उनकी भी हत्या कर दी गई थी। हम बहुत फिक्रमंद थे कि कातिल आपकी तलाश में आ सकता है—और इसलिए ये यहां आकर आपको चेतावनी देने का प्रयास है," सैनी ने समझाया।

"ख़ैर, जैसा कि आप देख सकते हैं कि मैं ज़िंदा हूं और ठीक हूं," कुरकुड़े ने कहा। "मुझे इस पर विश्वास नहीं है कि आप कातिल हैं, मि. सैनी। मैं बूढ़ा और सठियाने की कगार पर हो सकता हूं लेकिन मुझे चरित्र की अच्छी पहचान है। मुझे बताएं कि मैं किस तरह आपकी मदद कर सकता हूं।"

"जी, सर, हालांकि मेरे पास वो मुद्रा नहीं है जो वार्ष्णेय ने मुझे दी थी, लेकिन उस मुद्रा का फ़ोटो मेरे डाटा क्लाउड में है। जो मुद्रा आपके पास है, अगर मैं उसकी तुलना उन फ़ोटोग्राफ़ों से कर सकूं तो ये मुझे उचित दिशा दिखा सकता है," सैनी ने कहा।

"ये तो बहुत आसान बात है। और कुछ?"

"अगर आप फ़ोन करके इंस्पेक्टर राधिका सिंह से बात कर सकें और उन्हें बता सकें कि आप मुझसे मिल चुके हैं और कि चारों मुद्राएं वास्तव में वार्ष्णेय ने ही सुरक्षित रखने के लिए अपने मित्रों को दी थीं, तो मैं बहुत शुक्रगुजार होऊंगा। ये उनको दिए मेरे बयान की पुष्टि करने में मदद करेगा," सैनी ने कहा।

"हमारी मुलाकात के फ़ौरन बाद मैं ये कर दूंगा। अब, क्या हम मुद्रा को देख लें?" कुरकुड़े ने सोफ़े से उठकर अपनी मेज़ की तरफ़ बढ़ते हुए कहा। उन्होंने अपने लैब के कोट की जेब से एक छोटी सी चाबी निकाली और दराज़ खोली। दराज़ के अंदर एक अंतर्निर्मित तिजोरी थी। उन्होंने कुछ नंबर पंच किए और धीरे से, हल्की सी आवाज़ के साथ दरवाज़े के खुलने का इंतज़ार किया।

उन्होंने अंदर हाथ डाला और एक छोटा सा भूरे काग़ज़ का लिफाफा बाहर निकाला। उसे खोलकर उन्होंने कोमलता से मुद्रा निकाली और उसे अपनी मेज़ पर सफ़ेद ब्लॉटिंग पेपर पर सपाट रख दिया। "क्या आप यहां आना चाहेंगे ताकि इसे देख सकें?" उन्होंने सैनी और प्रिया से पूछा।

वो दोनों बैठने के स्थान से उठे और मेज़ की ओर गए। जब उन्होंने तीसरी मुद्रा को देखा जो हूबहू पिछली दोनों मुद्राओं के समान थी, तो उनके मुंह खुले रहे गए। जब सैनी ने क़रीब से देखने के लिए मुद्रा को उठाया तो उसे अपना दिल तेज़ी से धड़कता महसूस हो रहा था।

34

शीघ्र ही बालकों को राजकाज के कर्तव्यों में शिक्षित करने का समय आ गया। पितामह भीष्म ने पांडव और कौरव राजकुमारों को धनुर्विद्या में प्रशिक्षित करने के लिए उस काल के सर्वाधिक ख्यातिप्राप्त गुरु द्रोण को नियुक्त किया। मेरे भाई अर्जुन द्रोण के सर्वश्रेष्ठ शिष्य सिद्ध हुए। अपनी दक्षिणा में द्रोण ने एक शत्रु राजा—द्रुपद—को पकड़कर लाने को कहा। कौरव असफल

रहे, मगर अर्जुन के नेतृत्व में पांडव सफल रहे। इस घटना ने दोनों समूहों के बीच ईर्ष्या और शत्रुता के बीज बो दिए। प्रशिक्षण पूरा होने के दिन द्रोण ने अपने शिष्यों की दक्षता का प्रदर्शन करने के लिए एक प्रतियोगिता का आयोजन किया। अर्जुन सभी परीक्षाओं में उत्कृष्ट रहे किंतु, अप्रत्याशित रूप से, कर्ण नाम का एक और योद्धा सामने आ गया और उसने अर्जुन को पीछे छोड़ दिया। शीघ्र ही पता लगा कि वह एक रथवान का पुत्र है। मेरे फुफेरे भाइयों, पांडवों, ने बहस की कि यह देखते हुए कि कर्ण क्षत्रिय नहीं है, वह उनके साथ प्रतिद्वंद्विता नहीं कर सकता। मूर्ख यह नहीं जानते थे कि कर्ण वास्तव में उनका भाई है! विडंबना यह रही कि कर्ण के बचाव में दुर्योधन सामने आया। "कर्ण जन्म से न सही, किंतु गुणों से क्षत्रिय हैं। मैं इन्हें अंग देश का राजा बनाता हूं!" दुर्योधन ने घोषणा की। कर्ण ने उसी दिन दुर्योधन के साथ स्थायी मित्रता की शपथ ले ली।

सैनी ने मुद्रा उठाई और उसे काफ़ी क़रीब से देखा। दूसरी मुद्राओं की तरह ही, ये भी शंख की बनी छोटी सी आयताकार मुद्रा थी—शायद उसी 20 गुणा 20 मिमी के आकार की। मुद्रा के पीछे एक चौकोर खूंटी थी और, हमेशा की तरह, खूंटी में छल्ला डालने का पारंपरिक छेद ग़ायब था। मुद्रा पर घड़ी के विपरीत दिशा में उन्हीं तीनों प्राचीन पशुओं का चित्र—बैल, यूनिकॉर्न और बकरा—उकेरा हुआ था।

सैनी ने मुद्रा को ब्लॉटिंग पेपर पर रख दिया और कुरकुड़े को देखा। "इस मुद्रा को लेकर आपकी कोई धारणा है?" उसने पूछा।

कुरकुड़े मुस्कुराए। "मैं तो एक सीधा-सादा परमाणु भौतिकविज्ञानी हूं, बेटे। मेरा वास्ता उन चीज़ों से रहता है जिन्हें समझाया जा सकता है, दैवीय चीज़ों से नहीं!" उन्होंने कहा।

"दिलचस्प बात है," सैनी बुदबुदाया।

"क्या?" कुरकुड़े ने पूछा।

"ये दिलचस्प बात है कि आप दैवीय बातों को समझाए जाने से परे समझते हैं," सैनी ने कहा।

"लेकिन ये सच है, है न? प्राचीन मिस्रवासियों ने देखा कि सूरज पूर्व से उठता है और पश्चिम में छिप जाता है। वो नहीं जानते थे कि ये क्या है तो उन्होंने इसे रा—सूर्य देवता—कहा जो अपने रथ से आसमान में सफ़र करता है। ये देखते हुए कि सूरज के निकलने और छिपने को समझाया नहीं जा सकता, वो दैवीय बन गया। जब इंसान को पता लगा कि सूरज ऊर्जा का एक विशाल पिंड है जिसके चारों ओर दूसरे ग्रह परिक्रमा करते हैं, तो उसका दैवीय स्वरूप ख़त्म हो गया। दैवीय महज वो है जिसे इतिहास के उस निश्चित पल में समझाया नहीं जा सकता," कुरकुड़े ने अपनी बात समाप्त की।

"आपकी दुनिया में, विज्ञान के प्रगति करने के साथ ही ईश्वर का अस्तित्व भी ख़त्म हो जाएगा," सैनी ने परिहास किया।

"आप जो कह रहे हैं, वो असत्य नहीं है। दुनिया के प्रति हमारी समझ में हर प्रगति के साथ, हम ऐसा बहुत कम छोड़ते हैं जिसे समझाया नहीं जा सकता। जब ऐसा होता है तो ईश्वर के लिए बहुत कम जगह बचती है," कुरकुड़े ने मुस्कुराते हुए कहा।

"क्या मैं मुद्रा का एक फ़ोटो ले सकता हूं, प्लीज़?" सैनी ने पूछा।

"बिल्कुल, ज़रूर लें," कुरकुड़े ने उदार भाव से कहा।

"मेरे पास कोई फ़ोन नहीं है," सैनी ने आगे कहा, "और प्रिया के पास बहुत साधारण फ़ोन है जिसमें कैमरा नहीं है। क्या आप अपने फ़ोन से फ़ोटो लेकर मुझे इस ईमेल आईडी पर मेल कर सकते हैं? मैं जानता हूं कि वार्ष्णेय पहले ही मुझे फ़ोटोग्राफ़ भेज चुका था लेकिन मैं उसके फ़ोटोज का यहां लिए फ़ोटोज से मिलान करना चाहता हूं।"

सैनी ने जल्दी से कुरकुड़े की मेज़ पर रखे ब्लॉटिंग पेपर पर अपना ईमेल आईडी लिख दिया। कुरकुड़े ने फ़ोटो लेने के लिए

अपने ब्लैकबेरी का इस्तेमाल किया और सैनी को वो ईमेल कर दिया। फिर उन्होंने मुद्रा को वापस लिफाफे में रखा और उसे तिजोरी में सहेज दिया।

"मुझे बताया गया है कि आपकी टीम राजस्थान के एक इलाक़े में प्राचीन परमाणु विस्फोट की संभावना पर शोध कर रहा है। क्या आप ख़ुद ये मानते हैं महाभारत में जिस ब्रह्मास्त्र का जिक्र किया गया है, वो परमाणु बम हो सकता था?" सैनी ने पूछा।

कुरकुड़े हंसे। "सारे ज्ञान का स्रोत यहीं सरस्वती के तट पर ही ढूंढ़ना है, बेटे। तो परमाणु ऊर्जा क्यों नहीं? क्या आप कभी मिस्र गए हैं?" अचानक उन्होंने पूछा।

"जी। बहुत साल पहले यूनिवर्सिटी द्वारा प्रायोजित दौरे पर," सैनी ने जवाब दिया।

"क्या आपने पिरामिड देखे थे?"

"बिल्कुल!"

"ख़ासतौर से, क्या आपने सीढ़ीनुमा पिरामिड देखा था—विशाल चपटे शिखर का जोसर का मस्तबा—बाद में बने पिरामिडों का अग्रदूत?" कुरकुड़े ने पूछा।

"हां, वो चबूतरों की श्रृंखला जैसा है, जिसमें हरेक ऊपर वाला चबूतरा अपने नीचे के आधार से छोटा होता जाता है," सैनी ने उत्तर दिया।

"अगर मैं आपको बताऊं कि जोसर के मस्तबे को बौद्धायन शुल्बसूत्र—जोकि प्राचीन वैदिक ज्यामिति की निर्देशिका है—में बहुत अच्छी तरह वर्णित किया गया है तो आप कैसे प्रतिक्रिया करेंगे?" कुरकुड़े ने पूछा।

"कुछ अविश्वास के साथ," सैनी ने माना। "मैंने बौद्धायन शुल्बसूत्र के अनुवाद पढ़े हैं लेकिन जोसर के मस्तबे का कोई संदर्भ मुझे याद नहीं पड़ता है।"

"ऐसा इसलिए है कि निर्देशिका एक श्मशानचिता की इमारत

का पूरी तफ़्सील के साथ वर्णन करती है। जोसर का मस्तबा जो क़रीब 2700 ई.पू. बना था, अंतिम विवरण तक एक उल्टी बनी वैदिक चिता है," कुरकुड़े ने विजयी भाव से कहा।

"लेकिन ऐसा कैसे हुआ?" सैनी ने पूछा।

"सभी निर्माणों को ज्यामिति की आवश्यकता होती थी और वो वेद ही थे जिन्होंने संसार को ज्यामिति दी," कुरकुड़े ने समझाया। "वर्तमान अंग्रेजी शब्द ज्यॉमेट्री का मूल एक ग्रीक शब्द है जिसे स्वयं संस्कृत शब्द—ज्यामिति—से लिया गया है। संस्कृत में ज्या का मतलब एक चाप या घुमाव होता है और मिति का अर्थ होता है सही बोध या माप। मिस्र की *बुक ऑफ द डैथ* में दी गई प्रार्थना कमोबेश तैत्तिरीय संहिता के समान है जो अंत्येष्टि की चिता पर आह्वानों की व्यवस्था देती है। ये कहती है, "काश हम अपने पितरों की दुनिया में समृद्धि प्राप्त करें।" रहस्यमय, क्या आप ऐसा नहीं कहेंगे? दुनिया ख़ुद को इस विश्वास से भरमाती है कि वो पाइथागोरस था जिसने हमें समकोणीय त्रिभुज के विकर्ण से संबंधित सुविख्यात प्रमेय दिया था लेकिन बौद्धायन शुल्बसूत्र जो पाइथागोरस से पांच सौ साल पहले लिखा गया था, कहता है कि एक विकर्ण रेखा की लंबाई के साथ खींची गई रस्सी एक ऐसा क्षेत्र उत्पन्न करती है जिसे लंबवत और क्षैतिजीय पक्ष मिलकर बनाते हैं। तो पाइथागोरस प्रमेय किसने खोजी थी—पाइथागोरस ने या बौद्धायन ने?"

"आपका मतलब है कि पाइथागोरस ने इसे वेदों से लिया था?" सैनी ने पूछा।

"इसके लिए मेरा कहा न मानें। फ्रांसीसी फिलॉसफ़र वॉल्टेयर ने जोर-शोर से ऐलान किया था, 'पाइथागोरस ज्यामिति सीखने गंगा गए थे।' वास्तव में, हिस्ट्री ऑफ़ मैथमेटिक्स के लेखक अब्राहम साइडेनबर्ग शुल्बसूत्र को सभी प्राचीन गणितों—चाहे वो बेबीलोनिया हो, या मिस्र या ग्रीस—के समान मूल के रूप में देखते हैं। वैदिक ऋषियों ने न केवल पाइथागोरस की प्रमेय को, बल्कि दशमलव प्रणाली, शून्य और अनंत के सिद्धांत को भी धारणाबद्ध किया था।

यहां तक कि बाइनरी प्रणाली—जो अब आधुनिक कंप्यूटरों में इतनी आम है—भी मूल रूप से वैदिक छंदों के माध्यम से विकसित की गई थी!" कुरकुड़े ने ऐलान किया।

"यानी कि जो मुद्राएं वार्ष्णेय ने हमें दी थीं, वो ऐसी किसी चीज़ की ओर संकेत कर सकती हैं जो भारत से बाहर हो? जैसे मेसोपोटामिया, मिस्त्र या सुमेरिया में?"

"ये सुमेरिया क्या है जिसके बारे में आप इतिहासकार बात करते रहते हैं?" कुरकुड़े ने चिढ़कर पूछा। "वेदों में, हम कैलाश पर्वत को मेरु—देवताओं का आवास—कहते हैं। संस्कृत में, अगर कोई किसी वस्तु को पवित्र बताना चाहता है तो उस शब्द के पहले सु प्रत्यय लगा देता है। तो मेरु सुमेरु बन जाता है, और संस्कृत के इस शब्द से ही सुमेरियाई सभ्यता नाम निकला था!"

"यानी आप इस दृष्टिकोण का समर्थन करते हैं कि सुमेरिया की प्राचीन सभ्यता का वैदिक मूल था और उसे वैदिक ज्ञान का प्रयोग करके विकसित किया गया था?" सैनी ने पूछा।

"ओह, बिल्कुल!" कुरकड़े ने पूरे विश्वास के साथ ऐलान किया। "वैदिक लोगों द्वारा पश्चिम की तरफ़, सुमेरिया की ओर बढ़ने ने असुरों और देवों के बीच दरार डाल दी थी!"

"ये तो दिलचस्प है," सैनी ने कहा। "प्रारंभिक वैदिक साहित्य में असुर शब्द दरअसल एक पारिभाषिक शब्द था जो आदर दर्शाता है। इसका अनुवाद होता था सर्वशक्तिमान। बाद में ये उन लोगों के लिए इस्तेमाल किया जाने लगा जो पश्चिम की ओर चले गए थे। हम जानते हैं कि सरस्वती नदी ने 3200 ई.पू. के लगभग सूखना शुरू कर दिया था। नतीजा सरस्वती सभ्यता का विघटन था जो इसके किनारों पर फली-फूली थी। कुछ लोग पूर्व की तरफ़ गंगा की ओर चले गए और कुछ पश्चिम की ओर निकल लिए—सुमेरिया की दिशा में। इसका नतीजा ये हुआ कि पश्चिमी लोगों को असुर कहा जाने लगा और जो वैदिक क्षेत्रों के अंदर ही रह गए थे, उन्हें देव कहा जाने लगा। जलवायु के परिवर्तन ने एक दुश्मनी पनपा दी थी!"

"और इसी से ये स्पष्ट होता है कि बाद के पारसियों ने असुरों—या अहुरों—को अच्छे इंसानों और देवों को दुष्टों के रूप में क्यों देखा था। वैदिक संस्कृति के ठीक उलट," प्रिया ने कहा।

"बिल्कुल सही," सैनी ने उत्तर दिया। "जो लोग टिगरिस-यूफ्रेट्स वादी में पहुंचे थे, वो चंद्र-उपासक बने रहे। यहूदी धर्म के संस्थापक अब्राहम भी उसी प्रदेश से आए थे और उनका परिवार भी चंद्र-भक्त था। हमें ये नहीं भूलना चाहिए कि अब्राहम और ब्रहमा में बस एक अ का फर्क है। अब्राहम की पत्नी सारा थीं और ब्रह्मा की अर्धांगिनी सरस्वती थीं—इतनी ज़्यादा समानताएं हैं कि उन्हें महज इत्तफाक कहकर नहीं टाला जा सकता। उस प्रदेश की उत्तरवर्ती भाषा—अवेस्तन—संस्कृत से काफ़ी मेल खाती थी। क्षेत्र के भावी—पारसी—धर्म की गाथा नाम की धार्मिक किताबें थीं जिनमें ऐसे अनुच्छेद थे जो ऋग्वेद की ऋचाओं से मेल खाते थे।"

कुरकुड़े ने जोर से सिर हिलाते हुए कहा, "मुझे कहीं ये पढ़ना याद है कि यहूदी धर्म में ईश्वर को दिया गया नाम याह्वा ऋग्वेद में अग्नि के विशेषण के रूप में कुल इक्कीस बार देखा गया है, कभी-कभी याह्व, याह्वः, याह्वम् और याह्वस्य के रूप में।"

"तो अगर मुझे वार्ष्णेय की खोज को इसके तर्कसम्मत निष्कर्ष तक ले जाना हो, तो आपके विचार में, मुझे कहां देखना चाहिए?" सैनी ने पूछा।

"अपनी भीतर, मि. सैनी। अपने भीतर," आइंस्टाइनवादी विचारक ने कहा, जब वो उन्हें अपने दफ़्तर से बाहर रिसेप्शन एरिया में ले जा रहे थे जहां सामान्यतया मिस गोंसाल्वेज बैठती थी।

बेशक, मिस गोंसाल्वेज अपनी मेज़ पर बैठी थी, लेकिन उसका सिर पीछे को झुका हुआ था और उसके गले पर एक गहरा घाव था जिससे ख़ून उबलकर उसके कपड़ों और काग़ज़ों को सुर्ख करते हुए मेज़ पर फैल गया था।

35

धृतराष्ट्र ने निर्णय लिया कि वंश-प्रमुख के उत्तराधिकारी के रूप में मेरी बुआ कुंती के सबसे बड़े पुत्र युधिष्ठिर के नाम की घोषणा कर दी जाए। धृतराष्ट्र के निर्णय ने कौरवों में रोष पैदा कर दिया, विशेषकर दुर्योधन में जिसका मानना था कि न्यायपूर्ण अधिकारी वह है। तत्पश्चात दुर्योधन ने पांडवों की हत्या करने का षड्यंत्र रचा। उसने मेरी बुआ और भाइयों के लिए एक सुंदर भवन का निर्माण करवाया, किंतु ज्वलनशील लाख का। जब पांडव भीतर थे तो भवन को आग लगा दी गई। कौरवों ने मान लिया कि उन्होंने अपने प्रतिद्वंद्वियों को समाप्त कर दिया है, किंतु उन्हें पता नहीं था कि एक भूमिगत सुरंग के माध्यम से वे बचकर वन में निकल गए हैं। वन में रहने के दौरान मेरे भाई भीम एक हिंसक मुठभेड़ में हिडिम्ब नामक राक्षस का वध करने में सफल रहे। इस द्वंद्व को हिडम्ब की बहन हिडिम्बी देख रही थी, वह भीम से प्रेम करने लगी। हिडिम्बी मेरी बुआ को मनाने में सफल रही कि वे उसे अपनी पुत्रवधु के रूप में स्वीकार कर लें। भीम और हिडिम्बी का घटोत्कच नाम का एक पुत्र हुआ, किंतु शीघ्र ही पांडवों के आगे बढ़ने का समय आ गया। जब भीम चलने लगे, तो बाल घटोत्कच ने अपने पिता के पास आकर विनम्रता से कहा, "हे पिता, आपको जब भी मेरी सहायता की आवश्यकता पड़ेगी, मैं हमेशा उपलब्ध रहूंगा। बस आप मेरा ध्यान कीजिएगा और मैं आपके पास आ जाऊंगा।" घटोत्कच की आवश्यकता अनेक वर्ष बाद पड़नी थी—कुरुक्षेत्र में।

प्रोफ़ेसर कुरकुड़े ने जैसे ही अपनी सेक्रेटरी की हत्या का दृश्य देखा, उनके मुंह से पीड़ा भरी चीख़ निकल गई। आसपास कोई नहीं था और बाहरी दफ़्तर में केवल एक ही दरवाज़ा था, इसलिए स्पष्ट था कि हमलावर कमरे से चला गया है।

"क्या मैं एंबुलैंस को बुलाऊं?" कुरकुड़े ने पूछा।

"कोई फ़ायदा नहीं। ये गुज़र चुकी हैं," प्रिया ने नब्ज जांचते हुए कहा।

"ऐसा कौन कर सकता है?" कुरकुड़े ने एक ही समय में चकराते और दुखी होते हुए पूछा।

"मेरा मन कहता है कि ये वही आदमी है जिसने वार्ष्णेय और भोजराज को मारा था। वो शायद आपको मारना चाहता था लेकिन फिर उसे पता लगा होगा कि हम पहले से आपके साथ अंदर बैठे हैं। ये बस ग़लत समय चुनने की बात थी," सैनी ने कहा।

"क्या हमें पुलिस को बुलाना चाहिए?" कुरकुड़े ने पूछा।

"अभी तो मुझे फिक्र आपकी अपनी सुरक्षा की है। ये बहुत मुमकिन है कि हत्यारा इस भवन में ही कहीं हो। हम नहीं चाहते कि आप कोई जोखिम लें, प्रोफ़ेसर! ये बंदा बहुत ज़्यादा बुद्धिमान है और लगता है जैसे ये सब जानता है कि हम क्या कर रहे हैं। अगर आपकी टीम में भी इस आदमी का कोई साथी हो तो मुझे हैरानी नहीं होगी। नहीं, मेरी राय है कि आप हमारे साथ चलें। आप हमारे साथ ज़्यादा सुरक्षित रहेंगे," प्रिया ने कहा।

"लेकिन मैं ऐसे ही अपने दफ़्तर, अपने स्टाफ़ और अपने काम को नहीं छोड़ सकता! ये मेरी ज़िंदगी है!" सफ़ेद बालों वाले बुजुर्ग वैज्ञानिक ने कहा।

"हम आपसे इसे हमेशा के लिए छोड़ने को नहीं कह रहे हैं। बस कुछ दिन के लिए। जब तक कि हमें साफ़ तौर से पता न चल जाए कि इन हत्याओं के पीछे कौन है," सैनी ने आग्रह करते हुए कहा।

"अब आप लोग कहां जा रहे हैं?" कुरकुड़े ने पूछा।

"चंडीगढ़। हमें देवेंद्र छेदी से मिलना और उस मुद्रा को देखना होगा जो उनके पास भेजी गई थी। ऐसा करना ही एकमात्र तर्कसम्मत काम है," सैनी ने कहा। प्रोफ़ेसर ने बेचारगी से कंधे झटके। वो जानते थे कि उनके सामने विकल्प बहुत सीमित थे।

"रिसेप्शन ब्लॉक से होकर गुज़रे बिना पार्किंग में जाने का क्या कोई और रास्ता है?" सैनी ने पूछा। "आपको हम दोनों के साथ जल्दबाजी में बिल्डिंग से जाते देखने से आपके स्टाफ़ को शक हो सकता है।"

"मेरे बाहरी दफ़्तर से एक रास्ता हमारे डाटा गोदाम को जाता है। डाटा गोदाम से एक दरवाज़ा बाग़ की पगडंडी पर ख़ुलता है जो घूमकर पार्किंग की ओर जाती है। हम वो रास्ता ले सकते हैं," कुरकुड़े ने राय दी।

"अच्छा है। इस बीच, मेरी राय है कि आप अपनी मेज़ पर वापस जाएं और वो मुद्रा निकाल लें जो आपकी तिजोरी में बंद रखी है। आपके जाने के बाद ये लगभग निश्चित है कि तिजोरी तोड़ दी जाएगी। आपकी दराज़ की बनिस्बत वो आपके साथ ज़्यादा सुरक्षित रहेगी," प्रिया ने कहा, जबकि सैनी बिल्डिंग से निकलने के रास्ते पर विचार कर रहा था।

पंद्रह मिनट बाद वो कार पार्क में थे। जब सैनी, प्रिया और कुरकुड़े कार के पास पहुंचे तो ड्राइवर शांतभाव से अंदर सो रहा था। सैनी ने जल्दी से कार की शीशे उतरी खिड़की में हाथ डाला और उसे हिलाकर जगाया। "कहां चलना है?" ड्राइवर ने उनींदेपन से पूछा।

"एक और लंबे सफ़र के लिए तैयार हो जाओ," सैनी ने कहा। "तुम्हें हमें चंडीगढ़ ले चलना है। जोधपुर से वो कितनी दूर है?"

"सात सौ किलोमीटर से थोड़ा ज़्यादा। अगर क़िस्मत अच्छी हुई तो हम क़रीब बारह घंटे में वहां पहुंच सकते हैं," ड्राइवर ने कहा।

"क्यों न हम जोधपुर से नई दिल्ली की फ़्लाइट ले लें? वहां से हम चंडीगढ़ की फ़्लाइट ले सकते हैं," जब वो कार के बाहर खड़े थे तो कुरकुड़े ने राय दी।

सैनी ने धीमे से कुरकुड़े से कहा, "इस हत्या के बाद राधिका सिंह सोचेंगी कि मैंने आपकी सेक्रेटरी को मार दिया है और आपको अग़वा कर लिया है। सभी रेलवे स्टेशनों और हवाईअड्डों पर पुलिस की निगरानी होगी। नहीं, वहां पहुंचने का सबसे सुरक्षित रास्ता कार से ही है। अब आइए, हमारे पास बहुत समय नहीं है!"

सैनी कार में आगे की सीट पर बैठ गया, पीछे की दोनों पैसेंजर सीटें उसने प्रिया और कुरकुड़े के लिए छोड़ दीं। "चलो," उसने जल्दी से ड्राइवर से कहा।

"जी, सर। मगर रास्ते में हमें टंकी भरवाने के लिए रुकना होगा," तारक वकील ने आराम से कार के इंजन को स्टार्ट करते हुए कहा, घटनाओं के इस तरह मोड़ लेने पर वो मन ही मन मुस्कुरा रहा था।

36

शीघ्र ही मेरे फुफेरे भाइयों ने एक महा-स्वयंवर के आयोजन के बारे में सुना जो पांचाल प्रदेश की राजकुमारी और महाराज द्रुपद—वही द्रुपद जिन्हें द्रोण की दक्षिणास्वरूप पांडव राजकुमारों ने बंदी बनाया था—की पुत्री के विवाह के लिए आयोजित किया जा रहा था। पांडवों ने वेष बदलकर प्रतियोगिता में भाग लिया। प्रतियोगिता में धनुर्धर को एक भारी धनुष को प्रत्यंचा पर चढ़ाकर तेल से भरे एक पात्र में प्रतिबिंब देखते हुए पांच तीर एक साथ एक अकेली धातुई मछली

की आंख में मारने थे जो सिर के ऊपर एक चक्र में घूम रही थी। अनेक राज्यों के राजकुमारों ने इस कार्य को सिद्ध करने का प्रयास किया किंतु सफल रहने वाले एकमात्र अर्जुन थे। दुर्योधन ने कर्ण को भी इसमें भाग लेने भेजा था किंतु जैसे ही वो निशाना लेने के लिए उठा, द्रौपदी ने कहा, "मैं एक रथवान की संतान को मुझसे विवाह करने के लिए अपना भाग्य आजमाने की अनुमति नहीं दे सकती।" अपमानित होकर कर्ण पीछे हट गया, किंतु द्रौपदी के चुभते हुए शब्दों को वह कभी भुला नहीं पाया।

"तुम यक़ीनन सौभाग्यशाली हो कि तुम्हारे माता-पिता विष्णुयश और सुमति हैं, बेटे। जानते हो और किसके माता-पिता का ये नाम है?" माताजी ने पूछा।

"नहीं, माताजी, मैं नहीं जानता," नन्हे सम्पत ने कहा।

"तुमने राम-कृष्ण के बारे में सुना है?"

"रामायण और महाभारत के नायक?" सम्पत ने पूछा।

"हां। दोनों ही विष्णु के अवतार थे। जब भी बुराई का नाश करना होता है तो विष्णु पृथ्वी पर फिर से जन्म लेते हैं। जिस दुनिया में हम रह रहे हैं, वो एक बार फिर बुरी हो गई है, मेरे बेटे। अब समय है कि विष्णु फिर से अवतरित हों। इस बार वो दसवें और अंतिम अवतार के रूप में प्रकट होंगे—जिन्हें कल्कि अवतार के नाम से भी जाना जाता है," उसने समझाया।

"कल्कि अवतार? तो कल्कि अवतार के माता-पिता भी विष्णुयश और सुमति हैं?" सम्पत ने पूछा।

"हां। मैं ख़ुशक़िस्मत हूं कि मेरी तुमसे भेंट हुई है। तुम कल्कि अवतार हो और इस दुनिया से बुराई को ख़त्म करोगे। लेकिन ऐसा करने के लिए, तुम्हें शारीरिक, भावात्मक, मानसिक और बौद्धिक रूप से मज़बूत होना होगा। इस मकसद के लिए मैं तुम्हें तैयार

करूंगी। अब कभी कोई तुमसे पंगे नहीं ले पाएगा," उन्होंने कहा।

"मुझे क्या करना होगा?" सम्पत ने पूछा।

"पहली बात। ये राज कि तुम कल्कि अवतार हो, हमारे बीच ही रहना चाहिए। तुम्हारे माता-पिता को भी पता नहीं लगना चाहिए कि मैंने तुमसे ये कहा है। क्या तुम ये समझ गए?"

"जी, माताजी।"

"दूसरी बात। तुम रोजाना स्कूल आओगे—लेकिन कक्षाएं तीन बजे समाप्त होती हैं, है न? उस समय रोजाना तुम मुझे स्कूल के गेट पर मिलोगे। मैंने एक घर किराए पर लिया है जो कुछ मिनट ही दूर है। रोजाना चार घंटे तुम मेरे साथ रहोगे। मैं तुम्हें संस्कृत, धर्मग्रंथ, वैदिक गणित, मार्शल आर्ट्स और ध्यान सिखाने के लिए समुचित शिक्षकों को लाऊंगी। इस ट्रेनिंग का तुम एक दिन भी नहीं छोड़ सकते हो। क्या तुम इसके लिए तैयार हो?"

"जी, माताजी।"

"तीसरी बात। तुम्हारे स्कूल के काम के साथ कोई ढील नहीं दी जाएगी। तुम्हें अपना होमवर्क करना होगा और मैं चाहती हूं कि तुम अपनी क्लास में टॉप पर रहो। उन चार घंटों में से जो तुम मेरे घर पर बिताओगे, एक घंटा स्कूल के काम के लिए अलग रखा जाएगा। मैं नहीं चाहती कि तुम्हारे माता-पिता या अध्यापकों को कोई संदेह हो। हम सहमत हैं?"

"जी, माताजी।"

"चौथी बात। स्कूल में और घर पर तुम अपने पुराने नाम सम्पत शर्मा से ही जाने जाओगे, लेकिन जब तुम मेरे साथ होगे, तो तुम अपने आध्यात्मिक नाम से जाने जाओगे।"

"वो क्या नाम है, माताजी?"

"तारक वकील वो नाम है जिससे तुम जाने जाओगे। तुम्हारी ज़िंदगी में बाद में मैं तुम्हें इसका महत्व समझाऊंगी। इस चांदी के ब्रेसलेट को पहन लो जिस पर तुम्हारा नाम लिखा है। ये मेरी ओर से

तुम्हारे लिए उपहार है और इंगित करता है कि अब मैं तुम्हारी गुरु हूं। मैं तुम्हें यक़ीन दिलाती हूं कि अंतत: दुनिया तुम्हारे नाम और मौजूदगी से डरेगी, उसका सम्मान करेगी और उससे कांपेगी। क्या हम सहमत हैं, तारक?"

"जी, माताजी," तारक ने माताजी को अपनी कलाई पर चांदी का ब्रेसलेट बांधने देते हुए कहा।

"शाबाश। हमारा पहला पाठ विष्णु के 108 नामों को याद करना होगा।"

"108 नाम क्यों हैं, माताजी?" तारक ने पूछा।

"अच्छा सवाल है। ये प्राचीन वैदिक ज्ञान से जुड़ा है। मेरी जपमाला देखते हो? इसमें कितने मोती हैं?"

तारक ने जल्दी से मोतियों को गिना। "एक सौ आठ," उसने उत्तर दिया।

"108 ही क्यों, तारक? सौ क्यों नहीं? 108 में इतना विशेष क्या है?" माताजी ने उकसाया।

तारक ने कंधे उचका दिए। "मुझे नहीं पता, माताजी।"

"जपमाला सौरमार्ग—आकाश में सूरज और चांद के पथ—का प्रतिनिधित्व करती है। योगियों ने सौरमार्ग को सत्ताईस बराबर खंडों में बांटा है जिन्हें नक्षत्र कहते हैं, और इनमें से हरेक को चार बराबर पदों में, उन एक सौ आठ पदों को चिह्नित करते हुए जो सूरज और चांद आकाश में लेते हैं," माताजी ने समझाया। "लेकिन क्या तुम जानते हो कि एक सौ आठ की संख्या के बारे में और भी ज़्यादा उल्लेखनीय क्या है?"

तारक ने उम्मीद के साथ इंतज़ार किया, और उसे इसका इनाम भी मिला।

"वास्तव में हैरतअंगेज तो ये सच है कि पृथ्वी और सूरज के बीच की दूरी सूरज के व्यास से एक सौ आठ गुणा है। इससे भी ज़्यादा अविश्वसनीय ये सच है कि पृथ्वी और चांद के बीच की दूरी

चांद के व्यास से एक सौ आठ गुणा है। अंत में, क्या तुम जानते हो कि सूरज का व्यास पृथ्वी के व्यास से एक सौ आठ गुणा है? प्राचीन योगी ये जानते थे! इसीलिए एक सौ आठ इतनी पवित्र संख्या है।"

"तो क्या एक सौ आठ संख्या ईश्वर का प्रतिनिधित्व करती है?" तारक ने पूछा।

"हां। क्या तुम एक सौ आठ के प्रत्येक अंक को जोड़कर उनका योग बता सकते हो?"

"ये तो आसान है। जवाब है नौ।"

"नौ बहुत विशिष्ट अंक है, तारक। नौ का अंक पूर्णता का प्रतिनिधित्व करता है। विशेष रूप से चमत्कारिक ये है कि अगर तुम नौ को किसी भी संख्या से गुणा करो तो उन अंकों को जोड़ने पर जवाब हमेशा नौ आएगा। कोशिश करके देखो! 2 गुणा 9 कितने होते हैं?"

"अठारह," तारक ने आत्मविश्वास से जवाब दिया।

"अब 18 के अंकों को जोड़ो और बताओ कितना हुआ?"

"नौ!" तारक ने कहा।

"शाबाश। अब एक और देखते हैं। थोड़ा ज़्यादा मुश्किल। 15 गुणा 9 कितने होते हैं?"

"एक सौ पैंतीस," मन ही मन गुणा करके तारक ने जवाब दिया।

"और 135 में तीन अंक हैं—1, 3 और 5। इन्हें जोड़ो। कितना हुआ?"

"नौ!" तारक चहका, वो इस चमत्कार को काम करते देखकर उत्साहित था।

"इसीलिए नौ ईश्वर का प्रतिनिधित्व करता है। इसीलिए नवरात्रि में नौ रातें होती हैं! इसलिए हम नवग्रह की पूजा करते हैं। ईश्वर को किसी से भी गुणा करो, परिणाम हमेशा ईश्वर रहता है, क्योंकि जो कुछ है वो ईश्वर ही है!"

37

जिस दिन द्रौपदी का स्वयंवर हुआ था, मैं द्रुपद के दरबार में उपस्थित था। उस समय भी मैं उपस्थित था जब अर्जुन ने अपनी मां के पास लौटकर उनसे कहा था कि उन्होंने एक भव्य पुरस्कार जीता है और उन्होंने उनकी सलाह मांगी थी कि वे उसका क्या करे। "यह जो कुछ भी है, उसे तुम्हें अपने भाइयों के साथ समान रूप से बांटना चाहिए," कुंती ने आदेश दिया था। इस तरह, बहु-पति प्रथा के दृष्टांत के रूप में द्रौपदी का विवाह पांचों भाइयों से कर दिया गया। मैंने अनुभव किया कि यही सही समय है कि मैं अपनी बुआ को अपना परिचय दे दूं। मैं कुंती के चरणों में गिर पड़ा और बोला, "मैं आपका भतीजा, कृष्ण, हूं। मैं आपके भाई वासुदेव का पुत्र हूं, और आपके पुत्र मेरे भाई हैं। इनकी और द्रौपदी की रक्षा करना मेरा दायित्व होगा!"

जोधपुर से चंडीगढ़ की सड़क लगभग दक्षिण-उत्तर की ओर थी जो उन्हें झज्जर, रोहतक, पानीपत और अंबाला होते हुए चंडीगढ़ ले जाती। फटाफट टंकी भरवाने के लिए एक पेट्रोल पंप पर रुकने के बाद वो स्टेट हाईवे 22 पर चल पड़े जो अंतत: उन्हें नेशनल हाईवे 71 पर ले आता।

स्टेट हाईवे जहां से शुरू हुआ था, उससे कुछ ही दूरी बाद उन्होंने एक पुलिस चैक पोस्ट पर ट्रैफ़िक को रोकते देखा। सारी गाड़ियों को रोका और जांचा जा रहा था। "कार रोको," सैनी ने धीरे से ड्राइवर से कहा। हालांकि तारक जानता था कि उससे रुकने को क्यों कहा जा रहा है, मगर फिर भी उसने अज्ञानता जताई। "क्यों रुकें, सर? ये चंडीगढ़ का सही रास्ता है," उसने कहा।

"पुलिस चैकपोस्ट से बचने के लिए कोई रास्ता ढूंढ़ो," सैनी ने अनमनेपन से कहा, वो इस सच से अनजान था कि तारक ख़ुद भी पुलिस से बचने के लिए इतना ही इच्छुक था। अबु रोड स्टेशन पर टाटा सफारी का मालिक एक गड्ढे में मरा पड़ा था। तारक ने झटपट मृत टैक्सी ड्राइवर के कपड़े पहने और सैनी को बीस प्रतिशत की रिआयत की पेशकश देकर अपनी नई भूमिका को संभाल लिया।

"जी, सर," तारक ने चुस्ती से कहा और चैकपोस्ट से बचने के लिए एक कैमिस्ट शॉप के पास से तेज़ बायां मोड़ ले लिया।

"जोधपुर की सड़कों का मुझे बहुत पता नहीं है इसलिए उतरकर रास्ता पूछना पड़ेगा," तारक ने सड़क के किनारे कार रोककर बाहर निकलते हुए कहा। उसने कुछ दूर खड़े एक टैक्सी ड्राइवर से कुछ बात की और उनके पास लौट आया। "उसने कहा कि हम पहले मांडावर जाएं। वहां से एक सड़क हमें लक्ष्मणगढ़ होते हुए नेशनल हाईवे पर पहुंचा देगी। इससे हमें पुलिस चैकपोस्ट से बचने में मदद मिलेगी," इग्नीशन घुमाते हुए उसने कहा। सैनी ने हामी भरी जबकि कार में पीछे बैठे प्रिया और कुरकुड़े एकदम ख़ामोश रहे।

दस मिनट के अंदर वो जोधपुर से बाहर और मांडावर के रास्ते पर थे। शहर की गहमागहमी ने जब रेत के टीलों और थार रेगिस्तान के अंतहीन विस्तारों को जगह दी तो तारक ड्राइवर की सीट पर आराम से बैठा और उसने ख़ुद को सहज होने दिया। एक बार फिर से अपने बचपन पर फोकस करने से पहले उसका मन कुछ देर और भटकता रहा।

"तारक, ये पुष्पेंद्रजी हैं। ये तुम्हें शस्त्रविद्या सिखाएंगे," माताजी ने कहा।

"शस्त्रविद्या क्या है?" तारक ने पूछा।

"हमारे भारतीय धर्मग्रंथों—ख़ासकर रामायण और महाभारत—में उन तरीकों के वर्णन हैं जिनसे प्राचीन भारत में युद्ध लड़े जाते थे। इसमें हथियारों के साथ और निहत्थे दोनों तरह से लड़ने की रणनीति शामिल हैं। महाभारत अर्जुन और कर्ण के बीच हुए गहन युद्ध का

विस्तृत वर्णन करती है, जिसमें धनुष, तलवार, पेड़ों, चट्टानों और यहां तक कि मुक्कों तक का प्रयोग किया गया था। रामायण में एक मुठभेड़ दर्शाती है कि किस तरह दो योद्धा घूंसों के साथ ही साथ लातों, सिर की चोटों, उंगली से हमले और घुटनों की मार का भी इस्तेमाल करते हैं। परिणाम था भारतीय युद्ध कला के सोलह मुख्य सिद्धांतों का विकास। बस यही सोलह सिद्धांत हैं जो तुम्हें सीखने हैं। इन्हें सीखने के बाद, तुम शस्त्रविद्या के महारथी हो जाओगे और किसी अप्रशिक्षित के लिए तुमसे लड़ना नामुमकिन हो जाएगा," पुष्पेंद्रजी ने समझाया।

"क्या माताजी भी शस्त्रविद्या जानती हैं?" तारक ने पूछा।

"बिल्कुल। स्कूल में उन्हें भी मैंने ही सिखाया था। क्यों न आप प्रिय तारक को अपनी प्रतिभा दिखाएं, माताजी?" पुष्पेंद्रजी ने कहा।

तारक समझ पाता कि क्या हो रहा है, उससे पहले ही माताजी के बाएं हाथ से एक पतला सा निन्जा शूल उड़ा—इसे बड़ी सावधानी से उनकी आस्तीन में छिपाया गया था। पल भर को ये हवा में लहराया और फिर ठीक तारक के सिर के ऊपर दीवार में घुस गया। "देखा, ट्रेनिंग से क्या हासिल किया जा सकता है, तारक?" माताजी ने मुस्कुराते हुए पूछा। तारक ने गंभीरता से सिर हिलाया।

"ये सिंदूर है। मेरे माथे पर तिलक लगाओ और मेरे पैर छुओ," पुष्पेंद्रजी ने निर्देश दिया। तारक ने वैसा ही किया जैसा कहा गया था। फिर पुष्पेंद्रजी ने कहा, "अब अपना दायां हाथ आगे लाओ।" जब तारक ने ऐसा किया तो पुष्पेंद्रजी ने मौली की एक अंटी लेकर तारक की कलाई में उसे बांध दिया। "अब तुम अधिकृत रूप से मेरे शिष्य हो गए हो। हर रोज एक घंटे हम शस्त्रविद्या का अभ्यास करेंगे। कुछ ही वर्ष में तुम बैल की तरह ताकतवर, बाघ की तरह शक्तिशाली, चीते की तरह तेज़ और लोमड़ी की तरह चालाक हो जाओगे! ॐ नमः शिवाय!"

"गुरुजी, अपनी सारी प्रार्थनाओं में हम 'ॐ' शब्द का इस्तेमाल क्यों करते हैं?" तारक ने मासूमियत से पूछा।

"इसका जवाब मैं देती हूं," माताजी ने कहा। "केवल हम ही 'ॐ' शब्द का इस्तेमाल नहीं करते हैं, तारक। ये हर जगह पाया जाता है। अंग्रेजी भाषा में भी।"

"वाकई? किस रूप में?" तारक ने पूछा।

"ध्यान से सोचो। 'ओम्नीशियंस' शब्द का अर्थ है अनंत ज्ञान। ये ओम या औम की ध्वनि से शुरू होता है। 'ओम्नीपोटेंट' शब्द, जिसका अर्थ है ऐसा व्यक्ति जिसमें अनंत शक्तियां हों, भी ओम से शुरू होता है। 'ओम्नीवोरस' शब्द, जिसका निहितार्थ है सब कुछ को आत्मसात कर लेने की क्षमता, के शुरू में भी ओम है। 'ओमेन' शब्द, जिसका अर्थ है किसी भावी घटना का भविष्यसूचक चिह्न, में भी ओम है। विभिन्न पक्षों के बीच एक भरोसेमंद मध्यस्थ, जिसे कोई फ़ैसला लेने का हक होता है, को 'ओम्बड्समैन' कहते हैं—एक बार फिर इसमें ओम है। ओम दिव्यता और सत्ता की अभिव्यक्ति है और यही कारण है कि ओम ईसाइयों के एमेन और इस्लाम के आमीन में भी मिलता है," माताजी ने समझाया। तारक ने इस जानकारी को आत्मसात किया, ये जानते हुए कि माताजी से उसे जो शिक्षा मिल रही है, वो अमूल्य है।

तारक एक झटके से वर्तमान में वापस आया और उसने अपना ध्यान वापस सड़क पर लगाया। कुछ घंटे बाद, उसने सड़क किनारे के एक रेस्तरां पर कार रोक दी। "हमें अभी बहुत लंबा सफ़र करना है। बेहतर होगा हम कुछ खा लें," उसने बाहर निकलते हुए कहा। सैनी ने उसे पैसे दिए ताकि वो खाना खा ले, जिन्हें तारक ने ड्राइवरों के से अंदाज़ में स्वीकार कर लिया।

सैनी का संकेत पाकर, प्रिया और कुरकुड़े कार में ही बैठे रहे। "अपना खाना मैं यहीं मंगा लूंगा," सैनी ने कहा। "ड्राइवर की ग़ैरमौजूदगी में हमें बातचीत के लिए थोड़ा समय मिलना जरूरी है। हमें बात करनी होगी कि चंडीगढ़ पहुंचने पर हमारी प्लानिंग क्या रहेगी।"

"मेरा ख़्याल है कि हमारी पहली प्राथमिकता देवेंद्र छेदी से

मिलना और ये देखना है कि क्या उन मुद्राओं में से एक उनके पास है," प्रिया ने कहा।

"सच है, लेकिन उसके बाद क्या? अब तो, शायद तीन क़त्लों और एक अपहरण के सिलसिले में राधिका सिंह मुझे तलाश रही होगी। मैं अपनी बेगुनाही कैसे साबित करूं?" सैनी ने सैंडविच खाते हुए कहा जिसे रेस्तरां का वेटर कार की खिड़की से उसे थमा गया था। वेटर तीन कप कॉफी भी लाया था। प्रिया ने काफ़ी ले ली और एक-एक कप कुरकुड़े और सैनी की ओर बढ़ा दिया।

"ये तो सरल सी बात है, बेटे," कुरकुड़े ने कॉफी का घूंट भरते हुए कहा। "तुम लगभग एक घंटे तक मेरे साथ मेरे दफ़्तर में थे। जब हमने मीटिंग शुरू की थी तब मेरी सेक्रेटरी मिस गोंसाल्वेज ज़िंदा थी—वास्तव में, वही तुम्हें मेरे दफ़्तर में लेकर आई थी। इसके बाद उसने दरवाज़ा बंद किया और बाहर अपने वर्कस्टेशन पर बैठ गई। जिस समय तक हमने मीटिंग ख़त्म की, उसका क़त्ल हो चुका था। ये एकदम स्पष्ट है कि तुम या प्रिया उसे नहीं मार सकते। तीसरे क़त्ल के लिए तो मैं तुम्हारा गवाह हूं। मुझे यक़ीन है कि मेरी गवाही तुम्हें राधिका सिंह से बचाने में मदद करेगी," उन्होंने कार का दरवाज़ा खोलते हुए कहा ताकि वो जाकर रैस्ट रूम का इस्तेमाल कर सकें।

38

मैंने कल्पना नहीं की थी कि कंस को मारने का परिणाम एक अन्य शक्तिशाली शत्रु—मगध के राजा जरासंध—को खड़ा करना होगा। जरासंध बहुत क्रोधित था कि मैंने उसके दामाद कंस को मार डाला था और कि मथुरा में राजनीतिक शक्ति मेरे हाथ में थी। उसने मथुरा पर

आक्रमण कर दिया और वृद्ध प्रमुख उग्रसेन ने असहाय भाव से सुझाव दिया कि अपने विरुद्ध विषमताओं को देखते हुए हमें आत्मसमर्पण कर देना चाहिए। बलराम और मैंने निर्णय किया कि हम युद्ध को जरासंध के शिविर में ले जाएंगे और, भले ही हमारे पास बहुत कम बल था, लेकिन हम जरासंध को हराने में सफल रहे। पराजय ने मुझे पाठ पढ़ाने के जरासंध के संकल्प को और भी अधिक दृढ़ कर दिया। उसने सत्रह बार मथुरा पर आक्रमण किया और हर अवसर पर बलराम और मैं उसके बलों को खदेड़ने में समर्थ रहे। मगर अठारहवीं बार भिन्न होनी थी।

कैफेटेरिया के अंदर बैठकर चाय पीते और समोसा खाते हुए तारक ने कुरकुड़े की रिसर्च लैबोरेटरी में हुई घटनाओं को याद किया। उसने सैनी और प्रिया को मिस गोंसाल्वेज के साथ रिसेप्शन ब्लॉक में छोड़ा था। उसने तारक को रास्ता बताया कि पार्किंग में किस तरह पहुंचना है लेकिन उसने इसे नज़रअंदाज़ कर दिया। उसने रिसेप्शन ब्लॉक के ठीक बाहर कार छोड़ दी और जल्दी से अंदर वापस चला गया ताकि मिस गोंसाल्वेज द्वारा पहनी गई ऊंची एड़ियों की खटखट के पीछे जा सके।

सैनी और प्रिया को कुरकुड़े के दफ़्तर में पहुंचाने के बाद वो अपनी कुर्सी पर बैठ गई और उसने अपने डेस्कटॉप कंप्यूटर को ऑन करने के लिए एक की दबा दी। कुछ ही सैकंडों के भीतर उसे अपनी गर्दन पर नश्तर की ठंडी स्टील महसूस हुई लेकिन वो चिल्ला नहीं पाई क्योंकि तारक ने अपने हाथ से उसका मुंह भींच रखा था।

"ध्यान से सुनो," वो उसके कान में फुसफुसाया। "अगर तुमने मेरी बात नहीं मानी तो मैं तुम्हारी गर्दन काट दूंगा। मुझे डाटा वेयरहाउस के रिकॉड्र्स और तुम्हारा पासवर्ड चाहिए। यहां से रिकॉड्र्स में लॉग इन करो ताकि मैं उन्हें एक्सेस कर सकूं। जैसा मैं

कहता हूं, वैसा करोगी तो तुम ये कहानी अपने नाती-पोतों को सुनाने के लिए ज़िंदा रहोगी।"

गर्दन पर चुभ रही धातु की तीखी नोक से डरकर, मिस गोंसाल्वेज ने जल्दी से अपने स्क्रीन पर दिख रहे लॉग इन बॉक्स में अपना यूजर नेम और पासवर्ड डाल दिया। तारक थोड़ा सहज हुआ। ये तो उसकी उम्मीद से भी कहीं ज़्यादा आसान निकला। उसने उसके मुंह पर अपनी पकड़ ज़रा सी ढीली की और वो चीख़ पड़ी। तारक की ख़ुशक़िस्मती से दफ़्तर के मोटे दरवाज़ों ने शोर को कुरकुड़े के दफ़्तर तक जाने से रोक दिया। "तेरा सत्यानाश हो, औरत," वो बड़बड़ाया। "तुमने मुझे अपनी हत्या करने पर मजबूर किया है।" स्वान-मॉर्टन नश्तर की क्षमता को देखते हुए उसकी गर्दन काटना चुस्त और साफ़ काम रहा। उसने इस्तेमाल किए गए नश्तर को एक रूमाल पर रखा, जिसे उसने वापस जेब में रख लिया।

तारक ने जल्दी से अपनी यूएसबी फ़्लैश ड्राइव को डेस्कटॉप में लगाया और वो फ़ाइलें डाउनलोड करने लगा जो वो चाहता था। डाउनलोड पूरा होने तक वो सैकंड गिनता रहा—उसे डर था कि अगर संयोगवश कोई विजिटर कुरकुड़े के दफ़्तर में आ गया तो वो मिस गोंसाल्वेज की लाश के साथ पकड़ा जाएगा। ये भी मुमकिन था कि कुरकुड़े या सैनी किसी भी पल अंदर से बाहर निकल आएं।

उसे ये देखकर राहत मिली कि डाउनलोड पूरा हो गया था और वो अपनी फ़्लैश ड्राइव निकालने और कार की ओर जाने में समर्थ रहा। फ़्लैश ड्राइव उसकी जेब में सुरक्षित थी। उनमें उन सभी स्थलों का रेडिएशन अध्ययन था जिनका कुरकुड़े की टीम ने सर्वेक्षण किया था। कार लेकर वह धीरे-धीरे गेस्ट पार्किंग की ओर चला गया, जैसा कि मिस गोंसाल्वेज ने कहा था। वहां पहुंचकर, उसने फिर से ड्राइवर की भूमिका अख़्तियार कर ली—अपने मालिकों का इंतज़ार करते हुए छोटी सी झपकी ले लेना। वह संतुष्ट था।

अपने समोसे का एक और निवाला लेकर तारक ने कैफेटेरिया में अपने आसपास देखा। उसने कुछ दूरी पर कुरकुड़े को देखा।

स्पष्ट था कि बुज़ुर्ग पेशाब करने जाने के लिए कार से उतरे थे। तारक अपनी कुर्सी से उठा और उसने अपनी निगाह खड़ी हुई कार पर लगा दी। सैनी और प्रिया अभी भी अंदर ही थे और खाते हुए कुछ बातचीत में लगे मालूम देते थे।

उसे लगा जैसे सुनहरा मौका ख़ुद उसके सामने आ खड़ा हुआ हो।

39

ये निर्णय लेने के बाद कि अगर मुझ पर विजय पानी है तो उसे एक भिन्न रणनीति अपनानी होगी, जरासंध ने मेरे ममेरे भाई शिशुपाल से संपर्क किया जो मुझसे घृणा करता था। शिशुपाल ने जरासंध को सुझाव दिया कि वें एक पड़ोसी राजा काल यवन से मित्रता कर लें, जिसे शिव से वरदान मिला हुआ था कि उसे किसी भी अस्त्र से, देवों या असुरों द्वारा नहीं मारा जा सकेगा। शीघ्र ही जरासंध ने एक बार फिर मथुरा पर घेराव डाल दिया, इस बार काल यवन के साथ मिलकर। मैं जानता था कि परिस्थिति गंभीर है, इसलिए मैंने नगर के द्वार से बाहर निकलने का निर्णय लिया—निश्शस्त्र। मैंने काल यवन को शस्त्रहीन द्वंद्व के लिए ललकारा। जैसे ही काल यवन सहमत हुआ, मैंने दौड़ना आरंभ कर दिया। काल यवन मुझे भीरू कहते हुए मेरे पीछे दौड़ा। मगर वह यह नहीं जानता था कि मैं उसे मुचुकुंद की गुफा में ले जा रहा हूं। मुचुकुंद को इंद्र से वरदान प्राप्त था कि अगर कोई उसकी नींद में बाधा डालेगा तो वह भस्म हो जाएगा। मैंने शीघ्रता से अपना उत्तरीय मुचुकुंद को पहना दिया। क्रुद्ध

> *काल यवन दौड़ता हुआ अंदर आया, उसने मेरा उत्तरीय देखा, और यह मानकर कि भूमि पर मैं ही लेटा हुआ हूं, उसने निद्रामग्न आकृति को ठोकर मारी। मुचुकुंद ने अपनी आंखें खोलीं और तुरंत ही काल यवन को भस्म कर दिया।*

सैनी और प्रिया कार के अंदर ही थे, अपने सैंडविच और कॉफी ख़त्म कर रहे थे। खाने के बीच में प्रिया ने यूं ही बहस छेड़ने का सोचा। "क्या कोई सुबूत है कि कृष्ण का वजूद वास्तव में था? क्या ये मुमकिन नहीं है कि कृष्ण एक काल्पनिक कहानी के पात्र मात्र थे, एक महान लेखक की कल्पना की उपज?" उसने पूछा।

सैनी चिढ़ गया। "एक पल के लिए हम महाभारत को भूल जाते हैं। कृष्ण का सबसे पहले संदर्भ छंदोग्योपनिषद में मिलता है। कृष्ण का संदर्भ देने वाले अनुच्छेद में है: *अंगिरसों के घोर ने कृष्ण से कहा, देवकीपुत्र। मेरी तृष्णा शांत हो गई है, उन्होंने कहा। और अपने जीवन के अंत तक वे तीन मुख्य सिद्धांतों का पालन करते रहे: कृष्ण अक्षत हैं! कृष्ण अच्युत हैं! ईश्वर प्राण संहिता—जीवन का प्रवाह और सार—हैं!* प्रिया, तुम ये नजरिया रख सकती हो कि महाभारत महज एक कहानी है, लेकिन उपनिषदों में जोकि उच्चतम आध्यात्मिक परिमाण की कृतियां हैं, कृष्ण का नाम आने को तुम कैसे समझाओगी? कृष्ण का जिक्र तो ऋग्वेद में भी वैदिक ऋचाओं के दृष्टा के रूप में हुआ है। अथर्ववेद में फिर से उनका जिक्र केशि राक्षस के संहारक के रूप में हुआ है। नहीं, अगर कृष्ण नाम के किसी ऐतिहासिक व्यक्तित्व का वजूद नहीं रहा होता, तो उनके लिए इन प्राचीन कृतियों में आ पाना नामुमकिन होता," सैनी ने क्षोभ से कहा।

"लेकिन वेदों के कृष्ण विद्वान हैं, शरारती ग्वाले नहीं," प्रिया ने तर्क दिया। "दोनों पात्रों को मिला पाना लगभग नामुमकिन लगता है। महाभारत युद्ध के कृष्ण लगभग निर्मम हैं, जबकि ग्वाला कृष्ण

मासूमियत और मस्ती का संयोग थे।"

"फिर से, प्रिया, जवाब सरस्वती नदी में ढूंढ़ना होगा। हम जानते हैं कि महाभारत काल तक भी नदी बह रही थी। हमें साफ़-साफ़ बताया गया है कि कृष्ण के भाई बलराम ने युद्ध में भाग लेने से मना कर दिया था और युद्धकाल में नदी के साथ स्थित विभिन्न पवित्र स्थलों की तीर्थयात्रा के लिए निकलने का निर्णय लिया था," सैनी ने कहा। "जब सरस्वती सूख गई, तो इसका परिणाम एक महान नदी सभ्यता का विनाश हुआ। वहां के निवासियों को मजबूरन पानी के नए स्रोतों की ओर जाना पड़ा—या तो पूर्व में गंगा की घाटी की तरफ़, या पश्चिम में सिंधु घाटी या और भी आगे टिगरिस-यूफ्रेट्स घाटी की तरफ़। सरस्वती का सूखना चरागाहों को पूरी तरह से मिटा देता। पूरे के पूरे झुंडों के मिट जाने से मवेशियों की आबादी कम हो जाती।"

"मवेशियों के कम होने का ग्वाले कृष्ण और राजनीतिज्ञ कृष्ण के बीच भेद से क्या संबंध है?" प्रिया ने पूछा।

"सब कुछ!" सैनी ने कहा। "जब पूर्व की ओर जाने वाले गंगा की घाटी में पहुंचे, तो उन्हें अपने मवेशियों की संख्या को फिर से बढ़ाने की ज़रूरत पड़ी। ऐसा करने का सबसे आसान तरीका अपने आदर्श—कृष्ण—को एक ग्वाला बना देना था। उन्होंने कृष्ण को क्या नाम दिया था? गोपाल। ये शब्द गौ यानी गाय और पाल यानी संरक्षक या पालक से बना है। तुम्हें ये जानकर हैरानी होगी कि यही परंपरा पश्चिम में भी अपनाई गई। मिस्रवासी अधिकांश पशुओं की बलि देते थे, लेकिन गाय अपवाद थी। गाय को देवी हैदर के प्रति पवित्र माना गया था। हेसैट—दिव्य गाय—हैदर का पृथ्वीय रूप था!"

"तो मवेशियों की संख्या को संरक्षित करने के लिए कृष्ण को ग्वाले का दर्जा दिया गया था?" प्रिया ने पूछा।

"केवल मवेशियों को ही नहीं, बल्कि जीवन की संपूर्ण कृषि आधारित शैली को," सैनी ने कहा। "कृष्ण नाम कृषि से ही निकला

है। गंगा की तराई में आए नए आप्रवासियों को दूध, घी और मक्खन चाहिए था। वो खाद और ईंधन के लिए गोबर पर भी निर्भर करते थे। कृष्ण को ग्वाला बनाकर उन्होंने ये सुनिश्चित किया कि उनकी जीवनशैली संरक्षित रह सके और उनके घटते मवेशियों की संख्या को फिर से बढ़ाया जा सके। लेकिन गाय ने अंततः समाज के सभी हिस्सों को रूपांतरित कर दिया। आज भी, जब कोई हिंदू पूजा करता है तो ब्राह्मण प्राय: उससे उसका गोत्र पूछते हैं। लेकिन गोत्र शब्द का वास्तविक अर्थ गायों का झुंड होता है! अरे, बौद्ध धर्म के प्रवर्तक गौतम बुद्ध का नाम भी कृष्ण की गायों से जुड़ा था!"

"कैसे?" प्रिया ने पूछा।

"गौतम नाम दो शब्दों गौ और उत्तम से बना है। संयुक्त होकर दोनों शब्दों का अर्थ होता है सबसे उत्तम गाय। गौ शब्द गायों के सफ़ेद रंग को भी व्यक्त करता है, और गौतम अत्यंत उज्ज्वल प्रकाश भी थे," सैनी ने मुस्कुराते हुए कहा। "बौद्धों का सबसे पवित्र स्थल भी बोध गया है। गया गाय के लिए ही एक और शब्द है। गया का जिक्र रामायण में है। महाकाव्य में, सीता और लक्ष्मण के साथ राम अपने पिता दशरथ की आत्मा का तर्पण करने एक स्थान पर जाते हैं जिसका नाम गयापुरी था। ये गयापुरी आधुनिक समय का बोध गया है। तो तुम देख सकती हो कि हिंदू बुद्ध को विष्णु का नवां अवतार क्यों मानते हैं?"

प्रिया चुप रही, वो इस जानकारी को आत्मसात कर रही थी। सैनी एक सांस में कहता रहा, "कृष्ण के अनेक नामों में लगभग सभी गाय के इर्द-गिर्द घूमते हैं—गोपाल, गोधारिण, गोमातेश्वर, गोप, गोवर्धन, गोविंद, गोस्वामी। तुम्हें तब और हैरत होगी जब मैं तुम्हें बताऊंगा कि तुम्हारी पिछली छुट्टियों की जगह का नाम भी कृष्ण की गायों पर ही पड़ा है!"

प्रिया ने आंखें सिकोड़ीं। "मेरी पिछली छुट्टियां? आपका मतलब वो जब मैं अपने पिता के साथ गोआ गई थी?" उसने अविश्वास से पूछा।

सैनी हंसा। "महाभारत में उस क्षेत्र का वर्णन जिसे अब तुम गोआ कहती हो, गोवराष्ट्र यानी ग्वालों का देश के रूप में है। इस गोवराष्ट्र शब्द से ही आधुनिक गोआ नाम निकलता है," उसने बताया, उसकी आंखें चमक रही थीं। "सब चीज़ों का संबंध गाय से है। प्राचीन ग्रीक आदि भूमिदेवी की पूजा करते थे। क्या तुम्हें पता है उसका नाम क्या था? गीया—या जैसे हम कहेंगे, गया!"

"और प्राचीन ग्रीकों की बात चली है तो हमारे प्राचीन परमाणु भौतिकविज्ञानी कहां हैं? उन्हें गए हुए तीस मिनट से ज़्यादा हो गए हैं," सैनी ने हैरानी से कार के डैशबोर्ड की डिजिटल घड़ी को देखते हुए कहा।

40

अठारहवें आक्रमण में कालयवन को हराने के बाद, मैं मथुरा में ही रहना चुन सकता था, लेकिन मानव-जीवन के संदर्भ में ये महंगा सौदा सिद्ध हो रहा था। जब भी जरासंध आक्रमण करता तो सहस्त्रों सैनिक और नागरिक मारे जाते थे। मैंने दैवी शिल्पकार विश्वकर्मा को बुलाया और उनसे कहा कि समुद्र के बीच मेरे लिए एक भव्य नगर का निर्माण करें। उन्होंने मुझे नमन किया और इस कार्य को स्वीकार कर लिया। फिर मैंने समुद्रदेव को बुलाया और उनसे कहा कि मुझे समुद्र में कुछ भूमि दे दें। समुद्रदेव ने समुद्र से कुछ पानी बाहर फेंक दिया और मेरे लिए एक द्वीप का निर्माण कर दिया। यह यादवों के लिए मेरी नई नगरी होती—द्वारकावती नगर। महलों, मंदिरों, उपवनों और झीलों से भरा यह अब तक निर्मित नगरों में सबसे भव्य होता। चारों ओर से जल से घिरे

इस नगर पर आक्रमण करना जरासंध के लिए असंभव होता। मेरी ओर से पीछे हटने के इस एकमात्र दृष्टांत ने मुझे रणछोड़दास का नाम दे दिया।

तारक ने बड़ी सावधानी से बुजुर्ग वैज्ञानिक को पुरुष शौचालय में घुसते देखा। अपना बिल चुकाने के लिए उसने मेज़ पर कुछ पैसे वेटर के लिए छोड़े और चुस्त चाल से शौचालय में चला गया, सैनी की नज़र से बचे रहने का ध्यान रखते हुए। केवल एक आदमी टॉयलेट्स के बाईं ओर बने यूरिनल का इस्तेमाल कर रहा था। दाहिनी ओर पश्चिमी शैली के कमोड वाले क्यूबिकिल्स के दरवाज़ों की एक पूरी पंक्ति थी। तारक वाशबेसिन की ओर गया और हाथ धोने लगा हालांकि उसे इसकी ज़रूरत नहीं थी। वो तो बस यूरिनल का इस्तेमाल करने वाले आदमी के जाने का इंतज़ार कर रहा था।

मिनट भर के इंतज़ार के बाद बाथरूम ख़ाली हुआ और तारक क्यूबिकल्स के दरवाज़ों की पंक्ति की ओर बढ़ा। चार दरवाज़ों में से दो ख़ुले थे और दूसरे दो बंद थे। बंद क्यूबिकल्स के दरवाज़ों के, जोकि जमीन से लगभग एक फ़ुट ऊपर थे, नीचे से देखने के लिए तारक झुका। एक दरवाज़े के नीचे से उसे अंदर एक बाल्टी और झाड़ू रखी दिखी। वो समझ गया कि अंदर शायद सफ़ाईकर्मी काम कर रहा होगा।

दूसरे दरवाज़े के नीचे, उसने एक जोड़ी जूतों के ऊपर उतरी हुई पैंट देखी। स्पष्ट था कि बुजुर्ग वैज्ञानिक फारिग़ हो रहे थे। तारक ने तेज़ी से सोचा। ये उसके लिए एकदम सही मौका था कि उस मुद्रा को हासिल कर ले जो शायद कुरकुड़े के पास थी, और उसे हमेशा के लिए ख़त्म कर दे। उसने अपनी पैंट की जेब में हाथ डाला। रबड़ की मोहर, पेंटब्रश और नश्तर उसके साथ थे।

उसने आसपास देखा। कोई नज़र नहीं आ रहा था। वो क्यूबिकल के दरवाज़े से कुछ क़दम पीछे हटा ताकि उसे गिराते समय गति का लाभ मिल सके। ठीक उसी समय जब वह बंद दरवाज़े को तोड़ने

के लिए ख़ुद को तैयार कर रहा था, उसे जानी-पहचानी आवाज़ सुनाई दी।

"आह, तुम यहां हो। मैं सोच रहा हूं कि अब हम आगे बढ़ सकते हैं?" सैनी ने ख़ुशदिली से कहा।

"जी, सर, बिल्कुल," तारक ने कर्तव्यपरायण ड्राइवर का लहजा और आचरण वापस ओढ़ते हुए कहा।

"कुछ ख़बर है कि प्रोफ़ेसर कुरकुड़े कहां हैं?" सैनी ने पूछा।

"पक्का तो नहीं पता, सर," तारक ने कहा। "हो सकता है उस क्यूबिकल में वो ही हों।"

"देखते हैं," सैनी ने क्यूबिकल के दरवाज़े की ओर बढ़ते और उसे धीमे से खटखटाते हुए कहा। "अंदर आप हैं क्या, प्रोफ़ेसर कुरकुड़े?" उसने पूछा। अंदर बैठे व्यक्ति की ओर से कोई जवाब नहीं आया।

"प्रोफ़ेसर, आप सुन रहे हैं?" सैनी ने पूछा, दरवाज़े पर दृढ़ता से दस्तक देते हुए उसकी आवाज़ थोड़ी तेज़ हो गई थी। मगर उसका सामना और ख़ामोशी से ही हुआ।

"बहुत हुआ, हम इस दरवाज़े को तोड़ रहे हैं," सैनी ने कहा। तारक को बदलते घटनाक्रम पर यक़ीन नहीं हुआ। अंदर मौजूद आदमी को मारने के लिए वो ख़ुद दरवाज़ा तोड़ने ही वाला था कि तभी सैनी बीच में आ गया। अब सैनी ही उस दरवाज़े को तोड़ने की तैयारी में था।

दरवाज़े के पेंचों ने घुटने टेके तो उसके बाद जो तस्वीर सामने आई वो कमोड पर बैठे निढाल पड़े प्रोफ़ेसर की थी, सीट का कवर गिरा हुआ था और उनकी अंडरपैंट अभी भी कमर पर चढ़ी थी। उनकी पैंट जूतों के ऊपर गिरी पड़ी थी और उनके शिथिल शरीर में जीवन का कोई चिह्न नज़र नहीं आ रहा था।

सैनी घबरा गया। उसने बालों से कुरकुड़े के सिर को पकड़ा और उनकी आंखों में झांका। वो किसी लाश की बेजान आंखों जैसी

दिखीं। वह जल्दी से बाहर भागा और प्रिया को अंदर बुलाया। 'पुरुष' लिखे बोर्ड को नज़रअंदाज़ करते हुए वो अंदर भागी आई।

"इनकी नब्ज देखो!" सैनी चिल्लाया। प्रिया नीचे झुकी और गर्दन की नाड़ी देखने के लिए उसने अपनी दो उंगलियां कुरकुड़े के जबड़े के मोड़ पर रखीं। "देख लें कि मैं ये कैसे करती हूं," प्रिया ने कहा। "कुछ पता नहीं कब आपको अकेले ही ऐसा करना पड़ जाए!" जब वो कुरकुड़े की नब्ज देख रही थी तो सैनी ध्यान से देखता रहा। "ये ज़िंदा हैं," कुछ देर बाद उसने कहा।

"तो ये बेजान से क्यों दिख रहे हैं?" सैनी ने पूछा। "क्या इन्हें लकवा या दिल का दौरा पड़ा है? हमें क्या करना चाहिए?"

तारक अंदर आया। उसने प्रोफ़ेसर का मुंह खोला और सूंघा। वो मुस्कुराया। उनकी सांस में ऐसी गंध थी जो आमतौर पर क्लोरल हाइड्रेट को लिवर के स्थान पर फेफड़ों के जरिए लिए जाने पर आती है। "इन्हें नशीली दवा दी गई है," तारक ने उस दवा की प्रद्धति को छिपाते हुए कहा जो दी गई थी। "अगर हम इनकी मदद करके इन्हें बाहर ले चलें और कार तक पहुंचा दें तो ये कुछ ही मिनटों में ठीक हो जाएंगे।"

सैनी ने राहत की सांस ली। वो परेशान था कि वो ख़ुद को उस स्थिति से कभी कैसे निकाल पाएगा जिसमें वो ख़ुद को पा रहा था। उसे तो मानो जीवनरेखा मिल गई थी। "तुम्हें दवाओं के बारे में इतनी जानकारी कैसे है?" सैनी ने हैरानी और थोड़ी सी उत्सुकता से पूछा।

"मेरे पिता घोड़ों के साथ काम करते थे, सर," तारक ने बताया। "उनसे मुझे नशीली दवाओं के बारे में थोड़ा-बहुत पता चला था।"

"ख़ैर, मैं तुम्हारा बहुत शुक्रगुजार हूं," सैनी ने कहा। "तुम नहीं होते, तो मजबूरन मुझे प्रोफ़ेसर के लिए एंबुलैंस बुलानी पड़ती—बेवजह, मैं कहूंगा। चलो, हम इनकी पैंट चढ़ा दें और फिर कार तक ले चलें।"

सैनी का ध्यान नहीं गया कि उसे ख़ुश करने के लिए तत्पर

ड्राइवर ने बड़ी महारत से एक छोटा सा भूरे काग़ज़ का लिफाफा, जो कुरकुड़े की जेब में था, निकाल लिया था और मुद्रा सहित वो लिफाफा अब ड्राइवर के कब्जे में था।

41

सत्यभामा के बाद, मैं रुक्मिणी—विदर्भ के राजा रुक्मी की बहन—से विवाह करने गया। रुक्मी ने रुक्मिणी का विवाह चेदि के शासक और जरासंध के मित्र मेरे ममेरे भाई शिशुपाल से तय किया था। मैंने रुक्मिणी का हरण करके उसके साथ विवाह कर लिया, इस प्रकार शिशुपाल को अपना शत्रु बना लिया। मैंने अनेक राजकुमारियों से विवाह किया—कौशल, माद्र, अवंती और कैकय। ये विवाह मेरी शक्ति को सुदृढ़ करने के लिए किए गए थे। ये अन्य किसी बात की अपेक्षा राजनीतिक संबंध अधिक थे। एक यादव के रूप में, मैं राजा नहीं था और न ही कभी हो सकता था। मथुरा से मेरे पलायन का अर्थ था कि मुझे और अधिक मित्रों की आवश्यकता थी—पांडवों सहित। मेरी बुआ कुंती, जो मुझे देखकर बहुत प्रसन्न थीं, इस बात को लेकर हैरान भी थीं कि मैं किस हेतु से उनसे मिलने पहुंचा था। मैं मुस्कुराया और मैंने उन्हें बताया, "अब आप हस्तिनापुर लौट सकती हैं। यह देखते हुए कि आपकी पुत्रवधु के पिता शक्तिशाली द्रुपद हैं, कौरव आपको हानि पहुंचाने का साहस भी नहीं करेंगे।" मेरे परामर्श पर पांडव हस्तिनापुर लौटे। मैंने धृतराष्ट्र के सहोदर विदुर से बात की। "शांति बनी रहे, यह सुनिश्चित करने का एक ही तरीका है कि

राज्य को आधा-आधा बांट दिया जाए। धृतराष्ट्र को विश्वास दिलाइए कि यह आवश्यक है।" मैंने विदुर को समझाया। विदुर के बुद्धिमानी भरे परामर्श के अनुसार, ख़ुले दरबार में, धृतराष्ट्र ने खांडवप्रस्थ का क्षेत्र पांडवों को दे दिया कि वे वहां अपना राज्य स्थापित करें।

हवाईजहाज़ ने जमीन को छुआ तो राधिका सिंह बेचैन होने लगी। उसके पास ही थका-मांदा और बेतरतीब सा दिखता राठौड़ बैठा हुआ था। राधिका सिंह का दाहिना हाथ अपनी जेब में था, मनके फेरता, जबकि उसका मन हरि नाम का उच्चारण करने में व्यस्त था।

ये अनुमान लगाकर कि सैनी जोधपुर में पुलिस नाकों को चकमा देने में कामयाब रहा है, राधिका और राठौड़ ने सीबीआई के विशेष निदेशक सुनील गर्ग को फ़ोन करने का सोचा। वो स्पष्ट मंज़िल जिसकी ओर सैनी बढ़ रहा था, चंडीगढ़ था, वो शहर जिसमें देवेंद्र छेदी रहता था।

"क्यों न हम अपने आदमियों को रोहतक, पानीपत और अंबाला पर जांच बैरियर लगाने को कह दें? ये वो पॉइंट हैं जिन्हें चंडीगढ़ के रास्ते में उन्हें पार करना ही होगा," राठौड़ ने कहा।

"नहीं। हम जोखिम नहीं ले सकते। उनके साथ प्रोफ़ेसर कुरकुड़े हैं। हम ऐसा कुछ नहीं करेंगे कि वो घबरा जाएं। हमें नहीं पता कि उस स्थिति में जब वो ख़ुद को घिरा हुआ महसूस करेंगे, तो उस बुज़ुर्ग आदमी के साथ क्या कर बैठेंगे," राधिका ने कहा।

"तो क्या हम उन्हें बिना किसी रोकटोक के चंडीगढ़ जाने दें?" राठौड़ ने अविश्वास से पूछा।

"हां," राधिका सिंह ने मुस्कुराते हुए कहा। "लेकिन इस बार हम उनसे पहले उनकी मंज़िल पर पहुंच जाएंगे। हम हवाईजहाज़ से चंडीगढ़ जाएंगे और छेदी से पहले ही मिल लेंगे। जब वो छेदी के दफ़्तर में आएंगे तब हम उनका इंतज़ार कर रहे होंगे।"

"सेक्रेटरी के क़त्ल का दूसरा मामला भी है," राठौड़ ने कहा।

"हां?" राधिका ने पूछा।

"गर्दन पर लगा घाव जिसने उसकी जान ली, एकदम साफ़ और सटीक था। मैंने मेडिकल एग्जामिनर से बात की थी। उसका कहना है कि घाव निश्चय ही किसी नश्तर के इस्तेमाल से किया गया है। मैंने उसे उन दोनों नश्तरों की फ़ोटो भेजी थी जो हमें वार्ष्णेय और भोजराज के क़त्ल की जगहों से मिले थे। जांचकर्ता का कहना है कि वो काफ़ी निश्चितता के साथ कह सकता है कि सेक्रेटरी की गर्दन को ऐसी ही किसी चीज़ से काटा गया था," राठौड़ ने कहा।

"लेकिन सेक्रेटरी को मारा ही क्यों गया?" राधिका ने पूछा। "ये पैटर्न में फिट नहीं बैठता! सबसे पहली बात तो, मौका-ए-वारदात को बिल्कुल तैयार नहीं किया गया था। न नश्तर, न चिह्न, न मंत्र और न ही ख़ून बहता बायां पांव। ये तो हिंसा का अचानक में किया गया काम था, क़त्लों की मूल रूप से योजनाबद्ध श्रृंखला का हिस्सा नहीं था।"

"क्या तुमने कुरकुड़े की लैब के सूचना तकनीक विभाग से बात की?" राधिका ने फिर से सिरा पकड़ा।

"मुझे उनसे क्या पता करना था?" राठौड़ ने पूछा, चूक के लिए किसी भी पल उसे डांट पड़ने की आशंका थी।

"जब सेक्रेटरी को मारा गया, तब उसका कंप्यूटर टर्मिनल उसके सामने था—खुला हुआ। क्या किसी ने टर्मिनल से कोई जानकारी निकाली थी और अगर हां, तो क्या जानकारी निकाली थी?" राधिका ने पूछा।

42

पांडवों ने खांडवप्रस्थ के वन को जलाकर उसे साफ़

किया। अग्निदेव इस बलि से प्रसन्न हुए और उन्होंने मुझे सुदर्शन चक्र नामक एक अस्त्र प्रदान किया। उन्होंने अर्जुन को भी गांडीव नाम का एक शक्तिशाली धनुष भेंट किया था। वन की आग में मय नाम के एकमात्र दैत्य के सिवा कुछ नहीं बचा। मय ने कहा कि उसके प्राण छोड़ दिए जाएं और बदले में पांडवों की राजधानी के रूप में वह एक शानदार नगर बनाएगा। इसे इंद्रप्रस्थ के नाम से जाना गया। शीघ्र ही यह प्रदेश का सबसे अधिक समृद्ध नगर हो गया और युधिष्ठिर ने अपने प्रशासन में धर्म के नियमों को लागू करते हुए इस पर बुद्धिमता से शासन किया। मैंने यह भी सुझाव दिया कि मेरे पांचों भाई अपने वैयक्तिक जीवन के संदर्भ में मूलभूत नियम तय कर लें, विशेषकर द्रौपदी से अपने विवाह के संदर्भ में। प्रत्येक भाई को एक बार में एक वर्ष के लिए द्रौपदी के शयनकक्ष में प्रवेश करने का अधिकार था। यह पांचों के बीच विवाद को रोकने के लिए था। सभी भाइयों को अन्य स्त्रियों से विवाह करने का भी अधिकार था ताकि उन चार वर्षों में वे साहचर्य पा सकें जिनमें द्रौपदी उनके लिए अनुपलब्ध रहती।

प्रोफ़ेसर कुरकुड़े ने अपनी आंखें खोलीं और थोड़ा सा मिचमिचाईं। तीखी धूप उनकी आंखों में चुभ रही थी। कार के दरवाज़ों को खोलकर उन्हें कार की पिछली सीट पर लिटा दिया गया था। "मुझे क्या हुआ था?" उन्होंने सैनी और प्रिया के चेहरों को देखते हुए पूछा। तारक कुछ फ़ुट दूर सम्मानपूर्वक खड़ा हुआ था।

"आपको जहर दिया गया था, सर," सैनी ने कहा। "आपने जो खाया या पिया, उसमें पक्षाघात करने वाली कोई चीज़ मिला दी गई थी। ख़ुशक़िस्मती से, हम सब पास ही थे," सैनी ने बताया।

"जहर? मगर कैसे? मैंने तो बस पानी पिया है—उस कॉफी के

सिवा जो वेटर हमारे लिए लाया था," कुरकुड़े ने कहा। "तुम्हें लगता है कि रेस्तरां के स्टाफ़ में कोई मुझे मारना चाहता था?"

"मुमकिन है कि हमारा कातिल हमारे पीछे आ गया हो। वो कहीं छिपा हो सकता है और उसने आपकी कॉफी में जहर मिला दिया होगा ताकि वो आप पर आसानी से काबू पा सके। ये कहना मुश्किल है, लेकिन ये मेरे इस निर्णय को और बल देता है कि हमें तेज़ी से, जल्दी से जल्दी चंडीगढ़ पहुंचना चाहिए," सैनी ने कहा। "साफ़ ज़ाहिर है कि हमारा सामना एक बहुत ही चालाक इंसान से है—कोई ऐसा जिसकी नजर हमारी हर गतिविधि पर है। मुमकिन है कि कोई ऐसा व्यक्ति हो जो इन मुद्राओं के पीछे छिपे आध्यात्मिक और वैज्ञानिक महत्व को जानता हो।"

तारक, जो सुन सकने लायक दूरी पर खड़ा था, मन ही मन मुस्कुराया। सैनी को ज्ञान की उस सीमा का पता होता जो माताजी के पास है, तो वो भौचक्का रह जाता। "हम लोग चलें, सर?" उसने सम्मानपूर्वक पूछा।

"हां," सैनी ने जवाब दिया। "बशर्ते प्रोफ़ेसर अब सेहतमंद महसूस कर रहे हों।"

"मैं ठीक हूं। चलो," कुरकुड़े ने कहा और तारक ड्राइविंग सीट पर बैठा और इग्नीशन में चाबी घुमा दी। जब सफ़र वापस शुरू हुआ तो तारक के विचार वापस अपनी संरक्षक और गुरु माताजी के तहत हुए प्रशिक्षण के दिनों में चले गए।

"पीढ़ियों से हमारे देश पर विदेशियों का आक्रमण होता रहा है," एक दिन स्कूल के बाद माताजी ने बालक तारक से कहा। "यवनों, हूणों, मंगोलों, अरबों, पुर्तगालियों, फ्रांसीसियों और अंग्रेजों ने भारत की समृद्धि को लूटा है। इन ऐतिहासिक ग़लतियों को सुधारना तुम्हारी ज़िम्मेदारी है।"

"लेकिन कैसे, माताजी? मैं तो बस छोटा सा लड़का हूं," तारक ने कहा।

"लेकिन एक दिन तुम बड़े होओगे। तुम जानते हो कि तुम्हारे

अंदर विष्णु के अंतिम अवतार, कल्कि अवतार की सभी चमत्कारिक शक्तियां हैं। यही वो पल है जिसका मैं इंतज़ार कर रही हूं," उन्होंने कहा।

"लेकिन मेरा मिशन क्या होगा?" तारक ने पूछा।

"दुनिया को ये दिखाना कि सभ्यता का केंद्र यहां भारत में ही था! अविश्वासियों का मार्गदर्शन करना और उन्हें उनके तरीकों की ग़लतियां दिखाना!" माताजी ने कहा। "दुष्ट अंग्रेज भारत आए और उन्होंने आर्यों के आक्रमण का झूठ फैलाया। महत्वपूर्ण रूप से, वेदों, पुराणों या इतिहास में किसी हमले या आप्रवास का कोई रिकॉर्ड नहीं है। बस पश्चिमी छद्म-विद्वान ये सच मानने को तैयार नहीं थे कि हमारे यहां आश्चर्यजनक रूप से उन्नत सभ्यता थी जो विशिष्ट रूप से यूरोप के बाहर स्थित थी, और वह भी उस काल से कहीं पहले जब धर्मगुरु अब्राहम और मोजेज ईश्वर से अपना अनुबंध स्थापित कर रहे थे!"

"लेकिन स्कूल में हमारी इतिहास की टीचर ने बताया है कि आर्यों का हमला हुआ था... 1500 ईसा पूर्व," तारक ने तारीख याद करने के लिए अपना सिर ख़ुजाते हुए कहा।

"वो ईसाई विश्वास पर आधारित था, न कि विज्ञान पर! ईसाइयों का मानना था कि दुनिया को 23 अक्टूबर, 4004 ई.पू. को सुबह नौ बजे रचा गया था। उस तारीख के हिसाब से काम करते हुए उन्होंने अनुमान लगाया कि बाइबिल में आने वाली महाप्रलय—जिसके पूर्वानुमान में नोह ने पृथ्वी के सभी जीवित प्राणियों को बचाने के लिए एक विशाल नाव बनवाई थी—2448 ई.पू. में आई होगी। फिर उन्होंने दावा किया कि आर्यों का हमला लगभग एक हज़ार साल बाद हुआ होगा! अंतहीन सालों की ऐतिहासिक रिसर्च के रूप में हमें जो पहुंचाया गया है, उसका आधार यही है," माताजी भड़क गई थीं।

"यानी पश्चिमी विद्वानों की रुचि गंभीर ऐतिहासिक शोध के स्थान पर ईसाइयत को फैलाने में अधिक थी?" तारक ने पूछा।

"हां," माताजी ने कहा। "जिन पश्चिमी विद्वानों ने हिंदू साहित्य पढ़ा था, वे शुरू में आश्वस्त थे कि कृष्ण की कहानी जीजस क्राइस्ट की ज़िंदगी से ली गई है। 1762 में, इटैलियन विद्वान पी जॉर्जी ने लिखा था कि कृष्ण मसीहा के नाम का भ्रष्ट रूप है! कार्य आश्चर्यजनक रूप से नाम के साथ मेल खाते हैं, मगर उन्हें अत्यंत दुष्ट बहरुपियों ने अपवित्र रूप और चालाकी से भ्रष्ट किया है! एक अन्य विद्वान अल्बेरख्त वेबर ने बड़ी मेहनत से कृष्ण और क्राइस्ट के बीच समानताएं दर्शाई थीं। वेबर ने निष्कर्ष निकाला कि ईश्वर के अवतारों की वैदिक धारणा भी इस विचार से प्रेरित थी कि जीजस क्राइस्ट ईश्वर के पुत्र थे। एक और विद्वान डॉ. एफ लॉरिंसर ने भगवद्गीता का अनुवाद किया था, मगर अपने मौलिक ज्ञान के लिए इसकी सराहना करने के बजाय उसने इसकी तुलना न्यू टेस्टामेंट से की और निष्कर्ष निकाला कि गीता अधिकांशतया बाइबिल से प्रेरित रही है!" माताजी ने कहा।

"यानी हम पर बाइबिल से साहित्यिक चोरी करने का इल्जाम लगाया गया?" तारक ने पूछा।

"हां। मगर ख़ुशक़िस्मती से, कृष्ण की प्राचीनता के पक्ष में एक बड़ा सुयोग इंडिका नाम की एक पुस्तक से मिला—जिसे मैगस्थनीज ने जीजस क्राइस्ट से लगभग तीन सौ साल पहले लिखा था जो मौर्य राज्य में यवन राजदूत था। मैगस्थनीज ने मथुरा को कृष्ण-पूजा का केंद्र बताया था। पश्चिमी विद्वानों को, जो ये दावा कर रहे थे कि कृष्ण महज ईसाई बाइबिल से प्रेरित एक कहानी हैं, मुंह की खानी पड़ी क्योंकि ये सामने आ गया था कि कृष्ण की कहानी जीजस क्राइस्ट से बहुत पहले से अस्तित्व में थी। पहली बार, ये देखने के लिए भारतीय साहित्यिक स्रोतों को फिर से जांचा गया कि क्या वो उन बातों का समर्थन करते हैं जो इंडिका में लिखी गई थीं। पता लगा कि व्याकरणशास्त्री पतंजलि ने ई.पू. दूसरी शताब्दी में कृष्ण द्वारा कंस के वध की बात लिखी थी! ई.पू. चौथी शताब्दी में रचित कौटिल्य के अर्थशास्त्र में अनेक बार कृष्ण का उल्लेख किया

गया है! महानतम संस्कृत व्याकरणशास्त्री पाणिनी ने ई.पू. पांचवी शताब्दी में विष्णु उपासना और भक्ति की बात की थी। इस प्रकार ये दृढ़तापूर्वक स्थापित हो गया था कि कृष्ण—और कृष्ण उपासना—ईसाइयत से कई शताब्दी पहले से अस्तित्व में थी," माताजी ने समझाया। "अपनी ग़लती मानने को मजबूर पश्चिमी विद्वानों ने अब ये सुझाने का नया विचार अपनाया कि प्राचीन भारतीय साहित्य स्थानीय भारतीय लोगों की कृति नहीं था, बल्कि विजेता आर्यों द्वारा केंद्रीय यूरोप से लाया गया था।"

माताजी के स्पष्टीकरण पर समर्थन जताते हुए तारक ने जोर से अपना सिर हिलाया।

"हम मेसोपोटामिया का उल्लेख सभ्यता के केंद्र के रूप में करते रहते हैं। ये बकवास है। वो भारत था! वो तो सरस्वती के सूखने की वजह से हमारे लोगों और हमारी संस्कृति को वहां जाना पड़ा। दुनिया भर में मुसलमानों के लिए सबसे पवित्र स्थल मक्का में काबा है। दुनिया ये भूल जाती है कि इस्लाम के आविर्भाव से पहले काबा मूर्तिपूजकों का मंदिर था। काबा में 360 मूर्तियां थीं, साल के प्रत्येक दिन का प्रतिनिधित्व करते हुए। इन देवताओं में प्रमुख चंद्रदेव हुबल थे—जो उल्लेखनीय रूप से शिव के समान थे। ठीक शिव के ही समान, हुबल को अपने सिर पर चंद्र धारण किए दिखाया जाता था। और शिव के ही समान, जिनके पवित्र आवास से गंगा बहकर हमारे पास आती है, हुबल के पास जमजम का पवित्र जल था," माताजी ने कहा। "मुसलमानों ने काबा से जुड़ी मूर्तिपूजकों की बहुत सी परंपराओं को बरकरार रखा। उन्होंने काबा की सात बार परिक्रमा करना जारी रखा—ठीक उसी तरह जैसे हिंदू अग्नि की करते हैं। हज के दौरान उन्होंने सफ़ेद कपड़े पहनना जारी रखा—जैसे भारत के जैन मुनि साल भर पहनते हैं। उन्होंने तो हुबल के चिह्न को भी बनाए रखा—नवचंद्र और सितारा—और उसे एक इस्लामी चिह्न के रूप में अपना लिया!"

"इससे क्या फर्क पड़ता है, माताजी? ये तो यही दिखाता है कि

हम सब जुड़े हुए हैं, है ना?" तारक ने मासूमियत से पूछा।

"सही, लेकिन मैं तुम्हें जो बता रही हूं, वो ये है कि इस्लाम की कई परंपराएं मूर्तिपूजकों के विश्वासों से पनपी हैं। मुमकिन है कि इन मूर्तिपूजक परंपराओं का वैदिक मूल हो। बहुत बाद में, मुसलमान ये मानने लगे थे कि हुबल की तीन देवियों—अल-लाट, उज़्ज़ा और मानत—ने गुजरात के सोमनाथ मंदिर में शरण ले ली थी। यही सबसे बड़ी वजह थी कि सोमनाथ मंदिर पर मुसलमान हमलावरों द्वारा इतने हमले किए गए!" माताजी ने ग़ुस्से से कहा। "इसीलिए मैं चाहती हूं कि तुम मेहनत से काम करो... ताकि ऐतिहासिक ग़लतियों को सुधार सको।"

"मैं कड़ी मेहनत करूंगा, माताजी। मेरे कामों से आपको मुझ पर गर्व होगा," तारक ने माताजी के उद्‌देश्य के औचित्य के प्रति ख़ुद को आश्वस्त करते हुए कहा। उसने मन ही मन वो सब कुछ करने की प्रतिज्ञा की जो उन्हें प्रसन्न करने के लिए आवश्यक था।

43

यह मुझे अर्जुन की पत्नी सुभद्रा के विषय पर लाता है। मैं जानता था कि मेरी बहन सुभद्रा अर्जुन से प्रेम करती है। मगर मेरे बड़े भाई बलराम ने उसका विवाह दुर्योधन से निश्चित कर दिया था। मैंने अर्जुन को परामर्श दिया कि वे वेष बदलकर द्वारका में प्रवेश करें और, कुछ चालाकी से, मैंने सुभद्रा को उनके साथ भाग जाने की सलाह दी। यद्यपि, उसे प्रोत्साहन दिए जाने की विशेष आवश्यकता नहीं थी। बलराम मुझसे बहुत अप्रसन्न हुए। वे अर्जुन के पीछे जाने को तत्पर थे किंतु मैंने उन्हें आश्वस्त किया कि सुभद्रा अपनी इच्छा से अर्जुन के साथ गई है, तो उन्होंने

अनिच्छापूर्वक स्थिति को स्वीकार किया। अंततः सुभद्रा अर्जुन के पुत्र को जन्म देगी। इतिहास में वह अभिमन्यु के नाम से जाना जाएगा।

इंस्पेक्टर राधिका सिंह और सब-इंस्पेक्टर राठौड़ के आगमन से देवेंद्र छेदी हैरान हो गया था। जेनेटिक मार्करयुक्त अपने प्रिंटआउट्स को देखते हुए उसकी इच्छा थी कि वो उनकी मौजूदगी को नज़रअंदाज़ कर पाता। चैरी के फ़्लेवर वाले तंबाकू से भरे पाइप का कश लेते हुए वो संतुष्टि से मुस्कुराया और फिर उसने ख़ुद को उन पुलिस अफ़सरों का सामना करने के लिए विवश किया जो सवालिया नज़रों से उसे देखते हुए सोच रहे थे कि वो मुस्कुरा क्यों रहा है।

छेदी एससीएनटी—जिसे सोमेटिक सैल न्यूक्लीयर ट्रांसफ़र के नाम से बेहतर जाना जाता है—में दुनिया का अग्रणी विशेषज्ञ था। एससीएनटी में, एक व्यस्क डोनर की कोशिका से आनुवांशिक तत्व को एक ऐसे अंडे में स्थानांतरित करके जिसके केंद्रक को हटा दिया गया हो, रीप्रोडक्टिव क्लोनिंग की जा सकती थी। फिर पुनर्रचित अंडे को, जिसमें डोनर कोशिका का डीएनए है, रसायनों और विद्युत प्रवाह से प्रसंस्कृत किया जाता है ताकि कोशिका विभाजन को प्रेरित किया जा सके। जब क्लोन किया गया भ्रूण एक उचित आयु को पहुंचता है तो उसे किसी मादा के गर्भाशय में अंतरित कर दिया जाता है जहां वो जन्म पाने तक विकसित होता रहता है।

क्लोनिंग को मूल रूप से रोज़लिन इंस्टीट्यूट के स्कॉटिश वैज्ञानिकों ने खोजा था जिन्होंने मशहूर भेड़ डॉली का निर्माण किया था। डॉली ने क्लोनिंग के वैज्ञानिक और नैतिक निहितार्थों के कारण दुनिया भर में उत्साह और फिक्र जगाई थी। इस उपलब्धि ने, जिसे साइंस पत्रिका ने दशक का चिकित्सकीय चमत्कार कहा था, क्लोनिंग पर असहजता उत्पन्न की थी, जो जल्दी ही एक सर्व-समावेशी शब्द बन गया था जिसे शोधकर्ता जीवविज्ञानी सामग्री की प्रतिलिपि बनाने की विभिन्न प्रक्रियाओं का वर्णन करने के लिए इस्तेमाल करते

थे। छेदी ने रोज़लिन इंस्टीट्यूट में बहुत तरक़्क़ी की थी, फिर उसे चंडीगढ़ स्थित इम्म्युनो मॉलीक्युलर लाइफ़ साइंसेज़ लिमिटेड द्वारा अच्छा-ख़ासा शोध अनुदान देने और काफ़ी लंबे-चौड़े बजटों और अत्याधुनिक सुविधाओं के साथ अपने अध्ययन को जारी रखने की पेशकश दी गई।

"जी? मैं आपके लिए क्या कर सकता हूं?" छेदी ने अफ़सरों का अभिवादन करने के लिए हाथ बढ़ाते हुए पूछा। जब वो अपनी कुर्सी से उठा तो उसके लंबे खिचड़ी बाल उसके चेहरे पर बिखर गए। उसके सिलवटदार लैब कोट ने आंशिक रूप से पोल्का डॉट वाली बो-टाई को छिपा लिया था जो एक तरफ़ को खिसकी और पाइप की राख से भरी हुई थी।

"सर, हम आपकी मदद चाहते हैं," राधिका सिंह ने कहना शुरू किया। "आपको वो मुद्रा तो याद होगी जिसे आपके मित्र मि. अनिल वार्ष्णेय ने सुरक्षित रखने के लिए आपके पास भेजा था?"

"इस विषय पर आपसे बात करने का मुझे अधिकार नहीं है," छेदी ने नाटकीयता के साथ ऐलान किया। वार्ष्णेय से उसने गोपनीयता की कसम तो नहीं खाई थी, लेकिन छेदी सत्तासीन लोगों को चिढ़ाने का कोई मौका छोड़ने में असमर्थ था। उसके इसी विद्रोही स्वभाव ने उसे स्कूल के प्रिंसिपल के साथ परेशानी में डाल दिया था जब उसने टॉयलेट में छेड़छाड़ करके उसमें विस्फोट करवा दिया था। वो तो राहत की बात थी कि किशोर छेदी जितनी अच्छी बातें करता था उतना अच्छा विस्फोट-विशेषज्ञ नहीं था और प्रिंसिपल को बस कूल्हों पर कुछेक हल्के जख़्म भर आए थे। छेदी को रस्टीकेट कर दिया गया, उसके पिता को बहुत दुख हुआ जिन्होंने अंततः प्रिंसिपल को अपने जख़्मों से परे सोचने के लिए मना लिया था।

"बिल्कुल सही है," राधिका ने जल्दी से कहा। "हमारे यहां आने की वजह ये है कि मि. वार्ष्णेय का हत्यारा—जिसे आप अपने स्कूल के दिनों से जानते हैं—रवि मोहन सैनी यहां आपसे मिलने आ रहा है। हमें विश्वास है कि उसने न केवल अनिल वार्ष्णेय

को, बल्कि निखिल भोजराज को भी मारा है। इसके अतिरिक्त, वह प्रोफ़ेसर राजाराम कुरकुड़े की सेक्रेटरी की मौत और ख़ुद प्रोफ़ेसर कुरकुड़े के अपहरण में भी सस्पेक्ट है।"

छेदी का जबड़ा लटक गया। सैनी आख़िर क्या करना चाह रहा था? स्कूल में वो एक-दूसरे को जानते थे। सैनी में भी विद्रोही स्वभाव के कुछ अंश थे, मगर छेदी से बहुत कम। अनिल वार्ष्णेय के उत्कृष्ट स्कूली छात्र के व्यवहार से ये एकदम उलट था। अफ़सर सही थे। उसे ध्यान से उनकी बात सुननी चाहिए। ये जान जोखिम में होने का सवाल था। उसने अपना गला साफ़ किया। "आप वास्तव में मुझसे क्या चाहती हैं?" उसने पूछा।

"पेचीदा कुछ भी नहीं, सर। हम यहीं, आपके दफ़्तर में रुकना चाहेंगे जब तक कि वो लोग नहीं आते। इस बीच, मैं आपके सारे कैंपस में सादा कपड़ों में पुलिसवालों को तैनात कर दूंगा। हमारा इरादा है कि जब मि. सैनी आपसे मिलने यहां आएं तो हम उन्हें गिरफ़्तार कर लें। ये हमें प्रोफ़ेसर कुरकुड़े का अता-पता तय करने का भी मौका देगा," राठौड़ ने समझाया।

"एक बात और, सर," राधिका ने बाधा डाली। "मुमकिन है कि सैनी अपने आने की खबर देने के लिए आपको फ़ोन करे। कृपया हमें बता दीजिएगा ताकि हम अच्छी तरह तैयार रहें। आप सहज और उससे मिलने के लिए उत्सुक रहिएगा। ऐसा कुछ मत कहिएगा जिससे उसे अहसास हो सके कि हम यहां हैं।"

छेदी ने सिर हिलाया। "मैंने आपकी बात साफ़-साफ़ समझ ली है, इंस्पेक्टर। जैसा आपने कहा है वैसा ही होगा, लेकिन मुझे भी आपका सहयोग चाहिए," उसने कहा।

"आप हमसे किस तरह का सहयोग चाहते हैं?" राधिका ने पूछा।

"यहां हम जो काम कर रहे हैं, वो महत्वपूर्ण रिसर्च है। हम ये अफ़ोर्ड नहीं कर सकते कि अजनबी लोग हमारे प्राइवेट कार्य क्षेत्रों में अंदर-बाहर घूमते फिरें," छेदी ने कहा। "आपको सुनिश्चित

करना होगा कि आपके आदमी इस संस्थान के नो-एंट्री एरिया से बाहर ही रहें।

44

शीघ्र ही युधिष्ठिर ने राजसूय यज्ञ करने की इच्छा व्यक्त की—यह एक सार्वजनिक राजतिलक होता है जिसमें अन्य राजा उन्हें अपने समकक्ष राजा के रूप में स्वीकार करते हैं और मान्यता प्रदान करते हैं। मैंने सुझाव दिया कि पांडव पहले मगध के शक्तिशाली राजा जरासंध को हराएं। इस प्रकार की विजय किसी भी अन्य राजा के लिए युधिष्ठिर की संप्रभुता पर आपत्ति करने को असंभव बना देगी। मैंने सुझाव दिया कि भीम जरासंध को द्वंद्व के लिए ललकारें। मैंने भीग को जरासंध को मारने का रहस्य बता दिया था। जरासंध को मारने के लिए उसके शव को बीच से दो भागों में चीर देना था। भीम ने मेरे परामर्श के अनुसार किया और जरासंध को दो भागों में चीरने में सफल रहे। इसने युधिष्ठिर के राजतिलक का मार्ग प्रशस्त कर दिया था। इससे मुझे भी अपनी राह के सबसे बड़े कांटे जरासंध से मुक्ति मिल गई थी।

राधिका ने अपने आसपास देखा। लैबोरेटरी की चमकती मेज़ों और उपकरणों, क्रायो-फ्रीजरों, सैंपल के स्टोर सिस्टम्स, इलेक्ट्रॉनिक माइक्रोस्कोप और डीएनए सिंथेसाइजरों की क़तार दर क़तार दूर तक फैली हुई थी। किनारे पर कंप्यूटर सर्वरों के बैंक थे जहां विभिन्न प्लेटफ़ॉर्मों पर किए जा रहे अनेक रिसर्च अध्ययनों के हज़ारों डाटा सैटों को मिलाया जा सकता था और हज़ारों परियोजनाओं, खोजों,

भागीदारों और स्रोतों के डाटा का एक साथ विश्लेषण किया जा सकता था, जिससे जीन खोज की संभाव्यता बढ़ जाती।

"अगर आपको ऐतराज न हो तो मैं जानना चाहती हूं आप असल में यहां क्या करते हैं?" राधिका ने पूछा, छेदी के कथन से उसकी दिलचस्पी बढ़ गई थी।

"अपने अतीत को उघाड़ने के लिए हम आधुनिक वैज्ञानिक तकनीकों का प्रयोग कर रहे हैं," छेदी ने रहस्यमय अंदाज़ में कहा।

"क्या आप थोड़ा कम रहस्यमय हो सकते हैं, सर?" राधिका ने मुस्कुराते हुए पूछा, जबकि वो अपनी जेब में बादाम तलाश रही थी। छेदी हंसा। ये औरत बहुत स्मार्ट थी।

"मेरी सबसे पहली दिलचस्पी प्राचीन डीएनए को रिवाइव करने की हमारी क्षमता में है," छेदी ने राधिका को घूरते हुए कहा जिसने अपने मुंह में एक बादाम डाल लिया था।

"प्राचीन डीएनए? लेकिन क्या ये व्यर्थ नहीं है? फिर से जिलाने के लिए शायद ही कोई प्राचीन डीएनए होगा," राधिका ने तर्क दिया।

"आप ग़लती कर रही हैं, इंस्पेक्टर। स्टैम सैल्स के बारे में प्राचीन सभ्यताएं आज के लोगों से कहीं ज़्यादा जानती थीं। बहुत से हिंदू एक अनुष्ठान से बहुत अच्छी तरह परिचित होंगे जो इसी वजह से बच्चे के जन्म के तुरंत बाद किया जाता है," छेदी ने कहा।

"वाकई? वो क्या अनुष्ठान था?" राधिका ने पूछा।

"प्रसव के बाद दाई नवजात शिशु की गर्भनाल लेती और उसका एक छोटा सा भाग तांबे के एयरटाइट कैप्सूल में रख देती, और इस कैप्सूल को—रक्षा तावीज़ के नाम से—बच्चे के बड़े होने तक उसकी कमर में बांध दिया जाता था," छेदी ने बताया। "शेष गर्भनाल को एक मिट्टी के बरतन में रखा जाता और उसे जमीन में दबा दिया जाता। क्या आपको इस पर हैरानी नहीं होती कि आधुनिक सभ्यता ने अभी हाल ही में पता लगाया है कि क्रायो-फ्रीजिंग द्वारा शिशु की गर्भनाल के स्टैम सैल को संरक्षित करना एक विवेकसम्मत

क़दम है?"

"तो आपका ख़्याल है कि रक्षा तावीज़ महज धार्मिक नहीं बल्कि एक वैज्ञानिक अनुष्ठान था?" राधिका ने पूछा।

"चिकित्सा के बारे में प्राचीन लोग उससे कहीं ज़्यादा जानते थे जितना कि हम मानने के इच्छुक हैं," छेदी ने जवाब दिया। "वैदिक सर्जनों ने प्लास्टिक सर्जरी, मोतियाबिंद निकालने, दांतों की सर्जरी, सीजेरियन सैक्शन और हड्डियों को जमाने के बारे में लिखा है। सर्जरी—जिसे वेदों में शस्त्रकर्म कहा गया है—को सुश्रुत संहिता में निर्देशित किया गया है। सुश्रुत की अग्रणी पुस्तक राइनोप्लास्टी का वर्णन करती है जिसमें एक टूटी नाक को प्लास्टिक सर्जरी के जरिए फिर से बनाया जा सकता है! चरक द्वारा लिखी चरक संहिता शारीरिक विज्ञान, रोग हेतुविज्ञान, भ्रूणविज्ञान, पाचन, चयापचय, रोग प्रतिरोधक क्षमता और यहां तक कि आनुवांशिक विज्ञान की भी चर्चा करती है। उदाहरण के लिए, चरक उन कारकों को जानते थे जो बच्चे का लिंग निर्धारित करते हैं। ये विश्वास करना नामुमकिन क्यों है कि प्राचीन लोग आनुवांशिक क्लोनिंग के बारे में जानते थे? इसके गूढ़ अर्थ को समझें, इंस्पेक्टर," छेदी ने कहा।

"क्लोनिंग? अपने महाकाव्यों में इसका तो कोई जिक्र मुझे याद नहीं आता?" राधिका ने पूछा।

"ध्यान से सोचें। जब भगवान राम रावण से लड़ रहे थे, तो क्या वो दस सिर वाले एक राक्षस से लड़ रहे थे या वो वास्तव में दस लोगों से लड़ रहे थे जिन्हें रावण से आनुवांशिकीय तरीके से क्लोन किया गया था?" छेदी ने पूछा।

राधिका ने धीरे-धीरे इस जानकारी को जज़्ब किया। उसने भगवान राम के साथ युद्ध करते रावण की कल्पना की कि राम बार-बार रावण का सिर काट रहे हैं, लेकिन पाते हैं कि उसकी जगह दूसरा आ जाता है। आनुवंशिक-विज्ञानी पूरी तरह से तो ग़लत नहीं था। बेशक ये मुमकिन हो सकता था कि रावण अपनी क्लोनिंग करने में सफल हो गया हो ताकि किसी भी दुश्मन को केवल एक नहीं,

बल्कि दस रावणों से लड़ना पड़े।

"मेरा अनुमान है कि आप विभिन्न राक्षसों का वध करने की दुर्गा की कहानियों से भी परिचित होंगी?" छेदी ने पूछा।

"कुछ से," राधिका ने संतुष्ट भाव से एक बादाम को चबाते हुए कहा।

"मार्कंडेय पुराण में देवी माहात्म्य के आठवें अध्याय के अनुसार रक्तबीज नाम का एक राक्षस था। रक्तबीज का अर्थ तो आप समझती ही होंगी, है न? रक्तबीज की कहानी ये थी कि जब भी उसका रक्त जमीन पर गिरता था, उसका एक नया प्रतिरूप खड़ा हो जाता था। अंतत: दुर्गा ने उसका वध किया। उसके रक्त को धरती पर गिरने देने से रोककर उन्होंने उसका वध किया। क्या ये एक और उदाहरण नहीं है कि हमारी प्राचीन कथाएं हमें गहन वैज्ञानिक प्रगतियों के बारे में बताती हैं?" छेदी ने पूछा।

राधिका जानकारियों के हमले से चकरा गई थी।

"हमारी पौराणिक कहानियां हमें बताती हैं कि ब्रह्मा ने विष्णु की नाभि से जन्म लिया था। क्या ये महज कल्पना थी या इस सच का संकेत कि वैदिक लोग गर्भनाल में स्टैम सैल्स की मौजूदगी और उसके महत्व को जानते थे?" छेदी ने पूछा।

मौन से प्रेरित होकर छेदी ने पूछा, "हम जानते हैं कि कृष्ण के बड़े भाई बलराम को देवकी के गर्भ से रोहिणी के गर्भ में अंतरित कर दिया गया था। इन विट्रो फर्टिलाइजेशन की जानकारी के बिना ये कैसे मुमकिन हुआ हो सकता है?"

राधिका और ग़ैर शिक्षाविदों को पता नहीं था कि छेदी ने एक पेपर लिखा था जिसमें उसने विष्णुपुराण का संदर्भ दिया था। इसमें ये भी कहा गया था कि ब्रह्मा के रूप में हरि ही सृष्टि का सहायक कारण थे। इसमें कहा गया था कि तत्व अतीन्द्रिय और अदृश्य है लेकिन वो अंतरण, रूपांतरण, संयोजन, पुनर्संयोजन और दृश्यमान पदार्थों में क्रमपरिवर्तन करने की आंतरिक क्षमता से युक्त है। छेदी ने तर्क दिया था कि गर्भनाल के रक्त और अस्थि-मज्जा में बहु-

शक्तियुक्त स्टैम सैल होती हैं, और यही स्टैम सैल्स मानव शरीर की दुनिया में किसी भी सैल से ख़ुद को रूपांतरित करने में सक्षम थीं। जब विष्णु पुराण आकाश की बात करता है—तो ये केवल ब्रह्मांड के बहु-शक्तियुक्त स्टैम पदार्थ का संदर्भ देता है।

45

देश भर से आए अतिथि युधिष्ठिर के राजसूय यज्ञ में सम्मिलित हुए। आमंत्रितों में दुर्योधन और शिशुपाल भी थे। इंद्रप्रस्थ देश का सबसे भव्य नगर बन गया था और कवियों ने इसकी तुलना स्वर्ग से करना आरंभ कर दिया था। दुर्योधन बुरी तरह ईर्ष्यालु हो गया था। मुझे बताया गया है कि जब वह नगर को सराह रहा था, तो उसका पांव रपट गया और वह एक सरोवर में गिर गया था। द्रौपदी ने, जो उसी स्थान पर थी, टिप्पणी की, "अंधे माता-पिता का अंधा पुत्र!" इस व्यंग्योक्ति पर दुर्योधन क्रोध से उबल पड़ा और उसने मन ही मन प्रतिज्ञा की कि वह द्रौपदी को उसी तरह अपमानित करेगा जिस तरह उसने दुर्योधन का अपमान किया है। वस्तुत: यह सच है कि असावधानीपूर्वक की गई टिप्पणियां आप पर ही भारी पड़ती हैं!

"क्या तुमने देखा कि हमने अभी करनाल पार किया है?" सैनी ने आगे की सीट से पूछा।

"हां। दस मिनट पहले। इसमें क्या ख़ास बात है?" प्रिया ने पूछा।

"करनाल और अंबाला के बीच कहीं एक बहुत ही ख़ास जगह

है," सैनी ने कहा। प्रिया ख़ामोश ही रही। सैनी को जवाबों के लिए कुरेद-कुरेदकर वो थक गई थी। उसका मानना था कि वो वैसे ही बहुत जल्दी सब कह डालेगा। और वो सही भी साबित हुई।

"करनाल और अंबाला के बीच आधे रास्ते में कहीं कुरुक्षेत्र की रणभूमि है, जहां पांडवों और कौरवों के बीच महायुद्ध हुआ था," आख़िर सैनी ने कहा। "अगर आप दोनों सहमत हों तो मैं ज्योतिसार पर रुकना चाहूंगा।"

"ज्योतिसार पर क्या है?" कुरकुड़े ने पूछा।

"ये बाद में बताऊंगा। अभी तो हम थानेसर गांव चलते हैं, फिर आप सब समझ जाएंगे," सैनी ने कहा।

तारक ने कुछेक जगह रास्ता पूछा और वो दस मिनट के अंदर कुरुक्षेत्र-पेहोवा मार्ग पर पहुंच गए। थानेसर से बस पांच किलोमीटर पश्चिम में एक विशाल बरगद का पेड़ था जहां सैनी जाना चाहता था। उसे ज्योतिसार कहते थे। पेड़ को एक सादा सी सफ़ेद बाड़ से घेरा हुआ था और इसके पास ही संगमरमर का एक रथ था जिस पर कृष्ण अर्जुन को अपने सुविख्यात उपदेश देते हुए दर्शाए गए थे। एक बोर्ड आगंतुकों को उस स्थान के महत्व की जानकारी देता था।

सैनी कार से उतरा और धीरे-धीरे पेड़ की परिक्रमा करने लगा।

"इस बरगद में इतना क्या उल्लेखनीय है?" कुरकुड़े ने बेसब्री से पूछा।

"डियर प्रोफ़ेसर यह ज्योतिसार वृक्ष है। 'ज्योति' यानी प्रकाश और 'सार' यानी गूढ़ ज्ञान। ये पेड़ प्रकाश का गूढ़ ज्ञान है या अंततः ईश्वर की एक गहन समझ है। ये पेड़ हज़ारों साल पुराना है और उस पवित्र पेड़ की शाखा है जिसके नीचे कृष्ण ने अर्जुन को भगवद्गीता का ज्ञान दिया था। इसने समय की मार को सहा है और अनंत काल से यहां खड़ा रहा है। इसने यहीं कुरुक्षेत्र में युद्ध को लड़े जाते देखा था!" सैनी ने श्रद्धा से वृक्ष के तने को छूते हुए कहा। "अगर पेड़ बोल सकते तो बस ज्योतिसार से बात करके हमें सारे उत्तर मिल गए होते!"

"कुछ साल पहले क्या ऐसी बात नहीं उठी थी कि यहां के किसी निवासी को यहां लड़े गए उस महायुद्ध के सैनिकों की हड्डियां मिली हैं?" कुरकुड़े ने पूछा।

"हां, एक राम प्रसाद बीरबल नाम का आदमी है—इसी इलाके का रहने वाला है—जो दावा करता है कि उसे कुरुक्षेत्र युद्ध काल की हड्डियां मिली हैं। लेकिन सच कहूं तो, उसकी खोज वास्तव में मायने नहीं रखती। कुरुक्षेत्र के अन्य क्षेत्रों में कार्बन डेटिंग के साथ ही अन्य अवशेषों की थर्मो-ल्युमिनेसेंट डेटिंग से जो काल निकला है वो सिंधु घाटी सभ्यता से भी बहुत पुराना है। एक अंग्रेज पुरातत्ववेत्ता युआन मैकी ने तो मिट्टी की शिला तक खोज निकाली है जिस पर कृष्ण को यमल अर्जुन वृक्षों को उखाड़ते दर्शाया है। अंदाज़ा लगाएं कि मिट्टी की वो शिला कहां पाई गई थी? मोहनजोदड़ो में! एक बार फिर: सुबूत कि सिंधु-सरस्वती ही यक़ीनन वो सभ्यता थी जिसने हमें वेद, महाकाव्य, पुराण और उपनिषद प्रदान किए थे।"

"इस संबंध में क्या कभी कोई संदेह उठा?" कुरकुड़े ने पूछा।

"संदेह विदेशी इतिहासकारों ने पैदा किए थे," सैनी ने जवाब दिया, और प्रार्थना करने पेड़ के सामने झुक गया। "सरस्वती सभ्यता के सैकड़ों स्थलों को ग़लत तरीके से एक-दूसरे के साथ जोड़ दिया गया था और उन्हें सिंधु घाटी सभ्यता के रूप में वर्गीकृत कर दिया गया। इसे एक ऐसी सभ्यता के रूप में माना गया जिसके पास बज़ाहिर कोई साहित्य नहीं था। दूसरी ओर, वेदों को, जो शायद दुनिया में कहीं भी प्राचीन साहित्य का सबसे बड़ा भंडार हैं, बिना किसी आधारभूत सभ्यता के उत्कृष्ट लेखन के तौर पर देखा जाता था। दोनों को जोड़ने की सामान्य-बुद्धि की नीति आर्यों के हमले के सिद्धांत के विपरीत थी। ये इस सच के बावजूद था कि वेदों ने बार-बार अपने ऋषियों द्वारा सरस्वती के तटों पर पवित्र अनुष्ठान किए जाने का संदर्भ दिया है। प्राचीन सरस्वती के सूखे हुए तल की खोज वेदों को हड़प्पा सभ्यता से जोड़ने का सबसे शक्तिशाली साक्ष्य है। वेदों में बताया गया पवित्र चिह्न स्वास्तिक सिंधु घाटी स्थलों में

बेशुमार जगहों पर पाया गया है। पुरातत्ववेत्ताओं ने वेदियां, समाधि में लीन लोगों की मूर्तियां, और पवित्र जलकुंड भी खोजे हैं—ये सब इस तथ्य की ओर संकेत करते हैं कि जिन्होंने ये भव्य शहर बनाए थे, वे वही लोग थे जिन्होंने वेद लिखे थे।"

"क्या ये भी एक दृष्टिकोण नहीं था कि वेद शायद सिंधु घाटी के पतन के बाद लिखे गए थे?" प्रिया ने श्रद्धा से पेड़ के तने को मस्तक से छूते हुए पूछा।

"उस सिद्धांत को सरस्वती के प्राचीन मार्ग की खोज ने नकार दिया है," सैनी ने प्रतिवाद किया। "ऋग्वेद विशेष रूप से सरस्वती को क्षेत्र की सबसे बड़ी नदी कहता है, पर्वतों से लेकर समुद्र तक के अपने मार्ग में पवित्र! इसका अर्थ है कि जब वेद लिखे गए थे तब नदी अपने पूरे प्रवाह में थी।"

"क्या सरस्वती ने महाभारत काल के दौरान भी बहना जारी रखा था?" कुरकुड़े ने पूछा।

"महाभारत में सरस्वती को एक ऐसी नदी बताया गया है जो अब शक्तिशाली नहीं रही थी—जिसने राजस्थान और हरियाणा में एकाकी झीलों के रूप में सूखना शुरू कर दिया था," सैनी ने कहा। "केवल प्राचीन वैदिक साहित्य को पढ़कर ही सरस्वती नदी के चरणों की कल्पना की जा सकती है। जब हिमयुग समाप्त हुआ, तो हिमालय के विशाल ग्लेशियर पिघलने लगे और इस पिघलने की प्रक्रिया ने सरस्वती को ज़बरदस्त शक्तिशाली बना दिया था। ग्लेशियरों के पिघलने तक ये अपने पूरे प्रवाह में रही। लेकिन सरस्वती का अंत द्वारका के अंत से भी मेल खाता है, क्योंकि बढ़ते समुद्री स्तर ने नगर को डुबो दिया होगा!"

सैनी खड़ा होकर कार की ओर बढ़ने ही वाला था कि तभी उसने कुरकुड़े को बदहवास सा पाया। बुजुर्ग घबराए हुए से अपनी जेबें तलाश रहे थे। "क्या बात है, प्रोफ़ेसर?" सैनी ने पूछा।

"मुद्रा!" वो चीख़े। "मिल ही नहीं रही है! किसी ने उसे चुरा लिया है!"

46

राजसूय आयोजन के दौरान, ब्राह्मणों ने युधिष्ठिर से एक विशिष्ट अतिथि को चुनने के लिए कहा। युधिष्ठिर ने मुझे चुना क्योंकि पांडव अपनी प्रगति का श्रेय मेरे मार्गदर्शन को देते थे। शिशुपाल ये देखना सहन न कर सका कि जिसने उससे रुक्मिणी को छीना था, उसे इतना महत्व दिया जा रहा है, और उसने खुले दरबार में मुझे अपमानित करना आरंभ कर दिया। ये देखते हुए कि शिशुपाल मेरा ममेरा भाई है, मैंने उसकी मां को वरदान दिया था कि मैं उसके सौ अपमानों को क्षमा कर दूंगा, किंतु उसके बाद एक भी और नहीं। जब वह सौवीं बार मेरा अपमान कर चुका तो मैंने उसे चेतावनी दी किंतु वह शांत नहीं हुआ। जैसे ही शिशुपाल ने एक सौ एकवीं बार मेरा अपमान किया, मैंने अपना सुदर्शन चक्र छोड़ा और शिशुपाल का सिर काट दिया। कुछ राजा भड़क गए और शिशुपाल की मृत्यु का बदला लेने के लिए उन्होंने द्वारका पर हमला कर दिया। अतएव द्वारका की रक्षा करने के लिए मुझे शीघ्रता में इंद्रप्रस्थ से जाना पड़ा।

जबसे प्रोफ़ेसर को पता चला कि मुद्रा ग़ायब है, कार के अंदर उदासी का माहौल बन गया था। तारक ने मदद करते हुए राय दी कि वो उस रेस्तरां वापस चलने के बारे में सोच सकते हैं जहां प्रोफ़ेसर को जहर दिया गया था। आख़िरकार, ये मुमकिन था कि ग़ायब वस्तु शौचालय में या तब गिर गई हो जब वो प्रोफसर को कार तक लेकर आ रहे थे। सैनी जानता था कि ये ऐसा विकल्प नहीं है जिस पर विचार किया जा सकता था। पुलिस के उनके पीछे लगे होने की संभावना ने बाकी सभी बातों को पीछे छोड़ दिया था।

सैनी ख़ुद भी अवसाद में था। पहली मुद्रा—जिसे वार्ष्णेय ने उसे दिया था—को उसके घर से पुलिस ले गई थी। दूसरी मुद्रा को, जिसे वार्ष्णेय ने डॉ. निखिल भोजराज को भेजने की योजना बनाई थी, ये देखते हुए बज़ाहिर हत्यारा ले गया होगा कि वो न तो वार्ष्णेय के घर मिली और न ही भोजराज के जहाज़ पर। तीसरी मुद्रा—जो कुरकुड़े के पास थी—अब ग़ायब थी। अगर वो देवेंद्र छेदी से मिल भी लेते और उस मुद्रा को देख लेते जिसे वार्ष्णेय ने उसके पास भेजा होगा, तो भी अन्य तीन की ग़ैरमौजूदगी में उसका कोई ख़ास फ़ायदा नहीं होना था।

"हमें बुरी हालत का ज़्यादा से ज़्यादा फ़ायदा उठाना होगा," थोड़ी देर आराम करने के लिए रुकने पर, जब तारक वहां नहीं था, तो सैनी ने बाकी दोनों से कहा। "हमारे पास ग़ायब मुद्राओं के फ़ोटो हैं। बदक़िस्मती से फ़ोटो हमें बस वही बता सकते हैं जो मुद्राओं के ऊपर बना है, लेकिन उनके पीछे क्या है ये नहीं बता सकते। जो भी हो, उस असली मुद्रा के साथ जो छेदी के पास है, हम फ़ोटोग्राफिक सुबूतों का बेहतरीन इस्तेमाल कर सकते हैं।"

"आप ये मानकर चल रहे हैं कि छेदी हमारे साथ सहयोग करेंगे," प्रिया ने कहा। "हमें सावधान रहना होगा। मुमकिन है कि पुलिस पहले ही उनसे कह चुकी हो कि हमें उसके हवाले कर दें।"

"तुम छेदी को नहीं जानतीं, प्रिया। वो आदमी किसी भी क़िस्म के प्रशासन से नफरत करता है। स्कूल के टीचर, कॉरपोरेट बॉस, सरकारी बाबू, नेता और पुलिसवाले आमतौर पर उसे चिढ़ा देते हैं," सैनी ने जवाब दिया। "मुझे नहीं लगता कि वो हमें पुलिस के हवाले करेगा। वास्तव में, स्कूल में हम बहुत अच्छे दोस्त थे। वो ये कभी नहीं समझ पाया कि उसके बजाय वार्ष्णेय से मेरी सबसे अच्छी दोस्ती क्यों थी!"

"सर, हम चंडीगढ़ की सीमा पर हैं। मुझे लगता है कि आप सही पता पूछ लें तो अच्छा रहेगा जिससे मैं रास्ता पूछ पाऊंगा," आराम करने के बाद लौटने पर तारक ने सैनी से कहा। सैनी ने

हामी भरी, कुरकुड़े की ओर मुड़ा और बोला, "क्या आप अपने ब्लैकबेरी पर देवेंद्र छेदी को गूगल पर ढूंढ़ सकेंगे? मुझे याद है कि वो एक कंपनी में काम कर रहा था—उसका नाम... क्या था? कुछ इम्युनो..."

"इम्युनो मॉलीक्यूलर लाइफ़ साइंसेज़ लिमिटेड," कुरकुड़े ने जवाब दिया। "मुझे मिल गया। क्या मैं फ़ोन करूं?"

कुरकुड़े ने नंबर मिलाया और सैनी को फ़ोन पकड़ा दिया। फ़ोन कंपनी के स्विचबोर्ड पर किया गया था, जिसने उसे छेदी की सेक्रेटरी से जोड़ दिया। "मैं क्या बताऊं कि किसका फ़ोन हैं?"

"कृपया कहें कि रवि मोहन सैनी का फ़ोन है और मैं उनसे अर्जेंट मिलना चाहता हूं," सैनी ने कहा।

"कृपया एक मिनट होल्ड करें, सर, मैं आपका फ़ोन ट्रांसफ़र कर रही हूं," सेक्रेटरी ने कहा, और सैनी को कुछ देर और संगीत सुनना पड़ा। छेदी मिनट भर में लाइन पर आ गया। "रोजर, बदमाश कहीं के, कैसा है तू?" उसने मज़ाकिया अंदाज़ में, सैनी को उसके स्कूल के निकनेम से बुलाते हुए कहा। सैनी ने राहत की सांस ली। उसके बर्ताव में कोई मुखालिफत या दूरी मालूम नहीं हुई।

"मुझे तुझे कुछ कहानियां सुनानी हैं, डंपी, लेकिन फ़ोन पर नहीं सुना सकता। क्या मैं वहां आ सकता हूं? मैं तेरे बहुत पास पहुंच चुका हूं," सैनी ने भी दोस्ताना और अनौपचारिक लहजा रखते हुए कहा।

"ज़रूर। अब से आधे घंटे में कैसा रहेगा? मैं चंडीगढ़ कॉरपोरेट प्लाजा में छठी मंज़िल पर हूं," छेदी ने कहा।

"ठीक है। सुन, क्या हमारे दोस्त वार्ष्णेय ने तेरे पास कोई कलाकृति भेजी थी सुरक्षित रखने को? भेजी थी? अच्छा है," सैनी ने कहा।

"क्या तुझे चंडीगढ़ कॉरपोरेट प्लाजा का रास्ता बताऊं?" छेदी ने पूछा, वो मेज़ पर रखे स्पीकरफ़ोन से बात कर रहा था जबकि

राधिका सिंह और राठौड़ उसके सामने बैठे थे और दोनों आदमियों के बीच हो रही सारी बातें सुन रहे थे। बातचीत ख़त्म हुई तो राधिका सिंह ने राठौड़ को इशारा किया जिसने अपना फ़ोन उठाया और अपने आदमियों को तैनात करने लगा।

कार में बैठे सैनी ने अपने हाथ में पकड़े नोटपैड को देखा। मुद्राओं की स्थिति और जिनके पास वो थीं, इसके बारे में ख़ुद को याद दिलाने के लिए उसने कुछ वाक्य लिखे थे:

वार्ष्णेय: चारों मुद्राएं थीं—उन्हें अपने चार दोस्तों को भेजने वाला था—तीन भेज दी गईं लेकिन भोजराज की उसके पास नहीं पहुंची। वार्ष्णेय मारा गया, माथे पर चक्र के चिह्न की छाप थी।

भोजराज: उसे एक मुद्रा मिलनी थी, लेकिन नहीं मिली। फिर भी मारा गया, माथे पर कमल के चिह्न की छाप थी।

कुरकुड़े: एक मुद्रा मिली लेकिन कार यात्रा के दौरान खो गई या चुरा ली गई।

सैनी: एक मुद्रा ख़ुद वार्ष्णेय से मिली थी मगर जब उसके घर की तलाशी ली गई तो उसे पुलिस ले गई।

छेदी: एक मुद्रा मिली और उसका दावा है कि वो अभी भी उसके पास है।

सैनी ने एक बार फिर इन बिंदुओं को देखा। फिर उसके चेहरे से जैसे सारा रंग निचुड़ गया। उसने एक बार फिर अपने द्वारा लिखे नामों को देखा मानो सुनिश्चित करना चाह रहा हो कि उसका दिमाग़ उसे भरमा तो नहीं रहा है। ऐसा नहीं था।

वार्ष्णेय—भोजराज—कुरकुड़े—सैनी—छेदी।

कृष्ण यादव थे, लेकिन यादवों के अठारह विभिन्न कुल थे, उनमें से कुछ पांडवों की ओर से लड़े थे तो अन्य कौरवों की ओर से। कुछ कुल जिन्होंने द्वारका की भव्य नगरी बनाने में कृष्ण की सहायता की थी, वो थे वृष्णि, भोज, कुकुर, शैन्य और चेदि। कांपते हाथों से नोट्स बनाते हुए सैनी मन ही मन उन समानताओं से जूझ

रहा था:

वार्ष्णेय—वृष्णि

भोजराज—भोज

कुरकुड़े—कुकुर

सैनी—शैन्य

छेदी—चेदि

47

दुर्योधन, जो ईर्ष्या से सुलग रहा था, हस्तिनापुर लौटा और उसने तय किया कि बदला लेने का समय आ गया है। अपने मामा शकुनि के परामर्श पर उसने युधिष्ठिर को—जिन्हें द्यूत का व्यसन था—पासे खेलने के लिए आमंत्रित किया। युधिष्ठिर नहीं जानते थे कि पासे मायावी हैं और शकुनि उन्हें जिस ओर चाहे, फेंक सकता है। खेल आरंभ हुआ और ऐसा प्रतीत हुआ मानो भाग्य उनके पक्ष में नहीं है, युधिष्ठिर के भाइयों ने याचना की कि आगे न खेलें, किंतु उन्होंने इंकार कर दिया, उन्हें विश्वास था कि भावी दांवों में वे सब कुछ वापस जीत लेंगे। काश परिस्थितियों को संभालने के लिए मैं वहां होता। दुर्भाग्य से, युधिष्ठिर सब कुछ हार गए—पहले अपने रथ, फिर अपने राजकोष के रत्न, फिर अपने महल की दासियां, अपने हाथी, अपने घोड़े, अपने मवेशी, अपना राज्य, अपने भाई, स्वयं को और अंततः अपनी पत्नी द्रौपदी तक को।

प्रिया ने सैनी के चेहरे पर घबराहट के भाव देख लिए थे। "क्या बात

है? मुझे बताइए," उसने गुजारिश की। उन्होंने एक बार फिर तारक को गाड़ी रोकने को कहा और कुरकुड़े को लेकर बाहर निकल गए, ताकि तारक के सुनने की सीमा से बाहर जा सकें।

"कृष्ण यदु के वंशज थे। सर्व-समावेशी शब्द 'यादव' यदु के वंशजों के लिए इस्तेमाल किया जाता है," सैनी ने कहना शुरू किया। "किंतु यादव वंश अनेक—अठारह—कुलों से मिलकर बना था। प्राचीन भारतीय साहित्य में बताए गए यादव कुलों में हैं: हैहय, चेदि, विदर्भ, सतवत, अंधक, कुकुर, भोज, वृष्णि, शैन्य, दशरह, मधु और अर्बुद। अब, जब मैं उन पांचों लोगों के नाम देख रहा हूं जिनके पास वो मुद्राएं हैं, तो मुझे ये भयावह लगता है कि इन पांचों उपनामों का प्राचीन यादव कुल से संबंध है!"

"प्राचीन यादव कुल से संबंध? वो कैसे?" प्रिया ने पूछा।

"कृष्ण के दादा शूरसेन थे और उनके कुल के कुछ लोग शैन्य कहलाए। अनेक पीढ़ियों में शैन्य अंतत: पंजाब में बस गए और सैनी कहलाने लगे। ये मेरा उपनाम है!" सैनी ने कहा।

"ठीक है, लेकिन बाकी लोग? वो कैसे जुड़ते हैं?" प्रिया ने पूछा।

"एक और कुल सतवत—यदु के ही एक वंशज—के पुत्र ने स्थापित किया था," सैनी ने कहा। "उसका नाम वृष्णि था और उसका कुल इसी नाम से जाना जाने लगा। पहले वो लोग उत्तर प्रदेश के बरसाना क्षेत्र में बसे थे और जब भारत के अन्य हिस्सों में उन्हें आप्रवास किया तो वे विभिन्न पारिवारिक नामों से जाने जाने लगे जैसे कि वार्ष्णेइ, वार्ष्णइ, वार्ष्णया, वर्षणे, वर्षणी, वृष्णि, व्रुष्णी—या, मेरे स्वर्गीय दोस्त अनिल की तरह—वार्ष्णेय।"

"हम्म। और निखिल भोजराज? ये नाम तो उत्तर भारतीय से ज़्यादा द्रविड़ियन लगता है," प्रिया ने कहा।

"'भोज' शब्द का शाब्दिक अर्थ है 'प्रचुर'। इस कुल का नाम महाभोज के वंशजों का प्रतीत होता है," सैनी ने जवाब दिया। "भोज कुल के लोगों ने भोजपुर में—भोपाल के निकट—भोजेश्वर मंदिर

बनवाया। समय के साथ, जिन क्षेत्रों में वो बसे उनके अनुसार उन्होंने विभिन्न पारिवारिक नाम अपनाए—जिनमें भोज, भोजवानी और भोजराज शामिल हैं। उत्तरी भारत की एक बोली—जो अब भारतीय सिनेमा के एक कुछ घटिया रूप के लिए मशहूर है—भोजपुरी के नाम से जानी जाती है। भोज के कुल से ही डॉ. निखिल भोजराज का उपनाम निकला है।"

"और मेरा उपनाम?" प्रोफ़ेसर कुरकुड़े ने उत्सुकता से पूछा। "मैं किस तरह से कृष्ण की यादव वंशावली से जुड़ा हुआ हूं?"

"कौटिल्य का अर्थशास्त्र कुकुरों को यादव कुल का बताता है। भागवतपुराण कहता है कि द्वारका के पास के क्षेत्र पर कुकुरों का अधिकार था और कंस के पिता—उग्रसेन—इसी समूह के थे। बहुत से उपनाम—आपके समेत—जैसे कि कुकुर, कुरकुड़े और कुरकुरे कुल के मूल नाम से ही निकले हैं," सैनी ने जवाब दिया।

"क्या देवेंद्र छेदी भी यादव वंशावली में शामिल है?" प्रिया ने पूछा।

"बिल्कुल," सैनी ने कहा। "चेदि यक़ीनन एक यादव कुल था। वो विदर्भ—यदु के वंशज—के पोते चिदि के वंशज थे। अंततः उन्होंने अपना राज्य उस क्षेत्र में बनाया जो आधुनिक समय में छत्तीसगढ़ है और उनके वंशज उसी नाम से जाने जाते रहे—छेदी। इसे भयावह पाने के लिए क्या आप मुझे इल्जाम देंगे?"

"आपको क्या वजह लगती है कि आप पांच लोगों को ही चुना गया?" प्रिया ने पूछा।

"साफ़ है कि वार्ष्णेय कुछ ऐसा जानता था जो मैं नहीं जानता हूं," सैनी ने कहा। "उसने ख़ासतौर से चार और लोगों को चुना जो, उसकी तरह ही, यादव वंशज थे। वार्ष्णेय ऐसा नहीं था कि बिना किसी ख़ास वजह के कुछ करे।"

"क्यों न आप इस बारे में छेदी से चर्चा करें? उनका कोई वैकल्पिक नजरिया हो सकता है। आनुवांशिक-विज्ञानी भी वंशावली के मुद्दों को लेकर समान रूप से उत्साही रहते हैं," कुरकुड़े ने

कहा।

"आप सही कहते हैं, प्रोफ़ेसर। छेदी के सोचने के लिए ये एकदम सही मुद्दा है," सैनी ने कहा और वो उस अमंगलकारी दिन के बारे में सोचने लगा जब वो कालीबंगा गया था और वार्ष्णेय ने उसे बताया था:

"तुम केवल मेरे सबसे अच्छे दोस्त ही नहीं हो, रवि, तुम एक तरह से मेरे भाई हो। एक दिन, तुम जान जाओगे कि ये बात जज़्बात की रौ में आकर नहीं कही गई थी बल्कि तर्क पर आधारित थी। मैं तुम्हारी आनुवांशिक संरचना को जानता हूं, मेरे दोस्त!"

48

द्रौपदी ने मुझे बताया था कि द्वारपाल ने आकर उसे सूचित किया था कि कौरव उसकी उपस्थिति की मांग कर रहे हैं जो द्यूत के दांव में उसे जीत चुके थे। "जाकर मेरे पति से पूछो कि पहले उन्होंने अपनी स्वतंत्रता गंवाई थी या मेरी? अगर उन्होंने पहले स्वयं को दांव पर लगाया था तो उनका मेरे ऊपर कोई अधिकार नहीं रह जाता, और उस परिस्थिति में उनके पास मुझे दांव पर लगाने का अधिकार नहीं था!" द्रौपदी ने कहा। भरे दरबार में खुला प्रश्न तकनीकी रूप से सही था किंतु इसने दुर्योधन को भड़का दिया जिसने अपने भाई दु:शासन को भेजा कि द्रौपदी के बाल पकड़कर घसीटते हुए उसे दरबार में लाए। रजस्वला होने के कारण द्रौपदी अपने निजी कक्ष में बैठी हुई थी। अल्पवसना, उसने मुझसे अपनी रक्षा करने की प्रार्थना की। मैंने सुनिश्चित किया कि उसको ढांपने वाले वस्त्र की लंबाई अंतहीन हो

जाए। फलस्वरूप, द्रौपदी का चीरहरण नहीं हो सका। द्रौपदी ने प्रतिज्ञा ली कि वह तब तक अपने केश नहीं बांधेगी जब तक कि दु:शासन के लहू से उन्हें धो न ले। भीम ने दो भयानक शपथें लीं। उन्होंने शपथ ली कि वे दु:शासन का लहू पी जाएंगे। उन्होंने यह भी शपथ ली कि वे दुर्योधन की उस जंघा को तोड़ देंगे जिस पर उसने कामुकता से द्रौपदी को बैठने को कहा था!

जब वो उस कमर्शियल बिल्डिंग की पार्किंग में पहुंचे जहां इम्युनो की लैबोरेटरी और दफ़्तर थे, तो सैनी ने कहा, "बेहतर होगा कि हम दो दलों में बंट जाएं। अगर हम सब एक साथ छेदी के दफ़्तर में जाएंगे और हमारा स्वागत पुलिस ने किया, तो इसका मतलब होगा कि पुलिस के जाल से बाहर कोई नहीं होगा।"

"अच्छा विचार है," प्रिया ने कहा। "मुझे पक्का यक़ीन है कि राधिका सिंह मानती होगी कि आपने प्रोफ़ेसर कुरकुड़े का अपहरण किया है। क्यों न प्रोफ़ेसर को कार में ही रहने दें और पहले हम दोनों अंदर जाएं? अगर एक घंटे के अंदर हम बाहर न आएं तो प्रोफ़ेसर कुरकुड़े हमें ढूंढ़ते हुए आ सकते हैं। आपको कोई ऐतराज तो नहीं है, प्रोफ़ेसर?"

कुरकुड़े ने हामी भरी।

"अच्छा है। अब सबसे बड़ी समस्या ये है कि पुलिस को पता लगे बिना अंदर कैसे पहुंचा जाए। मुझे अंदर से महसूस हो रहा है कि यहां पर अच्छी-ख़ासी पुलिस मौजूद है, भले ही वो सब सादे कपड़ों में हों," सैनी ने कहा। कुछ दूरी पर अविशिष्ट से नाम रेडियस फैसिलिटीज मैनेजमेंट का एक छोटा सा दफ़्तर था। ये एकदम स्पष्ट था कि इसी मैनेजमेंट कंपनी को परिसर के प्रबंधन का काम सौंपा गया है। इस तरह के बड़े कॉरपोरेट ब्लॉक्स में हमेशा हाउसकीपिंग, सफ़ाई सेवा, बाग़वानी, सुरक्षा, पैस्ट कंट्रोल, अपशिष्ट प्रबंधन, डाककक्ष सेवा और इंजीनियरिंग मदद प्रदान करने के लिए एक

अलग इकाई होती है। रेडियस का दफ़्तर ग्राउंड फ्लोर पर था जिसमें दो दरवाज़े थे—एक सामने का दरवाज़ा जो केंद्रीय कक्ष के सामने खुलता था और दूसरा पीछे पार्किंग क्षेत्र की तरफ़।

फैसिलिटीज मैनेजमेंट दफ़्तर के पिछले दरवाज़े को एक ट्रक ने अस्थायी तौर पर ब्लॉक किया हुआ था, शायद वो सामान पहुंचा रहा था। सैनी को एक विचार सूझा तो वो मुस्कुरा दिया। वो तारक की ओर मुड़ा और बोला, "तुम इतने अक़्लमंद हो कि अब तक समझ चुके होंगे कि मैं पुलिस से भाग रहा हूं। मैं तुम्हें आश्वस्त कर सकता हूं कि मैं मुजरिम नहीं हूं। तुम ट्रक के ड्राइवर को उलझाए रखकर मेरी मदद करोगे?" सैनी ने अपनी उंगलियां क्रॉस करते हुए पूछा।

"सर, मैं उम्र में भले ही छोटा होऊं, लेकिन मैंने काफ़ी बदमाश देखे हैं। आप यक़ीनन उस श्रेणी में नहीं आते। मुझे उसे कितनी देर उलझाए रखना होगा?" तारक ने मुस्कुराते हुए पूछा।

"दस मिनट से ज़्यादा नहीं। इतने में मुझे और प्रिया को ट्रक के पीछे से दो वर्दियां खींचकर खिसक लेने का समय मिल जाएगा। प्रोफ़ेसर—आप प्लीज़ कार में ही रहें। अगर हम एक घंटे में वापस नहीं आएं, तभी हमें ढूंढ़ने के लिए इम्युनो के दफ़्तर में आइएगा," कार से उतरते हुए सैनी ने कुरकुड़े से कहा। प्रिया उसके पीछे उतर गई। वो कुछ दूरी पर रुक गए और अपने ड्राइवर के ट्रक ड्राइवर के पास पहुंचने का इंतज़ार करने लगे जो ट्रक से सामान उतरवाने का काम देख रहा था।

"तुम्हारे पास सिगरेट तो नहीं होगी कि मैं उधार मांग लूं?" ट्रक के पास पहुंचकर तारक ने दोस्ताना अंदाज़ में पूछा। ट्रक के ड्राइवर ने उत्सुकता से उसे देखा। "मैं क्या नज़र आता हूं? पान-बीड़ी का खोखा? फूट यहां से!" ट्रक ड्राइवर ग़ुर्राया।

तारक जानता था कि उसे उलझाए रखने के बस दो तरीके हैं—या तो दोस्ताना होकर या घटिया होकर। चूंकि पहला तरीका कारगर नहीं रहा था, इसलिए उसने दूसरा आजमाया। तारक ट्रक ड्राइवर के थोड़ा सा पास खिसका और उसके चेहरे के पास जाकर

धीरे से बोला, "तुम दुकानदार तो कतई नहीं लगते। ड्रग डीलर ज़्यादा लगते हो!"

ड्राइवर ने अपनी दाहिनी बांह से तारक के धड़ पर वार किया। तारक चुस्ती से एक ओर हट गया और उसने अपने बाएं हाथ से ट्रक ड्राइवर की आगे बढ़ी बांह पर वार किया, और इस तरह ट्रक ड्राइवर के शरीर का दाहिना हिस्सा पूरी तरह अरक्षित हो गया। तारक ने इसका फ़ायदा उठाया और घुटने से ठोकर मारी, जिससे ट्रक ड्राइवर अपनी टांग पकड़कर जमीन पर गिर पड़ा। लेकिन अब तक झगड़े में रत दोनों आदमियों के आसपास भीड़ जुट गई थी और सैनी और प्रिया के लिए ट्रक में घुसने का ये एकदम सटीक मौका था।

अंदर पहुंचते ही, उन्होंने जल्दी से टोपियों समेत सफाइकर्मियों की पोशाकें, खिड़की साफ़ करने के स्प्रे और डस्टर उठाए। जब तारक और ट्रक ड्राइवर के बीच लड़ाई पूरे चरम पर थी तो वो चुपचाप वहां से खिसक गए, और दौड़ते हुए बिल्डिंग के पिछले हिस्से में पहुंच गए जहां कचरा फेंकने की जगह थी। एक कचरे के ड्रम के पीछे जाकर उन्होंने फुर्ती से वर्दियां पहनीं और फिर बिल्डिंग के मुख्य द्वार की ओर चल दिए। उनके सामने लिफ़्ट थी।

"इम्युनो के पास इस बिल्डिंग की चौथी, पांचवीं और छठी मंज़िलें है," सैनी ने कहा। "हमें सीधे छठी मंज़िल पर—जहां छेदी का दफ़्तर है—जाकर सफ़ाई करने लगेंगे। हमारी कोशिश दफ़्तर के रुटीन में घुलमिल जाने और अपनी ओर कोई ध्यान खींचे बिना छेदी के दफ़्तर में पहुंचने की होगी।"

ऊपर जाते हुए लिफ़्ट चौथी मंज़िल पर रुक गई। दो आदमी लिफ़्ट में चढ़े और उनमें से एक को सब-इंस्पेक्टर राठौड़ के रूप में पहचानते ही सैनी की सांस अंदर ही अंदर रुक गई। सैनी तुरंत दीवार की ओर मुड़ा और स्टेनलैस स्टील की यू-आकार की हैंडरेल साफ़ करने लगा जो लिफ़्ट में तीन ओर लगी थी। उसने अपनी क़िस्मत को सराहा कि वो कई दिन से दाढ़ी नहीं बना पाया था। प्रिया ने भी संकेत समझ लिया, उसने अपनी टोपी नीचे की ओर की ताकि उसका चेहरा

कुछ ढक जाए, और घुटनों के बल बैठकर एलिवेटर के फ़र्श के कोने साफ़ करने लगी। सैनी मन ही मन प्रार्थना कर रहा था, और शांत रहने की भरपूर कोशिश कर रहा था।

राठौड़ अपने मोबाइल फ़ोन पर राधिका सिंह से बात कर रहा था। "हां, तीनों मंज़िलों पर अहम जगहों पर एक दर्जन से ज़्यादा आदमी तैनात हैं। मैंने नीचे मुख्य हॉल में भी आदमी तैनात कर दिए हैं ताकि सैनी की ओर से अचानक भागना मुमकिन न हो," राठौड़ ने अपनी हेकड़ बॉस को रिपोर्ट दी। जब राठौड़ और दूसरा आदमी पांचवीं मंज़िल पर उतर गए तो सैनी ने राहत की सांस ली।

छठी मंज़िल पर पहुंचते ही सैनी और प्रिया ने अपना सफ़ाई का सामान उठाया और इम्यूनो मॉलीक्यूलर लाइफ़ साइंसेज़ लिमिटेड के दफ़्तर में चले गए। रिसेप्शनिस्ट ने उन्हें नज़रअंदाज़ कर दिया। वो तो बस सफ़ाई स्टाफ़ के थे, प्रशासनिक क्रम में सबसे नीचे। सैनी रिसेप्शनिस्ट की टेबल तक गया, विनम्रता से उसे नमस्ते की और जल्दी से स्प्रे करके रिसेप्शन की मेज़ के ऊपरी भाग को साफ़ करने लगा। प्रिया ने कनखियों से देख लिया था कि विजिटर एरिया में दो पुलिसवाले सादा कपड़ों में बैठे हैं और उसने उनके क़रीब न जाने का ध्यान रखा। उसने एक्जीक्यूटिव दफ़्तरों की ओर जाने वाले गलियारे की दीवार पर लगी अखरोट की लकड़ी की फिनिश वाली लैमिनेट को साफ़ करना शुरू कर दिया।

49

महाराज धृतराष्ट्र को महसूस हुआ कि द्रौपदी के शाप देने से पहले उनका बीच में पड़ना उचित होगा। उन्होंने तुरंत आदेश दिया कि युधिष्ठिर जो कुछ भी हारे हैं, वह पांडवों को वापस कर दिया जाए, किंतु युधिष्ठिर

तो आग में हाथ डालने को तत्पर थे। अपने परिवार के विरोध और चेतावनियों के बावजूद युधिष्ठिर को दुर्योधन ने एक बार फिर द्यूत का एक और दांव खेलने के लिए तैयार कर लिया था जिसमें युधिष्ठिर फिर से हार गए। दांव के अनुसार, हारने वाले को बारह वर्ष के लिए वन में रहना था और एक अतिरिक्त तेरहवां वर्ष अज्ञातवास में बिताना था। दांव की शर्तों को पूरा करने के लिए अपनी मां कुंती को विदुर की देखरेख में छोड़कर पांडव द्रौपदी के साथ वनवास के लिए चले गए। मैं इन सारी घटनाओं से अनजान था क्योंकि मैं उन राजाओं को खदेड़ने में लगा हुआ था जिन्होंने द्वारका पर आक्रमण किया था।

ये देखकर कि लड़ाई हद से बाहर निकल गई है, तमाशबीनों का एक गुट बीच में पड़ा और उन्होंने ट्रक ड्राइवर और तारक को दूर कर दिया। ट्रक ड्राइवर अपने घुटने को संभालने में इतना लगा हुआ था कि वो तारक को खिसकते हुए नहीं देख पाया। ट्रक ड्राइवर के आसपास भीड़ जमा हो गई थी जो गालियां बक रहा था और इस मौके का फ़ायदा उठाकर तारक बचकर निकल गया।

उद्देश्यपूर्ण और तेज़-तेज़ क़दम उठाते हुए वो एक सुनसान कोने में खड़ी अपनी कार के पास पहुंचा। प्रोफ़ेसर कुरकुड़े शीशा खोले हुए पिछली सीट पर बैठे थे, और एक अखबार पढ़ रहे थे जो उन्होंने एक हॉकर से ख़रीद लिया था। तारक ने आगे का दरवाज़ा खोला, ड्राइवर की सीट पर बैठा और इंजन स्टार्ट कर दिया।

"अरे! हम अभी नहीं जा सकते," कुरकुड़े ने विरोध किया। "अगर वो एक घंटे में हमारे पास नहीं लौटे तो मुझे उन्हें तलाशने के लिए अंदर जाना होगा।"

"समझता हूं, सर। बात बस ये है कि उन्होंने मुझसे ध्यान भटकाने को कहा था। मुझे लगता है कि मुझसे ये कुछ ज़्यादा ही

अच्छी तरह से हो गया है," तारक ने कहा। "बेहतर होगा कि आधे घंटे के लिए, जब तक भीड़ छंटती है, हम यहां से दूर हट जाएं। हम समय से लौट आएंगे, मैं वादा करता हूं।"

कार चलने लगी और कुछ ही देर में वो सुखना झील की ओर जा रहे सरोवर मार्ग पर थे, जोकि तीन किलोमीटर लंबी एक विशाल मानवनिर्मित झील है जिसे मौसमी नदी पर एक बांध बनाकर बनाया गया था। चंडीगढ़ के निवासी सुबह-शाम टहलने या दौड़ने के लिए झील पर आते थे। झील एक लोकप्रिय पिकनिक स्पॉट और बोटिंग, यार्टिंग और वाटर स्कींइग जैसे वाटर स्पोर्ट्र्स का उद्द्देश्य भी पूरा करती थी।

झील पर पहुंचकर, तारक ने कार को झील आरक्षित वन की ओर मोड़ दिया—जो एक व्यापक घना जंगल था। उसने कार को पार्क किया और बाहर निकल आया। उसने कुरकुड़े के लिए पीछे का दरवाज़ा खोला और बोला, "हमें यहां पंद्रह मिनट बिताने होंगे। ख़ुशक़िस्मती से ये जगह अलग-थलग है और यहां से चंडीगढ़ कॉरपोरेट प्लाजा पहुंचने में बस दस मिनट लगने चाहिए।"

प्रोफ़ेसर कार से उतरे और दोनों आदमी जंगल ट्रेल पर टहलने लगे जो झील आरक्षित वन की ओर जाता था। कुरकुड़े ने ध्यान नहीं दिया था कि उनका ड्राइवर अपनी कमर में एक विशेष बैल्ट पहने हुए है।

जंगल ट्रेल पर पांच मिनट चलने में ही, किसी इंसान का नामोनिशान नहीं रहा और ये स्पष्ट हो गया कि वो दोनों आदमी वहां अकेले थे। तारक एक क़दम पीछे हो गया और उसने संकरी पगडंडी पर कुरकुड़े को आगे निकलने दिया। नेकदिल प्रोफ़ेसर अनजान थे कि क्लोरोफ़ॉर्म में भीगा एक रूमाल उनकी नाक और मुंह को भींच देने वाला है। जब तारक का रूमाल कुरकुड़े के चेहरे से टकराया तो उसकी महक से बचने का संघर्ष करते हुए प्रोफ़ेसर के चेहरे पर आतंक उभर आया था—लेकिन सब व्यर्थ था। तारक के बरसों के प्रशिक्षण के मुकाबले वो कहीं नहीं ठहरते थे।

जैसे ही कुरकुड़े बेहोश हुए, तारक ने उनके बेसुध शरीर को उठाया और एक विशाल पीपल के पेड़ के नीचे रख दिया। अपना डक्ट टेप निकालकर उसने जल्दी से कुरकुड़े के हाथ बांधे और मुंह बंद कर दिया। उसने अपनी कमर के पाउच में हाथ डाला और स्याहीयुक्त रबर स्टैम्प निकाली जिसे उसने ख़ास इसी मौके के लिए तैयार रखा था। उसने बड़ी सावधानी से स्टैम्प कुरकुड़े के सिर पर लगाई। कुरकुड़े के माथे पर जो चिह्न उभरा वो एक शंख का था—विष्णु का एक और प्रतीक।

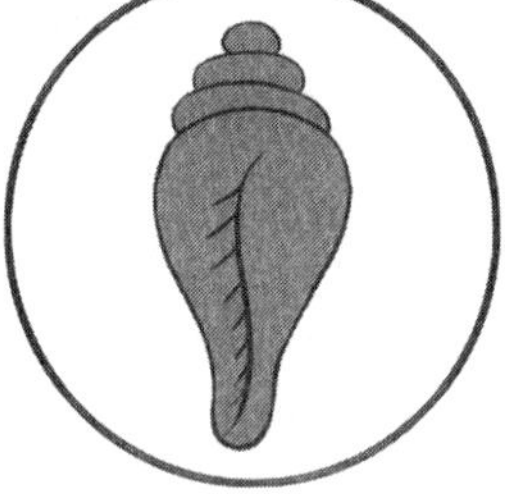

एक नगा नश्तर निकालकर, जिस पर भलीभांति आद्याक्षर आरएम ख़ुदे हुए थे, तारक कुरकुड़े के फैले हुए पैर के ऊपर झुका और अपनी हमेशा जैसी नफासत से उसने कुरकुड़े के बाएं तलवे में नश्तर धंसा दिया, और उसे मांस में बिंधा हुआ ही छोड़ दिया। पांव से ख़ून की धार फूट पड़ी, फिर तारक ने अपनी बैल्ट के पाउच से पेंटब्रश निकाला।

"आप स्पेशल हैं, प्रोफ़ेसर कुरकुड़े," कुरकुड़े के ख़ून में पेंटब्रश को डुबोते हुए उसने मन ही मन सोचा। "आप ठीक वैसे ही मर रहे हैं जैसे भगवान कृष्ण की मृत्यु हुई थी। पीपल के पेड़ के नीचे।" तारक कुरकुड़े के सिर के ऊपर तने पर लिखने लगा:

म्लेच्छनिवहनिधने कलयसि करवालम्

धूमकेतुमिव किमपि करालम्

केशव धृतकल्किशरीर

जय जगदीश हरे।

अपनी हस्तकला का निरीक्षण करके तारक ने अपने काम के सारे औज़ार समेटे और कार की ओर चल दिया जो कुछ दूरी पर खड़ी थी। अपने दिमाग़ में उसे उस बातचीत की गूंज सुनाई दे रही थी जो कुछ महीने पहले उसके और माताजी के बीच हुई थी।

"जैसा आप कहेंगी, मैं वैसा ही करूंगा, माताजी। लेकिन कृपा करके आप मुझे ये बताएंगी कि मुझे इन आदमियों को क्यों मारना चाहिए? ये तो महज वैज्ञानिक और शोधकर्ता हैं," तारक ने कहा था।

"लेकिन ये लोग शैतान का काम कर रहे हैं," माताजी ने घृणा से कहा। "वो विष्णु के आठवें अवतार को खोद निकालने की कोशिश में लगे हुए हैं जबकि दसवें कहीं ज़्यादा महत्वपूर्ण हैं। मुझे बताओ, बेटे, जब तुम दस को आठ से पहले रखते हो तो क्या होता है? तुम्हें 108 मिलते हैं! जो कि दुनिया का सबसे शक्तिशाली अंक है! शक्ति का प्रयोग करो, तारक!"

"आपकी इच्छा मेरे लिए आदेश है, माताजी," तारक ने आदरपूर्वक कहा। "लेकिन क्या आप बता सकेंगी कि इन लोगों ने ऐसा क्या किया है कि इन्हें मौत मिलनी चाहिए?"

"ये लोग एक ऐसे राज को ढूंढ़ने में लगे हैं जिसे कृष्ण अपने पीछे छोड़ गए थे," माताजी ने क्रोध से कहा। "उन्होंने सरसरी तौर पर महाभारत पढ़ी और आप ही आप सोचा, ये धरती को भड़भड़ा देने वाला राज क्या है? उनके छोटे से दिमाग़ ब्रह्मास्त्र—वो दिव्यास्त्र जो किसी परमाणु बम जैसी तबाही मचा सकता है—पर रुक गए हैं। ऐसा करते हुए, वो कृष्ण द्वारा अर्जुन को युद्धक्षेत्र में दिए गए प्रवचन भगवद्गीता के अंदर ही मौजूद महत्वपूर्ण रहस्यों को नज़रअंदाज़ कर देते हैं!"

"विशेष रूप से आप भगवद्गीता के किस भाग की बात कर रही हैं, माताजी?" तारक ने पूछा।

"वो भाग याद करो जब कृष्ण अर्जुन को बताते हैं, मैं इंद्रियातीत हूं, जेय और अजेय दोनों से परे हूं। और क्योंकि मैं महानतम हूं, अजन्मा और अजेय हूं, मुझे संसार और वेदों दोनों में पुरुषोत्तम कहा

गया है। मेरा लोकोत्तर शरीर कभी नष्ट नहीं होता। मैं बिना आदि, मध्य या अंत का हूं। मैं संपूर्ण अस्तित्व का उत्पादक बीज हूं," माताजी ने अपनी सटीक याददाश्त से दोहराया।

"ये कृष्ण की कुंजी खोजने का कोई संकेत कैसे देता है?" तारक ने पूछा।

"इन अनुच्छेदों को पढ़ने वाले मूर्ख ही ये सोचते हैं कि कृष्ण अपने दिव्य रूप के बारे में बात कर रहे हैं। विकल्प के रूप में वो सोचते हैं कि वो आत्मा की शाश्वतता की बात कर रहे हैं। वस्तुत:, कृष्ण इस बारे में तब बात करते हैं जब वो ये कहते हैं, जो इस संपूर्ण शरीर में विद्यमान रहता है, उसे तुम्हें अनश्वर जानना चाहिए। उस अनश्वर आत्मा को कोई नष्ट नहीं कर सकता है। लेकिन मूर्ख ये नहीं समझते हैं कि आत्मा की अनश्वरता के बारे में ये अनुच्छेद वैसा ही नहीं है जैसा कि कृष्ण की अपनी अनश्वरता, अपनी शाश्वतता से संबंधित अनुच्छेद है या ये सच कि वो संपूर्ण अस्तित्व का उत्पादक बीज हैं!"

"तो आपने पहले जो अनुच्छेद बोला, उसका वास्तव में क्या अर्थ है?" तारक ने पूछा।

"इसका अर्थ है कि कृष्ण जीवित हैं! अगर कृष्ण इंद्रियातीत, अजेय, अजन्मे हैं, और उनका शरीर कभी नष्ट नहीं होता है! अगर कृष्ण बिना किसी आदि, मध्य या अंत के हैं और अगर वो—कृष्ण—संपूर्ण अस्तित्व के उत्पादक बीज हैं, तो एकमात्र स्पष्ट निष्कर्ष ये निकलता है कि वो जीवित हैं!" अपने मनकों को तेज़ी से फेरते हुए माताजी दहाड़ीं।

50

द्वारका की रक्षा के अपने युद्ध में विजयी होकर मैं शीघ्रता

से वापस हस्तिनापुर पहुंचा, किंतु तब तक बहुत विलंब हो चुका था। अंततः मैंने पांडवों और द्रौपदी को नगर की सीमा पर पाया। भीम युद्ध करके अपना राज्य वापस लेना चाहते थे, किंतु मैंने उनसे कहा, "आपने अपने भाई को सब कुछ दांव पर लगाने दिया। आप सब समान रूप से उत्तरदायी हैं। दांव के अनुसार आपको तेरह वर्ष के निष्कासन में रहना होगा। यह आपका धर्म है।" द्रौपदी ने मुझसे पूछा, "क्या यह मेरा दोष था कि मुझे दांव पर लगाया गया?" मैंने सावधानीपूर्वक उत्तर दिया, "नहीं, मगर तुमने ही पूर्व अवसरों पर कर्ण के साथ-साथ दुर्योधन का भी अपमान किया था—यह उसका परिणाम है। चिंता न करो, द्रौपदी, वे सब लोग जो वहां बैठे तुम्हारा अपमान होते देखते रहे, वे इसका भारी मोल चुकाएंगे। किंतु पहले, तुम सबको इन तेरह वर्षों को व्यतीत करना होगा! इस बीच, सुभद्रा, उसका पुत्र अभिमन्यु, और द्रौपदी की संतानें द्वारका में रहेंगे जहां मैं यह सुनिश्चित करूंगा कि उनकी अच्छी देखभाल हो।"

सैनी और प्रिया सफ़ाई करते हुए छेदी के एक्जीक्यूटिव दफ़्तर की ओर बढ़ते रहे। उसे ढूंढ़ना काफ़ी आसान था क्योंकि वो गलियारे की लंबाई में अखरोट की लकड़ी मंडित दीवार के एकदम अंत में था। कुरकुड़े के दफ़्तर के विपरीत, जिसमें बाहरी दफ़्तर में सेक्रेटरी बैठी थी, छेदी के दफ़्तर में स्वतंत्र रूप से जाया जा सकता था और उसकी सेक्रेटरी बॉस के कक्ष से जुड़े एक अलग केबिन में बैठती थी। छेदी के दफ़्तर के बाहर रिसेप्शन एरिया में छेदी के मेहमानों के लिए कुछ शानदार सोफ़े और पत्रिकाएं रखी हुई थीं।

प्रिया प्राईवेट रिसेप्शन एरिया में चली गई और सोफ़े साफ़ करने लगी जबकि सैनी छेदी के दफ़्तर के दरवाज़े की ओर बढ़ गया और उसके हैंडल को चमकाने लगा। मिनट भर में, उसने हैंडल को नीचे घुमाकर दरवाज़ा खोल दिया और अंदर चला गया। अपनी

विशाल मेज़ के पीछे छेदी अकेला बैठा हुआ था। अपने दफ़्तर का दरवाज़ा ख़ुलते देखकर उसने नज़र उठाई। "मेरे दफ़्तर में तो सुबह ही सफ़ाई हो चुकी है," दोनों सफाइकर्मियों को देखकर वो बेध्यानी में बोल पड़ा।

"डम्पी, मैं हूं," सैनी ने अपने और प्रिया के पीछे दरवाज़े को बंद करते हुए धीरे से कहा।

"रोजर?" छेदी ने उत्सुकता से पूछा। "तू सफाइवाले की वर्दी क्यों पहने हुए है?"

"ओह, तो तू अपनी ऊंची कुर्सी से इसलिए मुझसे इतनी रुखाई से बोला था कि मैं एक अदना सा सफ़ाईकर्मी हूं?" सैनी ने मज़ाक़ किया। "लेकिन मज़ाक़ अलग रहा, चारों ओर फैले पुलिसवालों की नज़रों में आए बिना हम तुझ तक पहुंच सकें, इसका यही एक तरीका था।"

"और ये ख़ूबसूरत महिला कौन हैं तेरे साथ?" छेदी ने पूछा, सैनी से हाथ मिलाते हुए उसकी शरारती आंखें चमक उठी थीं।

"ये प्रिया हैं, मेरी शोध छात्रा। जब से वार्ष्णेय की जान ली गई है, ये मेरे साथ ही भाग रही हैं," सैनी ने कहा, तभी उसका ध्यान गया कि हाथ मिलाते वक़्त छेदी ने उसकी हथेली में एक छोटा सा काग़ज़ का टुकड़ा सरका दिया है। सैनी ने उसे पढ़ने की कोशिश की लेकिन पढ़ नहीं सका, क्योंकि उसकी हथेलियों के पसीने से लिखाई धुंधला गई थी।

सेक्रेटरी के कमरे में बैठी राधिका सिंह एक टेलीविजन स्क्रीन पर सैनी को छेदी के दफ़्तर में घुसते देख रही थी। कैमरा माइक्रोफ़ोन सक्रिय था और बातचीत का एक-एक शब्द रिकॉर्ड हो रहा था। उसने सैनी और प्रिया को छेदी की मेज़ के सामने कुर्सियों पर बैठते देखा। छेदी कह रहा था, "अपने निजी दफ़्तर से पुलिस को बाहर रखने की मैंने पूरी कोशिश की है। इसलिए आराम से बात करो और मुझे सब कुछ बताओ। मुझसे जो मदद हो सकेगी, मैं करूंगा।" राधिका मुस्कुराई। सेक्रेटरी के दफ़्तर में बैठना अच्छा विचार था,

क्योंकि इसमें कैमरा और रिकॉर्डिंग उपकरण लगे हुए थे। छेदी अक्सर अपनी मीटिंगों को रिकॉर्ड करवाना पसंद करता था ताकि बाद में उसकी सेक्रेटरी उसे जानकारी दे सके।

"क्या तेरे पास चौथी मुद्रा है?" सैनी ने पूछा। छेदी ने हामी भरी और अपनी मेज़ की दराज़ से कुछ निकाला। उसने इसे सैनी को थमा दिया जिसने लिफाफा खोला और बड़ी एहतियात से मुद्रा बाहर निकाली। जब उसने चौथी मुद्रा देखी जो एक तरह से बिल्कुल अन्य तीनों के जैसी ही थी और यक़ीनन एक सैट का हिस्सा थी, तो उसने एक उत्तेजनापूर्ण सनसनी सी महसूस की।

"स्कूल के हमारे दोस्त—वार्ष्णेय—के पास चारों मुद्राएं थीं," सैनी ने ख़ुलासा किया। "इस वक़्त, एक पुलिस के पास है, और दो ग़ायब हैं। मैं अपने साथ बाकी तीनों के फ़ोटोग्राफ़ लाया हूं। अगर हम उन्हें तेरी मेज़ पर फैला दें और उनसे कोई अर्थ निकालने की कोशिश करें तो तुझे एतराज तो नहीं होगा।"

"क्या ये मुद्राएं कृष्ण की पासपोर्ट प्रणाली के बराबर ही नहीं थीं?" छेदी ने पूछा।

"हां," सैनी ने कहा। "हरिवंश में लिखा है मुद्रयासः गच्छन्तु रजनो ये गन्तुमिप्सवः न च मुद्रा प्रवेशतव्यो द्वारपालस्य पश्यतः..." ये एक निर्देश है कि द्वारका के प्रत्येक निवासी को अपनी पहचान के चिह्न के रूप में एक मुद्रा साथ रखनी चाहिए और कि ये देखना रक्षकों का कर्तव्य है कि सभी नागरिक मुद्रा लेकर चलें और बिना मुद्रा वाले किसी भी व्यक्ति को प्रवेश न करने दिया जाए।"

"और उन तीनों पशुओं की क्या प्रासंगिकता है जिन्हें मुद्रा पर दिखाया गया है?" छेदी ने पूछा।

"ये बैल, यूनिकॉर्न और बकरी के डिजाइन हैं। ये विष्णु का प्रतिनिधित्व करते हैं। महाभारत में एक बहुत ही प्रसिद्ध यूनिकॉर्न के संदर्भ मिलते हैं जिसे 'एकश्रृंग'—शाब्दिक अर्थ में एक सींग वाला—कहते थे," सैनी ने बताया।

"और, अगर ये मुद्राएं साथ हों तो ये क्या बताएंगी?" छेदी ने पूछा। "वास्तव में, तुझे ये विश्वास क्यों है कि ये चारों मुद्राएं महज चार अलग-अलग वस्तुएं नहीं हैं?"

"क्योंकि ये लगभग एक सी हैं—छोटे से फर्क के सिवा। हरेक मुद्रा में तीन सिरों वाले पशु का स्थान हल्का सा अलग दिखता है, लेकिन चेहरे एक-दूसरे से ज़रा भी भिन्न नहीं हैं, डम्पी। वार्ष्णेय ने ख़ुद मुझे बताया था कि इनकी एक बेस प्लेट भी है जिसे बाद में सोलहवीं सदी में राजा मानसिंह द्वारा बनवाए एक मंदिर में रख दिया गया था," सैनी ने कहा। "क्या तेरे पास कोई कैंची मिल सकती है?"

छेदी ने अपनी मेज़ पर रखे लैदर बॉक्स में से कैंची निकालकर सैनी को दे दी।

"अब क्या मैं तुझसे अपने कंप्यूटर पर मेरी वैब मेल खोलने और चारों मुद्राओं के उन फ़ोटोग्राफ़ों का प्रिंटआउट लेने का अनुरोध कर सकता हूं जिन्हें वार्ष्णेय ने मुझे भेजा था?" सैनी ने पूछा। छेदी ने काम कर दिया और जल्दी ही सैनी के सामने चारों फ़ोटोग्राफ़ थे। उसने छेदी की वास्तविक मुद्रा की चौथे फ़ोटोग्राफ़ से तुलना की, ये सुनिश्चित करने के लिए कि फ़ोटोग्राफ़ सच में उन्हीं वस्तुओं के थे।

फिर सैनी ने उन फ़ोटोग्राफ़ों को लिया जिनका छेदी ने प्रिंट आउट निकाला था और उन्हें चौकोर काट दिया ताकि वो वास्तविक मुद्राओं से मेल खाएं। चारों फ़ोटोग्राफ़ों को लेकर वो उन्हें मेज़ पर इधर-उधर रखने लगा, मानो बच्चों की कोई जिग्सॉ पजल हल कर रहा हो। कुछ मिनट बाद उसके चेहरे पर एक मुस्कुराहट उभरी।

"तुम लोग वो देख रहे हो जो मैं देख रहा हूं?" उसने छेदी और प्रिया से पूछा। प्रिया तुरंत समझ गई। उनके सामने बने स्वास्तिक के प्रतीक द्वारा भौचक्के न रह जाना नामुमकिन था।

51

चांडाल चौकड़ी—कुटिल दुर्योधन, दुःशासन, शकुनि और कर्ण—ने वन में पांडवों पर आक्रमण करने और उन्हें हमेशा के लिए समाप्त कर देने का निर्णय लिया। विदुर ने धृतराष्ट्र से प्रार्थना की कि उन्हें रोकें किंतु नेत्रहीन राजा ने इसके बजाय विदुर को ही भला-बुरा कहा। क्रुद्ध और आहत होकर विदुर ने हस्तिनापुर त्यागकर वन में पांडवों के पास चले जाने का निर्णय किया। किंतु शीघ्र ही, धृतराष्ट्र को पश्चाताप हुआ और उन्होंने विदुर को वापस लाने के लिए दूत भेजे, साथ ही पांडवों पर किसी भी प्रकार के आक्रमण को निरस्त कर दिया। चूंकि कौरव पांडवों पर आक्रमण नहीं कर सकते थे, इसलिए उन्होंने पशुओं की गणना शुरू करके उन्हें अपमानित करने का निर्णय लिया। उन्होंने पांडवों के निकट अपना शिविर स्थापित किया और पांडवों को त्रस्त करने के लिए अत्यंत स्वादिष्ट व्यंजन पकवाए। कौरवों के दुर्भाग्य से, देवताओं और मनुष्यों के बीच दिव्यदूत वन के गंधर्वों ने उन पर आक्रमण कर दिया और उन्हें बंदी बना लिया। अपने कर्तव्य को न भूलते हुए पांडवों ने गंधर्वों से कौरवों को छुड़ाया, इस प्रकार चांडाल चौकड़ी को लज्जित किया।

"तो हमारे पास एक स्वास्तिक है—तो क्या हुआ, रोजर?" छेदी ने पूछा। "इसने किस तरह तुम्हारे ज्ञान में बढ़ोतरी की है?"

"डंपी, स्वास्तिक वैदिक सभ्यता का संभवत: सबसे पुराना प्रतीक है। बदक़िस्मती से इसे एडोल्फ हिटलर की नरसंहारक नात्जी पार्टी ने अपना लिया और दुनिया भर में इसे नकारात्मक अर्थ प्राप्त

हुए," सैनी ने कहा। "मगर हिंदुओं के बीच ये अत्यंत पवित्र माना जाता है। स्वयं 'स्वास्तिक' शब्द संस्कृत के दो शब्दों 'सु' और 'अस्ति' को जोड़कर बना है। सु का अर्थ है 'अच्छा' और अस्ति का अर्थ है 'अस्तित्व' या 'जीवन'। इस प्रकार प्रतीक का कुल संदर्भ है शांति, सुस्वास्थ्य, समृद्धि और सुख। मगर जो सवाल मुझे हमेशा परेशान करता है, वो ये कि: क्या स्वास्तिक महज एक प्रतीक है, या प्राचीन समय में इसका कुछ और अर्थ था? आख़िरकार, बीजगणित के फॉर्मूले में एक्स का वही अर्थ नहीं होता है जो नक़्शे में किसी जगह को दर्शाने के लिए प्रयोग किए गए एक्स का होता है!"

"क्या तुम ये कहना चाह रहे हो कि स्वास्तिक भौगोलिक रूप से किसी निश्चित स्थान को चिह्नित करता है?" छेदी ने पूछा।

"मैं किसी भी प्रकार से स्वास्तिक की प्रतीकात्मकता को अलग नहीं कर रहा हूं," सैनी ने अपनी बात को विस्तार से बताने से पहले अपने बिंदु को समझाने के लिए एक नोटपैड पर जल्दी से आधुनिक स्वास्तिक बनाते हुए कहा।

"मगर, बस पल भर के लिए हम उस प्रतीक को भूल जाएं जो आज हम स्वास्तिक को मानते हैं," सैनी ने आगे कहा। "आज का स्वास्तिक प्रतीक अधिक ज्यामितीय और सुस्पष्ट है। इसमें पवित्र गणितीय गुण भी हैं। ये एक प्रतीक है जो आठ अंगों से बना है। इस तथ्य पर ध्यान दिया कि यहां भी 1 और 8 का खेल है? मगर मौलिक स्वास्तिक कैसा था? ये कहीं ज़्यादा घुमावदार, कुछ-कुछ ऐसा था।" सैनी ने एक और प्रतीक बनाया, मगर घुमावों के साथ

सौम्य रूप में।

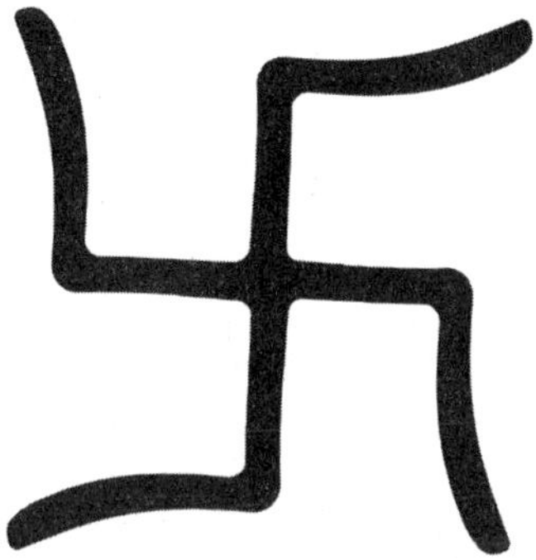

"आप कहना क्या चाहते हैं?" प्रिया ने आदेशात्मक ढंग से पूछा।

"गणितज्ञ कंडी और रॉलेट ने स्वास्तिक के घुमावों को गणित की दृष्टि से परिभाषित किया है," सैनी ने प्रिया के पैनेपन को नज़रअंदाज़ करते हुए कहा। "ये चतुर्घाती चौरस घुमाव कार्टीशियन समीकरण वाई4 - एक्स4 = एक्सवाईका प्रतिनिधित्व करता है। देखना चाहोगे उनके घुमाव कैसे दिखते हैं?" जवाब का इंतज़ार किए बिना सैनी ने अपने सामने रखे नोटपैड पर कंडी और रॉलेट के स्वास्तिक घुमाव का सादृश्य बनाया।

"जब तुम ये घुमाव देखते हो, तो तुम्हें क्या याद आता है?" सैनी ने उत्साह के साथ पूछा। उसके सवाल पर ख़ामोशी छाई रही।

ये समझकर कि कोई इच्छुक नहीं है, सैनी ने फिर से बोलना शुरू कर दिया। "तुम इसका महत्व नहीं देख सकते?" उसने पूछा, उसकी आवाज़ में हल्की सी तेज़ी थी। "यही तो वो आकार है जो एक ऊंचे बिंदु से चार नदियों के प्रवाह को दर्शाता है!" उसने कहा। "स्वास्तिक पवित्र प्रतीक तो बहुत बाद में बना है। प्राचीन वैदिक ऋषियों के लिए ये एक बहुत ही पवित्र स्थान था। मैंने तुम दोनों को पर्याप्त संकेत दे दिए हैं। क्या तुम मुझे वो पहाड़ी या पहाड़ बता

सकते हो जिस पर चार नदियां हैं?"

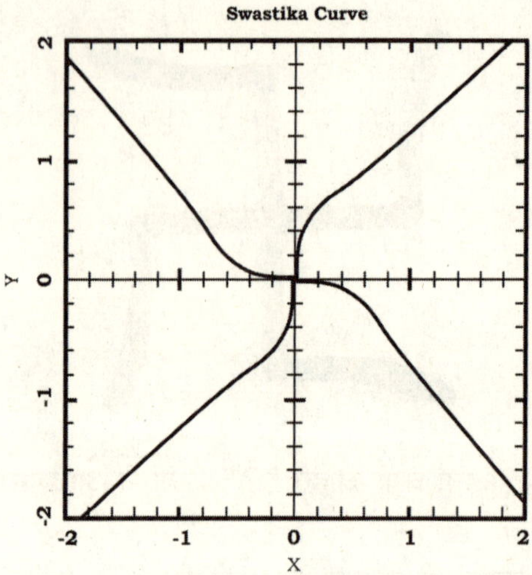

प्रिया अचानक ही पहली लाइन में बैठने वाली, टीचर के सवाल का जवाब देने को उत्सुक पढ़ाकू बच्ची बन गई थी। "मुझे पता है! ये वो पर्वत है जहां से चार नदियां—सिंधु, सतलज, ब्रह्मपुत्र और करनाली—नीचे बहती हैं," उसने झटपट कहा।

"और उस पर्वत का नाम क्या है?" सैनी ने अनायास अपनी शिक्षाविदीय भूमिका में उतरते हुए पूछा।

"मेरू पर्वत!" प्रिया ने कहा। "जिसे लाखों हिंदू भक्त कैलाश पर्वत के नाम से भी जानते हैं!"

52

कुछ दिन बाद, जब पांडव बंधु वन में कहीं गए हुए थे, द्रौपदी अपनी गुफा के बाहर कौरवों की एकमात्र बहन

दुशाला के पति जयद्रथ को देखकर चकित रह गई। वह उसके आगमन का उद्देश्य समझ नहीं सकी, किंतु फिर भी उसने उसे जल और फलादि भेंट किए और बिठाया। उसे क्या पता था कि जयद्रथ उसका अपहरण करने के लिए आया है। उसका दृष्टिकोण था कि एक स्त्री अधिक से अधिक चार पति रख सकती है, और पांच पतियों को रखने से द्रौपदी सामाजिक मापदंडों से वेश्या हो गई थी। उसने द्रौपदी को पकड़ा और उसे अपने रथ में बिठा लिया किंतु द्रौपदी की चीख़ों को ऋषि-मुनियों ने सुन लिया और उन्होंने अर्जुन एवं भीम को सूचित कर दिया। दोनों भाइयों ने रथ को जा पकड़ा, अर्जुन ने अपने बाणों से रथ के पहियों को तोड़ दिया। भीम जयद्रथ पर टूट पड़े और वे उसे मार ही डालते अगर युधिष्ठिर ने उन्हें याद न दिलाया होता कि जयद्रथ को मारने से उनकी इकलौती चचेरी बहन विधवा हो जाएगी।

"मगर मैं एक बात नहीं समझ पाया," छेदी ने कहा।

"वो क्या?" सैनी ने पूछा, एक बार फिर वो उस पुर्जे को पढ़ने की कोशिश कर रहा था जो छेदी ने उसे थमाया था। बस कुछ शब्द ही स्पष्ट थे। *...अगले ...में ...सुन रही है।* छूटे हुए शब्द बुरी तरह फैल चुके थे।

"कैलाश पर्वत को शिव के निवास की तरह देखा जाता है। तो कृष्ण कहां से तस्वीर में आ गए?" छेदी ने पूछा।

"शिवाय विष्णु रूपाय, शिव रूपाय विष्णवे! शिवस्य हृदयम् विष्णु, विष्णोश्च हृदयम् शिवः!" सैनी ने भीगे हुए पुर्जे से ध्यान हटाते हुए कहा। "श्लोक का अर्थ है कि शिव विश का रूप मात्र हैं और विश मात्र शिव का रूप हैं। शिव विश के हृदय में रहते हैं और विश शिव के हृदय में रहते हैं। वैदिक ऋषियों के अनुसार कैलाश पर्वत दुनिया का केंद्र था। इसके चार स्पष्ट रुख थे—इस प्रकार इसका

पिरामिड आकार बना। पौराणिक कथाओं के अनुसार ये चारों रुख स्फटिक, माणिक, स्वर्ण और लाजवर्द से बने थे। वैदिक युग में इसे दुनिया का स्तंभ माना जाता था! बाइस हज़ार फ़ुट ऊंचा कैलाश पर्वत दुनिया के मंडल के केंद्र में स्थित है और छह पर्वत शृंखलाओं के बीच अवस्थित है जो कमल का प्रतीक हैं। कैलाश से निकलने वाली चारों नदियां कथित रूप से दुनिया के चारों कोनों में बहती हैं और दुनिया को चार क्षेत्रों में बांटती हैं। इस पर्वत का पवित्र रूप विष्णु, शिव या हिंदुत्व से परे है।"

"कैसे?" छेदी ने पूछा।

"बाइबिल में जेनेसिस का खंड ईडन उपवन का वर्णन करता है जहां सभ्यता का आरंभ हुआ था। उपवन को सींचने के लिए ईडन से एक नदी बहती थी! और वहां से ये विभक्त हुई और चार नदियां बन गईं। कैलाश ही मूल ईडन था, मेरे दोस्त!" सैनी ने कहा। "आज भी हमारे अपने कैलाश पर्वत को चार धर्मों—बॉन, बौद्ध, हिंदुत्व और जैन मत—में पवित्र स्थान माना जाता है। दुनिया की अनेक महानतम कहानियों का मूल यहां भारत में ही रहा है। क्या तुमने एटलांटिस शहर के बारे में सुना है?"

"ये एक कल्पित नगर है जिसे ज्वारीय लहरों ने डुबो दिया था," प्रिया ने उत्तेजित होते हुए कहा। "सबसे पहले प्लेटो ने अपने डायलॉग्स टाइमियस और क्रिटियास में एटलांटिस का जिक्र किया है—जो शायद ई.पू. 360 में लिखे गए थे।"

"और क्या तुम्हें प्लूटो द्वारा बताया गया एटलांटिस का स्थान याद है?" सैनी ने पूछा।

"मेरे ख़्याल से एटलांटिस को हेरेक्लीज के स्तंभों के पार स्थित बताया गया था," प्रिया ने जवाब दिया।

"आह! और क्योंकि दार्शनिक प्लेटो यूनानी थे, लोगों ने सहज ही मान लिया कि वो हेरेक्लीज की बात कर रहे हैं—जो कि उनके सर्वोच्च देवता ज़्यूस का पुत्र था। उसी हेरेक्लीज को बाद में रोमनों ने अपने हर्क्युलिस के रूप में अपना लिया था। सही?" सैनी ने पूछा।

"सच है," प्रिया ने जवाब दिया।

"लेकिन हम इस सच को भूल गए प्रतीत होते हैं कि चंद्रगुप्त मौर्य के दरबार में आए यूनानी राजदूत मैगस्थनीज ने कृष्ण का सबसे पहला लिखित संदर्भ दिया है और कि अपने वर्णन में उसने कृष्ण के लिए इसी नाम—हेरेक्लीज—का प्रयोग किया है। उसने लिखा कि सॉरसेनोइ—कृष्ण के दादा शूरसेन के वंशज—जो मेथोरा—या मथुरा—में रहते थे, हेरेक्लीज का बहुत सम्मान करते थे। क्या ये भी उत्सुकता भरा नहीं है कि प्लेटो और मैगस्थनीज दोनों लगभग एक ही काल के थे? क्या ये मुमकिन नहीं है कि प्लेटो यूनानी पौराणिक व्यक्तित्व हेरेक्लीज की बात न करके भारतीय देवता कृष्ण का संदर्भ दे रहे हों?" सैनी ने पूछा।

"क्या तुम ये कहना चाह रहे हो कि एटलांटिस की कहानी वास्तव में द्वारका की कहानी थी?" छेदी ने पूछा।

"इस बारे में सोचो," सैनी ने कहा। "हो सकता है हेरेक्लीज के स्तंभ शब्द उन अंतरीपों का संदर्भ न हो जो जिब्राल्टर के जलडमरूमध्य के प्रवेश पर दोनों ओर मौजूद हैं, बल्कि मौलिक द्वारकाधीश मंदिर के साठ स्तंभों का संदर्भ देते हों जिसे कृष्ण के प्रपौत्र वज्रनाभि ने द्वारका में बनवाया था। हालांकि वर्तमान मंदिर तुलनात्मक रूप से आधुनिक—सम्राट अकबर के शासनकाल में निर्मित—है, लेकिन ये उसी स्थान पर है जहां वज्रनाभि का मौलिक मंदिर स्थित था और मैगस्थनीज के आगमन के दौरान ये वहीं रहा होगा!"

"परिकल्पना अच्छी है," छेदी ने कहा। "लेकिन इसकी पुष्टि करने वाले सुबूत कहां हैं?"

"अगर मुझे याद पड़ता है, तो प्लेटो ने कहा था कि एटलांटिस में राजाओं का बृहत और ज़बरदस्त शक्तिशाली संघ था जिसका सारे द्वीप पर और अन्य अनेक द्वीपों पर भी और महाद्वीप के अनेक भागों पर शासन था," सैनी ने दोहराया। "यादवों का अनेक प्रमुखों और एक प्रांतपाल के साथ अठारह कुलों का संघ था—एक ऐसा

ढांचा जो उस काल में अनूठा था। क्या ये एक और लुभावना संकेत नहीं है?"

"लेकिन क्या दोनों शहर एक ही तरीके से नष्ट हुए थे?" प्रिया ने पूछा।

"एटलांटिस के संदर्भ में प्लेटो ने कहा है कि बाद के समय में असाधारण भूकंप और बाढ़ें आईं, और एक दुखद रोज उनके ऊपर स्याह रात घिर आई जब योद्धाओं की सारी पलटन को धरती निगल गई और इसी तरह से एटलांटिस द्वीप को समुद्र निगल गया और वो लुप्त हो गया। दूसरी ओर, महाभारत हमें बताती है कि द्वारका में समुद्र शहर में घुस आया। वो ख़ूबसूरत शहर की सड़कों पर फैलता गया। समुद्र ने शहर में लगभग सभी चीज़ों को ढक दिया था। ख़ूबसूरत इमारतें एक के बाद एक डूबने लगीं। कुछ ही पल में सब ख़त्म हो गया। समुद्र अब झील की भांति शांत हो गया था। शहर का कोई चिह्न नहीं बचा था। द्वारका बस एक नाम—बस एक स्मृति था। अविश्वसनीय रूप से समान कहानियां, तुम नहीं कहोगे ये?" सैनी ने पूछा।

सेक्रेटरी के दफ़्तर में बैठी इंस्पेक्टर राधिका सिंह बहुत ध्यान से इस बातचीत का हर शब्द सुन रही थी। छेदी के दफ़्तर में चल रही मुलाकात को देखते हुए उसने अपनी माला फेरना जारी रखा।

53

मेरे फुफेरे भाई अर्जुन ने वन में अपने काल को बुद्धिमानी से व्यतीत करना चाहा और उन्होंने शिव का दिव्यास्त्र—पाशुपत—पाने के लिए तप करने का निर्णय लिया। एक रिक्त स्थान पर उन्होंने एक सुचिक्कण अंडाकार पाषाण स्थापित किया जो शिवलिंग का प्रतिनिधित्व करता था,

उस पर पुष्प अर्पित किए और फिर उसके सामने बैठ गए, उनका ध्यान पूरी तरह से शिव पर केंद्रित था। अचानक एक वन्य वराह तीव्रता से दौड़ता हुआ उनकी ओर आया और अर्जुन को अपने नेत्र खोलने पर विवश होना पड़ा, उन्होंने समय रहते एक बाण मारकर पशु को रोक दिया। जब वे मृत वराह का परीक्षण करने वहां पहुंचे तो देखा कि उसके शरीर में दो बाण धंसे हुए हैं। वराह के समीप ही एक शिकारी खड़ा था जिसका दावा था कि वराह को उसने पहले मारा है। द्वंद्व हुआ जिसमें उस शिकारी ने अर्जुन को परास्त कर दिया। निराश मगर दृढ़प्रतिज्ञ अर्जुन फिर से तप करने बैठ गए, किंतु तभी, एक पल बाद ही, उन्हें इस सत्य का भान हुआ कि वह शिकारी और कोई नहीं, बल्कि शिव हैं! अर्जुन भगवान के चरणों में गिर पड़े, जो अब साक्षात उनके सामने खड़े थे, और शिव ने दिव्य पाशुपतास्त्र देकर उन्हें अनुग्रहीत किया।

"लेकिन महाप्रलय को लेकर तो युगों से मिथक चले आ रहे हैं," छेदी ने तर्क दिया। "दुनिया भर में बाढ़ों को लेकर पांच हज़ार से ज़्यादा कहानियां प्रचलित हैं। प्रलयंकारी बाढ़ के बारे में प्राचीन सभ्यताओं—चीन, बेबीलोनिया, वेल्स, रूस, भारत, अमेरिका, हवाई, स्कैन्डिनेविया, सुमात्रा, पेरू और पॉलीनेशिया—सबके अपने अलग संस्करण हैं। और ये हैरानी की बात भी नहीं है क्योंकि इनमें से अधिकांश मिथक अंतिम हिमयुग की समाप्ति से जुड़े हैं।"

"सच है। लेकिन उनमें सबसे ज़्यादा प्रसिद्ध कहानी नोह की है जिसने सभी जीवित प्राणियों को महाविनाश से बचाने के लिए एक विशाल नौका बनवाई थी," सैनी ने कहा। "ये बाइबिल के जेनेसिस खंड में है। बाढ़ की लगभग सभी कहानियों को बारम्बार समान तत्वों से जोड़ा गया है जो बाइबिल के ब्योरे के समानांतर हैं—घटना की पूर्व चेतावनी, एक जहाज़ या बेड़े का निर्माण, पशुओं की रक्षा,

और ये जांचने के लिए पक्षियों को छोड़ना कि बाढ़ उतर गई या नहीं। दुनिया भर में बाढ़ के मिथकों द्वारा साझा किए जाने वाला अविश्वसनीय पैटर्न एक संकेत है कि वो सभी एक ऐसी ऐतिहासिक घटना का संदर्भ दे रहे थे जिसे अनेक पीढ़ियों से और अनेक भूमियों से मौखिक रूप से आगे बढ़ाया जाता रहा है।"

"तुम मुझे ये तो नहीं बताने वाले हो न कि नोह का जहाज़ भारत में बना था!" छेदी ने मज़ाक़ करते हुए कहा।

"दरअसल, हां," सैनी ने कहा। "नोह की कहानी गिल्गमेश की सुमेरियाई कहानी से लगभग मिलती-जुलती है और मैं तुम्हें पहले ही बता चुका हूं कि सुमेरियाई वैदिक निवासी ही थे जो सरस्वती के सूखने के बाद पश्चिम की ओर चले गए थे।"

"यानी नोह भारत का था?" छेदी ने अविश्वास से पूछा।

"नोह नहीं, बल्कि वो ऐतिहासिक घटना जिस पर नोह की नौका की कहानी आधारित थी। गिल्गमेश उरुक—वर्तमान इराक—का राजा था जिसने अपने राज्य की दीवारों को दुर्गीकृत करवाया था," सैनी ने स्पष्ट किया। "महाकाव्य में हम गिल्गमेश को एक नाविक से कहते देखते हैं कि उरुक की दीवार को वास्तव में सात साधुओं ने बनाया था। सात साधुओं की अवधारणा—या सप्तऋषि—उतनी ही पुरानी है जितनी कि स्वयं वैदिक सभ्यता! गिल्गमेश की कहानी अवश्य ही उस बाढ़ का विवरण है जिसने द्वारका को अपनी चपेट में ले लिया था जिसे वैदिक युग के निवासियों की भावी पीढ़ियां अपने साथ सुमेरिया जैसे नए स्थानों पर ले गईं। अच्छा, नोह के नाम को लो और इसके बीच के स्वरों—ओ, ए—को पलट दो। क्या बना? नाओ—नौका के लिए हिंदी शब्द! यहां तक कि मानव की रचना की धारणा भी भारत की ही है। अंग्रेजी शब्द मैन संस्कृत के मूल शब्द मानुष से बना है—जो भारतीय नाम मनु का भी मूल है, जिन्हें हिंदुओं का पौराणिक जनक माना जाता है।"

छेदी और प्रिया अचंभित थे। सैनी ने इस पल को पकड़ लिया। "एक पल के लिए, अगर हम बाइबिल की नोह की कहानी को

वास्तविक रूप में मान लें, तो ये स्पष्ट है कि नोह के द्वारा बनवाई गई नाव काफ़ी बड़ी रही होगी, ठीक? वास्तव में, बाइबिल ने नाव का आकार-प्रकार भी बताया है। इसकी लंबाई तीन सौ क्यूबिट, चौड़ाई पचास क्यूबिट और ऊंचाई तीस क्यूबिट थी। ये विशाल है! ये तीन मंज़िला इमारत से भी ऊंचा जहाज़ रहा होगा और इसके डैक का क्षेत्र छत्तीस टेनिस कोर्ट के बराबर होगा। उस समय का कौन सा शिपयार्ड इस तरह के पोत का निर्माण करने में सक्षम रहा होगा!" सैनी ने पूछा।

प्रिया ने तुरंत ही पकड़ लिया। "बस एक ही प्राचीन बंदरगाह था जो इस आकार को संभाल सकता था—लोथल!" सैनी के रहस्योद्घाटनों से शीघ्रता से उत्तेजित होते हुए उसने कहा।

"एकदम! लोथल का डॉकयार्ड दुनिया के प्राचीनतम ज्ञात डॉकयार्ड में से है। यही एक शिपयार्ड था जो प्राचीन काल में उस विशालता के जहाज़ को बनाने में सक्षम था। वास्तव में, 'नेवीगेशन' शब्द भी संस्कृत के शब्द 'नवगति'—नौकायन का विज्ञान—से ही बना है," सैनी ने कहा। "लोथल वो स्थान था जहां से विशाल पोत फारस की खाड़ी के व्यापारिक मार्ग पर जाते थे। एक दूसरी संभावना धोलावीर है। लोथल और धोलावीर दोनों ही द्वारका से बेहद क़रीब थे—वास्तव में तीनों शहरों में क़रीबी संबंध था।"

"ये किस तरह से जुड़े हुए थे?" छेदी ने पूछा।

"धोलावीर को सबसे पहले 1960 के दशक में जगत पति जोशी ने ढूंढ़ा था और 1990 के दशक में आर एस बिष्ट के मार्गदर्शन में वहां ख़ुदाई की गई थी," सैनी ने कहा। "बिष्ट ने पाया कि शहर की लंबाई और चौड़ाई 5:4 के सटीक अनुपात में थी। मुख्य किले के अनुपात भी शहर के 5:4 के अनुरूप थे। दोनों अनुपातों को जोड़ने पर पवित्र अंक नौ आता है।"

"लेकिन इसका लोथल से क्या लेना-देना है?" प्रिया ने खीझते हुए पूछा।

"यहीं तो ये वास्तव में दिलचस्प हो जाता है," सैनी ने बच्चों

जैसे उत्साह में अपने हाथ मलते हुए कहा। "धोलावीर की माप की इकाई लोथल के 108 अंगुल के एकदम समान है। एक बार फिर वैदिक गणितीय संबंध देखा?"

"ये जो भी हो," प्रिया ने अपने ऊपर नियंत्रण पाने की कोशिश करते हुए कहा, "मगर स्वास्तिक—जिसे आप कहते हैं कि ये शिव के निवास का प्रतिनिधित्व है—को कृष्ण की मोहर पर पाए जाने को कैसे स्पष्ट किया जाएगा?"

छेदी, जो तब तक केवल सवाल ही पूछ रहा था, बोल उठा, "मेरी एक थ्योरी है," उसने कहा।

सैनी ने नज़र उठाकर थोड़ी सी हैरानी से अपने स्कूल के दोस्त को देखा। "हां?" उसने पूछा।

"अगर हम कृष्ण को पौराणिक पात्र के स्थान पर ऐतिहासिक व्यक्तित्व मानें तो कृष्ण मेरी और तुम्हारी तरह रहे होंगे—हड्डियों, मांसपेशियों, मांस, ऊतकों और रक्त का पुंज, सही?" छेदी ने पूछा।

सैनी ने हामी भरी।

"इस संदर्भ में, भगवद्गीता समझ में नहीं आती," छेदी ने कहा। "कृष्ण द्वारा अर्जुन को दिए गए उपदेश में कृष्ण ख़ासतौर पर अर्जुन को बताते हैं कि वो अनंत, चिरस्थायी और अविनाशी हैं।"

"तुम क्या बात सिद्ध करना चाहते हो, डंपी?" सैनी ने पूछा।

"मैं जो बात रख रहा हूं, रोजर, वो ये है: क्या ये मुमकिन नहीं है कि जब कृष्ण अपने बाएं पैर में बाण लगने से मारे गए, तो वो एक हत्या नहीं थी बल्कि डीएनए निकालने की प्राचीन प्रक्रिया थी?" छेदी ने पूछा। "और अगर इस डीएनए को संरक्षित किया जाना था, तो इसके संरक्षण के लिए तर्कसम्मत जगह ऐसे हिम की परत के नीचे नहीं होती जो कभी पिघलती नहीं है? जैसे कैलाश पर्वत जैसा स्थान?"

इंस्पेक्टर राधिका सिंह ने ध्यान से मॉनीटर को देखा। जपमाला पर उसकी पकड़ सख़्त हो गई। अब अंदर जाने का वक़्त आ गया

था।

54

शिव से पाशुपत प्राप्त करने के बाद अर्जुन ने हिमालय पर चढ़ना आरंभ किया। शीघ्र ही, उन्होंने एक चमचमाता रथ देखा। रथवान ने अर्जुन को बताया कि इंद्र—अर्जुन के पिता—ने वह उनके लिए भेजा है। इंद्र को असुरों से लड़ने में उनकी सहायता की आवश्यकता थी। अर्जुन ने इंद्र के साथ मिलकर युद्ध किया और वे विजयी रहे। इंद्र ने अपने पुत्र से कुछ समय स्वर्ग के आनंदों का उपभोग करने को कहा, अर्जुन ने ऐसा ही किया। शीघ्र ही उनके पास एक अप्सरा—उर्वशी—आई और उसने उनसे अपना प्रेमी बनने को कहा। अर्जुन जानते थे कि उर्वशी उनके एक पूर्वज की पत्नी रह चुकी है, इसलिए उन्होंने कहा, "मैं आपको मां के रूप में देखता हूं। आप मुझसे ये अपेक्षा कैसे कर सकती हैं कि मैं आपसे प्रेम करूंगा?" अस्वीकृत किए जाने पर क्षुब्ध उर्वशी ने अर्जुन को श्राप दिया कि वे अपना पुरुषत्व खो देंगे। अर्जुन ने अपने पिता इंद्र से सहायता करने की प्रार्थना की। इंद्र श्राप का प्रभाव कम करवाने में समर्थ रहे जिसके कारण अर्जुन को बस एक साल के लिए अपना पुरुषत्व खोना था और वह भी अपने चुने हुए काल में।

सैनी ने एक बार फिर उस पुर्जे को देखा जो छेदी ने उसे थमाया था। उस धुंधली लिखाई को समझने के लिए दृढ़ होकर सैनी ने अपनी आंखें सिकोड़ीं, जब तक कि उसने शब्दों को समझ नहीं लिया:

"सावधान रहना। अगले कमरे में पुलिस सुन रही है।" सैनी चौंककर कुर्सी पर बैठ गया। उन्हें फ़ौरन बाहर निकलना था।

"हाथ ऊपर करो," जोर से छेदी के दफ़्तर के दरवाज़े को खोलते हुए राधिका सिंह चीख़ी। सैनी और प्रिया अपनी कुर्सियों पर जमकर रह गए। शर्मिंदा से दिख रहे छेदी ने धीरे से कहा, "मुझे बहुत अफ़सोस है, रोजर। इनके साथ सहयोग करने के सिवा मेरे पास कोई चारा नहीं था। मगर मैंने तुम्हें चेतावनी देने की कोशिश की थी।" सैनी ने अपने दोस्त को देखकर गंभीरता से हामी भरी। अगर उसे भी ऐसी स्थिति में डाल दिया जाता, तो शायद वो भी यही करता।

सैनी और प्रिया ने हाथ उठा दिए, राठौड़ चुस्त क़दमों से उनकी ओर बढ़ा और उसने उनकी उठी हुई बांहों में हथकड़ी पहना दीं। "क्या ये शानदार पुनर्मिलन नहीं है?" राधिका सिंह ने व्यंग्य से पूछा। "इस पल का जब हम फिर से मिलते, मैंने बहुत इंतज़ार किया है।"

जब उसने अपनी गर्दन पर चाकू की धातुई नोक महसूस की तो अचानक उसके चेहरे का व्यंग्य भाव ग़ायब हो गया। तारक ने छठी मंज़िल के लिए एलिवेटर ले ली थी और वह ख़ामोशी से छेदी के दफ़्तर में आ गया था। वह दबे पांव राधिका के पीछे गया जबकि राठौड़ सैनी और प्रिया को हथकड़ी पहनाने में व्यस्त था। राधिका के पीछे पहुंचते ही उसने एक हाथ से राधिका को कमर से पकड़ा जबकि दूसरे हाथ में उसके गले पर रखा चाकू था।

"अगर इसी पल तुमने अपनी बंदूकें नहीं फेंकीं तो मैं इस गले को काट डालूंगा," उसने निर्णयात्मक ढंग से राधिका और राठौड़ से कहा।

"ठीक है, शांति से," राठौड़ ने होल्स्टर से अपनी बंदूक निकालकर धीरे से फ़र्श पर रखते हुए कहा। राधिका, जो अभी भी अपनी बंदूक पकड़े हुए थी, सदमे से सुन्न सी हो गई थी। उसे यक़ीन नहीं हो रहा था कि सैनी और प्रिया को पकड़ने की उसकी योजना पर फिर से पानी फेरा जा रहा है।

"मैंने कहा, फेंक दो इसे!" तारक उसके कान में ग़ुर्राया। इस बार मानो आदेश समझ में आया और राधिका ने उसका पालन किया। कमरे में मौजूद लोगों में सैनी से ज़्यादा हैरान और कोई नहीं था। उसका ड्राइवर आख़िर कर क्या रहा था? वो क्यों ख़ुद को इस तरह शामिल कर रहा था?

"अब, इनकी हथकड़ी खोलो!" तारक राठौड़ पर चिल्लाया, और उसने चाकू की नोक राधिका की गर्दन में थोड़ी और गड़ा दी जिससे ख़ून की एक नन्ही सी बूंद उभर आई। तारक प्रिया की ओर संकेत कर रहा था।

राठौड़ प्रिया की ओर बढ़ा और उसकी हथकड़ी खोल दी। प्रिया अपनी कुर्सी से उठी, राठौड़ की फ़र्श पर पड़ी बंदूक की ओर गई और उसे उठा लिया। उसे राठौड़ पर तानते हुए वो बोली, "एक क़दम भी बढ़ाया तो मैं गोली चला दूंगी, सुना तुमने?"

भौचक्के राठौड़ ने हामी भरी। सेक्रेटरी के कमरे में बैठे पुलिसवाले चुपचाप ख़ुले दरवाज़े के पार हो रहे तमाशे को देखते रहे, उन्होंने मान लिया था कि उनके दोनों बॉसों के ऊपर तने हथियारों के चलते वो कुछ नहीं कर सकते थे।

राठौड़ की ओर बंदूक ताने रखकर, प्रिया ने उस मेज़ को खंगाला जिस पर छेदी की मोहर रखी थी। उसने उसे उठाया और अपनी जेब में डाल लिया।

"ये क्या कर रही हो, प्रिया?" सैनी घबराकर धीरे से बोला। "हम भगोड़े भले ही हों लेकिन हम मुजरिम नहीं हैं। ऐसा कुछ मत करो जिससे तुम्हारी ज़िंदगी ख़तरे में पड़ जाए।"

"ओह, चुप करो और मुझे भाषण मत दो!" प्रिया ग़ुर्राई, अचानक सुलगने लगी उसकी आंखें सैनी को भेद रही थीं। "अब मैं तुम्हारी नाजुक सी शोध छात्रा नहीं हूं, प्रोफ़ेसर रवि मोहन सैनी! मैं तुम्हारी लगातार की बकबक से पक चुकी हूं। अच्छा होगा कि तुम पुलिस के साथ लॉकअप में चले जाओ। वही एक जगह है जहां तुम सुरक्षित रहोगे!"

सैनी मूढ़ सा खड़ा था। प्रिया का बदलाव अविश्वसनीय था। वो भली सी मुस्कान और गालों के नाजुक गड्ढे ग़ायब हो चुके थे। इसके बजाय, उसका चेहरा तमतमा रहा था और शांत मुस्कुराहट की जगह एक स्थायी ग़ुस्सा दिख रहा था। मोहर अपनी जेब में रखने के बाद वो फिर से सैनी की ओर मुड़ी। "अब मेरे पास चारों मोहर हैं। तुम्हारे विश्लेषण के लिए शुक्रिया, ये काफ़ी सहायक रहेगा, प्रोफ़ेसर," वो बनावटी हंसी हंसी। "लेकिन मुझे राहत मिली कि अब मुझे तुम्हारे उबाऊ लेक्चरों को नहीं सुनना पड़ेगा।"

वो राधिका सिंह की ओर बढ़ी जो गर्दन पर गड़े तारक के चाकू के साथ एक ही जगह पर जड़ खड़ी हुई थी।

"तुम इसकी गर्दन से चाकू हटा सकते हो, मेरे बच्चे," प्रिया ने तारक से कहा। "इसे अब मैं संभाल लूंगी।"

"जी, माताजी," तारक ने राधिका को छोड़ते हुए सम्मानपूर्वक कहा।

प्रिया ने बंदूक को सीधे राधिका के सिर पर लगाया और बोली, "तुम इस दफ़्तर से मेरे निकलने का पासपोर्ट हो। यहां फैले अपने आदमियों को निर्देश दो कि मुझे बिना किसी बाधा के निकलने दिया जाए। किसी ने एक भी संदेह भरा क़दम उठाया तो तुम्हारा भेजा फ़र्श पर बिखरा पड़ा होगा।" राधिका ने ख़ामोशी से हामी भरी, वो इतनी अचंभित थी कि इस नए घटनाक्रम को समझ नहीं पा रही थी।

"अब वक़्त आ गया है कि हम आप सबसे इजाजत लें," प्रिया ने उपहास उड़ाते हुए कमरे में मौजूद दूसरे लोगों से कहा। "मुड़ो," उसने राधिका को आदेश दिया। जब राधिका मुड़ी, तो प्रिया ने अपनी बाईं बांह राधिका की कमर में डाली और दाएं हाथ में पकड़ी बंदूक को उसकी पसलियों में गड़ा दिया।

"तुम मेरे साथ कार तक चलोगी। अगर मैं सुरक्षित पहुंच गई और जा सकी तो अपनी ज़िंदगी को बोनस समझना। अगर नहीं निकल पाई तो तुम भी नहीं बचोगी," राधिका को दफ़्तर के खुले दरवाज़े की आरे बढ़ने के लिए कोंचते हुए उसने फुसफुसाकर कहा।

"मेरे पीछे चलना," उसने तारक को निर्देश दिया। "नज़र रखना कि कोई मुझ पर पीछे से हमला करने की कोशिश न करे।"

"आपकी इच्छा मेरे लिए आदेश है, माताजी," तारक ने आज्ञाकारिता से कहा, और राधिका को बंधक बनाकर वो कार की ओर बढ़ने लगे। माताजी के पीछे-पीछे चलते हुए उनके साथ बीती अपनी ज़िंदगी की झलकियां तारक के दिमाग़ में उभरने लगी थीं।

55

जब अर्जुन अपने पिता के साथ थे, तब शेष पांडवों ने देश भर में भ्रमण करने का निर्णय लिया। उन्होंने पवित्र नदियों में स्नान किया, प्राचीन तीर्थस्थलों पर गए, ऋषियों के साथ ध्यान-मनन किया और साधु-संतों के साथ दर्शनशास्त्र पर चर्चाएं कीं। यह ज्ञानार्जन और आत्मावलोकन का समय था। जब उनकी महायात्रा समाप्ति की ओर पहुंची तो भीम ने अपने पुत्र घटोत्कच को बुलाया। उनका पुत्र अपने अनेक राक्षस साथियों को लेकर आया और उन्होंने हिमालय की ऊंचाइयों पर पहुंचने में पांडवों की मदद की जहां अर्जुन उनकी प्रतीक्षा कर रहे थे। आनंदपूर्ण पुनर्मिलन के बाद अर्जुन ने उन्हें वे चमत्कारिक अस्त्र दिखाए जो उन्हें प्रदान किए गए थे। जैसे ही उन्होंने उन्हें अनावृत्त किया, धरती और आसमान कांपने लगे। अर्जुन को आभास हुआ कि उन्हें असाधारण रूप से शक्तिशाली अस्त्रों से अनुग्रहीत किया गया है और कि वे लापरवाही से उनका प्रयोग नहीं कर सकते।

"मैं खोदबीन नहीं करना चाहता, माताजी, लेकिन मुझे हमेशा आश्चर्य हुआ है कि आप इतनी ताकतवर कैसे हो गईं?" अपने एक प्रशिक्षण सत्र के बाद तारक ने पूछा। वो पांच साल से ज़्यादा से अपने दैनिक रूटीन का पालन कर रहे थे और तारक ताकत, बुद्धि और विनम्रता की शानदार बानगी के रूप में विकसित हुआ था। प्रिया लड़के को देखकर मुस्कुराई। अपना हाथ बढ़ाकर उसने कोमलता से उसके गाल को छुआ और कहा, "अगर किसी और ने ये पूछा होता तो मेरी निजी ज़िंदगी में दखल देने के लिए मैंने उसे तुरंत मार डाला होता, लेकिन तुमसे मुझे लगाव हो गया है, मेरे बच्चे, इसलिए सुनो।"

"बहुत साल पहले जब मैं छोटी बच्ची थी, तो मेरी मां की कैंसर से मृत्यु हो गई थी। दुनिया में मेरे पास बस मेरे पिता बचे थे। मेरे पिता—संजय रतनानी—तब तक भारत के सबसे ज़्यादा फीस लेने वाले वकील नहीं बने थे। उन्हें बहुत कड़ी मेहनत करनी पड़ती थी और सैकड़ों छोटे-छोटे मामलों को निबटाने के लिए वो अक्सर सुबह जल्दी निकल जाते और रात को देर से लौटते थे," प्रिया ने कहा। "हम मुंबई की एक चाल में एक छोटे से एक बेडरूम वाले घर में रहते थे। हम इतने अमीर नहीं थे कि मुझे बोर्डिंग स्कूल में भेजा जा सकता और इसलिए मेरे पिता मुझे हमारी पड़ोसी, एक बेहद दयालु महिला सरला आंटी के पास छोड़ जाया करते थे।"

प्रिया रुकी। "सरला आंटी मेरे लिए मां का विकल्प बन गई थीं। वो मेरे लिए नाश्ता बनातीं, मुझे स्कूल छोड़कर आतीं, होमवर्क में मेरी मदद करतीं और रात को मुझे सुलातीं। जब मेरे पिता काम पर से वापस आते तो मैं गहरी नींद में सो रही होती थी और मेरा ध्यान रखने के लिए सरला आंटी को बहुत धन्यवाद देते हुए वो मुझे उठाकर हमारे घर लाते।" तारक बहुत ध्यान से सुन रहा था।

प्रिया ने कहना जारी रखा, "सरला आंटी कृष्ण की घोर भक्त थीं और वो, बिना नागा, रोजाना सुबह भगवान कृष्ण की पूजा करती थीं। मुझे उनकी पूजा बहुत पसंद थीं, क्योंकि उनका अंत मिठाई—प्रसाद—के साथ होता था जिसे वो बड़े प्यार से मेरे मुंह में ठूंस देती

थीं। मुझे पता नहीं था कि सरला आंटी अपने ख़ुद के बच्चों को जन्म नहीं दे सकती थीं। उनकी शादी उनके ग़रीब माता-पिता द्वारा तय किए एक शराबी गलियर आदमी से हुई थी। शादी की पहली रात को ही उसने उन्हें इतनी बुरी तरह से मारा था कि उनका गर्भ जीवन धारण करने में अक्षम हो गया। वो शिकायत करने के लिए स्थानीय पुलिस थाने में भागीं लेकिन डयूटी पर मौजूद अफ़सर, गर्ग नाम के एक घटिया आदमी, ने उनसे कहा कि सभी शादियों में अक्सर ऐसी बातें होती रहती हैं, और उसने एफआईआर दर्ज नहीं की! हालांकि सरला आंटी की अपनी ज़िंदगी बदहाल थी लेकिन मुझ पर वो बहुत प्यार लुटाती थीं। मैं शायद एकमात्र चीज़ थी जो अभी भी उनकी स्याह और निराशापूर्ण दुनिया में प्यार जगाने में समर्थ थी।"

आगे बोलने से पहले प्रिया ने गिलास से एक घूंट पानी पिया। बज़ाहिर, अपनी ज़िंदगी के इस हिस्से को याद करना उसके लिए मुश्किल था। "एक दिन, जब मेरे पिता काम पर ही थे और सरला आंटी रसोई में खाना गर्म कर रही थीं तो उनका पति लड़खड़ाता, बुरी तरह झल्लाया हुआ अंदर आया। उसने कामुकता से मुझे घूरा और मेरे वक्ष पकड़ने की कोशिश करते हुए वो मुझ पर टूट पड़ा। मैं गिर पड़ी और वो मेरे ऊपर गिर पड़ा। उसने अपनी पैंट की जिप खोलना शुरू किया ताकि मेरा बलात्कार कर सके, तभी सरला आंटी दौड़ती हुई आई और उसे मुझसे दूर खींचने के लिए जद्दोजहद करने लगीं। वो उठा और उसने अपनी दाहिनी बांह बड़ी तेज़ी से घुमाई, जो उनके निचले होंठ पर पड़ी और उससे तुरंत ख़ून बहने लगा। उसने उन्हें घुमाया, और उनकी बांह को उनकी पीठ के पीछे ले जाकर मोड़ने लगा, मुझे लगा उनकी बांह टूट ही जाएगी, जबकि उसके दूसरे हाथ ने उनके बाल पकड़े और उनके सिर को पीछे खींच लिया। मैं देख रही थी कि सरला आंटी लाचार थीं और अगर उस राक्षस की चलती तो वो उन्हें मार डालता। मैं रसोई में भागी और मैंने काउंटर पर पड़ा चाकू उठा लिया—वो जिससे सरला आंटी शाम के खाने के लिए प्याज काट रही थीं। मैंने उसे कसकर अपने हाथ में पकड़ा, सरला

आंटी के दुष्ट पति के पीछे भागी और चाकू उसकी पीठ में इतना गहरा घोंप दिया जितना मैं घोंप सकती थी। वो दर्द से चीख़ उठा। अनजाने ही मैंने उसके फेफड़ों और हेमोथोरेक्स को भेद दिया था। मैं उसे जमीन पर गिरते देखती रही, उसके मुंह से ख़ून बलबलाकर बह रहा था।"

प्रिया ने अपनी आंख के कोने से एक आंसू पोंछा और आगे कहना जारी रखा। "सरला आंटी को इतना सदमा लगा कि वो हिल भी नहीं पाईं। उन्हें यक़ीन नहीं हो रहा था कि मैंने उनके आततायी को मार डाला है। वो मेरी ओर दौड़ीं और उन्होंने कसकर मुझे गले से लगा लिया। फिर उन्होंने मेरे हाथों से चाकू लिया, अपनी साड़ी से ख़ून और उंगलियों के निशान पोंछे और अपने हाथ में कसकर चाकू पकड़ लिया ताकि मेरी जगह उनकी उंगलियों के निशान उस पर आ जाएं। उन्होंने मेरे ख़ून में सने कपड़े बदलवाकर साफ़ ड्रेस पहनवाई और मुझसे अच्छी तरह हाथ-मुंह धुलवाया। फिर उन्होंने रसोई के स्टील के कूड़ेदान में मेरी उस ड्रेस को जला दिया जो मैं पहने हुए थी। फिर उन्होंने मुझसे कहा कि मैं अपने फ़्लैट में चली जाऊं और वहीं पर चुपचाप अपने पिता के लौटने का इंतज़ार करूं। उन्होंने मुझे सबसे यही कहने की ताकीद की कि उस शाम मैं उनके साथ थी ही नहीं। सरला आंटी जिस हालत में थीं, उसमें उन्हें छोड़कर जाने में मैं हिचकिचा रही थी, लेकिन वो मुझसे और कुछ सुनने को तैयार नहीं थीं। उन्होंने मुझसे कहा कि कृष्ण को हमेशा अपने हृदय में रखूं। उन्होंने कहा कि दुनिया बहुत बुरी जगह है और ज़िंदगी में उन्हें कृष्ण और मुझसे ही शांति मिली थी। फिर उन्होंने मुझे सीधे दौड़कर अपने पिता के घर जाने का आदेश देते हुए अपने फ़्लैट से बाहर कर दिया।"

तारक ने हाथ बढ़ाकर प्रिया का हाथ अपने हाथ में ले लिया। उसका बुरी तरह दिल चाह रहा था कि इस अरक्षित स्त्री को आग़ोश में लेकर उसे दिलासा दे जिसने उस समय में एक मां की तरह उसकी रक्षा की थी जब उसे संरक्षण की सबसे ज़्यादा ज़रूरत थी। प्रिया ने

आगे कहा, "उस रात मेरे पिता ग्यारह बजे के कुछ बाद घर लौटे थे। अपनी आम दिनचर्या के मुताबिक पहले वो मुझे लेने के लिए सरला आंटी के यहां रुके। जब वो वहां पहुंचे तो उन्होंने देखा कि सरला आंटी और उनके पति दोनों फ़र्श पर मृत पड़े हैं, पति पीठ में लगे चाकू के घाव की वजह से और सरला आंटी अपने पेट में स्वयं वार करने से—उसी चाकू से जो अभी भी उनके हाथ में था। वो तुरंत घर भागे—वो मेरे लिए बुरी तरह से फिक्रमंद हो गए थे—और उन्होंने मुझे अंधेरे में पलंग के नीचे छिपा पाया। उन्होंने आहिस्ता से मुझे उठाया, अपनी बांहों में लिया और फिर पुलिस को बुलाने के लिए फ़ोन उठाया।

पुलिस आई और उसने सारे परिसर की छानबीन की। जांच-अधिकारी सुनील गर्ग मेरे पिता को तंग करने लगा, उस शाम मैं कहां थी, इसको लेकर उसने सैकड़ों सवाल पूछे। ऐसा लग रहा था मानो उसने पहले से तय कर लिया हो कि मैं मुजरिम थी, हालांकि सुबूत साफ़-साफ़ कहीं और इशारा कर रहे थे। जब उस रात मैंने अपने पिता को अपनी सारी बात बताई, तो वो समझ गए कि मुझे बचाने के लिए उन्हें सब कुछ करना होगा। मेरी स्वीकारोक्ति हमारी ज़िंदगी हमेशा के लिए बदल देने वाली थी।"

56

एक दिन वायु के साथ उड़कर द्रौपदी की गोद में कुछ अत्यंत मीठी सुगंध वाले पुष्प आ गिरे। उसने भीम से प्रार्थना की कि वे उसके लिए वैसे ही थोड़े से पुष्प और लेकर आएं। भीम निकल पड़े, उन पुष्पों को ढूंढ़ने के दृढ़ निश्चय के साथ जिनके लिए द्रौपदी इतना लालायित थी। वो ऐसे मनुष्य की तरह थे जो उसे प्रसन्न करने

की इच्छा के वशीभूत था, और उन्हें उन वृक्षों या जीवों की कोई चिंता न थी जिन्हें वे मार्ग में आहत करते जा रहे थे। अंतत: वे एक घने कुंज में पहुंचे, किंतु एक निद्रामग्न वानर उनका मार्ग रोक रहा था। "मेरे मार्ग से हट, वृद्ध वानर," भीम ने क्रोध से कहा। वानर ने कहा कि वह इतना वृद्ध है कि हिल नहीं सकता और भीम ही उसकी पूंछ को उठाकर एक ओर रख दें और आगे बढ़ जाएं। अपनी अतिमानवीय शक्ति के बावजूद भीम पूंछ को हिलाने में भी असमर्थ रहे। तब जाकर भीम ने जाना कि वह वानर और कोई नहीं अपितु अमर हनुमान हैं—समान पिता, पवन देव, के कारण उनके भाई। अंतत: भीम की समझ में आया कि मैंने ही हनुमान से कहा था कि भीम को विनम्रता का पाठ पढ़ाएं। भीम हनुमान के आगे साष्टांग गिर पड़े और क्षमा मांगने लगे। हनुमान द्वारा स्नेहपूर्वक आशीर्वाद दिए जाने के बाद भीम ने द्रौपदी के पुष्पों की अपनी खोज जारी रखी।

"जब आपने अपने पिता को बताया कि आपने सरला आंटी के पति की हत्या की है तो फिर क्या हुआ?" तारक ने पूछा, वो अब प्रिया के दोनों हाथों को अपने हाथों में लिए बैठा था।

"वो रोने लगे। उन्होंने मुझे बांहों में भर लिया और कहा कि वो ये सुनिश्चित करेंगे कि फिर कभी मुझे ऐसी स्थिति में न पड़ना पड़े। मुझे संकट में डालने के लिए वो ख़ुद को और अपने काम को दोष देते रहे। अगले दिन वो सर खान से मिलने गए और उनकी ओर से एक क्रिमिनल केस लड़ना स्वीकार किया," प्रिया ने कहा।

"सर खान कौन थे?" तारक ने पूछा।

"सर खान कोई अंग्रेज नाइट नहीं, बल्कि एक बड़े हिंदुस्तानी आपराधिक गिरोह के सरग़ना थे," प्रिया ने उत्तर दिया। "पहले वो कुख्यात दादा रहीम के सहायक रहे थे और दादा रहीम के संगठन में

अपने बढ़ते हुए रुतबे को जताने के लिए उन्होंने सर खान की भारी-भरकम पदवी अपना ली थी। सर खान ने एक छोटे से जेबकतरे से अपना कैरियर शुरू किया था और बढ़ते-बढ़ते स्मगलिंग, सट्टेबाजी और जालसाजी में माहिर हो गए। अंततः दादा रहीम और सर खान के बीच बहुचर्चित विभाजन हुआ, सर खान ने गैंग से अलग होकर अपना संगठन बना लिया। सर खान करोड़पति बन गए, उन्होंने अपने फलते-फूलते नाजायज कारोबारों के समानांतर रियल एस्टेट डेवलपमेंट संस्थाओं, होटलों और फिल्म निर्माण कंपनियों समेत अनेक जायज कारोबार स्थापित किए। मगर दादा रहीम के साथ झगड़ा जारी रहा, और दोनों आदमी समय-समय पर भ्रष्ट पुलिसवालों से एक-दूसरे की मुखबिरी करते रहते थे। सर खान ने अदालत में मेरे पिता के बढ़ते हुए कौशल के बारे में सुना और उनके पास ख़बर भेजी कि वो चाहते हैं कि मेरे पिता उनके सारे पैंडिंग आपराधिक मुकद्दमों में उनकी पैरवी करें, लेकिन मेरे पिता ने मना कर दिया। वो नहीं चाहते थे कि माफिया सरग़नाओं की ओर से लड़कर वो अपना कैरियर बनाएं। मगर, उस रात उन्होंने तय किया कि उन्हें सबसे पहले मुझे सुरक्षा प्रदान करनी है। सबसे महत्वपूर्ण ये कि उन्हें किसी ऐसे व्यक्ति की मदद चाहिए जो पुलिस—गर्ग समेत—से हमारा पीछा छुड़ा सके। इस तरह उन्होंने सर खान की पैरवी करने का अभूतपूर्व फ़ैसला लिया।"

प्रिया ने स्नेह से तारक को देखा और बोली, "सर खान की पैरवी करना शुरू करने के बाद मेरे पिता का कैरियर ऊंचाई पर पहुंच गया। उनकी आमदनी भी बढ़ गई। सर खान का मुकद्दमा लेने के कुछ ही दिन बाद हम पश्चिमी सबर्ब के एक ख़ूबसूरत फ़्लैट में चले गए, जिसे सर खान ने किस्तों में मेरे पिता को दिया था। हमने कामवाली बाई को रख लिया और मुझे लड़कियों के एक नए प्राइवेट स्कूल में दाखिल करवा दिया गया। स्कूल में, हमारी योग-शिक्षिका हिंदू राष्ट्र सेविका समिति के तहत प्रशिक्षित थीं। उन्होंने अपनी अधिकांश ज़िंदगी शाखाओं में शामिल होते बिताई थी, जिनमें

शारीरिक फिटनेस, योग और ध्यान को सबसे ज़्यादा महत्त्व दिया जाता था। उन्होंने मुझ पर ख़ास ध्यान दिया और जल्दी ही मैं उन्हें अपनी आध्यात्मिक मार्गदर्शक के रूप में देखने लगी। उनकी निजी देखरेख में मैं संस्कृत, हिंदू धर्मशास्त्रों, योग, ध्यान और युद्ध कलाओं में माहिर हो गई। मैं मरते वक़्त सरला आंटी द्वारा कहे शब्दों—रोजाना कृष्ण की पूजा करना—को भूली नहीं थी और मैं इसका पालन करती रही। नतीजा हुआ कि मैं शक्तिशाली, आत्मनिर्भर और हिंदुत्व और वैदिक जीवनशैली के सम्मान का संरक्षण करने के प्रति कट्टर रूप से समर्पित हो गई थी।"

"तो फिर आप इतिहास की टीचर कैसे बन गईं?" तारक ने पूछा।

"जब मेरी स्कूली शिक्षा पूरी हुई, तो मैंने तय किया कि मैं इतिहास पढ़ना चाहती हूं ताकि अपनी धरोहर की आधारभूत समझ प्राप्त कर सकूं," प्रिया ने कहा। "मेरे पिता को थोड़ी निराशा हुई क्योंकि वो उम्मीद कर रहे थे कि मैं वकालत पढूंगी लेकिन उसमें मुझे इतनी रुचि नहीं थी जितनी इतिहास में थी। मैंने सेंट जेवियर्स कॉलेज में दाखिला लिया जहां से मैंने बीए किया और फिर इतिहास में एमए करने के लिए किंग्स कॉलेज, लंदन चली गई। जब मैं वहां थी, तो मैंने ऐसे दस्तावेज देखे जिन्होंने मेरा ख़ून खौला दिया। उनमें यूरोपीय इतिहासकारों के ये साबित करने के प्रयास शामिल थे कि कृष्ण जीजस क्राइस्ट की कहानी पर आधारित हिंदू कल्पना का मनगढ़ंत रूप हैं।"

"उन्होंने ऐसा किस तरह किया?" तारक ने पूछा।

"मोरा गांव—मथुरा के पश्चिम में लगभग सात मील दूर—में 1882 में एक खोज की गई थी। एक बहुत पुराने कुएं की छत पर एक बहुत बड़ा शिलालेख खोजा गया था। क़रीब बीस साल बाद, एक शोधकर्ता, डॉ. जे पी वोगेल मोरा गांव के कुएं की शिला को मथुरा संग्रहालय ले गए। वहां उन्होंने शिला और अनुवादों के साथ छेड़खानी करने की कोशिश की ताकि वो हिदुत्व को बुरे रूप

में दर्शा सकें। इस घटना को पढ़ने पर मुझे ये तथ्य समझ आया कि इतिहास महज घटनाओं का एक रूप है जिसे उन लोगों के राजनीतिक, सांस्कृतिक और धार्मिक ज्ञान द्वारा आसानी से प्रभावित किया जा सकता है जो इसे लिखते हैं। मैं अपनी शिक्षा के प्रयोग से इसे सही करना चाहती थी। मैं चाहती थी कि कृष्ण की ऐतिहासिक प्रामाणिकता दृढ़ता से स्थापित हो। कृष्ण को पौराणिक कथा के रूप में नहीं बल्कि इतिहास के रूप में पढ़ाया जाए!"

"और इसीलिए आप टीचर बन गईं?" तारक ने पूछा।

"भारत लौटने के बाद मैंने महसूस किया कि मैं दुनिया में और कुछ भी करने से ज़्यादा बच्चों को इतिहास पढ़ाना चाहती हूं," प्रिया ने कहा। "ये एक ऐसा विषय था जो उनकी सोच को ढाल सकता था और उनमें अपनी विरासत के प्रति गर्व का भाव भर सकता था। उसी वक़्त मैंने तुम्हारे स्कूल में नौकरी ले ली थी। जब मि. कपूर द्वारा तुम्हें पीटने की घटना हुई तो अड़चन डालने के लिए मुझे निकाला जा सकता था, लेकिन स्कूल को चिंता थी कि मेरे पिता उन पर अपने गेट के भीतर शारीरिक पिटाई की सजा दिए जाने की अनुमति देने के लिए मुकद्दमा ठोक देंगे। उनके सामने मुझे बरकरार रखने के अलावा और कोई रास्ता नहीं था। और इसीलिए तुम मुझे स्कूल में—और उसके बाहर—अपने साथ पाते थे!"

"क्या आप चाहेंगी कि मैं भी इतिहास पढ़ूं?" तारक ने पूछा।

"नहीं। मैंने तुम्हारे बेहतरीन कानूनी शिक्षा हासिल करने का इंतजाम कर दिया है। तुम वो वकील बनोगे जो मेरे पिता मुझे कभी नहीं बना सके। लेकिन ज़िंदगी में अपने लक्ष्य को हमेशा याद रखना। वो है विष्णु की सर्वोच्चता को स्थापित करना। बाकी सब कुछ गौण है," उसने कहा।

"क्या इसीलिए आपने अब डॉक्टरेट करने का निश्चय किया है?" तारक ने पूछा।

प्रिया मुस्कुराई। "मैं ये डिग्री के लिए नहीं कर रही हूं, तारक," उसने जवाब दिया। "मैंने विशेष रूप से प्रोफ़ेसर रवि मोहन सैनी

के निर्देशन में पढ़ने का चुनाव किया है। वो एक ऐसे इंसान हैं जो ऐतिहासिक कृष्ण के बारे में उससे कहीं ज़्यादा जानते हैं जितना मैं जानती हूं। वो अपनी मंज़िल तक शीघ्र पहुंचने में मेरी मदद करेंगे।"

57

तेरहवां वर्ष आ गया था। यह वह वर्ष था जिसमें मेरे फुफेरे भाइयों को अज्ञातवास में रहना था। उन्होंने अपना वेश बदला और मत्स्य के राजा विराट के यहां सेवक हो गए। युधिष्ठिर ब्राह्मण कनक बने! भीम रसोइया बल्लव बने! अर्जुन ने अपने पुरुषत्व को त्याकर नृत्य शिक्षिका बृहन्नला बनने का निर्णय लिया! नकुल अश्वों की देखरेख करने वाले दामग्रंथी बन गए! सहदेव पशु-चिकित्सक तंतीपाल बन गए और द्रौपदी प्रसाधिका सैरंध्री बन गई। छहों ने अत्यंत लगन से कार्य किया और अपने नए स्वामी राजा विराट और उनकी पत्नी रानी सुदेषणा को प्रसन्न करने में सफल रहे। राजदंपती ने देखा कि उनके नए सेवक उत्कृष्ट कर्मी तो थे ही, किंतु सामान्य से कुछ भिन्न भी थे। वे साधारण सेवकों की अपेक्षा कहीं अधिक आत्मविश्वासी और सुसंस्कृत थे। बिना कोई विशेष घटना घटित हुए समय बीत रहा था कि तभी रानी का भाई कीचक द्रौपदी पर अनुरक्त हो गया।

छेदी के दफ़्तर के बाहर प्रिया ने राधिका को बंदूक की नोक पर रखा, जबकि तारक उसे पीछे से सुरक्षा दे रहा था। वो सावधानी से दफ़्तर से बाहर निकले, अखरोट की लकड़ी मढ़े गलियारे से गुज़रे और लिफ़्ट तक पहुंचे। जैसे ही एक लिफ़्ट आई, तीनों अंदर घुसे और

लॉबी में पहुंच गए। राठौड़ ने अग्नि निकास की सीढ़ियां लीं, और उनसे पहले लॉबी में पहुंचने की व्यर्थ उम्मीद के साथ तेज़ी से उतरने लगा। नीचे उतरते हुए वो अपने मोबाइल फ़ोन से लगातार आदेश देता जा रहा था। "जवानों को तैयार रखना, लेकिन कोई भी गोली न चलाए। मैं ये जोखिम नहीं ले सकता कि ये पागल घबरा जाएं और हमारी चीफ़ को मार डालें। क्या ये स्पष्ट है?" वो चीख़ा।

लॉबी में पहुंचने पर प्रिया ने राधिका की पसलियों में बंदूक और जोर से गड़ा दी और उसे कांच के दरवाज़े की ओर धकेला जो प्रवेश स्थल के गलियारे और कार पार्किंग की ओर ख़ुलता था। कुछ ही मिनटों में, एक मिलिट्री ग्रीन जीप वहां आ पहुंची जिसे एक काला और बढ़ी दाढ़ी वाला बदमाश चला रहा था। "प्रणाम, माताजी!" उसने जोर से कहा। प्रिया ने सिर हिलाया। सर खान ने उसे लेने के लिए बिल्कुल ठीक समय पर अपना आदमी भेज दिया था।

"जीप में बैठो!" वो राधिका पर ग़ुर्राई।

राधिका ने प्रतिरोध किया और बोली, "तुमने तो भागने की पूरी पक्की योजना बना रखी है। तुम्हें मेरी ज़रूरत क्यों है?"

बदले में उसके सिर पर प्रिया के हाथ में लगी बंदूक की मूठ का तगड़ा वार पड़ा। "जैसा मैं कहती हूं वैसा करो, तो तुम ज़िंदा रहोगी! बहस करोगी तो मारी जाओगी," प्रिया फुफकारी, जबकि आघात से राधिका बेहोश हो गई थी। तारक के साथ मिलकर प्रिया ने राधिका को उठाकर जीप में डाला और ड्राइवर को तेज़ी से भागने का निर्देश दिया।

"सर खान ने मुझसे कहा है कि आपको पंचकुला ले जाऊं। चंडीमंदिर हैलीपैड पर एक हैलीकॉप्टर आपका इंतज़ार कर रहा है," चीख़ते टायरों की आवाज़ के बीच ड्राइवर चिल्लाया। राठौड़ दौड़ता हुआ बाहर आया और उसने जीप के टायरों पर दो फायर भी किए लेकिन उन्हें नुकसान नहीं पहुंचा पाया, दोनों गोलियां धातु से टकराकर रह गईं। राठौड़ ने मन ही मन गाली दी। वो जानता था कि उसे सीबीआई के विशिष्ट निर्देशक सुनील गर्ग को सूचित करना

होगा। उसने जल्दी से दिल्ली का नंबर मिलाया और फ़ोन पर कहने लगा।

"जी सर... मैं छेदी की लैबोरेटरी के बाहर हूं... राधिका सिंह को प्रिया रतनानी बंधक बनाकर ले गई है," उसने बताया।

"ये सुनकर अफ़सोस हुआ, राठौड़। मैं तुरंत देश भर में एलर्ट जारी कर दूंगा। उनका पीछा करने की कोशिश मत करना... इसके बजाय, सैनी से सारी संभावित जानकारी निकलवाने की कोशिश करो ताकि हम समझ सकें कि वो किस तरफ़ गए हैं," सीबीआई के विशिष्ट निर्देशक सुनील गर्ग ने कहा जो अपने एक दोस्त के साथ चाय पी रहा था।

बातचीत ख़त्म होने के बाद सीबीआई का विशिष्ट निर्देशक सर खान की ओर मुड़ा और मुस्कुराया। "सब कुछ योजना के मुताबिक हो रहा है। अब, आप मुझसे और क्या करवाना चाहते हैं?"

58

कीचक मूढ़ कामुक था, किंतु उसने अपनी बहन रानी सुदेषणा को आश्वस्त कर लिया था कि वे द्रौपदी को मद्य लेकर उसके शयनकक्ष में भेज दें। अपनी सुरक्षा को लेकर चिंतित द्रौपदी ने भीम को सूचित कर दिया जिन्होंने चुपके से कीचक को पकड़ा और उसे पीट डाला। इस प्रक्रिया में कीचक की मृत्यु हो गई, और सुदेषणा को संदेह हुआ कि उसकी मृत्यु में द्रौपदी का कोई हाथ है। सुदेषणा के अन्य भाइयों ने निर्णय किया कि द्रौपदी को कीचक की चिता पर रखकर जीवित जला दिया जाएगा। मेरे शक्तिशाली फुफेरे भाई भीम पवन के झोंके की तरह आए, सुदेषणा के भाइयों को पकड़ा और सबको मार

> *डाला। मगर भीम को किसी ने नहीं देखा। इससे द्रौपदी को अपनी कहानी पर टिके रहने की छूट मिल गई कि वह एक गंधर्वी है और उसकी रक्षा करने के लिए उसके संबंधी वायु में से प्रकट हो सकते हैं। गंधर्वों को क्रुद्ध करने के निहितार्थों से चिंतित होकर राजा विराट ने द्रौपदी को महल में ही रहने की अनुमति दे दी यद्यपि उनकी पत्नी चाहती थीं कि वह चली जाए।*

सैनी सदमे में था। छेदी के दफ़्तर में वो मूर्खों की तरह बैठा सोच रहा था कि उसकी दयालु और मददगार शोध छात्रा प्रिया कैसे आग और जहर उगलती एक धधकती ज्वाला में बदल गई थी। *माताजी!* उसने पीछे लौटकर सोचा और अभी जो कुछ हुआ था, उसे समझने की कोशिश करने लगा।

उसे जोधपुर से अपनी ड्राइव के बीच रेस्तरां में कॉफी और सैंडविच के लिए रुकना याद आया। वेटर तीन कप कॉफी भी लाया था। प्रिया ने हाथ बढ़ाकर कृतज्ञतापूर्वक काफ़ी ले ली और एक-एक कप कुरकुड़े और सैनी की ओर बढ़ा दिया। कुरकुड़े ने अपनी कॉफी के कुछ घूंट लिए थे, फिर वो कार से उतरकर बाथरूम की ओर चल दिए। क्लोरल हाइड्रेट के विष के कारण वो बाथरूम में बेहोश हो गए। तारक ही था जिसने उन्हें कार तक लेकर आने में मदद की थी। इसी के बाद कुरकुड़े की जेब से मोहर ग़ायब हो गई थी। कुरकुड़े की मोहर चुराने के लिए प्रिया और तारक एक हो गए थे।

उसके विचार वापस पोरबंदर और पुलिस वैन से उनके भागने की ओर गए। उस अपरिष्कृत आईईडी से बचने के लिए जो उनके रास्ते में रखा हुआ था, पुलिस की वैन तेज़ी से दाहिनी ओर लहरा गई। वैन का दरवाज़ा खुल गया और हाथ में सेमी-ऑटोमेटिक लिए एक काले नकाबपोश कमांडो ने कहा, "जल्दी करो! वैन से बाहर निकलो! हमारे पास बहुत कम समय है—पुलिस की मदद जल्दी ही पहुंच जाएगी!" उसने अपनी बांह बढ़ाकर वैन से उतरने में प्रिया

की मदद की और जब वो नीचे आ गई तो जल्दी से उसके हाथ में रुपयों से भरा एक लिफाफा पकड़ा दिया। "ये ले लें," उसने इसरार किया। सैनी ने सम्मान, चिंता और मर्यादापूर्ण व्यवहार के चिह्नों को न देखने के लिए ख़ुद को कोसा। वो कमांडो और कोई नहीं बल्कि तारक था, जो अपनी बॉस प्रिया की मदद कर रहा था!

सैनी ने भोजराज के जहाज़ से समुद्र में कूदकर बच भागने के संघर्ष को याद किया। "तुम्हारा मोबाइल फ़ोन अभी भी तुम्हारी जींस की जेब में है?" सैनी ने प्रिया से पूछा। "अगर ये काम कर रहा है, तो मैं चाहता हूं कि तुम इसे हमारे मेज़बान को भेंट कर दो," सैनी ने कहा। "लेकिन हमारे संपर्क का यही एक साधन है..." प्रिया ने विरोध किया था। "जब हम शहर पहुंचें तो प्रीपेड सिम कार्ड के साथ एक और साधारण सा फ़ोन ख़रीद लेना," सैनी ने आग्रह किया। सैनी जो कह रहा था, उसे समझते हुए प्रिया ने हामी भरी। उसने जल्दी से कुछ अक्षरों, नंबरों और कैरेक्टरों के अनुक्रम को अपने फ़ोन में पंच किया। "क्या कर रही हो?" सैनी ने पूछा। "फैक्टरी रीसैट के लिए कोड पंच कर रही हूं। मैं नहीं चाहती कि मेरे पिछले मैसेज किसी के भी हाथ लगें..." प्रिया तारक के साथ हुए अपने संवाद के सारे अंश मिटा रही थी!

उसके दिमाग़ ने पोरबंदर के होटल के कक्ष में प्रिया के साथ हुई उसकी बातचीत को ताजा किया।"मुझे पता नहीं था कि चक्रों के बारे में तुम्हें इतना कुछ पता है," सैनी ने हैरानी से कहा। प्रिया मुस्कुराई। "स्कूल में मैंने कई साल ध्यान और योग सीखने में बिताए हैं। ये मेरे उस जीवन का अंग हैं जिसकी मैं आमतौर से चर्चा नहीं करती हूं," उसने बात को ख़त्म करते हुए कहा। कुछ पल के लिए एक असहज ख़ामोशी छाई रही। प्रिया किसी धार्मिक पंथ में अपने दीक्षा लेने की बात कर रही थी! वो इतना स्मार्ट क्यों नहीं था कि इसे समझ पाता?

उसने अपनी याददाश्त की गहनतम कोटरिकाओं में जाकर उस दिन को याद करने की कोशिश की जब राधिका और राठौड़ ने

उसे उसके क्लासरूम में गिरफ़्तार किया था। सैनी की ओर मुड़कर प्रिया ने कहा, "घबराइए मत, प्रोफ़ेसर! जैसा कि आप जानते हैं, मेरे पिता—संजय रतनानी—एक बड़े क्रिमिनल लॉयर हैं। मैं उनसे आपका प्रतिनिधित्व करने को कहूंगी। मुझे यक़ीन है वो इस उलझट्टे को ठीक कर सकेंगे। लेकिन मुझे लगता है कि फिलहाल आपके पास इनके साथ जाने के अलावा कोई विकल्प नहीं है।" वो उसकी मदद नहीं कर रही थी, बल्कि इस तरह फंसा रही थी ताकि क़त्लों का इल्जाम उसके सिर आ पड़े!

सैनी का सिर चकरा रहा था। उसने अस्पताल के कमरे में हुए घटित दृश्य को याद करने का प्रयास किया। "आपने चार मुद्राओं का बताया था," प्रिया बोली। "एक आपको दी गई थी—और पुलिस ने आपके घर से बरामद की थी। वार्ष्णेय ने बाकी तीन का क्या किया?" प्रिया को कैसे पता था कि चार मुद्राएं थीं? ये जानकारी तो उसने कभी उसके साथ नहीं बांटी थी।

अस्पताल के बिस्तर पर रतनानी के साथ हुई बातचीत उसके दिमाग़ में कौंधती चली गई। "मेरी बेटी तुम्हारी बहुत ज़्यादा इज़्जत करती है, प्रोफ़ेसर," रतनानी ने समझाया। "ये मुझे तस्वीर में इसीलिए लाई है कि तुम अपनी बाकी ज़िंदगी लॉकअप में नहीं गुजारो। अब तुम मुझे मेरा काम शुरू करने दोगे कि मैं तुम्हारी खाल बचा सकूं?" सैनी ने रतनानी को, और फिर प्रिया को देखा। उसने प्रिया की आंखों में विनती देखी कि वो उसके पिता की बात को मान ले। उसने एक गहरी सांस ली। "अच्छी बात है, आप जो कहेंगे मैं वही करूंगा।" बाप-बेटी ये सुनिश्चित कर रहे थे कि वो द्वारका की ओर जाए—जहां भोजराज का अगला क़त्ल होना था। वो लोग उसे फंसा रहे थे!

सैनी ने देखा प्रिया नींद में कुनमुना रही थी। जब उसने अपनी आंखें खोलीं तो सैनी को मुस्कुराते हुए देखते पाया। "गुड मॉर्निंग," सैनी ने उससे कहा, "हम लगभग पहुंच गए हैं। कुरकुड़े से मिलने की कोशिश करने से पहले तुम कुछ खाना चाहोगी?" उसने हामी भरी। "मैं भूख से मरी जा रही हूं। मुझे एक फ़ोन भी करना है।"

"किसको?" सैनी ने पूछा। "डैड को। अब तक तो वो मेरी फिक्र में घुले जा रहे होंगे," उसने जवाब दिया। सैनी को वो अनेक मौके याद आए जब निजी फ़ोन करने के लिए प्रिया खिसक जाती थी, ख़ासकर जब वो किसी नई मंज़िल की ओर बढ़ते थे—ये तारक या अपने पिता को सूचित रखने का तरीका था ताकि वो पहले से घटनाओं की योजना बना सकें।

उसका दिमाग़ भटककर रिसर्च पोत राधा पर हुए भोजराज के क़त्ल के दृश्य पर पहुंच गया। "क्या तुम्हें नब्ज देखना आता है?" सैनी ने पूछा। प्रिया ने हामी भरी। "मुझे गर्दन की नब्ज देखना तो नहीं आता। मैं बस इनकी कलाई पर देख सकती हूं। आपको डक्ट टेप काटनी होगी ताकि मैं इनकी कलाई जांच सकूं," प्रिया ने कहा। लैब के एक काउंटर पर पड़ी कैंची को देखकर सैनी ने उसे उठा लिया और जल्दी से टेप की परतों को काट दिया, और इस तरह से पुलिस के लिए अहम सुबूतों के रूप में अपने और उंगलियों के निशान छोड़ दिए। प्रिया ये सुनिश्चित कर रही थी कि कैंची और डक्ट टेप पर उसकी उंगलियों के निशान रह जाएं। उसने ये झूठा दावा किया था कि उसे गर्दन की नब्ज देखना नहीं आता। लेकिन फिर जब कुरकुड़े को जहर दिया गया था, तो उसने उनके मामले में यही किया था। सैनी ने बालों से कुरकुड़े के सिर को पकड़ा और उनकी आंखों में झांका। वो किसी लाश की बेजान आंखों जैसी दिखीं। वो जल्दी से बाहर भागा और प्रिया को अंदर बुलाया। 'पुरुष' लिखे बोर्ड को नज़रअंदाज़ करते हुए वो अंदर भागी आई। "इनकी नब्ज देखो!" सैनी चिल्लाया। प्रिया नीचे झुकी और गर्दन की नाड़ी देखने के लिए उसने अपनी दो उंगलियां कुरकुड़े के जबड़े के मोड़ पर रखीं।"ये ज़िंदा हैं," कुछ देर बाद उसने कहा।

कुरकुड़े को कार में तारक के साथ छोड़ने के लिए उसने ख़ुद को धिक्कारा। सैनी ने कहा, "बेहतर होगा कि हम दो दलों में बंट जाएं। "अच्छा विचार है," प्रिया ने कहा। "मुझे पक्का यक़ीन है कि राधिका सिंह मानती होगी कि आपने प्रोफ़ेसर कुरकुड़े का अपहरण

किया है। क्यों न प्रोफ़ेसर को कार में ही रहने दें और पहले हम दोनों अंदर जाएं? अगर एक घंटे के अंदर हम बाहर न आएं तो प्रोफ़ेसर कुरकुड़े हमें ढूंढ़ते हुए आ सकते हैं। आपको कोई ऐतराज तो नहीं है, प्रोफ़ेसर?" वो ये सुनिश्चित कर रही थी कि जब वो अकेले हों तो तारक उन्हें मार डाले।

सैनी के विचार छेदी के दफ़्तर में घटी हालिया घटनाओं पर केंद्रित हो गया है। मोहर अपनी जेब में रखने के बाद वो फिर से सैनी की ओर मुड़ी। "अब मेरे पास चारों मोहर हैं। तुम्हारे विश्लेषण के लिए शुक्रिया, ये काफ़ी सहायक रहेगा, प्रोफ़ेसर," वो बनावटी हंसी हंसी। "लेकिन मुझे राहत मिली कि अब मुझे तुम्हारे उबाऊ लेक्चरों को नहीं सुनना पड़ेगा।" सैनी को समझ में आया कि बहुत मुमकिन है कि संजय रतनानी पहले ही पुलिस साक्ष्य में रखी मोहर को निकलवाने और उसे अपनी बेटी के हवाले करने का इंतजाम कर चुका हो!

59

कीचक और उसके भाइयों की मृत्यु का समाचार दुर्योधन के कानों तक पहुंचा। इन हत्याओं में भीम की स्पष्ट छाप थी। दुर्योधन अब जान गया था कि मेरे फुफेरे भाई—पांडव—मत्स्य में छिपे हुए हैं। वह यह भी जानता था कि अगर तेरहवां वर्ष पूरा होने से पहले वह उन्हें पकड़ने में सफल रहा तो पांडवों को और बारह वर्ष के लिए वन में वापस जाना पड़ेगा। यह एक आनंदपूर्ण विचार था। जब राजा विराट किसी मुहिम पर गए हुए थे तो उसने मत्स्य पर आक्रमण कर दिया। नगर की रक्षा करने के लिए केवल विराट का पुत्र उत्तरा और बृहन्नला—स्त्री

वेष में अर्जुन—उपलब्ध थे। उत्तर युद्ध से आक्रांत था किंतु अर्जुन ने आसानी से कौरवों के व्यूह को भेद दिया। दुर्योधन अत्यंत प्रसन्न था। "वह अन्य कोई नहीं, बल्कि अर्जुन है," उसने उल्लासपूर्वक कहा। "हमने तेरह वर्ष से पहले उन्हें ढूंढ़ लिया है," उसने कहा। भीष्म पितामह ने उसे चेताया, "वर्ष की गणना सौर एवं चंद्र तिथियों के बीच भिन्न प्रकार से होती है। मेरे मत में, युधिष्ठिर शर्त गंवाए बिना पांच माह पहले भी सामने आ सकते थे!" दुर्योधन भीष्म के दृष्टिकोण से प्रबल रूप से असहमत था।

जब सैनी अपने विचारों को व्यवस्थित करने की कोशिश कर रहा था, तब राधिका सिंह और उसके अपहर्ताओं को लिए जीप चंडीगढ़ की सड़कों पर दौड़ती हुई पंचकुला में चंडीमंदिर हैलीपैड की ओर बढ़ी जा रही थी। "चॉपर से हम कहां जा रहे हैं, माताजी?" तारक ने पूछा, इंजन के शोर में सुने जाने के लिए उसे लगभग चीख़ना पड़ रहा था।

"लखनऊ," प्रिया ने चिल्लाकर कहा। "वहां से एक प्राइवेट चार्टर लेकर हम भारत-नेपाल सीमा पर नेपालगंज जाएंगे!"

"क्यों, माताजी?" तारक ने पूछा।

"क्योंकि वही वो जगह है जहां से हम नेपाल-तिब्बत सीमा के पास सिमिकोट जा सकते हैं। सिमिकोट कैलाश पर्वत की हमारी यात्रा का शुरुआती बिंदु है!"

प्रिया और तारक दोनों जीप के अंदर बातचीत में लगे हुए थे जबकि राधिका का बेहोश जिस्म उनके बीच जीप के फ़र्श पर पड़ा हुआ था। प्रिया को समझना चाहिए था कि केवल इस अनुमान के आधार पर कि राधिका सिंह बेहोश है, आजादी से बात करना बेवकूफी है। राधिका सिंह सारे वक़्त सब चीज़ों को लेकर सजग थी।

हैलीपैड पर रॉबिन्सन आर44 पाइलट और एक अन्य आदमी के साथ ख़ामोश खड़ा हुआ प्रिया और तारक का इंतज़ार कर रहा

था। आर44 एकल इंजन का, चार सीट वाला हल्का हैलीकॉप्टर था। बंद केबिन में पाइलट और तीन यात्रियों के लिए दो पंक्तियों में पास-पास सीटें लगी हुई थीं।

वो जीप से उतरे और तारक ने राधिका सिंह के बेहोश शरीर को हैलीकॉप्टर में ले जाने के लिए उठा लिया, लेकिन पाइलट ने उसे रोक दिया। प्रिया की ओर मुड़कर उसने कहा, "माताजी, ये हैलीकॉप्टर केवल चार लोगों को ले जा सकता है। मैं आपका पाइलट हूं और मेरे साथ खड़े ये व्यक्ति आपके गाइड हैं, जो कैलाश पर्वत पर अपनी मंज़िल तक पहुंचने में आपकी मदद करेंगे। आप और मि. तारक वकील तीसरे और चौथे यात्री हो सकते हैं, लेकिन पांचवें व्यक्ति को ले जाने की क्षमता हमारे इंजन में नहीं है।"

तारक ने प्रिया को देखा, उसके जवाब की प्रतीक्षा करते हुए। इसके बजाय, वो जीप के ड्राइवर की ओर मुड़ी। "चूंकि हम राधिका सिंह को अपने साथ नहीं ले जा सकते हैं, तो इसे बंधक बनाए रखने में कोई तुक नहीं है। इसे सुखना झील में फेंक देना। जब कुरकुड़े की लाश मिलेगी तो जल्दी ही वहां पर पुलिसवालों का जमघट लग जाएगा। इसकी लाश मिलना पुलिस के लिए अतिरिक्त बोनस होगा।"

60

राजा विराट ने अपने राज्य की रक्षा करने के लिए पांडवों के प्रति अत्यंत आभार प्रकट किया और अपनी पुत्री उत्तरी का विवाह अर्जुन के पुत्र अभिमन्यु के साथ कर दिया। फिर पांडवों ने एक ब्राह्मण को दुर्योधन से भेंट करने भेजा ताकि वे राज्य में अपना भाग प्राप्त कर सकें। मेरे फुफेरे भाइयों को यह सूचित करने के लिए दुर्योधन

ने अपने पिता के सारथि संजय को भेजा कि उसकी ओर उनका कुछ देय नहीं है क्योंकि सौर तिथि गणना के अनुसार उन्हें तेरह वर्ष की अवधि पूरी होने से पहले ढूंढ़ लिया गया था, यद्यपि चंद्र तिथि गणना के अनुसार निर्धारित अवधि बहुत पहले ही पूरी हो चुकी थी। अनेक ऋषि-मुनि और ज्ञानी व्यक्ति धृतराष्ट्र से मिलने गए ताकि दुर्योधन के इंकार के परिणामों से उन्हें आगाह कर दें, किंतु धृतराष्ट्र अडिग रहे। तब मैंने बीच में पड़ने का निर्णय लिया।

राठौड़, सैनी और छेदी इम्युनो के कॉन्फ्रेंस रूम में बैठे हुए थे। ये उसी मंज़िल पर था जिस पर छेदी का दफ़्तर था और आधुनिकतम ऑडियो और वीडियो उपकरणों से सुसज्जित था। उल्लेखनीय अनुपस्थिति राधिका सिंह की थी।

छेदी ने अपनी सेक्रेटरी से कॉफी और सैंडविचों का इंतजाम करने को कहा था, लेकिन राठौड़ ने पेश किए गए नाश्ते को नज़रअंदाज़ कर दिया। राठौड़ का दिमाग़ भटक रहा था। वो अपनी बॉस को लेकर चिंतित था जो एक्शन से ग़ायब थी।

"प्रिया ने अपनी पहचान उजागर करने से पहले जानबूझकर तब तक इंतज़ार करने का फ़ैसला किया था जब तक कि चारों मोहर न खोज ली जाएं," सैनी ने कहा। "फिर उसने मेरे द्वारा इस तथ्य को समझने का इंतज़ार किया कि वो स्वास्तिक—और परिणामत: कैलाश पर्वत—का प्रतिनिधित्व करती थीं। अब वो समझती है कि कृष्ण का रहस्य वहीं स्थित है, लेकिन उसके पास वो अहम सूराग़ नहीं है जो मेरे पास है।"

राठौड़ सावधानीपूर्वक सैनी की बात सुन रहा था। ये स्पष्ट हो चुका था कि मेन सस्पेक्ट के रूप में सैनी पर सारा ध्यान केंद्रित करके वो बहुत ज़्यादा समय बर्बाद कर चुके थे। अब समय था कि इतिहास की उसकी समझ का लाभ उठाया जाए।

"तुम्हारे पास ऐसा कौन सा सूराग़ है जो प्रिया के पास नहीं है?" छेदी ने पूछा।

सैनी राठौड़ की ओर मुड़ा। "जब आपके दल ने मेरे घर की तलाशी ली थी, तो आपको वो मोहर मिली थी जो वार्ष्णेय ने मुझे दी थी, लेकिन जिस दिन आपने मुझे गिरफ़्तार किया था, मेरी जेब में वार्ष्णेय का हाथ से लिखा एक परचा भी रखा था। जब मुझे हवालात भेजा गया था तो ड्यूटी पर मौजूद सार्जेंट ने उसे मेरे निजी सामान के साथ रख दिया था। वो आपके पास है?"

राठौड़ ने हामी भरी। उसने अपनी फ़ाइल में से वो परचा निकाला और उसे सैनी को दे दिया।

सैनी उस परचे को पढ़ने लगा जो वार्ष्णेय ने कालीबंगा के उनके दौरे के दौरान उसे थमाया था। "वार्ष्णेय भाषाविज्ञानी था और उसे शब्द-पहेलियां खेलने का बहुत शौक था," परचे को पढ़ते हुए उसने बताया। "मैंने कई बार इस परचे को पढ़ने, फिर से पढ़ने की कोशिश की, लेकिन कुछ समझ नहीं आया कि मेरा दोस्त क्या कहना चाह रहा है। ये वो ख़ास अगड़म-शगड़म है जो वार्ष्णेय को पसंद थी।"

सैनी ने छेदी की ओर परचा बढ़ा दिया और बोला, "क्या तुम ओवरहैड प्रोजेक्टर से इस परचे की तस्वीर परदे पर दिखा सकते हो? अगर हम सब मिलकर इसे सुलझाएं तो शायद मदद मिलेगी।" उनके सामने सफ़ेद परदे पर समुचित रूप से आवर्धित परचा दिखने के साथ शीघ्र ही सब उस अजीब से पैराग्राफ को पढ़ने में डूब गए जिसे वार्ष्णेय ने लिखा था।

डीटेल रखनास! एडीस-ब्रेटा-वीअल्ब डीएनए। रैट्स एनिस्पाइटर। एक्सिस रेड नेरस एजार! सिटिह सैलिएक रोह सैलैक। एक्सएनआई डायलर, डायल, डेविल। पिट्टा पॉट फेलनॉक्स। स्ट्रैप लेमीना ऑन स्टैट्स। पीक स्लिपअप डेजर्ट्स। टब ट्रैम्स। ए किट सॉ स्लैरेम। अन वार्डर!

क्या ये कोई कोड हो सकता था? राठौड़ ने हर दूसरे अक्षर को

आजमाने की कोशिश की, फिर हर तीसरे अक्षर को, लेकिन वो कोई पैटर्न पकड़ पाने में असमर्थ रहा। उसका दिमाग़ बार-बार राधिका सिंह की ओर जा रहा था। हर कुछ मिनट बाद वो राधिका की कोई सूचना पाने की उम्मीद में अपने फ़ोन की ओर देखता लेकिन फ़ोन ख़ामोश रहा।

छेदी सोच रहा था कि क्या ये उक्ति किसी तरह का कोई विपर्यय था लेकिन ऑनलाइन विपर्यय साधन का इस्तेमाल करने के बाद भी वो ख़ाली हाथ ही रहा। सैनी पागलपन से कोई अर्थ निकालने की कोशिश में अपने पैन से खेल रहा था। एक दमदार आवाज़ से उसका दिवास्वप्न बिखर गया।

"तो, हमने केस सुलझा लिया?" राधिका सिंह ने अपने बेतरतीब हुलिए से बेख़बर उद्देश्यपूर्ण ढंग से कॉन्फ्रेंस रूम में प्रवेश करते हुए पूछा। राठौड़ ने राहत की सांस ली। अपनी चीफ़ को ज़िंदा देखना अच्छा लगा था!

"आपको खोजने के लिए सारे चंडीगढ़ में मैंने एक पूरी बटालियन लगा दी थी," राठौड़ ने राधिका से कहा। "माफ़ करें हम आपके अपहरण को रोक नहीं पाए थे।"

"शांत रहो, राठौड़। सच तो ये है कि चार सीटों वाला हैलीकॉप्टर मेरा मुक्तिदाता बन गया," राधिका ने मज़ाक़ किया।

"लेकिन मैंने तो हैलीपैड पर एक टीम भेजी थी। आप तो वहां कहीं नहीं मिली थीं," राठौड़ ने कहा।

"माताजी ने जीप के ड्राइवर को निर्देश दिया था कि सुखना झील की ओर जाए और मुझे झील में फेंक दे ताकि मैं डूब जाऊं," राधिका ने बताया। "वहां पहुंचने पर उसने मुझे जीप के फ़र्श से उठाया और जमीन पर रख दिया, ये सोचकर कि मैं बेहोश हूं। फिर वो रस्सी लेने जीप पर वापस गया, जिससे मुझे झील में फेंकने से पहले वो मेरे हाथ-पैर बांधता।"

"लेकिन सुखना झील पर एक दूसरी टीम थी। उन मूर्खों ने आपको क्यों नहीं ढूंढ़ा?" राठौड़ बीच में बोला।

"उन्होंने ढूंढ़ा लेकिन ज़रा देर में। इसमें उनकी ग़लती नहीं है कि वो अलग-थलग सा इलाका है," राधिका ने कहा। "हुआ यूं कि जैसे ही ड्राइवर ने मुझे बांधने के लिए रस्सी उठाई, मैंने उसे डराकर दिन में तारे दिखा दिए। मैं धीमे से उसके पीछे गई और पूरे जोर से उसके कान में गालियां देने लगी। वो तेज़ी से पलटा तो मेरे चेहरे को अपने चेहरे से कुछ इंच दूर ही पाया, चीख़ते हुए। वो कुछ प्रतिक्रिया करता इससे पहले ही मेरे हथौड़े जैसे मुक्के ने उसका जबड़ा तोड़ दिया और वो जमीन पर ढह गया।"

राठौड़ हंसने लगा। जिस तरह ये दृश्य घटित हुआ होगा, वो उसकी कल्पना कर सकता था।

"जब वो जमीन पर पड़ा था, तो एक भारी स्पैनर जीप से गिर पड़ा," राधिका ने आगे कहा। "ड्राइवर को तो जैसे सजा खाने का शौक था। उसने स्पैनर उठाया और क्रूरता से उसे घुमाते हुए मेरी और आया। मैंने शांति से निशाना लिया। उसके नाजुक स्थानों पर पड़ी किक तेज़ और घातक थी। वो बेहोश हो गया। मुझे उम्मीद है कि हाल-फिलहाल वो बच्चे पैदा करने की योजना नहीं बना रहा होगा!"

राधिका ने ड्राइवर को रस्सी से बांध दिया। फिर उसने ड्राइवर के सैल फ़ोन से राठौड़ को फ़ोन करने की कोशिश की, लेकिन नंबर लगता उससे पहले ही उसे उस पुलिस दल ने खोज लिया जिसने कुरकुड़े की लाश को खोज लिया था। वो तुरंत राठौड़ को ख़बर कर देना चाहते थे लेकिन राधिका ने उन्हें ऐसा न करने का आदेश दिया। वो पहले ख़ुद कुरकुड़े की लाश का निरीक्षण करना चाहती थी।

एक घंटे तक मौका-ए-वारदात की जांच करने के बाद, राधिका सिंह को राठौड़ के जूनियर ने ज़बरदस्ती पुलिस की कार में बिठाया और इम्युनो के दफ़्तर पर छोड़ा। अब उसके सामने सैनी को उचित जवाब देने के लिए शब्द ढूंढ़ने का कहीं ज़्यादा मुश्किल काम था। वो उसकी ओर मुड़ी। "सबसे पहले तो, मैं तहेदिल से माफ़ी मांगती हूं, मि. सैनी," राधिका सिंह ने उदारतापूर्वक अपनी ग़लती मानते हुए कहा। "अब ये स्पष्ट हो गया है कि जो सीरियल मर्डर हुए हैं, उनके

लिए आप ज़िम्मेदार नहीं हो सकते थे। मैं ग़लत जगह सूंघ रही थी।"

सैनी उसे देखकर मुस्कुराया मगर उसकी आंखों में उदासी थी। "आप तो अपना काम कर रही थीं, इंस्पेक्टर। बस काश हमारी इतनी भाग-दौड़ बच जाती। ऐसा कोई तरीका ही नहीं था कि मैं ये कल्पना भी कर पाता कि प्रिया दुश्मन थी। मैं तो उस जैसी प्यारी, ध्यान रखने वाली व्यक्ति से कभी नहीं मिला," सैनी ने कहा। उसने ये नहीं कहा कि पिछले कुछ दिनों में उसे अहसास हुआ था कि वो प्रिया से प्यार करने लगा है। जज़्बात को अपने ऊपर हावी होने देने के लिए उसने ख़ामोशी से ख़ुद को लताड़ा।

"हमारा अगला क़दम क्या होना चाहिए, मैडम?" राठौड़ ने राधिका को देखते हुए पूछा।

"हम उन्हें बचकर निकलने नहीं दे सकते," राधिका ने कहा। "हमने पाया कि वार्ष्णेय को उसके ही घर में बेरहमी से मार दिया गया। फिर हमने देखा कि भोजराज को उसके जहाज़ में मार दिया गया। हमें कुरकुड़े की सेक्रेटरी मिस गोंसाल्वेज की हत्या से भी निबटना है। अब ख़ुद कुरकुड़े की लाश भी हमें सुखना झील के किनारे मिल चुकी है। प्रिया—या माताजी या जो भी उसका असली नाम है—और तारक वकील दोनों को कानून की धज में लाना होगा।"

"हमारे सामने इतनी ही गंभीर एक समस्या और है," सैनी ने कहा। राधिका, राठौड़ और छेदी ने सवालिया नज़रों से उसकी ओर देखा।

"हम ये नहीं जानते हैं कि कृष्ण कुंजी वास्तव में क्या छिपाए हुए है। ये कोई डीएनए नमूना भी हो सकता है, लेकिन ये कोई परमाणु उपकरण या प्राचीन हथियार भी हो सकता है। वो चाहे जो कुछ भी हो, लेकिन हम प्रिया और तारक के हाथ उस तक नहीं पहुंचने देना चाहेंगे," सैनी ने कहा।

"मैं जानती हूं कि वो कैलाश पर्वत की ओर जा रहे हैं," राधिका ने कहा। "उन्होंने सोचा था कि मैं बेहोश हो गई हूं लेकिन

मैं बस बेहोशी का नाटक कर रही थी। मैंने सोचा था कि इससे मुझे उनकी बातें सुनने का मौका मिल सकता है। हमें उनके पीछे जाना होगा!"

सैनी ने ख़ाली आंखों से राधिका को देखा। जल्दी ही वो समझ गई कि वो उसे नहीं घूर रहा था बल्कि उसके पीछे परदे को देख रहा था जिस पर वार्ष्णेय का परचा दिखाई दे रहा था। "मूर्ख!" सैनी बड़बड़ाया।

राधिका सिंह को अच्छा नहीं लगा। "क्या कहा आपने?" उसने कहा।

"मैं भी कितना बड़ा मूर्ख था!" सैनी ने स्पष्ट किया। "जवाब ठीक मेरी आंखों के सामने मंडरा रहा था और मैं उसे नज़रअंदाज़ किए जा रहा था!"

"तुमने कोड तोड़ लिया?" छेदी ने उत्तेजना से पूछा।

"ये तो एकदम आसान है। बस इस पैराग्राफ को एक-एक अक्षर करके उलटे क्रम में पढ़ना है, विरामादि चिह्नों और ख़ाली जगहों को नज़रअंदाज़ करते हुए," सैनी ने जवाब दिया। वो सबसे नीचे के वाक्य के अंतिम अक्षर से लेकर ऊपर की ओर बढ़ते हुए, प्रत्येक वाक्य को, दाएं से बाएं, दोबारा लिखने लगा। जल्दी ही उसके सामने एक बोधगम्य पैराग्राफ आ गया था:

> *रीड्रॉ न्यूमरल स्वास्तिक, स्मार्ट बट स्ट्रैस्ड प्यूपिल्स! कीप स्टैट्स, नो एनिमल पार्ट्स। एक्स ऑन लैफ़्ट टॉप एट टिप। लिव्ड, लेड, रीलेड इन एक्स। कलश ऑर कैलाश इट इज? राजा सरेंडर। सिक्स आर टिप्स इन ए स्टार। एंड ब्लू वाटर बीसाइड। शंकर इलेटेड।*

"ठीक है, अब आपके सामने एक ज़्यादा पढ़ने लायक पैराग्राफ है लेकिन अभी भी हमें तो इसका ज़रा भी कोई अर्थ समझ नहीं आया," राधिका ने सैनी से कहा।

"आह, लेकिन मुझे तो ये एकदम समझ आ रहा है," सैनी ने लंबी-चौड़ी मुस्कुराहट होंठों पर लिए कहा।

61

मैं हस्तिनापुर पहुंचा और मैंने विदुर के यहां रहने का निर्णय किया। अगले दिन, मैं नेत्रहीन धृतराष्ट्र और उनके पुत्रों से मिला। दुर्योधन ने कहा, "मैंने इंद्रप्रस्थ का भलीभांति प्रबंधन किया है। हमें पांडवों के लौटने की आवश्यकता नहीं है।" मैंने उत्तर दिया कि यह महत्वहीन है कि दुर्योधन का शासन सक्षम था या नहीं। उसे अपने दिए हुए वचन का पालन करना चाहिए। तेरह वर्ष के उपरांत इंद्रप्रस्थ पांडवों को लौटाया जाना था। पांडवों ने अपना वचन पूरा किया और अब वचन पूरा करने की बारी कौरवों की है, किंतु दुर्योधन ने इंकार कर दिया। मैंने उसे मनाया। मैंने कहा, "इसके स्थान पर उन्हें पांच गांव ही दे दो तो मैं शांति और संतुलन बनाए रखने हेतु उन्हें इस प्रस्ताव को स्वीकार करने के लिए भी तैयार कर लूंगा।" मगर, दुर्योधन तो टस से मस नहीं हुआ। "मैं उन्हें सूई की नोक के बराबर भूमि भी नहीं दूंगा," वह दहाड़ा। मैंने भी प्रत्युत्तर दिया, "तो फिर कुरुक्षेत्र में युद्ध होगा। अपनी वचनबद्धता का पालन करने से इंकार करके तुमने धर्म के साथ घात किया है।" जड़बुद्धि—दुर्योधन—क्रुद्ध हो गया और उसने मुझे बंदी बनाने का प्रयास किया! मैंने अपना सर्वशक्तिमान रूप धारण कर लिया और उन सबको दिन में तारे दिखाने के लिए इतना पर्याप्त था। युद्ध अवश्यंभावी था।

"जवाब वैदिक गणित में है," सैनी ने राधिका को बताया।

राधिका ने दूध के गिलास, जिसे उसने छेदी से कहकर मंगवाया था और मुट्ठी भर बादाम के ऊपर से देखा। "ये पुलिसवालियां भी!" छेदी ने सोचा। "ज़्यादातर पागल होती हैं!

"प्राचीन भारतीय गणितज्ञों ने उसकी खोज की थी जिसे चमत्कारिक वर्ग कहते हैं। शून्य को छोड़कर ये पहले नौ अंकों का तीन गुणा तीन का प्रबंध है। चमत्कारिक वर्ग का अद्भुत गुण ये है कि वर्ग की किसी भी पंक्ति, कॉलम या विकर्ण में वर्ग का योग हमेशा एक ही संख्या रहती है—पंद्रह," सैनी ने राधिका, राठौड़ और छेदी के लिए वर्ग का रेखांकन करते हुए कहा।

			15
8	1	6	15
3	5	7	15
4	9	2	15
15	15	15	15

"केंद्र में एक अंक अकेला है जिसे आठ अंकों ने घेरा हुआ है। एक-आठ के पैटर्न पर ध्यान दिया? आठ अंकों से घिरा एक अंक। घेरने वाले आठ अंक चार प्रमुख दिशाओं के साथ-साथ चार क्रमवाचक दिशाओं का भी प्रतिनिधित्व करते हैं। संक्षेप में, वो ब्रह्मांड का—अनंत का—प्रतिनिधित्व करते हैं। अगर हम घेरने वाले आठ अंकों को जोड़ें तो योग चालीस आता है। ध्यान दें कि केंद्रीय अंक—पांच—का उसे घेरने वाले आठ अंकों के योग—चालीस—से अनुपात एक-आठ पैटर्न का दोहराव है," सैनी ने दर्शाया। "ऋषियों के अनुसार, शून्य कुछ नहीं है। एक आरंभ है। आठ सब कुछ है।

18, 108, 1008, 10008—और इसी प्रकार की अन्य संख्याएं—आदि से लेकर अंत को दर्शाती हैं!" उसने कहा। "आठ सर्वोच्च है। इसीलिए कृष्ण आठवीं संतान थे! वो विष्णु का आठवां अवतार थे! और रोहिणी नक्षत्र के आठवें दिन जन्मे थे!"

ये महसूस करते हुए कि दूसरे लोग इतने भौचक्के हैं कि कुछ बोल नहीं पा रहे हैं, सैनी ने कहना जारी रखा। "चमत्कारिक वर्ग की एक और प्रमुख विशेषता ये है कि उन विशेष वर्गों को निकालकर जिनका योग पच्चीस होता है, स्वास्तिक बनाया जा सकता है।"

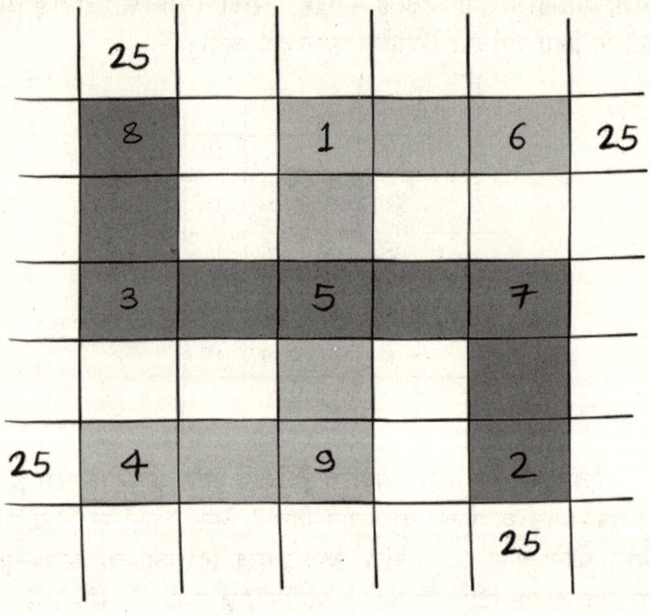

"जैसा कि आप देख सकते हैं, चमत्कारिक वर्ग के बीचोबीच पांच का अंक है। पांच समान भुजाओं वाले पंचभुज को क्या कहते हैं? एक नियमित पैंटागन। लेकिन असली चमत्कार तो यही हैं... एक नियमित पैंटागन का प्रत्येक आंतरिक कोण 108 डिग्री है! एक बार फिर से एक, शून्य और आठ का जादू देखा?" सैनी ने कहा।

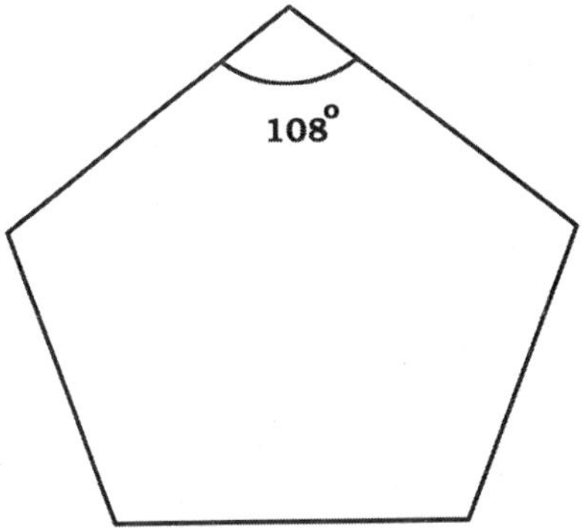

"चमत्कारिक वर्ग के केंद्र में पांच! पैंटागन की पांच भुजाएं! महाभारत के युद्ध के केंद्र में पांच पांडव, द्रौपदी की पांच संतान थीं, ययाति के पांच पुत्र थे, भीष्म के रथ के ध्वज पर पांच सितारे थे, कृष्ण ने दुर्योधन से पांच गांव मांगे, और पंचामृत पांच तत्वों का मिश्रण है जो हिंदुओं की पूजा में इस्तेमाल किया जाता है। तो क्या ये हैरानी की बात है कि अमेरिका ने तय किया था कि उनका सबसे महत्वपूर्ण युद्ध मुख्यालय एक नियमित पैंटागन के आकार में होना चाहिए?" सैनी ने शरारती ढंग से पूछा।

"और फिर पांच यादव वंशज हैं—वार्ष्णेय, भोजराज, कुरकुड़े, सैनी, और छेदी—जिनमें से तीन मारे जा चुके हैं," छेदी ने सैनी के साथ इस विषय पर उसके साथ हुई निजी बातचीत को याद करते हुए म्लान भाव से कहा।

"ये चमत्कारिक वर्ग वार्ष्णेय के डीकोड किए गए परचे को समझने में किस तरह हमारी मदद कर सकता है?" राधिका ने छेदी के हस्तक्षेप को नज़रअंदाज़ करते हुए कहा।

सैनी मुस्कुराया। "वार्ष्णेय हमें एक संख्या की ओर इंगित कर रहा है। जब चारों मोहरों को एक साथ रखा जाता था तो वो एक स्वास्तिक बनाती थीं, सही है?"

"सही है," छेदी ने कहा।

सैनी ने आगे कहा। "हम वार्ष्णेय के गूढ़ परचे का परीक्षण करते हैं। *रीड्रॉ न्यूमरल स्वास्तिक, स्मार्ट बट स्ट्रैस्ड प्यूपिल्स!* वार्ष्णेय पहले हमें स्मार्ट मगर तनावग्रस्त होने के लिए लताड़ता है और कहता है कि हमें स्वास्तिक को देखना चाहिए—प्रतीकात्मक स्वास्तिक को नहीं, बल्कि संख्यात्मक को, चमत्कारिक वर्ग वाले। *कीप स्टैट्स, नो एनिमल पाट्र्स।* फिर वो कहता है कि पशुओं की छवि से नहीं, बल्कि केवल संख्याओं द्वारा फिर से बनाने से मदद मिल सकती है। संक्षेप में, वार्ष्णेय हमसे ये कह रहा है कि प्रतीकात्मक स्वास्तिक को संख्याओं के सैट से बदल दें, और पशुओं के डिजाइन को नज़रअंदाज़ कर दें। *एक्स ऑन टॉप-लैफ़्ट एट टिप।* वार्ष्णेय फिर ग्रिड के भीतर एक ख़ास अंक की ओर संकेत करता है। स्वास्तिक के ऊपरी बाएं छोर पर एक्स का मान आठ है।"

अपने विश्लेषण को आगे ले जाने से पहले सैनी पल भर को रुका। "*लिव्ड, लेड, रीलेड इन एक्स।* एक्स को आठ के अंक से बदलने पर वाक्य बनता है लिव्ड, लेड, रीलेड इन एट। कोई अंदाज़ा है कि वार्ष्णेय किस चीज़ का संदर्भ दे रहा है?"

"विष्णु के अवतारों का?" छेदी ने पूछा। "कृष्ण विष्णु के आठवें अवतार थे।"

"सच है, लेकिन विष्णु के दस अवतार हैं, दसवां अभी आना शेष है। नहीं, वार्ष्णेय एक ख़ास जगह का संदर्भ दे रहा है, और मैं जो सोच पा रहा हूं, वो बस सोमनाथ मंदिर है—जो द्वारका से बहुत क़रीब है," सैनी ने कहा।

62

हस्तिनापुर के लिए निकलने से पहले मैंने कर्ण से बात करने का विचार किया। "आप एक ऐसे व्यक्ति का

साथ दे रहे हैं जिसने अपने वचन का मान नहीं रखा। मैं जानता हूं कि आप मर्यादापूर्ण पुरुष हैं, कर्ण। आप दुर्योधन से अपना समर्थन वापस क्यों नहीं ले लेते? इससे वह पुनः विचार करने पर विवश होगा और हम एक भयानक युद्ध से बच जाएंगे," मैंने उससे कहा। कर्ण ने सम्मानपूर्वक मुझे बताया कि जब सारे संसार ने उसे त्याग दिया था तब दुर्योधन ने उसका साथ दिया था। अब जब दुर्योधन को आवश्यकता है तो वह उसे त्याग नहीं सकता और न त्यागेगा। तत्पश्चात मैंने कर्ण को उसके जन्म का रहस्य बताया और यह भी कि वास्तव में वह एक पांडव है—वह भी ज्येष्ठतम। वह पांडवों के सिंहासन के साथ-साथ द्रौपदी को भी अपनी पत्नी के रूप में प्राप्त करने का अधिकारी है। कर्ण को पता था कि मैं सत्य कह रहा हूं और मैं उसके भीतर के संघर्ष को अनुभव कर सकता था, किंतु वह अडिग रहा। "एक बार जो वचन दे दिया, उसे तोड़ा नहीं जा सकता। मैंने दुर्योधन को चिरस्थायी निष्ठा का वचन दिया है," उसने कहा। "अगर इसका अर्थ अपने स्वयं के भाइयों से युद्ध करना है, तो यही सही!"

"मेरा ख़्याल था कि स्वास्तिक कैलाश पर्वत की ओर संकेत कर रहा था। सोमनाथ कहां से आ गया?" राधिका ने पूछा।

"सोमनाथ मंदिर को आठ बार गिराया और बनाया गया था," सैनी ने समझाया। "सोमनाथ—जिसे कृष्ण के युग में प्रभास पाटन के नाम से जाना जाता था—की उत्पत्ति से जुड़ी एक सुंदर किंवदंती है। यही वह जगह है जहां कृष्ण ने अंतिम सांस ली थी। माना जाता है कि पहला मंदिर सोम—चंद्रदेव—द्वारा सोने से बनवाया गया था और इसीलिए इसका नाम सोमनाथ पड़ा। अगला मंदिर रावण ने चांदी का बनवाया था और तीसरा कृष्ण ने बनवाया था, चंदन का। अगर हम किंवदंतियों को अलग रख दें, तो हमें इस सुस्थापित ऐतिहासिक

तथ्य को मानना पड़ेगा कि अनहिलवाड़ के राजा भीमदेव ने वर्तमान स्थल पर पहला मंदिर बनवाया था—पत्थर का—और सामान्य युग के आरंभ से पहले यही अस्तित्व में रहा माना जाता है।"

"तो भीमदेव के द्वारा बनवाए गए मंदिर को अधिकृत रूप से पहला मंदिर माना गया है?" छेदी ने पूछा।

"हां," सैनी ने जवाब दिया। "दूसरा मंदिर वल्लभी प्रमुखों ने बनवाया था जो यादव थे। संभवत: ये मंदिर सातवीं सदी में बनवाया गया था।"

"उसको क्या हुआ था?" राठौड़ ने पूछा।

"सन् 725 में, जुनैद—जो सिंध में अरब प्रांतपाल था—ने मंदिर को नष्ट करने के लिए अपनी सेना भेजी थी। तत्पश्चात, प्रतिहार राजा नागभट्ट द्वितीय ने नवीं सदी में मंदिर का पुनर्निर्माण करवाया। ये तीसरा मंदिर लाल बलुआ पत्थर से बना महत्वपूर्ण निर्माण था," सैनी ने कहा।

"आह। तो यही वो मंदिर था जिसे ग़जनी ने नष्ट किया था?" छेदी ने पूछा।

"बिल्कुल। सन् 1024 में, ग़जनी—जो वर्तमान मध्य-पूर्वी अफ़ग़ानिस्तान रहा होगा—के महमूद ने थार के रेगिस्तान को पार करके सोमनाथ पर आक्रमण किया। मंदिर की सारी दौलत लूटने के बाद, उसने इसका अधिकांश भाग नष्ट कर दिया—मुख्य शिवलिंग समेत," सैनी ने कहा। "फिर चौथा मंदिर परमार राजा, मालवा के भोज और सोलंकी राजा, अनहिलवाड़ के भीम ने ग्यारहवीं सदी में कभी बनवाया था।"

"उसको किसने नष्ट किया?" छेदी ने मज़ाक़ किया।

"दरअसल, किसी ने नहीं," सैनी ने जवाब दिया। "लकड़ी के भवन को खराब हो जाने की वजह से बदलना पड़ा। पाली के राजा कुमारपाल ने लकड़ी के भवन के स्थान पर पत्थर का भवन बनवाया—इस तरह से ये पांचवां मंदिर रहा होगा।"

"मेरा अनुमान है कि पांचवे मंदिर को भी किसी ने गिरा दिया होगा," राधिका ने नर्म स्वर में कहा।

सैनी मुस्कुराया। "बदक़िस्मती से, हां। 1296 में, मंदिर को तुर्की अफ़ग़ान सुल्तान अलाउद्दीन खिलजी की सेना ने एक बार फिर दूषित किया और अंतत: नष्ट कर दिया। कुछ विवरणों के अनुसार, गुजरात के राजा करण को परास्त और भागने पर मज़बूर कर दिया गया, जबकि पचास हज़ार 'काफिरों' को मौत के घाट उतार दिया गया। दिल्ली की सल्तनत ने बीस हज़ार से ज़्यादा ग़ुलामों को बंदी बनाया। महीपाल देव—सौराष्ट्र के चूड़ासमा राजा—ने चौदहवीं सदी के पूर्वार्ध में इस मंदिर का पुनर्निर्माण करवाया था और उसके पुत्र खेनगार ने लगभग पंद्रह साल बाद शिवलिंग को स्थापित किया था। ये छठा सोमनाथ मंदिर था।"

"उसको क्या हुआ था?"

"1375 में, गुजरात के सुल्तान मुज़फ़्फर शाह प्रथम ने मंदिर पर आक्रमण किया। 1451 में गुजरात के एक और सुल्तान महमूद बेगड़ा ने फिर से इसे लूटा। 1701 में अंतिम आघात हुआ, जब मुग़ल सम्राट औरंगजेब ने इस मंदिर को नष्ट कर दिया। उसने मंदिर के स्थल पर एक मस्जिद बनवाई। लगभग अस्सी साल बाद, पुणे के पेशवा, नागपुर के राजा भोंसले, कोल्हापुर के छत्रपति भोंसले, इंदौर की रानी अहिल्याबाई और ग्वालियर के पाटिलबुवा शिंदे ने संयुक्त रूप से मस्जिद के पास ही एक स्थान पर एक और मंदिर बनवाया। ये सातवां मंदिर था।"

"और आठवां?" चकित राधिका ने पूछा।

"एक सौ साठ से अधिक साल बीतने के बाद सरदार वल्लभभाई पटेल—भारत के पहले गृहमंत्री—ने मूल स्थल पर मंदिर का पुनर्निर्माण करवाने का दायित्व अपने ऊपर लिया," सैनी ने बताया। "मस्जिद को पास ही एक स्थान पर शिफ़्ट कर दिया गया और 11 मई, 1951 को भारत के पहले राष्ट्रपति डॉ. राजेंद्र प्रसाद द्वारा मंदिर में प्राण-प्रतिष्ठा की गई। ये आठवां—और वर्तमान—

मंदिर था। वार्ष्णेय जानता था कि हम स्वास्तिक के ऊपरी बाएं सिरे पर आठ के अंक को पा लेंगे और यही उसका ये दर्शाने का संकेत था कि हमारी खोज सोमनाथ मंदिर में होनी चाहिए—वो भवन जिसे आठ बार बनाया, नष्ट किया गया और फिर बनाया गया था।"

"अरे, मैं कुछ कहना चाहूंगा," छेदी ने झिझकते हुए कहा।

"हां?" सैनी ने पूछा।

"कैलाश पर्वत मानसरोवर झील के ऊपर स्थित है," छेदी ने कहना शुरू किया। "मैं पिछले साल वहां गया था। किसी वक़्त वहां आठ मठ थे जो झील को घेरे हुए महत्वपूर्ण बिंदुओं पर बनाए गए थे। जब चीनी सेना ने तिब्बत को कुचला तो उसने उनमें से अधिकांश को नष्ट कर दिया था, लेकिन अब मठों को फिर से बनाया जा रहा है। क्या ये मुमकिन नहीं है कि वार्ष्णेय कैलाश पर्वत के आठ मठों का जिक्र कर रहा हो?"

"तुम बिल्कुल ठीक कह रहे हो सकते हो, डंपी। तुमने जो कहा, उसके आधार पर ये सोमनाथ या कैलाश पर्वत, दोनों में से कोई भी हो सकता है," सैनी ने माना। "वास्तव में, वार्ष्णेय अपनी इस लाइन से, कलश ऑर कैलाश इट इज? इसी तथ्य का संदर्भ दे रहा था कि ये दोनों में से कोई भी जगह हो सकती है।"

"कैलाश का संदर्भ तो कैलाश पर्वत से है लेकिन कलश से उसका क्या तात्पर्य है?" छेदी ने तर्कपूर्ण ढंग से पूछा।

"सरल है," सैनी ने कहा। "सोमनाथ मंदिर में—अन्य किसी भी शिव मंदिर की भांति—कलश है जिसके ऊपर नारियल रखते हैं। इस कलश को वर्तमान मंदिर के शिखर पर भी देख सकते हो। जब वार्ष्णेय कहता है 'कलश या कैलाश' तो वो महज हमारे अपने संदेह की पुष्टि कर रहा है कि रहस्य का स्थान या तो सोमनाथ हो सकता है या कैलाश पर्वत।"

"लेकिन वार्ष्णेय के परचे के शेष अंश राजा सरेंडर का क्या अर्थ है?" राधिका ने पूछा। "परचे का वो अंश सोमनाथ से किस तरह जुड़ता है?"

"संभवत: वार्ष्णेय सोमनाथ पर हुए सबसे बुरे हमले का संदर्भ दे रहा है—वो जो महमूद ग़जनवी ने किया था," सैनी ने कहा।

63

सत्य तो यह था कि यद्यपि कर्ण दुर्योधन के प्रति निष्ठावान था, किंतु उसके तथाकथित निम्न वर्ग का होने के कारण

कौरव शिविर में उसके साथ दुर्व्यवहार होता रहा। जब कर्ण ने घोषणा की कि वह दुर्योधन की विजय सुनिश्चित करेगा तो वयोवृद्ध भीष्म ने उसका उपहास किया। "जब तुम चारों पांडवों के पीछे गए थे तब तुम गंधर्वों से तो दुर्योधन की रक्षा कर नहीं पाए थे! पांडवों ने ही गंधर्वों से तुम्हें मुक्त किया था! यह भी याद रखो कि वह अर्जुन ही था जिसने तुम्हें राजा विराट को परास्त करने से रोका था!" क्रुद्ध कर्ण भीष्म पर बरस पड़ा, "आपने जीवन में कुछ प्राप्त नहीं किया। आपमें तो विवाह करने तक का साहस नहीं था। मैं आपके अधीन युद्ध नहीं लड़ूंगा!" भीष्म ने प्रत्युत्तर दिया कि उन्हें यह जानकर शांति मिली कि उन्हें अपनी सेना में कर्ण को सहन नहीं करना पड़ेगा। इस विषय में मैंने बाद में सुना और स्वयं को दिलासा दी कि ऐसी आंतरिक कलह पांडवों के पक्ष में ही रहेगी।

"क्या तुम इंटरनेट पर मेरे लिए जकरिया बिन मुहम्मद बिन महमूद को सर्च कर सकते हो?" सैनी ने छेदी की तरफ़ मुड़ते हुए कहा।

"इस नाम की स्पैलिंग क्या है?" छेदी ने अपने टैबलेट पर सर्च रिक्वेस्ट में टाइप करना शुरू करते हुए पूछा।

सैनी ने छेदी को नाम की स्पैलिंग बताई और राधिका की ओर मुड़कर बोला, "जकरिया फारसी यात्री था और उसने तेरहवीं सदी में असरुल-बिलादो- अखबारुल-इबाद नाम की एक पुस्तक लिखी थी। अनुवाद करने पर इस नाम का अर्थ है देशों के स्मारक एवं लोगों के संस्मरण। उसने सोमनाथ मंदिर और ग़जनवी द्वारा उसके विनाश का विशद वर्णन किया है।"

"आह! ये रहा," छेदी ने अपने टैबलेट पर प्रासंगिक अंश खोजते हुए कहा। "जकरिया कहता है कि समुद्र तट पर स्थित और उसकी लहरों से प्रक्षालित सोमनाथ भारत का एक प्रतिष्ठित नगर

है। उस स्थान के आश्चर्यों में से एक वह मंदिर था जिसमें सोमनाथ नामक बुत रखा है। यह बुत मंदिर के मध्य में था, नीचे से किसी प्रकार के संबल के बिना और न ही इसे ऊपर से किसी प्रकार से लटकाया गया था। हिंदुओं के बीच इसे सर्वोच्च मान दिया जाता था, और जो कोई भी इसे हवा में तैरता देखता था, आश्चर्य से जड़ हो जाता था, चाहे वह मुसलमान हो या काफिर। जब भी चंद्रग्रहण होता था तो हिंदू इसकी तीर्थयात्रा करने जाते थे, और फिर एक लाख से ज़्यादा की तादाद में वहां जमा होते थे।"

"ये अंश पढ़ते रहो," सैनी ने कहा। "वो वर्णन करेगा कि सोमनाथ कितना समृद्ध था।"

छेदी ने पढ़ना जारी रखा। "जकरिया कहता है कि सबसे ज़्यादा मूल्यवान वस्तुएं वहां भेंट करने के लिए लाई जाती थीं और मंदिर को दस हज़ार से ज़्यादा गांव प्रदान किए गए थे। वहां एक नदी है—गंगा, जिसे बहुत पवित्र माना जाता है, जिसके और सोमनाथ के बीच की दूरी दो सौ फर्सग है। वो रोजाना इस नदी का पानी सोमनाथ पर लाते थे और उससे मंदिर को धोते थे। बुत की पूजा करने और दर्शनार्थियों की देखरेख करने के लिए एक हज़ार ब्राह्मण नियुक्त थे, और पांच सौ स्त्रियां द्वार पर गाती और नाचती थीं। भवन जस्ते से ढके टीक के छप्पन खंभों पर निर्मित था। बुत की वेदी काली थी लेकिन बेशकीमती रत्नों से मढ़े झाड़फानूसों से प्रकाशित थी। इसके पास ही दो सौ मन वजन की सोने की घंटियों की जंजीर थी। जब रात की निगरानी का एक भाग पूरा होता था, तो पूजा करने के लिए ब्राह्मणों के एक नए दल को उठाने के लिए इस जंजीर को हिलाया जाता था।"

सैनी ने हामी भरी। "जरा कल्पना करो—दस हज़ार गांव, एक हज़ार ब्राह्मण, पांच सौ नर्तकियां, विशाल घंटे और ठोस सोने की जंजीरें... अविश्वसनीय," वो बड़बड़ाया। "अगर तुम इस अंश में और आगे जाओ, तो तुम ग़जनवी के—जिसे यामीनुद्दौला महमूद कहा गया है—हमले का जकरिया का ब्योरा पढ़ोगे।"

छेदी ने जहां पर छोड़ा था, वहां से आगे पढ़ना जारी रखा। "जब सुल्तान यामीनुद्दौला महमूद भारत के विरुद्ध धर्मयुद्ध लड़ने निकला, तो उसने सोमनाथ पर कब्जा करने और उसे नष्ट करने की विशेष कोशिशें कीं, इस उम्मीद में कि फिर हिंदू मुसलमान बन जाएंगे। वो वहां सन् 1025 में मध्य दिसंबर में पहुंचा था। सुल्तान ने आश्चर्य से बुत को देखा और उसने लूट का माल जब्त करने और खजानों पर कब्जा करने के आदेश दिए। बहुत से बुत सोने और चांदी के थे और बरतनों पर रत्न जड़े थे, जिन्हें भारत के महानतम लोगों द्वारा भेजा गया था। बुतों के मंदिरों में मिली चीज़ों की कीमत बीस हज़ार दीनार से भी अधिक थी। जब सुल्तान ने अपने साथियों से पूछा कि बुत के आश्चर्य और किसी सहारे या पीठिका के बिना हवा में उसके टिके रहने के बारे में उनका क्या कहना है तो अनेक इस बात पर कायम थे कि उसे किसी छिपे हुए संबल से रोका गया होगा। राजा ने एक व्यक्ति को निर्देश दिया कि वो जाकर एक भाले की मदद से उसके आसपास और ऊपर-नीचे जांच करे, जो कि उसने की, लेकिन उसे कोई बाधा नहीं मिली। फिर एक सेवक ने अपनी राय रखी कि मंडप चुंबक-पत्थर का बना है और बुत लोहे का है और कि दक्ष शिल्पकार ने निपुणता से ऐसा प्रबंध किया होगा कि चुंबक किसी भी ओर से ज़्यादा बल न लगाए—इसलिए बुत अधर में लटका हुआ था। कुछ इत्तफाक रखते थे तो अन्य सहमत नहीं थे। इस बिंदु को तय करने के लिए मंडप के शिखर से कुछ पत्थरों को हटाने के लिए सुल्तान की इजाजत ली गई। जब शिखर से दो पत्थर हटाए गए, तो बुत एक ओर को झुक गया, जब और ज़्यादा पत्थर हटा दिए गए, तो ये और ज़्यादा झुक गया, फिर आख़िरकार ये जमीन पर आ टिका।"

छेदी अंश के अंत पर पहुंच गया था। सैनी ने ऐलान किया, "इतिहास में ग़जनवी को सोमनाथ पहुंचने वाला सबसे ज़्यादा नफरत करने वाला लुटेरा माना गया है। शिवलिंग को नष्ट करने के लिए वो मतांध था। महमूद ने व्यक्तिगत तौर पर मंदिर के शिवलिंग

को टुकड़े-टुकड़े करने का काम किया था। शिवलिंग के पत्थर के टुकड़ों को वापस ग़जनी ले जाया गया। इन टुकड़ों को शहर की जामा मस्जिद—एक निर्माणाधीन नई मस्जिद—की सीढ़ियों पर बिखेर दिया गया। इसके पीछे विचार ये सुनिश्चित करना था कि मस्जिद के नमाजी मस्जिद में घुसते समय शिवलिंग के टुकड़ों पर चलकर जाएं। सोमनाथ मंदिर के रक्षक अनेक राजपूत कुनबे थे—जिनमें एक कुनबा नव्वे साल के राजा ब्रह्मदेव के नेतृत्व वाला भी था। लेकिन वो ग़जनी के हमले को रोक पाने में नाकाम रहे। अंतत: पचास हज़ार लोगों ने अपनी जानें गंवाईं और राजा ब्रह्मदेव को हार माननी पड़ी। सोमनाथ पर लड़ाई में रत बहुत से हिंदू बीच रात में नाव के जरिए भाग खड़े हुए और, जल्दी ही, मंदिर अरक्षित रह गया। शायद यही वार्ष्णेय का संकेत है—राजा सरेंडर—राजा ने हथियार डाल दिए।"

"अर, मैं रंग में भंग नहीं करना चाहता लेकिन ये वाक्य कैलाश पर्वत के लिए भी हो सकता है," छेदी ने कहा।

64

युद्ध की घोषणा के साथ ही देश भर के राजा अपनी सेनाओं, घोड़ों, रथों और हाथियों के साथ दोनों—कौरवों या पांडवों—में से किसी एक के शिविर में पहुंचने लगे। कुछ ने स्वयं को अनजाने ही असंगत पक्ष में फंसा पाया। मद्र के राजा—शल्य—पांडवों के संबंधी थे, और उन्हीं के पक्ष में युद्ध करने का विचार लेकर आए थे। कुरुक्षेत्र के मार्ग में उन्हें यह देखकर अत्यंत प्रसन्नता हुई कि पांडवों ने उनके सैनिकों और पशुओं के लिए भोजन का प्रबंध किया हुआ है। बाद में जाकर उन्हें यह आभास

हुआ कि उनके आतिथेय तो कौरव हैं। उनका आतिथ्य स्वीकार करने के बाद वे उनके शत्रु पक्ष में नहीं लड़ सकते थे। वे भागे-भागे मेरे पास आए और मुझसे अपनी दुविधा कह सुनाई। "स्वयं को शांत रखें," मैंने कहा। "एक समय पर वे आपसे कर्ण का सारथि बनने को कहेंगे। जब भी ऐसा हो, तो कृपया स्मरण रखें कि आप अर्जुन की बार-बार प्रशंसा करेंगे। कर्ण को असुरक्षित अनुभव करवाकर आप हमारी सहायता करेंगे।"

"इस संकेत का कैलाश पर्वत से कोई संबंध कैसे हो सकता है?" सैनी ने पूछा।

"हम जानते हैं कि कैलाश पर्वत वर्तमान तिब्बत में स्थित है। जब चीनी सेना ने तिब्बत पर कब्जा किया, तो तिब्बत के शासक—दलाई लामा—को भागकर भारत आना पड़ा जहां उन्होंने तिब्बत की निष्कासित सरकार बनाई। इस प्रकार, ये वाक्य, राजा सरेंडर, कैलाश पर्वत के संदर्भ में भी हो सकता है।"

सैनी ने हामी भरी, छेदी की तार्किक क्षमता के लिए उसके मन में सम्मान उत्पन्न हो गया था। किसने सोचा होगा कि स्कूली छात्र डंपी एक दिन लाइफ़ सांइसेज का रिसर्चर बनेगा, जो पौराणिक पहेलियों को भी हल कर सकेगा," सैनी ने मन ही मन मुस्कुराते हुए सोचा।

"वार्ष्णेय के अगले वाक्य पर विचार करते हैं—सिक्स आर टिप्स इन ए स्टार," इस दिमाग़ी कसरत के प्रति अंततः जोश में भरते हुए अचानक राठौड़ ने बाधा डाली।

"सोमनाथ मंदिर के मौलिक द्वारों पर सजावट के लिए छह कोणीय सितारे थे," सैनी ने जवाब दिया। "द्वार को ग़ज़नवी ले गया था और उसकी मौत के बाद उन्हें उसके मकबरे पर लगा दिया गया था। लेफ़्टिनेंट जेम्स रातरे द्वारा लिखे गए यात्रा संस्मरण अफ़ग़ानिस्तान में ग़ज़नवी के मकबरे का एक अश्मलेख है। उस

अश्मलेख में आप देख सकते हैं कि सोमनाथ के द्वार पर छह कोणीय सितारे उकेरे गए हैं।"

छेदी ने इंटरनेट पर सर्च किया और इस उल्लिखित अश्मलेख की छवि खोज ली। "द्वार के सितारे देखे?" उसने टैबलेट बाकी लोगों की ओर बढ़ाते हुए कहा।

"लेकिन द्वार पर इन छह कोणीय सितारों का असल में क्या महत्व है?" राठौड़ ने विनम्रता से पूछा।

"छह कोणीय सितारे शिव और शक्ति के अनंत मिलन का द्योतक हैं," सैनी ने समझाया। "ऊर्ध्व त्रिकोण ऊर्ध्व लिंग का प्रतिनिधित्व करता है और भीतरी त्रिकोण योनि का। दोनों त्रिकोणों का मेल उर्वरता का—नर और नारी के मिलन का—प्रतीक है। इस पवित्र प्रतीक को बाद में वैदिक अप्रवासियों द्वारा सुमेरिया ले जाया गया, जहां अब्राहम का जन्म हुआ। अब्राहम ने जो धर्म—यहूदी मत—स्थापित किया, उसने बाद में इसी प्रतीक के एक रूप को अपनाया। उन्होंने इसे डेविड का सितारा कहा।"

"क्या इसका ये तात्पर्य नहीं है कि रहस्य सोमनाथ में ही है?" राधिका ने पूछा। "क्या ये सोमनाथ के पक्ष में ठोस सुबूत नहीं है?"

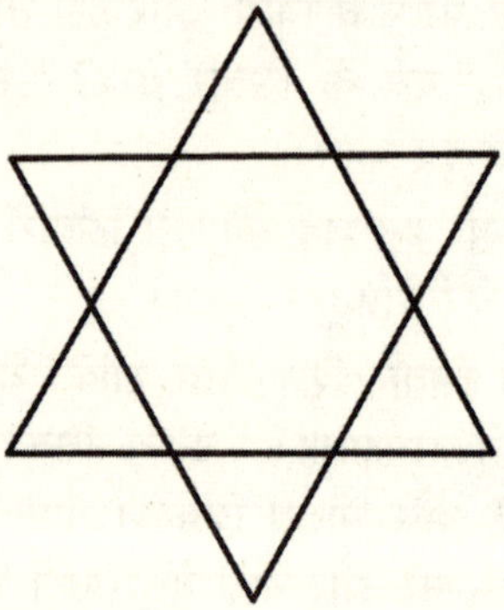

"नहीं," सैनी ने निर्णायक स्वर में कहा। "छह कोणीय सितारा कैलाश पर्वत के प्राकृतिक प्रतीक का हिस्सा है। कैलाश पर्वत छह पर्वत शृंखलाओं से घिरा है। इन्हें कमल—पार्वती की उर्वरता के प्रतीक—की पंखुड़ियों या योनि के रूप में दर्शाया जाता है। इस तर्क से, कैलाश पर्वत छह पर्वतों की योनि में स्थापित लिंगीय प्रतीक है। कैलाश पर्वत स्वयं में छह कोणीय सितारे का प्रतीक है।"

"लेकिन हमने वार्ष्णेय के परचे की आख़री दो लाइनों पर अभी तक चर्चा नहीं की है," राधिका ने कहा। "एंड ब्लू वाटर बिसाइड। फिर वो कहता है शंकर इलेटेड। क्या इनमें से कोई वाक्य इन दोनों स्थानों में से किसी एक को चुनने में हमारी मदद कर सकता है?"

"नहीं," सैनी ने जवाब दिया। "सोमनाथ का मंदिर समुद्र किनारे स्थित है, तो इसके पास ही पानी है। इसी तरह, कैलाश पर्वत के आधार पर भी दो झीलें स्थित हैं—मानसरोवर और राक्षसताल। शंकर शिव का ही एक और नाम है, और दोनों ही जगहें शिव पूजन के लिए मशहूर हैं। इसलिए शंकर इलेटेड वाक्यांश से भी दोनों में से किसी एक को चुनने में हमें कोई मदद नहीं मिलती है।"

"तो हम कहां जाएं?" राधिका ने पूछा।

"शायद हमें अलग-अलग दलों में बंटकर दोनों जगहों पर जाने के बारे में सोचना चाहिए," सैनी ने राय दी।

65

मैंने युधिष्ठिर को परामर्श दिया कि वे ऐसे किसी भी व्यक्ति से मित्रता करने का एक खुला निमंत्रण जारी करें जो यह अनुभव करता हो कि दुर्योधन के कार्य धर्म-विरुद्ध हैं। दुर्योधन के दो भाई—विकर्ण एवं युयुत्सु—उससे सहमत नहीं थे। जब द्रौपदी को दरबार में घसीटकर लाया गया तो दोनों बहुत लज्जित हुए थे। युयुत्सु ने यद्यपि पांडवों का साथ देने का निर्णय लिया था, किंतु विकर्ण कौरवों के प्रति निष्ठावान रहा, यद्यपि उसके निजी विचार दुर्योधन से भिन्न थे। विकर्ण उन सौ कौरवों में से था जिन्हें बाद में भीम ने मारा था, हालांकि उसको मारना सर्वाधिक कठिन रहा था। यादवों के मेरे अपने कुनबे में भी दरारें थीं। जो कृतवर्मा के अधीन थे वे कौरवों के पक्ष में चले गए, जबकि जो सात्यिकी के अधीन थे उन्होंने पांडवों के पक्ष में रहने का निर्णय लिया। एकमात्र यादव जिसकी स्थिति अस्पष्ट थी, वह मैं था। मैं पांडवों का पक्ष लूंगा या कौरवों का? दोनों ही पक्ष मुझे चाहते थे, किंतु भिन्न कारणों से।

प्रिया और तारक अपने मार्गदर्शक के साथ निजी चार्टर से नेपालगंज पहुंच गए, जो नेपाल की दक्षिण-पश्चिम सीमा पर था। नेपाल के इमीग्रेशन आधिकरियों ने उन्हें प्राथमिकता के आधार पर जाने दिया क्योंकि अपने तस्करी अभियानों को चलाने के लिए सर खान की

उच्चतम स्तरों पर पहुंच थी।

उन्हें सीधे एक फिक्स्ड-विंग विमान में भेज दिया गया जो उन्हें नेपालगंज से सिमिकोट ले गया। उनके मार्गदर्शक ने पूछा कि चॉपर से हिल्सा—चीन-नेपाल सीमा—के लिए निकलने से पहले क्या वो थोड़ा अवकाश लेना चाहेंगे लेकिन उन्होंने मना कर दिया। हिल्सा में सेना का एक व्यक्ति उनके साथ आ गया था और उन्हें फ्रैंडशिप ब्रिज के पार सीमा की चौकी तक ले गया जहां से उनकी लैंड क्रूजर ने बुरांग—तिब्बत की दक्षिणी सीमा के पास—में प्रवेश किया।

"ये अपने साथ रखें," मार्गदर्शक ने कुछ गोलियां प्रिया और तारक को देते हुए कहा।

"ये क्या हैं?" तारक ने संदेह से पूछा।

"डायमॉक्स 125 एमजी," मार्गदर्शक ने उत्तर दिया।

"बहुत बढ़िया," तारक ने व्यंग्य से जवाब दिया। "ये आख़िर है क्या और मुझे इसे क्यों लेना चाहिए?"

"ये पहाड़ों पर होने वाली मतली कम करेगी। ऊंचे ऑल्टीट्यूड पर पहुंचने से पहले आपको इसे लेना शुरू कर देना चाहिए," मार्गदर्शक ने कहा। "क्या आप यहां बुरांग में अपनी यात्रा में अवकाश लेना चाहेंगे? यहां एक गैस्टहाउस है—है तो साधारण सा, लेकिन मानसरोवर झील की ओर बढ़ने से पहले यहां सोने के लिए साफ़ बिस्तर, नहाने के लिए गर्म पानी और खाना मिल सकता है।" प्रिया और तारक दोनों को महसूस हुआ कि वो वास्तव में बहुत थके हुए हैं, उन्होंने इस प्रस्ताव को स्वीकार कर लिया।

अगली सुबह वो बढ़िया चीनी हाईवे से बुरांग से दारचेन की ओर चले। लैंड क्रूजर से निकलकर मार्गदर्शक ने मोलभाव करके रिआयती दर पर नौ सौ युआन प्रति घोड़े की दर से तीन घोड़े लिए। उसने जल्दी ही ऑक्सीजन टैंक और कोल्डगीयर पोशाकों का इंतजाम किया जो उनके शरीर के मूल तापमान को बनाए रखने में मदद करतीं।

"ध्यान रखें कि आप ये गर्म सूप पीते रहें," मार्गदर्शक ने अपने घोड़े पर चढ़ने से पहले उन्हें फ़्लास्क पकड़ाते हुए कहा। "कृपया अपनी डायमॉक्स भी दिन में चार कर दें। यक़ीन करें, हमारे धर्मला दर्रे पर पहुंचने तक आपको इसकी ज़रूरत पड़ जाएगी।"

वो अपनी यात्रा शुरू करते, इससे पहले ही मार्गदर्शक को सूचना मिली कि धर्मला दर्रे के पास तेज़ बर्फबारी हो रही है। बेमन से, ग्रुप बेहतर मौसम का इंतज़ार करने के लिए दारचेन लौट गया। कैलाश पर्वत द्वारा उन्हें ऊपर आने की अनुमति देने का इंतज़ार करते हुए प्रिया का मन अपने पिता की ओर लौट गया।

"आज तुम्हें मेरे साथ पाली हिल चलना होगा," संजय रतनानी ने कहा। पाली हिल बांद्रा के पश्चिमी मुंबई के सबर्ब में एक पॉश कॉलोनी थी जहां बॉलीवुड की बड़ी हस्तियों के घर थे।

"क्यों?" नाश्ते की मेज़ पर प्रिया ने सेब खाते हुए पूछा।

"ये ज़रूरी है, प्रिया। सर खान तुमसे मिलना चाहते हैं," उसके पिता ने झिझकते हुए कहा।

प्रिया ने अपनी भौंहें उठाईं। "वो मुझसे मिलना चाहते हैं? आपने तो बहुत सावधानी से मुझे अपने काम से दूर रखने का हर मुमकिन जतन किया है और अब अचानक आप चाहते हैं कि मैं जाकर उनसे मिलूं?" उसने हैरानी से पूछा।

"हां, प्रिया। उन्हें किसी महत्वपूर्ण बात पर चर्चा करनी है और वो चाहते हैं कि तुम भी इस चर्चा का हिस्सा बनो," रतनानी ने कहा।

कुछ मिनट बाद, वो सर खान के विलासितापूर्ण बंगले के गेट से अंदर जा रहे थे। घर भव्य था। अफवाहों के दायरे में ये मशहूर था कि इसमें एक ऐसा स्विमिंग पूल था, जो साठ फ़ुट लंबा था और जिसमें अंडरवाटर म्यूजिक सिस्टम लगा हुआ था। घर की एक और सबसे ज़्यादा मशहूर चीज़ एक गोल्ड-प्लेटेड कगार वाली बिलियर्ड्स टेबल थी।

उनका स्वागत करने सर खान बाहर ड्राइववे में आ गए थे। "ये

मेरा ख़ुशक़िस्मत दिन है कि अपने वकील से ऐसे मामले के लिए मिल रहा हूं जिसमें मुझे जेल से बाहर रखने की ज़रूरत नहीं है," सर खान ने पिता-पुत्री से हाथ मिलाते हुए मज़ाक़ किया। वो एक कैजुअल जींस और लिनेन की सफ़ेद शर्ट पहने हुए थे। उनके गंजे होते सिर पर स्ट्रॉ का हैट लगा हुआ था जो उन्हें माफिया डॉन का हुलिया दे रहा था—उनके रुतबे के मुताबिक।

अपनी बाईं कलाई पर उन्होंने प्लेटिनम की पाटेक फिलिप स्काई मून टूरबिलियन घड़ी पहनी हुई थी जो दस लाख डॉलर से ज़्यादा कीमत की थी। उनके पैरों में नर्म चमड़े के स्टीफानो बीमर जूते थे। शर्ट की जेब में रत्नों से जड़ा एक मोटा सा ऑरोरा दीयमांते पैन था, और मुंह में एक और भी मोटा कोहिबा सिगार दबा था।

सर खान ने एक छोटे-मोटे चोर से शुरुआत की थी और अब एक ख़तरनाक माफिया डॉन बन गए थे। बरसों की पढ़ाई, स्वाध्ययन और सामाजिक मेलजोल ने उन्हें व्यापारिक सम्मान और बौद्धिक उत्सुकता का आवरण प्रदान किया था। वो रतनानी और प्रिया को अपनी बेशकीमती प्राइवेट स्टडी में ले गए, जहां केवल एक कांच की दीवार थी जो विशाल स्वीमिंग पूल की ओर थी। उन्हें आइस्ड टी के लिए पूछने के बाद वो नर्म विशालाकार सोफ़े पर बैठ गए। बटलर ख़ामोशी से उन्हें ड्रिंक्स देकर बाहर चला गया। प्रिया की ओर मुड़कर सर खान ने कहा, "मैंने ख़ासतौर से तुम्हारे पिता से तुम्हें साथ लाने को कहा था, प्रिया। आने के लिए शुक्रिया।"

प्रिया ने नर्म स्वर में कहा, "मैं वजह जानने को उत्सुक हूं।"

"जैसा कि तुम्हारे पिता जानते हैं, प्राचीन वस्तुओं के बाजार में मैं बहुत सक्रिय हूं। मुझे कलाकृतियां हासिल करना पसंद है—जितनी पुरानी हों, उतना अच्छा है," सर खान ने कहा। "हाल ही में, मैंने जस्ते की प्लेटिंग का ये टुकड़ा ख़रीदा है जिस पर कीमती पत्थर जड़े हुए हैं। कहा जाता है कि महमूद ग़जनवी द्वारा नष्ट किए जाने से पहले ये सोमनाथ मंदिर के एक स्तंभ पर जड़ा हुआ था।" उन्होंने वो उसे दिखाया।

"जस्ते के स्तंभ? सोमनाथ मंदिर में जस्ते के स्तंभ क्यों थे?" प्रिया ने उस बेहद पुरानी और क्षत-विक्षत जस्ते की प्लेटिंग पर उंगलियां फेरते हुए पूछा।

"यही सवाल मैंने भी ख़ुद से पूछा था," सर खान मुस्कुराए। "हम जानते हैं कि वो एक अति-भव्य मंदिर था जिसमें चुंबक-पत्थर की छत के इस कमाल के प्रयोग से शिवलिंग को अधर में झूलता रखा गया था कि वह बस इतना चुंबकीय आकर्षण उत्पन्न करता था कि शिवलिंग हवा में बना रहे। हम जानते हैं कि स्तंभ टीक की लकड़ी के थे और जस्ते की प्लेटिंग से ढके थे—इस तरह की—और उन पर कीमती पत्थर जड़े हुए थे। लेकिन ऐसा क्यों कि सोने की जंजीरें, सोने की घंटियां, माणिक जड़े हों—और स्तंभ जस्ते के? सोने के क्यों नहीं?"

प्रिया और रतनानी ख़ामोश रहे। सर खान ऐसे आदमी नहीं थे जिन्हें बीच में टोके जाने की आदत हो।

"मौलिक विवरण हमें बताते हैं कि वहां पर सोने के छप्पन स्तंभ थे और हरेक पर विभिन्न शिवधर्मी राजाओं द्वारा दिए गए रत्न जड़े हुए थे। इन स्तंभों पर हीरे, पन्ने और माणिक जैसे शानदार पत्थर लगे हुए थे। लेकिन जब हम बाद के ग़जनवी के हमले के विवरण पढ़ते हैं तो हमें बताया जाता है कि वहां जस्ते के छप्पन स्तंभ थे। सोने के स्तंभों का क्या हुआ?" सर खान ने पूछा।

"मुमकिन है उन्हें नवीं सदी में जब प्रतिहार राजा नागभट्ट द्वितीय ने गुलाबी बुलआ पत्थर से मंदिर का पुनर्निर्माण करवाया था, और साल 1024 के बीच कभी बदल दिया गया हो, जब महमूद ग़जनवी ने आक्रमण किया था?" प्रिया ने अपने इतिहास के नोट्स को याद करते हुए अनुमान से कहा।

"ये मुमकिन नहीं है," सर खान ने कहा। "ग़जनवी के हमले से पहले सोमनाथ अपनी समृद्धि के चरम पर था—वास्तव में, यही समृद्धि तो थी जिसने ग़जनवी को आकर्षित किया था।"

"तो इसकी और क्या वजह हो सकती है?" प्रिया ने हैरानी

जताई।

"क्या तुमने परमाणु रूपांतरण के बारे में सुना है?" सर खान ने पूछा।

66

दुर्योधन और अर्जुन दोनों ही मुझे अपने पक्ष में लेने के लिए द्वारका आए थे। जब दुर्योधन ने कक्ष में प्रवेश किया तब मैं निद्रा में लीन था। उसने मेरे सिर के पास बैठने के लिए एक स्थान चुना। बाद में अर्जुन अंदर आए और उन्होंने मेरे चरणों में बैठने का स्थान चुना। जब मेरी आंख ख़ुली तो मैंने अर्जुन को देखा और पूछा, "आप क्या चाहते हैं, अर्जुन?"

दुर्योधन क्रोधित हो गया और उसने विरोध किया, "पहले मैं आया था, इसलिए पहले आपको मुझसे पूछना चाहिए!" उसकी तुच्छ बातों में संलिप्त होने की मेरी इच्छा नहीं थी। "मैंने पहले अर्जुन को देखा और इसलिए आपसे पूछने से पहले मैंने इनसे पूछा," मैंने कहा। अर्जुन की ओर मुड़कर मैंने कहा, "आप मुझे ले सकते हैं अथवा मेरी सेना को?" अर्जुन एक पल को भी नहीं झिझके। वे जानते थे कि उन्हें मेरे सैनिकों की नहीं, बल्कि मेरी कूटनीतिक क्षमता की आवश्यकता है। "मुझे तो आप चाहिए, कृष्ण। केवल आप," उन्होंने कहा। दुर्योधन भी प्रसन्न था। अर्जुन के चयन के फलस्वरूप उसे मेरी सेना प्राप्त हो गई थी, इस प्रकार उसकी तालिका में पांडवों की सात सेनाओं की तुलना में ग्यारह सेनाएं हो गई थीं।

"परमाणु क्या?" प्रिया ने पूछा।

"परमाणु रूपांतरण। ये एक कैमिकल तत्व का दूसरे में परिवर्तित होना है। लो, इस सारांश को पढ़ो जिसे मैंने भाभा एटॉमिक रिसर्च सैंटर के डाइरेक्टर से हासिल किया है," सर खान ने एक पन्ने का लेजर प्रिंट प्रिया की ओर बढ़ाया। प्रिया ने अपने पिता की जानकारी के लिए जल्दी से उसे जोर से पढ़ दिया।

"परमाणु रूपांतरण एक कैमिकल तत्व—या आइसोटोप—का किसी दूसरे में बदलना है," प्रिया ने कहा। "प्रभावी रूप से, एक तत्व के अणु दूसरे तत्व के अणुओं में बदले जा सकते हैं।"

"रूपांतरण या तो रेडियोएक्टिव क्षय या परमाणु प्रतिक्रिया के माध्यम से हो सकता है। पहले माध्यम में, कुछ निश्चित रेडियोएक्टिव तत्व समय के साथ प्राकृतिक रूप से नष्ट हो जाते हैं, और बिल्कुल नए तत्व बन जाते हैं। मिसाल के लिए, पोटेशियम-40 प्राकृतिक रूप से नष्ट होकर आर्गन-40 बन जाता है, जोकि वायुमंडल में पाया जाने वाला मुक्त आर्गन है। दूसरे माध्यम में, रूपांतरण आणविक गतिवर्धकों और परमाणु ऊर्जा रिएक्टरों के द्वारा तत्वों को, कृत्रिम रूप से निर्मित परमाणु श्रृंखलाबद्ध प्रतिक्रिया के माध्यम से उत्पन्न न्यूट्रॉन्स के संपर्क में लाकर किया जा सकता है," प्रिया ने पन्ने को पढ़ते हुए कहा।

"वैज्ञानिक रूप से ये साबित कर दिया गया है कि न्यूट्रॉन की अधिकता पैदा करके जस्ते को सोने में बदलना मुमकिन है। युगों से ये मध्ययुगीन कीमियागरों की खोज थी। ये भी साबित कर दिया गया है कि इसके उलट की अपेक्षा न्यूट्रॉन के प्रतिरोध या बीटा क्षय के माध्यम से सोने को जस्ते में बदल देना कहीं ज़्यादा आसान है। दोनों ही मामलों में, सामग्री को एक लंबी अवधि के लिए परमाणु रिएक्टर में छोड़ने से ही परिणाम प्राप्त किया जा सकता है।" प्रिया पन्ने के अंत पर पहुंची और उसने हैरानी से सर खान को देखा।

"क्या आप मुझे ये बताना चाह रहे हैं कि सोमनाथ के स्तंभ मूल रूप से सोने के थे जो परमाणु प्रतिक्रिया के कारण जस्ते में बदल

गए थे?" उसने पूछा।

"ऐसा मैं नहीं कह रहा हूं। ये तो इतिहास का हर टुकड़ा हमें बताता प्रतीत होता है," सर खान ने कहा। "तुम्हें पता है कि सोमनाथ को ठीक ऐसी जगह पर बनाया गया था जहां उस देशान्तर पर कोई भूमि नहीं है जो वहां से सीधे अंटार्कटिका तक जाता है? वहां मीलों बस समुद्र है—उस एकल देशान्तर पर छोटा सा द्वीप तक नहीं है। इस मंतव्य का एक आलेख संस्कृत में बाण स्तंभ पर देखा जा सकता है—जो सोमनाथ मंदिर की समुद्री सुरक्षा वाली दीवार पर बनाया गया है। ये भौगोलिक कौतुक क्यों प्रासंगिक है? ये केवल तभी प्रासंगिक है जब ये विश्वास हो कि शिवलिंग से निकलने वाला जल रेडियोधर्मिता से युक्त है।"

प्रिया मुंह बाए सर खान की बातें सुन रही थी। उसकी प्रतिक्रिया देखकर सर खान संतुष्टि की मुस्कुराहट मुस्कुराए। "ये एक जाना-माना तथ्य है कि पॉवर प्लांट या परमाणु प्लांट अपना ख़ुद का चुंबकीय क्षेत्र बनाते हैं। जब ग़जनवी के आदमियों ने अधर में टंगे शिवलिंग को देखा तो उन्होंने सोचा कि उसे छत के चुंबक-पत्थरों ने ऊपर रोका हुआ है। मगर, वो ये नहीं समझ पाए कि चुंबक-पत्थर तो शिवलिंग को ऊपर खींचने की जगह नीचे रखने के लिए लगाए गए थे—शिवलिंग द्वारा निर्मित चुंबकीय क्षेत्र के विपरीत चुंबकीय क्षेत्र का निर्माण करके।

"लेकिन प्राचीन लोगों को कैसे पता था कि परमाणु ऊर्जा कैसे बनाते हैं?" रतनानी ने पूछा।

"जब इस तथ्य पर विचार करते हैं कि भारत के प्राचीन योगी शून्य में उठना तक जानते थे तो ये इतना उल्लेखनीय नहीं रहता," सर खान ने हवाना धुएं का एक और बादल छोड़ते हुए कहा।

"ये तो सच है," प्रिया ने कहा। "इसके बारे में मैंने परमहंस योगानंद की ऑटोबायोग्राफी ऑफ़ ए योगी में पढ़ा है। प्राचीन आध्यात्मिक गुरुओं में निश्चय ही अपने शरीर को इच्छानुसार शून्य में उठाने की क्षमता थी। ये उन्नत आध्यात्मिक क्रियाओं से प्राप्त

होती थी जिसमें वो वास्तव में अपने शरीर के माध्यम से विद्युत तरंगों के प्रवाह को बदल सकते थे ताकि चुंबकीय क्षेत्र उन्हें जमीन से ऊपर उठा सके।"

"और इसी तकनीक का प्रयोग मिस्र में पिरामिड बनाने के लिए किया गया था—ध्वनि-विज्ञान और विद्युतचुंबकत्व का संयोग जिसने पत्थर के विशाल खंडों को आसानी से उठाने दिया," सर खान ने समझाया। "दो साल पहले, सेंट एंड्रयूज विश्वविद्यालय के वैज्ञानिकों के एक दल ने लैबोरेटरी में कैसिमिर फोर्स—प्रद्धति का वो बल जो सामान्यतया वस्तुओं को एक साथ रखता है—को पुनर्योजित करके वस्तुओं के उत्तोलन का प्रयास किया था। पुनर्योजित किए जाने के बाद, कैसिमिर फोर्स को आकर्षित करने की जगह विकर्षित करने के लिए प्रयोग किया जा सकता था। प्रोफ़ेसर उल्फ लियोनहार्ड्ट और डॉ. थॉमस फिल्बिन ने दिखाया कि बड़ी वस्तुओं, यहां तक कि इंसान के उत्तोलन के लिए भी इसी प्रभाव का इस्तेमाल किया जा सकता है!"

"प्रभावी रूप से, अब आधुनिक विज्ञान हमें ये बता रहा है कि उत्तोलन—जिसे भारतीय पुराणशास्त्र की विज्ञानकथा कहकर दरकिनार कर दिया गया था—वस्तुत: संभव है और कि प्राचीन लोगों में इन चमत्कारों को प्राप्त करने की क्षमता थी," प्रिया ने कहा।

"फिलॉसफर्स स्टोन या दार्शनिक का पत्थर एक काल्पनिक रासायनिक तत्व है जिसमें निम्न धातुओं को सोने या चांदी में बदल देने की शक्ति मानी जाती है," सर खान ने कहा। "वस्तुत: कई सदियों तक ये यूरोप में हुए सबसे ज़्यादा रासायनिक प्रयोगों का विषय रहा था। दार्शनिक के पत्थर को जीवन का अमृत भी माना जाता था—क्योंकि इसमें अमरता प्रदान करने की ताकत थी। क्या ये मुमकिन नहीं है कि जब ग़जनवी ने सोमनाथ के शिवलिंग को नष्ट किया था तो उसने अनजाने में दुनिया के वास्तविक दार्शनिक के पत्थर को नष्ट कर दिया हो?"

"तो आप मुझसे मिलना और मुझे ये सब बताना क्यों चाहते

थे?" प्रिया ने सबसे महत्वपूर्ण सवाल को पूछने के लिए अपने प्रतिरोध को तोड़ते हुए पूछा।

"क्योंकि मुझे विश्वास है कि तुम इस अविश्वसनीय रहस्य को उजागर करने में मेरी सहायता कर सकती हो। ये बहुत महत्वपूर्ण है लेकिन इसे ढूंढ़ने के लिए इतिहास की जानकारी रखने वाले किसी व्यक्ति की ज़रूरत है," सर खान ने सरलता से कहा।

67

तत्पश्चात दुर्योधन मेरे बड़े भाई बलराम के पास गया जिनके हृदय में उसके लिए सदैव कोमल भावना रही है। वास्तव में, बलराम ने हमारी बहन सुभद्रा का विवाह दुर्योधन से करने का निश्चय किया था, किंतु मैंने सुभद्रा को अर्जुन के साथ भगाकर उनकी योजना पर पानी फेर दिया था। "हमारा साथ दें, बलराम," दुर्योधन ने कहा। "यद्यपि मैं आपकी बहन से विवाह करने में असमर्थ रहा, किंतु ऐसा कोई कारण नहीं है कि हम युद्ध में मित्र नहीं हो सकते।" भीम भी उसी समय बलराम के पास पहुंचे थे। "आपने ही तो मुझे गदा पकड़ना सिखाया है, तात। आप जानते हैं कि आपके भाई कृष्ण सदैव सही होते हैं। कृपया हमारा साथ दें और उनके विरुद्ध खड़े हों जो न्यायसंगत नहीं हैं," भीम ने बलराम से कहा। बलराम ने सावधानीपूर्वक सारी स्थिति पर विचार किया और फिर दुर्योधन और भीम दोनों से कहा। "इतना क्रोध और कड़वाहट क्यों? भूमि के लिए? एक-दूसरे को गले लगाओ और मित्रों की तरह शेष जीवन व्यतीत करो, शत्रुओं की तरह नहीं।" मगर, किसी भी पक्ष ने उनके

परामर्श को स्वीकार नहीं किया। बलराम ने निर्णय लिया कि वे सरस्वती की तीर्थयात्रा पर जाएंगे और किसी भी पक्ष से युद्ध नहीं करेंगे। जाने से पहले, उन्होंने दोनों पक्षों को परामर्श दिया कि वे युद्ध के नियमों का पूरी सावधानी से पालन करें।

निर्णय ले लिया गया था। वो दो दलों में बंट जाएंगे—राधिका और सैनी एक दल में, और छेदी और राठौड़ दूसरे में। पहला दल प्रिया और तारक के पीछे कैलाश पर्वत की यात्रा करेगा। दूसरा दल सोमनाथ जाएगा ये तय करने के लिए कि क्या चारों प्राचीन मुद्राएं वाकई उन्हें वहां का संकेत दे रही थीं, जैसी कि सैनी की राय थी।

"कृष्ण की कुंजी कैलाश पर्वत या सोमनाथ की तरफ़ संकेत क्यों करेगी?" राधिका ने पूछा। "आख़िरकार, दोनों स्थान शिव के लिए समर्पित हैं, विष्णु के लिए नहीं।"

"आह, लेकिन विश और शिव तो एक ही सिक्के के दो पहलू हैं," सैनी ने मुस्कुराते हुए कह।। "हर हर महादेव शिव हैं लेकिन हरि कृष्ण हैं। आप हर और हरि को हमेशा एक ही जगह पर पा सकती हैं!"

"तो वो चाहे शिव हों या विश, उनकी पूजा वैदिक काल में प्रचलन में थी?" राधिका ने पूछा।

"सिंधु घाटी के अनेक स्थलों पर अग्नि वेदियां पाई गई हैं। साथ ही आनुष्ठानिक स्नान—एक धार्मिक गतिविधि जिसे आप रोजाना गंगा के तटों पर देख सकते हैं—के लिए मोहजोदड़ो के महास्नानागार जैसे स्नानागार भी। सबसे महत्वपूर्ण, सिंधु-सरस्वती पर हुए लगभग सभी निर्माण एक समान आकार की ईंटों के इस्तेमाल से किए गए हैं। ऊंचाई, चौड़ाई और लंबाई का अनुपात समान रूप से 1:2:3 रहा है," सैनी ने जानकारी दी।

"ये अनुपात ये कैसे बताता है कि वो वैदिक सभ्यता थी?"

"हम उस ज़बरदस्त रहस्यपूर्ण महत्व को तो जानते ही हैं जो

वैदिक ऋषियों ने 108 की संख्या को प्रदान किया है, सही? लेकिन 108 की संख्या एक प्राचीन अनुक्रम को गुणा करने से प्राप्त होती है। अनुक्रम है 11, 22, 33 और 108 मात्र 11ग्22ग्33 का गुणनफल है। अगर सिंधु घाटी के निवासी वैदिक नहीं होते तो वो 1:2:3: के अनुपात की ईंटों का प्रयोग क्यों कर रहे थे?" सैनी ने पूछा, जब वो कैलाश के दक्षिणी रुख की ओर तेरह स्वर्ण स्तूपों की गुफा की ओर बढ़ रहे थे।

राधिका और सैनी की यात्रा लखनऊ से काठमांडू की फ़्लाइट लेकर शुरू हुई थी। काठमांडू से, वो एक ग्रुप-चार्टर विमान से द्रोपोलिंग की पौराणिक गुप्त भूमि के लिए चले थे—जो दुर्लभ औषधीय जड़ी-बूटियों के लिए मशहूर है। उन्होंने अविश्वसनीय रूप से ख़ूबसूरत जंगल से होकर पैदल तिब्बती सीमा की ओर बढ़ना जारी रखा, एक ऊंचे दर्रे को पार करके वो बुरांग की एक प्राचीन व्यापारिक चौकी पर पहुंचे जहां से शेरपा दोरजी नाम का एक मिलनसार गाइड उनके साथ हो लिया था।

उनका आना इत्तफाक से सगदवा की पूर्णिमा (बुद्धपूर्णिमा) को हुआ था—जिसे तिब्बती लोग पारंपरिक रूप से बुद्ध के जन्म, परिनिर्वाण और निर्वाण के रूप में मनाते हैं—और सैकड़ों तिब्बती तीर्थयात्री कैलाश पर्वत की तीन दिन की आनुष्ठानिक परिक्रमा शुरू कर चुके थे, रात में वो पंद्रहवीं सदी के बौद्ध मंदिरों के पास जल्दबाजी में लगाए शिविरों में घुस जाते थे। अठारह हज़ार फ़ुट ऊंचे दोल्मा-ला पास को पार करने के बाद शेरपा दोरजी ने राधिका और सैनी को याद दिलाया कि कैलाश पर्वत की परिक्रमा पिछले सभी कर्मों से शुद्ध होकर एक नई ज़िंदगी में जाने की द्योतक है।

पहले दिन उन्होंने कैलाश पर्वत की बाहरी परिक्रमा पूरी कर ली, चलते हुए वो प्रिया और तारक को ढूंढ़ते रहे थे, लेकिन न तो कहीं माताजी नज़र आई, न ही उसका कट्टरता से समर्पित शिष्य। "उफ, हम उन्हें चूक गए," सैनी उन सारी देरियों को कोसते हुए धीरे से बड़बड़ाया, जो कैलाश के रास्ते में उन्हें पेश आई थीं।

"शायद कल हमें नंदी परिक्रमा करनी चाहिए, हो सकता है वो मिल ही जाएं।" नंदी परिक्रमा भी कैलाश पर्वत की एक परिक्रमा थी, मगर कहीं ज़्यादा मुश्किल परिधि में। ये ख़ास ट्रैक केवल मंजे हुए पर्वतारोहियों के लिए था क्योंकि इसमें खड़ी चढ़ाइयां थीं और भूस्खलन होता था।

जब वो धीरे-धीरे आगे बढ़ रहे थे, तो उन्हें एक साधु मिला। तापमान शून्य से कम होने के बावजूद उसने नाममात्र के वस्त्र पहन रखे थे, लेकिन फिर भी बहुत सहज लग रहा था। उसके बाल लंबे थे और मोटी-मोटी जटाओं में कंधों पर पड़े हुए थे। उसके चेहरे और ऊपरी शरीर पर भस्म लिपटी हुई थी और माथे पर एक तीसरी आंख पेंट की हुई थी। "हर हर महादेव!" उसने हुंकार भरी। सैनी और राधिका ने साधु के आगे श्रद्धापूर्वक हाथ जोड़ दिए। "मैं जानता हूं तुम क्या ढूंढ़ रहे हो," साधु ने रहस्यमय तरीके से कहा। "किंतु एक बात याद रखना... पत्थर से अधिक महत्वपूर्ण दार्शनिक है।" सैनी या राधिका पूछ पाते कि वो क्या कहना चाहता है, इससे पहले ही उसने अपनी चरस की चिलम का कश लिया और राधिका और सैनी के चौंके हुए चेहरों से बेख़बर नाचते हुए जंगल में चला गया।

अगले दिन, राधिका, सैनी और दोरजी एक लाइन बनाकर बेहद संकरी पगडंडी पर चल पड़े। ऑक्सीजन की कमी और लगातार चढ़ाई पर चलने के दबाव ने जल्दी ही राधिका और सैनी की सांसें फुला दीं। सिलुंग गोम्पा से अष्टपद पर्वत तक पहुंचने में उन्हें एक घंटा लगा। वो रुके नहीं बल्कि दो नदियों—सिलुंग और कैलाश गंगा—के संगम की ओर बढ़ते रहे। एक छोटी सी ढलान उन्हें लिंग-सिंगजेन पर ले आई—एक घोड़े के ख़ुरों के निशान जिसे तिब्बती बहुत पवित्र मानते हैं।

जब राधिका और सैनी दक्षिणी कैलाश के आधार के क़रीब पहुंच रहे थे तो तेज़ बर्फबारी होने लगी। रुकना विकल्प नहीं था इसलिए वो एक चट्टानी पगडंडी से होते हुए घाटी की ओर बढ़ने लगे। उनके एक ओर नंदी पहाड़ी थी और दूसरी ओर रावण लिंग

पर्वत। उनके सामने भव्य कैलाश पर्वत स्थित था। कैलाश के लंबवत दक्षिणी रुख के आधार पर पहुंचने तक उन्हें चलते हुए आठ घंटे से ज़्यादा हो गए थे। अब वो अपने ट्रैक के सबसे खराब हिस्से के लिए तैयार थे—दोरजी द्वारा उपलब्ध करवाई पर्वतारोहण की रस्सियों द्वारा एक लगभग लंबवत दीवार के साथ सप्तर्षि गुफा की अंतिम आधे किलोमीटर की चढ़ाई।

68

जब युद्ध आरंभ होने वाला था तो दोनों सेनाओं ने युधिष्ठिर को अपना कवच उतारते और अपने अस्त्र नीचे रखते देखा। वे अपने रथ से उतरे और कौरव सेना की ओर बढ़े। संभ्रमित अर्जुन भागे-भागे गए और उन्होंने अपने भाई से पूछा कि वे अस्त्र-शस्त्रहीन हो शत्रु की ओर क्यों बढ़ रहे हैं किंतु युधिष्ठिर गहन विचारों में लीन थे, उन्होंने उत्तर देने का प्रयास नहीं किया। मैंने शिष्टता से अर्जुन को समझाया कि युधिष्ठिर केवल वरिष्ठजनों—भीष्म, द्रोण और कृपा—का आशीर्वाद ले रहे हैं। कौरव सेना में मैं द्वेषपूर्ण प्रसन्नता भाव उठते देख सकता था। अधिकांश सैनिक सोच रहे थे कि युधिष्ठिर ने युद्ध आरंभ होने से पहले ही आत्मसमर्पण करने का निर्णय ले लिया है। युधिष्ठिर भीष्म की ओर गए। नीचे झुककर, उन्होंने सम्मानपूर्वक उनके चरण स्पर्श किए और कहा, "पितामह, हमें युद्ध आरंभ करने की अनुमति दें। हमने आपसे—अपने अजेय पितामह से—युद्ध करने का साहस किया है, हमें आपका आशीर्वाद चाहिए।" भीष्म के नेत्र आंसुओं से नम हो गए, उन्होंने युधिष्ठिर

को आशीर्वाद दिया और कहा, "विजयी भव।" युधिष्ठिर ने अपने गुरुओं—द्रोण और कृपा—के साथ-साथ अपने मामा शल्य का आशीर्वाद भी लिया, और फिर युद्ध आरंभ करने के लिए पांडव सेना की ओर लौट गए।

राधिका और सैनी ने हिम्मत जुटाकर अंतिम टुकड़ा भी पूरा किया। वो सप्तर्षि गुफा पहुंच गए थे—जो आधार से अस्सी मीटर की ऊंचाई पर कैलाश के दक्षिणी रुख पर एक बालकनी जैसी थी। बालकनी पर तिब्बतियों ने चॉर्टेन या लघु स्तूप बनवाए हुए थे। राधिका और सैनी इस बात से अनभिज्ञ थे कि उन स्तूपों में से दो निर्जीव नहीं थे।

राधिका और सैनी ने अपने बैकपैक खोले और गुफा की संकरी कगार पर बैठ गए। शेरपा दोरजी उस अतिरिक्त सामान को लाने के लिए फिर से रस्सी से नीचे उतर गया था जिसे कैलाश की दक्षिणी दीवार के आधार पर छोड़ दिया गया था। उन्होंने गुफा में चारों तरफ़ देखा। वो तिब्बती लघु-स्तूपों के साथ-साथ हिंदू, बौद्ध, जैन और बॉन तीर्थयात्रियों द्वारा स्थापित देवताओं और चढ़ावों से भरी थी। दीवारों पर तीर्थयात्रियों ने विभिन्न प्रार्थनाएं और श्लोक लिख रखे थे। राधिका का ध्यान एक श्लोक पर गया। वो था, "इलाह सरस्वती मही तिस्रो दैविर्मयोभुव: बर्हि: सीदन्त्वस्रिध:।"

"इसका क्या अर्थ है?" राधिका ने दीवार पर लिखे श्लोक की ओर संकेत करते हुए पूछा।

"ये ऋग्वेद की एक ऋचा है," सैनी ने कहा। "इसका शाब्दिक अर्थ है: हे इलाह, सरस्वती और मही, तीनों देवियां जो सुख प्रदान करती हैं, कृपया शांतिपूर्वक घास पर बैठें।"

"मैंने इलाह या मही के बारे में नहीं सुना। आधुनिक हिंदू धर्म में लक्ष्मी और दुर्गा हैं, लेकिन इलाह या मही कोई नहीं हैं," राधिका ने कहा।

"वो इसलिए कि इलाह दुर्गा का ही एक नाम है," सैनी ने बताया।

"क्या ये अल्लाह जैसा सुनाई नहीं देता है?" राधिका ने पूछा, उसकी उत्सुकता बढ़ गई थी।

"तुमने सही पकड़ा," सैनी ने कहा। "इस्लाम के आगमन से पहले भी, अल्लाह शब्द विद्यमान था। ये दो अरबी शब्दों से लिया गया था, अल—जिसका अर्थ अंग्रेजी का 'द' है, और इलाह—अर्थात 'देवता'। समय के साथ, संयुक्त शब्द अल-इलाह को अल्लाह के रूप में उच्चारित किया जाने लगा।"

"इसका क्या सुबूत है कि ये पहले से विद्यमान नाम है?" राधिका ने पूछा।

"इस्लाम से पहले अल्लाह शब्द की मौजूदगी इस तथ्य से स्पष्ट है कि पैग़ंबर मुहम्मद के पिता का नाम अब्द-अल्लाह था—जिसे आजकल आमतौर पर अब्दुल्लाह बोला जाता है। अनुवाद किए जाने पर इसका अर्थ है अल्लाह का बंदा," सैनी ने उत्तर दिया। "ये इस तथ्य का सबसे माकूल सुबूत है कि इस्लाम के आने से पहले भी अल्लाह नाम प्रयोग में था।"

राधिका ने हैरानी में सिर हिलाया। सैनी को सुनना सम्मोहनकारी सा था। उसके पास हमेशा ऐतिहासिक, पौराणिक और धर्मशास्त्रीय जानकारी के ख़ूबसूरत मोती होते थे। पुलिसवाली और क़त्ल के संदिग्ध के बीच की कटुता धीरे-धीरे आपसी सम्मान और दोस्ती में बदल रही थी।

"ये जानना दिलचस्प है कि सामी भाषाओं में भी, हिब्रू और आरामी समेत, जो पर्शिया-सीरिया के क्षेत्र में विकसित हुई थीं, अरबी से पहले एक समतुल्य शब्द था," सैनी ने कहना जारी रखा। "आरामी रूप इलाह है जबकि हिब्रू बहुवचन रूप अलोहिम का प्रयोग करती है। जो सवाल हमें ख़ुद से पूछना चाहिए, वो ये है कि: अल-इलाह, अल्लाह, इलाह या अलोहिम कहां से निकले हैं? अगर ऋग्वेद की तारीख और वैदिक युग के लोगों के पश्चिम की ओर पलायन के साक्ष्य पर विचार किया जाए, तो ये संभव है कि इन शब्दों का एक समान मूल इलाह था—वो देवी जिसकी वैदिक काल

में पूजा की जाती थी।"

"यानी एकेश्वरवादी धर्म जैसे यहूदी, ईसाई और इस्लाम धर्म ने अनजाने ही हिंदुत्व जैसे बहु-ईश्वरवादी धर्म से प्रेरणा ली थी?" राधिका ने अविश्वास से पूछा।

"ऋग्वेद में एक ऋचा है 'एकम् सत् विप्रा: बहुधा वदन्ति।' इसका अर्थ है, सत्य एक है, ईश्वर एक है, यद्यपि साधु उसे विभिन्न नामों से पुकारते हैं। ये वैदिक दर्शन का सार है। ये एक ग़लतफ़हमी है कि वैदिक पंथ बहु-ईश्वरवादी है," सैनी ने अपने फ़्लास्क से गर्म पानी का घूंट भरते हुए कहा।

उसी पल, कैलाश पर्वत की ख़ामोशी और निस्तब्धता गोली की गूंजती आवाज़ से बिखर गई। जब राधिका और सैनी अपनी फलसफ़ाई बातों में डूबे हुए थे, तब दो तिब्बती लघु स्तूपों ने प्रिया और तारक के इंसानी रूप अख़्तियार कर लिए थे। वो चुपचाप बालकनी की कगार पर गए और उस रस्सी से नीचे उतरने लगे जिससे राधिका और सैनी ऊपर चढ़कर आए थे।

शेरपा दोरजी गुफा के आधार की ओर वापस बढ़ रहा था कि तभी उसने दो अजनबियों को दक्षिणी रुख के आधार से भागते देखा। वो अपने साथ उस रस्सी को ले जा रहे थे जो गुफा तक पहुंचने के लिए आवश्यक थी। "ए!" दोरजी चिल्लाया। "तुम कर क्या रहे हो? मेरी रस्सी कहां ले जा रहे हो?"

उसके सवाल का जवाब देने की जगह तारक सहज भाव से मुड़ा, अपनी बंदूक निकाली और हवा में एक राउंड चला दिया। उद्‌देश्य न केवल शेरपा दोरजी को चेतावनी देना था कि लड़ने की कोशिश करना बेकार है, बल्कि प्राकृतिक घटनाओं की ऐसी श्रृंखला शुरू करना भी था जो दो टांग अड़ाने वाले घुसपैठियों—राधिका और सैनी—को हमेशा के लिए ख़त्म कर देती।

गोली की आवाज़ के साथ एक अशुभ सी गड़गड़ाहट होने लगी और धरती कांपने लगी। कैलाश पर्वत के दक्षिणी रुख की गुफा में बैठे हुए राधिका और सैनी ने जमीन को हिलते हुए महसूस किया

जबकि शिव के निवास से भारी तादाद में पत्थर, बर्फ और मलबा नीचे लुढ़कने लगा था। कुछ ही पल में हिमस्खलन पूरे वेग पर था। सप्तर्षि गुफा के कगार के नीचे बैठे राधिका और सैनी ने जब गुफा के एकमात्र द्वार को पत्थरों और बर्फ से भरते देखा तो वो एक-दूसरे से चिपक गए थे।

"तुम्हें चोट तो नहीं लगी?" राधिका को कसकर सटाए हुए सैनी ने सरगोशी से पूछा। कोई जवाब नहीं मिला। उसने फिर से सवाल दोहराया। घबराकर, उसने राधिका को हल्के से हिलाया, लेकिन जल्दी ही उसे अहसास हुआ कि वो एक बेजान जिस्म को हिला रहा है। उसने बेचैनी से ये देखने के लिए अपना हाथ उसके चेहरे के सामने रखा कि वो सांस ले रही है या नहीं, लेकिन उसे राधिका की सांस महसूस नहीं हुई।

जब सैनी को इस वास्तविकता का अहसास हुआ कि राधिका की मौत हो गई है तो उसकी आंखें नम हो गईं। वो उसके शरीर को अपनी बांहों में लिए बैठा रहा, जबकि उसे अपनी आंखों में आंसू भरते महसूस हो रहे थे। उसने राधिका के सर को सहलाया तो उसके गीले बालों के नीचे एक हल्का सा गूमड़ पाया। बज़ाहिर, गिरते हुए मलबे का कोई अंश उससे टकराया था। ख़ुद को शिक्षाविद की भूमिका में उतरने और लक्ष्य से नज़र हटने देने के लिए उसने अपने आपको कोसा। इसने राधिका को मरवा दिया था जबकि वो ख़ुद ठीक और बुरी तरह फंसा हुआ था।

सैनी को वो सबक याद आया जो प्रिया ने नब्ज जांचने के बारे में उसे सिखाया था। उसने गर्दन की धमनी की जांच करने के लिए दो उंगलियां राधिका के जबड़े के कोण के नीचे रखीं। वो बुरी तरह से प्रार्थना कर रहा था कि जीवन की मद्धम सी धड़कन भी उसकी पकड़ में आ जाए, लेकिन वहां कुछ नहीं था। "नहीं!" सैनी चीख़ा। "तुम आंखें क्यों नहीं खोलतीं, राधिका?" उसने पूछा, ख़ुद को धोखा देकर ये विश्वास दिलाने की इच्छा करते हुए कि वो ज़िंदा थी। लेकिन कोई जवाब नहीं मिला। जल्दी ही वहां केवल अंधेरा था—और किसी

लाशघर का सा शून्य से नीचे का बर्फीलापन।

69

दोनों पक्षों के योद्धाओं ने युद्ध में परंपराओं और नियमों का पालन करने की शपथ ली थी। जब तक युद्ध समाप्त होता, सारे नियम भुला दिए जाने वाले थे। पांडवों के सामने कौरवों की शक्तिशाली सेना खड़ी थी। मुख्य योद्धाओं—भीष्म, द्रोण, दुर्योधन, कृपा, जयद्रथ और अश्वत्थामा—के प्रतीक ध्वज हवा में लहरा रहे थे। कौरवों के बल का परिमाण देखकर युधिष्ठिर ने अर्जुन से कहा, "विपक्षी सेना अविश्वसनीय रूप से विशाल है। हमारी रणनीति अपनी सेनाओं को सूई की नोक के रूप में केंद्रित करने की रहनी होगी। यही एकमात्र उपाय है जिससे हम उनसे लड़ने में समर्थ हो पाएंगे।" किंतु अर्जुन प्रत्युत्तर देने की स्थिति में नहीं थे। वे तो परिदृश्य को देखकर भावविह्वल और भयभीत प्रतीत हो रहे थे।

राधिका सिंह ने अजमेर में मेयो कॉलेज में अभी इतिहास, भूगोल और नागरिकशास्त्र पढ़ाना शुरू किया था। सीमा सुरक्षा बल में कमांडेंट उसके पति हरि सिंह हाल ही में तरक़्क़ी पाकर डिप्टी कमांडेंट हुए थे और बढ़ी हुई तन्खाह ने उन्हें शादी करने की छूट दे दी थी। उन दोनों के पिता भारतीय सेना में मित्र थे और उन्होंने अपने बच्चों को आपस में मिलवाने का फ़ैसला किया था, इस उम्मीद में कि उनमें प्यार पनपेगा और वो शादी कर लेंगे। योजना कारगर रही।

कमांडेंट हरि सिंह को उग्रवाद और आतंकवाद से निबटने के लिए सीमा सुरक्षा बल की बटालियन के साथ जम्मू-कश्मीर भेज

दिया गया था। हरि सिंह की टीम ने एक ख़ुफिया नेटवर्क स्थापित किया था और मुखबिरों के साथ जमीनी स्तर पर ताल्लुकात कायम किए थे। नतीजा ये हुआ कि वो जैश-ए-मोहम्मद के मुख्य आदमी रफीक बाबा को मारने में कामयाब रहे। हरि सिंह की टीम ने श्रीनगर में रफीक बाबा के गुप्त अड्डे पर छापा मारा और उसके बाद हुई गोलीबारी में उसे मार डाला। हरि सिंह के प्रयासों के पुरस्कारस्वरूप उसे अच्छे बोनस के साथ लंबी छुट्टियां भी मिलीं और वो अपनी बीवी के साथ बढ़िया समय गुजारने के इरादे से अजमेर की ओर चल दिया। वो नहीं जानता था कि उसकी जीत जैश-ए-मोहम्मद में अनदेखी नहीं रहेगी। दो शार्पशूटरों को हरि सिंह को ढूंढ़ने और उसे मार गिराने का काम सौंपा गया।

उस शाम, हरि सिंह अपनी ख़ूबसूरत बीवी को फिल्म दिखाने ले गया था और उन्होंने सिनेमाघर के पास एक छोटे से रेस्तरां में हाइब्रिड इंडो-चाइनीज खाना खाया था। वो हाथ में हाथ डाले, उस पल की अंतरंगता का आनंद उठाते हुए घर वापस आए थे। जब वो अपने सरकारी क्वार्टर के गेट पर पहुंचे तो हरि पर गोलियों की बौछार हो गई। झाड़ियों के पीछे छिपे दो नकाबपोश बंदूकधारी तब तक गोलियां चलाते रहे जब तक कि हरि का शरीर छलनी नहीं हो गया।

पहले तो, राधिका की प्रतिक्रिया घोर हताशा में अपने पति के पास गिरने और भगवान से उसे ज़िंदा रखने की गुहार लगाने की थी। इसके लगभग तुरंत बाद ही उस पर उन दोनों आदमियों के प्रति प्रचंड क्रोध सवार हो गया जो गेट की ओर भाग रहे थे। माली ने उस दिन बाड़ काटी थी और बाड़ काटने का उसका भारी कैंचा वहीं जमीन पर पड़ा था। उसने वो भारी कैंचा उठाया और वहां से भागते हमलावरों की ओर दौड़ पड़ी। उसका कैंचा एक हमलावर की टांग में धंस गया और वो जमीन पर गिर गया। उसका साथी अपने साथी की मदद करने के लिए नहीं रुका और तेज़ी से मौका-ए-वारदात से भाग खड़ा हुआ। गोलियों की आवाज़ें सुनकर पड़ोसी भागे चले आए

और उन्होंने घायल आतंकवादी को घेरकर पकड़ लिया जो घास में मुंह छिपाए पड़ा था।

राधिका एक ऐसे खोल में चली गई थी जिससे वो बाहर नहीं निकलना चाहती थी। राधिका के पति की चिता की आग बुझ गई, लेकिन उसकी हताशा और ग़ुस्सा ख़त्म नहीं हुआ। सुबह को उसकी आंख ख़ुलती तो उसे लगता कि बिस्तर पर उसके पास उसका पति होगा। वो खिड़की में खड़ी बाहर तकती रहती कि शायद उसे अंदर आते देखेगी—हमेशा की तरह अपनी चुस्त चाल चलते हुए। वह इस बात से अनजान थी कि वह डिप्रेशन में थी और उसे पेशेवर मदद की ज़रूरत थी। हफ़्तों घर में बंद रहने के बाद भी राधिका खिड़की के पास खड़ी इंतज़ार करती रही।

एक दिन, बीएसएफ स्टाफ़ क्वार्टरों के सामने वाले बाग़ में भीड़ जमा थी। भगवद्गीता के एक प्रचारक ऋषिकेश से अजमेर आए थे और प्रवचन कर रहे थे। राधिका वहां गई तो नहीं लेकिन खिड़की के पास खड़ी उनकी बातें सुनती रही।

वह व्यक्ति कह रहा था, "आत्मा न कभी पैदा होती है न मरती है। वह न तो अस्तित्व में आई है, न अस्तित्व में आती है, और न अस्तित्व में आएगी। वह अजन्मी, अनंत, सदैव अस्तित्वमान और आदिकालीन है। जब शरीर को मारा जाता है, तो वह नहीं मरती है। कोई शस्त्र आत्मा को कभी काट नहीं सकता, न ही उसे आग जला सकती है, न जल उसे गीला कर सकता है, न ही वायु उसे सुखा सकती है। इस विशिष्ट आत्मा को न तोड़ा जा सकता है और न जल में घोला जा सकता है और न ही इसे जलाया या सुखाया जा सकता है। यह अनंत है, सर्वत्र उपस्थित है, अपरिवर्तनीय, अचल और शाश्वत रूप से एक समान है।" उस पल, राधिका को महसूस हुआ मानो उसे एक बहुत बड़े सवाल का जवाब मिल गया हो।

वह अपनी बदहवास हालत में ही घर से बाहर भागी और ऋषिकेश से आए गुरु के चरणों में गिर पड़ी। वो उसे देखकर मुस्कुराए और उन्होंने उसे 108 मोतियों की माला थमा दी। "जब

भी तुम हताश हो, तो उतनी बार अपने पति का नाम लेना जितने इस माला में मोती हैं," उन्होंने कहा। "तुम्हारे भीतर शक्ति का संचार होगा।"

और इस तरह राधिका सिंह ने जपमाला को गिनते हुए अपने पति के नाम का उच्चार शुरू कर दिया। उसे तब यह नहीं पता था कि आध्यात्मिक गुरु ने उसे अपने पति का नाम लेने का मशवरा केवल इसलिए दिया है कि हरि कृष्ण का ही एक और नाम है। सप्तर्षि गुफा में राधिका ने अपने पति हरि सिंह के पास जाने की, जहां कहीं भी वो था, अपनी अंतिम यात्रा शुरू की थी।

"तुम नहीं मरोगी," सैनी ने कहा, वो राधिका के बेजान शरीर को अपनी बांहों में थामे रहा। सैनी को उम्मीद थी कि राधिका बलात शीतनिष्क्रियता में चली गई है—जिसे आमतौर पर आस्थगित सजीवता कहते हैं। इसमें ऑक्सीजन की कमी और जमा देने वाले तापमान के कारण शरीर में रासायनिक प्रतिक्रियाओं का होना अचानक बंद हो जाता है।

रिसर्च ने दिखाया था कि बाग़ों के निन्यानवे फीसदी कीड़े हिमांक से कुछ ऊपर के तापमान के संपर्क में रहने के चौबीस घंटे के भीतर मर गए। लेकिन जब उन्हें पहले ऑक्सीजन से वंचित किया गया, तो सत्तानवे फीसदी मौकों पर बाग़ के कीड़े ज़िंदा रहे थे। फिर से गर्माहट और ऑक्सीजन दिए जाने पर कीड़े दोबारा सजीव हो गए और उन्होंने सामान्य जीवनकाल दर्शाया। सैनी को मैम्फ़िस विश्वविद्यालय के अपने सहयोगियों के साथ हुई चर्चाएं याद आईं कि इंसानों के भी ऐसे अनेक उदाहरण हैं जब वो ठंड से जमकर मर गए प्रतीत हुए थे। उनके दिल में धड़कन नहीं थी और चिकित्सकीय रूप से वो मृत थे। इंसानों के ऐसे महत्वपूर्ण दर्ज केस थे जिन्हें बेहद ठंडी परिस्थितियों में घंटों बिना नब्ज के रहने के बाद भी सफलतापूर्वक पुनर्जीवित कर लिया गया था।

बुरी तरह ये कामना करते हुए कि राधिका ज़िंदा हो, सैनी ने पीछे अपने बैकपैक को टटोला। उसमें तौलिया थी जिससे वो राधिका

के बाल सुखा सकता था। उसकी सबसे बड़ी चिंता थी कि राधिका पर मौजूद नमी या बर्फ के कण उसके हाइपोथर्मिया को और बढ़ा देंगे। सूखे रहना और पर्याप्त कपड़े पहने होना ही इसे रोकने का उपाय था। उसने जल्दी से अपना बैग खोला, तौलिया निकाली और उसके बाल सुखाने लगा। उसके बैग में टॉर्च भी थी, लेकिन वो जानता था कि वो कोई घंटे भर ही रोशनी दे पाएगी, फिर उसकी बैटरी बैठ जाएगी। उसे बाद के लिए बचाए रखना बेहतर था।

उसने अपना फ़्लास्क देखा और पाया कि वो बस आधा ही भरा था। उसने राधिका के बैकपैक को टटोला और ये देखकर उसे राहत मिली कि उसके फ़्लास्क में भी पानी था। हाइपोथर्मिया से जूझने के लिए पानी पीते रहना बहुत ज़रूरी था। उसने ये भी देखा कि राधिका के बैग में उसकी जपमाला के अलावा सिगरेट, लाइटर के साथ-साथ एक पैकेट बादाम भी थे। ख़ुद धूम्रपान न करने के बावजूद सैनी ने राधिका के सिगरेट पीने के लिए ख़ुद को उसके प्रति शुक्रगुजार पाया। आग जलाने के लिए लाइटर बहुत उपयोगी रहेगा। इरादा तब तक सूखे रहने, पानी की कमी न होने देने और गर्म बने रहने का था, जब तक कि मदद नहीं आती।

वो जहां बैठा था वहां से उठा और उसने राधिका को अपनी बांहों में उठा लिया। वो सप्तर्षि गुफा में और अंदर गया और उसने एक ऐसा सूखा टुकड़ा तलाश लिया जहां बर्फ नहीं थी। राधिका के बैकपैक और तौलिया की मदद से उसने उसके लिए एक तकिया बनाया और धीरे से नीचे लिटा दिया। फिर टॉर्च जलाकर वो लकड़ी और चीथड़े ढूंढ़ने लगा जिनसे आग जला सके।

मूर्ख, अपनी खोज के आधे रास्ते में उसने मन ही मन सोचा। हवा के सीमित आवागमन वाली गुफा के अंदर आग जलाना वहां की बचीखुची ऑक्सीजन को भी ख़त्म कर देता। ठंड की बजाय वो दम घुटने से मर जाएंगे! उसने राधिका को देखा। हरेक शक्ति और देवता से राधिका को मौत के मुंह से बचाने की गुहार लगाते हुए वो इस तरह प्रार्थना कर रहा था जैसे उसने पहले कभी नहीं की थी।

उसने पल भर को अपनी आंखें बंद कीं और कोई आवाज़ सुनते ही उसने तुरंत उन्हें खोल दिया।

वो कांप रही थी और कुछ अनर्गल सा बुदबुदा रही थी। वो ज़िंदा थी! सैनी उसके पास बैठ गया और उसने अपने फ़्लास्क से कप में थोड़ा सा गर्म पानी उड़ेला। उसने राधिका का सिर उठाया और उसके होंठों से कप लगा दिया। जब उसने उसे पानी पीते देखा तो सैनी को राहत महसूस हुई। उसने थर्मस का ढक्कन बंद किया और उसे वापस बैकपैक में रख दिया। फिर उसने राधिका को अपने निकट खींचा और कसकर सटा लिया, इस उम्मीद से कि उसके आग़ोश में उसे गर्माहट महसूस होगी।

70

अर्जुन ने कौरवों की विशाल सेना को देखा, जिसे भीष्म द्वारा व्यूह संरचना में नियोजित किया गया था। अर्जुन ने मुझसे दोनों सेनाओं के बीच मध्य बिंदु तक ले चलने को कहा ताकि वे दोनों पक्षों को भली-भांति देख सकें। जब मैंने ऐसा किया, तो अर्जुन ने बहुत सावधानीपूर्वक अपने दादाओं, चाचाओं, गुरुओं, भाइयों, पुत्रों, मित्रों और संबंधियों को देखा। वे भावविह्वल हो गए। गांडीव उनके हाथों से गिर गया और अर्जुन नीचे बैठ गए। "अगर अपने ही परिवार का रक्त बहाकर राज्य या संपत्ति प्राप्त होती है, तो उसका क्या लाभ है?" उन्होंने मुझसे पूछा। "अपने भाइयों के विरुद्ध युद्ध करने से उत्तम तो उनके हाथों मारा जाना है। मैं लड़ना नहीं चाहता!"

"हरि-हरि, हरि-हरि, हरि-हरि," ऋषिकेश के गुरु राधिका से कह

रहे थे। "हरि-हरि, हरि-हरि, हरि-हरि का जाप करती रहो।" शब्द के प्रत्येक दोहराव के साथ उनकी आवाज़ तेज़ होती जा रही प्रतीत हो रही थी। ऐसा लग रहा था मानो वो पृष्ठभूमि में बजते किसी ताल वाद्य की लय पर नामोच्चार कर रहे हों। अपनी विभ्रांत स्थिति में राधिका समझ नहीं पाई कि जो आवाज़ वो सुन रही है, वो असल में हैलीकॉप्टर के रोटर ब्लेड की है। उसे एक रस्सी से बांध दिया गया था जिसे शेरपा दोरजी के नेतृत्व में आए बचाव दल ने सप्तर्षि गुफा तक लटका दिया था, जो तारक के साथ हुई झड़प के बाद आपातकालीन सहायता लाने के लिए कई मील ट्रैकिंग करके गया था।

राधिका को पहाड़ की तलहटी में नीचे पहुंचा दिया गया जहां से शेरपाओं और सैनी द्वारा उसे एक छोटे हैलीकॉप्टर में ले जाया गया था। सैनी और राधिका अब दारचेन की ओर जा रहे थे जहां स्विस न्गारी कॉर्सुम फाउंडेशन द्वारा संचालित एक छोटा मगर कार्यरत प्राथमिक चिकित्सा केंद्र आपातकालीन मेडिकल सहायता प्रदान करता। दारचेन की ओर जाते हुए सैनी ने सुदूर छह पर्वत शृंखलाओं के भीतर और सर्व-समावेशी मानसरोवर झील के सान्निध्य में स्थित कैलाश पर्वत का मनोरम दृश्य देखा। सैनी हकीकत में देख सकता था कि कैलाश पर्वत का छह कोणीय नक्षत्र प्रतीक अत्यंत वास्तविक है। पर्वत की ओर देखते हुए उसे श्री यंत्र का ध्यान हो आया, जिसे ऊर्जा के प्रतीक के रूप में दुनिया भर के हिंदुओं द्वारा अपने घरों में प्रयोग किया जाता है।

जितना अधिक वो—लगभग शिवलिंग के समान—चारों ओर स्थित वादियों की योनि में धंसे कैलाश पर्वत, एक सतर पिरामिड को देखता, उतना ही उसका ये अहसास गहराता कि चाहे वो छह कोणीय सितारा हो या श्री यंत्र, दोनों ही सृष्टि का—शिव और शक्ति के प्रतिच्छेदन का—प्रतिनिधित्व करते हैं। सैनी ने मन ही मन सोचा कि यह अजीब बात ही है कि शिव—संहारक शक्ति—को अधिकतर सृष्टि के प्रतीक के माध्यम से दर्शाया जाता है। शिव और विष वस्तुत: एक ही सिक्के के दो पहलू थे।

71

"क्या यह सत्य में धर्म के विषय में है या यह तुम्हारा भय बोल रहा है?" मैंने अर्जुन से पूछा। उन्होंने दृष्टि उठाकर मुझे देखा। मेरी झिड़की की उपेक्षा करते हुए उन्होंने पूछा, "मुझसे भीष्म या द्रोण पर बाण चलाने की अपेक्षा कैसे की जा सकती है? वे मेरे वरिष्ठ हैं जिनका जीवनपर्यंत मैंने सम्मान किया है। मैं ऐसे घृणित अपराध

के लिए उत्तरदायी क्यों होऊं?" मैं अर्जुन को देखकर मुस्कुराया और मैंने उनके कंधे पर अपना हाथ रख दिया। "अर्जुन, वास्तविक बुद्धिमान व्यक्ति शोक नहीं करते—न जीवितों के लिए न मृतकों के लिए। जैसे वस्त्र बदले जाते हैं, उसी प्रकार आत्मा शरीर को धारण करती और त्यागती है। आत्मा को तुम्हारे बाणों से बींधा नहीं जा सकता, न ही इसे अग्नि से जलाया जा सकता है। इसे जल से भिगोया या वायु से सुखाया नहीं जा सकता। यह चिरस्थायी और शाश्वत है। यह जानते हुए कि आत्मा को नष्ट नहीं किया जा सकता—यह न कभी जन्म लेती है और न मृत्यु को प्राप्त होती है—तुम हत्या किस प्रकार कर सकते हो?" मैंने विचलित योद्धा से पूछा।

संजय रतनानी और सर खान डॉन की रॉल्स-रॉयस में बैठे थे। ये सिल्वर फैंटम थी जिसे सर खान के लिए विशिष्ट रूप से बनाया गया था। गाड़ी को कवच की मज़बूती प्रदान की गई थी, जो इसे राइफल के हमलों, ऑटोमेटिक गोलीबारी, स्नाइपर आक्रमण और यहां तक कि हथगोलों के विस्फ़ोटों को भी सहने की सामर्थ्य देती थी।

सर खान को तड़क-भड़क पसंद थी और उनकी कार तड़क-भड़क की धारणा को एक बिल्कुल ही अलग पैमाने पर ले जाती थी। बहुत सी आंतरिक साज-सज्जा में जिनमें आमतौर पर अखरोट या चैरी के पेड़ों की लकड़ी के पैनल लगते थे, अठारह कैरट सोने की प्लेटिंग लगा दी गई थी। कार को ख़ासतौर से तैयार करने में एक साल से ज़्यादा समय लगा था।

सर खान का फ़ोन बजने लगा था। ये उनका लेफ़्टिनेंट था जिसे प्रिया के भागने के लिए गाड़ी हासिल करवाने का काम सौंपा गया था। उसे राधिका सिंह को मारने का अतिरिक्त काम भी दिया गया था। जब सर खान ने दूसरे छोर से आती आवाज़ को सुना, तो उनका चेहरा ग़ुस्से से लाल हो गया। उन्होंने उस आदमी पर बेहद

गंदी गालियों की बौछार शुरू कर दी, विस्तार से वो तरीका बयान करते हुए जिसके द्वारा वो राधिका को ख़त्म करने में उसकी नाकामी के लिए उस आदमी को उसके अहम अंगों से वंचित कर देंगे।

"क्या प्रिया ने तुमसे संपर्क किया है?" फ़ोन रखकर संजय रतनानी की ओर मुड़ते हुए उन्होंने पूछा।

"बस एक बार, जब वो कैलाश पर्वत जा रही थी। उसके बाद कोई बातचीत नहीं हुई," वकील ने जवाब दिया। "अगर उसे वो मिल जाता जिसमें आपकी दिलचस्पी है, तो वो फ़ोन करती।"

सर खान ने अनमनेपन से सिर हिलाया। "शायद तुम सही कहते हो, लेकिन अभी भी मैं इस भावना को दूर नहीं कर पा रहा हूं कि कैलाश पर्वत ही वास्तव में वो जगह है जहां हमें तलाश करनी चाहिए।"

"क्यों?" रतनानी ने पूछा।

"कैलाश पर्वत को अक्सर एक्सिस मंडी—ब्रह्मांड का केंद्र—कहा जाता है," सर खान ने जवाब दिया। "विभिन्न धर्मों और संस्कृतियों में इसे अनेक वैकल्पिक नामों से बुलाया गया है, जैसे कि विश्व का नाभिस्थल, विश्व स्तंभ, कैंग तीसे, कैंग रिनपोचे, हिम का अमूल्य रत्न, मेरु, सुमेरु, स्वास्तिक पर्वत, नौ-मंज़िला पर्वत, अष्टपद पर्वत और कैंगरिंबोग। कैलाश पर्वत से जुड़े महत्व को उन नामों की संख्या से समझा जा सकता है जो इससे जुड़े हैं!"

"लेकिन क्या चीज़ कैलाश पर्वत को इतना अहम, इतना पवित्र बनाती है?" रतनानी अड़ा रहा।

"अनेक बातों ने—भूगोल और मिथक समेत—कैलाश पर्वत के आध्यात्मिक महत्व में योगदान दिया है," सर खान ने कहा। "पर्वत की ऊंचाई केवल 6,714 मीटर है। हिमालय श्रृंखला के भीतर ही अनेक चोटियां हैं जो कहीं अधिक ऊंची हैं। मगर, कैलाश का सौंदर्य और भव्यता उसकी ऊंचाई में नहीं, बल्कि उसके अद्भुत आकार में है। कैलाश के चार सपाट रुख हैं—और प्रत्येक रुख कंपास के बुनियादी बिंदुओं के सामंजस्य में है। ये भी एक वजह

है कि बहुत से लोग मानते हैं कि कैलाश पर्वत के बजाय एक मानवनिर्मित पिरामिड है।"

"मानवनिर्मित पिरामिड?" रतनानी ने अविश्वास से उस तस्वीर को देखते हुए पूछा जो सर खान ने उसे थमाई थी।

"मुमकिन है," सर खान ने जवाब दिया। "हालांकि कैलाश पर्वत को कुदरत की नेमतें हासिल हुई हैं, ये एकाकी भव्यता में विराजमान हैं—जो सुनिश्चित करता है कि कैलाश किसी पड़ोसी पर्वत से आक्रांत नहीं है। ये सुमेरु है—विश्व का आध्यात्मिक केंद्र। कैलाश पर्वत के आसपास की भूमि में चार जीवनदायी नदियों का मूल है, सिंधु, ब्रह्मपुत्र, सतलज और करनाली—जोकि पवित्र गंगा की एक सहायक नदी है। पहाड़ की तलहटी में दो झीलें हैं। मानसरोवर झील, जो संभवत: विश्व में मीठे पानी की सबसे ऊंचाई पर स्थित झील है, गोलाकार है, सूरज की तरह। निचली झील, राक्षसताल, खारे पानी की झील है और नवचंद्र के आकार की है। इस तरह दो झीलें सौर और चंद्र ऊर्जा का प्रतीक हैं। ये पूरी तरह से मुमकिन है कि मनुष्यों ने इस पवित्र स्थान पर पिरामिड बनाया हो।"

"अगर ये मानवनिर्मित था, तो इसे किसने बनाया था? बौद्ध लामाओं ने? वैदिक ऋषियों ने? या उन जैसे शक्तिशाली ड्रयूडों ने

जिन्होंने स्टोनहेंज बनाया था?" रतनानी ने पूछा।

"विश्व के विभिन्न धर्म कैलाश को भिन्न रूप में देखते हैं," सर खान ने स्पष्ट किया। "तिब्बतियों और बौद्धों के लिए पर्वत दैमचैग का आवास है। हिंदुओं के लिए कैलाश शिव का निवास है। जैन परंपरा कैलाश को ऐसे स्थल के रूप में पूज्य मानती है जहां संत ऋषभदेव ने ज्ञान प्राप्त किया था। बौद्ध धर्म के आविर्भाव से पहले भी तिब्बत के बॉन धर्म में नौ मंज़िले पर्वत की पूजा की जाती थी। इसका निर्माण करने वाला इनमें से कोई भी हो सकता है।"

"कैलाश में ऐसी क्या बात है जो आपको मोहती है?" रतनानी ने पूछा, वो इस बात से चमत्कृत था कि डॉन ने इस विषय पर कितना अधिक ज्ञान अर्जित किया हुआ है।

"सिर्फ़ मुझे ही नहीं, मेरे दोस्त," सर खान मुस्कुराए। "कैलाश पर्वत ने सबको मोहित किया है। कभी-कभी, बर्फ और चट्टानों और धूप-छांह के खेल के बीच कैलाश के दक्षिणी रुख पर स्वास्तिक का प्रतीक देखा जा सकता है। ये वाकई चमत्कारिक जगह है। पर्वत और इसे घेरे रहने वाली स्वर्ग जैसी भूमि को शंभाला और रूसियों द्वारा शंगरी-ला भी कहा गया है।

"रूसियों द्वारा? उनका कैलाश पर्वत से क्या वास्ता?" रतनानी ने पूछा।

"रूस के जार निकोलई रोमानोव के तेरहवें दलाई लामा के शिक्षक से महत्वपूर्ण संबंध थे," सर खान ने जवाब दिया। "इस गहरी मित्रता ने ही सेंट पीटर्सबर्ग में पहले बौद्ध मंदिर के निर्माण को सुगम किया था। निकोलस रोरिक उन कलाकारों में से थे जिन्होंने इस बौद्ध मंदिर को कलाकृतियां प्रदान की थीं। उन्होंने तिब्बत में अनेक वर्ष बिताए थे। उनकी पेंटिंग कैलाश का मार्ग को आज भी सराहा जाता है। कैलाश पर्वत में रूसियों को इतनी दिलचस्पी क्यों थी? मैं ख़ुद से पूछने लगा था कि क्या उनकी दिलचस्पी एक खोए स्वर्ग के रहस्यवाद में थी या ये किसी गुप्त शक्ति की खोज थी?"

"गुप्त शक्ति? किसी हथियार की तरह?" रतनानी ने पूछा।

"मुमकिन है," सर खान ने जवाब दिया। "दूसरा विश्व युद्ध शुरू होने से ठीक पहले बौद्ध लामाओं के पास नए मेहमान पहुंचे थे। इस बार रूस से नहीं, बल्कि नाजी जर्मनी से। ऐसा प्रतीत होता है कि हेनरिक हिमलर जैसे नेता मानते थे कि ये क्षेत्र मूल आर्य नस्ल का गढ़ था और कि यहां से आश्चर्यजनक रूप से प्रबल शक्तियां प्राप्त की जा सकती हैं जो नाजियों को दुनिया पर शासन करने में मदद करेंगी।"

"क्या हिमलर तिब्बत से कुछ हासिल कर सका था?" रतनानी ने पूछा।

"सच तो ये है कि कैलाश के लिए निरंतर जारी ये मोह एक अध्ययन में फलीभूत हुआ," सर खान ने कहा। "ये इतिहास के सबसे नाटकीय और गहन आकलनों में से एक है। रूसियों ने ऐलान किया कि उनका मानना है कि कैलाश एक विशाल, मानवनिर्मित पिरामिड है। उनके अध्ययन ने ये भी उजागर किया कि ये छोटे पिरामिडों के एक कहीं बड़े नेटवर्क का केंद्र है। ये रूसियों द्वारा बनाए गए कैलाश के लेआउट का एक फ़ोटो है।"

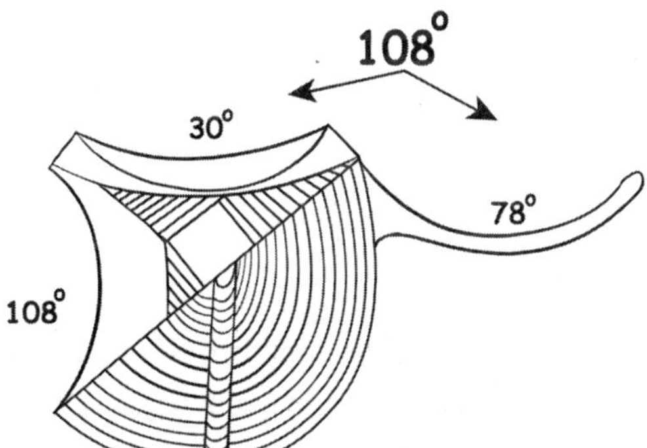

रतनानी ने सर खान के द्वारा दिखाए गए फ़ोटो को देखा लेकिन वो उसके महत्व को समझ नहीं सका। सर खान ने एक गहरी सांस भरी। नातजुर्बेकार लोगों को शिक्षित करना बेहद तकलीफदेह था।

"कैलाश का आकार और लेआउट इतना ज़्यादा साइंटिफिक है कि इसे पूरी तरह से प्राकृतिक रचना नहीं समझा जा सकता। अगर आप पश्चिमी रुख के घुमाव को देखें तो ये 108 डिग्री आंका जाता है—जोकि दिव्य वैदिक अंक है। उत्तरी रुख में कम घुमाव है—मात्र 30 डिग्री, किंतु जब हम इसमें उस रिज के घुमाव को जोड़ते हैं जो कैलाश पर्वत से जुड़ा हुआ है, तो एक बार फिर हमें 108 डिग्री प्राप्त होते हैं—पवित्र वैदिक अंक का एक और उदाहरण। ये पूरी तरह से प्राकृतिक घटना नहीं हो सकती थी!"

तस्वीर को ध्यान से देखने के लिए रतनानी ने आंखें सिकोड़ीं।

"कैलाश पर्वत एक विशाल मानवनिर्मित पिरामिड के लगभग समकक्ष है," सर खान ने आगे कहा। "चारों रुख कंपास के प्रमुख बिंदुओं से पूरे तालमेल में हैं। रुखों का घुमाव 108 डिग्री है। किनारे भूमि से लगभग समकोण पर हैं और गिरावट हैरतअंगेज है। पत्थरों की तहों की क्षैतिजीय परतों को और परत के बीच में स्पष्ट खंडों को देखा जा सकता है। मुझे नहीं पता कैलाश पर्वत पर क्या है मगर मैं ये जानता हूं कि वहां जो कुछ भी है, वो कैलाश के अस्तित्व के लिए सर्वोच्च महत्व का होगा!"

72

अर्जुन अभी भी विचलित प्रतीत हो रहे थे। मैंने थोड़ी सी भिन्न नीति अपनाई। "अगर आप आत्मा की शाश्वत प्रद्धति को समझने में अक्षम हैं, तो भी यह सच है कि आप एक क्षत्रिय हैं और आपका धर्म युद्ध करना है," मैंने कहा। "क्षत्रिय के लिए युद्ध सर्वोच्च अवसर है। अगर आप जीतते हैं, तो राज्य के सुखों का उपभोग करेंगे। अगर मृत्यु को प्राप्त होते हैं तो स्वर्ग को प्राप्त

करेंगे क्योंकि आप अपने कर्तव्य का पालन करते हुए मृत्यु को प्राप्त होंगे। अगर इस युद्ध से आप अपनी पीठ दिखाएंगे, तो पीढ़ियां आपको भीरू कहेंगी। आपको जीत-हार को समान रूप से लेना सीखना होगा। जब आप फल की संभाव्यता की चिंता किए बिना कर्तव्य भाव से अपना कार्य करते हैं, तो आपके कार्य निस्वार्थ हो जाते हैं और आप एक सच्चे योगी बन जाते हैं!"

प्रिया ने मेज़ के पार तारक को देखा। वो दारचेन के बेस कैंप पर वापस आ गए थे। उनके सामने दो कप गर्म चाय और बटर टोस्ट रखे थे।

"ऐसा कोई तरीका नहीं है कि चीनी प्रशासन हमें शिखर तक चढ़ने दे, माताजी," तारक ने अपना टोस्ट खाते हुए कहा। "कैलाश पर्वत को एक पवित्र स्थल के रूप में देखा जाता है, इसलिए कोई इस पर चढ़ नहीं सकता। किसी भी प्रकार के पर्वतारोहण अभियान कड़ाई से वर्जित हैं। केवल सप्तर्षि गुफा तक जाया जा सकता है—जहां हम सैनी और उस कष्टकारी पुलिसवाली को रोकने में कामयाब रहे थे—लेकिन उससे आगे नहीं। शिखर तक चढ़ने वाला अब तक एक ही इंसान रहा है, वो है ग्यारहवीं सदी का एक बौद्ध भिक्षु—मिलारेपा।"

"सप्तर्षि गुफा में तो कुछ भी काम का नहीं था," प्रिया ने अपनी चाय का घूंट भरते हुए कहा। "सैनी और पुलिसवाली के आने से पहले मैंने सारे स्तूपों को अच्छी तरह जांच लिया था। बिल्कुल कुछ नहीं है! अगर कहीं कुछ है, तो वो शिखर पर ही होगा। हम चोरी छिपे चढ़ने की कोशिश करें तो?"

"हमें शेरपा और रसद चाहिए होगी। चीनी प्रशासन द्वारा पकड़े जाने का डर बहुत ज़बरदस्त होगा," तारक ने कहा। "इसके अलावा, अगर हम कैलाश के रूसी अध्ययन पर जाएं जो आपको दिया गया था—वो जो ये कहता प्रतीत होता है कि कैलाश मानवनिर्मित आश्चर्य

हो सकता है—तो रहस्य शिखर के बजाय पिरामिड के गर्भ में होगा," तारक ने तर्क दिया। प्रिया ने मौन स्वीकृति में सिर हिलाया। उसके विचार सर खान से उसकी पहली मुलाकात की ओर भटक गए, जो उसके पिता ने करवाई थी।

"मुझे ये विश्वास दिलाया गया है कि द्वारका के समुद्री क्षेत्र में हाल में किए गए एक ग़ोताखोरी अभियान में एक प्राचीन शहर सामने आया है। ये कृष्ण की पौराणिक द्वारका भी हो सकती है," सर खान ने उससे कहा था।

"क्या ये अच्छी ख़बर नहीं है?" उसने पूछा था।

"ज़रूरी नहीं है। मैं कृष्ण के रहस्यों को खोजने के लिए व्यक्तिगत रूप से अपने संसाधनों की तफ़्तीश कर रहा हूं," सर खान ने जवाब दिया। "सोमनाथ मंदिर से जस्ते की इस प्लेटिंग को पाने के लिए मैंने नकद पैसा दिया था। कैलाश पर्वत पर मैंने अपना अभियान दल भी भेजा, मगर अफ़सोस, मुझे कुछ नहीं मिल सका। बस सिद्धांतों की भरमार है, व्यावहारिक सुबूत नहीं हैं।"

"लेकिन द्वारका समुद्री क्षेत्र की खोज ने तो कुछ दिलचस्प संकेत दिए हो सकते हैं, है न? मुझे बताया गया है कि उन्हें सैकड़ों प्राचीन जहाज़ों के लंगर मिले हैं, जो दर्शाता है कि शहर में फलता-फूलता समुद्री व्यापार रहा होगा। उन्हें तो समुद्र के अंदर विष्णु की मूर्ति भी मिली है," प्रिया ने उस रिपोर्ट को याद करते हुए कहा जो उसने अखबार में पढ़ी थी।

"मैं चाहता हूं तुम कृष्ण के मन में घुसो," सर खान ने कहा। "अगर वो यहां पृथ्वी पर कुछ महत्वपूर्ण और सार्थक चीज़ छोड़ते, तो वो क्या होती? और वो उसे कहां छोड़ते?"

"मैं किसी देवता के मन में कैसे घुस सकती हूं?" प्रिया ने पूछा। "वो भी उस अवतार के जो पांच हज़ार साल पहले रहा था?"

"कृष्ण पर शोध के क्षेत्र में सबसे ज्ञानी रवि मोहन सैनी नाम का एक आदमी है। वो नई दिल्ली में सेंट स्टीफन्स कॉलेज में प्रोफ़ेसर है। अगर तुम उसकी छात्र बन जाओ, तो तुम्हें नवीनतम

खोजों पर भीतरी जानकारी मिल जाएगी," सर खान ने समझाया।

"इसके बजाय क्यों न उन खोजियों से दोस्ती की जाए जिन्होंने द्वारका में गोताखोरी की थी?" प्रिया ने पूछा।

"क्योंकि वो विशेषज्ञ हैं," सर खान ने हिकारत से इस शब्द को बोलते हुए कहा। "वो अकेले में केवल एक तरह की खोजों को देखते हैं। उनमें इतनी क्षमता नहीं है कि विविध खोजों के बिंदुओं को जोड़ सकें। इसके अलावा, मैंने सैनी की पृष्ठभूमि की कुछ जांच-पड़ताल की है। उसकी लगभग उन सभी वैज्ञानिकों और पुरातत्ववेत्ताओं से गहरी दोस्ती है जो संबंधित रिसर्च क्षेत्रों से जुड़े हैं। इतिहास में अपनी मास्टर्स डिग्री के साथ तुम ख़ुद को एक शोध छात्र के रूप में भरती करने के लिए सैनी को आश्वस्त करके आसानी से उस तक पहुंच बना सकती हो।"

प्रिया ने एक पल के लिए इस पर विचार किया। "मैं किंग्स कॉलेज से ये उम्मीद लेकर लौटी थी कि बच्चों को इतिहास पढ़ा सकूंगी," उसने कुछ देर बाद कहा।

"और तुम पढ़ाओगी," सर ख़ान ने मुस्कुराते हुए कहा। "विशेषकर एक बच्चा है जिसे मैं ख़ासतौर से चाहता हूं कि तुम पढ़ाओ।"

"कौन है वो?" प्रिया ने पूछा

"उसका नाम है सम्पत शर्मा। वो घोड़ों के एक अमीर व्यापारी मि. वी वाई शर्मा का बेटा है। मैंने पहले ही तुम्हारे लिए उस स्कूल में पार्टटाइम टीचिंग की नौकरी का इंतजाम कर दिया है जहां वो पढ़ता है," सर खान ने कहा। "तुम तब तक पढ़ाने का काम करोगी जब तक कि सैनी तुम्हें अपनी शोध छात्रा के रूप में स्वीकार नहीं कर लेता।"

"लेकिन यही ख़ास स्कूल और यही ख़ास लड़का क्यों?" प्रिया ने थोड़ा झिझकते हुए पूछा।

सर खान ने रतनानी को देखा और हंस पड़े। "मुझे पता था

कि कोई तो बात है कि तुम्हारी बेटी इस काम के लिए एकदम ठीक रहेगी, संजय। इसमें हिम्मत है! मुझे ये अच्छा लगा।"

प्रिया की ओर मुड़कर उन्होंने कहा, "मैंने अगले कल्कि अवतार को खोजने के लिए एक शोध अध्ययन को स्वीकृति दी है!"

"कल्कि अवतार?" प्रिया ने पूछा। "आपका मतलब है विष्णु के दसवें अवतार जिनके बारे में भविष्यवाणी है कि वो कलयुग के अंत में अवतरित होंगे?"

"हां। मैंने तय किया है कि मैं असली कल्कि अवतार के अवतरित होने का इंतज़ार नहीं करूंगा। मैं अपना अवतार बनाऊंगा," सर खान हंसे। "इसके लिए मुझे ऐसा कोई चाहिए जिसमें सारे सही चिह्न हों। ये लड़का इस रोल में एकदम फिट है।"

"वो किस उद्देश्य को पूरा करेगा?" प्रिया ने पूछा।

"वो तुम्हारा छात्र होगा, माताजी," सर खान ने गंभीरता से कहा। "वो उन बाधाओं को दूर करने में हमारी मदद करेगा जो कृष्ण के रहस्य तक पहुंचने के रास्ते में खड़ी हैं। क्या तुम ये काम करने के लिए तैयार हो?"

73

"एक सच्चा योगी बनने के लिए मनुष्य को अपनी सारी इच्छाओं का त्याग कर देना चाहिए। उसे सुख-दुख को समान रूप से लेना चाहिए। उसे मोह से मुक्त रहना चाहिए—साथ ही क्रोध, भय, इच्छा, ईर्ष्या या लालसा से भी। यह स्थिति प्राप्त करना सरल नहीं है क्योंकि मन एक वन्य पशु की तरह है। अगर आप मुझ पर मन एकाग्र करेंगे और साधना करेंगे, तो आप भी इस स्थिति

को प्राप्त कर सकते हैं," मैंने अर्जुन को समझाया। भ्रमित योद्धा ने मुझसे पूछा, "अगर मनुष्य के जीवन का उद्देश्य इस आनंद-स्थिति को प्राप्त करना है, तो मुझसे यह युद्ध क्यों लड़वा रहे हैं?" तब मुझे उन्हें यह सत्य समझाना पड़ा कि इस आनंद-स्थिति के लिए दो स्वतंत्र मार्ग उपलब्ध हैं। पहला मार्ग ज्ञान का है और दूसरा कार्य का। अर्जुन की मुक्ति उनके कार्यों और अपने कर्तव्य के निर्वाह में है।

छेदी और राठौड़ सोमनाथ मंदिर की सीढ़ियों पर थे। वो पिछले दिन वहां पहुंचे थे और आगामी दिन उन्हें गुजरात विद्यापीठ में आर्कीटेक्चर की प्रोफ़ेसर मिसेज देसाई के साथ बिताना था। मिसेज देसाई के पति राठौड़ के दोस्त थे और मि. देसाई ने राय दी थी कि उनकी पत्नी उन्हें सोमनाथ का जितनी बारीकी से दौरा करवा सकती हैं उतना और कोई नहीं।

"मुझे अमिता कहें," मंदिर के द्वार के बाहर उनसे मिलने पर उसने मिलनसार भाव से कहा था। "तो, हम शानदार दौरा शुरू करें?"

आदमियों ने हामी भरी। "आप रास्ता दिखाएं," छेदी ने शिष्टता से कहा।

"मेरा अनुमान है कि आप दोनों ही इस बात से तो परिचित होंगे कि ये मंदिर कितनी बार बनाया और बिगाड़ा गया है, इसलिए मैं इसकी तफ़्सील में नहीं जाऊंगी," अमिता ने कहना शुरू किया। "मैं बस ये कहूंगी कि 1706 में नष्ट किए जाने के बाद वर्तमान मंदिर का पुनर्निर्माण 1951 तक नहीं किया गया था। 1947 में भारत की आजादी के बाद समुद्रतट के उसी स्थल पर जहां मूल मंदिर था, इसके पुनर्निर्माण के उद्देश्य से एक कमेटी बनाई गई। इस परियोजना को तेज़ी से आगे बढ़ाने में सरदार वल्लभभाई पटेल ने अहम भूमिका निभाई थी और इसीलिए यहां प्रवेशद्वार पर आप

उनकी प्रतिमा को देख रहे हैं।"

"क्या ये मंदिर उस मंदिर के समान ही है जिसे 1706 में नष्ट किया गया था?" छेदी ने पूछा।

"अच्छा सवाल है," अमिता ने जवाब दिया। "वर्तमान मंदिर 1951 में पूरा हुआ था, और अधिकांश भाग में, ये मूल संरचना की नकल है। पत्थर की बनी बाहरी दीवार सूर्यास्त के समय सुनहरी प्रतीत होती है, जोकि काफ़ी कुछ सोमनाथ की कहानी के अनुरूप है। जैसा कि आप देख सकते हैं, वर्तमान मंदिर पारंपरिक शैली में बना है, और ये समानुपातिक मगर पेचदार संरचना है। इसमें पचास मीटर ऊंची मीनार है जो समूह में उठती है और जिसे बहुत दूरी से देखा जा सकता है। भारत भर के वैदिक भवनशिल्पकारों ने इसके पुनर्निर्माण में योगदान दिया था। यहां 1869 में बनाए गए रेखाचित्र में सोमनाथ के अवशेष की तस्वीर है।"

राठौड़ और छेदी का मुंह ख़ुला रह गया। अवशेषों को देखकर कल्पना की जा सकती थी कि युगों से सोमनाथ ने किस हद तक हमले सहे थे। "यह एक तस्वीर वर्तमान संरचना की है जिसे अभी आप देख रहे हैं," अमिता ने अपने हाथ की एल्बम उन लोगों को पकड़ाते हुए कहा।

"और अंदर स्थित शिवलिंग? वो नया है या मौलिक है?" राठौड़ ने पूछा।

"सोमनाथ के शिवलिंग को भारत के बारह ज्योतिर्लिंगों में हमेशा से सबसे महत्वपूर्ण माना गया है," अमिता ने जबाव दिया। "प्राचीन लिंग को स्वयंभू माना जाता था। बदक़िस्मती से, इसे 1026 में टुकड़े-टुकड़े कर दिया गया था। उसके बाद स्थापित किए गए सारे लिंगों को आगे आने वाले हमलावरों द्वारा नष्ट कर दिया गया। वर्तमान लिंग भारत के बारह शिवलिंगों में सबसे बड़ा है। ये लगभग एक मीटर ऊंचा स्लेटी ग्रेनाइट पत्थर का बना है और इसका व्यास लगभग साठ सेंटीमीटर है। 1940 में भारतीय पुरातत्व सर्वेक्षण द्वारा की गई एक पुरातत्व ख़ुदाई के दौरान वो मूल पत्थर का चौका मिला जिस पर लिंग स्थापित होता है और नए लिंग को उसी पर स्थापित किया गया।"

"अभी हाल ही में मैंने कुछ पढ़ा था कि द्वारों को महमूद ग़जनवी ले गया था और उन्हें बाद में मंदिर को लौटाया गया था," छेदी ने टिप्पणी की।

"आह, हां, 1842 में, एलेनबरा के पहले अर्ल एडवर्ड लॉ ने द्वार-उद्घोषणा जारी की थी। इस घोषणा में उन्होंने अफ़ग़ानिस्तान में मौजूद ब्रिटिश सेनाओं को चंदन के उन दरवाज़ों को वापस लाने का आदेश दिया था जिन्हें ग़जनवी सोमनाथ से ले गया था।"

"मैंने सुना था कि सोमनाथ के नज़दीक ही एक शिकारी ने कृष्ण के पैर में तीर मारा था। क्या सोमनाथ मंदिर उस स्थल का पुण्यस्मरण करता है जहां वो मृत्यु को प्राप्त हुए थे?" राठौड़ ने पूछा।

"नहीं," अमिता ने जबाव दिया। "सोमनाथ का मंदिर कृष्ण से सैकड़ों साल पहले से अस्तित्व में था। वास्तव में हम जानते हैं कि कृष्ण ने भी अपने जीवनकाल में इसका पुनर्निर्माण करवाया था। इसलिए, सोमनाथ मंदिर उस स्थान का पुण्यस्मरण नहीं है जहां वे मारे गए थे। सोमनाथ के उत्तर में—वेरावल के रास्ते में—एक और मंदिर है जिसका नाम भल्का तीर्थ है। यही वो विशेष मंदिर है जो उस स्थल पर स्थित है जहां कृष्ण को तीर लगा था। मंदिर के बहुत पास ही एक गुफा है जिसे बलदेव की गुफा के नाम से जाना जाता है। किंवदंती के अनुसार यही वो गुफा है जहां कृष्ण के बड़े भाई बलराम ने अपना शरीर त्यागा था और अपने शेषनाग रूप में वापस चले गए थे।"

जब वो तीनों मंदिर के गलियारे में चल रहे थे तो एक भले से चेहरे वाला पुरोहित नमूदार हुआ। ऐसा मालूम देता था कि वो द्वारकाधीश मंदिर की ओर जा रहा है। उसके कंधों पर एक भगवा दुशाला पड़ा हुआ था जिस पर एक ही मंत्र, "हरे कृष्णा," के असंख्य छापे लगे हुए थे। सिर के पिछले हिस्से पर स्थित चोटी के सिवा वो गंजा था। उसके कंधे से उसकी छाती को पार करता हुआ एक पवित्र धागा जा रहा था। उसके माथे पर एक सामान्य सा तिलक था और उसके गले में पवित्र मनके थे। "हरे कृष्ण," वो उच्चारण कर रहा था। तीनों ने उसे देखकर हाथ जोड़े और पवित्र व्यक्ति ने उन्हें आशीर्वाद दिया। "मैं जानता हूं तुम्हें किस चीज़ की तलाश

है," पुजारी ने गूढ़ भाव से कहा। "लेकिन एक बात याद रखना... विचारक पत्थर से अधिक महत्वपूर्ण होता है।"

74

और तब मैंने अर्जुन को अपने विषय में—अपनी दिव्यता के विषय में—सत्य बताने का निर्णय लिया। "मैं मानव रूप धारण करता हूं तो मूर्ख मुझे सर्वशक्तिशाली के रूप में नहीं पहचान पाते हैं। मैं आपके ब्रह्मांड का रचयिता हूं। मैं ध्यान, अनुष्ठान और प्रार्थना का केंद्र हूं। मैं वह तत्व हूं जो समस्त प्राणियों की आत्मा का निर्माण करता है। मैं आदि, मध्य और अंत हूं," कहते हुए मैंने अपना सार्वभौम सर्वशक्तिमान रूप धारण कर लिया। अब अर्जुन मुझे दिव्य रूप में देख सकते थे और उन्होंने कहा, "अब मैं आपके कहे सत्य को पहचान गया हूं। मैं आप पर कभी संदेह नहीं करूंगा। बल्कि मैं लड़ूंगा, क्योंकि यही मेरा धर्म है!"

राधिका जागी तो उसने सैनी को अपने बेड के पास कुर्सी पर सोते पाया। उसे हल्का सा अहसास था कि वो किसी अस्पताल या रोगशाला में थी, लेकिन उसका दिमाग़ धुंधला था। हाइपोथर्मिया ने अपना असर दिखाया था। उसने हाथ बढ़ाकर सैनी के कंधे को थपथपाया। वो चौंककर जागा लेकिन राधिका को मुस्कुराते देखकर उसे राहत महसूस हुई।

"तुमने तो मेरी जान ही निकाल दी थी," वो उससे बोला। "गुफा में मुझे वाकई ऐसा लगा था कि तुम तो गईं काम से।"

"राधिका सिंह को मारना इतना आसान नहीं है। मैं कहावतों

के खोटे सिक्के की तरह हूं—बार-बार वापस लौट आती हूं," उसने मज़ाक़ किया। "अब हमें यहां से निकलना चाहिए। ये जगह मुझे और ज़्यादा बीमार कर देगी।"

सैनी ने हामी भरी। राधिका को यहां तक लाना बड़ा थकान भरा रहा था, और उसके ठीक होने का इंतज़ार करना और भी ज़्यादा थकान भरा। वो अस्पताल से ऊब चुका था और जल्दी से जल्दी अपनी तलाश पर वापस लग जाना चाहता था। छेदी ने उस सवेरे उससे फ़ोन पर बात की थी और उसे बताया था कि सोमनाथ से कुछ संकेत मिले थे लेकिन कोई बड़ी खोज नहीं। "कुछ अंदाज़ा है कि प्रिया रतनानी और तारक वकील कहां होंगे?" उसने पूछा था।

"पता नहीं," सैनी ने जवाब दिया, और छेदी को शेरपा दोरजी के तारक के साथ हुए टकराव और फिर उसके बाद आने वाले तूफान के बारे में बताया जिसकी वजह से वो सप्तर्षि गुफा में फंस गए थे।

छेदी दंग रह गया। "सुनो, रोजर, बेहतर होगा तुम बेस पर लौट आओ। हमने बहुत मौत का सामना कर लिया, और अब और नहीं करना चाहेंगे," उसने समझाने की कोशिश की।

सैनी ने हंसकर टाल दिया। "सुनो, डंपी, तुमने अभी ग़जनवी के मकबरे के दरवाज़ों के बारे में कुछ कहा था। वो कहां हैं?"

"तुम्हारा मतलब वो जो ब्रिटिश अफ़ग़ानिस्तान से ले आए थे?" छेदी ने पूछा

"हां—जो मूल दरवाज़ों की नकल साबित हुए थे। फिलहाल वो कहां हैं? शायद उन दरवाज़ों में सुराग़ छिपे हों," सैनी ने फ़ोन पर कहा।

"दरवाज़े महमूद के मकबरे से उतारकर भारत लाए गए थे। उन्हें आगरा के किले के एक भंडार कक्ष में रखा गया था जहां वो आज भी मौजूद हैं," छेदी ने कहा।

"तुम्हें उन दरवाज़ों की तस्वीर देखना याद है?" सैनी ने पूछा।

"बिल्कुल याद है। छह बिंदु वाले तारे उनकी विशेषता थे," छेदी ने जवाब दिया।

"वो छह बिंदु वाला तारा नहीं है, मेरे दोस्त। वो शिव और शक्ति के मिलन का प्रतीक है," सैनी ने उसे दुरुस्त किया।

"तो अब मुझसे क्या कराना चाहोगे तुम?" छेदी ने पूछा। "राठौड़ मेरे साथ है और हम यहां से जाने को तैयार हैं।"

"आगरा चले जाओ। हम तुमसे वहीं मिलेंगे। मुझे लगता है हमारे लिए वो दरवाज़े देखना महत्वपूर्ण है," सैनी ने कहा। "चूंकि हम तिब्बत में हैं, इसलिए हमें वहां पहुंचने में तुमसे ज़्यादा समय लग सकता है।"

"तुम्हारे पहुंचने तक हम क्या करें?" छेदी ने पूछा।

"आगरा के किले में दरवाज़े देखने के अलावा, तुम और राठौड़ ताजमहल देखने जा सकते हो—जोकि मैंने सुना है कि चांदनी में बड़ा रोमांटिक लगता है।"

75

युद्ध की पूर्वसंध्या पर व्यास धृतराष्ट्र के महल में गए। ऋषि ने उनसे कहा, "भविष्य में भयानक घटनाएं होने वाली हैं। मैंने आकाश में भयंकर अपशगुन देखे हैं—शनि का रोहिणी के साथ संयोजन, ज्येष्ठा तक पहुंचने से पहले अविकसित मंगल और कृत्तिका के निकट चंद्र ग्रहण भी। आपके सारे पुत्र और उनका समर्थन कर रहे राजा शीघ्र ही मृत्यु को प्राप्त होंगे। यदि आप चाहें, तो मैं आपके नेत्रों को दृष्टि दे सकता हूं ताकि आप युद्ध को देख सकें।" धृतराष्ट्र व्यास के स्पष्ट शब्दों को सुनकर

हतप्रभ रह गए, और उन्होंने निवेदन किया कि उन्हें नेत्रहीन ही छोड़ दिया जाए ताकि उन्हें भावी नरसंहार न देखना पड़े। ऋषि ने धृतराष्ट्र के सारथी संजय को बोधगम्य दृष्टि प्रदान कर दी ताकि वह नेत्रहीन राजा को रणभूमि के भीतर और बाहर होने वाली समस्त घटनाओं की सूचना देते रहें।

"हम आगरा क्यों जा रहे हैं?" राधिका ने भारत-नेपाल सीमा पर नेपालगंज में एक गैस्टहाउस में बैठे हुए कहा। अब वो कैलाश पर्वत से भारत वापसी की यात्रा के अंतिम चरण में थे।

"महमूद ग़जनवी द्वारा शिव-शक्ति के चिह्न वाले दरवाज़ों को अफ़ग़ानिस्तान ले जाए जाने का कोई ठोस कारण ही रहा होगा। हमें उन पर एक नज़र डाल लेनी चाहिए," सोफ़े पर अंगड़ाई लेते हुए सैनी ने कहा।

"लेकिन हम दूसरी जगहें क्यों नहीं देख रहे हैं? मथुरा, गोकुल और वृंदावन कृष्ण के प्रारंभिक जीवन से जुड़े स्थान हैं। क्या ऐसा नहीं हो सकता कि इनमें से किसी जगह पर कोई संकेत मिल जाए?" राधिका ने पूछा।

"ईमानदारी से कहूं, तो मुझे लगता है कि कृष्ण के प्रारंभिक जीवन के बारे में जो कुछ कहा गया है, उसमें से ज़्यादातर मनगढ़ंत है," सैनी ने जवाब दिया। "कृष्ण एक महान राजनयिक और रणनीतिज्ञ थे। उन्होंने शायद कहीं अधिक गंभीर जीवन बिताया होगा—और उनके प्रारंभिक जीवन का बड़ा भाग ऋषि संदीपनी के मार्गदर्शन में अध्ययन में लगा होगा। एक चंचल और नटखट ग्वाले के रूप में उनकी कहानियां बहुत बाद में बनाई गईं। मथुरा, गोकुल और वृंदावन का महत्व ऐतिहासिक से कहीं अधिक पर्यटकीय है।"

"इन स्थानों को मात्र मिथक मानकर तो नहीं नकारा जा सकता," राधिका ने कहा।

"ऐसे मामलों में कोई स्पष्ट जवाब नहीं होता है," सैनी ने

कहा। "मैं कोई दो साल पहले मथुरा गया था। मेरा टूरिस्ट गाइड मुझे कृष्ण जन्मस्थान मंदिर ले गया था—जिसके बारे में माना जाता है कि वो ठीक उस स्थान पर है जहां कृष्ण पैदा हुए थे। मजेदार बात ये है कि मंदिर से कुछ ही दूरी पर, एक किला है जो खंडहर बन चुका है। इसे कंस किला कहा जाता है और ये संभवत: वो जगह है जहां से कंस मथुरा पर शासन करता था। जयपुर के राजा मानसिंह ने मूल कंस किले की नकल में सोलहवीं शताब्दी में किले का पुनर्निर्माण करवाया। मेरा हमेशा से विश्वास रहा था कि वासुदेव और देवकी कंस किले के कैदखानों में बंदी बनाए गए होंगे, और इसीलिए कृष्ण के जन्मस्थान को चिह्नित करने के लिए एक अलग मंदिर का अस्तित्व मुझे कुछ विचित्र लगा था। असमंजस को और भी बढ़ाने वाली बात ये है कि एक और कृष्ण जन्मस्थान मंदिर भी है जो ख़ुद को असली बताता है। मेरा मतलब समझ रही हो ना?"

राधिका ने इकरार में सिर हिलाया। "क्या गोकुल में भी यही स्थिति है?"

"दरअसल, गोकुल में तो स्थिति और भी पेचीदा है," सैनी ने कहा। "गोकुल मथुरा के लगभग पंद्रह किलोमीटर दक्षिण-पूर्व में है। मथुरा से गोकुल जाते हुए, उस स्थल को देखा जा सकता है जहां वासुदेव ने कृष्ण को टोकरी में अपने सिर पर रखकर यमुना पार की होगी। समस्या ये है कि दो किलोमीटर की दूरी पर दो शहर हैं। एक का नाम महावन है और दूसरे का गोकुल। महावन और गोकुल दोनों ख़ुद को मूल गोकुल—वो गांव जहां कृष्ण को एक शिशु के रूप में नंद और यशोदा के पास छोड़ा गया था—कहते हैं। दोनों शहरों में एक पूतना मंदिर है जो उस स्थान को चिह्नित करता है जहां कृष्ण द्वारा राक्षसी पूतना को मारा गया था। दोनों शहरों में एक नंद-यशोदा भवन है जो उस घर को चिह्नित करता है जहां कृष्ण के पालक माता-पिता रहते थे।"

"मेरे ख़्याल से वृंदावन में भी कुछ सुराग़ नहीं मिलेगा?" राधिका ने पूछा।

"वास्तविकता ये है कि अधिकांश क्षेत्र में कृष्णभक्ति इतनी गहरी पैठी हुई है कि इतिहास और मिथक की पहचान कर पाना लगभग असंभव है," सैनी ने जवाब दिया। "कला और संगीत के क्षेत्र में, कृष्ण की ज़्यादातर कहानी कृष्ण और राधा के प्रेम के इर्द-गिर्द घूमती है। लेकिन श्रीमद्भागवतम् में राधा का एक बार भी उल्लेख नहीं है। राधा का नाम इसमें कहीं नहीं मिलता है! सबसे पहली जगह जहां राधा का जिक्र मिलता है, वो है बारहवीं शताब्दी के कवि जयदेव के गीत गोविंद में—कृष्ण के जीवन के चार हज़ार वर्ष से अधिक बाद!"

"तुम्हारे ख़्याल से हमें क्या करना चाहिए?" राधिका ने पूछा।

"अगर हमें मथुरा में राधा और कृष्ण की प्रेम कहानी नहीं मिली, तो आगरा में मुमताज महल और शाहजहां की प्रेम कहानी ज़रूर मिल जाएगी। वहां चलकर सोमनाथ के उन दरवाज़ों को देखते हैं," सैनी ने निर्णयात्मक भाव से कहा, तभी राधिका का फ़ोन बजने लगा।

76

युद्ध के पहले दिन, संभावनाएं कौरवों के साथ रहीं। दूसरे दिन, पांडवों के साथ। तीसरे दिन तक, भीष्म ने निर्णय लिया कि यदि कौरव सेनाओं को एक निर्णयात्मक विजय की ओर अग्रसर होना है, तो अर्जुन को अशक्त करना आवश्यक होगा। भीम, अर्जुन, अभिमन्यु और घटोत्कच—सर्वश्रेष्ठ पांडव योद्धा—भीष्म के सामने असहाय सिद्ध हो रहे थे। मैंने अनुभव किया कि समस्या है अर्जुन के हृदय में भीष्म के प्रति कोमल भाव। वे हर संभव प्रयास कर रहे थे कि वयोवृद्ध भीष्म को किसी

प्रकार से भी चोट न पहुंचे। और तब मैंने सामने आने का निर्णय लिया। मैंने अर्जुन से कहा कि चूंकि वे भीष्म को नष्ट करने में अक्षम हैं, इसलिए मैं स्वयं ऐसा करूंगा। मैंने नारायण—विनाशक—का रूप धारण किया और रथ से उतरकर भीष्म की ओर भागा। मुझे मेरी पूरी भव्यता में देखकर, भीष्म ने अपने अस्त्र रख दिए और मेरे सामने नतमस्तक हो गए। "मैं इससे अधिक और किस सम्मान की आशा कर सकता हूं? आपके सुदर्शन चक्र द्वारा मारा जाना मेरे मोक्ष को सुनिश्चित कर देगा!" उन्होंने कहा। मेरा युद्ध में उतरने का कोई आशय नहीं था, मेरी इच्छा बस अर्जुन को युद्ध को गंभीरता से लेने के प्रति प्रेरित करने की थी। अर्जुन दौड़ते हुए मेरे पीछे आए और मुझसे विनती करने लगे कि मैं शस्त्र न उठाने की अपनी प्रतिज्ञा को बनाए रखूं और उन्होंने मुझे वचन दिया कि वे एक नए संकल्प के साथ लड़ेंगे।

"क्या मि. रवि मोहन सैनी से बात हो सकती है?" आवाज़ ने पूछा।

"जी हां, वो यहीं हैं," राधिका ने ये सोचते हुए कि उसने ये आवाज़ पहले कहां सुनी है, फ़ोन सैनी को देते हुए कहा। कुछ देर याद करने की कोशिश करने के बाद उसने हार मान ली। उसने सोचा कि शायद उसे ग़लतफ़हमी हुई होगी।

"हैलो? क्या मि. सैनी बोल रहे हैं?" फ़ोन पर सैनी ने सुना।

"बोल रहा हूं," सैनी ने जवाब दिया।

"मि सैनी, मैं पिछले कई दिन से आपको तलाश करने की कोशिश कर रहा हूं," दूसरी ओर से आवाज़ जारी रही। "मेरा नाम राजेंद्र रावल है और मैं यहां नई दिल्ली में साउथ दिल्ली सेफ़्टी वॉल्ट्स लिमिटेड का मैनेजर हूं।"

"मैं आपके लिए क्या कर सकता हूं, मि. रावल?" सैनी ने थोड़ा सा परेशान होते हुए पूछा।

"हमारे यहां एक कंपनी वीएसकेबीसी हैरिटेज लिमिटेड के नाम से एक सेफ डिपॉजिट बॉक्स है। बॉक्स के संचालन के लिए अधिकृत हस्ताक्षरी मि. अनिल वार्ष्णेय हैं। कुछ दिन पहले मुझे सूचना मिली कि मि. वार्ष्णेय की मृत्यु हो चुकी है," मि. रावल ने जवाब दिया। अचानक सैनी को कालीबांगा के दौरे के दौरान वार्ष्णेय के शब्द याद आ गए:

इन चारों मुद्राओं की एक बेस प्लेट भी है—सेरेमिक की प्लेट जो इन्हें एक साथ रखती है। वो प्लेट हाल ही में सदबी में नीलाम होने वाली थी और मैंने किसी तरह अपने नियोक्ता—वीएसकेबीसी हैरिटेज लिमिटेड—को उसके लिए बोली लगाने को मना लिया। हम उसे बहुत बड़ी राशि देकर ख़रीदने में सफल रहे। वो एक सेफ डिपॉजिट बॉक्स में है। वहां के प्रबंधन को निर्देश हैं कि अगर मुझे कुछ हो जाए तो वो तुमसे संपर्क करें और डिपॉजिट बॉक्स की सामग्री के बारे में तुम्हें बताएं।

"जी हां, मुझे याद है कि वार्ष्णेय ने सेफ डिपॉजिट बॉक्स का जिक्र किया था," सैनी ने एक क्षण रुककर कहा। "मैं कब आ सकता हूं?"

"साउथ दिल्ली सेफ़्टी वॉल्ट्स लिमिटेड की ये ब्रांच न्यू फ्रेंड्स कॉलोनी में स्थित है। सप्ताह के सातों दिन सुबह दस से रात आठ बजे तक हमारा ऑफिस ख़ुलता है," मि. रावल ने जवाब दिया।

सैनी ने नाम, पता और काम के समय को नोट कर लिया।

"हमें आपकी पहचान के लिए पहचानपत्र की ज़रूरत होगी," मि. रावल ने बताया।

"ज़रूर, मैं अपना पासपोर्ट लेकर आऊंगा," सैनी ने कहा। वो याद करने की कोशिश करने लगा कि वार्ष्णेय ने उसे बॉक्स की सामग्री के बारे में क्या बताया था।

बेस प्लेट पीढ़ियों से एक के बाद दूसरी को दी जाती रही है हालांकि मुद्राएं पुरातन काल में ही खो गई थीं। बेस प्लेट आख़िरकार राजा मान सिंह के पास पहुंची जो सोलहवीं सदी के एक बहुत बड़े

कृष्णभक्त थे। राजा मानसिंह ने प्लेट पर एक संस्कृत अभिलेख खुदवाया और उसे वृंदावन में अपने बनवाए एक कृष्ण मंदिर में स्थापित करवा दिया।

"कल आपसे दिल्ली में मुलाकात होगी," सैनी ने कहा।

"हां, कल मिलेंगे," सीबीआई स्पेशल डाइरेक्टर सुनील गर्ग ने कांपते हुए मैनेजर मि. राजेंद्र रावल को देखते हुए कहा जो पूरी बातचीत के दौरान अपनी कुर्सी पर जमा सा बैठा रहा था।

77

नौवें दिन तक मैं समझ चुका था कि जब तक भीष्म जीवित रहेंगे और युद्धक्षेत्र में सक्रिय रहेंगे, तब तक पांडव जीतने में असफल रहेंगे। मैंने भीष्म को प्रभावहीन करने के लिए शिखंडी का प्रयोग करने का निर्णय लिया। शिखंडी पूर्व जन्म में एक कन्या—अंबा—के रूप में जन्मा था। भीष्म ने अंबा से विवाह करने से मना कर दिया था, इसलिए अंबा ने प्रतिशोध लेने की सौगंध ली थी। कठोर तप के पश्चात, उसे यह वरदान प्राप्त हुआ था कि वह अगले जन्म में भीष्म को मारने में सक्षम होगी। तब अंबा ने आत्महत्या कर ली ताकि पुनर्जन्म शीघ्र हो—राजा द्रुपद की पुत्री के रूप में। भीष्म के आक्रमण से आशंकित द्रुपद ने अपनी पुत्री को वन में भेज दिया। वनवास के दौरान, कन्या एक गंधर्व से मिली जिसने उसके नारी स्वरूप के बदले अपना पुरुष स्वरूप उसे देने का प्रस्ताव रखा। पुरुष रूप में आकर शिखंडी द्रुपद की सेना में सम्मिलित हो गया और सेनानायक के पद तक जा पहुंचा। मैं जानता था कि यदि शिखंडी ने

भीष्म पर आक्रमण किया तो वे युद्ध नहीं करेंगे क्योंकि वे शिखंडी को पुरुष नहीं बल्कि स्त्री मानते थे। मेरी भविष्यवाणी के अनुसार, युद्ध के दसवें दिन भीष्म ने शिखंडी को देखकर अस्त्र रख दिए जबकि अर्जुन के तीरों की बौछार ने उन्हें अक्षम बना दिया।

छेदी और राठौड़ जामनगर से फ़्लाइट लेकर नई दिल्ली आ गए थे। कुतुब होटल में चेक इन करने के बाद वो नहा-धोकर रात के खाने के लिए महरौली की ओर चल दिए। रात के कोई साढ़े नौ बजे होंगे जब वो कुतुब मीनार से कुछ दूरी पर एक मशहूर रेस्तरां के लाउंज में आराम से बैठे हुए थे। उन्होंने एक टैक्सी बुक की हुई थी जो अगले दिन सुबह उन्हें होटल से ही आगरा ले जाने वाली थी।

"इतिहास बिंदुओं को जोड़ने का एक मजेदार खेल है और ये वो स्थल है जहां सोमनाथ की कहानी ख़त्म होती है," छेदी ने अपनी व्हिस्की की एक चुस्की लेते हुए कहा। "कुतुब मीनार और इसके आसपास की इमारतें—कुव्वतुल-इस्लाम मस्जिद, अलाई दरवाज़ा और अलाई मीनार—तेरहवीं सदी में दिल्ली के पहले सुल्तान तुर्क कुतुबुद्दीन ऐबक ने बनवाई थीं। लेकिन ख़ुद कुतुबुद्दीन ऐबक भी बस मुहम्मद ग़ौरी का एक ग़ुलाम ही था। ग़ौरी वंशज था ग़ौरी कबीलों का जिन्होंने सोमनाथ के लुटेरे महमूद ग़जनवी के ग़जनी साम्राज्य को हराया था। देखो किस तरह सोमनाथ से शुरू हुआ सफ़र यहां दिल्ली में ख़त्म हुआ।"

राठौड़ बेदिली से दूसरी ओर देखने लगा। उसे और व्हिस्की चाहिए थी लेकिन वो एक घंटा और छेदी को सहन नहीं कर सकता था। वो इस आदमी के बनावटी और अक्खड़ व्यवहार से तंग आ चुका था। ऐसा लगता था जैसे कोई विषय ऐसा नहीं था जिस पर छेदी भाषण नहीं दे सकता हो।

"तुम्हारा नहीं पता लेकिन मुझे थोड़ी टहल और ताजी हवा चाहिए," राठौड़ ने टेबल से उठते हुए कहा।

"हमने अभी डिनर का ऑर्डर नहीं दिया है," छेदी ने शिकायत की।

"तुम ऑर्डर कर दो। मैं अभी थोड़ा टहलूंगा और कल सुबह सात बजे आगरा जाने के लिए तुमसे लॉबी में मिलूंगा," राठौड़ ने कहा और जल्दी से घूम गया ताकि छेदी को बहस करने का मौका न मिल सके।

वो रेस्तरां से निकलकर कुतुब मीनार की दक्षिणी परिधि से सटी कुव्वतुल-इस्लाम मस्जिद की ओर बढ़ने लगा। पूर्वी द्वार पर अभी भी दिखाई दे रहे एक फारसी लेख के अनुसार ये मस्जिद सत्ताईस हिंदू और जैन मंदिरों के तोड़े जाने से प्राप्त सामग्री से बनाई गई थी।

कुछ ही आगे आसमान में दो सौ अड़तीस फ़ुट ऊपर सिर उठाए खड़ी कुतुब मीनार ख़ुद थी। ये 1192 में मुहम्मद ग़ौरी के हाथों दिल्ली के आख़री हिंदू राजा पृथ्वीराज चौहान की हार के स्मरण में विजय लाट के रूप में बनवाई गई थी। राठौड़ ने मस्जिद के पास एक कबाब जॉइंट पर रुककर वहां से एक काठी रोल लिया ताकि टहलते हुए उसे खा सके। वो अपने दिमाग़ को साफ़ करना चाहता था। पिछले कुछ दिनों की घटनाओं ने उसे काफ़ी विह्वल कर दिया था।

उसने अपनी जेब से वो फैक्स निकाला जो उसे जोधपुर से भेजा गया था। ये कुरकुड़े की रिसर्च टीम द्वारा भेजा गया था। राठौड़ राधिका के इस निर्देश को पूरी तरह भूल चुका था कि वो अच्छी तरह जांच कर ले कि क्या प्रोफ़ेसर कुरकुड़े की सेक्रेटरी के टर्मिनल से कोई जानकारी प्राप्त की गई थी। उसी सुबह उसे ये याद आया था और उसने जोधपुर की रिसर्च लैब का फ़ोन मिलाया था। "जी, सर, डाटा टर्मिनल के यूएसबी पोर्ट से डाउनलोड किया गया था," इंफॉर्मेशन टैक्नॉलोजी के प्रमुख ने कहा था। "इसका संबंध हमारी टीम द्वारा सारे भारत में रेडियोएक्टिविटी के स्तर के आंकड़े लेने से था।"

"आप मुझे संक्षेप में बता सकते हैं कि वो आंकड़े क्या थे?" राठौड़ ने पूछा था।

"इससे बेहतर ये होगा कि मैं आपको उन स्थानों का नक़्शा भेज दूं जहां आंकड़े बढ़े हुए पाए गए थे," आईटी प्रमुख ने कहा था। अपनी बात का मान रखते हुए, उसने राठौड़ को रेडियोएक्टिव आंकड़ों का नक़्शा भेज दिया था—वही आंकड़े जो तारक ने चुराए थे। राठौड़ काठी रोल खाते हुए उसी फैक्स को देख रहा था।

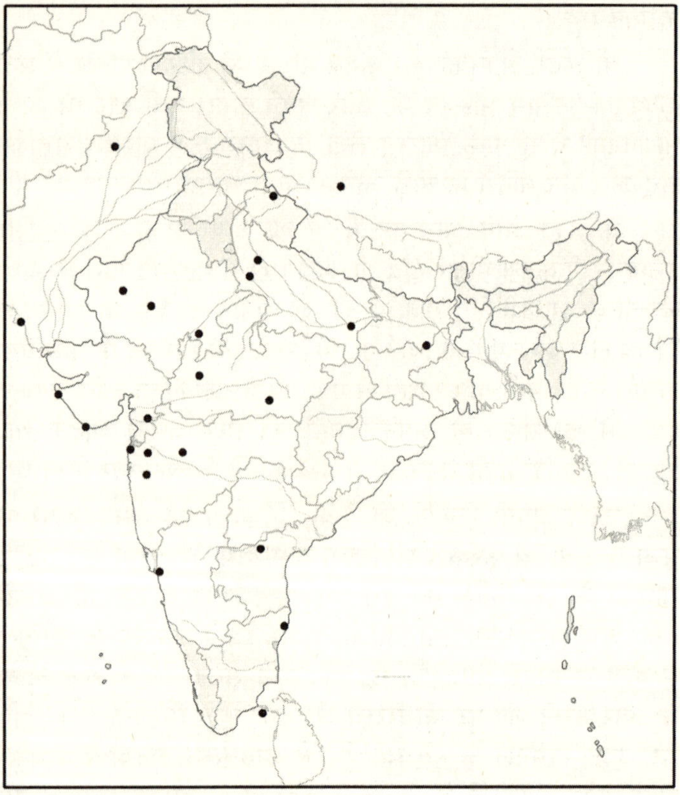

राठौड़ विश्लेषण में कभी बहुत माहिर नहीं रहा था और उसने काठी रोल के ख़त्म होते ही नक़्शे को अपनी पिछली जेब में डाल लिया था। उसने घड़ी देखी। समय ग्यारह से निकल चुका था। अब होटल जाने का समय था क्योंकि उसे नींद की सख़्त ज़रूरत थी।

वापसी से पहले उसने कुतुब परिसर का एक चक्कर लगाने का फ़ैसला किया।

कुछ दूरी पर उसने दिल्ली का लौह स्तंभ देखा। छह टन से अधिक वजन का स्तंभ सोलह सौ साल पहले गुप्त वंश के सम्राट चंद्रगुप्त विक्रमादित्य द्वारा बनवाया गया था। प्रारंभ में ये स्तंभ सत्ताईस मंदिरों के एक परिसर में खड़ा था जिन्हें ध्वस्त करके मस्जिद और मीनार बनवाई गई थी। ये स्तंभ हमेशा से धातुकर्मियों के लिए आश्चर्य का विषय रहा था जो इस बात को समझने में असमर्थ थे कि किस प्रकार प्राचीन भारतीय लोहार एक ऐसा लौह स्तंभ बनाने में सफल हो पाए थे जो सैकड़ों साल से जंग खाए बिना खड़ा हुआ था।

स्तंभ के नज़दीक पहुंचने पर राठौड़ ने देखा कि एक भिखारी लौह स्तंभ को घेरे स्टील के बाड़े के अंदर सो गया है। वो उसे नज़रअंदाज़ करता हुआ अलाई मीनार—एक अधूरी मीनार जिसे कुतुब मीनार का मुकाबला करने के लिए तुर्क-अफग़ान वंश के सबसे शक्तिशाली शासक अलाउद्दीन खिलजी ने बनवाया था—की ओर बढ़ गया। राठौड़ पलटा और कुतुब परिसर की परिधि के साथ-साथ टहलता हुआ प्रशंसनीय नज़रों से पूरे परिसर में बने दिल्ली के मुस्लिम शासकों के मकबरों को देखता रहा। जल्दी ही वो लौह स्तंभ के पास वापस आ गया।

जिज्ञासावश उसने स्तंभ के आधार के पास उस भिखारी को देखा जो वहां सो गया था। जो कुछ उसने देखा उससे उसके रोंगटे खड़े हो गए। दिल्ली के सबसे प्रसिद्ध स्तंभ के आधार के पास कोई सोता हुआ भिखारी नहीं था, बल्कि वो देवेंद्र छेदी का निष्प्राण शरीर था। "अरे, साला!" राठौड़ धीरे से चिल्लाता हुआ आगे की ओर भागा। "मुझे इसे अकेला नहीं छोड़ना चाहिए था।"

रात के इस समय ये इलाका वीरान था और राठौड़ ने मदद के लिए दिल्ली में अपने समकक्ष का नंबर मिलाया। स्तंभ के नज़दीक पहुंचकर वो स्टील की उस बाड़ पर चढ़ा जिसे इसलिए बनाया गया

था कि स्तंभ की हुड़दंगी सैलानियों से रक्षा की जा सके, और वो छेदी के पास झुक गया। उसने जल्दी से दो उंगलियां छेदी की श्वासनली और गर्दन की मांसपेशी के बीच की ख़ाली जगह पर रखीं। उसने इस उम्मीद के साथ धीरे से दबाया कि शायद अभी हल्का सा स्पंदन हो लेकिन कोई फ़ायदा नहीं हुआ। अगर वो परिधि के साथ-साथ टहलने के लिए नहीं गया होता तो वो शायद समय रहते छेदी की मदद कर पाया होता।

उसने शरीर के पास से पीछे हटकर मौका-ए-वारदात का निरीक्षण किया। छेदी स्तंभ से पीठ लगाए और लकड़ी के गोल चबूतरे पर टांगें फैलाए बैठा था। उसके बाएं पैर में एक नश्तर धंसा हुआ था जिससे इतनी भारी मात्रा में ख़ून बहा था कि छेदी उसी ख़ून में बैठा हुआ था। उसके माथे पर एक रबर स्टैंप का निशान था। ये एक गदा थी, विष्णु का चौथा प्रतीक।

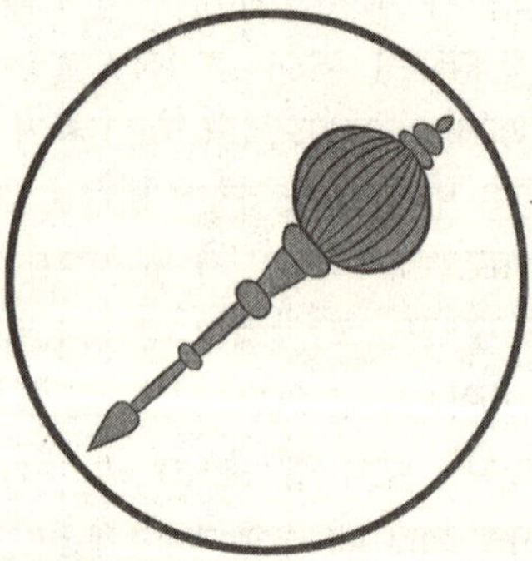

स्तंभ की लगभग आधी ऊंचाई पर ब्रह्मी लिपि में एक संस्कृत लेख था। इससे पता लगता था कि स्तंभ एक वीर राजा—चंद्रगुप्त विक्रमादित्य—द्वारा भगवान विष्णु के सम्मान में बनवाया गया था। सोलह सौ साल पहले उत्कीर्णित लेख के नीचे सोलह मिनट पहले छेदी के ख़ून से संस्कृत में लिखा गया एक और लेख था—और ये भी विष्णु के सम्मान में था।

म्लेच्छ-निवह-निधने कलयसि करवालम्
धूमकेतुमिव किमपि करालम्
केशव धृतकल्किशरीर जय जगदीश हरे।

राठौड़ दिल्ली पुलिस को वहां बुलाने के लिए लगातार मोबाइल फ़ोन पर बात कर रहा था। कुछ दूरी से तारक वकील सारी घटना को देख रहा था और अपने आईफ़ोन पर प्रिया का नंबर मिला रहा था।

78

भीष्म के गिरते ही, अर्जुन ने पृथ्वी पर तीरों से शैया बना दी ताकि भीष्म उस पर आराम कर सकें और यह निर्णय ले सकें कि वे कब अपने नश्वर शरीर को त्यागेंगे। अर्जुन ने पृथ्वी में दो तीर और मारे जिनसे वृद्ध योद्धा की प्यास बुझाने के लिए मीठा पानी उबल पड़ा। अब कर्ण को युद्ध में सम्मिलित होना था और द्रोण को कौरव सेना की कमान संभालनी थी। भीष्म के विपरीत, जो पांडवों को क्षति पहुंचाए बिना उन्हें पीछे धकेल देना भर चाहते थे, द्रोण चाहते थे कि कम से कम कोई एक महत्वपूर्ण पांडव मारा जाए। इस परिवर्तन के साथ ही रणनीतियों ने कहीं अधिक भयंकर रूप धारण कर लिया।

प्रिया ने अपने फ़ोन की स्क्रीन को चमकते देखा। इसने कोई आवाज़ नहीं की क्योंकि ये साइलेंट मोड पर था। वो मुंबई में थी, और अपने पिता के साथ सर खान की शानदार स्टडी में बैठी हुई थी। उसने फ़ोन उठाया, तारक की जानकारी को सुना और फ़ोन रख दिया। सर खान की ओर देखते हुए उसने कहा, "छेदी मर गया। आपके निर्देशानुसार चारों को मार दिया गया है।"

"इससे हमारी निश्चयात्मकता की तलाश आसान हो जाएगी," सर खान ने कहा।

"मैंने वो सब कर दिया है जो आप मुझसे चाहते थे क्योंकि मुझे लगता था कि इससे मुझे कृष्ण को पाने में मदद मिलेगी। मैंने इस देश के कोने-कोने की यात्रा की, यहां तक कि कैलाश पर्वत की बर्फीली ढलानों तक का मुकाबला किया लेकिन मैं अभी तक ये नहीं जानती हूं कि मैं क्या तलाश रही हूं," प्रिया ने कहा। "परमाणु ब्रह्मास्त्र या कृष्ण द्वारा छोड़ा गया प्राचीन डीएनए।"

"क्या मैं तुम्हारी उलझन का खात्मा कर दूं? क्या मैं तुम्हें बता ही दूं कि मैं क्या पाने की उम्मीद कर रहा हूं?" सर खान ने पूछा।

"प्लीज़," प्रिया ने निवेदन किया। उसका चेहरा तमतमाने लगा था और उसका दिल तेज़ी से धड़क रहा था। ये वो क्षण था जिसका वो इंतज़ार करती रही थी।

"मुझे एक पत्थर की तलाश है," सर खान ने जवाब दिया। "वो कोई मामूली पत्थर नहीं है। पाश्चात्य साहित्य में इसे विचारक का पत्थर कहा गया है, लेकिन हिंदू पौराणिकी में इसका बहुत विशिष्ट नाम है।"

"वो क्या?" प्रिया ने पूछा! उसकी सांस प्रत्याशा में तेज़ चल रही थी।

"इसे स्यमंतक के नाम से जाना गया है," सर खान ने अपने शब्दों को नाटकीय प्रभाव देते हुए क्यूबाई सिगार से एक कश छोड़ते हुए घोषणा की।

"स्यमंतक? लेकिन ये तो मिथक ही है ना?" प्रिया ने बोलना शुरू किया।

"ये तुम्हारी ग़लतफ़हमी है," सर खान ने टोका। "स्यमंतक मणि नहीं था जैसा कि पुराणों में इसे कहा गया है। ये एक ऐसा पत्थर था जिसमें लगभग जादुई गुण मौजूद थे। विष्णु पुराण में कहा गया है कि इसका संबंध सूर्यदेव से था। इसमें कुछ विशेष कीमियाई गुण थे

और ये रोजाना आठ भार सोने का उत्पाद कर सकता था। जो आज के युग में लगभग एक सौ सत्तर पौंड सोने के बराबर हुआ!"

"स्यमंतक को क्या हुआ था?" संजय रतनानी ने पूछा।

"स्यमंतक की कहानी इस तरह है," सर खान ने बोलना शुरू किया। "एक यादव प्रमुख सत्राजित ने सूर्य की भक्तिभाव से आराधना की। जब सूर्य उसके सामने प्रकट हुए और उसे एक वर मांगने को कहा, तो सत्राजित ने स्यमंतक मांगा, जो सूर्य ने उदारतापूर्वक उसे दे दिया। सत्राजित ने वो पत्थर अपने भाई प्रसेनजित को दे दिया।"

"तो पत्थर प्रसेनजित की संपत्ति बन गया?" रतनानी ने पूछा।

"सिर्फ़ कुछ समय के लिए," सर खान ने जवाब दिया। "प्रसेनजित पर एक शेर ने आक्रमण किया और उसे मारकर शेर पत्थर को ले भागा लेकिन ख़ुद उस पर भालुओं के राजा जांबवन ने आक्रमण कर दिया। कृष्ण के बारे में जाना जाता था कि पत्थर पर उनकी नज़र है और इसलिए प्रसेनजित को मारने का शक उन पर आया। कृष्ण ने भालू की गुफा को ढूंढ़कर पत्थर को हासिल कर लिया।"

"उसके बाद पत्थर को कृष्ण ने रख लिया?" रतनानी ने पूछा।

"नहीं। कृष्ण ने पत्थर सत्राजित को लौटा दिया जिसे कृष्ण पर ग़लत आरोप लगाने के लिए बेहद अफ़सोस हुआ और इसकी भरपाई करने के लिए उसने कृष्ण को स्यमंतक के साथ-साथ विवाह में अपनी बेटी सत्यभामा का हाथ सौंप दिया। कृष्ण ने सत्यभामा के हाथ को तो स्वीकार कर लिया लेकिन पत्थर को लेने से मना कर दिया।

"उसके बाद क्या हुआ?" रतनानी ने पूछा।

"कुछ समय बाद, जब कृष्ण द्वारका की यात्रा पर थे तो सत्राजित को मारने की एक साज़िश रची गई," सर खान ने कहा। "एक और यादव शतधन्वा ने सत्राजित को मार डाला, स्यमंतक को लिया और उसे अक्रूर—जिसने कंस के इरादों के बारे में चेतावनी

देकर कृष्ण की मदद की थी—के पास छोड़ दिया। जब कृष्ण ने ये सब सुना, तो उन्होंने सत्राजित के हत्यारे को ढूंढ़कर मार डाला। फिर कृष्ण ने अक्रूर को बुलाया और उसे स्वीकार करने के लिए मजबूर किया। अक्रूर ने कृष्ण को षड्यंत्र की सचाई बता दी। कृष्ण ने एक शर्त—कि पत्थर हमेशा द्वारका में ही रहेगा—पर अक्रूर को पत्थर का रखवाला बने रहने की आज्ञा दे दी।"

"तो क्या पत्थर द्वारका में ही रहा?" बूढ़े वकील ने पूछा।

"न तो पुराणों में ही उल्लेख है और न महाभारत में कि कृष्ण की मृत्यु और द्वारका के डूबने के बाद स्यमंतक का क्या हुआ, लेकिन हम ये अवश्य जानते हैं कि द्वारका के डूबने के समय कृष्ण और उनका यादव वंश प्रभास पाटन—आधुनिक सोमनाथ—में थे," सर खान ने कहा। "कृष्ण प्रभास पाटन में शिकारी ज़रा के द्वारा दुर्घटनावश मारे गए थे। ज़रा सोचिए, क्या ये संभव नहीं है कि कृष्ण की मृत्यु के बाद स्यमंतक को सोमनाथ में ही रखा गया हो? और क्या ये संभव नहीं है कि इसे सुरक्षा के दृष्टिकोण से मंदिर के अंदर ही रखा गया हो?"

"चलिए मान लेते हैं कि आपकी बात सही है, लेकिन इस बात का विश्वास कैसे किया जा सकता है कि स्यमंतक कीमियाई पत्थर था?" प्रिया ने पूछा।

"जब महमूद ग़जनवी ने सोमनाथ पर हमला किया, तो वो जो कुछ ले जा सकता था, ले गया था," सर खान ने कहा। "कीमती पत्थरों से जड़ी ठोस सोने और चांदी की कई मूर्तियां थीं। कहा जाता है कि लूट के माल का अनुमानित मूल्य दो करोड़ दीनार था। आधुनिक विनिमय दर से इसकी गणना आज के युग में करना असंभव है। लेकिन हम इतना जानते हैं कि महमूद ग़जनवी और उसकी सेना लगभग साढ़े छह टन सोना ले गए थे। बैंक ऑफ़ इंग्लैंड द्वारा बनाए गए सोने की कीमतों के ऐतिहासिक चार्ट के आधार पर, ग़जनवी के सोने की आधुनिक समय की कीमत लगभग दो सौ साठ अरब डॉलर रही होगी! ग़जनी वापसी से पहले, महमूद ने मंदिर को

तोड़ा और जो कुछ बचा उसे आग लगा दी। अगर हम अपने दिमाग़ को कीमिया की संभावनाओं के प्रति खोलें, तो क्या ये एक संभाविक सिद्धांत नहीं हो सकता कि सोमनाथ का अधिकांश सोना किसी कीमियाई प्रक्रिया से प्राप्त हुआ होगा?"

प्रिया स्तब्ध थी।

सर खान फिर से बोले। "क्या ये भी संभव नहीं है कि स्यमंतक वास्तव में पत्थर न होकर एक प्राचीन कीमियाई आइसोटोप रहा हो जिसमें परमाणु रूपांतरण की क्षमता रही हो? क्या ये कल्पनीय नहीं है कि स्यमंतक शिवलिंग के अंदर रखा गया था और इसी ने वो चुंबकीय क्षेत्र बनाया हो जिसके कारण शिवलिंग अधर में स्थित था?"

"लेकिन शिवलिंग खोखला नहीं हो सकता," प्रिया ने तर्क किया।

"मैं ये बात इतने यक़ीन से नहीं कह सकता," सर खान ने कहा। "सोमनाथ पर महमूद ग़जनवी के हमले के कुछ बहुत दिलचस्प विवरण हैं। सोलहवीं सदी में जीवित फारस के एक इतिहासकार फरिश्ता के मुताबिक, महमूद शिवलिंग को नष्ट करने के इरादे से अपनी गदा लिए उसकी ओर बढ़ा। फरिश्ता कहता है कि मंदिर के पुजारियों ने ग़जनवी के सामने प्रस्ताव रखा कि अगर वो शिव के पवित्र प्रतीक को छोड़ दे तो वो उसे एक बड़ी फिरौती देंगे। ग़जनी ने बज़ाहिर ये कहा कि वो मूर्तियां बेचनेवाले के बजाय मूर्तियां तोड़नेवाले के रूप में याद किया जाना चाहेगा। इतना कहकर उसने अपनी गदा शिवलिंग पर चलाई। और यहां फरिश्ता का विवरण बड़ा दिलचस्प हो जाता है। फरिश्ता कहता है कि जब शिवलिंग टूटा तो उसके अंदर से कई पत्थर बिखरे चले आए।"

"और आपका मानना है कि फरिश्ता का विवरण सही है?" प्रिया ने पूछा।

"फरिश्ता के इस विवरण को ज़्यादातर आधुनिक इतिहासकारों ने खारिज कर दिया है क्योंकि शिवलिंग आमतौर पर ठोस पत्थर के

ब्लॉक होते हैं," सर खान ने जवाब दिया। "लेकिन अगर सोमनाथ भिन्न रहा हो तो? ज़ाहिर है, दुनिया में आज भी कहीं ऐसा कोई शिव मंदिर नहीं है जहां चुंबकीय रूप से हवा में तैरता कोई शिवलिंग हो। अगर कई सौ साल पहले सोमनाथ में ऐसा शिवलिंग हो सकता था तो क्या इस बात की संभावना और भी नहीं बढ़ जाती है कि उसका वजन कम करने के लिए उसे खोखला रखा गया हो? तो फिर ये क्यों असंभव है कि शिवलिंग से ही वो पत्थर निकला हो जो उसमें छुपा रहा हो?"

"पहली चीज़ तो ये कि अगर स्यमंतक आणविक था, तो ये अपने पूजकों को मार डालता," प्रिया ने तर्क किया।

"वो परमाणु बम नहीं था," सर खान ने कहा। "लेकिन उसमें आणविक गुण थे। और इससे निकलने वाले रेडिएशन के कारण ही सोमनाथ के शिवलिंग को बेल के पेड़ के पत्तों से ढककर रखा जाता था।"

79

बारहवें दिन, द्रोण ने देखा कि मैं अर्जुन को कर्ण से दूर रखने का निरंतर प्रयास कर रहा हूं। इसके पीछे एक कारण था। कर्ण के युद्धक्षेत्र में प्रवेश करने से पहले, एक वृद्ध भिक्षुक ने कर्ण से भिक्षा मांगी थी। दानवीर कर्ण ने कहा था, "जो मांगोगे मिलेगा।" भिक्षुक ने कर्ण का वह कवच मांगा जो उसके शरीर का भाग सा हुआ करता था, एक अभेद्य म्यान जैसा। कर्ण इस बात से अनभिज्ञ था कि वह वृद्ध भिक्षुक वास्तव में इंद्र थे—अर्जुन के पिता। कर्ण ने तुरंत एक चाकू लेकर अपने कवच को चीर डाला। इस उदारता को देखकर इंद्र भाव-विभोर हो

उठे और उन्होंने बदले में उसे एक भाला दिया—एक ऐसा भाला जिसे केवल एक बार प्रयोग किया जा सकता था परंतु जो अपने लक्ष्य से नहीं चूकेगा। मैं कर्ण के इसी भाले से अर्जुन की रक्षा कर रहा था—वह भाला जो अर्जुन के ही पिता ने कर्ण को दिया था।

"बेल के पत्ते? लेकिन शिव को बेल के पत्ते चढ़ाना तो एक पुरानी हिंदू परंपरा है। इसका विज्ञान से तो कोई संबंध नहीं है," प्रिया ने कहा।

"आह, तुम ग़लत हो," सर खान ने नर्मी से कहा। "बेशक, बेल के पेड़ को हिंदुओं द्वारा पवित्र माना गया है और शिवलिंग पर इसके पत्ते चढ़ाए जाते हैं। लेकिन इस चढ़ावे का चयन पुरातनता में खो गया है।"

"मैं तो ख़ुद ही खो गया हूं," संजय रतनानी ने असहाय भाव से कहा।

सर खान हंसने लगे। "बेल का वानस्पतिक नाम एगल मारमेलोस है। कुछ साल पहले, ऑक्सफ़ोर्ड जरनल में एक लेख आया था। तीन वैज्ञानिकों ने खोज की थी कि एगल मारमेलोस में विकिरण से रक्षा करने का गुण है। उनके अध्ययन ने दिखाया था कि ये मानव परिधीय रक्त लसीकाकोशिकाओं को रेडिएशन, डीएनए क्षति और जीन-संबंधी असंतुलन से बचाता है। उन्होंने निष्कर्ष निकाला कि ये 'रेडिएशन की सफ़ाई' द्वारा ऐसा करता है। क्या ये संभव नहीं है कि स्यमंतक वाकई एक रेडियोएक्टिव पदार्थ रहा हो और कि सोमनाथ के शिवलिंग को बेल के पत्तों से ढकना ज़रूरी रहता हो ताकि पत्ते इससे निकलने वाले रेडिएशन को रोक और जज़्ब कर सकें और भक्त इससे बचे रह सकें?"

"आपको लगता है कि श्विलिंगम परमाणु आइसोटोप—स्यमंतक—द्वारा उत्पन्न किए गए चुंबकीय क्षेत्र के कारण ही हवा में तैरता था?" प्रिया ने पूछा।

"बिल्कुल," सर खान ने जवाब दिया। "क्या ये आश्चर्यजनक नहीं है कि ग़जनवी ने भारत पर सत्रह बार हमला किया और बचा रहा लेकिन सोमनाथ पर हमला करने के बाद कुछ ही बरसों में उसकी मौत हो गई? ग़जनवी टयुबरकुलोसिस के घातक रोग के कारण उनसठ साल की उम्र में मर गया। ये एक जाना-माना तथ्य है कि ग़जनवी शिवलिंग के टुकड़ों को सार्वजनिक मस्जिद और अपने महल की सीढ़ियों की पैर ख़ुरचनियों के रूप में लगवाने के लिए ले गया था। क्या ये संभव नहीं कि ऐसे विकिरणित पदार्थ को ले जाकर उसने अपनी ही मौत के परवाने पर दस्तखत कर दिए हों, जिसने उसके फेफड़ों को प्रभावित कर दिया हो?"

"हो सकता है वो युद्ध के घावों या थकान से मरा हो। ग़जनवी पर अफग़ानिस्तान वापसी के रास्ते में भारतीय योद्धाओं ने हमला किया था," प्रिया ने कहा।

"सही। ग़जनी वापसी के दौरान, महमूद पर हमला हुआ था," सर खान ने कहा। "लेकिन तुम्हारे ख़्याल से उस पर किसने हमला किया था। जाटों ने। मुझे ये बड़ी दिलचस्प बात लगती है, और मैं इसका कारण अभी तुम्हें बताऊंगा। पहले मैं तुम्हें जाटों के बारे में कुछ बता दूं।"

"जाटों के बारे में ऐसी क्या दिलचस्प बात है?" प्रिया ने पूछा।

"सब्र, प्रिया," सर खान ने झिड़की दी, और एक ब्रेक लेकर अपने लिए थोड़ा सा पानी पलटा। उन्होंने एक घूंट भरा और अपनी आरामकुर्सी पर बैठ गए।

"कहा जाता है कि जब जरासंध के अठारहवें आक्रमण के बाद कृष्ण द्वारका चले गए थे, तो उन्होंने यादव कुलों का एक संघ बनाया। ये ज्ञातिसंघ के नाम से जाना जाता था। संघ का हर सदस्य ज्ञात कहलाता था। सैकड़ों सालों के दौरान, ज्ञात शब्द बदलकर जाट हो गया। संस्कृत व्याकरणविद पाणिनी ने जाट झट संघाते सूत्र का प्रयोग किया था, जिससे पता चलता है कि पाणिनी के समय तक ज्ञात शब्द जाट में बदल चुका था। क्या ये बात समझ में नहीं आती

कि जब ग़जनवी कृष्ण के सोमनाथ से खजाना ले जा रहा था—जिसमें संभवत स्यमंतक पत्थर भी था—तो उस पर जाट योद्धाओं ने हमला किया हो जो ख़ुद को हज़ारों साल पहले से कृष्ण का वंशज मानते थे?"

"क्या आपके कहने का मतलब ये है कि जाटों ने स्यमँतक वापस लेने के लिए ग़जनवी पर हमला किया था?" भौचक्की प्रिया ने पूछा।

"हां। बस वो ये नहीं जानते थे कि ग़जनवी भी यही कर रहा था!" सर खान ने कहा।

"क्या?" प्रिया ने अविश्वास से पूछा। "आपका मतलब ग़जनवी को खजाने की तलाश नहीं थी? कि उसने मूर्तिपूजा के प्रति अपनी घृणा की वजह से हमला नहीं किया था? कि उसका उद्देश्य बस स्यमंतक को ले जाना था?"

"वो यक़ीनन दूसरी चीज़ें भी हासिल करना चाहता था। लेकिन वो ख़ासतौर से उस पत्थर को पाना चाहता था। आख़िर ग़जनवी ख़ुद भी तो कृष्ण का वंशज था," सर खान ने मुस्कुराते हुए कहा।

80

युद्ध के तेरहवें दिन, द्रोण ने अपने सैनिकों को भयानक चक्रव्यूह के रूप में संगठित किया। युधिष्ठिर इसमें अर्जुन के सोलह वर्षीय पुत्र अभिमन्यु के साथ फंस गए। अभिमन्यु ने अपने पिता को उस समय चक्रव्यूह का वर्णन करते सुना था जब वह अपनी मां के गर्भ में था। निष्कर्षत: वो चक्रव्यूह को तोड़ना और दूसरों को उससे निकालना तो जानता था लेकिन स्वयं उससे निकलना नहीं जानता था। "मैं इसे तोड़ सकता हूं, किंतु

आपको मुझे लेने के लिए वापस आना होगा," अभिमन्यु ने युधिष्ठिर से कहा, जो सहमत हो गए। अभिमन्यु के प्रयास सफल रहे और अभिमन्यु के अतिरिक्त सारे पांडव योद्धा चक्रव्यूह से निकल गए। अभिमन्यु चक्रव्यूह में फंसा रहा और उस पर दुर्योधन, दुःशासन, कृपा, द्रोण और अश्वत्थामा चारों ओर से आक्रमण करने लगे। "क्या एक व्यक्ति पर इतने लोगों द्वारा आक्रमण करना युद्ध नियमावली के विरुद्ध नहीं है?" किसी ने पूछा। "उन्होंने भीष्म पर एक स्त्री द्वारा आक्रमण करवा के नियमों को तोड़ा था। अब कोई नियम नहीं हैं," द्रोण ने कहा। सूर्यास्त के समय अर्जुन ने यह समाचार सुना तो वे बहुत दुखी हुए। मेरे लिए यह बिल्कुल सही था। अब अर्जुन के भीतर प्रतिशोध लेने के लिए आवश्यक क्रोध और इच्छा थी, वह बात जिसकी अभी तक घोर कमी रही थी।

"ये पागलपन है," प्रिया ने ग़ुस्से से कहा। "अगर आप मेरे पिता के रक्षक न रहे होते, तो ऐसी बकवास के लिए मैं आपको फ़ौरन मार डालती। युद्धपिपासु और लुटेरे ग़जनवी को कृष्ण का वंशज कहना प्रभु का अपमान करना है!"

"शांत रहो, प्रिया," सर खान ने कहा। "मैं तुम्हें सब कुछ समझाऊंगा। घबराओ मत, बस थोड़ी देर और धैर्य से काम लो।"

प्रिया के शांत होने के बाद, सर खान ने अपनी बात आगे बढ़ाई। "क्या तुमने एक इतिहासकार ए एच बिंगले की राजपूतों पर लिखी किताब पढ़ी है? ये 1899 में प्रकाशित हुई थी।"

"नहीं। लेकिन मैंने इसके बारे में सुना ज़रूर है। ये किंग्स कॉलेज में संदर्भसामग्री की सूची में थी। मेरे ख़्याल से इसका नाम *हैंडबुक ऑन राजपूत्स* था।"

"बहुत ख़ूब," सर खान ने कहा। "अपनी किताब में बिंगले

ने यादवों के बारे में ये कहा था: ऐसा लगता है कि यादव बस्तियां इंद्रप्रस्थ और द्वारका में थीं। कृष्ण की मृत्यु के बाद, बहुत से यादवों को भारत से निकाल दिया गया, उन्होंने अफ़ग़ानिस्तान में ग़जनी की स्थापना की और उस पूरे देश और उत्तर में समरकंद तक मध्य एशिया के कुछ भागों पर शासन किया।"

"ग़जनी? यानी महमूद ग़जनवी के साम्राज्य की राजधानी?"

"हां। महमूद ग़जनवी की राजधानी ठीक वही जगह है जहां यादव पांच हज़ार साल पहले प्रवास कर गए थे। इसलिए इस क्षेत्र के बाद के मुस्लिम शासक यादव वंश के ही थे!"

"अविश्वसनीय," बुरी तरह हतप्रभ प्रिया फुसफुसाई।

"मेरे कहने का मतलब ये है: सोमनाथ के हमले के बाद स्यमंतक पत्थर के लिए कृष्ण के वंशज ही आपस में लड़ रहे थे। एक गुट में ग़जनवी के नेतृत्व में मुसलमान थे—यादवों के वो वंशज जो कई हज़ार साल पहले ग़जनी चले गए थे। दूसरा गुट उत्तर-पश्चिम भारत के उन शासकों का था जो ख़ुद को जाट कहते थे और ये भी यादव वंश से ही थे!"

"क्या आपको लगता है कि स्यमंतक के लिए लड़ाई के नतीजे में ही राजस्थान में वो परमाणु धमाका हुआ था जिसकी प्रोफ़ेसर कुरकुड़े जांच कर रहे थे?" अचानक प्रिया ने पूछा।

"मुश्किल है। लेकिन राजस्थान की रेडियोएक्टिविटी का एक दूसरा कारण हो सकता है। पचास के दशक में, यूनीवर्सिटी ऑफ़ आरकैंसस के एक वैज्ञानिक डॉ. पॉल कुरोडा ने दुनिया का ध्यान पृथ्वी के अंदर प्राकृतिक रूप से होने वाले परमाणु रिएक्टरों की संभावनाओं की ओर आकर्षित किया था।"

"प्राकृतिक रूप से होने वाले परमाणु रिएक्टर?" प्रिया ने अविश्वास के साथ दोहराया।

"हां। ऐसे रिएक्टर के लिए प्रमुख अवयव यूरेनियम का एक ख़ास अवयव होता है जिसे यू-235 कहते हैं। ये ख़ास आइसोटोप

छोटी-छोटी मात्राओं में प्राकृतिक रूप से पाया जाता है। डॉ. कुरोडा ने सिद्धांत दिया कि अगर यू-235 की पर्याप्त मात्राओं को उपयुक्त परिस्थितियों में इकट्ठा किया जाए तो इसका नतीजा एक स्वयंसिद्ध विखंडन होगा। आज की प्रद्धति में ऐसा रिएक्टर संभव नहीं होगा क्योंकि पृथ्वी का ज़्यादातर यू-235 खराब हो चुका है। लेकिन हज़ारों साल पहले, ये यक़ीनन संभव रहा होगा। मुमकिन है कि कुरकुड़े द्वारा देखे गए राजस्थान के रेडिएशन स्तर इसी का नतीजा रहे हों।"

"आज स्यमंतक कहां है?" प्रिया ने इतने सारे ख़ुलासों से थकते हुए पूछा।

"हम जानते हैं कि ग़जनवी सोमनाथ पर हमले के कुछ साल बाद मर गया था," सर खान ने जवाब दिया। "उसके बाद, उसकी अपनी सल्तनत पर मुहम्मद ग़ौरी के पूर्वज ग़ौरियों ने हमला करके कब्जा कर लिया था। ग़ौरी को 1191 में पृथ्वीराज चौहान ने हरा दिया था लेकिन वो अगले ही साल भारत लौटा और उसने पृथ्वीराज को न केवल हराया बल्कि उसे बंदी बनाकर ग़जनी भी ले गया जहां बाद में उसे अंधा कर दिया गया।"

"पृथ्वीराज चौहान का क्या हुआ?" रतनानी ने पूछा।

"ये बात सब जानते हैं कि पृथ्वीराज के बचपन के दोस्त चंद बरदाई ने भेष बदलकर ग़ौरी का पीछा किया और उसे दोस्त बनाकर उसका भरोसा हासिल कर लिया। लेकिन ये बात सब नहीं जानते हैं कि चंद बरदाई के साथ राजपूतों का एक पूरा दल गया था। उनका स्पष्ट उद्देश्य था स्यमंतक को हासिल करना, पृथ्वीराज चौहान को बचाना और ग़ौरी को मारना," सर खान ने कहा।

"क्या वो कामयाब हुए?" वरिष्ठ रतनानी ने पूछा।

"चंद बरदाई और पृथ्वीराज चौहान ने एक योजना बनाई," सर खान ने जवाब दिया। "बरदाई ने ग़ौरी को बताया कि चौहान सिर्फ़ आवाज़ के निशाने पर काफ़ी दूर तक तीर मार सकता है। ग़ौरी को बड़ी उत्सुकता हुई और उसने ये कारनामा देखना चाहा। बरदाई

ने उससे कहा कि चूंकि पृथ्वीराज एक राजा था, इसलिए वो सिर्फ़ एक राजा का ही हुक्म मानेगा। ग़ौरी ने पृथ्वीराज को एक बजती घंटी पर तीर चलाने को कहा लेकिन पृथ्वीराज चौहान ने उसके बजाय ग़ौरी के आदेश के स्रोत पर ही तीर चला दिया। ग़ौरी पृथ्वीराज चौहान के तीर से तुरंत मर गया।"

"क्या पृथ्वीराज चौहान बच निकलने में सफल रहा?" रतनानी ने पूछा।

"नहीं," सर खान ने जवाब दिया। "पृथ्वीराज चौहान और चंद बरदाई दोनों खंजरों से लैस होकर आए थे और ग़ौरी के मरते ही उन्होंने एक-दूसरे को मार डाला। ताकि ग़ौरी के आदमियों को उन्हें मारने की संतुष्टि हासिल नहीं हो सके। ये भी सब जानते हैं।"

"वो क्या बात है जो सब नहीं जानते हैं?" प्रिया ने संदेह के साथ पूछा। सर खान इस सवाल पर जोरों से हंसने लगे।

"जो बात सब नहीं जानते हैं, वो ये है कि चंद बरदाई के साथ गए राजपूतों का दल स्यमंतक को हासिल करने और वापस भारत आने में सफल रहा। दौरे का मुख्य उद्देश्य यही था," सर खान ने कहा।

"हमारे पास इसका क्या प्रमाण है?" प्रिया ने पूछा।

"आधुनिक ग़जनी के सरहदी इलाके में मुहम्मद ग़ौरी का गुंबददार मकबरा है," सर खान ने जवाब दिया। "सिर्फ़ दो मीटर की दूरी पर एक और मकबरा है जो बहुत छोटा है, लेकिन इस दूसरे मकबरे के बीच में कब्र की जगह पर एक कच्ची मिट्टी का गड्ढा है। इस स्थल के ऊपर एक मोटी रस्सी लटकी हुई है। जो लोग मुहम्मद ग़ौरी को श्रद्धांजलि देने आते हैं वो पहले छोटे मकबरे में जाते हैं। कहा जाता है कि इसमें पृथ्वीराज चौहान के अवशेष हैं। ये लोग रस्सी का सहारा लेकर जोर-जोर से चौहान की कब्र पर पैर मारते हैं जिसे वो ग़ौरी का कातिल मानते हैं।"

"और स्यमंतक को वापस लाने वाला," प्रिया ने रूखेपन से कहा।

81

अभिमन्यु की किसी के भी द्वारा सहायता न कर पाने के पीछे कारण था जयद्रथ—कौरवों का जीजा। उसने सारे अतिरिक्त बल एकत्र किया और चक्रव्यूह में युधिष्ठिर या किसी भी अन्य के प्रवेश को बाधित कर दिया था। अर्जुन ने एक भयंकर सौगंध ली। "मैं सौगंध लेता हूं कि यदि सूर्यास्त तक जयद्रथ का वध नहीं कर सका, तो मैं जीवित जल जाऊंगा!" द्रोण को यह सुनकर बहुत हर्ष हुआ। "हमें बस जयद्रथ की रक्षा करनी है और अर्जुन कल रात तक स्वयं को भस्म कर लेगा!" उन्होंने कहा। चौदहवें दिन की भोर हुई और युद्ध आरंभ हो गया। संपूर्ण कौरव सेना अर्जुन और जयद्रथ के बीच आ गई और अर्जुन हताश होने लगे क्योंकि जयद्रथ तक पहुंचने के उनके सारे प्रयास विफल कर दिए गए थे। सूर्य अदृश्य हो गया और कौरव जश्न मनाने लगे। अर्जुन स्वयं को चिता में भेंट करने की तैयारी करने लगे, लेकिन मैंने उन्हें बताया कि सूर्यास्त का भाव उत्पन्न करने के लिए मैंने सूर्य को अपने हाथ से ढक लिया है। अब चूंकि कौरवों ने अपनी चौकसी बंद कर दी होगी, तो जयद्रथ अरक्षित होगा। "बस उसकी हंसी को सुनना और उसी के अनुसार अपना तीर चलाना," मैंने निर्देश दिया। जैसे ही अर्जुन का तीर अपने निशाने पर लगा, मैंने अपना हाथ हटा लिया और सूर्य फिर से पूरे तेज़ के साथ चमकने लगा।

"राजपूतों के ग़जनी से भारत लौटने के बाद स्यमंतक का क्या हुआ?" प्रिया ने पूछा।

"पत्थर राजपूत साम्राज्यों में एक गुप्त स्थान से दूसरे गुप्त स्थान तक जाता रहा," सर खान ने कहा। "आमतौर पर इसे उस शाही वंश की कुलदेवी या कुलदेवता के मंदिर में छिपाया जाता था जिसके साम्राज्य में ये होता था। समस्या ये थी कि इस्लाम के प्रारंभिक दिनों में निरंतर मुस्लिम शासकों द्वारा सैकड़ों मंदिर गिराए जा रहे थे और इसलिए पत्थर की जगह को बार-बार बदलना पड़ रहा था।"

"और ये नीति सफल रही?" प्रिया ने पूछा।

"ज़्यादातर," सर खान ने कहा। "आमेर—बाद में जयपुर—का राजा मानसिंह आख़री राजा था जिसके पास स्यमंतक था। मानसिंह ने 1550 से 1614 तक शासन किया और उसने मुग़लों के साथ शांति स्थापित कर ली थी। वो अकबर के दरबार के नवरत्नों में से एक था। मानसिंह की बुआ जोधाबाई की शादी अकबर के साथ हुई थी।"

"मानसिंह ने दुश्मन से हाथ मिला लिया था," प्रिया फुफकारी। "हो सकता है उसने स्यमंतक अकबर को दे दिया हो। आख़िर वो अकबर का ग़ुलाम था।"

"ये वाकई एक संभावना हो सकती है," सर खान ने कहा। "लेकिन याद रखो कि राजा मानसिंह सबसे उत्साही और प्रतिबद्ध कृष्णभक्तों में से था। उसने वृंदावन में कृष्ण को समर्पित एक भव्य सातमंज़िला मंदिर के निर्माण के लिए पूंजी दी थी। कहा जाता है कि निर्माण की लागत एक करोड़ रुपए थी। आज के हिसाब से ये सैकड़ों करोड़ होगा! ऐसा लगता नहीं कि ऐसा प्रतिबद्ध कृष्णभक्त स्यमंतक जैसी कीमती चीज़ को हाथ से जाने देगा।"

"तो ये कहां जा सकता है?" प्रिया ने पूछा।

"इसका उत्तर कृष्ण की कुंजी—द्वारका, कालीबंगा, कुरुक्षेत्र और मथुरा में मिली चारों मुद्राओं—में ढूंढ़ना होगा," सर खान ने कहा। "चारों मुद्राओं को एक जिग्सॉ पजल की तरह एक सेरेमिक की बेसप्लेट में भी रखा जा सकता है। बेसप्लेट पीढ़ी दर पीढ़ी आगे बढ़ती रही लेकिन मुद्राएं हाल में पुरातत्वविदों द्वारा खोजी जाने से

पहले तक समय की रेत में दबी रहीं। बेसप्लेट भी राजा मानसिंह के संरक्षण में थी और कहा जाता है कि उसने उस पर एक संस्कृत अभिलेख लिखवाकर उसे वृंदावन में अपने बनवाए कृष्ण मंदिर में स्थापित करवा दिया था। उसका आशय ये था कि सिर्फ़ समर्पित कृष्णभक्त ही कभी स्यमंतक को ढूंढ़ सकें।"

"मेरे पास चारों मुद्राएं हैं," प्रिया ने कहा। "वो बेसप्लेट कहां है जिसकी आप बात कर रहे हैं?"

"इससे पहले कि मैं जवाब दूं, चारों मुद्राओं को ध्यान से देखो। तुम देखोगी कि उन चारों में पीछे की ओर एक चौकोर खूंटी है," सर खान ने कहा।

प्रिया ने हैंडबैग से चारों मुद्राएं निकालीं और उन्हें सोफ़े के सामने कॉफी टेबल पर रख दिया। वाकई, हर मुद्रा में पीछे की ओर एक चौकोर खूंटी थी।

"प्राचीन मुद्राओं में इस तरह की खूंटियां इसलिए बनाई जाती थीं कि उनमें कोई छल्ला या धागा डाला जा सके। लेकिन इन चारों मुद्राओं में छल्ले या धागे के लिए छेद नहीं है। इसका मतलब ये है कि इन्हें बस बेसप्लेट में मज़बूती से जमाया जा सकता है। बेसप्लेट में चार चौकोर छेद थे जो मुद्राओं की चार खूंटियों से मेल खाते हैं। कुछ इस तरह से," सर खान ने कहा और प्रिया को दिखाने के लिए

एक खाका सा बना दिया कि बेसप्लेट कैसी दिखती होगी।

"पर मेरे सवाल का जवाब अब भी नहीं मिला। बेसप्लेट का आख़री मालिक कौन था?" प्रिया ने पूछा।

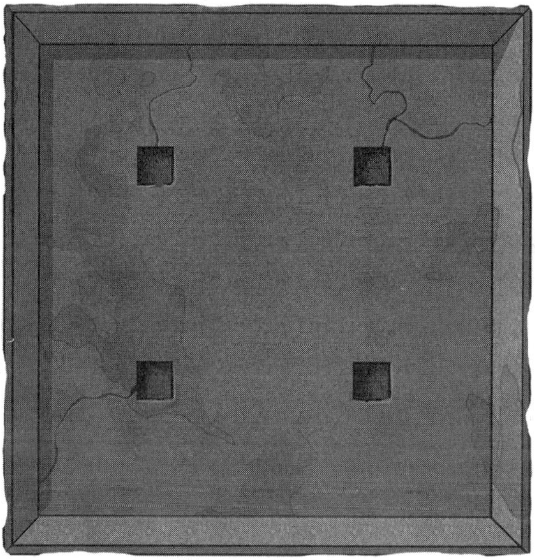

"मैं था," सर खान ने सरल भाव से कहा।

पहली बार, युद्ध सारी रात चलता रहा। क्रुद्ध द्रोण ने कहा, "यदि कृष्ण दिन को रात बना सकते हैं, तो हम रात को दिन समझने के लिए स्वतंत्र हैं!" मैंने निर्णय लिया कि हमें घटोत्कच—भीम के राक्षस पुत्र—की आवश्यकता है। राक्षस आदर्श रूप से रात को लड़ने के लिए उपयुक्त

होते थे। घटोत्कच अपने पिता के बुलाते ही तुरंत आ गया और हज़ारों कौरवों को मारने लगा। दुर्योधन ने शीघ्रता से कर्ण के पास जाकर कहा कि वह इंद्र द्वारा प्रदत्त अपने भाले का प्रयोग करे। कर्ण हिचकिचा रहा था क्योंकि वह उसका प्रयोग अर्जुन पर करना चाहता था किंतु दुर्योधन ने उसे अपनी बात मानने के लिए बाध्य कर दिया। घटोत्कच के वक्ष में भाला लगा तो उसके मुख से एक कर्णभेदी चीख़ निकली। "पांडव सेनाओं पर मत गिरना," मैं चिल्लाया। "अपने आकार को अधिकतम फैलाओ और फिर कौरव बलों पर गिरो। मरते-मरते भी तुम अपने पिता की सेवा करोगे!" घटोत्कच ने मेरे निर्देशों का शब्दश: पालन किया और उसके गिरने से सहस्त्रों कौरव योद्धा मारे गए। भीम दुख से बुरी तरह पीड़ित थे, किंतु मैं संतुष्ट था। इंद्र का भाला अब कर्ण को उपलब्ध नहीं था।

सर खान ने अपने सिगार का एक और कश लिया और साइड टेबल पर सजे अपने पिता के ब्लैक एंड वाइट फ़ोटो को देखने लगे। उनके विचार अपने बचपन और ज़्यादा सरल समय में अपने पिता के साथ बीते उन क्षणों की ओर चले गए। कुछ क्षणों के लिए वो प्रिया के साथ चल रही अपनी दिलचस्प बातचीत को भी भूल गए।

सर खान इसी नाम के साथ पैदा नहीं हुए थे। उनकी मां ने उनका नाम कान्हा—कृष्णभक्तों का मनपसंद नाम—रखा था। वो उनके जन्म के एक साल के अंदर ही चल बसी थीं। कान्हा के पिता मध्य प्रदेश के हृदय में बसे बेसनगर गांव में कलईगर थे।

उनके पिता जगतसिंह उन्हें अपने पूर्वजों के बारे में अद्‌भुत कहानियां सुनाया करते थे, जो मुग़ल काल में कारीगर और दस्तकार थे। "सात पीढ़ी पहले, तुम्हारे पूर्वज श्रेष्ठ शिल्पकार थे जिन्होंने बेहतरीन मंदिर बनाए थे," वो अपने बेटे को बताते थे।

बच्चे अक्सर एक खुले मैदान में खेलते थे जिसके बीच में एक खंभा था। स्थानीय लोग इसे खंब बाबा कहते थे और इसको प्रणाम करते और इसके आधार पर सिंदूर का लेप लगाते थे। बेसनगर बहुत व्यस्त स्थान नहीं था हालांकि सांची के बौद्ध स्थल से यहां तक आसानी से पहुंचा जा सकता था। जगतसिंह बच्चों को खंभे के नज़दीक बिठाकर उन्हें इसका इतिहास समझाता था।

"ये खंभा यहां दो हज़ार साल से मौजूद है। बेसनगर के निवासी ये तो जानते थे कि ये खंभा पवित्र है लेकिन इसके पवित्र होने का कारण नहीं जानते थे। 1877 में, एक अंग्रेज पुरातत्ववेत्ता यहां आया और उसने इस खंभे को देखा। उसका नाम जनरल एलेग्जैंडर कनिंघम था। उसने स्तंभ को देखा लेकिन नीचे लेख को नहीं देख सका क्योंकि उस पर उस लेप की परतें थीं जो हम गांव वाले नियमित रूप से इस पर लगाते रहते हैं," वो कहता और बच्चे पूरे ध्यान से सुनते।

"क्या अंग्रेज ने इसे चुराने की कोशिश की?" कान्हा ने पूछा।

"अरे नहीं, वो इस पर आकर्षित हुआ लेकिन इसे समझ नहीं सका," जगतसिंह ने जवाब दिया। "लगभग बीस साल बाद एक और अंग्रेज—मि. लेक—बेसनगर आया। उसने सिंदूर की उन परतों को हटाने का बीड़ा उठाया जिसने आधार को सैकड़ों सालों में पूरी तरह ढक दिया था।"

"और उसे क्या मिला?" जिज्ञासु बच्चों ने पूछा।

"एक प्राचीन अभिलेख। वो उसे समझने में भी सफल रहा क्योंकि वो मौर्य काल में इस्तेमाल होने वाली एक प्राचीन भारतीय लिपि ब्राह्मी में था," जगतसिंह ने कहा।

"क्या ब्राह्मी अभिलेख से उसे ये पता चला कि इसे किसने बनाया था?" कान्हा ने उत्साहपूर्वक पूछा।

"ये वो स्तंभ था जिसे बाद में हीलियोडोरस कॉलम के नाम से जाना गया," जगतसिंह ने जवाब दिया। "इसे 113 ई.पू. में इस क्षेत्र में यूनानी दूत हीलियोडोरस ने बनवाकर स्थापित करवाया था।

तक्षशिला के यूनानी राजा अंतिआल्किदस ने हीलियोडोरस को राजा बेसनगर के शासक राजा भागभद्र के दरबार में दूत बनाकर भेजा था। हीलियोडोरस संभवत: वैष्णव मत में धर्मांतरित होने वाले सबसे पहले यूनानियों में से एक था।"

"और अभिलेख में क्या लिखा था?" बच्चों ने पूछा।

"स्तंभ पर लेख में दर्ज था कि देवताओं के देवता वासुदेव के इस गरुड़ स्तंभ को विष्णुपूजक डियोन के पुत्र और तक्षशिला निवासी हीलियोडोरस द्वारा यहां स्थापित किया गया है, जिसे महान राजा अंतिआल्किदस ने यूनानी राजदूत के रूप में संरक्षक, काशीपुत्र राजा भागभद्र के पास भेजा था, जो उस समय समृद्धिपूर्वक अपने राजस्व के चौदहवें वर्ष में राज्य कर रहे थे। तीन महत्वपूर्ण नियमों का पालन करने से स्वर्ग की प्राप्ति होती है: आत्मसंयम, दान, और कर्तव्यनिष्ठा," जगतसिंह ने कहा। "तुम्हें इसका अर्थ समझ में आया न?"

बच्चे ख़ामोश रहे, क्योंकि वो अपने गुरु द्वारा दी गई जानकारी से उलझन में पड़ गए थे। जगतसिंह ने आगे बोलने से पहले एक गहरी सांस ली।

"ये लेख हमें ये बताता है कि हीलियोडोरस—एक यूनानी राजदूत—विष्णु का भक्त हो गया था और प्राचीन ग्रंथों और धार्मिक कृत्यों से अच्छी तरह परिचित था," जगहसिंह ने कहा। "इससे स्पष्ट होता है कि कई अन्य यूनानी भी अपने राजदूत के प्रभाव में कृष्ण की पूजा करने लगे होंगे। तब तक, ब्रिटिश इतिहासकारों का मानना था कि कृष्ण बस क्राइस्ट का भ्रष्ट रूप हैं और कि कृष्ण की कहानियां बाइबिल से ली गई हैं। हीलियोडोरस के स्तंभ ने उन सबको ग़लत साबित कर दिया। इससे सिद्ध हो गया कि कृष्ण की पूजा और वैष्णव परंपरा ईसाइयत से हज़ारों नहीं तो सैकड़ों साल पुरानी थी।"

83

मैं जानता था कि यदि पांडव सेना को बढ़त प्राप्त करनी है तो द्रोण से छुटकारा प्राप्त करना होगा। मैंने भीम से कहा कि वे अश्वत्थामा नाम के एक हाथी को मार डालें जो कि द्रोण के बेटे का भी नाम था। अगले दिन, मैंने सभी पांडव योद्धाओं से जोर-जोर से चिल्लाने को कहा कि अश्वत्थामा मारा गया। द्रोण ने अन्य योद्धाओं का विश्वास नहीं किया, इसलिए वे युधिष्ठिर की ओर घूमे, जिनकी कभी असत्य न बोलने की प्रतिष्ठा थी। "क्या यह सत्य है, युधिष्ठिर? क्या अश्वत्थामा वास्तव में मर चुका है?" अपराधबोधपूर्ण युधिष्ठिर ने सिर हिलाया और कहा, "हां। अश्वत्थामा मर चुका है... हो सकता है यह कोई हाथी रहा हो, या शायद कोई मनुष्य रहा हो..." किंतु द्रोण ने वाक्य का दूसरा भाग नहीं सुना। उन्होंने अपने शस्त्र रख दिए, और वे अपने रथ से उतरकर ध्यान करने बैठ गए। "मार डालो इन्हें," मैं चिल्लाया, लेकिन पांडव चिंतित थे। "वे ब्राह्मण हैं—हम इन्हें कैसे मार सकते हैं?" उन्होंने पूछा। "वे एक ब्राह्मण के पुत्र थे किंतु वे एक क्षत्रिय का जीवन जिए हैं। उन्हें युद्धक्षेत्र में एक क्षत्रिय की तरह ही मरने दो!" मैं चिल्लाया। अंततः द्रुपद के पुत्र धृष्टद्युम्न ने अपनी तलवार निकालकर द्रोण का सिर काट दिया।

एक दिन, जगतसिंह ने कान्हा को बुलाया और कहा, "बेटा, आज मैं तुम्हें एक अहम जानकारी देना चाहता हूं।"

"जी, पिताजी, बताइए," कान्हा ने कहा।

"मुझसे छह पीढ़ी पहले हमारे पूर्वज माहिर शिल्पकार थे।

उन्होंने कई महत्वपूर्ण मंदिरों और महलों के निर्माण में काम किया था। इतने बरसों से, ये छोटी सी चौकोर सेरेमिक प्लेट हमारे परिवार में पीढ़ी दर पीढ़ी आगे दी जाती रही है," जगतसिंह ने अपने बेटे से कहा। "आज, मैं ये तुम्हें देता हूं।"

जगतसिंह ने कान्हा को एक छोटी सी मिट्टी की प्लेट दी—लगभग चार सेंटीमीटर लंबी और इतनी ही चौड़ी। इसके सामने की ओर संस्कृत का एक श्लोक लिखा था। पीछे की ओर चार चौकोर छेद थे।

"इस प्लेट का क्या महत्व है, पिताजी?" कान्हा ने पूछा।

"ये एक मंदिर से ली गई है। उस मंदिर में एक प्राचीन रहस्य है। ये प्लेट उसकी स्थिति को दर्शाती है," शिक्षक ने जवाब दिया।

"आप ये मुझे क्यों दे रहे हैं?" कान्हा ने पूछा।

"क्योंकि मैं भविष्य को लेकर चिंतित हूं। बेसनगर में हिंदू-मुस्लिम तनाव बढ़ता जा रहा है और वो किसी भी दिन बड़े दंगों में बदल सकता है। मैं अपनी ज़िंदगी जी चुका हूं लेकिन तुम्हारी ज़िंदगी अभी तुम्हारे सामने पड़ी है। मुझे वचन दो कि तुम इसकी रक्षा अपनी जान की तरह करोगे, मेरे बेटे," जगतसिंह ने अपने बेटे को गले लगाते हुए कहा।

"मैं वादा करता हूं, पिताजी। मैं आपको वचन देता हूं कि मैं आपको निराश नहीं करूंगा," कान्हा गर्व के साथ सेरेमिक प्लेट को देखते हुए कहा।

अगले ही दिन बेसनगर में हिंसा भड़क उठी। कान्हा गांव की गलियों में भागता अपने पिता को तलाशता रहा था लेकिन उनका कहीं पता नहीं चला। हिंदुओं के हिंसक गुट मुस्लिम धर्म गुरुओं और शिक्षकों को निशाना बना रहे थे जबकि मुस्लिम गुट हिंदू व्यापारियों और दुकानदारों को निशाना बना रहे थे। दिन के अंत में, जगतसिंह की लाश एक कुंए में तैरती पाई गई थी। उनके सिर पर ईंट मार दी गई थी।

आंसू बहाने का समय नहीं था और कान्हा तुरंत बेसनगर के सबसे नज़दीकी रेलवे स्टेशन विदिशा की ओर भागा। उसे जो पहली ट्रेन दिखाई दी, वो किसी तरह उसी पर चढ़ गया। और ठीक समय पर चढ़ गया! क्योंकि बाकी सभी ट्रेनों में आग लगा दी गई थी। उसके पास न कपड़े थे, न पैसे, न खाना। उसके पास अगर कुछ था तो बस वो प्राचीन सेरेमिक प्लेट जो उसके पिता ने उसे दी थी।

रेलवे गार्ड ने लड़के पर दया दिखाते हुए ट्रेन के बॉम्बे सेंट्रल पहुंचने तक उसे ट्रेन पर सवार रहने दिया। कान्हा प्लेटफ़ॉर्म पर उतरा तो उसने ख़ुद को इंसानों के एक समंदर के बीच बहता पाया। उसने पूरा दिन रेलवे स्टेशन पर राहगीरों से खाने के लिए भीख मांगते हुए बिताया, लेकिन ऐसा लगता था कि इस शहर के निवासी बहरे, गूंगे और अंधे थे। रात ढलने तक, वो भूखा, थका, प्यासा बॉम्बे सेंट्रल के एक कोने में निढाल हो गया।

अगली सुबह वो जागा तो उसने एक दयालु चेहरे को ख़ुद को घूरते पाया। अजनबी के एक हाथ में गर्म मीठी चाय का एक गिलास था और दूसरे हाथ में लिफाफा था, जिसमें स्वादिष्ट समोसे थे। "खाओ," उसने कान्हा को आदेश दिया, जो कृतज्ञ भाव से मसालेदार समोसों को खाने के साथ-साथ चाय के बड़े-बड़े घूंट लेता रहा।

"क्या नाम है तुम्हारा?" उसे खिलाने वाले आदमी ने उससे पूछा।

"कान्हा," उसने जवाब दिया।

"इस शहर में ये नाम नहीं चलेगा—ये डराने लायक शक्तिशाली नहीं है। मैं तुम्हें एक और नाम देता हूं—खान। मेरा नाम रहीम है। मैं तुम्हें वो सब कुछ सिखाऊंगा जो सीखना चाहिए। तुम मुझे दादा कह सकते हो, क्योंकि मैं इन गलियों का दादा हूं। ठीक है?"

"तुम मुसलमान हो?" अभी अपने शहर में हिंदू-मुस्लिम दंगे देख चुके कान्हा ने घबराहट के साथ पूछा।

"नहीं, मैं एक इंग्लिश प्रोटेस्टैंट हूं। ये कैसा मूर्खतापूर्ण सवाल

है?" रहीम ने घृणित भाव से पूछा।

"लेकिन मेरा नया नाम—खान। मैं इसका कैसे इस्तेमाल कर सकता हूं? ये तो मुस्लिम नाम है जबकि मैं हिंदू हूं," कान्हा ने कहा।

"कान्हा और खान बोलने में मुश्किल ही से कोई अंतर है! वैसे भी, मुसलमानों जैसा नाम अपनाने भर से तुम मुसलमान नहीं हो जाओगे!"

कान्हा ने सिर हिलाया और शर्मीलेपन से मुस्कुराया। और इस तरह कान्हा के बजाय खान के रूप में उसकी ज़िंदगी की शुरुआत हुई।

84

अपनी संतान को खो देने के भय से पीड़ित कुंती नदी के तट पर पहुंचीं जहां कर्ण ध्यानमग्न था। कुंती उसके पीछे खड़ी मौनभाव से प्रतीक्षा करती रहीं। जब कर्ण अपना ध्यान पूरा करके पलटा तो उसने कुंती को देखा और उन्हें प्रणाम किया। "सारथी अधिरथ का पुत्र आपको नमन करता है। मैं आपके लिए क्या कर सकता हूं, हे रानी?" उसने पूछा। कुंती ने कर्ण को उसके जन्म की सही परिस्थितियों के बारे में बताया। उन्होंने उससे यह भी निवेदन किया कि वह दुर्योधन के लिए युद्ध करने के बजाय अपने भाइयों, पांडवों, के लिए युद्ध करे। कर्ण को दुख हुआ किंतु वह दृढ़ रहा। "आप मुझसे जो करने को कह रही हैं, आदरणीय मां, वह मेरे धर्म के विरुद्ध है। आपने मुझे मां के प्यार से वंचित कर दिया और मुझे—एक असहाय शिशु को—नदी में फेंक दिया, और अब आप मुझसे कर्तव्य निभाने की बात कर रही हैं?

आप इतने वर्षों तक मौन रहीं किंतु आज आपने मुझसे मिलने का निर्णय लिया क्योंकि आपको अपने स्वीकृत पुत्रों, पांडवों, की चिंता है। नहीं, मैं उस दुर्योधन को नहीं त्याग सकता जो अकेला ऐसा व्यक्ति था जो मेरे साथ खड़ा रहा। किंतु चूंकि आप मेरे पास यह निवेदन लेकर आई हैं, इसलिए मैं वचन देता हूं कि मैं युधिष्ठिर, भीम, नकुल या सहदेव को नहीं मारूंगा। युद्ध अर्जुन और मेरे बीच होगा, और हममें से चाहे जो भी मरे, आपके पांच पुत्र जीवित रहेंगे।"

"आज मैं तुम्हें दो उंगलियों का फंदा सिखाऊंगा," रहीम ने कहा। "तुम आदमी के पीछे खड़े होगे, तर्जनी और मध्यमा से 'वी' बनाओगे, और उन्हें बहुत धीरे से पिछली जेब में डाल दोगे। तुम जब शिकार के पीछे होगे, तो मैं सामने से कोई भटकाव पैदा करूंगा। भटकाव के दौरान, तुम्हारे शिकार को पर्स में फंदा पड़ने और झटके से इसके बाहर निकलने का पता नहीं चलेगा। ये पर्स मैंने कल मारा था। मैं इसे अपनी पिछली जेब में रख रहा हूं। अब ये तकनीक मुझपे आजमाओ।"

खान ने पर्स में फंदा डालने की फूहड़ सी कोशिश की लेकिन रहीम ने तेज़ी से पलटकर उसके मुंह पर एक जोरदार थप्पड़ मारा। "ये बहुत धीमा है!" वो तेज़ी से बोला। "ये तरीके बहुत तेज़ी से लागू करने होते हैं और बिना हिचकिचाहट के साथ। पर्स को झटके से निकालने में धीरे-धीरे निकालने के मुकाबले पकड़े जाने के कम चांस हैं। याद रखो, धीमी रणनीति सिर्फ़ तभी काम आती है जब जेबें बहुत ढीली हों। चलो, फिर से कोशिश करो!"

ये प्रक्रिया कई बार दोहराई गई और खान के गाल लगातार पड़ रहे थप्पड़ों से जलने लगे थे। दसवीं कोशिश में, खान पर्स में फंदा डालने में सफल रहा और रहीम ने पलटकर उसे बधाई दी। इस बार रहीम को खान की तरफ़ से एक तगड़ा तमाचा मिला।

रहीम हंसने लगा। "मुबारक हो। तुमने इस शहर में जीने की ओर पहला क़दम उठा लिया है," उसने बड़ी शान से कहा।

अगले दिन रहीम ने उसे जैकेट की जेबों के बारे में सिखाया। "जैकेट में आमतौर पर चार जेबें होती हैं: दो मेन बाहरी जेबें, एक अंदरूनी जेब और एक सीने पर जेब। बाहरी जेबें काटना आसान है क्योंकि बाहरी जेबें शरीर पर ढीली-ढाली लटकी होती हैं और इसलिए बिना पता चले उन्हे काट लेना सुरक्षित रहता है। बस ज़रा से भटकाव की ज़रूरत होती है! बस शिकार ने अपना सिर घुमाया और काम हो गया।"

खान सुनता, समझता और अभ्यास करता रहा। वो ख़ुद को रोजाना याद दिलाता रहता कि अभ्यास ही आपको परिपूर्ण बनाता है। दूसरे दिन उसने जीत का मजा चखा जब वो एक पर्स उड़ाने में सफल रहा जिसमें चार सौ रुपए थे। उसने एक साथ इतना पैसा कभी नहीं देखा था। रहीम ने शांत भाव से पैसे गिने, पर्स को एक ओर फेंका और उसे दो सौ रुपए दे दिए। "तुम्हारी सारी आमदनी का फिफ़्टी-फिफ़्टी बटवारा होगा," लूट के अपने हिस्से को अपनी जेब में डालते हुए उसने कहा। "मैं तुमसे कहीं ज़्यादा अनुभवी हूं, इसलिए मैं अपनी आमदनी में से तुम्हें पच्चीस फीसदी दूंगा।"

खान ने सहमति में सिर हिलाया। दादा रहीम की बात सही थी।

"ये तुम्हारे पास कैसा बर्तन है जो तुम हर जगह लिए घूमते हो?" रहीम ने उस सेरेमिक प्लेट की ओर इशारा करते हुए कहा जो खान बेसनगर से लाया था।

"इसपे एक प्राचीन लेख है। ये मेरा पिता की है। उन्होंने ये अपने मरने से ठीक पहले मुझे दी थी," खान ने बताया, और उसकी आंखों में आंसू भर आए। रहीम ने अपने नए दोस्त को बांहों में भर लिया और कहा, "श्श। तुम्हारे पास भले ही अब पिता न रहे हों लेकिन अब एक नया भाई तो है।"

अगला दिन खान और रहीम के लिए बहुत बड़ा दिन साबित हुआ। एक आदमी अपने ब्रीफकेस के साथ लोकल ट्रेन पर चढ़ने

वाला था। रहीम उससे टकराया, और ब्रीफकेस लेकर भाग निकला। जैसा कि पहले से तय था, खान रहीम के पीछे भागा, उसने एक-दो घूंसे मारे और ब्रीफकेस उस बेहद कृतज्ञ आदमी को वापस लौटा दिया। ये दुनिया की सबसे पुरानी ठगी चाल थी लेकिन इसका प्रभाव लाजवाब था। पता चला कि राहत की सांस ले रहा आदमी एक कैशियर था जो बैंक में जमा कराने के लिए अपने बैग में कुछ लाख रुपए ले जा रहा था। अपने ब्रीफकेस की वापसी से बेहद ख़ुश उस आदमी ने खान को इनाम में दस हज़ार रुपए दिए।

"तुम मेरे लिए सौभाग्य लेकर आए हो," रहीम ने आपस में पैसा बांटते हुए कहा। "ये कुछ बड़ा बनने का हमारा मौका है। तुम बड़े बदलाव के लिए तैयार हो?"

"ज़रूर। तुम्हारे दिमाग़ में क्या है?"

"अब हमारे पास पूंजी है, हम इसे दुकानदारों पे आजमा सकते हैं। तुमने शॉर्ट काउंट के बारे में सुना है?"

"नहीं। ये क्या होता है?"

"चलो अभ्यास करते हैं। तुम दुकानदार हो और मैं ग्राहक हूं। मैंने अभी तुमसे दस रुपए की कोई चीज़ ख़रीदी है। अब मैं तुम्हें सौ रुपए के नोट से भुगतान कर रहा हूं," रहीन ने सौ का एक नोट खान की ओर बढ़ाते हुए कहा।

"ये रहा आपका छुट्टा, सर," खान ने अपनी जेब से दस के नौ गंदे से नोट निकालकर रहीम को देते हुए कहा।

रहीम ने कहा, "आपने जो नौ नोट मुझे दिए हैं उनमें मैं एक दस का नोट अपना जोड़ रहा हूं। क्या आप मुझे इन दस के दस नोटों के बदले सौ का एक नोट दे देंगे?"

खान ने सौ का एक नोट निकालकर रहीम को दे दिया। रहीम ने सौ का नोट लिया और उलझ जाने की एक्टिंग करने लगा। उसने ये सौ का नोट दस के नौ नोटों में मिलाकर खान को दिया।

"आपसे ग़लती हो रही है, सर। आपने मुझे सौ के बजाय एक

सौ नव्वे रुपए दे दिए," खान ने कहा।

"ओह, अच्छा? ये दस का नोट और रहा, अब ये दो सौ हो गए। आप मुझे दो सौ रुपए दे सकते हैं, प्लीज़?" रहीम ने बड़े प्यार से पूछा, और खान ने सहमति में सिर हिला दिया।

"तुम इस चाल को समझे?" रहीम ने पूछा।

"कैसी चाल?" खान ने पूछा।

"तुमने अभी मुझे दो सौ रुपए उन सौ रुपयों के बदले दिए जो तुम्हारे थे, मेरे नहीं! जब मैंने तुम्हें एक सौ नव्वे दिए, तो उनमें वो सौ रुपए भी थे जो मैंने तुमसे लिए थे। वो तुम्हारा पैसा था, न कि मेरा!" रहीम ने खिलखिलाते हुए कहा। "अब हम उन सारी दुकानों की फहरिस्त बनाते हैं जहां हम ये चाल बड़ी रकम के लिए बार-बार चल सकते हैं।"

समय उड़ता गया और खान और दादा की पार्टनरशिप फलती-फूलती रही। एक दिन, वो कैशियर जिसे खान और रहीम ने ठगा था, उन दोनों के सामने आया। दोनों लड़के इस डर से घबराहट के मारे थूक निकलने लगे कि अब उनका खेल ख़त्म। लेकिन उन्हें पुलिस के हवाले करने के बजाय, कैशियर ने मुस्कुराकर कहा, "तुम दोनों तो बड़े चालाक हो। मेरे पास तुम्हारे लिए एक प्रस्ताव है।"

रहीम ने उसे शक्की नज़र से देखा और हिचकिचाते हुए कहा, "बोलो। मैं सुन रहा हूं।"

"मुझे अक्सर अपने ग्राहकों से भुगतान मिलता है लेकिन अक्सर कुछ नोट नकली निकलते हैं। मैं उनके बारे में बहुत कुछ नहीं कर सकता। अगर मैं वो तुम्हें दे दूं, तो क्या तुम मेरे लिए उनसे छुटकारा हासिल कर सकोगे? अगर कर सको, तो पचास प्रतिशत तुम्हारा," कैशियर ने प्रस्ताव रखा। उन्होंने हाथ मिलाए। ये रहीम और खान के लिए जाली नोट चलाने का पहला मौका था। आने वाले सालों में, वो इसकी वजह से ख़ुद अपना जाली नोटों का कारोबार चलाने वाले थे।

85

अब चूंकि संचालन कर्ण के हाथों में था, इसलिए कौरव एक बार फिर युद्ध के नियमों के अनुसार लड़ने लगे। सोलहवें दिन, नकुल कर्ण से लड़ा। कर्ण ने बड़ी सरलता से नकुल के रथ को नष्ट कर दिया और नकुल के धनुष को काट डाला। नकुल कर्ण के हाथों में था लेकिन कर्ण ने उसे मारा नहीं। बल्कि कर्ण ने उससे कहा, "एक दिन तुम्हें इस लड़ाई पर गर्व होगा।" नकुल ने इस अपमान के बारे में युधिष्ठिर को बताया किंतु वह मेरे चेहरे पर बिखरी मुस्कान को नहीं देख सका। इस बीच, कौरव शिविर में निर्णय लिया जा चुका था कि शल्य कर्ण का सारथी होंगे। शल्य को मैं पहले ही निर्देश दे चुका था कि वे निरंतर अर्जुन की प्रशंसा करते रहें ताकि कर्ण में असुरक्षा की भावना बढ़ जाए। इस नकारात्मकता के बावजूद, कर्ण युधिष्ठिर को हराने और उनका धनुष, उनका रथ और अंततः उनके कवच को तोड़ने में सफल रहा। जब युधिष्ठिर मौत के अंतिम प्रहार की प्रतीक्षा में असहाय खड़े थे, तो कर्ण ने उनसे कहा, "आप मुझे कभी नहीं हरा सकते। आप भले ही जन्म से क्षत्रिय हों किंतु हृदय से आप ब्राह्मण हैं। अब जाइए!"

"तुम्हारे पास वो सेरेमिक प्लेट अभी भी है जो तुम बेसनगर से लाए थे?" रहीम ने नाश्ते के दौरान पूछा। दोनों नौजवान लोखंडवाला—मुंबई का एक नव-विकसित फैशनेबल उपनगर—में खान के अपार्टमेंट में बैठे हुए थे। अब उनके ग़ैरकानूनी धंधे बढ़ गए थे, और उन्होंने अग़ल-बग़ल में दो अपार्टमेंट ले लिए थे।

"हां," खान ने मसाला ऑमलेट से एक कौर लेते और अपनी

नाश्ते की प्लेट के पास खुली रखी अंग्रेजी लेखन की किताब में अपना अभ्यास पूरा करते हुए कहा। *पिताजी, आप मुझे बहुत कुछ नहीं सिखा सके थे, लेकिन मैं औपचारिक शिक्षा की अनुपस्थिति में भी सीखता रहूंगा,* खान ने सोचा।

"एक अंतर्राष्ट्रीय नीलामीघर उसे देखना चाहता है। वो कहते हैं कि अगर वो उसकी प्रामाणिकता को परख सकें, तो वो उसके दस लाख रुपए से ज़्यादा दिला सकते हैं," रहीम ने सावधानीपूर्वक कहा।

"उनसे कहना अपना समय बर्बाद न करें," खान ने खाने के बीच कहा। "वो पारिवारिक यादगार है और मैं उसे नहीं बेचूंगा।"

रहीम ने बात को आगे नहीं बढ़ाया। विषय बदलते हुए उसने पूछा, "तुम हमारे दुबई के दौरे के लिए पूरी तरह तैयार हो?"

"हां, टिकट और वीजा तैयार हैं। पर मैं अभी भी ये नहीं समझ पा रहा हूं कि तुम क्यों ये दौरा करना चाहते हो," खान ने जवाब दिया।

"दुबई ने हाल ही में दो सौ टन से ज़्यादा सोना आयात किया है," रहीम ने जवाब दिया।

"तो उसका हमसे क्या ताल्लुक?" खान ने पूछा।

"हर भारतीय परिवार के पास अनुमानतः पांच ग्राम सोना है। ग़रीब से ग़रीब भारतीय भी ज़िंदगी के दूसरे पक्षों में भले ही जोड़-तोड़ कर ले, लेकिन बचत के रूप में थोड़ा सा सोना ज़रूर रखता है। इसमें अमीर भारतीयों के सोने के जेवरात को जोड़ लो तो कुल भारतीय सोना दस हज़ार टन से ऊपर पहुंच जाएगा! जर्मन फेडरल बैंक के खजानों में कुल चार हज़ार टन सोना है," रहीम ने जवाब दिया।

"इससे हमें क्या मतलब?" खान ने पूछा। "हम जाली नोटों का कारोबार करते हैं, ज्वैलरी का नहीं!"

"मेरा अंदाज़ा है कि भारत में हर साल बीस करोड़ डॉलर

की कीमत के सोने की तस्करी होती होगी, ज़्यादातर दुबई से। अब समय आ गया है कि हम इस काम में अपना हिस्सा कमाएं," रहीम ने कहा।

"हम दुबई में किससे मिल रहे हैं?" खान ने पूछा।

"एक आदमी है जो सोने को पिघलाकर माचिस की डिब्बी के साइज के बिस्कुट बनाने और उन्हें कैनवस की जैकेटों में—हर जैकेट में लगभग सौ बिस्कुट—सीने की कला का माहिर है। वो फिशिंग बोट पर पहनने के लिए एकदम उपयुक्त हैं!" रहीम ने हंसते हुए कहा। "लो, इसे पहनकर देखो।"

खान उठा और उसने उस जैकेट को पहनकर देखा जिसमें सोने के बजाय माचिस की डिब्बियां भरी गई थीं। "तुमने राज्याभिषेक के वस्त्र ग्रहण कर लिए हैं, इसलिए मैं तुम्हें सर खान की उपाधि देता हूं!" खान के कंधे पर एक कांटे से बड़ी शान से थपथपाते हुए रहीम ने मज़ाक़ किया।

ये मज़ाक़ टीम के बाकी सदस्यों के साथ भी बांटा गया और उस दिन के बाद से, उसका यही नाम पड़ गया—सर खान।

86

कर्ण की वीरता और उदारता को देखकर, शल्य ने अर्जुन की प्रशंसा बंद कर दी और कर्ण के गुणगान करने लगे। इससे कर्ण के नेत्रों में हर्ष के आंसू आ गए। जब अर्जुन का रथ कर्ण के रथ के निकट पहुंचा, तो दु:शासन ने आगे बढ़कर कौरवों के प्रमुख योद्धा की रक्षा करने का प्रयास किया। भीम ने उसके साथ द्वंद्व आरंभ कर दिया क्योंकि क्रोध के साथ उन्हें याद था कि किस प्रकार दु:शासन के पतित हाथों ने द्रौपदी को केश

पकड़कर खींचा था। भीम दु:शासन के रथ को कुचलने और उसके धनुष को तोड़ने में सफल रहे। जैसे ही वह धरती पर गिरा, भीम ने उसे दबाकर अपने नंगे हाथों से उसकी छाती को चीर डाला। दु:शासन का रक्त उसके हृदय से फूट पड़ा और भीम ने उस फव्वारे पर अपना मुख लगा दिया, ताकि वे उस भयंकर सौगंध को पूरा कर सकें जो उन्होंने द्रौपदी के अपमान का प्रतिशोध लेने के लिए ली थी। फिर उन्होंने दुशासन के रक्त को चुल्लू में लिया और उसे द्रौपदी के पास ले गए ताकि वे उसके केश को उससे भिगो सकें, और उसे दिया हुआ अपना वचन पूरा कर सकें।

कुछ महीने बाद, उनके नए ऑफिस में नया-नया हल्का सुनहरी डिस्टैंपर पेंट हुआ था। ये दोनों व्यक्तियों को नई हासिल हुई हैसियत का प्रतीक था जो यहां से एक साम्राज्य चलाते थे। दादा रहीम और सर खान अपनी लैदर बैक वाली रिवॉल्विंग कुर्सियों पर बैठे एक दूसरे को टोस्ट कर रहे थे। तस्करी द्वारा दुबई से मुंबई में सोना लाने के फ़ैसले ने उन्हें उनके सपनों से कहीं ज़्यादा धनी बना दिया था। अब उनके चुने हुए कोई सौ आदमी उनके लिए काम कर रहे थे। दादा रहीम और सर खान मिलकर मुंबई में जाली नोटों, सट्टेबाजी और तस्करी का काम संभालते थे।

खान के जन्मदिन पर, दादा रहीम एक सोने की चेन लेकर आया जिसके पेंडेंट पर गॉथिक अक्षरों में 'सर खान' लिखा हुआ था। खान हंसा, उसने दादा रहीम को इस प्यार भरे तोहफे के लिए धन्यवाद कहा, और उसे तुरंत अपने गले में पहन लिया। ये अठारह कैरट सोने का एक सादा सा पेंडेंट था।

Krishna

खान ने अपनी डेस्क पर अपने पिता के ब्लैक एंड वाइट फ़ोटो को देखा। वो जानता था कि उसके पिता अपने बेटे से ये कभी नहीं चाहते। बदनाम सर खान की नाटकीय तरक़्क़ी को देखकर वो उसे त्याग देते। "मेरे पास और क्या विकल्प था, पिताजी?" खान अकेले में और विचारपूर्ण मूड में अपने पिता की आत्मा से धीरे से कहता। उसने अपनी जेब से चाबी निकाली और सेरेमिक बेस प्लेट को निकालने के लिए अपनी डेस्क की दराज़ को खोला। अपने पिता की दी हुई प्लेट पर हाथ फेरने से उसे सांत्वना मिलती थी। ये एक रोते बच्चे पर शांतिदायक स्टफ़्ड़ खिलौने के प्रभाव जैसा था—तुरंत स्पर्शनीय राहत।

दराज़ ख़ाली थी। उसने ये सोचकर दूसरी दराज़ खोली कि शायद उसने ग़लती से उसे वहां रख दिया हो, लेकिन वो भी ख़ाली थी। वो दादा रहीम की ओर पलटा और उसने पूछा, "क्या हमारे प्राइवेट ऑफिस तक और किसी की भी पहुंच है? मुझे मेरे पिता की सेरेमिक प्लेट नहीं मिल रही है।"

"तुम इसके लिए मुझे धन्यवाद बोलोगे, मेरे दोस्त," दादा रहीम ने एक मार्लबोरो जलाते हुए कहा।

"किस बात के लिए धन्यवाद?" खान ने संदेहपूर्ण भाव से पूछा।

"तुम उस चीज़ से इतने सालों से चिपके हुए थे," दादा रहीम ने कहा। "मैंने फ़ैसला किया कि तुम्हें आगे बढ़ना चाहिए। मैंने उसका एक फ़ोटो लेकर सदबी को भेजा। उन्होंने जल्दी से उसकी कीमत आंकी और फ़ैसला किया कि वो पचास लाख रुपए से ज़्यादा

की नीलामी लायक है। उन्होंने उसका आरक्षित मूल्य चालीस लाख रखा और उसे नीलाम कर दिया। वो साठ लाख में गई! पैसा तुम्हारे बैंक खाते में पहुंच चुका है, हालांकि इतनी छोटी सी रकम से तुम्हें कोई बहुत बड़ा फर्क नहीं पड़ने वाला है।"

खान अपनी कुर्सी से उछलकर सीधा दादा रहीम के सामने पहुंचा और उस पर घूंसे बरसाने लगा। "तुमने मेरे बाप की आख़री निशानी को बेच डाला! तुम जहन्नम में जलो, सड़ियल बदमाश!" वो चिल्लाया और दादा रहीम के गले को दबाने लगा। दादा रहीम सांस लेने के लिए संघर्ष करता रहा लेकिन आख़िरकार अपनी गर्दन को खान की पकड़ से छुड़ाने में सफल हो गया। उसने खान की ठोड़ी पे एक घूंसा मारा जिसने उसे फ़र्श पर गिरा दिया। खान ने बड़ी तेज़ी से वापसी की और फिर से हमला किया, और इस बार उसने ऐसे ग़ुस्से के साथ दादा रहीम को अपनी खोपड़ी मारी जैसा ग़ुस्सा उसे पहले कभी नहीं आया था।

दोनों लगभग बराबर की ताकत वाले थे और ये गुत्थमगुत्था कई मिनट तक चली, और उसके बाद दोनों पसीने और ख़ून में सने हुए फ़र्श पर पड़े थे। और उस क्षण उन्हें अहसास हुआ कि उन्होंने न सिर्फ़ एक सेरेमिक प्लेट को बल्कि एक कीमती दोस्ती को भी खो दिया है। ये एक ऐसी मुनाफेबख़्श पार्टनरशिप का भी अंत था जिसके बारे में इसके ख़त्म हो जाने के कई साल बाद तक भी लिखा और कहा जाता रहा।

87

अंतत:, युद्धक्षेत्र में दो महानतम योद्धा—अर्जुन और कर्ण—एक दूसरे के सामने थे। वे एक के बाद एक अधिक शक्तिशाली हथियारों का प्रयोग करते गए—

अग्नि, वरुण और इंद्र के दिव्य अस्त्र। कर्ण ने अपने गुरु परशुराम के भार्गवास्त्र का प्रयोग किया, जिससे पांडव पक्ष में भारी क्षति हुई। प्रत्युत्तर में, अर्जुन ने कौरवों पर अपने ब्रह्मास्त्र का प्रयोग किया। कर्ण ने अर्जुन पर अपने शस्त्रों में सबसे भयानक मागास्त्र चलाया, लेकिन मैंने हमारे रथ को धरती में धंसा दिया और इससे अर्जुन बच गए। अब भाग्य कर्ण के विरुद्ध काम करने लगा। कर्ण के रथ के पहिए धरती में फंस गए। वह उतरकर पहियों को निकालने का प्रयास करने लगा और उसने अर्जुन से कहा कि युद्ध के नियमों के अनुसार उसे ऐसा करने का समय दिया जाना चाहिए। मैंने हंसना आरंभ कर दिया, मूल रूप से अर्जुन को उदार बनने से वंचित रखने के लिए। मैंने कर्ण से कहा, "तुम नैतिकता की बात करते हो? तुमने दुर्योधन की दुष्ट योजनाओं में उसका समर्थन किया। तुमने कभी द्रौपदी के अपमान का विरोध नहीं किया। तुम अभिमन्यु की हत्या के मूक दर्शक बने रहे। कौन सी नैतिकता की बात करते हो तुम?" मैंने अर्जुन से कहा कि अभी जबकि हमारे पास बढ़त है, ऐसे में कर्ण को शीघ्र मार डालें। अर्जुन ने एक तीर छोड़ा जिसने कर्ण के सिर को उसके शरीर से पृथक कर डाला और शीघ्र ही यह महान योद्धा न रहा।

"मैं चाहता हूं आप ये पता करें कि सदबी की नीलामी में वो सेरेमिक प्लेट किसने ख़रीदी थी," सर खान ने एसीपी सुनील गर्ग से कहा। जॉइंट कमिश्नर ऑफ़ पुलिस के पद से ज़रा नीचे पदासीन गर्ग में उस स्तर की महत्वाकांक्षा थी कि वो सर खान के पट्टे में बंधा घूम सकता था।

दादा रहीम के साथ अपने मशहूर अलगाव के बाद सर खान ने कई तरह के कारोबार शुरू कर दिए थे। इसकी शुरुआत उन संपत्तियों की ख़रीद से हुई जिन पर मुकद्दमे चल रहे थे। सर खान विवाद में

पड़ी एक या अधिक पार्टियों के शेयर को ख़रीद लेता। ये जानकर कि इस विवाद में सर खान पड़ गया है, दूसरे वादी तुरंत अदालत से बाहर निबटारा करने को तैयार हो जाते क्योंकि वो उससे झगड़ा मोल लेने के नतीजों से डरते थे। कई संपत्तियां प्राप्त करने के बाद, सर खान ने अपनी रियल एस्टेट डेवलपमेंट कंपनी बनाने का फ़ैसला कर लिया। उसके एक सहायक ने उससे मासूमियत से पूछा था, "बॉस, हम कंस्ट्रक्शन के बारे में तो कुछ जानते नहीं हैं। हम इस लाइन में क्यों पड़ रहे हैं?" सर खान हंसने लगा और बोला, "रियल एस्टेट के कारोबार में इससे कोई फर्क नहीं पड़ता है कि आप क्या जानते हैं। फर्क इससे पड़ता है कि आप किसे जानते हैं।"

और वाकई कारोबार अच्छा चल निकला। हर पार्षद, म्युनिसिपल अधिकारी और राज्य सरकार का संबद्ध सचिव जल्दी ही उसके हाथों से खा रहा था। वो सर खान की फ़ाइलों को आगे बढ़ाने में ख़ुश थे, चाहे उनमें कितने भी आग, सुरक्षा और पर्यावरण संबंधी उल्लंघन हों, क्योंकि वो जानते थे कि सर खान ऐसा आदमी नहीं है जिससे पंगा लिया जाए।

रियल एस्टेट में कूदने के बाद, सर खान बॉलीवुड की सबसे हॉट हीरोइन काव्या के बिस्तर में भी कूद गया। काव्या ने अपनी पहली फिल्म में एक घटिया बार डांसर की भूमिका में धमाका किया था, और सर खान उस पर लट्टू हो गया था। वो उसे तब तक हर सुबह लंबी डंडी वाले सौ गुलाब भेजता रहा जब तक वो उसके साथ लंच करने के लिए नहीं मान गई। "लंच? अगली बार डिनर होगा," वो सोचने लगा जब उसका निजी नौकर उसके पैरों को नर्म चमड़े के स्टीफानो बीमर जूतों में डालने में मदद कर रहा था। लंच पूरा होने तक सर खान काव्या की अगली फिल्म को फाइनेंस करने का फ़ैसला कर चुका था। ये अच्छा-ख़ासा लंबा लंच था जो डिनर के काफ़ी बाद तक जारी रहा, और जिसमें सबसे नजाकत भरी बातें काव्या के बिस्तर में हुईं।

दो फिल्में फाइनेंस करने के बाद, सर खान को महसूस हुआ

कि ज़्यादातर प्रोड्यूसरों के पास पैसे की कमी रहती है। उसने फ़ैसला किया कि वो फिल्में फाइनेंस करने को एक नियमित कारोबार बना लेगा। वो न सिर्फ़ फिल्में फाइनेंस करेगा बल्कि पहले से ही उनके विदेशी वितरण के अधिकार भी ख़रीद लेगा। उतावले प्रोड्यूसरों को अगर सर खान का पैसा चाहिए था, तो सबसे मुनाफाबख़्श इलाके उसे देने के अलावा उनके पास कोई चारा नहीं था।

सर खान दुनिया भर के बेहतरीन होटलों में नियमित रूप से जाता था। मुंबई में, ताज हैरिटेज विंग का एक सुइट उसकी प्राइवेट डिनर पार्टियों के लिए आरक्षित रहता था। वो जब भी दिल्ली जाता, तो उसे इंपीरियल का सबसे शानदार सुइट उपलब्ध करवाया जाता। लंदन में, सर खान द सेवॉय में ठहरता! दुबई में वो प्राइवेट हैलीकॉप्टर के जरिए बुर्ज अल अरब में लैंड करता! न्यूयॉर्क में उसका पसंदीदा होटल फिफ़्थ एवेन्यू पर पियेर था और पेरिस में, जॉर्ज फिफ़्थ।

अनगिनत दौरों और खानों में शराब और कबाब का मजा लेते हुए, सर खान को जल्द ही अहसास हुआ कि वो ऐसे होटलों में ठहरना पसंद करता है जहां ईक्विटी में उसका एक बड़ा हिस्सा है। नतीजतन उसने अपनी होटल चेन शुरू की, जिसमें उसकी रियल एस्टेट फर्म के कुछ बेहतरीन संपत्तियों तक पहुंच बनाने का एक अतिरिक्त फ़ायदा था। सर खान के फलते-फूलते रियल एस्टेट, फिल्म और होटल कारोबारों ने उसे जाली नोटों, सट्टेबाजी और तस्करी के अपने ग़ैरकानूनी कारोबारों के पैसे को सफ़ेद करने का अच्छा-ख़ासा अवसर प्रदान किया। अब वैध कारोबार सर खान को सम्मान का एक बाहरी आवरण देने लगे थे।

एसीपी सुनील गर्ग—असिस्टेंट कमिश्नर ऑफ़ पुलिस—सर खान की प्राइवेट स्टडी में बैठा था और उसने अपनी फ़ाइल को खोला। उसने अपना गला साफ़ किया और बोला। "सदबी की नीलामियां आमतौर पर सार्वजनिक होती हैं और मौजूद लोगों के लिए बोली लगाना अनिवार्य नहीं होता है। सेरेमिक प्लेट के लिए आरक्षित

मूल्य पचास हज़ार पाउंड रखा गया था। आख़री बोली पिचहत्तर हज़ार पाउंड की लगी, जो कि अधिकतम कीमत थी। सदबी ने फिर माल ख़रीदार को निजी तौर पर डिलीवर कराया।"

"मुझे सदबी की नीलामी प्रक्रिया के बारे में शिक्षित करने के लिए धन्यवाद," सर खान ने चिढ़कर कहा। "मैं बस इतना जानना चाहता हूं कि उसे ख़रीदा किसने।"

"ओह, हां। प्लीज़ एक क्षण सब्र रखें," गर्ग ने विनम्रता से कहा। "अगर किसी आइटम की बोली लगने वाली है, तो संभावित बोलीदाताओं को पहले से रजिस्ट्रेशन कराना होता है और अपनी संपत्ति का कोई वैध प्रमाण देना होता है। दुर्भाग्य से, ये आंकड़े सदबी अपने ही पास रखता है। गंभीर बोलीदाता—जैसे संग्रहकर्ता या न्यास—अक्सर नीलामी में ख़ुद भाग नहीं लेते हैं और गुमनाम रहकर फ़ोन से ही बोली लगाने को तरजीह देते हैं। ये सदबी की नीलामी के नियम हैं और इनका पालन ज़रूरी है। सेरेमिक प्लेट के मामले में भी ऐसा ही हुआ।"

"मुझे वो नियम पसंद हैं जो दूसरों के लिए बनें और वो अपवाद जो मेरे लिए बनें," सर खान ने कहा। "क्या आप मुझे ये बताने की कोशिश कर रहे हैं कि आप नहीं जानते कि प्लेट को किसने ख़रीदा?"

"नहीं। इच्छुक ख़रीदार सदबी के नीलामी केंद्रों पर ख़ुद मौजूद रहकर या सदबी की वेबसाइट पर बोली लगाने के लिए पंजीकरण कर सकते हैं," गर्ग ने जवाब दिया। "ख़रीदारों को नीलामकर्ता को पहचान का प्रमाण और एक बैंक संदर्भ देना होता है। सदबी में मेरे संपर्क ने बताया है कि इसे वीएसकेबीसी हैरिटेज लिमिटेड ने ख़रीदा था। बैंक संदर्भ बीएनपी पारीबा का दिया गया था।"

"और वीएसकेबीसी हैरिटेज लिमिटेड को कौन जानता है?" सर खान ने पूछा।

"ये मैं अभी नहीं जानता," एसीपी गर्ग ने कहा। "लेकिन मैं पता करने की कोशिश कर रहा हूं।"

"सुनो, गर्ग, तुम जानते हो ना कि सीबीआई में उस तगड़े पद के लिए होड़ लगी हुई है? जिससे ये पक्का हो सकता है कि तुम तरक़्क़ी करके सीबीआई स्पेशल डाइरेक्टर तक बन सकते हो? वो मेरे कामों की सूची में है लेकिन मैं उसपर काम तभी शुरू करूंगा जब तुम मुझे बता दोगे कि सेरेमिक प्लेट किसने ख़रीदी थी," सर खान ने बड़े सुकून से अपने हवाना से एक कश लेते और पुलिसवाले को बेचैनी से पहलू बदलते देखते हुए कहा।

88

निन्यानवे कौरव पुत्रों और कर्ण के मारे जाने के पश्चात, दुर्योधन अपनी मां गांधारी के पास उनका आशीर्वाद लेने गया। गांधारी ने दुर्योधन से कहा कि वह प्रभात के समय स्नान करे और उनसे पूर्णतया नग्न मिले। उन्होंने कहा, "मेरी आंखें इतने वर्षों से बंद रही हैं कि उनमें से मेरी पवित्रता विकिरणित हो रही है। एक बार मैं तुम्हारे शरीर पर अपनी दृष्टि डाल दूंगी, तो तुम्हारा शरीर किसी भी हथियार से प्रतिरक्षित हो जाएगा। अगले दिन, दुर्योधन निर्देशानुसार स्नान करके अपनी मां के पास जा रहा था कि मैंने उसे रास्ते में रोक लिया। "कम से कम अपने गुप्तांग को ढक लो," मैंने जानबूझकर उसे चिढ़ाया। मूर्ख दुर्योधन ने अपनी मां के पास पहुंचने से पहले एक केले का पत्ता लेकर उसे अपनी कमर पर बांध लिया। जब उन्होंने अपनी आंखों की पट्टी खोली, तो वे बोलीं, "तुमने क्या कर डाला, दुर्योधन? अब तुम कमर के नीचे अजेय नहीं रहोगे क्योंकि मेरे नेत्र तुम्हारे पूरे शरीर को देखने में समर्थ नहीं रहे हैं।" अब मैं जान गया

कि दुर्योधन को मारने के लिए उसकी कमर के नीचे आक्रमण करना होगा।

सर खान अपने दिमाग़ को खींचकर वर्तमान में लाया।

"पर मेरे सवाल का जवाब अब भी नहीं मिला। बेसप्लेट का आख़री मालिक कौन था?" प्रिया ने पूछा था।

"मैं था," सर खान ने जवाब दिया था।

"आप? कैसे?" प्रिया ने चकित होते हुए पूछा।

"मेरे पिता राजपूत शिल्पियों और कारीगरों के वंश से थे," सर खान ने समझाया। "मेरे पूर्वजों ने सिर्फ़ राजा मानसिंह के लिए ही नहीं बल्कि मुग़ल सम्राटों के लिए भी काम किया था। संभव है मेरे एक या अधिक पूर्वज राजा मानसिंह के वृंदावन के मंदिर को बनाने के ज़िम्मेदार रहे हों। दुर्भाग्य से, हिंदुओं और मुसलमान प्रजा के साथ समान बर्ताव करने की अकबर की नीति औरंगजेब के साथ समाप्त हो गई। उसने मानसिंह के वृंदावन मंदिर पर हमला करके सात में से तीन तल नष्ट कर दिए। आज तुम वृंदावन जाओ तो बचे हुए तल देख सकती हो। संभव है कि स्यमंतक और बेसप्लेट को भी किसी और स्थान पर ले जाना पड़ा हो।"

"बेसप्लेट आपकी कैसे हो गई?" प्रिया ने कहा।

"मेरे पिता ने मारे जाने से पहले वो मुझे दी थी," सर खान ने कहा, और उसे बेसनगर में उस निर्णायक दिन कहे उनके शब्द आ गए।

बेटा, आज मैं तुम्हें एक अहम् जानकारी देना चाहता हूं। मुझसे छह पीढ़ी पहले, हमारे पूर्वज माहिर शिल्पकार थे। उन्होंने कई महत्वपूर्ण मंदिरों और महलों के निर्माण में काम किया था। इतने बरसों से, ये छोटी सी चौकोर सेरेमिक प्लेट हमारे परिवार में पीढ़ी दर पीढ़ी आगे दी जाती रही है। आज, मैं ये तुम्हें देता हूं। ये एक मंदिर से ली गई है। उस मंदिर में एक प्राचीन रहस्य है। ये प्लेट उसकी स्थिति को दर्शाती है। मुझे वचन दो कि तुम इसकी रक्षा अपनी जान

की तरह करोगे, मेरे बेटे।

सर खान ने एक गहरी सांस ली और अपने कोहिबा सिगार से एक और लंबा कश खींचा। उसने प्रिया और रतनानी को बताया कि वो किस तरह अपने पिता से किए वादे को निभाने में नाकाम रहा था। किस तरह उसने पारिवारिक निशानी को दादा रहीम को चुराने और कुछ कौड़ियों में नीलाम हो जाने दिया और किस तरह उसके बाद उसका दादा रहीम से झगड़ा हो गया। और इस सबमें उस पर न सिर्फ़ बेसप्लेट को वापस पाने का बल्कि उसके पीछे के राज को जानने का भी जुनून सवार हो गया था।

"क्या आपको अभी तक याद है कि बेसप्लेट पर क्या लिखा था?" प्रिया ने पूछा।

"एक संस्कृत अभिलेख था जो मेरे पिता ने मुझे रटाने की बहुत कोशिश की लेकिन मैं कभी उसे याद नहीं कर सका। मुझे उसकी कुछ धुंधली सी भी याद नहीं है," सर खान ने पछतावे के साथ कहा।

"कोई अंदाज़ा उसे सदबी से किसने ख़रीदा?" प्रिया ने पूछा।

"हमें बस इतना पता चला कि उसे वीएसकेबीसी हैरिटेज लिमिटेड नाम की किसी कंपनी ने ख़रीदा था। लेकिन अफ़सोस कि एक बड़े ही जटिल ताने-बाने की वजह से हम ये नहीं जानते कि उसके पीछे कौन था," सर खान ने जवाब दिया।

"तो हम अटक गए हैं?" प्रिया ने पूछा।

"नहीं। सुनील गर्ग—जिसे सीबीआई में स्पेशल डाइरेक्टर बनवाने के लिए मुझे दिल्ली में काफ़ी जोर लगाना पड़ा—ने आख़िरकार ख़बर दी," ख़ुद को बधाई देने जैसे अंदाज़ में मुस्कुराते हुए सर खान ने कहा। "गर्ग ने सेफ डिपॉजिट कंपनियों की एक राष्ट्रव्यापी तलाश की कि क्या वीएसकेबीसी हैरिटेज लिमिटेड नाम की किसी कंपनी ने कहीं कोई सेफ डिपॉजिट लॉकर लिया है। पता चला कि साउथ दिल्ली सेफ़्टी वॉल्ट्स की न्यू फ्रेंड्स कॉलोनी शाखा में वाकई इस कंपनी ने एक सेफ डिपॉजिट लिया था।"

"और फिर?" प्रिया ने पूछा—हालांकि उसका नाम सुनील गर्ग पर अटक गया था। ये बहुत ही अजीब ढंग से परिचित सा लग रहा था। उसने इस विचार को अपने दिमाग़ से निकाल दिया।

"और उस बॉक्स का संचालन करने वाला हस्ताक्षरी था अनिल वार्ष्णेय—हमारा कालीबंगा वाला भाषाविद्," सर खान ने जवाब दिया।

"हमें एक मर चुके आदमी के सेफ डिपॉजिट लॉकर तक पहुंच बनाने के लिए अदालती आदेश लेना पड़ेगा," रतनानी ने कानूनी दृष्टिकोण से बताया।

"लेकिन कोई भी अदालत हमें ये अधिकार नहीं देगी क्योंकि हम उसके क़रीबी रिश्तेदार या संचालक नहीं हैं," सर खान ने समझाया। "इसलिए मैंने गर्ग से कोई हल ढूंढ़ने को कहा। गर्ग ने पता लगाया कि वार्ष्णेय ने अपनी मौत हो जाने की स्थिति में बॉक्स की सामग्री रवि मोहन सैनी को सौंपे जाने के निर्देश दिए थे। गर्ग ने अपने एक आदमी से इसी कंपनी में एक लॉकर खुलवाया और उसमें बग़ैर लाइसेंस के तमंचे रखवाए। इसे बहाना बनाकर, सीबीआई ने कंपनी पर छापा मारा और सहयोग न करने की स्थिति में मैनेजर को गंभीर परिणामों की धमकी दी। सैनी सेफ डिपॉजिट बॉक्स को खोलने के लिए कल साउथ दिल्ली सेफ़्टी वॉल्ट्स जाएगा।"

"आप क्या कराना चाहते हैं?" प्रिया ने पूछा।

"मैं चाहता हूं तुम आज रात दिल्ली चली जाओ और जब वो कल सेफ डिपॉजिट बॉक्स पर पहुंचे तो तुम वहां मौजूद रहो। मैं चाहता हूं तुम बेसप्लेट को ले आओ और सैनी का काम तमाम कर दो," सर खान ने शांत भाव से जवाब दिया।

89

कर्ण की मृत्यु का समाचार सुनकर बुरी तरह दुखी दुर्योधन रोता हुआ अपने पितामह भीष्म के पास पहुंचा, जो बाणों की शैया पर लेटे हुए थे। अब भीष्म ने उसे कर्ण के जन्म का रहस्य बताया। दुर्योधन बुरी तरह टूट गया। उसे विश्वास नहीं हुआ कि उसके मित्र ने अपने ही रक्त-भाइयों से लड़कर और लड़ते-लड़ते मरकर इतना बड़ा त्याग किया था। अगले दिन द्रोण के पुत्र अश्वत्थामा ने सुझाव दिया कि कौरव सेना की कमान शल्य को दे दी जाए। दुर्योधन ने इस सुझाव को स्वीकार कर लिया। मैं समझ गया कि शल्य की धार्मिकता को देखते हुए उन्हें हराने में केवल एक ही व्यक्ति, युधिष्ठिर, सक्षम हो सकते हैं। शल्य और युधिष्ठिर के मध्य एक द्वंद्व आरंभ हुआ जिसमें युधिष्ठिर के भाले ने शल्य को मार गिराया। अब कौरव योद्धाओं में केवल कृपा, अश्वत्थामा, शकुनि, कृतवर्मा और दुर्योधन शेष थे। दुर्योधन ने बलों की सीधी कमान हाथ में ली और वीरतापूर्वक लड़ा। दुष्ट मामा शकुनि को जिसने द्यूतक्रीड़ा का आयोजन किया था, शीघ्र ही सहदेव द्वारा मार दिया गया। दुर्योधन के संबंधी अपने ज्येष्ठतम को बचाने के लिए दौड़े, किंतु भीम ने उन सबको मार डाला। अठारह दिन के युद्ध ने दोनों सेनाओं के सभी अठारह खंडों को लगभग पूर्णतया नष्ट कर डाला था।

"शुरुआती आदेश उन चार लोगों को मारने का था जो हमारे रास्ते में खड़े थे। जो हमारे और स्यमंतक के रास्ते में आ रहे थे—चारों शोधकर्ता," प्रिया ने जवाब दिया। "इसीलिए तारक ने हर हत्या की

जगह विष्णु के चार प्रतीक छोड़े थे।"

"आह, विष्णु के हाथों में भले ही उनके चार प्रतीक रहते हों लेकिन उनका पांचवां प्रतीक—सांप—उनके चरणों को स्पर्श करता है। शेषनाग—जिन्होंने कृष्ण के भाई बलराम के रूप में जन्म लिया था—विष्णु के चरणों में रहते हैं," सर खान ने घोषणा की। "एक जादुई चौखटे के बीच पांच! पंचकोण के पांच कोण! महाभारत युद्ध के केंद्र में पांच पांडव! द्रौपदी के पांच बच्चे! ययाति के पांच बेटे और पांच अवरोध हटाने को। सैनी आख़री अवरोध है, प्रिया।"

"सैनी शायद इकलौता व्यक्ति है जो बेसप्लेट पर अंकित संस्कृत अभिलेख को पढ़ सकता है और उससे किसी स्थान का पता लगा सकता है," अभी भी ख़्यालों में डूबी प्रिया ने कहा। "अगर हमने उसे मार दिया, तो शायद स्यमंतक हमेशा खोया रहे।"

"अगर नहीं मारा, तो सैनी को स्यमंतक मिल जाएगा और हम उसे पाने का अवसर हमेशा के लिए खो देंगे," सर खान ने पलटकर जवाब दिया। "उन लोगों के साथ मेरा संघर्ष युगों पुराना है जो वीएसकेबीसी के सदस्य हैं—जो कभी थमा नहीं है।"

"कैसे?" प्रिया ने पूछा।

"मुझे पता चल गया है कि वीएसकेबीसी वृष्णि—शैन्य—कुकुर—भोज—छेदी का आदिवर्णिक शब्द है," सर खान ने जवाब दिया। "ये वो यादव कुल थे जिन्होंने समुद्र से जमीन लेने के तरीके अपनाकर कृष्ण को अपनी प्रसिद्ध द्वारका बनाने में मदद की थी। वार्ष्णेय वृष्णि कुल का सीधा वंशज था—जिससे ख़ुद कृष्ण का भी संबंध था। उसने बीड़ा उठाया कि वो अपनी सी सोच वाले यादवों को तलाश करेगा जो स्यमंतक हासिल करने में उसकी मदद कर सकें। इसीलिए स्यमंतक को ढूंढ़ने और हासिल करने के लिए उसने वीएसकेबीसी हैरिटेज लिमिटेड की स्थापना की थी। उसके पास काफ़ी तादाद में ऐसे निवेशक थे जो इस रिसर्च से प्राप्त हो सकने वाली प्राचीन वस्तुओं के मूल्य को जानते थे।"

"आपने कहा कि वार्ष्णेय की संस्था के साथ आपका संघर्ष

युगों पुराना है। इससे आपका क्या मतलब था?" प्रिया ने पूछा।

"मेरे पिता राजपूत थे। वीएसकेबीसी के सदस्य जाट थे," खान ने समझाया।

"फर्क क्या हुआ?" रतनानी ने पूछा।

"कृष्ण के यादव कुल इंद्रप्रस्थ या द्वारका के आसपास केंद्रित थे," सर खान ने बात शुरू की। "जब द्वारका डूबी, तो वहां रहने वाले यादवों को कोई नया घर ढूंढ़ना पड़ा। उनमें से कुछ उस इलाके में चले गए जिसे अब हम ईरान-इराक कहते हैं। द्वारका और फारस की खाड़ी के बीच समुद्री संबंध कृष्ण के समय में भी फल-फूल रहे थे, इसलिए इसमें कोई समस्या नहीं हुई। जब वो वहां पहुंचे तो उन्होंने वहां चार नदियां देखीं, जिन्होंने उन्हें कैलाश पर्वत की चार नदियों की याद दिलाई। उन्होंने अपने नए घर को सुमेरु—या पवित्र पर्वत—कहा।"

"और वो यादव जो इंद्रप्रस्थ—आधुनिक दिल्ली—के आसपास रह रहे थे?" प्रिया ने पूछा।

"वो उत्तर-पश्चिम भारत में फैलते रहे। वो जाट —कृष्ण के ज्ञातिसंघ से लिया गया शब्द—नाम से जाने गए," सर खान ने जवाब दिया।

"उन यादवों का क्या हुआ जो फारस की खाड़ी के इलाके में चले गए थे?" प्रिया ने पूछा।

"वो यादव जो फारस की खाड़ी के इलाके में चले गए थे, उन्होंने बाद में पूर्वी ईरान और दक्षिणी अफ़ग़ानिस्तान के इलाकों पर कब्जा कर लिया। वो वंशीय मिश्रण की वजह से इंडो-साइथियन के रूप में जाने गए। जब वो बाद के वर्षों में भारत लौटे, तो उन्हें शक कहा गया क्योंकि ईरान और अफ़ग़ानिस्तान में उनका जिन इलाकों पर कब्जा था वो शकास्तान के नाम से जाना जाता था। यही शक राजपूतों के रूप में विकसित हुए।"

"तो जाट और राजपूत मूल रूप से एक ही हुए—कृष्ण के

यादव कुलों के वंशज?" प्रिया ने पूछा।

"बिल्कुल सही। लेकिन समय की रेत ऐतिहासिक सचाइयों को मिटा देती है। हम देखते हैं कि आधुनिक भारत के इतिहास में राजपूत और जाट लगातार एक दूसरे से युद्धरत रहे हैं," सर खान ने जवाब दिया। "कहा जा सकता है कि मैं राजपूत गुट का प्रतिनिधित्व करता हूं जबकि सैनी जाट गुट का प्रतिनिधित्व करता है। इसलिए कृष्ण के स्यमंतक के लिए लड़ाई आज भी जारी है।"

"लेकिन आप सर खान जैसे नाम के साथ राजपूत कैसे हो सकते हैं?" प्रिया ने पूछा।

सर खान हंसने लगा। "ये तो बस मेरे मुंबई आने पर रहीम द्वारा मुझे दिया गया नाम था। मेरा असली नाम कान्हा था—कृष्ण का एक और नाम," उसने समझाया। "ये पेंडेंट देख रही हो जो मैं अपने गले में पहने हूं?" उसने बरसों पहले दादा रहीम को उसे दिया सोने का पेंडेंट उतारकर प्रिया को दिया। प्रिया उसे ध्यान से देखने लगी।

ये एक साधारण सा पेंडेंट था जिस पर 'सर खान' शब्द गॉथिक शब्दों में खुदे हुए थे। "ये तो मैं जानती हूं कि आप सर खान कहलाते हैं और आप इसी नाम का एक पेंडेंट पहनते हैं। तो क्या हुआ?" प्रिया ने फीकेपन से पूछा।

"जरा इस पेंडेंट को एक सौ अस्सी डिग्री पर इस तरह घुमाओ कि शब्द उलटे हो जाएं," सर खान ने निर्देश दिया। प्रिया ने ऐसा ही किया—और नतीजा देखकर वो दंग रह गई।

सर खान उसे देखकर मुस्कुराने लगे। "मुझे दादा रहीम ने जो तोहफा दिया था वो इत्तफाक से कृष्ण का ही एक विपर्यय शब्द है। अब, बोलो, क्या मैं सुनील गर्ग से कह दूं कि वो सेफ़्टी वॉल्ट में तुमसे मिल ले ताकि तुम सैनी का मामला संभाल सको?"

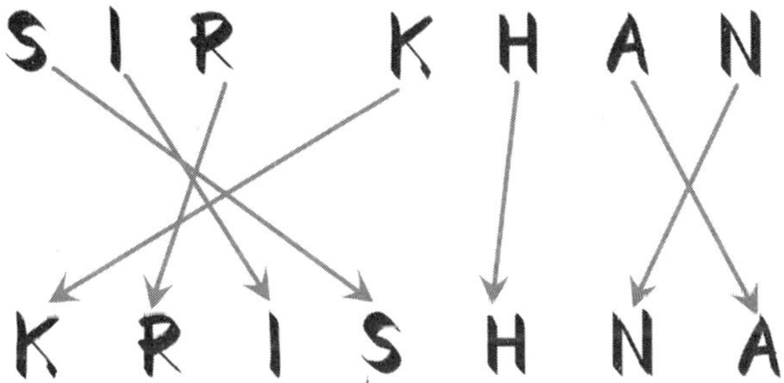

प्रिया का चेहरा अचानक ग़ुस्से से तमतमा उठा। अचानक दिमाग़ की गहराइयों में कहीं उसे याद आ गया था। सुनील गर्ग! ये उसी पुलिसवाले का नाम था जिसने उसके पिता को इतना परेशान किया था कि उनके पास इसके अलावा कोई चारा नहीं बचा कि वो सर खान के आदेश मान लेते। यही वो गर्ग था जिसने सरला आंटी की एफआईआर नहीं लिखी और वो अपने शराबी पति के हाथों यातनाएं सहती रहीं। उसके पिता को अहसास नहीं था कि उन्हें गर्ग और सर खान ने फंसाया है! उन्हें इस तरह फंसाया गया था कि वो सीधे सर खान की बांहों में पहुंच गए थे।

"गर्ग पक्का करेगा कि जब सैनी सेफ डिपॉजिट बॉक्स की सामग्री को देखने आए तो तुम वहां मौजूद रहो," सर खान ने आगे

कहा। यह उसकी ज़िंदगी का आख़री वाक्य था। प्रिया के हाथ से निकला निन्जा स्पाइक क्षण भर को हवा में घूमा और फिर सर खान के गले में जा धंसा। उसकी आंखें जम चुके भय के साथ प्रिया को देखती रहीं और उसके गले के बीच से ख़ून फूट पड़ा। सिगार फ़र्श पर गिरा और साइड टेबल पर रखा पानी का गिलास इटैलियन मार्बल के फ़र्श पर गिरकर चकनाचूर हो गया।

रतनानी ने देखा कि उसकी बेटी ने क्या कर डाला है, तो वो घबराकर अपनी कुर्सी से उठ खड़ा हुआ। जब तक वो सर खान के ख़ून बहते जिस्म के पास पहुंचा, सब कुछ ख़त्म हो चुका था। ये सब दो सैकंड के अंदर हो गया था। सर खान का जिस्म आरामकुर्सी पर आगे को ढलक गया और उसके गले से बहते ख़ून से उसी तरह ढेर बनने लगा जैसे पिछली चार बार तारक ने बनाया था।

प्रिया शांत भाव से खड़ी रही और उसने अपने पिता के पास जाकर उन्हें शांतिपूर्वक समझाया कि वो किसी चीज़ को छुएं नहीं। "अब क्या करें?" रतनानी ने आवाज़ में हल्की सी कपकपी के साथ पूछा।

"बाकी सब कुछ योजना के मुताबिक चलेगा," प्रिया ने जवाब दिया। "भगवान कृष्ण सुनिश्चित करेंगे कि स्यमंतक सिर्फ़ और सिर्फ़ हमारे ही पास पहुंचे। सर खान ने गर्ग का इस्तेमाल करके चालाकी से आपको अपने कैंप में मिला लिया था! अब समय आ गया था कि मैं अपने रास्ते की रुकावट को दूर कर दूं।"

"हम यहां से निकलेंगे कैसे?" रतनानी फुसफुसाया। "सर खान के आदमी बाहर हैं। हमारे दरवाज़ा खोलते ही वो हमें मार डालेंगे।"

"मेरे पास एक आइडिया है," प्रिया ने साइड टेबल पर पड़े डॉन के मोबाइल फ़ोन को उठाते हुए कहा। वो एक मैसेज टाइप करने लगी।

"तुम सर खान के फ़ोन से किसे मैसेज भेज रही हो?" रतनानी ने पूछा।

"सर खान के सिक्योरिटी इंचार्ज को। वो इस कमरे के दरवाज़े से कुछ फ़ुट दूर बैठा है। मैंने मैसेज किया है कि वो सारे लोगों को स्विमिंग पूल एनेक्स भेजे क्योंकि अभी ख़बर मिली है कि वहां एक बम लगाया गया है," प्रिया ने पागलों की तरह हंसते हुए कहा।

"और हमारे यहां से जाने के बाद क्या होगा?" रतनानी ने पूछा।

"मैं इस कहानी को इसके चरम तक पहुंचाऊंगी," प्रिया ने अपने पिता से सपाट लहजे में कहा। उसकी आंखें इस तरह चमक रही थीं जैसे बर्फ की हो गई हों।

90

दुर्योधन ने निर्जन युद्धक्षेत्र को देखा जहां कोई भी कौरव सैनिक नहीं बचा था। उसने थके हुए भाव से अपने घोड़े को द्वैपायन झील की ओर दौड़ा दिया और उसने अपनी शक्ति वापस पाने के लिए अपने शरीर को ताजगी भरे पानी में डुबो दिया। शीघ्र ही संजय, धृतराष्ट्र, अश्वत्थामा, कृपा और कृतवर्मा भी वहां पहुंच गए। वे उसे नैतिक बल देने का प्रयास करने लगे और किसी सीमा तक सफल भी हुए। अब दुर्योधन ने अश्वत्थामा को अपनी अस्तित्वहीन सेना का सेनापति नियुक्त कर दिया। इस बीच, अचानक दुर्योधन के लापता हो जाने से उलझन में पड़े हम लोगों ने यह जानने के लिए गुप्तचरों को भेजा कि वह कहां है। जब हमें ज्ञात हुआ कि वह द्वैपायन झील पर है, तो हम स्वयं वहां पहुंच गए।

सैनी और राधिका एक जीना उतरकर अच्छी तरह प्रकाशित बेसमेंट

में पहुंचे। राठौड़ उनके साथ नहीं आ सका था क्योंकि वो छेदी की हत्या के संबंध में स्थानीय पुलिस की औपचारिकताओं को पूरा कर रहा था। छेदी की मौत की ख़बर ने सैनी को हिला डाला था। "हमें अलग होना ही नहीं चाहिए था," उसने राधिका से कहा। "ये मेरी ग़लती है। अगर हम इकट्ठा रहते, तो तारक के एक और हत्या करके निकल जाने के चांस बहुत कम हो जाते।"

राधिका ने सैनी को शोक करने और भड़ास निकालने दी लेकिन वो वॉल्ट में आने के महत्व को भी समझती थी। उसने सैनी को समझाया कि वो तुरंत सेफ डिपॉजिट बॉक्स की जांच करे। ऐसी ज़्यादातर संस्थाओं की तरह, ये भी सुरक्षा कारणों से सड़क के स्तर से नीचे था। साउथ दिल्ली सेफ़्टी वॉल्ट्स लिमिटेड का मैनेजर रिसेप्शन डेस्क पर उनका इंतज़ार कर रहा था और जब सैनी ने अपना परिचय दिया तो वो कुछ ज़्यादा ही ख़ुश हो गया।

"आह, मि. सैनी, आपसे मिलकर बहुत ख़ुशी हुई!" उसने कहा। "हां, मैं आपका इंतज़ार कर रहा था। अगर आप एक क्षण दें, तो मैं आपसे कुछ काग़ज़ात पर दस्तखत लूंगा ताकि एक बार आप मि. वार्ष्णेय की सेफ को ऑपरेट कर लें तो हम किसी भी तरह की कानूनी ज़िम्मेदारी से बच सकें। उसके बाद आप सेफ डिपॉजिट बॉक्स को खोल सकते हैं। तब तक आप एक कप कॉफी लेना चाहेंगे?" सैनी और राधिका दोनों ने मना कर दिया। मुफ़्त पेय से प्रिया द्वारा दी गई जहरीली कॉफी की यादें ताजा हो गईं। राधिका ने अपनी जेब से कुछ बादाम निकालकर पहले अपने मुंह में डाले और फिर कुछ सैनी को पेश किए। "लो," उसने कहा। "बादाम में मस्तिष्क को बढ़ाने वाले तत्व होते हैं और इस समय तुम्हें अपनी बुद्धि पूरे चरम पर चाहिए!" सैनी ने रूखेपन से मना कर दिया।

"आप अपना पासपोर्ट देंगे, प्लीज़?" मि. रावल ने पूछा। सैनी ने जैकेट की जेब से पासपोर्ट निकालकर उसे दे दिया। मि. रावल ने उस पर जल्दी से एक नज़र डाली और कहा, "मैं अभी मूल प्रति और एक कॉपी लेकर आता हूं। प्लीज़ मुझे एक मिनट दें।"

वो रिसेप्शन के पीछे प्रशासनिक ऑफिस में गया, तो सीबीआई के स्पेशल डाइरेक्टर सुनील गर्ग—जो सारी कार्रवाई को एक वीडियो मॉनीटर पर देख रहा था—ने रावल के कंधे को थपथपाकर रूखेपन से कहा, "वो एक सेफ डिपॉजिट बॉक्स की सामग्री को देखने आया है, तुम्हारी बेटी का हाथ मांगने नहीं! पेशेवर ढंग से काम करो वर्ना वो साज़िश की बू सूंघ लेगा। अब उसे वॉल्ट के अंदर लेकर जाओ ताकि हम देख सकें कि उसमें क्या है!" रावल ने तेज़ी से सिर हिलाया और मशीन पर सैनी के पासपोर्ट की कॉपी करके चला गया। आज उसे सब कुछ ख़ुद ही करना था क्योंकि ऑफिस के सारे स्टाफ़ को—गर्ग के निर्देश पर—एक दिन की छुट्टी दे दी गई थी।

मि. रावल सैनी और राधिका को एक विशाल जालीदार दरवाज़े से एक बहुत तेज़ रौशन कमरे में ले गया। आयताकार कमरे में उस जगह को छोड़कर चारों दीवारों पर सेफ डिपॉजिट बॉक्स थे जहां जालीदार दरवाज़े लगे हुए थे। सेफ डिपॉजिट बॉक्स एक चमचमाते ढांचे के रूप में एक दूसरे से जुड़े हुए थे जो फ़र्श से छत तक जा रहा था, और जहां ऊपरी बॉक्सों तक पहुंचने के लिए एक सीढ़ी थी। कमरे के बीच में सुपरमार्केट के शेल्फों की तरह कुछ और बॉक्स भी थे।

"तो, क्या नंबर था बॉक्स का?" मि. रावल ने खोए-खोए भाव से ख़ुद से ही पूछा। वो रुका, उसने अपने हाथ में क्लिपबोर्ड को देखा और सैनी से कहा, "मिल गया! नंबर 894! इस गलियारे के अंत में है। प्लीज़ मेरे साथ आइए।"

सैनी और राधिका ख़ामोशी से मि. रावल के पीछे चलने लगे। नंबर 894 वहां के छोटे सेफ़्टी डिपॉजिट बॉक्सों में से एक साबित हुआ। मि. रावल ने अपनी चाबी को छेद में लगाया और दाएं घुमाया। फिर उसने चाबी निकाल ली और उसे दूसरे छेद में लगाया जिसे सामान्यत: वार्ष्णेय की चाबी को लगाने के लिए इस्तेमाल किया जाता। दूसरे छेद में चाबी को दाईं ओर घुमाने से एक हल्की क्लिक की आवाज़ हुई और सेफ का दरवाज़ा खुल गया। मि. रावल ने एक

धातुई आयताकार बॉक्स निकाला, जो मुश्किल से एक फ़ुट लंबा और छह इंच चौड़ा था। उसने बॉक्स को एक मेज़ पर रखा और शिष्टतापूर्वक पीछे हट गया। उसने इस ओर ध्यान आकर्षित नहीं किया कि मेज़ ख़ासतौर से ऐसी जगह रखी थी जहां से छत पर लगे कैमरे का कोण एकदम सटीक था।

सैनी ने अपनी सांस थाम ली। धातुई बॉक्स की साइड में चटकनी को खोलते हुए उसके हाथ कांप रहे थे। राधिका ने उसे रोक दिया। उसने उसके कांपते हाथ को पकड़कर मुस्कुराते हुए उसे धीरे से दबाया। सैनी को उसकी मौजूदगी और आश्वासन से राहत मिली। उसने एक गहरी सांस ली और ढक्कन को खोल दिया।

91

द्वैपायन झील पर, भीम ने दुर्योधन को गदा द्वंद्व के लिए ललकारा। मेरे भाई बलराम सरस्वती के किनारे अपनी तीर्थयात्रा से तभी लौटे थे और अपने दो शिष्यों के बीच द्वंद्व देखने के लिए उपस्थित थे। भीम के लिए दुर्योधन को हरा पाना बहुत कठिन था, क्योंकि दुर्योधन अपनी पसंद के अस्त्र को चलाने में कहीं अधिक दक्ष था। मैं भीम को यह संकेत देने के लिए निरंतर अपनी जांघों को थपथपाता रहा कि दुर्योधन को अक्षम करने का एकमात्र उपाय उसकी जांघों को तोड़ना है। अंततः, मेरे संकेत को समझते हुए, भीम ने अपनी गदा से दुर्योधन की जांघों पर आक्रमण कर दिया—बलराम के नियमों के विरुद्ध जिनके अनुसार कमर के नीचे मारना अवैध था। दुर्योधन टूटी टांगों के साथ धरती पर आ रहा। क्रुद्ध बलराम ने भीम को मार डालने के लिए अपना हल उठा लिया

और मैंने अपने भाई को बड़ी मुश्किल से समझाया कि दुर्योधन ने ही बड़े अश्लील भाव से द्रौपदी को अपनी गोद में आकर बैठने को कहा था और कि भीम तो बस एक महाशपथ को पूरा कर रहे थे।

सैनी ने धातुई बॉक्स की सामग्री को ध्यान से देखा। अंदर रखी कलाकृति को हिलने से रोकने के लिए एक फोम का टुकड़ा रखा गया था। फोम के अंदर एक खांचा काटा गया था जिसमें आइटम को बिल्कुल ठीक से फिट किया गया था। ये एक छोटी सी मिट्टी की प्लेट थी—लगभग चार सेंटीमीटर लंबी और चार ही सेंटीमीटर चौड़ी। प्लेट का सामने का भाग चारों मुद्राओं के लिए चार चौकोर छेदों के अलावा बिल्कुल सपाट था। मुद्राओं को आराम से रखने के लिए बेस प्लेट की परिधि पर एक उभरा हुआ किनारा था।

सैनी ने सेरेमिक प्लेट को फोम से निकालकर पलटकर देखा। उस पर एक संस्कृत श्लोक अंकित था। ये स्पष्ट था कि श्लोक बहुत बाद में खुदवाया गया होगा, शायद राजा मानसिंह के समय में, जबकि ख़ुद प्लेट की उत्पत्ति बहुत पुरानी रही होगी, शायद समृद्ध सरस्वती सभ्यता के दिनों में।

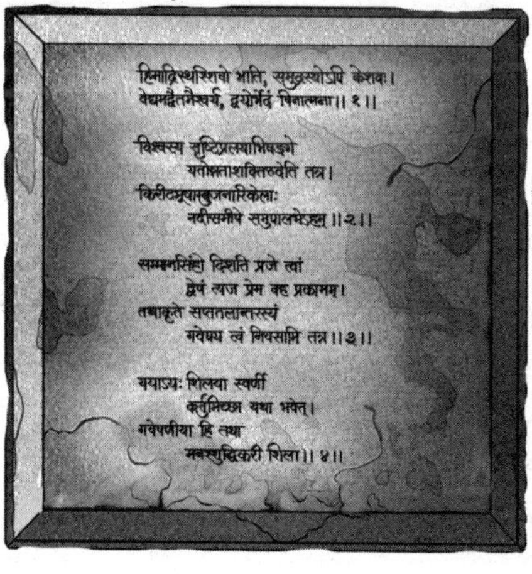

"इसपर क्या लिखा है?" राधिका ने पूछा।

सैनी धीरे-धीरे अनुवाद करने लगा। वह ध्यान से हर वाक्य काग़ज़ पर लिखता रहा और संस्कृत के श्लोकों का अनुवाद करते हुए एक-एक शब्द को सावधानीपूर्वक पढ़ता रहा:

तलाशते हो शिव को उच्चतम स्तर पर, तलाशते हो विश को समुद्र में! छोड़ दो अपनी तलाश को क्योंकि वे एक ही हैं, केवल तुम्हारा हृदय ही देख सकता है।

जब रचना और विनाश एकीकृत होते हैं, और 894 का शासन होता है! जहां नारियल और कमल मेरे मुकुट की शोभा बढ़ाते हैं, मैं नदी के किनारे मिलूंगा।

घृणा को दूर कर दो और प्रेम करना सीखो, मानसिंह तुमसे कहता है। मेरे सात तल के मंदिर को ढूंढ़ो, तो तुम मुझे भी ढूंढ़ लोगे।

तुम तलाशते हो उस पत्थर को जो बदल देता है जस्ते को स्वर्ण में, लेकिन निश्चित रूप से ढूंढ़ नहीं पाते हो! इसके बजाय उस निष्ठावान पत्थर को ढूंढ़ो जो वास्तविक रूप से तुम्हारे मस्तिष्क को बदल सकता है।

"कोई अंदाज़ा कि इसका क्या मतलब हो सकता है?" राधिका ने पूछा।

सैनी संस्कृत के लेख को घूरता रहा। "क्या तुमने ध्यान दिया कि ये लेख नंबर 894 की बात करता है। क्या ये विचित्र नहीं है कि वार्ष्णेय ने इस कृति को रखने के लिए विशेष रूप से सेफ डिपॉजिट बॉक्स नंबर 894 को ही चुना था?" वह विस्मयपूर्वक फुसफुसाया।

राधिका ने सेफ डिपॉजिट बॉक्स के खुले दरवाज़े को देखा। ये

वाकई 894 ही था। "894 का क्या महत्व है?" उसने पूछा।

"मुझे वाकई नहीं मालूम," सैनी ने जवाब दिया। "लेख का पहला भाग हमें ये बताता लग रहा है कि शिव को कैलाश पर्वत में—शिव को उच्चतम स्तर पर—ढूंढ़ने का कोई फ़ायदा नहीं है। इसी तरह, कृष्ण को सोमनाथ में—विश को समुद्र में—ढूंढ़ना भी बेकार होगा। हमने वाकई दोनों जगह कोशिश की और नाकाम रहे।"

"तो हमारे लिए इसका इशारा किस दिशा में हो सकता है?" राधिका ने पूछा।

"मैं बस शायद एक ही जगह के बारे में सोच सकता हूं," सैनी ने कालीबंगा के उस विशेष दौरे पर वार्ष्णेय के शब्दों को याद करते हुए कहा:

बेस प्लेट पीढ़ियों से एक के बाद दूसरी को दी जाती रही है हालांकि मुद्राएं पुरातन काल में ही खो गई थीं। बेस प्लेट आख़िरकार राजा मानसिंह के पास पहुंची जो सोलहवीं सदी के एक बहुत बड़े कृष्णभक्त थे। राजा मानसिंह ने प्लेट पर एक संस्कृत अभिलेख खुदवाया और उसे वृंदावन में अपने बनवाए एक कृष्ण मंदिर में स्थापित करा दिया।

"कौन सी जगह?" राधिका ने पूछा।

"वृंदावन में राजा मानसिंह के राधागोविंद मंदिर में," सैनी ने कहा। "ये सात तल ऊंचा था और औरंगजेब के दौर में सात तल घटकर तीन रह गए थे।"

"हिलना मत!" एक आवाज़ चिल्लाई। सैनी और राधिका सेरेमिक प्लेट को देखने में इतना खो गए थे कि उन्होंने रिवॉल्वर लिए एक व्यक्ति को धीरे-धीरे अपनी ओर बढ़ते देखा ही नहीं। सैनी और राधिका ने अपने हाथ हवा में कर लिए और टेबल के पास से धीरे-धीरे पलटकर उन्होंने अपने सामने तारक वकील को खड़े देखा।

92

जब पांडव शिविर में वापस आए, तो मैंने अर्जुन से कहा कि पहले वे उतरें, यद्यपि यह नियम के विरुद्ध था: सामान्यत: सारथी उतरता था और फिर योद्धा उतरता था। अर्जुन नवाचार के इस उल्लंघन से थोड़ा चिढ़े किंतु उतर गए। उनके उतरने के बाद, मैं भी उतर गया और रथ अग्नि की गेंद बनकर उड़ गया। अचंभित अर्जुन ने मुझसे पूछा कि क्या हुआ और मैंने उन्हें समझाया कि द्रोण और कर्ण के कई दिव्यास्त्र रथ से टकराए थे और उसे बहुत पहले ही नष्ट हो जाना चाहिए था। मैंने उन आघातों को सोखने के लिए अपनी दिव्य शक्ति का प्रयोग किया था। अर्जुन ने बहुत लज्जित अनुभव किया क्योंकि वे जान गए कि कई बार लगभग मृत्यु जैसी परिस्थितियों से वे अपने दिव्य रथ के कारण ही बच सके थे।

प्रशासनिक ऑफिस में बैठा सीबीआई स्पेशल डाइरेक्टर गर्ग अपने वीडियो मॉनीटर पर सारा घटनाक्रम देख रहा था। उसके पास में सेफ डिपॉजिट बॉक्स रेंटल कंपनी का मैनेजर मि. राजेंद्र रावल बैठा हुआ था। वो दोनों ज़रा भी हिले बिना बैठे हुए थे, क्योंकि उनके हाथ पीछे बंधे हुए थे और उनके होंठ डक्ट टेप से बंद कर दिए गए थे। उनके पीछे एक -44 मैगनम रिवॉल्वर लिए प्रिया खड़ी थी जो उसने गर्ग के ही होल्स्टर से निकाली थी।

महंगे कैजुअल्स पहने तारक अपने ड्राइवर के रूप से बिल्कुल भिन्न था। सैनी ने नर्मी से कहा, "यहां ऐसा कुछ नहीं है जिसके लिए ज़िंदगी खोने की ज़रूरत हो। हमें बताओ तुम क्या चाहते हो। हमें इसके लिए लड़ने की ज़रूरत नहीं है।"

सैनी की आवाज़ का जैसे तारक पर एक शांतिप्रद प्रभाव हुआ।

"मुझे बस सेरेमिक बेसप्लेट चाहिए। वो मुझे दे दो तो किसी को नुकसान नहीं पहुंचेगा," उसने भी उतनी ही नर्मी से कहा। सैनी ने सेरेमिक प्लेट उठाई और धीरे-धीरे तारक की ओर बढ़ा दी, जिसने विनम्रता के साथ उसको ले लिया। ऐसा लगता था जैसे सारा दृश्य स्लो मोशन में, एक-एक फ्रेम करके, घटित हो रहा हो।

तारक ने सेरेमिक प्लेट को अपनी बेल्ट के पैक में रखा लेकिन अपनी नज़रें लगाता राधिका और सैनी पर गड़ाए रहा। एक मिनट के अंदर, वॉल्ट रूम के दरवाज़े पर एक और आकृति आ गई। ये प्रिया थी। "तुम दोनों को फिर से देखकर कितना अच्छा लग रहा है," उसने राधिका पर अपना मैगनम ताने हुए व्यंग्यपूर्ण ढंग से कहा, जबकि तारक अपनी बंदूक सैनी पर ताने रहा।

"अब ज़रा मेहरबानी करके तुम दोनों दीवार की तरफ़ चेहरे करके खड़े हो जाओ," प्रिया ने नकली शिष्टाचार के साथ निवेदन किया। सैनी और राधिका किसी भी तरह की बहस करने की स्थिति में नहीं थे, इसलिए उनसे जैसा कहा गया उन्होंने वैसा ही किया। तारक ने जल्दी से उनके पास जाकर उनकी तलाशी ली। चूंकि उनके पास हथियार नहीं थे, इसलिए अब उसने अगला क़दम उठाया—उनके हाथों को पीठ के पीछे डक्ट टेप से बांधना। फिर उन्होंने उनके मुंह पर डक्ट टेप लपेटकर उन्हें गूंगा भी कर दिया।

"अब तुम पलट सकते हो," प्रिया ने निर्देश दिया। "सहयोग के लिए शुक्रिया। मुझे अच्छा लगता कि मैं यहां रुककर गपशप करती, लेकिन मेरे लिए स्यमंतक ढूंढ़ना ज़रूरी है। प्रोफ़ेसर रवि मोहन सैनी, तुम्हारे लिए मेरे दिल में हमेशा एक ख़ास मुकाम रहा। इसीलिए मैं अपने प्रिय बालक तारक को अपने दम पर ऐसा करने की इजाजत नहीं दे सकी। भगवान न करे, हम तुम्हारे साथ दूसरों जैसा बर्ताव नहीं कर सकते!"

फिर वो राधिका की ओर पलटकर बोली, "तुमसे मैं सच्चे दिल से माफ़ी मांगती हूं, इंस्पेक्टर। मैं तुम्हारे पति की दुखद मौत और इस तथ्य के बारे में जानती हूं कि तुम्हें उन्हें मरते देखना पड़ा था। मैं ऐसा

कहने का साहस कर सकती हूं कि पिछले कुछ दिनों में तुम्हारे अंदर प्रोफ़ेसर सैनी के प्रति रक्षात्मक भावनाएं पैदा हो गई होंगी, ख़ासकर उन अंतरंग क्षणों के बाद जो सप्तऋषि गुफा में तुम दोनों ने बिताए थे। इसलिए मुझे बड़ा दुख है कि मैं तुम्हें यहां बिठाऊंगी और तुम्हें उन्हें मरते देखना होगा!"

तारक के बेल्ट बैग से चमचमाता नश्तर निकलते देख राधिका की आंखों में आतंक की चमक दौड़ गई।

93

शीघ्र ही अश्वत्थामा, कृपा और कृतवर्मा दुर्योधन के पास पहुंच गए जो अपनी टूटी टांगों की पीड़ा में धरती पर पड़ा कराह रहा था। जब अश्वत्थामा को पता चला कि किस प्रकार नियमों का उल्लंघन किया गया था, तो वह क्रोध से उन्मत्त हो गया। उसने सभी पांडवों और उनके बचे हुए सहयोगियों को मारने की सौगंध ली। यद्यपि कृपा और कृतवर्मा उसकी अनिष्टकारी योजनाओं से सहमत नहीं थे, किंतु वह रात को पांडव शिविर में घुसकर पांडव बंधुओं को ढूंढ़ने लगा। उसने द्रौपदी के पांच पुत्रों को सोते देखा और त्रुटिवश उन्हें पांडव बंधु समझकर क्रूरतापूर्वक उन्हें मार डाला। पांडव शिविर में कई अन्यों को मारने के बाद, उसने शिविर को आग लगा दी। वह भागा-भागा दुर्योधन के पास गया और उसने पांडवों की कल्पित मृत्यु का शुभ समाचार दिया। दुर्योधन ने भीम के कल्पित सिर पर एक नज़र डाली और पहचान गया कि वह द्रौपदी के एक बेटे का सिर था। "आह, यह तुमने क्या कर डाला, अश्वत्थामा?" अपनी अंतिम सांस

लेते-लेते पीड़ा से त्रस्त दुर्योधन ने कहा।

कमरे में राधिका द्वारा अपने हाथों को आजाद करने की कोशिश की दबी-दबी आवाज़ों के अलावा मौत का सा सन्नाटा छाया हुआ था। उसके सामने सैनी बैठा हुआ था जिसकी पीठ सेफ डिपॉजिट बॉक्सों की एक दीवार से लगी हुई थी, हाथ पीछे बंधे हुए थे और मुंह पर डक्ट टेप चिपका हुआ था। उसके माथे पर एक सांप—विष्णु का पांचवा स्थायी चिह्न शेषनाग—के रबर स्टैंप की छाप थी।

सैनी बेहोश था, क्योंकि तारक ने अपना स्वान-मॉर्टन का नश्तर उसके पैर में घोंपने से पहले थोड़ी दया दिखाते हुए उसे नशे की दवा दे दी थी। ठीक सैनी के सिर के ऊपर एक बड़ा सेफ डिपॉजिट बॉक्स था जिस पर तारक ने सैनी के ही ख़ून से अपना सामान्य संस्कृत श्लोक लिखा था।

म्लेच्छनिवहनिधने कलयसि करवालम्
धूमकेतुमिव किमपि करालम्
केशव धृतकल्किशरीर
जय जगदीश हरे।

सैनी के मूर्च्छित शरीर के आसपास ख़ून का ढेर लगातार बढ़ता जा रहा था। राधिका बुरी तरह अपने कलाइयों के डक्ट टेप को

छुड़ाने के प्रयास में लगी थी। वो अपने चेहरे पर लगे टेप से किसी तरह सांस लेने की भी कोशिश करती जा रही थी। वो जानती थी कि बस कुछ समय की बात है कि सैनी मर जाएगा।

वॉल्ट रूम में चमकदार सफ़ेद फ़्लोरैसेंट लाइटें प्रिया ने जानबूझकर जली छोड़ दी थीं ताकि वो उसे मरते देख सके। और इस तरह प्रशासनिक ऑफिस के अंदर अभी भी बंधे गर्ग और रावल भी वीडियो मॉनीटर पर वहां का दृश्य देखते रह सकते थे।

तारक और प्रिया ने वो टेप मिटा दिया था जिसमें उनके शुरुआती प्रवेश को रिकॉर्ड किया गया था। रीराइटेबल सीडी को सेरेमिक बेसप्लेट के साथ अपने बैग में रखने के बाद, उन्होंने वॉल्ट रूम की जाली और प्रशासनिक ऑफिस के दरवाज़े पर ताला लगा दिया था और सारी लाइटों को पूरी तरह खुला छोड़ दिया था। बाहरी प्रवेश पर पहुंचकर, प्रिया बड़े प्यार से हथियारबंद गार्ड को देखकर मुस्कुराई थी। "हे भगवान, कितनी बड़ी बंदूक है तुम्हारे पास," वो मादक ढंग से उसके कान में कुनमुनाई और तारक ने इस भटकाव का फ़ायदा उठाकर गार्ड को बेहोश कर दिया था। संस्था की चाबियां गार्ड की जेब से निकाल ली गईं और बेहोश गार्ड को बड़ी लापरवाही से सीढ़ियों से नीचे धक्का दे दिया गया था। बाहर तेज़ धूप में आने के बाद, उन्होंने साउथ दिल्ली सेफ़्टी वॉल्ट्स लिमिटेड के परिसर के मुख्य प्रवेश पर ताला लगाया और तेज़ी से निकल गए।

फ़ोन उठाओ, राठौड़ राधिका के फ़ोन उठाने का इंतज़ार करते हुए उतावलेपन से सोच रहा था। वो साउथ दिल्ली सेफ़्टी वॉल्ट्स लिमिटेड को जाते हुए एक टैक्सी में बैठा हुआ था। राठौड़ राधिका को ये बताने को बेचैन था कि तारक द्वारा चुराई गई सारी चीज़ों का एक डाटा डंप बनाया और उसे फैक्स किया गया था। लेकिन उसकी बॉस का फ़ोन रहस्यात्मक ढंग से स्विच ऑफ़ हो गया था—या फिर आउट ऑफ़ रेंज था। कुछ जबर्दस्त गड़बड़ी थी। "ड्राइवर, अगर तुम मुझे तीन मिनट में वहां पहुंचा दो, तो तुम्हें टिप के दो सौ रुपए अतिरिक्त मिलेंगे," उसने ड्राइवर के कंधे को थपथपाते हुए कहा।

वॉल्ट रूम के अंदर एक सूइयों वाली घड़ी थी। हर बार उसकी सैकंड की सूई आगे बढ़ने पर एक क्लिक की आवाज़ हो रही थी। राधिका की श्रमपूर्ण सांसों के अलावा वॉल्ट रूम में ये अकेली आवाज़ थी। कुछ मिनट बाद, उसने हार मान ली—कोई फ़ायदा नहीं था। डक्ट टेप बहुत ज़्यादा कसकर बांधा गया था। अचानक उसे अपनी जांघों पर एक गर्म सी सनसनी महसूस हुई। नीचे नज़र डालने पर उसने देखा कि सैनी के ख़ून का ढेर उसकी ओर फैलना शुरू हो गया था और उसके कपड़ों को भिगो रहा था।

94

द्रौपदी को पता चला कि उसके सारे पुत्र मारे गए हैं, तो वह विलाप करने लगी। अपने आंसू सूखने से पहले ही, उसमें केवल प्रतिशोध की इच्छा शेष रह गई थी। यहां मैंने प्रवेश किया। "इस बार-बार प्रतिशोध के चक्र को जारी नहीं रहने दिया जा सकता। हमें खोजियों को भेजकर अश्वत्थामा को ढूंढ़ना और उसके ब्रह्मास्त्र को प्रभावहीन बनाने का कोई उपाय खोजना होगा। वह द्रोण का पुत्र है किंतु उसमें न तो एक क्षत्रिय के गुण हैं और न ही एक ब्राह्मण के।" जब अंतत: अश्वत्थामा को घेर लिया गया, तो उसने इस आशा में अपना ब्रह्मास्त्र अभिमन्यु की विधवा उत्तरी की ओर फेंका कि उसके साथ ही पांडवों के सभी अजन्मे वंशज समाप्त हो जाएंगे। उसके प्रभाव को सोखने के लिए मैं उत्तरी के सामने आ गया। अब तक मैं क्रुद्ध हो चुका था, और मैंने एक भयानक शाप दिया, वह एकमात्र शाप जो मेरे मुख से कभी निकला है। "हे अश्वत्थामा, तुम तीन सहस्त्र

वर्ष तक मरने में अक्षम रहोगे। तुम्हारे घाव पीप से फलने लगेंगे, और तुम्हारे शरीर के प्रत्येक भाग को छाले पीड़ित करते रहेंगे!" मैंने घोषणा की, और उसे तीन सहस्त्र वर्ष तक पृथ्वी पर भटकने के लिए छोड़ दिया।

टैक्सी वाले की ओर अतिरिक्त दो सौ रुपए उछालता हुआ राठौड़ टैक्सी से तेज़ी से बाहर निकला। साउथ दिल्ली सेफ़्टी वॉल्ट्स के प्रवेश गेट पर ताला था। साला ज़रूर कुछ बहुत ही गड़बड़ है, राठौड़ ने अपने मन में सोचा। सारी सेफ़्टी वॉल्ट कंपनियां अपने परिसर के बाहर छुट्टी के दिन भी हथियारबंद पहरेदारों की सेवाएं लेती हैं। आज न तो वीकएंड है और न ही कोई सार्वजनिक छुट्टी, फिर भी गेट बंद है और बाहर कोई हथियारबंद गार्ड नहीं है।

उसने जल्दी से दिल्ली पुलिस कंट्रोल रूम का नंबर मिलाया और मदद मंगवाई। फिर उसने गेट के पास प्राकृतिक उद्यान से एक पत्थर उठाया और उससे गेट के ताले को तोड़ने की कोशिश करने लगा। राठौड़ जानता था कि किसी भी क़िस्म की छेड़छाड़ से सुरक्षा एलार्म बजने लगेगा और ऐसा ही हुआ! कुछ ही सैकंड में एलार्म ने अपनी अस्वीकृति की घोषणा कर दी और फिजा कान फाड़ डालने वाले शोर से गूंजने लगी। कुछ ही मिनटों में कंपनी के सुरक्षा प्रमुख को वहां पहुंच जाना चाहिए था। वो मन ही मन प्रार्थना कर रहा था कि वो जल्दी से जल्दी वहां पहुंच जाएं।

लगभग दो मिनट बाद, उसने एक साइरन की आवाज़ सुनी जबकि परिसर के बाहर एक सिक्योरिटी वैन ने तेज़ी से ब्रेक लगाए। राठौड़ ने जल्दी से अपना पहचानपत्र निकाला और अपना परिचय दिया। "मैं सब-इंस्पेक्टर राठौड़ हूं, और मुझे लगता है कि अंदर मेरे साथी फंसे हुए हैं। प्लीज़ इस गेट को जल्दी से जल्दी ख़ुलवाएं," उसने निर्देश दिया। पंद्रह सैकंड के अंदर, सुरक्षा प्रमुख ने अपनी मास्टर की से ताले को खोल दिया था। राठौड़ ने अपनी गन निकाली और ख़ामोशी से सीढ़ियां उतर गया! सुरक्षा प्रमुख उसके साथ था।

उन्होंने सुरक्षा गार्ड को सीढ़ियों के नीचे पड़ा देखा। वो क्लोरोफ़ॉर्म और सीढ़ियों से धक्का दिए जाने की वजह से बेहोश था। "वॉल्ट का दरवाज़ा खोलो," राठौड़ ने आदेश दिया। सुरक्षा प्रमुख ने उसकी ओर देखा। "मैं ये काम अकेला नहीं कर सकता," उसने बताया। "मुझे ब्रांच मैनेजर की स्वीकृति चाहिए होगी। उनकी चाबी देखते हैं।"

सुरक्षा प्रमुख प्रशासनिक ऑफिस की ओर जाकर उसका दरवाज़ा खोलने लगा, लेकिन दरवाज़ा बंद था। उसने कुछ नंबर पंच किए और दरवाज़ा खुल गया। एक मिनट के अंदर मि. रावल और सीबीआई स्पेशल डाइरेक्टर को आजाद किया जा चुका था। दोनों ही सीबीआई डाइरेक्टर की भूमिका को लेकर सावधानीपूर्वक ख़ामोश रहे। कम से कम उस क्षण, गर्ग भी मौके पर मौजूद अन्य लोगों की ही तरह पीड़ित था।

"जल्दी करो," राठौड़ ने कहा और रावल और सुरक्षा प्रमुख ने वॉल्ट के दरवाज़े को खोल दिया। राठौड़ अंदर को दौड़ा और उसे फिसलने से बचने के लिए ख़ुद को संभालना पड़ा। उसने ख़ुद को ख़ून के एक बड़े ढेर में खड़ा पाया। ख़ून सैनी से बहता प्रतीत होता था और राधिका से भी जो उसके सामने बंधी हुई थी।

राठौड़ बहुत तेज़ी से राधिका की ओर पलटा। राठौड़ को देखते ही उसकी आतंकित आंखों में राहत का भाव आ गया। राठौड़ ने उसके मुंह पर बंधे डक्ट टेप को छुड़ाया और ख़ून के स्रोत को ढूंढ़ने लगा। "अपना समय मत बर्बाद करो राठौड़, ख़ून मेरा नहीं है। उन्होंने सैनी को मार डाला है," उसने औंधे जिस्म और उसके सिर के ऊपर लिखे श्लोक की ओर इशारा करते हुए कहा।

"धत!" राठौड़ बड़बड़ाया। वो सैनी के पास पहुंचा और उसके जबड़े के नीचे दो उंगलियां ले जाकर उसकी नब्ज को जांचने लगा। "कमज़ोर है, लेकिन अभी नब्ज मौजूद है," राठौड़ ख़ुशी से चिल्लाया। सुरक्षा प्रमुख ने राठौड़ को धकेलकर अलग कर दिया। पुलिस कंट्रोल रूम ने हथियारबंद ऑफिसर और एक एंबुलैंस भेज

दी थी।

"उस पैर को ऊंचा कर दो जिससे ख़ून बह रहा है!" मेडिकल ऑफिसर चिल्लाया। "इन्हें नीचे लिटाना होगा ताकि ख़ून का बहाव कम किया जा सके।" उसके सहायक तुरंत काम में लग गए और उन्होंने सैनी की बैठी हुई मुद्रा को जमीन पर लेटी मुद्रा में बदल दिया, और उस पैर को ऊपर उठा दिया जिसमें नश्तर धंसा हुआ था। मेडिकल ऑफिसर ने जल्दी से दस्ताने पहने और नश्तर को धीरे-धीरे सैनी के पैर से निकालकर अपने सहायक को दे दिया। "पैर का ऑपरेशन किए बिना ख़ून के बहने को नहीं रोका जा सकता," उसने कहा। "बस इनके घुटने और रान पर दबाव बनाए रखो। टांग को ख़ून सप्लाई करने वाली प्रमुख धमनियां वहीं होती हैं," उसने आदेश दिया जबकि उसका एक सहायक सैनी को स्ट्रेचर पर और फिर इंतज़ार कर रही एंबुलैंस में डालने की तैयारी करने लगा।

जब सैनी को एंबुलैंस में डाला जा रहा था, तभी राधिका ने सुनील गर्ग को देखा। गर्ग ने उसे देखकर मुस्कुराते हुए अपना परिचय दिया। "मैं यहां पहुंचा क्योंकि मुझे ख़बर मिली थी कि यहां ये अपराध होने की संभावना है, लेकिन हमलावार ने मुझे अपने बस में कर लिया," उसने अपने कंधे से धूल झाड़ते हुए कहा।

तो, यही वो परिचित आवाज़ है जो मैंने फ़ोन पर सुनी थी, राधिका ने सोचा। सैनी को फ़ोन रावल ने नहीं किया था। गर्ग ने किया था!

95

अपनी सौ पुत्रवधुओं की सहायता से, गांधारी और अंधे धृतराष्ट्र अब तक मौन पड़ चुके युद्धक्षेत्र में कौरव राजकुमारों की लाशें तलाश कर रहे थे। पांडवों ने अपनी

मां कुंती को भी वहां भटकते देखा। "आप किसे ढूंढ़ रही हैं, माता?" उन्होंने पूछा। "कर्ण को," कुंती ने उत्तर दिया। "सारथी के पुत्र को क्यों ढूंढ़ रही हैं, माता?" अर्जुन ने पूछा। "क्योंकि वह तुम्हारा सबसे बड़ा भाई था," कुंती ने धीमे से कहा। अर्जुन की पीड़ा की कोई सीमा न रही। उन्होंने केवल भीष्म और द्रोण को ही नहीं, बल्कि अपने भाई कर्ण को भी मारा था। कुंती ने उन्हें वह घटना बताई जब उन्होंने अविवाहिता के रूप में उत्सुकतावश वरदान का प्रयोग किया था और किस तरह सूर्य ने उन्हें कर्ण दिया था। उन्होंने उन्हें बताया कि किस प्रकार कर्ण को कुछ ही समय पूर्व ज्ञात हुआ था कि वह पांडव है, और किस प्रकार उसने फिर भी दुर्योधन के प्रति निष्ठावान रहने का निर्णय लिया था, साथ में यह सुनिश्चित करते हुए कि पांच भाई सदैव जीवित रहें। पांडवों को याद आया कि किस प्रकार उसने उन्हें प्रत्येक ऐसे अवसर पर जीवित छोड़ दिया था जब वह उन्हें मार सकता था। "आपने हमें बताया क्यों नहीं?" अर्जुन ने पूछा। उनकी मां की ओर से मैंने उत्तर दिया। "यदि ये आपको बता देतीं, तो क्या आप उससे लड़ने में सक्षम रह पाते?"

वृंदावन के मध्य में, मथुरा-वृंदावन रोड पर, पुराने राधागोविंद मंदिर ने सबसे अच्छे और सबसे बुरे दिन देखे हैं। 1590 में राजा मानसिंह द्वारा बनवाए गए इस मंदिर के निर्माण के लिए कितनी ही गाड़ियां गुलाबी बलुआ पत्थर आया था और इसके कच्चे माल के लिए सारा पैसा ख़ुद सम्राट अकबर ने दान किया था। अस्सी साल से कम समय बाद इस पर औरंगजेब ने हमला किया और हमले की भयानकता ने सात तल के ढांचे को तीन तल का कर दिया। तब से मंदिर ख़ाली रहा था। मूल मंदिर के पीछे स्थित एक नए लेकिन छोटे मंदिर में एक प्रतिरूप मूर्ति स्थापित कर दी गई थी।

प्रिया और तारक इस गिरजाघर जैसे ढांचे में दाखिल हुए, जो कि पतन और उपेक्षा की हालत में था। मंदिर पर एक संस्कृत अभिलेख पुष्टि करता था कि इसे राजा मानसिंह ने बनवाया था। अभिलेख के ठीक नीचे एक चौकोर क्षेपक था जिसमें चार उभरी हुई खूंटियां थीं। "सेरेमिक प्लेट दो मुझे," प्रिया ने जल्दी से कहा। तारक ने प्लेट अपने बेल्ट बैग में से निकालकर उसे सौंप दी। उसने धीरे से प्लेट को क्षेपक में लगा दिया। उसे ठीक से बिठाने के लिए उसे थोड़ा सा जोर लगाना पड़ा लेकिन इसका आकार एकदम सही था। राजा मानसिंह ने वाकई इस बेसप्लेट को अपने मंदिर में लगवाया था।

"स्पष्ट है कि ये अपने समय का एक बेहद महत्वपूर्ण निर्माण था," प्रिया ने बेसप्लेट को खांचे से निकालकर अपने हाथ में लेते हुए कहा। "कहा जाता है कि परोपकारी अकबर ने यहां की तीर्थयात्रा की थी और कहा जाता है कि उसके दौरे की याद में बनवाए गए चार मंदिरों में से एक ये था। इसे बनाने के लिए कई हज़ार मजदूरों और दस्तकारों ने पांच साल से ज़्यादा तक काम किया था।"

प्रिया और तारक जल्दी-जल्दी खंडहरों में खोज करने लगे। मंदिर का नक़्शा क्रॉस के आकार था और मध्यभाग की लंबाई और चौड़ाई दोनों ही लगभग सौ फ़ुट के बराबर थी। दीवारों के एक-एक इंच पर जटिल सजावटें और बारीक खुदाइयां थीं। मंदिर की बदहाली को देखकर प्रिया का ख़ून खौल रहा था।

"हम इतने विश्वस्त कैसे हो सकते हैं कि यही वो मंदिर है, माताजी?" तारक ने पूछा।

"तुमने सैनी के बताए हुए अनुवाद को नहीं सुना था?" प्रिया ने पूछा। "घृणा को दूर कर दो और प्रेम करना सीखो, मानसिंह तुमसे कहता है। मेरे सात तल के मंदिर को ढूंढ़ो, तो तुम मुझे भी ढूंढ़ लोगे। ये सात तलों का मंदिर था और राजा मानसिंह द्वारा बनवाया गया था। हम ठीक उसी स्थान पर हैं जहां हमें होना चाहिए!"

"लेकिन वो वाक्य जिसमें कहा गया है: जब रचना और विनाश

एकीकृत होते हैं, और 894 का शासन होता है! जहां नारियल और कमल मेरे मुकुट की शोभा बढ़ाते हैं, मैं नदी के किनारे मिलूंगा," तारक ने पूछा।

"ये ऐसा मंदिर है जिसे एक ही शताब्दी के अंदर बनाया और बर्बाद किया गया। ये अद्भुत ढांचा एक मुस्लिम शासक की उदारता और धार्मिक सहिष्णुता के कारण बना और एक अन्य के मूर्तिभंजन के कारण नष्ट हुआ," प्रिया ने कहा।

"जहां नारियल और कमल मेरे मुकुट की शोभा बढ़ाते हैं, मैं नदी के किनारे मिलूंगा। कमल का क्या, माताजी?" तारक ने पूछा।

"छत को देखो," प्रिया ने ऊपर की तरफ़ इशारा करते हुए कहा। "छत पर कई टन भारी एक शिल्पित कमल है।" तारक ने उसकी नज़रों का पीछा किया और भव्य फूल को देखा।

"और नारियल?" तारक ने पूछा।

"नक़्काशियों को देखा? तुम्हें कई स्थानों पर कमल का डिजाइन और नारियल का चिह्न दिखाई देगा। इससे पहले कि तुम पूछो, हम वृंदावन में हैं—यमुना नदी के तट पर—यानी वो शर्त जो नदी के किनारे मंदिर होने की बात करती है, पूरी होती है।"

"हां, लेकिन 894 नंबर का क्या महत्व है, माताजी?" तारक ने पूछा।

"मुझे अंदाज़ा नहीं, लेकिन इससे शायद ही कोई फर्क पड़ता हो, क्योंकि बाकी सभी शर्तें पूरी तरह पूरी हो रही हैं," प्रिया ने जवाब दिया। "यही वो जगह है जहां हमें तलाश करनी चाहिए।"

"लेकिन ये एक प्राचीन मंदिर है और काफ़ी बड़ा है। हम कहां से तलाश शुरू करें?" तारक ने पूछा।

"मुझे लगता है कि सबसे संभावित जगह गर्भगृह होगी," प्रिया ने कहा।

"गर्भगृह क्या होती है?" तारक ने जिज्ञासावश पूछा।

"गर्भगृह एक हिंदू मंदिर का परमपावन स्थल—सबसे अंदरूनी

स्थान—होता है जहां मूर्ति को रखा जाता है," प्रिया ने जवाब दिया। "संस्कृत में गर्भ का अर्थ है गर्भाशय। ये मंदिर की सबसे पवित्र जगह होती है। वहां सिर्फ़ मंदिर के पुजारियों को जाने की अनुमति थी और इसलिए किसी भी चीज़ को छिपाने के लिए ये सबसे सुरक्षित स्थल होना चाहिए।"

"इस मंदिर का गर्भगृह कहां है?" तारक ने पूछा।

"यही तो समस्या है?" प्रिया ने कहा। "अब जो इस मंदिर का गर्भगृह है, वो मूल गर्भगृह नहीं था।"

"लेकिन मेरा तो ख़्याल था कि सारे मंदिर वास्तुशास्त्र के नियमों के अनुसार बनते हैं। गर्भगृह जैसा महत्वपूर्ण स्थान बदल कैसे सकता है?" तारक ने पूछा।

"जब अंग्रेजों ने मरम्मत शुरू की तो उन्हें मंदिर में मामूली से बदलाव लाने पड़े थे। औरंगजेब के हमले के दौरान, उसका विनाश दल ऊपर से शुरुआत करके नीचे तक आया था। ऐतिहासिक विवरणों के अनुसार, जब केवल तीन तल बचे तो जमीन इतने भयानक रूप से थर्राने लगी कि औरंगजेब का दल जान बचाकर भाग खड़ा हुआ क्योंकि वो डर गए थे कि मंदिर कहीं एक साथ ही उन पर न आ रहे।"

"क्या हमारे पास कोई रिकॉर्ड है जो ये दिखाता हो कि मूल गर्भगृह कहां था?" तारक ने पूछा।

"नहीं," प्रिया ने जवाब दिया। "पहला गर्भगृह बंगाल के उत्कट वैष्णववादी चैतन्य महाप्रभु के शिष्यों ने बनाया था। ये शिष्य इस मंदिर के पहले पुरोहित बने थे। अफ़सोस कि उस गर्भगृह का कोई नामो-निशान नहीं बचा है। हम जानते हैं कि ये नक़्शा क्रॉस के आकार का है, इसलिए सबसे अच्छा अंदाज़ा क्रॉस के मध्य का हो सकता है।"

वो अंधियारे अंदरूनी भागों में तेज़ी से चलते हुए मंदिर के मध्य में पहुंचे। तारक ने अपनी फ़्लैशलाइट जला ली क्योंकि बाहर की रोशनी मध्य में लगभग नहीं के बराबर थी। वो मंदिर के भौगोलिक

मध्य में पहुंचे तो प्रिया के मुंह से एक आह निकल गई। ठीक उस स्थान पर जहां कभी मूर्ति रही होगी, एक तीन फ़ुट चौड़ा गड्ढा था—इतना बड़ा कि उसमें दो आदमी उतर सकते थे।

"जो हमने सोचा था शायद वही किसी और ने भी सोचा होगा," प्रिया ग़ुस्से से बड़बड़ाई और वो गड्ढे के किनारे खड़े होकर नीचे झांकने लगे। जिस किसी ने भी गड्ढा खोदा था उसने बड़े पेशेवर ढंग से काम किया था। गड्ढा बीस फ़ुट से ज़्यादा गहरा था और घायल होने से बचने के लिए परिधि पर तीखे किनारों को चिकना कर दिया गया था। किनारों पर खुदी हुई मिट्टी के ढेर लगे हुए थे। छत से एक मोटी सी रस्सी लटककर छेद के अंदर तक जा रही थी। "यहां जो कुछ भी था, वो शायद जा चुका है," प्रिया ने कहा। "फिर भी एक नज़र डाल लेते हैं।"

माताजी और उसका शिष्य दोनों बलदार रस्सी पर लटककर अंदर गए। तारक ने उतरते हुए फ़्लैशलाइट को अपने मुंह में दबा रखा था, और प्रिया उसके पीछे थी। उनके पैर पक्की जमीन पर पड़े, तो प्रिया अपने हाथों और घुटनों के बल झुकी और उतावलेपन से अपने हाथ मिट्टी के फ़र्श पर चलाने लगी।

उसी क्षण ऊपर से एक रोशनी पड़ी। प्रिया और तारक ने घबराकर ऊपर देखा। चेहरा पहचान पाना मुश्किल था लेकिन आवाज़ एकदम स्पष्ट थी। ये सीबीआई के स्पेशल डाइरेक्टर सुनील गर्ग की खरखराती आवाज़ थी। इससे पहले कि प्रिया और तारक रस्सी तक पहुंच पाते, गर्ग ने रस्सी को काट दिया। अब उनके निकलने का कोई रास्ता नहीं बचा था। "पुराने दोस्तों से मिलकर हमेशा अच्छा लगता है," गर्ग ने दोस्ताना ढंग से कहा। "मैंने देखा कि कुछ समय से तुम दोनों बहुत ज़्यादा काम और तनाव में हो। ऐसी अच्छी, ठंडी और अंधियारी जगह पर तुम अच्छी तरह आराम कर सकोगे।"

अचानक, प्रिया और तारक पर ऊपर से मिट्टी और कंकरियों की एक बौछार पड़ी।

"ॐ श्री पृथ्वी रक्षकाय नमः," गर्ग ने मंत्रोच्चार करते हुए

मिट्टी भरकर पहला फावड़ा नीचे डाला।

"ए!" प्रिया गुस्से से चिल्लाई। "हम समझौता कर सकते हैं। मुझे लगता है मैं जानती हूं पत्थर कहां है। सुनो..."

"समझौतों का समय ख़त्म हो गया, माताजी," वो चिल्लाया। "इस बारे में तब सोचना चाहिए था जब तुमने मुझे वॉल्ट में छोड़ा था जहां से मुझे स्थानीय पुलिस ने संदिग्ध हालत में उठाया! ॐ श्री मांगल्य दायकाय नमः" गर्ग ने पढ़ा और ऊपर से एक फावड़ा मिट्टी और डाली।

प्रिया ने अपने मुंह में गिरी मिट्टी को थूका। "मैंने तुम्हें बंधा छोड़ा था लेकिन तुम्हें मारा नहीं था," उसने तर्क किया।

"तो हमारी बराबरी हो गई," गर्ग चिल्लाया। "जब तुम छोटी थीं, तो मैं तुम्हें तुम्हारी सरला आंटी के पति की हत्या के लिए गिरफ़्तार करके रिमांड होम भेज सकता था, पर मैंने ऐसा नहीं किया। ॐ श्री मांगल्य दायकाय नमः" उसने पढ़ा, और ऊपर से और मिट्टी गड्ढे में डाली।

गड्ढे की गहराई में, माताजी और तारक फ़र्श पर बैठकर प्रभु के नामों का जप करने लगे। वो जानते थे कि उनका समय आ गया है।

96

मैंने पांडवों को धृतराष्ट्र और गांधारी का आशीर्वाद लेने के लिए भेजा। गांधारी और द्रौपदी एक दूसरे से लिपटकर रोने लगीं—दोनों ऐसी मांएं थीं जिन्होंने अपनी सारी संतानों को खो दिया था। विदुर ने गांधारी को सलाह दी थी, "कृपया ध्यान रखें कि आप पांडवों को शाप न

दें, अन्यथा इस देश में कोई शासक वंश नहीं बचेगा।" अत: गांधारी ने अपने क्रोध को नियंत्रण में रखा। परंतु जैसे ही वे युद्धस्थल पर पहुंचीं जहां उनके पुत्रों के मृत शरीर बिखरे पड़े थे, तो उनका क्रोध वापस आ गया। वहां कई घंटों तक उदास बैठी रहने के बाद, उन्हें अंतत: भूख लग आई और उन्हें ऊपर से आमों की महक का अनुभव हुआ। भोजन के लिए उतावली गांधारी पत्थरों का ढेर लगाकर पेड़ से फल तोड़ने के लिए चढ़ गईं। फल खाने के बाद, उन्हें आभास हुआ कि फलों तक पहुंचने के लिए उन्होंने पत्थरों का नहीं बल्कि अपने पुत्रों के शवों का प्रयोग किया था। तब उन्हें पता चला कि वास्तव में इसके पीछे मैं था ताकि वे भ्रम की शक्ति के बारे में जान सकें। उस क्षण, उन्होंने मुझे शाप दिया। "तुम भी अपने प्रियजनों को खोओगे, कृष्ण! तुम्हारा वंश एक दूसरे को नष्ट करता रहेगा और तुम बेबसी से देखते रहोगे और तुम एक शिकारी के हाथों एक पशु की तरह मरोगे!"

अस्पताल का वो कमरा प्रकाशित और हवादार था जिसमें सैनी जागा। वो दो दिन से ज़्यादा से बेहोश रहा था। उसके कमरे के बाहर राठौड़ ये सुनिश्चित करने के लिए दृढ़ खड़ा था कि प्रिया और तारक जैसे लोग वहां प्रवेश न कर सकें। कमरे के अंदर, राधिका उसके बेड के पास बैठी उसके ठीक होने के लिए प्रार्थना कर रही थी। जब वो हिला, तो वो ख़ुशी से झूम उठी। सारी औपचारिकता को भुलाते हुए, उसने उसके माथे को चूम लिया। ऐसा करना एकदम स्वाभाविक लगता था। "वो कह रहे थे कि अगर वो पांच मिनट देरी से पहुंचते, तो तुम ख़ून बहने से मर जाते," उसने आंसू भरी आंखों से कहा और उसके बालों में कोमलता से उंगलियां फिराती रही। सैनी के चेहरे पर एक कमज़ोर सी मुस्कुराहट आ गई। उसने अपने शरीर को थोड़ा सा हिलाया और उसे अहसास हुआ कि उसके बाएं पैर में कसकर

पट्टियां बंधी हुई हैं।

"तुम्हारे पैर में टांके लगे हैं," राधिका ने स्पष्ट किया। "घाव ने शायद तुम्हारी धमनी को काट डाला था।"

सैनी कमज़ोरी से हंसा। "कृष्ण की कुंजी का पीछा करने ने मुझे दो बार और तुम्हें एक बार अस्पताल पहुंचा दिया है। जब तक रहस्य पूरी तरह उजागर होगा, हम दोनों के पास मेडिकल योग्यताएं हो जाएंगी!"

"बस अब मुझे कृष्ण की कुंजी की फिक्र नहीं है और न इसकी कि ये कुंजी कहां ले जाएगी," राधिका ने धीरे से कहा। "मुझे विश्वास हो गया था कि मैंने तुम्हें हमेशा के लिए खो दिया है, रवि। प्लीज़, क्या हम इस खोज को छोड़ नहीं सकते? तुम्हें सत्तर यूनिट से ज़्यादा ख़ून चढ़ा है!"

सैनी ने विषय बदल दिया। "मेरे ऊपर नश्तर का इस्तेमाल होने के बाद मैं यहां कैसे पहुंचा?" उसने पूछा। राधिका ने उसे बताया कि किस तरह राठौड़ उसे फ़ोन करने की कोशिशें कर रहा था और किस तरह से वो इसी वजह से साउथ दिल्ली सेफ़्टी वॉल्ट्स तक पहुंच गया था। "मैं सोचकर ही कांप जाती हूं कि जो राठौर ने किया अगर वो नहीं किया होता तो क्या होता," राधिका ने बताया।

"वो कहां है?" सैनी ने धीरे से पूछा। राधिका ने कमरे के बाहर जाकर राठौड़ को इशारे से अंदर बुलाया। राठौड़ को ये देखकर राहत मिली कि वो पांच अपेक्षित शिकारों में से कम से कम एक को तो बचा सका। उसने इस बारे में सैनी से मज़ाक़ किया।

"तुम राधिका के साथ संपर्क साधने की कोशिश क्यों कर रहे थे?" सैनी ने ख़ुद को उठाने की कोशिश करते हुए कहा। राधिका ने उसे रोक दिया। इसके बजाय, उसने उसे थोड़ा उठाने के लिए अस्पताल के बेड की साइड में लगे इलेक्ट्रॉनिक बटन को दबा दिया।

"जब कुरकुड़े की सेक्रेटरी को मारा गया था, तो उसके टर्मिनल से कुछ डाटा चुराया गया था। हम ये पता करने में सफल रहे थे कि वो क्या था," राठौड़ ने समझाया।

"क्या था वो?" सैनी ने पूछा।

"ये सारे देश में गाइगर काउंटरों द्वारा रिकॉर्ड किया गया रेडियोएक्टिविटी लेवल का डाटा था," राठौड़ ने जवाब दिया। "रिसर्च टीम ने डाटा डंप को एक नक़्शे में बदला और उसके बिंदु मुझे समझाए। ये उस दिन मुझे फैक्स किया गया था जिस दिन छेदी और मैं दिल्ली पहुंचे थे। मैं ये जानकारी अपनी बॉस के साथ बांटना चाहता था लेकिन ज़ाहिर है उनका फ़ोन वॉल्ट के बेसमेंट में आउट ऑफ़ रेंज था।"

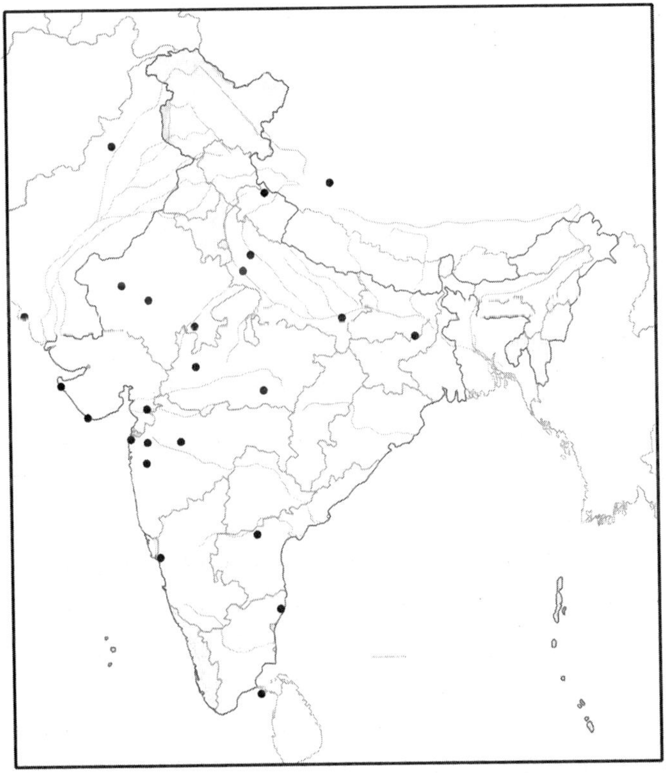

"मैं वो नक़्शा देख सकता हूं, प्लीज़," सैनी ने कमज़ोरी से अपना हाथ आगे बढ़ाते हुए कहा। राधिका ने आह भरी। वो मौत के

द्वार पे खड़ा रहा था और बड़ी मुश्किल से ज़िंदा वापस लौट सका था, लेकिन फिर भी ख़ुद को तलाश से रोकने में नाकाम था।

राठौड़ ने राधिका की प्रतिक्रिया को देखा और बात को बदलने की कोशिश की। "ये हम जैसे ग़ैर-टैक्निकल लोगों के लिए काला अक्षर है। हमें शायद ही इससे कुछ मदद मिल सके," वो बोला। सैनी उसे देखकर मुस्कुराया। "कोई बात नहीं। एक कोशिश करके तो देख ही सकता हूं," उसने निवेदन किया।

राठौड़ ने राधिका की खातिर अपने कंधे उचका दिए। उसने तह किया फैक्स संदेश अपनी जेब से निकाला और सैनी को दे दिया जो तुरंत उसके अध्ययन में खो गया।

"इसमें एक पैटर्न है," सैनी ने राठौड़ से कहा। "जरा मुझे अपना पैन दोगे, प्लीज़?" राठौड़ ने अपना पैन निकालकर उसे दे दिया।

"जरा वो मेज़ इधर खिसकाओगी?" उसने पहियों वाली डाइनिंग ट्रॉली की ओर इशारा करते हुए राधिका से कहा। राधिका ने बहुत बेदिली से उसे सैनी के क़रीब कर दिया। "मैं अब भी नहीं समझ पा रही कि हम क्यों इस मुद्दे पर अपना समय बर्बाद कर रहे हैं। तुम इसे छोड़ नहीं सकते, रवि?" उसने विनती की।

सैनी उसे देखकर मुस्कुराने लगा। "मैं वादा करता हूं कि बस एक बार मैं इस नक़्शे को देख लूं, फिर तुम इस मुद्दे के बारे में नहीं सुनोगी। पक्का?"

सैनी ने नक़्शे वाले फैक्स को अपने सामने मेज़ पर बिछाया और स्थानों को नाम देने लगा। लगभग दस मिनट के अंदर वो ये काम पूरा कर चुका था। वो अपने सामने मौजूद नक़्शे को निहारने लगा।

"लगता है तुम स्कूल में इतिहास में ही नहीं बल्कि भूगोल में भी अच्छे थे," राठौर ने दांत निकालते हुए कहा। "इससे क्या जानकारी मिलती है? कुछ ऐसा जिससे हमें मदद मिल सके?"

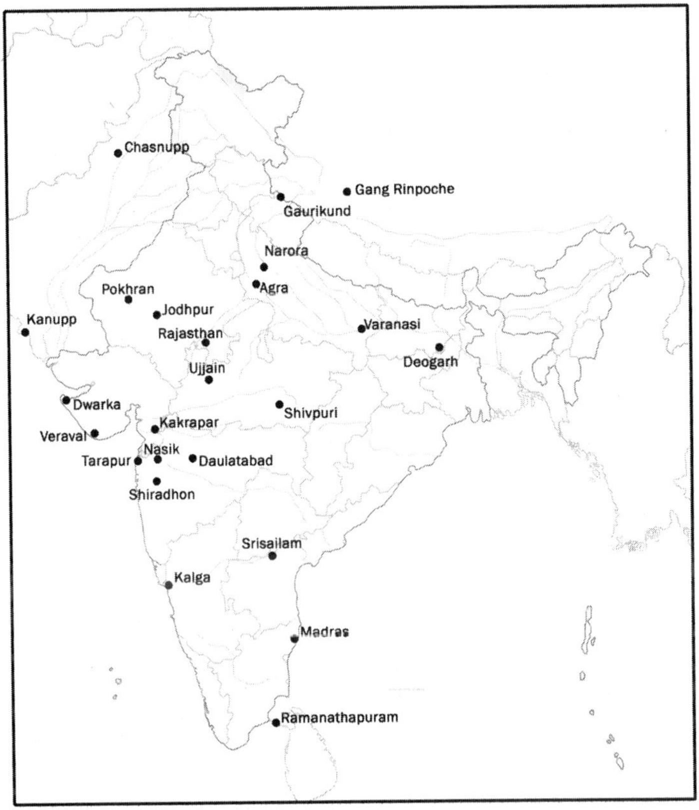

"दरअसल ये बहुत सरल है," सैनी ने जवाब दिया। "इन चौबीस जगहों को ध्यान से देखो। इन चौबीस में से आठ जगहें ऐसी हैं जहां परमाणु ऊर्जा प्लांट स्थित हैं। इन आठ जगहों पर गाइगर काउंटर के आंकड़े का उच्च होना प्राकृतिक है। इसलिए मैं इन्हें अपने नक़्शे से कैंसल कर देता हूं।" सैनी ने आठ नाम और स्थान काट दिए।

"अब हमारे पास सोलह जगहें बचती हैं," सैनी ने आगे कहा। "इनमें जोधपुर क्षेत्र भी शामिल है, जहां कुरकुड़े ने शुरू में उच्च

रेडिएशन स्तर देखे थे। मेरे विचार से, हम जोधपुर को भी काट सकते हैं क्योंकि ये संभवत: पृथ्वी के अंदर प्राकृतिक रूप से होने वाले प्राचीन परमाणु रिएक्टर की जगह है," सैनी ने कहा।

"प्राकृतिक रूप से होने वाले परमाणु रिएक्टर?" राधिका ने पूछा।

"हां। प्रोफ़ेसर कुरकुड़े ने इस विकल्प पर मुझसे बात की थी," सैनी ने जवाब दिया। "ये डॉ. पॉल कुरोडा की खोज पर आधारित है।"

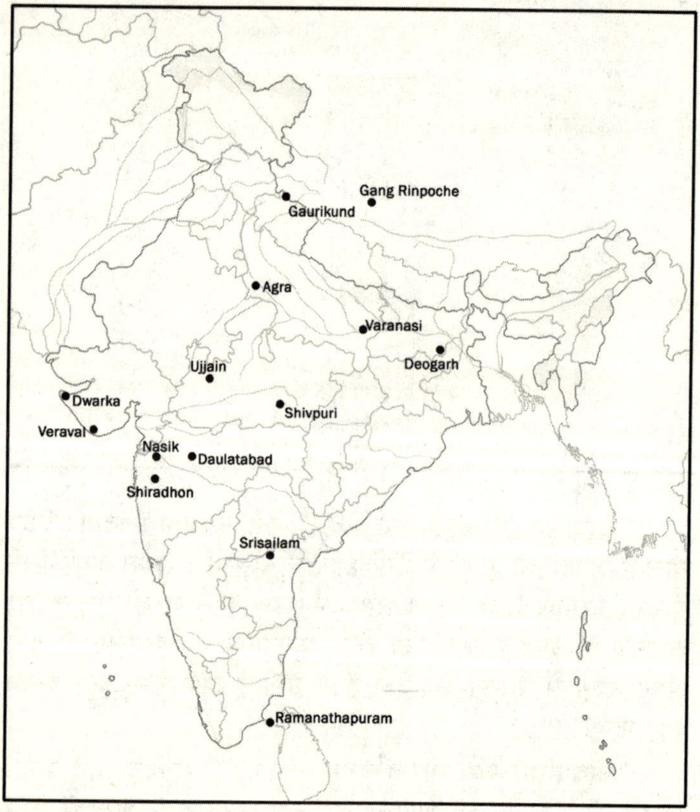

"फिर क्या?" राठौड़ ने पूछा।

"हम पोखरण को भी निकाल सकते हैं जो कि भारतीय सरकार द्वारा एक नियंत्रित विस्फोट करने के लिए परीक्षण स्थल था," सैनी ने कहा। "वहां भी रेडिएशन का लेवल हाई ही होगा। अब हमारे पास कुल चौदह स्थान बचे।" सैनी ने एक बार फिर से बची हुई जगहों को देखा।

"कुछ अजीब सा दिखाई दिया?" सैनी ने राधिका और राठौड़ को नक़्शा दिखाते हुए कहा। वो दोनों बार-बार देखते रहे, लेकिन उन्हें कुछ ख़ास नहीं दिखाई दिया।

"इसमें ख़ास ये है," सैनी ने कहा, "कि आगरा और कैलाश पर्वत को छोड़कर, बाकी बारह जगहें शिवलिंग के स्थल हैं—वास्तव में भारत के बारह सबसे पवित्र स्थल!"

97

अंततः, अंत्येष्टियों और शोक का समापन हुआ। अब युधिष्ठिर के राज्याभिषेक का समय था। किंतु युधिष्ठिर सिंहासनारोहण के लिए तैयार नहीं थे। "मैं ऐसा मुकुट कैसे पहन सकता हूं जो मेरे अपने परिजनों को मारने के बाद जीता गया है?" उन्होंने पीड़ित भाव से पूछा। जिस प्रकार मैंने अर्जुन को युद्ध क्षेत्र में लड़ने का परामर्श दिया था, उसी प्रकार अब मैंने युधिष्ठिर से कहा, "आप निश्चित रूप से संन्यासी बन सकते हैं, किंतु क्या यह अपने लोगों को त्याग देना नहीं होगा—वे लोग जिन्हें इस नरसंहार के बाद वास्तव में आपकी सहानुभूति की आवश्यकता है? आपके पास इस राज्य में एक बार पुनः धर्म को स्थापित करने की शक्ति है! अपने कर्तव्य से

भागिए मत," मैंने कहा। युधिष्ठिर ने मेरी बात के सत्य को समझा और हस्तिनापुर के प्राचीन कुरु सिंहासन पर बैठने के लिए तैयार हो गए। ब्राह्मणों ने मंत्रोच्चार किया, और हस्तिनापुर के लोगों ने अपने नए राजा के आगे सिर झुका दिए और उन पर पुष्पों की वर्षा की।

राधिका ने एक बार फिर अपने सामने पड़े नक़्शे को देखा। सैनी ने शहरों के नाम हटाकर उनकी जगह शिवलिंगों के नाम लिख दिए थे... वो एकदम सही था! आगरा और कैलाश पर्वत को छोड़कर, शेष बारह जगहें वाकई भारत के सबसे पवित्र शिवलिंगों की जगहें थीं।

"सोमनाथ को हमेशा से बारह में सबसे पवित्र माना गया है," सैनी ने कहा।

"मैं ये नहीं समझ पा रही कि नक़्शे में आगरा और कैलाश पर्वत भी क्यों हैं," राधिका ने टिप्पणी की। सैनी ने कोई जवाब नहीं दिया। वो अस्थायी रूप से अपने विचारों में खोया लगता था। वो अपने दिमाग़ पर जोर डालकर याद करने की कोशिश कर रहा था कि उस समय प्रिया ने क्या कहा था जब वो वॉल्ट के अंदर उन पर बंदूक ताने हुए थी:

सहयोग के लिए शुक्रिया। मुझे अच्छा लगता कि मैं यहां रुककर गपशप करती, लेकिन मेरे लिए स्यमंतक ढूंढ़ना ज़रूरी है। प्रोफ़ेसर रवि मोहन सैनी, तुम्हारे लिए मेरे दिल में हमेशा एक ख़ास मुकाम रहा। इसीलिए मैं अपने प्रिय बालक तारक को अपने दम पर ऐसा करने की इजाजत नहीं दे सकी। भगवान न करे, हम तुम्हारे साथ दूसरों जैसा बर्ताव नहीं कर सकते!

स्यमंतक! प्रिया का मानना था कि कृष्ण की कुंजी वास्तव में दार्शनिक के पत्थर की ओर इशारा कर रही है!

"हमें प्रिया से बात करनी होगी," सैनी ने कहा।

"क्या? उसने तुम्हें मारने की कोशिश की थी!" राधिका बोली।

"जो भी हो। लगता है उसके पास वो जानकारी है जो हमारे पास नहीं है," सैनी ने जवाब दिया।

"मुझे शक है कि तुम उससे दोबारा कभी मिल सकोगे," राधिका ने कहा।

"क्यों? इसलिए कि वो रहस्य को पाने के बाद भाग चुकी होगी?" सैनी ने पूछा।

"नहीं, इसलिए कि वो अब तक सुनील गर्ग के हाथों में होगी," राधिका ने कहा, और उसके होंठों पर बिल्ली जैसी मुस्कुराहट मंडराने लगी।

"उसका इस सबसे क्या ताल्लुक?" राठौड़ ने पूछा।

"जब मेडिकल टीम ने तुम्हें स्थिर कर दिया था, तो मैं गर्ग के पीछे लग गई। मैंने उससे कहा कि मुझे पूरे समय पता था कि वह वॉल्ट के अंदर ही बैठा था। मैंने उसे बताया कि मैं समझ गई थी कि तुम्हें फ़ोन मि. रावल ने नहीं बल्कि उसने किया था। मैंने उसे सुझाव दिया कि अगर वो ये नहीं चाहता है कि इस मामले में उसकी संदिग्ध भूमिका सबके सामने आए, तो वो प्रिया और तारक को संभाल ले," राधिका ने नपे-तुले शब्दों में सावधानीपूर्वक कहा। राठौड़ हंसने लगा और सैनी इतना अचंभित था कि वो कुछ बोल ही नहीं सका। राधिका सिंह ने एक बार फिर से साबित कर दिया था कि पुलिस विभाग में क्यों उसकी ऐसी ज़बरदस्त साख थी।

"अगर हम प्रिया से नहीं पूछ सकते, तो हमें ख़ुद ये समझने की कोशिश करनी चाहिए। कैलाश पर्वत का नक़्शे में होने का ठीक वही कारण है जो सोमनाथ के होने का है," सैनी ने गूढ़ ढंग से कहा।

"पहेलियां मत बुझाओ," राधिका ने थोड़ा झुंझलाते हुए कहा।

"स्यमंतक एक रूपांतरकारी आइसोटोप है," सैनी ने कहा। "एक ऐसा तत्व जो एक तत्व को किसी दूसरे तत्व में बदल सकता है। आधुनिक विज्ञान द्वारा सिद्ध किया जा चुका है कि रूपांतरण परमाणु प्रक्रिया द्वारा सबसे अच्छी तरह होता है। इसीलिए ऐसा

लगता है कि स्यमंतक एक परमाणु आइसोटोप हो सकता है।"

"इससे नक़्शे में कैलाश पर्वत के होने के बारे में क्या पता चलता है? हम ख़ुद वहां गए थे! वहां बर्फ की एक विशाल चादर के अलावा कुछ भी तो नहीं था," राधिका ने कहा।

"मैं वहां कुछ होने की उम्मीद नहीं कर सकता। मेरा सिद्धांत है कि कैलाश पर्वत एक पहाड़ नहीं बल्कि एक कीमियागर का पिरामिड है!" सैनी ने आत्मविश्वास के साथ कहा।

"आख़िर ये कीमियागर का पिरामिड क्या है?" ऐसे गूढ़ केसों के बजाय पुराने ढर्रे के चोरी, अपहरण और जबरन वसूली के केसों में दांत गड़ाने की इच्छा करते हुए राठौड़ ने पूछा।

98

राज्याभिषेक पूरा होने के बाद मैंने युधिष्ठिर से कहा कि वे अपने भाइयों के साथ जाकर भीष्म का आशीर्वाद लें, जो अभी भी अपनी बाणों की शैया पर जीवित थे। युधिष्ठिर ने भीष्म के पास बैठकर वयोवृद्ध भीष्म से राजा के कर्तव्यों के बारे में जाना। युधिष्ठिर और भीष्म के बीच कई दिनों तक वार्तालाप चला जिसमें भीष्म ने युधिष्ठिर के सभी प्रश्नों के उत्तर दिए। महाभारत युद्ध के बाद पूर्ण चंद्र के आठवें दिन, भीष्म ने अपने प्राण त्याग दिए। वह व्यक्ति जिसने सिंहासन को त्याग दिया था और केवल इसलिए जीवन भर ब्रह्मचर्य अपनाने का प्रण लिया था कि उसके पिता एक अन्य स्त्री से विवाह कर सकें, एक ऐसा उदाहरण था जिस पर पांडवों को चलकर दिखाना था।

"कीमिया का उद्देश्य है निचले रूपों से ऊंचे रूपों में परिवर्तन," सैनी ने अपनी बात शुरू की। "कीमिया का सबसे सामान्य तरीका जस्ते को सोने में या सोने को जस्ते में बदलना माना जाता है, लेकिन वास्तव में कीमिया आध्यात्मिक रूप से कहीं अधिक प्रासंगिक है—जिसका अंतिम उद्देश्य मौत के बाद ज़िंदगी देना है। पिरामिड कीमिया का परम प्रतीक है। मिस्री फरो पिरामिडों में इसीलिए दफ़्न होते थे कि उनका मानना था कि पिरामिड में मौत को ज़िंदगी में बदलने की शक्ति होती है।"

"एक पिरामिड वास्तव में किस तरह मौत में ज़िंदगी फूंकता है," राधिका ने पूछा।

"इसके लिए हमें ऑरगॉन के सिद्धांत को समझना होगा," सैनी ने जवाब दिया।

"ऑरगॉन? ये क्या है?" राधिका ने पूछा।

"कीमिया इस सिद्धांत पर आधारित है कि जिसे हम ईश्वर कहते हैं वो वास्तव में महज एक जीवन शक्ति है," सैनी ने कहा। "ऑरगॉन वही जीवन शक्ति है। इसे विभिन्न संस्कृतियों में अलग-अलग नामों से पुकारा गया है—ऑरा, ईथर, ची, की, मन, आकाश या प्राण—लेकिन इन सबका अर्थ बिल्कुल एक है। ऑरगॉन का सिद्धांत मूल रूप से 1930 के दशक में विल्हेम राइक ने दिया था, लेकिन भारत में प्राण की धारणा प्राचीन वैदिक काल से रही है। ऑरगॉन को एक द्रव्यमानरहित पदार्थ माना जाता है जो बहुत हद तक दीप्तिमान ईथर जैसा होता है लेकिन जो जड़ पदार्थ के बजाय जीवित ऊर्जा से संबंद्ध है। राइक का मानना था कि शारीरिक ऑरगॉन में कमी ही कई रोगों—कैंसर सहित—का कारण होती है। भारी-भरकम शब्दों को छोड़कर कहा जाए, तो ऑरगॉन बस वो जीवन या आत्मा है जो ईश्वर अपनी सारी रचना में डालता है। ये ताजा भोजन, ताजा पानी और ताजी हवा में मिल सकता है—इसीलिए आयुर्वेद में ताजा भोजन खाने पर इतना जोर दिया गया है।"

"हमने ऑरगॉन के बारे में पहले कभी क्यों नहीं सुना? डॉक्टर

और मेडिकल व्यवसायी ऑरगॉन की बात क्यों नहीं करते हैं?" सैनी के ख़ुलासों से अचंभित राधिका ने पूछा।

"राइक ने जीवन शक्ति की धारणा में रिसर्च करने के लिए ऑरगॉन इंस्टीटयूट की स्थापना की थी," सैनी ने जवाब दिया। "दुर्भाग्य से, उसकी रिसर्च में पता चला कि ऑरगॉन—अन्य चीज़ों के अलावा—टेलीकॉम टॉवरों और कैमिकल प्लांटों के नज़दीक कमज़ोर होता है। इन उद्योगों के निहित स्वार्थों ने जोड़-तोड़ की और जल्दी ही यूएस फूड एंड ड्रग एडमिनिस्ट्रेशन ने इंस्टीटयूट के काम पर पाबंदी लगाने के लिए संघीय अदालत का आदेश प्राप्त कर लिया। राइक को जेल में डाल दिया गया और ऑरगॉन से संबंधित सारी जानकारी को धीरे-धीरे नष्ट कर दिया गया। जल्दी ही ऑरगॉन एक व्यर्थ, गौण वैज्ञानिक सिद्धांत बनकर रह गया। मजेदार बात ये है कि नेशनल सेंटर फॉर कंप्लीमेंटरी एंड ऑल्टर्नेटिव मैडिसिन इन यूएस कुछ उपचारीय प्रक्रियाओं में अभी भी ऑरगॉन को प्रतिमान के रूप में लेती है!"

"इस ऑरगॉन सिद्धांत में पिरामिड कहां फिट होता है?" राधिका ने पूछा।

"पिरामिड ने अपनी भूमिका ऑरगॉन संचायक के रूप में निभाई—एक विशाल मशीन जो हवा, पानी और पृथ्वी से जीवन ऊर्जा को चूसती थी और उसे एक बिंदु पर केंद्रित कर देती थी," सैनी ने जवाब दिया।

"तो, मिस्री लोग अपने फरो को वास्तव में एक ऊर्जा संचायक में रखते थे ताकि वे न केवल संरक्षित रहें बल्कि ताजी ऊर्जा के साथ पुनर्जन्म भी ले सकें?" राधिका ने पूछा।

"बिल्कुल सही," सैनी ने जवाब दिया। "पिरामिड के चार पक्ष होते हैं जो हवा के सामने रहते हैं, लेकिन इसकी एक पांचवीं साइड भी होती है—जिस पर ये टिकता है। प्राचीन लोगों का मानना था कि पांच पक्ष प्राण—या जीवन ऊर्जा—को पिरामिड के मध्य में संचित कर सकते हैं। ये इस वैदिक विचार के अनुरूप था कि पांच का अंक

संसार के केंद्र में है। इस तरह एक पिरामिड एक प्राचीन कीमियागर के हाथों में एक महत्वपूर्ण उपकरण था।"

"क्या ऑरगॉन वास्तविक है?" राठौड़ ने अविश्वास से पूछा। "क्या कोई वैज्ञानिक प्रमाण है कि इसका अस्तित्व है?"

"वैज्ञानिक रिसर्च संस्थान द्वारा इससे जोड़ दिए गए कलंक के कारण अधिकांश ऑरगॉन रिसर्च को दफ़्न कर दिया गया है। इस क्षेत्र में जो काम जारी है वो ज़्यादातर कुछ उत्साही और शौकिया लोग कर रहे हैं," सैनी ने कहा। "मसलन, वैंकूवर के एक शौकिया कनाडियाई रिसर्चर ने एबट्सफ़ोर्ड में एक पूरे आकार का तांबे का पिरामिड बनाया था। उसने मांस के कई टुकड़े अपने पिरामिड के कई भागों में रखे। उसके अध्ययन के अनुसार, पिरामिड की दीवारों के नज़दीक रखा मांस सड़ गया, जबकि पिरामिड के केंद्र में रखा मांस का टुकड़ा कई महीने बाद भी संरक्षित रहा।"

"तुम्हें इसपर विश्वास है?" राधिका ने पूछा।

"सवाल ये नहीं है कि मुझे विश्वास है या नहीं," सैनी ने जवाब दिया। "इस बातचीत से अहम् परिणाम ये सामने आता है कि प्राचीन लोग इसपर विश्वास करते थे। कैलाश पर्वत संभवत: एक विशाल जीवन ऊर्जा-शोषण यंत्र था और शायद उस पदार्थ का स्रोत भी जिसे कृष्ण के समय में स्यमंतक पत्थर के नाम से जाना गया। संभव है कि इस पदार्थ में परमाणु गुण मौजूद रहे हों, जिसके कारण सोमनाथ शिवलिंग में रखे जाने पर इसमें रूपांतरणकारी प्रभाव आ गया हो।"

"तो तुम्हें लगता है कि कैलाश पर्वत एक विशाल मानवनिर्मित पिरामिड था?" राधिका ने पूछा।

"शायद ये मानवनिर्मित नहीं हो," सैनी ने कहा। "ये शायद एक पहाड़ रहा हो जिसे उस युग के कीमियागरों ने काटकर आवश्यक आकार दे दिया हो। ये आश्चर्यजनक है कि कैलाश पर्वत के चार पक्ष कंपास के चार प्रमुख बिंदुओं के एकदम अनुरूप हैं। उससे भी आश्चर्यजनक ये है कि पश्चिम में इसका 108 डिग्री का अवतल फलक है और दो उत्तरी फलक भी मिलकर 108 डिग्री बनते हैं। ये

महज इत्तफाक नहीं हो सकता।"

"और पिरामिड का उद्देश्य प्राण—या ऑरगॉन—को संग्रहीत करना था जिसे अंतत: एक उत्परिवर्ती पदार्थ के रूप में इस्तेमाल किया जा सके?" राधिका ने पूछा।

"हां। भगवतम् पुराण में भी कहा गया है कि संसार पांच तत्वों से मिलकर बना है जिन्हें इसने पंचभूत कहा है। ये हैं पृथ्वी, जल, अग्नि, वायु और आकाश। कैलाश पर्वत का पिरामिड—जिसमें आधार समेत पांच पक्ष हैं—एक विशाल संचायक था जिसका काम इन पांचों तत्वों से जीवन ऊर्जा को संचित करना था," सैनी ने जवाब दिया।

"तो कैलाश और सोमनाथ में रिकॉर्ड की गई रेडियोएक्टिविटी एक ही चीज़ है, क्योंकि इसका मूल स्यमंतक पत्थर में है?" राधिका ने पूछा।

"वास्तव में, इन सभी जगहों की रेडियोएक्टिविटी इसी कारण से है," सैनी ने जवाब दिया। "संभव है कि ग़जनवी के हमले के बाद, जाटों और राजपूतों ने महसूस किया हो कि पत्थर की जगह को बार-बार बदलते रहने में ही समझदारी होगी। मंदिर एक स्वाभाविक विकल्प होते। समस्या ये थी कि वो मूर्तिभंजन का दौर था, और ज़्यादातर मंदिरों पर नष्ट हो जाने का ख़तरा था।"

"तो आज वो पत्थर कहां मिलेगा?" राठौड़ ने पूछा।

"एकमात्र स्थान जो अजीब लगता है, वो है आगरा—इसके सूची में होने का कोई कारण नहीं है," सैनी ने कहा। "लेकिन आगरा ही वो स्थान है जिसे ग़जनवी के मकबरे के दरवाज़ों को रखने के लिए अंग्रेजों ने चुना था। मैंने सुना है कि वो अभी भी आगरे के किले के एक भंडारण कक्ष में मौजूद हैं। मेरे अंदाज़े से तो इसे आगरा में ही ढूंढ़ना चाहिए।"

99

भीष्म के देहांत के कुछ ही समय बाद, अभिमन्यु की विधवा उत्तरी को प्रसव पीड़ा होने लगी। सभी प्रसन्न थे—यह अगली पीढ़ी का अंतिम जीवित सदस्य होने वाला था। स्त्रियों के देखते ही देखते, उत्तरी का पानी फूटा और उसने एक पुत्र को जन्म दिया। किंतु शीघ्र ही घबराहट फैल गई क्योंकि शिशु रो नहीं रहा था। स्त्रियों का विलाप सुनकर, मैं उत्तरी के निवास पर पहुंचा और मैंने नवजात को अपनी गोद में ले लिया। मैं धीरे से शिशु के कान में फुसफुसाया, "भयभीत मत हो। यह पृथ्वी उतनी अनिष्टकारी नहीं है जितना कि तुम सोचते हो। यहां अच्छाई और प्रसन्नता भी है। चलो, नन्हे-मुन्ने, आ जाओ।" मेरे शब्दों से प्रोत्साहित होकर, शिशु आंखें खोलकर मुस्कुराने लगा। "संसार में स्वागत है, परीक्षित," मैंने मुस्कुराते हुए कहा।

राठौड़ को किला देखने के लिए आगरा भेज दिया गया था और सैनी को दो दिन बाद इस स्पष्ट शर्त के साथ अस्पताल से जाने दिया गया कि वो ख़ुद पर ज़्यादा थकान नहीं आने देगा और बैसाखी का इस्तेमाल करेगा ताकि बाएं पैर पर बहुत ज़्यादा दबाव नहीं पड़े। राधिका अस्पताल में उसके रहने के पूरे समय के दौरान उसके साथ रही थी, और लगभग उसी ने उसकी देखभाल करके उसे वापस स्वस्थ किया था।

उस शाम, राधिका और सैनी महरौली में एक इटैलियन रेस्तरां में डिनर के लिए गए। मेन्यु को नज़रअंदाज़ करते हुए, उन्होंने कीआंती की एक बोतल का ऑर्डर दिया और फिर उसके बाद बारोलो की एक बोतल का। जब तक वो कई गिलास वाइन पलटी

और चढ़ाई जाती, तब तक वो दोनों भी एक दूसरे के आगे अपने दिल पलटने में सफल हो चुके थे। जब वो एक बारबारेस्को ऑर्डर करने का सोच रहे थे, तो वहां के प्रशासन ने विनम्रता के साथ बताया कि बंद होने के समय के बाद भी काफ़ी समय बीत चुका है।

"दो दिन अस्पताल में रहने के बाद, मैं एक नर्स का हो गया," सैनी ने कहा। उसके चेहरे पर मुस्कुराहट थी लेकिन आंखें पूरी तरह गंभीर थीं। सैनी ने बिल चुकाया और टेबल से उठ गया। राधिका ने बैसाखी संभालने में सैनी की मदद की और वो दोनों पार्किंग लॉट की ओर चल दिए जहां सैनी की कार खड़ी थी। वो टीनएजर्स की तरह हाथ में हाथ डाले हुए थे और इस अहसास से ख़ुश थे कि उन्हें एक जीवनसाथी मिल गया है।

"तुम्हारे घर या मेरे?" ड्राइविंग सीट पर बैठते हुए राधिका ने धीरे से पूछा। वो उसी होटल में ठहरी हुई थी जहां राठौड़ रह रहा था, जबकि सैनी का घर वहां से पंद्रह मिनट की दूरी पर था। "मेरे," सैनी ने उसकी आंखों में देखते हुए पूरी गंभीरता से कहा।

"और मैं वादा करती हूं कि इस बार मैं न तो घर की तलाशी लूंगी और न ही कोई चीज़ साक्ष्य के लिए लेकर जाऊंगी," वो सपाट चेहरे के साथ बोली।

सैनी के घर में घुसने पर, वो एक साथ काउच पर गिर पड़े और सैनी ने पहली बार राधिका के होंठों का चुंबन किया। वो उसे इस तरह कसकर पकड़े हुए थी जैसे उसे ख़ुद में समा लेना चाहती हो और ख़ुद उसमें समा जाना चाहती हो। उनका प्यार विनम्र लेकिन भावुक था, किसी धीमे वाल्ट्ज की सुरुचिपूर्ण और कलात्मक मुद्राओं की तरह। काउच पर प्यार करने के बाद, वो ऊपर सैनी के बेडरूम में जाकर बेड पर पास-पास इस तरह लेट गए कि राधिका का सिर सैनी की छाती पर आराम से रखा हुआ था। सैनी को अपनी छाती पर गीलेपन का अहसास हुआ और उसने देखा कि राधिका रो रही है। "घबराओ मत," वो धीरे से बोली, "बात बस ये है कि हरि के मरने के बाद मैं पहली बार किसी के साथ हूं।"

सुबह को, वो नीचे रसोई में गए और उन्होंने देखा कि रेफ्रिजरेटर लगभग ख़ाली है। लेकिन गेट पर दूधवाला ताजा दूध छोड़ गया था और उन्होंने चाय बना ली। ओटमील बिस्कुट के एक पैकेट ने मदद की और उन्हें चाय में डुबोकर नाश्ता कर लिया गया। राधिका जो शायद ही कभी चाय पीती थी क्योंकि उसे दूध और बादाम पसंद थे, बार-बार अपने बिस्कुट चाय में खो देती थी। आख़िर उसने हार मान ली। "औरतें नहीं जानती हैं कि कितना और कितने समय तक अंदर रखा जाए," सैनी ने छेड़ा। "इसीलिए ईश्वर ने ये काम मर्दों को सौंपा है।"

"याद रखो, डुबोने के लिए चाय नहीं होगी तो तुम्हें ज़िंदगी भर सूखे बिस्कुट से ही काम चलाना पड़ेगा," राधिका ने दो टूक जवाब दिया। कुछ ही मिनटों में वो फिर से काउच पर थे, लेकिन इस बार उनकी भावुकता वाल्ट्ज से ज़्यादा एक मजेदार टैंगो जैसी थी।

बाद में साथ नहाते हुए सैनी ने पूछा, "क्या ख़्याल है अगर हम एक रोमांटिक ट्रिप पर चलें—सिर्फ़ तुम और मैं?"

राधिका की आंखें चमक उठीं। "हां, ज़रूर! ये तो बहुत अच्छा रहेगा। तुम्हारे दिमाग़ में क्या जगह है?" उसने उत्सकुता से पूछा।

"मैंने सुना है कि साल के इन दिनों में ताजमहल बहुत रोमांटिक होता है," वो मुस्कुराते हुए बोला।

100

परीक्षित के जन्म से युधिष्ठिर फिर से हर्षित हो गए क्योंकि अब वे जानते थे कि पांडव वंशावली सुरक्षित है। उन्होंने निर्णय लिया कि अब अश्वमेध यज्ञ का आयोजन करने का समय है। एक राजकीय अश्व को मुक्त करके एक वर्ष तक स्वतंत्र घूमने दिया जाएगा। जो राज्य घोड़े

को अपने क्षेत्र से गुज़रने देंगे, वे स्वत: ही युधिष्ठिर के प्रभुत्व को स्वीकार कर लेंगे। जो राज्य ऐसा नहीं करेंगे, उन्हें युधिष्ठिर से युद्ध करना होगा। घोड़ा अनेक प्रदेशों में घूमता रहा, जिनमें शकुनि और जयद्रथ के राज्य भी सम्मिलित थे, और उसे रोका नहीं गया। यद्यपि वे पांडवों के शत्रु रहे थे, किंतु अब वे सहयोगी थे। मणिपुर में, वहां के शासक बभ्रूवाहन ने अर्जुन का स्वागत किया जो वास्तव में राजकुमारी चित्रांगदा से अर्जुन का पुत्र था। अर्जुन ने नवयुवक की भर्त्सना की। "यह योद्धाओं जैसा आचरण नहीं है, मेरे पुत्र! मुझसे लड़ो। अपने राज्य को मेरे द्वारा कुचला जाना इतना सरल मत बनाओ!" बभ्रूवाहन न केवल लड़ा बल्कि अर्जुन के हृदय को अपने बाण से बेधने में भी सफल रहा। अर्जुन को बभ्रूवाहन की सौतेली मां, एक नागा राजकुमारी उलूपी, के द्वारा प्रदत्त एक जादुई मणि की शक्ति द्वारा पुनर्जीवित कर लिया गया। अंतत: अर्जुन यज्ञ के घोड़े के साथ पांडवों के लिए और अधिक शक्ति और प्रताप के साथ हस्तिनापुर लौट आए।

मकबरा परिसर के प्रवेश और तीस मीटर ऊंचे भव्य द्वार पर पहुंचकर, सैनी और राधिका हाथ में हाथ डाले ताजमहल के ख़ूबसूरत चारबाग़ में पहुंचे। ताजमहल का पहला नजारा सांसें थाम देने वाला था—शानदार केंद्रीय गुंबद, चारों कोनों पर चालीस मीटर ऊंची मीनारें, ताज के पीछे बहती यमुना नदी, रंग-बिरंगी फूलदार नक़्क़ाशी और संगमरमर का उत्कृष्ट जालीदार काम।

सैनी और राधिका संतुष्ट थे। वो एक दूसरे के साथ थे और वो अमर प्रेम के अनंत प्रतीक ताजमहल के बग़ीचों में टहल रहे थे। रोमांटिक मूड अचानक राधिका का फ़ोन बजने से अस्थायी रूप से टूट गया।

"तुम्हारे लिए राठौड़ है," राधिका ने सैनी को फ़ोन देते हुए कहा।

"आगरा किले में जो गेट डिस्प्ले पर हैं वो नमूने हैं, असली नहीं हैं," राठौड़ ने पारंपरिक औपचारिकताओं को छोड़ते हुए कहा।

"इतने यक़ीन से कैसे कहा जा सकता है?" सैनी ने कहा।

"वो ग़जनी की स्थानीय देवदार लकड़ी से बने हैं, न कि चंदन की लकड़ी के जो सोमनाथ के मूल दरवाज़े बनाने में इस्तेमाल की गई थी," राठौड़ ने जवाब दिया।

"क्या उन पर कार्बन-डेटिंग की गई थी?" सैनी ने पूछा।

"जहां तक मैं जानता हूं, नहीं," राठौड़ ने जवाब दिया। "दरवाज़ों पर इस्लामी सुलेख स्पष्ट था, इसलिए कार्बन-डेटिंग निरर्थक थी। दरवाज़े सोमनाथ के नहीं थे। लेकिन मुझे टूर गाइड से एक बड़ी दिलचस्प बात पता चली है।"

"क्या?" सैनी ने पूछा।

"1842 में, एलेनबरा के पहले अर्ल एडवर्ड लॉ ने एक द्वार-उद्घोषणा जारी की थी," राठौड़ ने कहा। "इस उदघोषणा में उसने अफ़ग़ानिस्तान में ब्रिटिश सैनिकों को आदेश दिया कि वो ग़जनवी द्वारा सोमनाथ से ले जाए गए चंदन की लकड़ी के गेट वापस लेकर आएं। जिस रेजिमेंट को दरवाज़े लाने का काम सौंपा गया था, वो जाट रेजिमेंट थी।"

"अच्छा, तो जाट दरवाज़े वापस लाना चाहते थे और वही उन्हें वापस लाए। उसके बाद दरवाज़ों का क्या हुआ?" सैनी ने पूछा।

"दरवाज़े शायद ग़जनवी के मकबरे में लगाए गए थे। ब्रिटिश हाउस ऑफ़ कॉमन्स में लंबी बहस के बाद, दरवाज़े महमूद के मकबरे से हटाकर भारत वापस लाए गए, लेकिन वो असली के बजाय नकल साबित हुए। उन्हें आगरे के किले में रख दिया गया जहां वो आज तक रखे हुए हैं," राठौड़ ने कहा।

"जानकारी के लिए शुक्रिया। हम अभी ताजमहल का दौरा

शुरू कर रहे हैं। तुम चाहो तो यहां हमारे पास आ सकते हो," सैनी ने फ़ोन काटते हुए कहा। वो और राधिका ताजमहल की ओर बढ़ते रहे।

मकबरे के नज़दीक पहुंचते-पहुंचते, सैनी एक पल को रुका। उसने ताजमहल के केंद्रीय गुंबद को देखा और देखता ही रहा। राधिका ने उसे टहोका दिया और कहा, "मुझे लगता था कि तुम्हारी आंखें सिर्फ़ मेरे लिए हैं।" सैनी गुंबद को ही घूरता रहा। ये महसूस करके कि सैनी का ध्यान किसी चीज़ पर चला गया है, राधिका ने पूछा, "क्या बात है, रवि? अचानक क्या देख लिया तुमने?"

"तुम शिखर को देख रही हो?" सैनी ने पूछा।

प्रिया ने सहमति में सिर हिलाया। "हां। इसके ऊपर वही जाना-पहचाना इस्लामी चांद-तारा है। तुम्हें क्या चीज़ परेशान कर रही है?" उसने पूछा।

"इसे ध्यान से देखो," सैनी ने कहा। "ये इस्लामी प्रतीक का महज चांद-तारा नहीं है। बेशक, चांद-तारा मौजूद है, लेकिन उसके ऊपर एक पानी का कलश है जिस पर आम के मुड़े हुए पत्ते एक नारियल को संभाले हुए हैं। तुम समझ रही हो मैं क्या कह रहा हूं?"

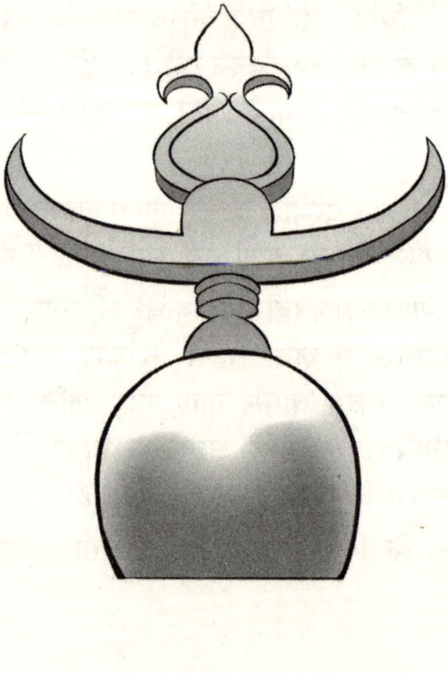

राधिका ने ध्यान से चोटी को देखा तो वो चकित रह गई। बरसों से, वो इसे पूरी तरह इस्लामी प्रतीक समझती आई थी लेकिन उसने कभी इसे ध्यान से देखने की जहमत नहीं की थी। "तुम्हारे कहने का क्या मतलब है?" उसने पूछा।

"जरा इमारत को देखो। तुम्हें इसके आकार या डिजाइन में कोई ख़ास बात नज़र आ रही है?" मकबरे को लगातार देखते हुए उसने पूछा।

"इसके कोनों पर चार मीनार हैं और बीच में एक फैला हुआ गुंबद है," राधिका ने अपनी आवाज़ को हल्का रखते हुए कहा।

"नहीं, नहीं, मकबरे की मीनार या गुंबद को भूल जाओ," सैनी ने बेसब्री से कहा। "ढांचे के आकार को देखो! हम सब समझते हैं कि ताजमहल का नक़्शा चौकोर है लेकिन ये बस एक भ्रम है जो इसके चौकोर आधार और चार कोनों की मीनारों की वजह से पैदा होता है। ढांचे को ध्यान से देखो तो पता चलेगा कि इसके आठ पक्ष हैं—ये अष्टकोण है। फिर से देखो!"

"इसका अष्टकोणीय होना इतना अहम क्यों है?" सैनी के नए

जुनून से थोड़ी उलझन में पड़ी राधिका ने पूछा।

"आठ का अंक हिंदुओं के लिए पवित्र है क्योंकि ये चार प्रधान और चार क्रमसूचक दिशाओं का प्रतीक है। लेकिन एक मुस्लिम मकबरे में आठ पक्षों की कोई प्रासंगिकता क्योंकर है? फिर से देखो, राधिका।"

राधिका ने सिर्फ़ इसलिए उसके निर्देश का पालन किया कि कहीं वो बुरा न मान जाए, लेकिन वो नहीं जानती थी कि वो वास्तव में उसे क्या दिखाना चाहता है। "मुख्य गुंबद को देख रही हो?" उसने दूर से इशारा करते हुए कहा। "ये कोई नग्न गुंबद नहीं है। इसके ऊपर कमल का एक उल्टा फूल है—और ये भी एक हिंदू प्रतीक है!"

सैनी ने अचानक राधिका का हाथ पकड़ा और उसे मकबरे के प्रमुख द्वार की मेहराब की ओर खींचा। "हम कहां जा रहे हैं?" वो लंगड़ा रहे सैनी की गति का साथ देने की कोशिश करते हुए बोली।

"देखो," सैनी ने फिर से आदेश दिया। राधिका ने फिर से

उसकी बात मानी लेकिन थोड़ी झुंझलाहट के साथ। "प्रवेशद्वार की मेहराब के ऊपरी भाग को देखा? मेहराब के ऊपर एक कमल बना हुआ है!"

"बाहर बहुत हो गया, अब अंदर चलते हैं," सैनी ने राधिका को लगभग घसीटते हुए कहा। वो संगमरमर के उस चबूतरे की तरफ़ बढ़े जिस पर ताजमहल खड़ा था और मुमताज महल की स्मारक कब्र की तरफ़ चलने लगे। वहां पहुंचते-पहुंचते सैनी सरग़ोशी से बोला, "वो देखो। तुम वो देख रही हो जो मैं देख रहा हूं?"

"क्या?" बार-बार के सवाल-जवाबों से अब तक पूरी तरह उलझ चुकी राधिका ने पूछा।

"उस घेरे को देखो जिसमें मुमताज महल और शाहजहां की कब्रें हैं," सैनी ने कहा। "आकार पे ध्यान दो। ये अष्टकोण है—फिर से आठ साइडें! एक मुस्लिम समाधि स्थल पर हिंदू विशेषताओं का ये बाहुल्य अविश्वसनीय है!"

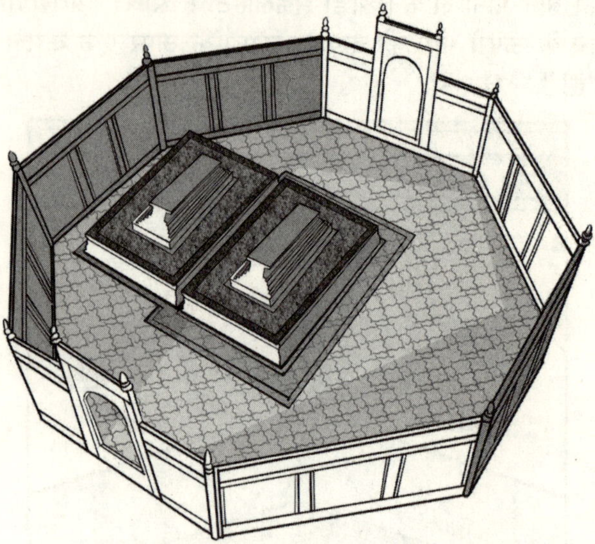

"कब्रें केंद्र से हटी हुई क्यों हैं?" राधिका ने पूछा।

"क्योंकि बीच वाली कब्र मुमताज महल की है," सैनी ने जवाब दिया। "ताजमहल को इस इरादे से नहीं बनाया गया था कि शाहजहां को भी वहां दफ़्नाया जाएगा। इसीलिए जब शाहजहां की कब्र को मुमताज महल के पास बनाया गया, तो कब्रें केंद्र से हटी हुई लगने लगीं। लेकिन देखने वाली बात दरअसल ये है कि ये असली कब्रें नहीं हैं।"

"क्या मतलब?" अगर यहां शाहजहां और मुमताज महल दफ़्न नहीं हैं, तो फिर कौन दफ़्न है?" राधिका ने अपनी कुछ पुरानी कर्कशता के साथ पूछा।

"मेरा मतलब ये है कि यहां इस तल पर जो कब्रें दिखाई दे रही हैं, ये असली कब्रें नहीं हैं। असली कब्रें एक तल नीचे हैं, और ये इस ढांचे का अगला सबसे बड़ा रहस्य है," सैनी ने अपने फ़ोन पर ताजमहल के लंबवत नक़्शे का एक छोटा सा खाका निकालते हुए कहा।

"बाग़ के स्तर से ताजमहल के मुख्य बरामदे तक पहुंचने के लिए हमें सीढ़ियां चढ़नी पड़ती हैं जो हमें चार फ़ुट ऊपर ले आती हैं," सैनी ने समझाया। "फिर हम संगमरमर के चबूतरे की सीढ़ियां चढ़ते हैं। ये सीढ़ियां लगभग उन्नीस फ़ुट ऊपर तक लाती हैं। फिर हम कब्रों के बाहर चार सीढ़ियां और चढ़ते हैं और फिर दरवाज़े में दो सीढ़ियां और। ये हमें चार फ़ुट और ऊपर ले आती हैं। कुल मिलाकर, हम बाग़ से कब्रों तक सत्ताईस फ़ुट चढ़ते हैं। लेकिन सजावटी कब्रों के नीचे असली कब्रों तक पहुंचने के लिए, हमें इक्कीस सीढ़ियां उतरनी होती हैं—यानी लगभग सोलह फ़ुट। इसका मतलब असली कब्रें बाग़ के स्तर से लगभग ग्यारह फ़ुट ऊपर हैं। उन बचे हुए ग्यारह फ़ुट में क्या है?"

101

युधिष्ठिर ने अपने साम्राज्य पर धर्म द्वारा निर्धारित नियमों के अनुसार राज्य किया। परीक्षित बड़ा होकर एक सुंदर नवयुवक बन गया। धृतराष्ट्र और गांधारी हस्तिनापुर में ही रहते रहे और युधिष्ठिर ने उनकी देखरेख के लिए हर संभव प्रयास किया। अंतत: वृद्ध नेत्रहीन राजा ने निर्णय किया कि अब महल के सुख-साधन त्यागकर वन में चले जाने का समय आ गया है। "चलते हैं, गांधारी," उन्होंने गांधारी से कहा। उनके सौतेले भाई विदुर ने भी उनके साथ जाने का निर्णय किया, और पांडवों की मां कुंती ने भी। युधिष्ठिर ने उन्हें रोकने का प्रयास किया, किंतु वे दृढ़ थे। एक दिन, जब वे वन में आराम कर रहे थे, वहां आग लग गई। "भागो!" यह पता चलते ही कि जंगल में आग लग गई है, धृतराष्ट्र चिल्लाए। "क्यों?"

उनकी पत्नी ने पूछा। वृद्ध राजा ने सोचा कि वे वैसे भी अपने जीवन के अंत पर हैं। इस प्रकार वयोवृद्ध जन शांतिपूर्वक वन में बैठे रहे, और उन्होंने लपटों को स्वयं को लील जाने दिया।

"उन ग्यारह फ़ुट में क्या होगा?" अब तक उत्साहित हो चुकी राधिका ने पूछा।

"ये खोज करने से पहले कि वहां क्या होगा, एक क्षण को थोड़ा पीछे हटकर इस इमारत के इतिहास को थोड़ा बेहतर ढंग से समझने का प्रयास करते हैं, ठीक है?" सैनी ने अपने पेशेवर ढंग में आते हुए कहा।

राधिका मुस्कुराई। "ज़रूर, प्रोफ़ेसर, क्यों न तुम मुझे ज्ञान दो?" उसने छेड़ते हुए कहा।

"भारत सरकार के राष्ट्रीय अभिलेखागार में एक दस्तावेज है। इसे बादशाहनामा कहते हैं—जो कि सम्राट के इतिहासकार मुल्ला अब्दुल हमीद लाहौरी द्वारा लिखित शाहजहां का अधिकृत इतिहास है।"

"और उसमें क्या लिखा है?" राधिका ने पूछा।

सैनी मुस्कुराया और बोला। "उसमें लिखा है कि मुमताज महल की मौत पर, आगरा में राजा मानसिंह के महल—जो उस समय उनके पोते राजा जयसिंह के पास था—को अर्जुमंद बानो बेगम उर्फ़ मुमताजुलजमानी—मुमताज महल का वास्तविक नाम—को दफ़्नाने के लिए चुना गया। बादशाहनामा कहता है कि हालांकि राजा मानसिंह का परिवार इस संपत्ति को अपनी पैतृक विरासत के रूप में बहुत महत्व देता था, लेकिन वो सम्राट शाहजहां को इसे मुफ़्त देने के लिए तैयार हो गए। लेकिन नैतिकता के आधार पर, जो कि मातम और मजहबी पाकीजगी के मामलों में बेहद अहम थी, जयसिंह को इसके बदले एक सरकारी जमीन अता की गई।"

"तो तुम कह रहे हो कि ये एक समय में एक हिंदू राजा का

महल था?" राधिका ने पूछा।

"इसमें से कुछ," सैनी ने जवाब दिया। "ये विश्वास से नहीं कहा जा सकता कि कौन से भाग असली हैं और कौन से बाद में बढ़ाए गए। पर हम ये जानते हैं कि ये राजा मानसिंह के परिवार से संबंधित था और कि इसे शाहजहां को दे दिया गया था ताकि वो अपनी मलिका के लिए आख़री आरामगाह बना सके।"

राधिका ख़ामोश थी। उसका दिमाग़ सैनी द्वारा दी गई इतनी सारी जानकारी से चकराने लगा था। "मेरे साथ नदी के किनारे चलो," सैनी ने कहा। वो तुरंत ताज परिसर से निकलकर नदी के किनारे चले गए।

"रवि," राधिका ने शिकायत की। "तुम मुझे हर जगह घसीटते फिर रहे हो!"

सैनी ने नोटबुक निकाली और पढ़ने लगा।

तलाशते हो शिव को उच्चतम स्तर पर, तलाशते हो विश को समुद्र में! छोड़ दो अपनी तलाश को क्योंकि वे एक ही हैं, केवल तुम्हारा हृदय ही देख सकता है। जब रचना और विनाश एकीकृत होते हैं, और 894 का शासन होता है! जहां नारियल और कमल मेरे मुकुट की शोभा बढ़ाते हैं, मैं नदी के किनारे मिलूंगा। घृणा को दूर कर दो और प्रेम करना सीखो, मानसिंह तुमसे कहता है। मेरे सात तल के मंदिर को ढूंढ़ो, तो तुम मुझे भी ढूंढ़ लोगे। तुम तलाशते हो उस पत्थर को जो बदल देता है जस्ते को स्वर्ण में, लेकिन निश्चित रूप से ढूंढ़ नहीं पाते हो! इसके बजाय उस निष्ठावान पत्थर को ढूंढ़ो जो वास्तविक रूप से तुम्हारे मस्तिष्क को बदल सकता है।

"जहां नारियल और कमल मेरे मुकुट की शोभा बढ़ाते हैं, मैं नदी के किनारे मिलूंगा! तुमने अभी ताज के गुंबद को देखा—इस पर एक उल्टा कमल है। ऊपर इस्लामी शिखर पर भी एक नारियल और कलश है। यहां हम ठीक नदी के किनारे खड़े हैं—यमुना के तट पर। वो आलेख हमें वृंदावन की ओर नहीं, बल्कि ताजमहल की ओर ले जा रहा था!" अब तक पूरी तरह जोश में आ चुके सैनी ने कहा।

"लेकिन ताजमहल सातमंज़िला इमारत तो नहीं है," राधिका ने तर्क किया।

"राधिका, तुम वही ग़लती कर रही हो जो सारे साधारण दर्शक करते हैं। देखो, अब यहां तुम्हारे सामने नदी किनारे से ताजमहल का नजारा है," सैनी ने गुंबद की ओर इशारा करते हुए कहा।

"संगमरमर का वो ढांचा जिसे हम ताजमहल कहते हैं बज़ाहिर तीनमंज़िला है—साधारण दर्शक के लिए। लेकिन अगर हम सजावटी कब्रों के तल के नीचे असली कब्रों के तल को और गुंबद के अंदर बड़े हॉल को गिनें तो ये ढांचा वास्तव में पांचमंज़िला है। चबूतरे के नीचे दो तल और हैं जो यहां नदी के तल तक आते हैं। मेहराबों की इस क़तार के पीछे बाईस सीलबंद कमरे हैं। वो शाहजहां के समय में ही बंद कर दिए गए थे और उन्हें उसके बाद से कभी नहीं खोला गया है। मेरे कहने का मतलब ये है कि ताजमहल वास्तव में एक सातमंज़िला इमारत है! घृणा को दूर कर दो और प्रेम करना सीखो, मानसिंह तुमसे कहता है। मेरे सात तल के मंदिर को ढूंढ़ो, तो तुम मुझे भी ढूंढ़ लोगे!"

102

उधर द्वारका में मेरे मूर्ख पुत्र सांब ने भ्रमण पर आए ऋषियों—विश्वामित्र, कण्व और नारद—के एक समूह के साथ शरारत करने का निर्णय किया। उसके मित्रों ने उसका भेष एक गर्भवती स्त्री जैसा कर दिया और ऋषियों से पूछा कि जन्म लेने वाला शिशु बालक होगा या कन्या। चूंकि ऋषि इस छल को समझ गए थे, अत: उन्होंने सारे यादव कुलों को शाप दे दिया। "न बालक, न कन्या। तुम एक लोहे की छड़ को जन्म दोगे, जो सारे यादव कुल के अंतिम विनाश का कारण बनेगी!" वे गरजे। मुझ पर गांधारी का शाप ऋषियों के शाप के रूप में सामने आ रहा था। शीघ्र ही, सांब की जंघाओं से एक लोहे की छड़ निकली। निकट ही उपस्थित बलराम घबरा गए और उन्होंने छड़ को पीसकर उसका चूर्ण बना दिया और उस चूर्ण के साथ छड़ के उस छोटे से भाग को उन्होंने समुद्र में फेंक दिया जो किसी भी तरह नहीं पिस रहा था। चूर्ण प्रभास पाटन के तट पर पहुंच गया, जहां वह लोहे की छड़ों जैसे शक्तिशाली सरकंडों का रूप लेकर विनाश के अंतिम दृश्य की प्रतीक्षा करने लगा।

"लेकिन ताजमहल कोई हिंदू मंदिर नहीं है, ये एक इस्लामी मकबरा है," राधिका ने तर्क किया।

"हां, लेकिन मकबरा बनने से पहले ये एक महल था। और हर महल में एक मंदिर होता होगा। सबसे अहम ये कि ये संपत्ति राजा मानसिंह की थी। सारा प्रमाण मौजूद है!" सैनी ने उत्साहित होते हुए जोर दिया।

"लेकिन मानसिंह ने रचना और विनाश के एकीकृत होने की बात क्यों कही?" राधिका ने पूछा।

"जब हम मकबरे की ओर जा रहे थे, तो तुमने टाइलों का पैटर्न देखा था?" बिना इस पर ध्यान दिए कि राधिका ने अभी क्या कहा था, सैनी ने पूछा।

"मैं कैसे देख सकती थी?" राधिका ने व्यंग्यपूर्ण भाव से पूछा। "तुम तो मुझे लगातार ऊपर गुंबद को देखने को कह रहे थे!"

"चलो वापस चलते हैं," सैनी ने कहा, और वो ताजमहल के बग़ीचों की ओर वापस चल दिए। इस बार राधिका ने जल्दी ही देख लिया कि सैनी का क्या मतलब था। टाइलिंग के काम में पैटर्न के अंदर छह कोनों वाले तारे जड़े हुए थे!

"जैसा कि मैंने तुम्हें पहले बताया था, छह कोनों वाले तारे शिव और शक्ति के मिलन का प्रतिनिधित्व करते हैं," सैनी ने कहा। "नर और मादा का मिलन रचना का आरंभ बिंदु होता है। संस्कृत अभिलेख का भाव पूरी तरह से ताजमहल में मिलता है। मकबरा न केवल मौत का प्रतीक है—क्योंकि ये एक यादगार है जहां शाहजहां और मुमताज महल के जिस्म मौजूद हैं—बल्कि ये यमुना के कीचड़ भरे तट से निकलकर खड़े हुए सौंदर्य का भी प्रतिनिधित्व करता है। रचना और विनाश एक ही स्थान पर! जब रचना और विनाश एकीकृत होते हैं..."

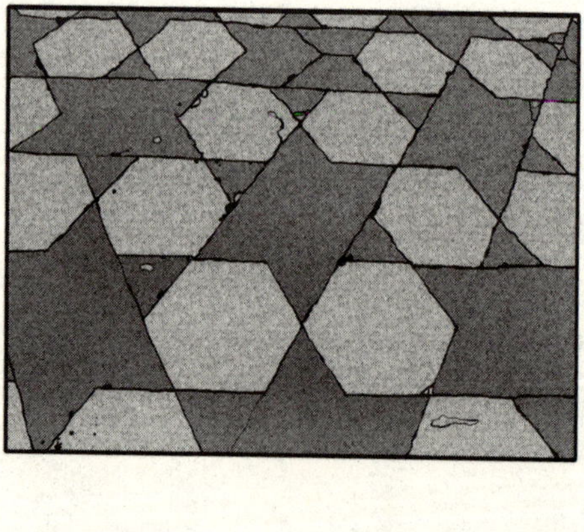

"और 894 का शासन होता है..." राधिका ने टोका। "तुम उस पंक्ति को नज़रअंदाज़ नहीं कर सकते जो 894 संख्या की बात करती है। इस जगह पर ये संख्या कहां फिट होती है?" राधिका ने पूछा।

"लगता है तुम आध्यात्मिक संख्याओं के बारे में नहीं जानती हो," सैनी ने श्रेष्ठता के भाव से कहा। "मुझे इस बारे में सोचने का अवसर मिला था, और मेरी समझ में ये आया। हिंदुओं में, 108 की संख्या को सबसे पवित्र माना जाता है। तुम देखोगी कि 18, 108, 1008, 10008—और आगे भी इसी तरह की सभी संख्याओं—को पवित्र माना जाता है। महाभारत में 18 अध्याय हैं! कृष्ण के 18 यादव गोत्र थे! जरासंध ने मथुरा पर 18 बार हमला किया! महाभारत युद्ध 18 दिन चला! इस महायुद्ध को 18 बड़ी सेनाओं ने लड़ा! चारों वेदों में 18 अध्याय हैं! पुराणों की संख्या 18 है! महाभारत में 18 महारथी थे! भगवद्गीता में 18 अध्याय हैं..."

"हां, हां, मैं जानती हूं। लेकिन 108 का 894 से क्या संबंध?" राधिका ने पूछा।

"थोड़ा धैर्य रखो, राधिका," सैनी ने हल्के से डांटा, लेकिन उसी संरक्षणपूर्ण भाव से। "धीरे-धीरे सब सामने आ जाएगा। 108 हिंदुओं के लिए पवित्र है लेकिन भारतीय उपमहाद्वीप के इस्लाम में 786 संख्या को बहुत पवित्र माना जाता है, लगभग अल्लाह के बराबर।"

"क्यों?" अपने सामने पेश किए जा रहे रहस्यात्मक संख्याओं के सिद्धांतों से उलझन में पड़ी राधिका ने पूछा।

"अरबी में अबजद—या क्रमसूचक—तरीका है। हर अक्षर को एक से लेकर हज़ार की संख्या तक एक संख्या दी गई है। कुरआन की सबसे पहली आयत बिस्मिलाहिर्रहमानिर्रहीम है, और इसके सारे अक्षरों के सांख्यिक मूल्यों को जोड़ा जाए, तो कुल योग 786 बनता है," सैनी ने समझाया।

103

महाभारत युद्ध के बाद छत्तीसवें वर्ष में, बलराम और मैं पूरे यादव वंश के साथ उन लोगों को श्रद्धांजलि देने के लिए प्रभास पाटन गए जो कुरुक्षेत्र में मृत्यु को प्राप्त हुए थे। धार्मिक अनुष्ठान पूरे हो जाने के पश्चात, हमारे साथी यादव मदिरा पीकर मदहोश हो गए, और विभिन्न कुलों—वृष्णि, भोज, कुकुर, चेदि और शैन्य—के बीच महाभारत में प्रत्येक पक्ष द्वारा किए गए उचित-अनुचित कार्यों को लेकर वादविवाद शुरू हो गया। नशे में धुत और क्रुद्ध लोगों ने वादविवाद को एक हिंसक झगड़े में परिवर्तित कर दिया जिसमें वे लोहे के चूर्ण से उत्परिवर्तित सरकंडों से एक-दूसरे पर आक्रमण करने लगे। बलराम और मैं अपने प्रियजनों द्वारा एक-दूसरे की जान लेने का दृश्य सहन नहीं कर सके और हम वन में भाग गए। कोई नहीं बचा। गांधारी के शाप का पहला भाग—कि मैं अपने सारे प्रियजनों को खो दूंगा और अपने वंश को स्व-विनाश करते असहाय देखता रह जाऊंगा—सच हो चुका था।

"तो इस्लाम में, कुरआन की पहली आयत के सांख्यिक मूल्य की वजह से 786 पवित्र है?" राधिका ने पूछा।

"इस्लामी 786 के बारे में वैदिक विद्वानों द्वारा एक और कारण दिया गया है," सैनी ने जवाब दिया। "जैसा कि तुम जानती हो, हम पश्चिमी दुनिया में जिन आधुनिक अंकों का प्रयोग करते हैं, उन्हें अरबी अंक कहा जाता है। जो बात सामान्यत: भुला दी जाती है वो ये है कि अरबी अंक मूल रूप से हिंदू अंकों के रूप में आरंभ हुए थे। आज दुनिया जिस अंक प्रणाली—शून्य सहित—का प्रयोग करती

है, वो भारतीय गणितज्ञों द्वारा विकसित की गई थी जिसमें अंकों की एक श्रृंखला को एक संख्या के रूप में पढ़ा जा सकता था। भारत में फारसी गणितज्ञों ने हिंदू अंक प्रणाली को अपनाया और उसे आगे पश्चिम में अरबों तक भी पहुंचा दिया। मध्य युग में अरबों ने इस प्रणाली को यूरोप के साथ बांटा, और इसीलिए ये प्रणाली अरबी प्रणाली के रूप में जानी गई।"

"तो वो अंक जिनका आज हम सारी दुनिया में प्रयोग करते हैं—शून्य समेत—वो वास्तव में हिंदू अंक हैं?" राधिका ने पूछा।

"हां, बिल्कुल। अब अगर मैं तीनों अंकों—7, 8 और 6—को लूं, उन्हें हिंदू अंकों में लिखूं, तो वो कैसे दिखेंगे?" सैनी ने एक पॉकेटबुक और पैन निकालकर तीनों अंकों को लिखते हुए पूछा।

"अब देखो, जब मैं इन तीनों अंकों को इकट्ठा करूंगा, तो क्या होगा," सैनी ने कहा। उसने तीनों अंकों को एक ऐसी बनावट में जोड़ा जो बहुत परिचित सा लगता था, तो वो हैरत से देखती रह गई।

"तुम देखोगी कि तीनों अंकों—7, 8 और 6—को मिलाने से हिंदू ॐ जैसी आकृति बन जाती है। वास्तव में, ये ॐ की दर्पण छवि

बनाते हैं," सैनी ने लिखना जारी रखते हुए संशोधन किया। "आख़िर में, दर्पण छवि ॐ को पलटने से वो हिंदू ॐ सामने आता है जिससे हम सब परिचित हैं," अपने कलात्मक कौशल को गर्व से दिखाते हुए उसने कहा।

"तो 786 और ॐ के बीच क्या संबंध है?" इस प्रमाण से और भी उलझ गई राधिका ने पूछा।

"कह पाना नामुमकिन है। बहुत सारे सिद्धांत हैं। शुद्धतावादी इस्लामी विद्धान 786 को पूरी तरह खारिज करते हैं। उनका विश्वास है कि पैग़ंबर मुहम्मद ज्योतिष और अंकशास्त्र के बिल्कुल ख़िलाफ़ थे। लेकिन इसे मानने की प्रथा अधिकतर दक्षिणी एशिया में लोकप्रिय है, जहां बहुत से मुसलमान 786 को अपने वाहन की नंबर प्लेट या फ़ोन नंबर का अंग बनाते हैं। बहुत से लोग 786 को महत्वपूर्ण अनुबंधों या चिट्ठियों के ऊपर लिखते हैं, लगभग ठीक उसी तरह जिस तरह हिंदू अपने दस्तावेजों के ऊपर ॐ का चिह्न बनाते हैं— ईश्वर के आशीर्वाद का आह्वान करने के उद्देश्य से," सैनी ने कहा।

"तुमने अभी तक ये नहीं बताया कि संस्कृत अभिलेख में दर्ज ये तीन अंक 894 इस सबसे किस तरह जुड़े हुए हैं?" अब तक संख्याओं से बुरी तरह ऊब चुकी राधिका ने पूछा।

"एकदम आसान है। ताजमहल अकबर, जहांगीर और शाहजहां के युगों का प्रतिनिधित्व करता है, जब हिंदुओं और मुसलमानों ने साथ मिलकर रहना सीखने की शुरुआत कर दी थी," सैनी ने

जवाब दिया। "राजा मानसिंह, तानसेन, बीरबल और टोडरमल जैसे महत्वपूर्ण हिंदुओं का अकबर के नवरत्नों में होना इस बात का सुबूत है। अकबर ने मानसिंह के वृंदावन मंदिर में योगदान दिया। मानसिंह के परिवार ने मुमताज महल के मकबरे के लिए शाहजहां को आगरा में अपनी संपत्ति दे दी। 894 का अंक बस 108 और 786 का जोड़ है! ताजमहल हिंदू-मुस्लिम रचनात्मक ऊर्जाओं की संयुक्त पराकाष्ठा का प्रतीक है!"

104

बलराम जानते थे कि अब स्वर्ग जाने का समय आ गया है। वे एक वृक्ष के नीचे बैठकर ध्यान करने लगे और उन्होंने धीरे-धीरे अपने प्राणों को अपनी श्वास के साथ निकलने दिया। कुछ क्षणों बाद, मैंने बलराम के निर्जीव शरीर से एक सर्प को बाहर निकलते देखा। मेरे भाई भगवान शेषनाग के अपने वास्तविक रूप में लौट आए थे। मैं जान गया था कि अब पृथ्वी से मेरे भी प्रस्थान का समय आ गया है। मैंने एक बरगद के पेड़ के नीचे बैठकर अपने बाएं पैर को दाएं के ऊपर रखा और अपने जीवन की घटनाओं के बारे में सोचता हुआ बेध्यानी में अपने पैर को हिलाने लगा। झाड़ियों के बीच से मेरे पैर को हिलते देखकर, ज़रा नाम के एक शिकारी ने मेरे पैर को हिरण का कान समझ लिया और इसकी दिशा में एक बाण चला दिया। बाण की नोक उस बचे हुए लोहे से बनी थी जिसे बलराम पीस नहीं सके थे। समुद्र में फेंक दिए गए इस टुकड़े को एक मछली ने निगल लिया था और ज़रा को ये उस मछली के पेट से ही मिला था।

बेचारा विचलित शिकारी ये देखकर कि उसने क्या कर दिया है, विश्वास ही नहीं कर सका कि उससे कैसा घोर अपराध हो गया है, किंतु मैंने उसे आशीर्वाद दिया और उससे दुखी न होने को कहा—वह तो बस मेरी नियति के पूरा होने का एक यंत्र मात्र रहा था। गांधारी के शाप का दूसरा भाग—कि मैं एक शिकारी के हाथों एक पशु की तरह मरूंगा—भी सच हो गया था। मैंने विष को अपने शरीर में फैल जाने दिया, अपने प्राणों को निकलने दिया, और वैकुंठ लौट आया। कृष्ण—पृथ्वी पर विष्णु के आठवें अवतार—के रूप में मेरा काल पूरा हो चुका था।

"बेसप्लेट पर राजा मानसिंह का ये संस्कृत अभिलेख तुम्हारे दोस्त वार्ष्णेय के पास पहले ही मौजूद था। अगर वो जानता था कि इसका रहस्य यहीं ताजमहल में छिपा है, तो उसने हमें व्यर्थ की तलाश में कैलाश पर्वत और सोमनाथ क्यों भेजा था?" राधिका ने पूछा।

"लेकिन क्या वार्ष्णेय हमें वाकई इनमें से किसी जगह की ओर संकेत कर रहा था?" सैनी ने पूछा। "मैं यक़ीन से नहीं कह सकता। वार्ष्णेय के संदेश को फिर से देखें?" वो वापस उस पन्ने पर गया जहां उसने वार्ष्णेय के अटपटे वाक्य को उलटकर लिखा था:

रीड्रॉ न्यूमरल स्वास्तिक, स्मार्ट बट स्ट्रैस्ड प्यूपिल्स! कीप स्टैट्स, नो एनिमल पाट्र्स। एक्स ऑन लैफ़्ट टॉप एट टिप। लिविड, लेड, रीलेड इन एक्स। कलश ऑर कैलाश इट इज? राजा सरेंडर। सिक्स आर टिप्स इन ए स्टार। एंड ब्लू वाटर बीसाइड। शंकर इलेटेड।

"पहला क़दम था स्वास्तिक को एक गणितीय जादुई वर्ग के रूप में फिर से बनाना और संख्याओं को शेष रखते हुए छवियों को निकाल देना। फिर उसने हमसे बाएं ऊपरी कोने में देखने को कहा। इससे हमें आठ संख्या मिली। चूंकि हम सोमनाथ और कैलाश पर्वत में ही उलझे हुए थे, इसलिए हमें लगा कि वार्ष्णेय या तो इस ओर

इशारा कर रहा था कि सोमनाथ कितनी बार फिर से बनाया गया है या फिर मानसरोवर झील के आसपास बने मठों की संख्या की ओर। लेकिन लिव्ड, लेड, रीलेड इन एक्स में वार्ष्णेय शाहजहां और मुमताज महल की कब्रों के बारे में बात कर रहा था जिन्हें आठ दीवारों के अंदर दफ़्न किया गया था—आठ दीवारें मकबरे की और आठ दीवारें ख़ुद ताजमहल की! ये मेरी मूर्खता थी कि मैं इसे पहले नहीं समझ सका! इसी तरह, कलश ऑर कैलाश इट इज वाली पंक्ति में? वार्ष्णेय हमें शिखर की ओर निर्दिष्ट कर रहा था जिसे कलश या शिखर कुछ भी समझा जा सकता है। हमें लगा कि वो या तो सोमनाथ के कलश की बात कर रहा है या फिर कैलाश पर्वत की।"

"लेकिन राजा सरेंडर वाली पंक्ति का क्या मतलब है?" राधिका ने पूछा। "सोमनाथ या तिब्बत की तरह ताजमहल के लिए तो कोई लड़ाई नहीं हुई थी। वार्ष्णेय किस आत्मसमर्पण की बात कर रहा है?"

"वार्ष्णेय इस तथ्य के बारे में बात कर रहा है कि राजा मानसिंह के परिवार को अपनी संपत्ति—यमुना के किनारे पर जमीन और भवन—मुग़ल सम्राट शाहजहां को देनी पड़ी थी," सैनी ने समझाया। "वार्ष्णेय का बाकी विवरण उसके साथ बिल्कुल फिट बैठता है जो मैंने अभी तुम्हें दिखाया है। सिक्स आर टिप्स इन ए स्टार—तुमने अभी ताज के फ़र्श की टाइलों में छह कोनों वाले तारे देखे हैं। एंड ब्लू वाटर बीसाइड—ताज यमुना के किनारे पर बना हुआ है।"

"लेकिन आख़री पंक्ति, शंकर इलेटेड, फिट नहीं होती है। ताजमहल का शंकर—या शिव—से कोई संबंध नहीं है।"

सैनी मुस्कुराया। "तुम जानना नहीं चाहोगी कि आगरा में राजा मानसिंह के महल का क्या नाम था?"

"क्या?" पूरी तरह असमंजस में पड़ चुकी राधिका ने पूछा।

"इसका नाम तेज़ो महालय था," सैनी ने जवाब दिया।

"तेज़ो महालय? इसका क्या मतलब हुआ?" राधिका ने पूछा।

"इसका शाब्दिक अर्थ हुआ तेज़ का महान निवास। उस दौर के राजपूत और जाट राजा शिव को तेज़ाजी कहते थे," सैनी ने बताया। "इसीलिए महल का नाम हुआ शिव का महान निवास। किसी महल को किसी देवता का निवास कहना हिंदू राजकीय वर्ग में प्रचलन में था। आज भी उदयपुर में तुम शिव निवास महल देख सकती हो—और इसका अर्थ भी ठीक वही है—शिव का निवास।"

"तुम ये कहना चाहते हो कि ताजमहल नाम तेज़ो महालय से लिया गया है, न कि मुमताज महल के नाम से?" राधिका ने पूछा।

"हां, बिल्कुल," सैनी ने जवाब दिया। "बादशाहनामा पढ़ो। उसका असली नाम अर्जुमंद बानो बेगम था जिसे मुमताजुलजमानी के नाम से भी जाना जाता था। मुमताज महल शब्द का प्रयोग दरबारी इतिहासकार तक ने नहीं किया है। जानती हो आगरा शहर को अपना नाम किस तरह मिला?"

"कैसे?" राधिका ने पूछा।

"राजा मानसिंह के महल में जो मंदिर था वो अग्रेश्वर महादेव नागनाथेश्वर को समर्पित था। शहर को अपना नाम अग्रेश्वर—शिव का एक और नाम—से मिला," सैनी ने जवाब दिया।

"तो अगर इस जगह का नाम वास्तव में तेज़ो महालय था, तो इसका अर्थ ये है कि शिव के बारे में वार्ष्णेय का संकेत एकदम सटीक था," राधिका धीरे से, लगभग ख़ुद से, बड़बड़ाई। "लेकिन मानसिंह का परिवार एक महल की संपत्ति—जिसमें संभवत: शिव को समर्पित एक मंदिर भी था—एक मकबरे के लिए मुग़लों को क्यों देंगे?"

"मुझे विश्वास है कि ये उन्होंने स्वेच्छा से और पूरे उत्साह से दी थी," सैनी ने एक चालाक सी मुस्कान के साथ कहा।

105

मेरे पिता वासुदेव ने प्रभास पाटन की भयानक घटनाओं के बारे में सुना और वे दुख और पीड़ा से मर गए। अब द्वारका सहस्त्रों चिताओं और विलाप करती यादव महिलाओं का दृश्य प्रस्तुत कर रहा था। अर्जुन बची हुई महिलाओं और बालकों की देखरेख के लिए भागे-भागे द्वारका पहुंचे, लेकिन उन्हें बहुत देर हो गई। भयंकर वर्षा आई और समुद्र चढ़ गया। लहरें मेरी प्रिय द्वारका की दीवारों और दुर्गों से टकराने लगीं, यहां तक कि नींवें पिघल गईं। कुछ ही समय के भीतर, समुद्र फिर से शांत हो गया, किंतु मेरे सुंदर नगर का कोई चिह्न शेष नहीं रहा, जो अब शांत हो चुके पानी के नीचे डूबा हुआ था।

"स्वेच्छा से और पूरे उत्साह से? क्यों?" राधिका ने पूछा। "और अगर यहां ताजमहल में कोई प्राचीन रहस्य दफ़्न है, तो हम उसके लिए ख़ुदाई कहां करें?"

"यही तो बात है, राधिका। हम ख़ुदाई नहीं कर सकते," सैनी ने कहा। "अब ये मृतकों के सम्मान में बना एक पवित्र स्थल है। इसे अपवित्र नहीं किया जा सकता। और यही बात राजा मानसिंह का परिवार जानता था। यही कारण था कि उन्होंने मुग़ल सम्राट को अपना महल इतनी आसानी से दे दिया। ऐसे माहौल में जहां मंदिरों को ज़रा सी बात पर नष्ट किया जा सकता था, उन्होंने फ़ैसला किया कि स्यमंतक के रहस्य को सुरक्षित रखने का सबसे अच्छा तरीका यही है कि उसके ऊपर एक मुस्लिम मकबरा बन जाए। ये बेहतरीन बीमा पॉलिसी थी!"

"अगर हम प्रत्यक्ष प्रमाण के लिए ख़ुदाई नहीं कर सकते, तो क्या कोई ऐसा पक्का सुबूत है कि स्यमंतक यहीं मौजूद है?" राधिका

ने पूछा।

"क्या तुम जानती हो कि ताजमहल के आसपास के बग़ीचों में बहुत ख़ास क़िस्म की झाड़ियां बोई गई थीं?" सैनी ने पूछा। "रिकॉर्डों में जई, केतकी, जूही, चंपा, मौलश्री, हरसिंगार और बेल का जिक्र है। बेल में रेडियोएक्टिव गुण होते हैं। हरसिंगार का इस्तेमाल सांस के रोग में किया जाता है। केतकी का इस्तेमाल रक्त की बीमारियों में होता है—ये सब औषधीय वनस्पति थीं! इन्हें ताज में इसलिए लगाया गया था कि स्यमंतक से रेडिएशन निकलता और ये जड़ी-बूटियां उसके प्रभावों को निष्क्रिय कर देतीं।"

इस बार, राधिका के पास कहने को कुछ नहीं था।

"सोचने के लिए एक और दिलचस्प जानकारी ये है," सैनी बोलता रहा। "बादशाहनामा में बताया गया है कि 1632 में, मुमताज महल की कब्र के चारों ओर ठोस सोने की एक बाड़ लगाई गई थी। इसमें चालीस हज़ार तोले शुद्ध सोना था। कुछ वर्ष बाद, बाड़ ग़ायब थी। क्यों? क्या ये संभव नहीं कि बाड़ वास्तव में सोने की न रही हो बल्कि बाद में सोने में परिवर्तित हो गई हो और सुरक्षा कारणों से उसे वहां से हटा दिया गया हो? या फिर, क्या ये संभव नहीं है कि बाड़ मूल रूप से सोने की ही रही हो लेकिन वो किसी और धातु में परिवर्तित हो गई हो और आसपास की समृद्धि से मेल न खाने के लिए उसे वहां से हटा दिया गया हो?"

"क्या ये पक्का करने का कोई तरीका है कि ऐसा परिवर्तन वाकई हुआ था?" राधिका ने पूछा।

"एक और साक्ष्य इस दिशा में इशारा करता है—ताजमहल का सफ़ेद संगमरमर," सैनी ने कहा।

"स्यमंतक के बारे में संगमरमर क्या इशारा कर सकता है?" राधिका ने पूछा।

"संगमरमर चूने के पत्थर के भयंकर गर्मी और दबाव में रहने से बनता है। जितना शुद्ध मूल चूने का पत्थर होगा, उतनी ही शुद्ध संगमरमर की सफ़ेदी होगी। पिछले दो दशकों में, आगरा में

प्रदूषण और अम्लीय वर्षा के कारण ताजमहल में पीलेपन को लेकर ज़बरदस्त बहस रही है," सैनी ने बताया।

"हां, मैंने सुना है कि कई उद्योगों को ताजमहल के आसपास के क्षेत्रों से हटा दिया गया है," राधिका ने कहा।

"लेकिन भारतीय पुरातत्व सर्वेक्षण में वैज्ञानिक बी बी लाल से बात करो, तो उनका विचार बिल्कुल ही अलग है। उन्होंने लिखित बयान दिया है कि रासायनिक और शिलावैज्ञानिक अध्ययनों ने दिखाया है कि ताजमहल में कोई खनिजीय बदलाव नहीं आया है, न ही किसी क़िस्म की रासायनिक परिस्थितियों का कोई साक्ष्य है। हवा में अम्लीय गैसों का कोई प्रभाव नहीं पाया गया, क्योंकि संगमरमर का मुश्किल ही से कोई प्रत्यक्ष लवणन हुआ है!"

"अगर ये कणीय पदार्थ नहीं है, तो अम्लीय वर्षा हो सकती है," राधिका ने तर्क किया।

"नेशनल एन्वाइरन्मेंटल इंजीनियरिंग रिसर्च इंस्टीटयूट—या नीरी—ने एक रिपोर्ट प्रकाशित की थी जिसके आधार पर प्रदूषक उद्योगों को क्षेत्र से बाहर निकाल दिया गया था," सैनी ने जवाब दिया। "मजेदार बात ये है कि अम्लीय वर्षा के बारे में नीरी के दावों को इसके अपने आंकड़े ग़लत साबित करते हैं। मसलन, बारिश के पानी की गुणवत्ता पीएच मूल्य 6-1 से 7-7 के बीच नापी गई, जिससे संकेत मिलता है कि कोई अम्लीय वर्षा नहीं हुई थी।"

"तो अगर प्रदूषण या अम्लीय वर्षा नहीं है, तो कौन सी चीज़ ताजमहल को पीला कर रही है?" राधिका ने पूछा। सैनी एक बार फिर से मुस्कुराया।

"कुछ वर्ष पहले एक रिसर्च अध्ययन ने दर्शाया था कि जब यूरोप में संगमरमर की मूर्तियों को लेजर विकिरण द्वारा साफ़ किया गया, तो संगमरमर की सतह के रंग में फर्क आ गया," सैनी ने कहा।

"तुम वो तो नहीं कह रहे हो जो मुझे लग रहा है कि तुम कह रहे हो?" राधिका ने पूछा।

इस बार सैनी खुलकर हंस दिया। "मैं बिल्कुल वही कह रहा हूं जो तुम्हें लग रहा है कि मैं कह रहा हूं। राठौड़ के नक़्शे में आगरा में गाइगर काउंटर के उच्च आंकड़े रेडिएशन की वजह से ही थे। ग्रेनाइट और संगमरमर जैसे पत्थरों में प्राकृतिक रेडिएशन गुण होते हैं लेकिन किसी ने ये जांच करने का कष्ट नहीं उठाया था कि संगमरमर का रेडिएशन सामान्य सीमा में था या नहीं। यही थोड़ा सा अधिक रेडिएशन रंग में बदलाव कर रहा है—एक ऐसे स्रोत से रेडिएशन जो संगमरमर की इमारत में कहीं मौजूद है! राठौड़ को फ़ोन करके जल्दी आने को कहते हैं," कहते हुए सैनी ने राठौड़ का नंबर मिलाया।

उसी क्षण सैनी को चपटी नाक वाले रिवॉल्वर की ठंडी स्टील अपनी पीठ पर महसूस हुई। "हिलना मत," सैनी की पीठ में गन को और धंसाती हुई आवाज़ फुफकारी। सैनी ने कनखियों से देखा कि राधिका के पीछे एक आकृति और मौजूद है। माताजी और तारक वृंदावन की अपनी मिट्टी की कब्र से लौट आए थे! सैनी ने जल्दी से अपना फ़ोन अपनी पैंट की जेब में डाल लिया।

"तुम्हें लगा था कि उस सीबीआई के कुत्ते—सुनील गर्ग—को हमारे पीछे लगाकर तुम हमसे छुटकारा पा लोगी। अब बराबरी करने का हमारा चांस है," राधिका को बंदूक की नोक पर पकड़े हुए प्रिया ग़ुर्राई।

"सुनील गर्ग कहां है? तुमने उसके साथ क्या किया?" राधिका ने पूछा।

"मैंने पाया है कि बेईमान लोगों के साथ कारोबार करना सबसे आसान होता है," माताजी ने अपने चेहरे पर एक शैतानी मुस्कान लाते हुए कहा। "जब वो बड़े जोर-शोर से मंदिर के गड्ढे में हमें ज़िंदा दफ़्न करने के लिए मिट्टी डाल रहा था, तो मैंने स्यमंतक पत्थर की खूबियों के बारे में उसे बहुत अच्छी तरह समझाया। उसे तुरंत लगने लगा कि हमारे साथ सौदा करना फायदेमंद रहेगा। उसे तुम दोनों की आख़री मंज़िल तक तुम्हारा पीछा करने का काम सौंपा

गया।"

"तुम दोनों को जानना बड़ा अच्छा रहा," तारक ने कहा, "लेकिन अब तुमको अलविदा कहने का समय आ गया है। प्लीज़ नदी किनारे की तरफ़ चलना शुरू कर दो। शोर मचाने का सोचना भी मत क्योंकि माताजी और मैं तुम दोनों पर गोली चलाने में ज़रा भी नहीं हिचकिचाएंगे।"

एक तेज़ टहोका देते हुए, तारक ने सैनी को संकेत दिया कि वो आगे बढ़े। सावधानीपूर्वक, सैनी और राधिका ने वापस यमुना के किनारे की ओर बढ़ना शुरू कर दिया। तारक और प्रिया उनके ठीक पीछे थे ताकि आम जनता को पता न लग सके कि उनके पास बंदूकें हैं। कुछ ही मिनटों में, वो ताजमहल की इमारत के सबसे निचले स्थान पर थे—यमुना के सामने लाल पत्थर के कमरे। सैलानी कभी इस भाग की ओर नहीं आते थे! अलावा एक इकलौती आकृति के जो उन विशाल मेहराबों में से एक के आगे खड़ी थी जिन्हें शाहजहां के समय में ही सीलबंद कर दिया गया था।

तारक ने दूर से उस आकृति की ओर हाथ हिलाया और जवाब में उसने भी हाथ हिलाया। सुनील गर्ग ज़बरदस्त मुनाफाबख़्श कैदियों के आने का इंतज़ार कर रहा था।

106

बच गए लोग, थल तक पहुंचने के लिए नावों से चिपक गए, जहां से अर्जुन उन्हें हस्तिनापुर ले आए। रास्ते में, घुमक्कड़ लुटेरों ने उन पर आक्रमण कर दिया। अर्जुन ने उनका संहार करने के लिए अपना गांडीव उठाया किंतु वे उसका प्रयोग करने में अक्षम रहे। और तब उन्हें अनुभव हुआ कि अपनी सारी शक्ति उन्हें मुझसे प्राप्त

होती थी। वे एक बालक की तरह सुबकते हुए, अपने घुटनों पर गिर पड़े। जब उनके आंसू थमे, तो उन्होंने मेरी बालरूप में एक झलक देखी जिसमें मेरे मुंह में दूध भरा हुआ था। मैं उन्हें स्मरण करा रहा था कि जीवन चलता रहता है और एक नए दिन और नए आरंभ के लिए सदैव आशा होती है। अर्जुन ने बची हुई महिलाओं और बालकों को एकत्रित किया और उन्हें मथुरा ले गए—वह नगर जहां से मैं यादवों को द्वारका लाया था। अनेक वर्ष बाद, मेरा प्रपौत्र वज्रनाभि मथुरा का प्रमुख बना।

"आगरा के सबसे नए कैदखाने में स्वागत है," सुनील गर्ग ने कहा जब सैनी और राधिका उस मेहराब तक पहुंचे जहां वो खड़ा हुआ था।

"तुम जल्दी ही इतिहास बन जाओगे, गर्ग," राधिका ने फटकारा। "दुनिया जल्दी ही जान जाएगी कि तुम सीबीआई के हितों के ख़िलाफ़ काम कर रहे हो और कि तुम सर खान की टीम का भाग थे।"

"हम्म। इतिहास—क्या शानदार शब्द है," गर्ग ने अर्थपूर्ण ढंग से जवाब दिया। मेरे ख़्याल से शब्दकोश में इसे बीती घटनाओं और कालों का रिकॉर्ड कहा जाता है, विशेषकर मानव जाति से संबंधित। मेरे दिमाग़ में प्रश्न—राधिकाजी—ये है। तुम्हारा इतिहास कौन लिखेगा? दुनिया को ये कौन बताएगा कि ताजमहल में मुमताज महल और शाहजहां के अलावा दो लोग और भी दफ़्न हैं? सैलानियों को ये कौन बताएगा कि ये दो लोग राधिका सिंह और रवि मोहन सैनी हैं? सैलानी शाहजहां और मुमताज महल के बीच प्यार को तो जानेंगे लेकिन राधिका और रवि के प्यार को नहीं जान सकेंगे। कितने अफ़सोस की बात है... सारा जुनून बिल्कुल बेकार जाएगा!"

रवि ने थूक निगला। गर्ग, प्रिया और तारक का इरादा उन्हें ताज के एक भूले-बिसरे कमरे में बंद करने का था!

"बेकार की बातें बहुत हो गईं," प्रिया ने गर्ग से रूखेपन से कहा। "चलो काम पूरा करें।"

गर्ग ने पुराने मेहराबदार दरवाज़े को धक्का दिया और वो एक चरमराहट के साथ खुल गया। ये उन बाईस कमरों के नेटवर्क में से एक कमरा था जो मुग़ल काल से ही बंद रहे थे। ये घुटन, उमस और जानवरों के मल की बदबू से भरा हुआ था। सैनी को अचानक अपने चेहरे पर परों की फड़फड़ाहट महसूस हुई। चमगादड़! उन कमरों में चमगादड़ भरे हुए थे!

"होटल कैलिफोर्निया में स्वागत है," गर्ग ने जानबूझकर क्रूरतापूर्वक कहा। "तुम जब चाहो चेकआउट कर सकते हो लेकिन जा कभी नहीं सकते।"

"तुम हमें मारना क्यों चाहते हो?" राधिका ने पूछा। "प्रोफ़ेसर सैनी पहले ही कृष्ण की सबसे कीमती चीज़ की जगह का पता लगा चुके हैं। उन्हीं लोगों को क्यों मारना चाहते हो जो तुम्हें उस तक पहुंचा सकते हैं?"

"मैं तुम दोनों को ज़िंदा नहीं छोड़ सकता," गर्ग ने राधिका से कहा। "तुम्हारी बात न मानने की स्थिति में तुमने मेरी पोल खोलने की धमकी दी थी। अब ये पक्का करने की मेरी बारी है कि तुम अपने मुंह कभी नहीं खोल सको। जहां तक पत्थर की बात है, उसे भूल जाओ। कृष्ण की विरासत—जो विष्णु के अवतार थे—एक ऐसे महल में कभी नहीं मिल सकती जो शिव के नाम पर था। सबका समय बर्बाद करना बंद कर दो।"

"शिव बस विश का एक रूप है और विश शिव का रूप है। शिव विश के हृदय में वास करते हैं और विश शिव के हृदय में। किसी नतीजे पर पहुंचने से पहले कम से कम अपना होमवर्क तो कर लिया होता!" सैनी ने पलटकर जवाब दिया।

"तो विश और शिव एक ही हैं?" राधिका ने इस उम्मीद में जानबूझकर पूछा कि बातचीत को लंबा खींचने से उन्हें कुछ समय मिल सकता है।

"शिव और विश को समझने के लिए, हमें ब्रह्मांड की रचना के समय में वापस जाना होगा," सैनी ने जवाब दिया। "आधुनिक विज्ञान कहता है कि समय के आरंभ में एक बड़ा विस्फोट हुआ था—बिग बैंग। लगभग 13.7 अरब साल पहले, सारी ऊर्जा एक जगह एकत्रित हो गई थी—भौतिकशास्त्री इसे विलक्षणता कहते हैं—और ये विलक्षण बिंदु तभी से लगातार फैलने की स्थिति में रहा है। इसी एक घटना से ब्रह्मांड की सारी ऊर्जा—और निष्कर्षत: सारा पदार्थ—अस्तित्व में आया।"

"हम समय क्यों बर्बाद कर रहे हैं?" तारक ने बेसब्री से पूछा। "बेकार की बातों में समय खराब करने के बजाय इसे पूरा करते हैं!" लेकिन सैनी और राधिका की रणनीति ने माताजी को फंसा लिया था। उसने तारक को इशारा किया कि वो अपनी बेसब्री पर काबू रखे।

"अब बिग बैंग को एल्बर्ट आइंस्टाइन के सिद्धांत ईएमसी2 के संयोजन में देखें," तारक के ग़ुस्से की उपेक्षा करते हुए सैनी बोलता रहा। "सरल शब्दों में, ऊर्जा और पदार्थ अंतर्निमेय हैं। वास्तव में, परमाणु ढांचे में बाद की खोजों से वैज्ञानिकों को पता चला है कि पदार्थ वास्तव में एक भ्रम है और कि परमाणु शून्यता से बनते हैं—उन ऊर्जा क्षेत्रों से जो वास्तव में पदार्थ का भ्रम उत्पन्न करते हैं। आसान भाषा में, वो सारा पदार्थ जिससे ब्रह्मांड बनता है वास्तव में ऊर्जा है। आइंस्टाइन का समीकरण हमें ये भी बताता है कि ऊर्जा को बनाया या बिगाड़ा नहीं जा सकता। इसे बस एक रूप से दूसरे में परिवर्तित किया जा सकता है, या एक स्थान से दूसरे स्थान पर अंतरित किया जा सकता है।"

"अगर ऊर्जा को बनाया या बिगाड़ा नहीं जा सकता, तो हम ब्रह्मांड में सारी ऊर्जा को बनाने का श्रेय बिंग बैंग को कैसे दे सकते हैं? बिग बैंग और आइंस्टाइन के सिद्धांतों में एक स्पष्ट विरोधाभास है," राधिका ने कहा।

"बिल्कुल सही," सैनी ने कहा। "लेकिन दूर के तारों को देखकर, खगोलशास्त्रियों ने पाया है कि उनके प्रकाश के पैटर्न स्थिर

रहते हैं, लेकिन समय के साथ प्रकाश वर्णक्रम में आगे बढ़ते जाते हैं। इसका अर्थ ये है कि जिन तारों को देखा गया, वो समय के साथ लगातार आगे बढ़ते जा रहे हैं, जिससे स्पष्ट है कि ब्रह्मांड निरंतर बाहर की ओर फैलता जा रहा है, और नतीजतन बिग बैंग सिद्धांत।"

"तो ये तथ्य साबित हो गया कि ब्रह्मांड फैला है और फैलता जा रहा है?" राधिका ने पूछा।

"हां," सैनी ने कहा। "लेकिन वो प्रश्न जिसका कोई भौतिकशास्त्री जवाब नहीं दे सका है, ये है: हमें वो ऊर्जा किस स्रोत से प्राप्त हुई जो उस विलक्षणता में मौजूद थी जिसमें विस्फोट हुआ था? बिग बैंग मॉडल में समस्या ये है कि ये उस एक बिंदु के बारे में तो बताता है जिसने फैलकर उस ब्रह्मांड का रूप ले लिया जिसे आज हम जानते हैं, लेकिन ये इसकी व्याख्या नहीं करता है कि बिग बैंग के लिए ज़रूरी ऊर्जा आई कहां से। और यहां उपनिषद एक अद्‌भुत ढांचा प्रदान करते हैं।"

"उपनिषद क्या कहते हैं?" राधिका ने पूछा।

जवाब प्रिया ने दिया जो राधिका और सैनी की बातचीत को सुन रही थी। "हिंदू ग्रंथों के अनुसार, ब्रह्मांड किसी एक समय पर अस्तित्व में नहीं आया। ये हमेशा से अस्तित्व में था, लेकिन निरंतर परिवर्तन की स्थिति में रहा था," प्रिया ने कहा। "जिसे हम ब्रह्मांड कहते हैं, वो महज वर्तमान ब्रह्मांड है। हर ब्रह्मांड एक बिग बैंग के साथ शुरू होता है, और एक ख़ास बिंदु तक पहुंचने के बाद फिर से सिकुड़ना शुरू हो जाता है। आख़िरकार ब्रह्मांड शिथिल होकर उस विलक्षणता में वापस आ जाता है जिससे ये निकला था, और फिर दोबारा एक नया फैलता ब्रह्मांड शुरू हो जाता है। यही कारण है कि 108 को पवित्र माना जाता है। एक—उस विलक्षणता का प्रतिनिधित्व करता है जिससे ब्रह्मांड निकला था, शून्य—वर्तमान ब्रह्मांड का अंडा, और आठ—अनंतता या उन आठ दिशाओं में विस्तार की सीमा जहां से संकुचन शुरू होगा।"

सैनी ने अपनी पुरानी छात्रा की ओर स्वीकृति में सिर हिलाया।

"उपनिषदों का ये सैद्धांतिक ढांचा आइंस्टाइन के इस सिद्धांत के एकदम अनुरूप है कि ऊर्जा को बनाया या बिगाड़ा नहीं जा सकता। उससे भी महत्वपूर्ण, ये इस शाश्वत सवाल को हल करता है कि विलक्षणता से पहले क्या था?"

गर्ग और तारक ने एक दूसरे को बेचारगी से देखा। चालाक सैनी और बहुगुणी राधिका प्रिया को इस बेकार की बातचीत में खींचने में सफल रहे थे।

"इसका विश और शिव से क्या संबंध है?" राधिका ने पूछा।

"पुराने हिंदू ग्रंथों में प्रयुक्त संस्कृत शब्द ब्रह्मांड दो शब्दों—ब्रह्म और अंड—से लिया गया है। ब्रह्म शब्द का अर्थ है विस्तार और अंड का अर्थ है अंडा। ये बिग बैंग सिद्धांत द्वारा प्रस्तुत फैलते अंडाकार ब्रह्मांड का सटीक वर्णन है। विश का अर्थ बस ऊर्जा का पदार्थ के रूप में विस्तार है और शिव प्रतिनिधित्व करता है पदार्थ के वापस ऊर्जा में संकुचन का—ब्रह्मांड की ऊर्जा स्थिर और अपरिवर्तित रहती है।"

"तो प्राचीन भारतीय मनीषियों ने बिग बैंग के बारे में एडविन हबल द्वारा आधुनिक दुनिया को बताए जाने से युगों पहले ही इस बारे में बता दिया था?" राधिका ने पूछा।

"हां," सैनी ने जवाब दिया। "थोड़े से बदलावों के साथ, हिंदू ग्रंथ बिग बैंग और आइंस्टाइन के समीकरण से पूरी तरह मेल खाते हैं।"

"मुझे इस शानदार बातचीत में रुकावट डालने के लिए खेद है," गर्ग ने व्यंग्य से कहा, "लेकिन मेरे डे-प्लानर में आज लगातार दो अपॉइंटमेंट हैं। मुझे जाना होगा।" उसने अपनी गन राधिका और सैनी की ओर लहराई। "फ़र्श पर बैठ जाओ," उसने निर्देश दिया। मल से ढके फ़र्श के प्रति अपनी घिन पर किसी तरह काबू पाते हुए राधिका सावधानीपूर्वक बैठ गई। सैनी ने भी ऐसा ही किया।

"इन्हें बांध दो और फिर इनके मुंह बंद कर दो," गर्ग ने निर्देश दिया। तारक ने आगे बढ़कर बड़ी महारत से डक्ट टेप के जरिए

उनके हाथ-पैर बांध दिए। फिर वो और टेप से उनके मुंह लपेटने लगा।

"बढ़िया!" गर्ग ने कहा। "तुमने इसे अच्छा प्रशिक्षण दिया है," तारक ने जिस आसानी से अपना काम किया, उसे देखकर गर्ग ने प्रिया से कहा। "चलो अब यहां से निकलें और इन दोनों प्रेमियों को वो करने के लिए छोड़ दें जो ये करना चाहें," मेहराबदार दरवाज़े की ओर जाते हुए उसने कहा। तारक और प्रिया उसके पीछे चल दिए। सैनी और राधिका घबराहट के मारे अपने बंधनों से जूझने लगे। यमुना का स्तर चढ़ने पर पानी कभी-कभी इन कमरों के अंदर तक पहुंच जाता था और अगर वो इन्हीं लंबे समय से भुला दिए गए कमरों में बंद रहे, तो उनके ज़िंदा मिलने की संभावना बहुत कम थी।

"दिल को छू जाने वाला नजारा है ना?" गर्ग ने जाते-जाते छिछोरपन दिखाया। "प्यार के स्मारक में अब प्रेम के पंछियों का एक नया जोड़ा है। जब तक मौत हमें जुदा न कर दे..."

मेहराबदार दरवाज़ा ख़ुला और एक क्षण को कमरा रोशनी में नहा गया। गर्ग, तारक और प्रिया बाहर चले गए। टीक का विशाल दरवाज़ा धीरे-धीरे बंद किया गया और सैनी और राधिका ने एक ताले को दरवाज़े पर लगते सुना। एक क्षण में चरमराहट बंद हो गई और फिर पूर्ण अंधकार छा गया। कुछ मिनट बाद, सैनी ने अपनी पैंट पर गीलापन महसूस किया। उसने अंधेरे में आंखें फाड़-फाड़कर नीचे देखा। ये यमुना का पानी था। उस बदनसीब दिन नदी भी उफ़ान पर थी।

107

परीक्षित शीघ्र ही राज्य का प्रशासन संभालने योग्य बड़ा हो गया। पांडव बंधुओं ने द्रौपदी के साथ अपने राज्य

को त्याग दिया और पर्वतों की ओर निकल पड़े। वे मंदार पर्वत पर चढ़ने लगे जबकि एक श्वान उनके पीछे चल रहा था। सबसे पहले लड़खड़ाने और गिरने वाली द्रौपदी थी। यद्यपि अपने पांचों पतियों से समान रूप से प्रेम करना उसका कर्तव्य था, किंतु उसने अर्जुन को प्रधानता दी थी, भीम को नियंत्रित किया था और कर्ण के लिए मन में वासना रखी थी। उसके बाद सहदेव गिरा। उसकी बुद्धिमत्ता ने उसे अहंकारी बना दिया था। कुछ समय बाद नकुल गिर पड़ा। उसके सुंदर रूप ने उसे दूसरों की भावनाओं के प्रति असंवेदनशील बना दिया था। कुछ क़दम आगे चलकर अर्जुन गिर पड़े। यद्यपि वे एक महान धनुर्धर थे, किंतु वे कर्ण सहित अन्य धनुर्धरों के प्रति ईर्ष्यालु थे। अंत में, भीम भी गिर गए। वे जीवन भर पेटू रहे थे और दूसरों को खिलाए बिना स्वयं खाते रहे थे। केवल युधिष्ठिर और श्वान ही स्वर्ग के द्वार तक पहुंच सके। देवताओं ने युधिष्ठिर का स्वागत किया किंतु इस शर्त पर कि वे श्वान को त्याग दें। युधिष्ठिर ने घोषणा की कि वे उस श्वान की अपेक्षा जिसने स्वर्ग में होने का अधिकार प्राप्त कर लिया था, स्वर्ग को त्याग देंगे। देवता मुस्कुराए और उन्होंने युधिष्ठिर को बताया कि श्वान को त्यागने की चेतावनी उनकी एक और परीक्षा थी। उन्होंने भीतर बुलाकर उनका स्वागत किया और उन पर पुष्पवर्षा की।

"हमने उन्हें मरने के लिए अंदर तो छोड़ दिया है लेकिन हमें अभी तक भी स्यमंतक पत्थर के स्थान का पता नहीं है," नदी के तट से दूर जाते हुए प्रिया ने कहा। "हो सकता है हम बरसों ताजमहल को ढूंढ़ते रहें लेकिन उसका कभी पता नहीं लगा सकें। क्या तुम्हारे ख़्याल से हमें वापस जाकर सैनी की मदद लेनी चाहिए?"

"वो झांसा दे रहा है," गर्ग ने कहा। "वो बस उतना ही जानता

है जितना हम जानते हैं। वो ये तो जानता है कि स्यमंतक यहीं कहीं ताज परिसर के अंदर मौजूद है लेकिन उसे उसके सही स्थान के बारे में कुछ पता नहीं है।" वो तीनों तेज़ी से नदी के तट से ताजमहल की ओर जाने वाली सीढ़ियों की ओर बढ़ने लगे।

"जहां हो वहीं रुक जाओ, अपने हथियार फेंक दो और हाथ ऊपर उठा लो," दूसरी ओर से सीढ़ियों के नीचे को दौड़ते राठौड़ ने मेगाफ़ोन पर कहा। उसके दाएं-बाएं राइफलें संभाले लगभग एक दर्जन खाकी वर्दीधारी पुलिसवाले थे। गर्ग ने राठौड़ का निशाना लेने के लिए अपनी शॉटगन तानी लेकिन लबलबी दबाने से पहले ही वो दर्द से चिल्ला उठा क्योंकि उसके दाएं हाथ को एक बुलेट ने उड़ा दिया था। वो दर्द से कराहता हुआ जमीन पर गिर पड़ा। प्रिया और तारक जान गए थे कि खेल ख़त्म हो चुका है। उन्होंने धीरे-धीरे अपने हथियार नीचे रखे और अपने हाथ आत्मसमर्पण में उठा लिए। कुछ ही मिनटों में, तीनों आगरा की जिला जेल की ओर जा रही पुलिस वैन में थे।

राठौड़ यमुना के किनारे बने सीलबंद कमरों की तरफ़ दौड़ा। "सारे दरवाज़ों की जांच करके देखो कि कौन सा दरवाज़ा हाल ही में खोला गया है," वो चिल्लाकर उन आदमियों से बोला जो अब नदी से चढ़ आए घुटने-घुटने पानी में बलुआ पत्थर के उस ढांचे के सीलबंद दरवाज़ों की ओर बढ़ रहे थे जो संगमरमर के ताज की बुनियाद का भाग था।

"सर, ये दरवाज़ा खोला और दोबारा बंद किया गया है। ताला एकदम नया है," एक आदमी चिल्लाया।

"ताला तोड़ दो!" राठौड़ ने आदेश दिया।

ताला तोड़ा गया और भारी-भरकम दरवाज़े को धक्का देकर खोला गया। दरवाज़े ने जो तीन फ़ुट ऊंचा पानी रोक रखा था वो दरवाज़े के ख़ुलते ही तेज़ी से अंदर घुसा। कमरे में रोशनी भरी, तो राठौड़ ने सैनी और राधिका की आकृतियों को एक कोने में साथ खड़े देखा। वो समय रहते उनके पास पहुंच गया था। अगर वो कुछ

घंटे और बंद रहते, तो पानी उन्हें डुबो देता।

"शुक्र है तुमने मुझे फ़ोन किया और कॉल को कनेक्टेड रहने दिया," राठौड़ ने सैनी और राधिका के बंधन काटते हुए सैनी से कहा।

"तुमने दूसरी बार मेरी जान बचाई है," सैनी ने कृतज्ञतापूर्वक राठौड़ से कहा।

"उम्मीद करता हूं फिर कभी मुझे ऐसा न करना पड़े... उम्मीद करता हूं कि ड्यूटी सार्जेंट उन तीनों को बंद करे और चाबी भूल जाए," राठौड़ ने जज़्बाती होकर कहा, और सैनी और राधिका को पानी भरे कमरे से बाहर धूप में ले आया।

पुलिस टीम ने तुरंत उनके लिए कंबल और चाय का इंतजाम किया और वो कृतज्ञतापूर्वक ताज को जाने वाली सीढ़ियों पर बैठकर सुखद चाय पीने लगे।

"स्यमंतक अब भी हमें नहीं मिला," राठौड़ ने उदासी से कहा।

"मैं जवाब जानता हूं," सैनी ने सादगी से कहा।

राधिका और राठौड़ अविश्वास से आंखें फाड़े सैनी को देखने लगे। "तुम जानते हो वो कहां है? तो हम यहां क्यों समय बर्बाद कर रहे हैं? चलो उसे हासिल करें!" राठौड़ ने कहा।

सैनी उन्हें देखकर मुस्कुराने लगा। "सजावटी कब्र और उसके कई फ़ुट नीचे असली कब्रों वाले कक्ष के बारे में बहुत कुछ लिखा गया है," सैनी ने कहा। "उन बाईस कमरों के बारे में भी बहुत से अनुमान लगाए गए हैं जिन तक यमुना के तट की ओर से पहुंचा जा सकता है। लेकिन सत्य ये है कि इन सब जगहों पर गलियारों या दरवाज़ों से पहुंचा जा सकता है—जैसा कि हमने अभी देखा। स्यमंतक ऐसी जगहों पर छोड़ देने के लिए बहुत कीमती था जहां तक लोगों की पहुंच बन सके। नहीं, अगर स्यमंतक को कहीं रखा गया होगा, तो वो ऐसी जगह होगी जो भावी पीढ़ियों के लिए हमेशा सीलबंद रहेगी।"

"और वो क्या जगह होगी?" राठौड़ ने पूछा।

"मुझे अपना फ़ोन दो," सैनी ने राठौड़ से कहा। सैनी ने स्मार्टफ़ोन का इंटरनेट ब्राउजर खोला और ताजमहल का एक लंबवत नक़्शा निकाला।

"ये देख रहे हो?" उसने स्क्रीन पर ताजमहल के एक चित्र की ओर इशारा करते हुए पूछा। "हर कोई ताजमहल की इसके ख़ूबसूरत गुंबद के लिए तारीफ करता है—जो कि इस स्मारक की सबसे अदभुत विशेषता है। जो बात बहुत से लोगों को ज्ञात नहीं है वो ये है कि ताजमहल की खासियत इसका दोहरा गुंबद है, एक बड़ी, बाहरी त्वचा के भीतर एक फॉल्स सीलिंग। तो जहां बाहरी गुंबद में इसका अपना प्रभावशाली परिमाण है, वहीं अंदर वाले के अनुपात सुविधाजनक हैं जो अन्यथा कंदरा जैसा हो सकता था।"

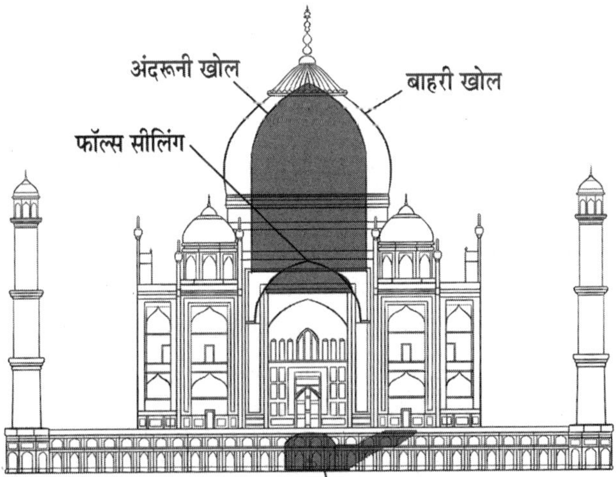

"तुम्हारा मतलब स्यमंतक गुंबद के नीचे के कक्ष में स्थित है?" राधिका ने पूछा।

"नहीं, वहां तक पहुंच बनाई जा सकती है। मैं अंदरूनी खोल

और बाहरी खोल के बीच की जगह की बात कर रहा हूं। वो जगह पूरी तरह सीलबंद है और गुंबद को क्षति पहुंचाए बिना वहां तक पहुंचने का कोई तरीका नहीं है," सैनी ने कहा।

"तो हम स्यमंतक की तलाश में सारे हिंदुस्तान में मारे-मारे फिरे और अब जबकि हम उस स्थान पर पहुंच चुके हैं जहां ये मौजूद है, तो हम उस तक पहुंच नहीं सकते?" राधिका ने निराश होते हुए पूछा।

उसी समय सैनी, राधिका और राठौड़ के बीच चल रही बात में एक मुस्लिम फकीर ने विघ्न डाल दिया। उसके सिर पर एक हरी गोल टोपी थी जिस पर सुनहरी कारचोब के काम से कुरआन की पहली पंक्ति अंकित थी। उसकी ठोड़ी से छाती तक एक लंबी सफ़ेद दाढ़ी लहरा रही थी। वो एक सफ़ेद कुर्ता पहने था जो कभी बेहतर हालत में रहा होगा और उसके गले में तावीज़ों वाली कई जंजीरें पड़ी थीं। उसके एक हाथ में एक छोटी कड़ाही सी थी जिसमें गर्म अंगारे और पत्ते थे जो उसके इर्द-गिर्द धुएं की एक रहस्यमयी आभा सी बना रहे थे, और उसके दूसरे हाथ में एक नर्म झाड़ू थी।

"बिस्मिल्लाहिर्रहमानिर्रहीम!" उसने पढ़ा। सैनी, राधिका और राठौड़ ने फकीर के सामने सम्मानपूर्वक हाथ जोड़ दिए। "मैं जानता हूं तुम्हें किस चीज़ की तलाश है," फकीर ने उनके कंधों पर धीरे से झाड़ू टकराकर उन्हें दुआ देते हुए रहस्यमय अंदाज़ से कहा। "लेकिन एक बात याद रखना... दार्शनिक पत्थर से ज़्यादा अहम होता है।"

भीख का इंतज़ार किए बिना, फकीर पलटा और बढ़ता चला गया। सैनी, राधिका और राठौड़ उसकी दूर जाती आकृति को देखते रह गए। और फिर सिक्का गिरा!

108

> *स्वर्ग पहुंचने के पश्चात, युधिष्ठिर यह देखकर भौचक्के रह गए कि उनके सौ भाई वहां उपस्थित थे, जबकि युधिष्ठिर की पत्नी और भाई—कर्ण सहित—नर्क में भेज दिए गए थे। उन्होंने कहा कि उन्हें उनके पास ले जाया जाए। वे अत्यंत क्रोधित थे कि दुर्योधन और उसके निन्यानवे भाई स्वर्ग के आनंद उठा रहे हैं जबकि उनके भाइयों और पत्नी को इस अधिकार से वंचित रखा गया है। मैंने युधिष्ठिर के सामने प्रकट होकर कहा, "आपने उनके क्षेत्रों पर छत्तीस वर्ष तक शासन किया किंतु फिर भी आपने अपने क्रोध को नहीं त्यागा। आप स्वयं को धर्मपुत्र कहते हैं किंतु फिर भी आप निष्पक्ष नहीं रह सकते—आप स्वर्ग को प्राप्त करने की कैसे आशा कर सकते हैं?" तब युधिष्ठिर ने जाना कि संसार में सबकुछ मुझसे बना है। यह समझ लेना कि प्रत्येक व्यक्ति और प्रत्येक वस्तु दिव्य है, एक सच्चे योगी की पहचान है—उसकी जो समझ चुका हो कि दार्शनिक और पत्थर एक ही पदार्थ से बने हैं! वे अपनी अंतिम परीक्षा में सफल हो गए थे। इसके पश्चात, युधिष्ठिर, उनके भाई और द्रौपदी स्वर्ग में प्रवेश कर गए।*

"क्या तुम्हें भी वैसा ही भ्रम सा महसूस हुआ जैसा मुझे?" सैनी ने राधिका और राठौड़ से पूछा। "मुझे ऐसा क्यों लगा कि ये पहले भी हो चुका है?"

"क्योंकि ऐसा हुआ था," राधिका ने जवाब दिया। "कैलाश पर्वत पर हमें एक अर्धनग्न साधु मिला था जिसने हमसे ठीक यही शब्द बोले थे—पत्थर से अधिक महत्वपूर्ण दार्शनिक है। इससे पहले

कि हम उससे इसका मतलब पूछ पाते, वो नाचता हुआ चला गया था—चरस के से नशे में!"

"बड़ी ही अजीब बात है," राठौड़ ने कहा। "जब छेदी और मैं सोमनाथ में थे, तो हमें एक पुजारी मिला था जिसने यही शब्द बोले थे। डरावनी सी बात है!"

सैनी ने एक क्षण इस बारे में सोचा और फिर हंसने लगा। राधिका और राठौड़ दोनों ही हैरत से उसे देखने लगे। कहीं आख़िरकार सैनी पगला तो नहीं गया? क्या पिछले कई दिनों के तनाव ने उसके दिमाग़ की चूलें तो नहीं हिला दीं? आख़िरकार सैनी शांत हुआ और उसने सफ़ाई दी।

"हम यहां ये सोचते हुए आए थे कि हम स्यमंतक को ढूंढ़ेंगे—दार्शनिक के उस पत्थर को जिसके द्वारा कीमियागर साधारण धातु को सोने में बदलते थे, सही?" उसने पूछा।

"सही," राधिका ने कहा। "लेकिन अब तुम कहते हो कि उस तक पहुंचने का कोई तरीका नहीं है। ताजमहल एक पवित्र मकबरा है और इसे अपवित्र नहीं किया जा सकता। वैसे भी, स्यमंतक गुंबद के अंदरूनी और बाहरी खोलों के बीच गुप्त स्थान पर रखा हुआ है और वहां तक पहुंचना नामुमकिन है।"

"हम जानते हैं कि कीमिया का उद्देश्य निम्न रूपों को उच्च रूपों में बदलना है," सैनी ने बोलना शुरू किया। "लेकिन नौसिखिए लोग समझते हैं कि इसका मतलब जस्ते को सोना बनाना है। इसके विपरीत, कीमिया का मतलब है ख़ुद को बदलना—ख़ुद को एक बेहतर इंसान बनाना। पत्थर अप्रासंगिक है, महत्वपूर्ण है वो बदलाव जो ये उस व्यक्ति में लाता है जो इस पर ध्यान केंद्रित करता है। दार्शनिक पत्थर से ज़्यादा अहम है!"

"तो, स्यमंतक में कोई जादुई शक्तियां नहीं हैं?" राधिका ने पूछा।

"मेरे कहने का मतलब ये है कि हर पत्थर स्यमंतक है," सैनी ने कहा। "जब हम मंदिर में किसी मूर्ति के सामने खड़े होते हैं और

पूरी उत्कटता से प्रार्थना करते हैं, तो हम अपने सकारात्मक स्पंदन से ख़ुद को बदल डालते हैं। पत्थर चमत्कारिक ढंग से जादुई बन जाता है। वास्तविक कीमियागरी हमारे अंदर होती है। असली जादू वहां होता है!"

"लेकिन बहुत से मंदिर ऐसे हैं जहां लोग महज इसलिए पूजा करने जाते हैं कि वहां की मूर्ति के बारे में कहा जाता है कि उसमें विशेष शक्तियां हैं। ऐसी दिव्य सहायता से बहुत लोगों ने फ़ायदा उठाया है," राठौड़ ने कहा।

"ऐसा पत्थर के कारण नहीं बल्कि उसे इस्तेमाल करने वाले दार्शनिक के कारण होता है," सैनी ने कहा। "जब हज़ारों लोग एक पत्थर की मूर्ति के सामने खड़े होते हैं और उससे प्रार्थना करते हैं, तो वे अपनी ऊर्जा को एकीकृत कर लेते हैं। आइंस्टाइन और उपनिषदों के अनुसार ऊर्जा और पदार्थ एक ही चीज़ हैं—लेकिन विचार, मस्तिष्क और आत्मा भी ऊर्जा हैं। विक्टर ह्यूगो ने एक बार कहा था, "जहां टेलीस्कोप ख़त्म होता है, वहां माइक्रोस्कोप शुरू हो जाता है और कौन कह सकता है कि किसकी दृष्टि ज़्यादा चौड़ी है?" उनके कहने का अर्थ ये था कि टेलीस्कोप और माइक्रोस्कोप दोनों ही हमें एक ही चीज़—निरंतर गतिशील ऊर्जा के ढेर—को देखने में मदद करते हैं। चमत्कार को संभव हमारी सामूहिक ऊर्जाएं बनाती हैं, न कि पत्थर की मूर्तियां।"

"तो स्यमंतक एक ऐसा परमाणु आइसोटोप नहीं है जिसने सोमनाथ के स्तंभों को जस्ते से सोने में बदल दिया था या मुमताज महल के मकबरे की रेलिंग को जादुई ढंग से परिवर्तित कर दिया था?" राधिका ने पूछा, जिसकी आवाज़ में निराशा स्पष्ट थी।

"हो सकता है ऐसा हुआ हो," सैनी ने कहा। "लेकिन इसकी शक्ति का कारण ये नहीं था। इसकी शक्ति उन लाखों भक्तों से बनती थी जो ये विश्वास करते थे कि इसमें वाकई उनकी ज़िंदगियों को बदल डालने की शक्ति है। महज ये विश्वास करके कि उनकी ज़िंदगियों में बदलाव आ सकता है, वो अपने विचारों को वास्तविकता

में बदलने में सफल हुए।"

ताजमहल के नज़दीक खड़े तीनों लोगों के लिए ये एक ख़ामोशी भरे सोच-विचार का क्षण था।

जैसे-जैसे सूरज डूबने लगा, स्मारक सफ़ेद रंग से सुनहरी आभा में बदलने लगा। सैनी ने हाथ बढ़ाकर राधिका का हाथ पकड़ लिया। राठौड़ ने देखा और वो मुस्कुराने लगा। वो ख़ुश था कि उसकी बॉस को आख़िरकार अपनी ख़ालीपन की ज़िंदगी में ख़ुशी मिल गई है। अगर कोई चमत्कारिक बदलाव देखा जा सकता था, तो वो उसे अभी अपनी नज़रों के सामने देख रहा था। राठौड़ जहां सीढ़ियों पर बैठा हुआ था, वहां ख़ामोशी से खड़ा हो गया। और फिर वो धीरे-धीरे वहां से चला गया, और राधिका और सैनी को प्यार को समर्पित दुनिया के सर्वश्रेष्ठ स्मारक को निहारते छोड़ गया।

कीमियागरी अपना काम कर रही थी।

संदर्भ एवं आभार

एक ऐसी कथात्मक कृति लिखने की चाह में जो शोध आधारित थी, मैं अनेक स्रोतों पर निर्भर रहा था। इनमें से कुछ उस काल्पनिक आधार के विरुद्ध जाते थे जिसके बारे में मैंने लिखा था लेकिन फिर भी कहानी को आकार देने में वे अमूल्य थे। नीचे उन पुस्तकों, पेपर्स, जरनलों, वैबसाइट्स, ब्लॉग्स और ऑडियोवीडियो संसाधनों की सूची दी गई है जिनका इस उपन्यास को लिखने में मैंने प्रयोग किया है। इन सभी स्रोतों की सामग्री आवश्यक रूप से प्रयोग नहीं की गई है लेकिन इनमें से अनेक ने और रिसर्च के दरवाज़े खोल दिए थे और इसलिए मैंने इस सूची को यथासंभव पूरा रखने की कोशिश की है।

पुस्तकें

1. *एंशियंट एटॉमिक बॉम्ब्स*; जेसन कोलावीटो; ईबुक्स, 2011. लिंक डाउनलोड करें: http://www.jasoncolavito.com/ uploads/ 3/ 7/ 5/9/3759274/colavito_-_ancient_atom_bombs.pdf
2. *आर्कियोलॉजी ऑफ़ भेंट द्वारका आइलैंड*; ए.एस. गौड़ सुंदरेश एवं के.एच.वोरा; आर्यन बुक्स इंटरनेशनल, 2005

3. *एराइज़ अर्जुन: हिंदुइज़्म एंड द मॉडर्न वर्ल्ड*; डेविड फ्रॉउले; वॉयस ऑफ़ इंडिया पब्लिशिंग, 2010
4. *आर्म्स एंड आर्मर: ट्रेडीशनल वीपन्स ऑफ़ इंडिया*; ई. जयवंत पॉल; रोली बुक्स, 2005
5. *ऑटोबायोग्राफी ऑफ़ ए योगी*; परमहंस योगानंद; योगोदा सत्संग सोसायटी ऑफ़ इंडिया, 2010
6. *भगवद्-गीता, एज़ इट एज़* (द्वितीय संस्करण); ए.सी. भक्तिवेदांत स्वामी प्रभुपद; भक्तिवेदांत बुक ट्रस्ट, 1986
7. *डॉन एंड डिवॉल्यूशन ऑफ़ द इंडस सिविलाइजेशन*; आर.राव. आदित्य प्रकाशन, 1991
8. *द्वारका—कृष्ण 'ज़ धाम बाइ द सी*; सुभद्रा सेन गुप्ता; रूपा एंड कं, 2002
9. *एंसानइक्लोपीडिया ऑफ़ वैदिक मैथमेटिक्स*; शुक्ला; साइबर टेक पब्लिकेशंस, 2011
10. *एथ्नोग्राफी ऑफ़ एंशियंट इंडिया*; रॉबर्ट शैफर; ऑटो हैरिस सोविट्ज, 1954
11. *फ्रॉम द रिवर ऑफ़ हैवन: वैदिक नॉलिज फॉर द मॉडर्न एज*; डेविड फ्राउले; मोतीलाल बनारसीदास, 2002
12. *हैंडबुक ऑन राजपूत्स*; ए.एच. बिंग्ले; एशियन एजुकेशनल सर्विसेज, 2006
13. *हिंदू मैनर्स, कस्टम्स एंड सैरेमनीज*; चित्रलेखा सिंह एंड प्रेम नाथ; क्रैस्ट पब्लिशिंग हाउस, 2002
14. *हिंदुइज़्म: द एटर्नल ट्रेडीशन (सनातन धर्म)*, सैकंड रिवाइज्ड़ एडीशन; वॉयस ऑफ़ इंडिया पब्लिशिंग, 2008
15. *हाउ आई बिकेम ए हिंदू: माई डिस्कवरी ऑफ़ वैदिक धर्म*; डेविड फ्राउले; वॉयस ऑफ़ इंडिया पब्लिशिंग, 2008
16. *इंडियन थीज़्म फ्रॉम द वैदिक टू द मुहम्मडन पीरियड*; निकोल मैडनिकॉल; हार्डप्रैस पब्लिशिंग, 2012
17. *इंडस स्क्रिप्ट साइफर: हाइरोग्लिफ़्स ऑफ़ इंडियन लिंग्विस्टिक एरिया*; एस. कल्याणरमण; सरस्वती रिसर्च सेंटर, 2010

18. *जय—एन इलस्ट्रेटेड रीटैलिंग ऑफ़ द महाभारत*; देवदत्त पट्टनायक; पेंगुइन बुक्स, 2010

19. *कल्कि पुराण*; बी.के. चतुर्वेदी; डायमंड पॉकेट बुक्स, 2010

20. *कृष्ण—ए जॉयस सैलिब्रेशन ऑफ़ द डिवाइन*; चंद्रिका; वकील्स, फैफर एंड साइमन्स, 2011

21. *कृष्ण—ए सोर्सबुक*; एडविन एफ. ब्रायंट; ऑक्सफ़ोर्ड यूनीवर्सिटी प्रेस, 2007

22. *कृष्ण—द गॉड हू लिव्ड एज मैन*; भावना सोमय्या; पुस्तक महल, 2009

23. *कृष्ण—द मैन एंड हिज फिलॉसफी*; ओशो; जैको पब्लिशिंग हाउस, 1991

24. *कृष्ण: ए जर्नी थ्रू द लैंड्स एंड लीजेंड्स ऑफ़ कृष्ण*; देव प्रसाद; जैको बुक्स, 2010

25. *कृष्ण द्वैपायन व्यासदेव—श्रीमद्भागवतम् (भागवत पुराण)*; अनुवाद आनंद आधार; तृतीय संशोधित संस्करण, 2010

26. *लॉर्ड कृष्ण—हिज लीलाज एंड टीचिंग्स*; श्री स्वामी शिवानंद; डिवाइन लाइफ़ सोसायटी पब्लिकेशंस, 1996

27. *मिथ ऑफ़ द आर्यन इन्वेजन ऑफ़ इंडिया (थर्ड एडीशन)*; डेविड फ्राउले; वॉयस ऑफ़ इंडिया पब्लिशिंग, 2002

28. *मिथ = मिथ्या: ए हैंडबुक ऑफ़ हिंदू माइथोलॉजी*; डॉ. देवदत्त पट्टनायक; पेंगुइन बुक्स, 2006

29. *ऑन द श्री जंत्र एंड खट कॉन चक्र (सिक्स एंगल्ड व्हील) ऑर डबल एक्विलेटरल ट्रायंगल*; ई.सी. रैवेनशॉ; द जरनल ऑफ़ द रॉयल एशियाटिक सोसायटी ऑफ़ ग्रेट ब्रिटेन एंड आयरलैंड, खंड 8, 1849

30. *सैक्रेड सैक्रीफाइस: रिचुअल पैराडाइम्स इन वैदिक रिलीजन एंड अर्ली क्रिश्चियनिटी*; रिक फ्रैंकलिन; डब्ल्यूआईपीएफ, 2005

31. *साइंस एंड स्प्रिचुअलिटी फ्रॉम ए हिंदू पर्सपेक्टिव*; वी.वी.रमण; जायगॉन, मार्च 2002

32. *साइंस ऑफ़ द सैक्रेड: एंशियंट पर्सपेक्टिव्स फॉर मॉडर्न साइंस*;

संकलन डेविड ऑज़बर्न; लूलू प्रैस, 2009

33. *सर्च फॉर द हिस्टॉरिकल कृष्ण*; राजाराम एन.एस; प्रिज़्म पब्लिकेशंस, 2006
34. *श्री कृष्ण—द डार्लिंग ऑफ़ ह्वूमैनिटी*; ए.एस.पी. अय्यर; भारतीय विद्या भवन, 2001
35. *ताज महल, द ट्रू स्टोरी*; पी.एन. ओक; ए. घोष, 1989
36. *ताज महल: एनेलिसिस ऑफ़ ए ग्रेट डिसेप्शन*; डॉ. वी.एस. गोड़बोले; इतिहास पत्रिका प्रकाशन, 2007
37. द *एटलांटिस डायलॉग: प्लेटो'ज़ ओरिजिनल स्टोरी ऑफ़ द लॉस्ट सिटी एंड कॉन्टीनेंट बाइ प्लेटो*; संपादन आरॉन शेपर्ड, अनुवाद बी. जॉवेट; शेपर्ड पब्लिकेशंस, 2001
38. द *साइकिल ऑफ़ टाइम*; सिमोन बोगर; ईबुक। लिंक डाउनलोड करें: http:// www.cycleoftime.com/ thebook.php
39. द *गेट्स ऑफ़ सोमनाथ टैंपल*; द एशियाटिक जरनल एंड मंथली मिसैलेनी, खंड 1, तृतीय शृंखला, मई-अक्तूबर, 1843
40. द *इंडस वैली सिविलाइजेशन—ए कंटेम्पोरेरी पर्सपेक्टिव*; ग्रैगरी एल. पॉसेल; विस्तार पब्लिकेशंस, 2009
41. द *लॉस्ट सिटी ऑफ़ द्वारका*; एस.आर. राव; आदित्य प्रकाशन, 1999
42. द *लॉस्ट रिवर: ऑन द ट्रेल ऑफ़ द सरस्वती*; माइकेल डैनिनो; पेंगुइन बुक्स, 2010
43. द *महाभारत रीटोल्ड*; सी. राजगोपालाचारी; भारतीय विद्या भवन, 2005
44. द *क्वेस्ट फॉर द ओरिजिन्स ऑफ़ वैदिक कल्चर: द इंडो-आर्यन माइग्रेशन डिबेट*; एडविन ब्रायंट; ऑक्सफ़ोर्ड यूनिवर्सिटी प्रेस, 2004
45. द *वंडर दैट वाज इंडिया*; थॉमस आर. ट्रॉटमैन; पिकैडॉर, 2004
46. *अंडरवाटर आर्कियोलॉजी ऑफ़ द्वारका एंड सोमनाथ*; ए.एस. गौड़ सुंदरेश एंड के.एच. वोरा; आर्यन बुक्स इंटरनेशनल, 2008
47. *अनसीलिंग द इंडस स्क्रिप्ट—एनाटॉमी ऑफ़ इट्स डेसिफ़रमेंट*;

मालती जे. शेंडगे; एटलांटिक पब्लिशर्स, 2010

48. *वैदिक सिविलाइजेशन*; आर.के. प्रूथी; डिस्कवरी पब्लिशिंग हाउस, 2004

49. *वैदिक रिवर सरस्वती एंड हिंदू सिविलाइजेशन*; एस. कल्याणरमण; आर्यन बुक्स इंटरनेशनल, 2008

50. *विष्णु—एन इंट्रोडक्शन*; देवदत्त पट्टनायक; वकील्स, फैफर एंड साइमन्स, 2007

पेपर्स एवं लेख

1. *108: सिग्नीफिकेंस ऑफ़ द नंबर*; स्टीफन नैप; लिंक डाउनलोड करें: http:// www.stephen-knapp.com/ articles_to_read.htm

2. *ए सर्च फॉर द हिस्टॉरिकल कृष्ण*; एन.एस. राजाराम। लिंक डाउनलोड करें: http://www.mirroroftomorrow.org/blog/_archives/ 2009/4/1/4139571.html

3. *एन इकोलॉजिकल व्यू ऑफ़ एंशियंट इंडिया*; डेविड फ्राउले। लिंक डाउनलोड करें: http://www.vedanet.com/our-online-articles-topmenu-2/ 20-ancient-india-and-historical-issues/44-an-ecological-view-of-ancient-india

4. *आर्यन इन्वेजन—हिस्ट्री ऑर पॉलिटिक्स*; एन-एस- राजाराम; नवंबर 2006।लिंक डाउनलोड करें: http://www.archaeologyonline.net/ artifacts/aryan-invasion-history.html

5. *आसारुल-बिलाद ऑफ़ जकरिया अल कजवीनी इन द हिस्ट्री ऑफ़ इंडिया एज टोल्ड बाइ इट्स ओन हिस्टोरियन्स*; द पॉस्थ्युमस पेपर्स ऑफ़ द लेट सर एच.एम. इलियट; जॉन डॉसन, कोलकाता: सुशील गुप्ता, 1956, खंड 10। लिंक डाउनलोड करें: http://www.infinity foundation.com/mandala/h_es/h_es_asaru_frameset.htm

6. *एक्सिस मंडी: क्वेश्चन्स, एनिग्मा, मिस्ट्रीज*; एवलीना रिओकीना, यूएनईसीई लिंक डाउनलोड करें: http://www.infinity foundation.com/mandala/h_es/h_es_asaru_frameset.htm

7. *क्लोजिंग द चैप्टर ऑन द आर्यन प्रॉब्लम*; नवरत्न राजाराम; लिंक डाउनलोड करें: http://www.archaeologyonline.net/artifacts/ decline-of-ai.html

8. *डिसकलरेशन ऑफ़ मार्बल डयूरिंग लेजर क्लीनिंग बाइ एनडी: वाईएजी लेजर वेवलैंग्थ्स*; एस. क्लाइना, एफ. फेक्रसैनैशिया, जे. हिल्डेनहैगेना, के. डिकमैना, एच. अपहॉफ, वाई. मैराकिस्क, वी. जैफिरोपुलोस। लिंक डाउनलोड करें: http://144.206.159.178/ft/68/31995/556305. pdf

9. *इवैल्युएशन ऑफ़ द रेडियोप्रोटेक्टिव इफेक्ट ऑफ़ ऐग्ले मार्मेलॉस*; गणेश चंद्र जगेतिया, पोनमोन वेंकटेश एवं मंजेश्वर श्रीनाथ बलिगा। लिंक डाउनलोड करें: http://mutage.oxfordjournals.org/content/18/4/387.short

10. हि डेन *होराइजन्स: अनअर्थिंग 10,000 ईयर्स ऑफ़ इंडियन कल्चर*; डेविड फ्राउले एवं एन.एस. राजराम। लिंक डाउनलोड करें: http://www.vedanet.com/our-online-articles-topmenu-2/20-ancient-india-and-historical-issues/131-hidden-horizons-unearthing-10000-years-of-indian-culture-preface

11. *हिंदुइज़्म प्रीडेट्स क्रिश्चियनिटी*; स्टीफन नैप; लिंक डाउनलोड करें: http://www.stephen-knapp.com/articles_to_read.htm

12. *हिस्ट्री ऑफ़ इंडियन साइंस*; सुभाष काक; जुलाई 2002। लिंक डाउनलोड करें: http://www.ece.lsu.edu/kak/grolier.pdf

13. *इंडिक लैंगुएज फैमिलीज एंड इंडो-यूरोपियन*; सुभाष काक। लिंक डाउनलोड करें: http://www.archaeologyonline.net/artifacts/ Indic%20Language%20families.pdf

14. *कल्कि—द नैक्स्ट अवतार ऑफ़ गॉड एंड द एंड ऑफ़ कलियुग*; स्टीफन नैप; लिंक डाउनलोड करें: http://www.stephen-knapp.com/articles_to_read.htm

15. *नॉलेज ऑफ़ प्लैनेट्स इन द थर्ड मिलैनियम बीसी*; सुभाष काक; जनवरी 1996। लिंक डाउनलोड करें: http://www.cs.okstate.edu/~subhashk/QJRAS96.pdf

16. *कृष्ण एंड द यूनिकॉर्न ऑफ़ द इंडस सील्स*; डॉ- डेविड फ्राउले; लिंक डाउनलोड करें: http://jayasreesaranathan.blogspot.in/2008/12/unicorn-of-indus-seals.html

17. *लीजेंड्स ऑफ़ द्वारका*; टी.आर. गोपालकृष्णन। लिंक डाउनलोड करें: http://www.mahabharataonline.com/articles/mahabharata_article.php?id=32

18. *लिंग्विस्टिक्स एंड सिविलाइजेशन*; डेविड फ्राउले। लिंक डाउनलोड करें: http://www.vedanet.com/our-online-articles-topmenu-2/ 20-ancient-india-and-historical-issues/110-linguistics-and-civilization

19. *मैथमेटिक्स ऑफ़ द स्वास्तिक कर्व*; वॉल्फ्रैम मैथवर्ल्ड; लिंक डाउनलोड करें: http://mathworld.wolfram.com/SwastikaCurve.html

20. *मैजरमेंट ऑफ़ रेडियोएक्टिविटी एंड रैंडम एक्जेलेशन रेट इन डिफरेंट काइंड्स ऑफ़ मार्बल्स एंड ग्रेनाइट्स*; एन. वॉले अल-डिनिया, ए. एल. शेरशब्या, एफ. अहमद, ए.एस. अब्दुल-हलीम। लिंक डाउनलोड करें: http://www.sciencedirect.com/science/article/pii/ S0969804301001075

21. *ऑन द क्रोनोलॉजिकल फ्रेमवर्क फॉर इंडियन कल्चर*; सुभाष काक। लिंक डाउनलोड करें: http:// www.ece.lsu.edu/ kak/chro.pdf

22. *रीक्लेमिंग द क्रोनोलॉजी ऑफ़ भारतम्य नरहरि अचार*; जुलाई 2006। लिंक डाउनलोड करें: http://sites.google.com/site/sarasvati96/reclaimingthechronologyofbharatam:narahariachar% 28july2006% 29

23. *संस्कृताइजेशन: ए न्यू मॉडल ऑफ़ लैंगुएज डेवलपमेंट*; डेविड फ्राउले। लिंक डाउनलोड करें: http://www.vedanet.com/our-online-articles-topmenu-2/20-ancient-india-and-historical-issues/ 161-sanskritization-a-new-model-of-language-development

24. *साइंस इन एंशियंट इंडिया*; सुभाष सी. काक। लिंक डाउनलोड करें: http://www.ece.lsu.edu/kak/a3.pdf

25. *साइंटिफिक वैरिफिकेशन ऑफ़ वैदिक नॉलेज*; स्वामी विष्णु। लिंक डाउनलोड करें: http://www.archaeologyonline.net/artifacts/ scientific-verif-vedas.html

26. *सी लेवल राइज एंड इनन्डेशन ऑफ़ कोस्टल इंडिया*; डॉ. नचिकेता दास; नवंबर 2008। लिंक डाउनलोड करें: http://blogs.ivarta.com/Global-warming-Sea-level-rise-inundation-coastal-India/blog-206.htm

27. *सिक्स डैस्ट्रक्शंस ऑफ़ सोमनाथ बाइ इस्लाम*; वॉयस ऑफ़ इंडिया फीचर्स; लिंक डाउनलोड करें: http://voi.org/ index2.php?option=com_content&do_pdf=1&id=547

28. *स्वास्तिक: इट्स रीयल मीनिंग*; स्टीफन नैप; लिंक डाउनलोड करें: http://www.stephen-knapp.com/articles_to_read.htm

29. *द एस्ट्रोनॉमी ऑफ़ द एज ऑफ़ ज्योमेट्रिक आल्टर्स*; सुभाष काक; मई 1995। लिंक डाउनलोड करें: http://www.cs.okstate.edu/~subhashk/QJRAS95.pdf

30. *द यूरोपियनाइजेशन ऑफ़ द वेदाज एंड इट्स डिस्टॉर्शन्स*; डेविड फ्राउले। लिंक डाउनलोड करें: http://www.vedanet.com/our-online-articles-topmenu-2/20-ancient-india-and-historical-issues/53-the-europeanization-of-the-vedas-and-its-distortions

31. *द इन्क्योरेबल हिंदू फॉन्डनैस फॉर पी.एन. ओक*; कोएनराड एल्स्ट। लिंक डाउनलोड करें: http://koenraadelst.blogspot.in/2010/06/incurable-hindu-fondness-for-pn-oak.html

32. *द महाभारत एंड द सिंधु-सरस्वती ट्रेडीशन*; सुभाष काक; लिंक डाउनलोड करें: http://www.ece.lsu.edu/kak/MahabharataII.pdf

33. *द क्वेश्चनेबल हिस्टॉरिसिटी ऑफ़ द महाभारत*; एसएसएन मूर्ति; जेएनयू। लिंक डाउनलोड करें: http://www.ejvs.laurasianacade-my.com/ejvs1005/ejvs1005article.pdf

34. *द साइन फॉर जीरो*; सुभाष सी. काक; लिंक डाउनलोड करें: http://www.ece.lsu.edu/kak/SignZero.pdf

35. *द ट्रबल विद द ट्रैपेजियम*; एन. रघुरमण। लिंक डाउनलोड करें:

http://dev.tehelka.com/content/trouble-trapezmium

36. *द वैदिक लिटरेचर ऑफ़ एंशियंट इंडिया एंड इट्स मैनी सीक्रेट्स*; डेविड फ्राउले। लिंक डाउनलोड करें: http:// www.grahamhancock.com/ forum/ FrawleyD1.php
37. *द वैदिक रिलीजन इन एंशियंट इरान एंड जराथुष्ट्र*; सुभाष काक; 2003। लिंक डाउनलोड करें: http:// www.archaeologyonline.net/artifacts/Vedic%20Religion%20in%20Ancient%20Iran.pdf
38. *अनरैवलिंग धोलावीरा'ज ज्योमेट्री*; माइकेल डैनिनो। लिंक डाउनलोड करें: http://www.iisc.ernet.in/prasthu/pages/PP_data/paper1.pdf
39. *वैदिक आर्कियोलॉजी*; स्वामी बी-जी- नरसिम्हा। लिंक डाउनलोड करें: http://gosai.com/writings/vedic-archeology
40. *वैदिक ओरिजिन्स ऑफ़ द यूरोपियन्स: द चिल्ड्रन ऑफ़ दनु*; डेविड फ्राउले। लिंक डाउनलोड करें: http://www.vedanet.com/our-online-articles-topmenu-2/ 20-ancient-india-and-historical-issues/162-vedic-origins-of-the-europeans-the-children-of-danu
41. *वाज अल्लाह द मून गॉड ऑफ़ एंशियंट अरब पैगन्स?*; सैयद कामरान मिर्जा! लिंक डाउनलोड करें: http://www.faithfreedom.org/Articles/skm30804.htm
42. *वाज द ताज महल ए वैदिक टैंपल? द फ़ोटोग्रैफिक एविडेंस*; स्टीफन नैप; लिंक डाउनलोड करें: http://www.stephen-knapp.com/articles_to_read.htm
43. *व्हाई 108?*; डॉ. कोएनराड एल्स्ट, पीएच.डी। लिंक डाउनलोड करें: http://koenraadelst.bharatvani.org/articles/misc/why108. html

ब्लॉग्स एवं वेबसाइट्स

1. *108 नेम्स ऑफ़ श्री कल्कि*।
http://www.scribd.com/doc/34624127/108-Names-of-Shri-Kalki

2. *अबाउट द लीनिएज ऑफ़ द यादव्ज़।*

http://en.wikipedia.org/wiki/Yadava

3. *एग्रीगेशन ऑफ़ इन्फॉर्मेशन ऑन द्वारका एंड महाभारत।*

http://www.hinduwisdom.info/Dwaraka.htm

4. *एंशियंट वॉयस: ऋग्वेद।*

http://ancientvoice.wikidot.com/ article:rig-veda#toc6

5. *एंशियंट वॉयस: द वृष्णिज।*

http://ancientvoice.wikidot.com/mbh:vrishnis

6. *बेस्ट एविडेंस फॉर एंशियंट न्यूक्लियर वार?* ले. फ़िलिप कॉपेन्स।

http://www.philipcoppens.com/bestevidence.html

7. *डेट ऑफ़ ऋग्वेद—कंट्रोवर्सीज इन हिस्ट्री।*

http://controversialhistory.blogspot.com/2008/01/date-of-rig-veda.html#.TshzLmDrar8

8. *द्वारका एंड द सुनामी* ले. सौम्या अरविंद सीतारमण।

http://www.hindumoon.com/articlesdvaraka.html

9. *द्वारका एंड द महाभारत* ले. अम्लान रॉयचौधरी।

http://ezinearticles.com/?Dwarka-And-The-Mahabharata&id=1768511

10. *एन्साइक्लोपीडिया फॉर एपिक्स ऑफ़ इंडिया (ऑन कृष्ण)।*

http://mythfolklore.net/india/encyclopedia/krishna.htm

11. *ह्यूमन जीनोम प्रोजेक्ट इंफॉर्मेशन: क्लोनिंग फैक्ट शीट।*

http://www.ornl.gov/sci/techresources/Human_Genome/elsi/cloning.shtml

12. रैडिफ़ द्वारा 2009 में लिया गया मनीष पंडित का इंटरव्यू, शीर्षक "*कृष्णा एक्जिस्टेड। स्कूल टैक्स्ट्स आर रॉन्ग।*"

http://news.rediff.com/slide-show2009/aug/29/slide-show-1-lord-krishna-existed.htm

13. *कैलाश मानसरोवर यात्रा।*

http://kailash.ramaswami.com/ home

14. *कैलाश यात्रा विद कैलाइ बाला।*
http://kailaibala.blogspot.in/

15. *कल्कि 'ज़ सिंबल्स, हैंड साइन्स एंड स्वोर्ड।*
http://naziat.org/hand.htm

16. *कृष्ण 'स सील फॉर द सिटी ऑफ़ द्वारका।*
http://www.indoeurohome.com/Krishna-Vishnu.html

17. *मौसल पर्व, इंग्लिश ट्रांसलेशन ऑनलाइन।*
http://www.philosophy.ru/library/asiatica/indica/itihasa/ mahabharata/eng/gbmb16xt.html

18. *नेशनल इंस्टीटयूट ऑफ़ ओश्यनोग्रैफी: द्वारका प्रोजेक्ट।*
http://www.niobioinformatics.in/otherProject2_gujarat.php

19. *न्यूक्लियर ट्रांसम्यूटेशन।*
http://en.wikipedia.org/wiki/Nuclear_transmutation

20. *ओंकार, स्वास्तिक, द सैफ्रन कलर एंड पूर्ण-कुंभले.* सुधीर बिरोडकर
http://www.hindubooks.org/sudheer_birodkar/ hindu his-tory/omkar.html

21. *ऑनलाइन संस्कृत एंड इंग्लिश ट्रांसलेशन ऑफ़ हरिवंश।*
http://mahabharata-resources.org/harivamsa/vishnuparva/ hv_2_058.html

22. *आउट ऑफ़ अफ्रीका ऑर आउट ऑफ़ ईडन: डज साइंस कॉन्ट्रडिक्ट द बाइबिल?* रिक डीम।
http://www.godandscience.org/apologetics/humans_out_of_africa.html

23. *फिजिसिस्ट हैव 'सॉल्व्ड' मिस्ट्री ऑफ़ लैविटेशन (टेलीग्राफ)।*
http://www.telegraph.co.uk/news/1559579/Physicists-have-solved-mystery-of-levitation.html

24. *रिचुअलिस्टिक एनिमल सैक्रिफाइस इन एंशियंट इंडिया।*
http://arachnid.wordpress.com/2009/07/31/ritualistic-animal-sacrifice-in-ancient-india/

25. सूरज बाला'ज ब्लॉग अबाउट *एंशियंट इंडिया: ऑनलाइन रिसोर्स फॉर द ड्राइंग अप ऑफ़ द सरस्वती।*
http://sarojbala.blogspot.in/p/mystery-of-sarasvati-river. html

26. *साइंस एंड टेक्नोलॉजी इन एंशियंट इंडिया (एंशियंट सिम्बलिज़्म एंड हिडेन मीनिंग ऑफ़ शिव-लिंग)* ले। कंचन रास्टे, मई 2011।
http://www.theinduslink.com/3364/science-and-technology-in-ancient-india

27. द *लास्ट डेज ऑफ़ द्वारका (धर्मग्रंथों से)।*
http://www.philosophy.ru/library/asiatica/indica/itihasa/ mahabharata/eng/gbmbl6xt.html

28. द *मीनिंग ऑफ़ शिवलिंग।*
http://www.visionabove.com/spirituality/the-meaning-of-shiv-ling/

29. *अम्बाइलिकल कॉर्ड इन हिंदुइज़्म* ले. डॉ. पेयती मुरली मोहना राव।
http://ramrali19.blog.co.uk/2009/04/03/hinduism-5881584/

30. *वैदिक नॉलेज ऑनलाइन: द्वारका।*
http://veda.wikidot.com/dwaraka

31. *ईयर ऑफ़ महाभारत—फुल आर्टिकल टैक्स्ट।*
http://www.salagram.net/mahabharata-year.html

32. *योग एट द स्पीड ऑफ़ लाइट एंड द मीनिंग ऑफ़ 108* ले. लिंडा जॉनसन।
http://www.lovearth.net/108.htm

वीडियो एवं ऑडियो

1. *एलियन्स इन द एंशियंट सिटी ऑफ़ द्वारका? हिस्ट्री चैनल 7.5 मिनट का वृत्तचित्र।*
http://www.youtube.com/watch?v=JIN-qiXgTzg

2. *द्वारका जायंट अंडरवाटर सिटी फाउंड इन इंडिया।*
http://www.youtube.com/watch?v=GM4h887ilY8

3. हाउ द मैल्टिंग ऑफ़ द आइस एज वुड हैव सब्मर्ज्ड द्वारका। 40 मिनट का वृत्तचित्र।
   http://www.youtube.com/watch?watch?v=tPiQrkkIKMk
4. इस्लामिक रिचुअल्स विद हिंदू ऑर पैगन कनेक्शंस।
   http://www.youtube.com/watch?v=GRx3Fe3wzyY&feature= player_embedded#
5. कृष्ण: हिस्ट्री ऑर मिथ? ब्रिलियंट एस्ट्रोनॉमिकल डेटिंग ऑफ़ महाभारत।
   http://www.youtube.com/watch?v=NmXHQzAtP4wand
   http://www.youtube.com/watch?v=Pb9kU4z-1A8&feature=relatedand
   http://www.youtube.com/watch?v=-2_DuCpE808&feature=related
6. साइंटिफिक वैरिफिकेशन ऑफ़ वैदिक नॉलेज द्वारा स्टीफ़न नैप (30 मिनट)
   http://www.youtube.com/watch?v=Ud1oEFfOrbQ
7. स्पीच ऑफ़ एसआर राव इन गुजरात।
   http://deshgujarat.com/2007/02/21/dwarka-of-krishnaarch eologist-sr-raos-speech-english-mp3/
8. द लीजेंडरी सिटी ऑफ़ द्वारका। 8-5 मिनट वीडियो।
   http://www.youtube.com/watch?v=2CbTyxy1MWo
9. अंडरवाटर पिक्चर्स ऑफ़ सब्मर्ज्ड सिटी ऑफ़ द्वारका एलांग विद रेलेवैंट कोट्स फ्रॉम महाभारत एंड पुराणस।
   http://www.youtube.com/watch?v=P51hvsruKjY&feature=related
10. वैदिक साइंस: द बिग बैंग एंड द थ्योरी ऑफ़ रिलेटिविटी फ्रॉम द एंशियंट वर्ल्ड
    http://www.youtube.com/watch?v=oOJG9rNIcdI